KB239605

국어 문법
교과서 연구

최호철 편

Publishing Company

머리말

　학교 문법의 교육에 문법 교과서가 공식적으로 등장한 교수요목 시기 (1946~1955)에는 6종의 문법 교과서가 발행되었으며, 제1차 교육 과정 시기 (1955~1962)에는 중학교 과정과 고등학교 과정이 분리되어 교과서가 나왔는데, 전자에는 8종의 교과서가 발행되고 후자에는 6종의 교과서가 발행되었다. 이어 제2차 교육 과정 시기(1963~1974)에는 16종의 중학교 과정 교과서와 13종의 고등학교 과정 교과서가 나오게 되었으며, 제3차 교육 과정 시기(1975~1981)에는 중학교 과정의 교과서가 없어지고 고등학교 과정 5종의 교과서가 발행되었다. 제4차 교육 과정 시기(1982~1987) 이후에는 고등학교 과정 1종의 국정 교과서가 나왔으며, 이후 제5~7차 교육 과정 시기에 시기마다 교과서의 개정과 증보가 이루어져 현재에 이르고 있다.

　학교 문법은 학교에서 학생들을 대상으로 가르치는 규범 문법으로 규정할 수 있다. 여기에서 놓치지 말아야 할 것은 문법 교육의 대상이 학생이라는 것과 문법 교육의 내용이 규범적이어야 한다는 것이다. 이러한 점에 비추어 볼 때 현행 문법 교과서는 크게 두 가지 문제점을 안고 있다고 하겠다. 하나는 내용 기술의 구체성에서 고등학교 과정 학생들의 수준에 못 미친다는 것이고, 다른 하나는 규범의 기준이 뚜렷하지 않다는 것이다. 내용의 구체성에서는 국어 지식의 체계적인 습득과 국어의 올바른 생활 태도 양면을 다 아우를 수 있어야 할 것이며, 내용의 규범성에서는 규범 문법의 성격을 견지하는 마당에서 어떻게든 하나의 귀결점을 제시해야 할 것이다.

　이 책의 집필은 바로 이러한 문제의식에서 시작되었으며, 그 목표를 달성하기 위해 선정한 대상은 대한민국 정부 수립 이후에 발행된 고등학교 문법 교과서로 한정하였다. 이러한 내용을 중심으로 한 권의 단행본이 나오게 된 것은 대학원 지도 학생들이 연구지도 시간을 유익하게 활용한 결과이다. 그들은 2002년 제2학기 연구지도 시간에 '국어 문법 교과서의 분석 연구'를 지도 모임의 연구 주제로 잡고, 우선 검인정 제1기에 나온 문법 교과서를 대상으로 분석하였다. 이 작업의 시작은 이숙경, 박상진, 이영배, 김숙정 학생들로 시작되었으나 지도 교수의 안식년과 다른 연구 결과가 먼저 발행됨으로써 중단되다가, 2005년 제1학기 연구지도 시간에 그 대상을 현재까지 발행된 모든 문법 교과서로 확대하여 고찰하였다. 기존 4명의 학생에서 7명의 학생이 더 참여하여 각자가 맡은 부문에 대하여 관련 문헌을 섭렵하여 한 편의 논문을 작성하였으며, 이후 부족한 부분에 대하여 보완을 거듭하여 최종적인 마무리를 하였다.

정규 수업을 병행하여 일주일에 한 번씩 모이는 연구지도 시간을 거르지 않고 열심히 참석한 학생들은 수료 후의 바쁜 일과에도 손을 놓지 않고 정진함으로써 오늘의 성과를 낸 것이다. 이러한 공동 작업에서 얻어진 소중한 경험이 학생들에게 앞으로의 연구 생활에 많은 도움이 되리라 믿는다. 소기의 결과를 이루어 내는 과정에서 많은 어려움을 참고 견뎌온 지도 학생들의 노고를 치하한다. 마지막으로 여러모로 부족한 논문을 번듯하게 엮어 주신 제이앤씨 윤석원 대표와 편집부 여러분에게도 감사의 마음을 전한다.

2008년 6월 25일

최 호 철

목차

Ⅲ. 용언 : 박상진

Ⅳ. 수식언과 독립언 : 김혜령

IX. 구문 도해 : 장수진

국어 문법
교과서 연구

I. 체재와 구성

최호철

1. 머리말

대한민국 정부 수립 후 문법 교과서가 처음으로 발행된 때는 교수요목 시기인 1949년도이다. 그 이후 현재까지 고등학교 문법 교과서는 계속 발행되었는데, 제4차 교육 과정 시기인 1985년도 이후에 발행된 문법 교과서는 이전 시기의 문법 교과서와는 성격상 차이가 있다. 즉, 제3차 교육 과정까지는 '문법'이 독립된 과목으로 설정되지 않은 상황에서 검인정 문법 교과서 명칭인 「문법」으로 사용된 것인데, 제4차 교육 과정부터는 '문법'이 독립된 하위 과목으로 설정되어 교과목 명칭인 〈문법〉과 국정 문법 교과서 명칭인 「문법」이 함께 사용된 것이다.[1]

---

* 이 글은 2006년 「한국어학」 33호에 실린 필자의 "고등학교 국어 문법 교과서 분석 연구: 체재와 구성을 중심으로"란 논문을 이 책의 체재에 맞추어 제목을 달리하여 전재한 것이다.

1) 교과목 명칭과 문법 교과서 명칭의 구별을 위해 각각 〈 〉과 「 」을 사용한다.

　제4차 교육 과정에서 교과목 명칭으로 사용된 〈문법〉은 〈현대문학〉, 〈고전문학〉, 〈작문〉과 함께 '국어Ⅱ'로 분류되어 '국어Ⅰ'로 분류된 〈국어〉와 구분하였으나, 제5차 교육 과정에서는 〈문법〉이 〈국어〉, 〈문학〉, 〈작문〉과 함께 하나의 국어 교과로 묶이었고, 제6차 교육 과정부터는 〈문법〉이 〈화법〉, 〈독서〉, 〈작문〉, 〈문학〉과 함께 영역별 심화 과목으로 규정되어 공통 필수 과목인 〈국어〉와 구분하였다(교육부 1995:42~43).

	제1차	제2차	제3차	제4차	제5차	제6차	제7차
교과목	**국어Ⅰ** 한자 및 한문	**국어Ⅰ** 고전 한문	**국어Ⅰ** 고전 작문	**국어Ⅰ** 현대 문학 작문 고전 문학 문법	**국어** 문학 작문 문법	**국어** 화법 독서 작문 문법 문학	
문법 교과서			검인정			국정	

　따라서 제4차 교육 과정부터는 〈문법〉을 별도의 독립 과목으로 설정함으로써 〈문법〉 과목의 중요성과 그 내용의 체계성은 확보될 수 있었으나, 실제적인 현장 교육에서는 오히려 이전 시기에 비해 소홀한 점이 많았다. 그것은 우선 제7차 교육 과정에서 볼 때 〈문법〉이 필수 과목이 아닌 심화 선택 과목으로 설정된 데다가 단위 수에 있어서도 선택 과목 가운데에서 가장 낮은 비중을 차지하고 있기 때문이며(화법 4단위, 독서 8단위, 작문 8단위, 문법 4단위, 문학 8단위), 다음으로는 입시에서 문법의 내용이 거의 출제되지 않아[2] 대다수의 학교에서 〈문법〉을 선택하지 않기 때문이다.[3]

---

2) 공통 필수 과목인 〈국어〉에서는 주로 문학 작품 속에서 문법적 지식을 찾아내는 정도이다(박덕유 2004).

3) 이관규(2000)에 의하면 서울시 교육청의 경우 인문·사회 과정에서는 15%, 자연 과정에서는 3.2%의 학교가 〈문법〉 과목을 선택한 것으로 나타나고, 〈문법〉 과목을 선택한 학교에서도 이를 단위 수에 따른 비율로 계산하면 〈문법〉 과목의 비율이 인문·사회 과정에서는 9.6%, 자연 과정에서는 2.1%로 나타났으며,

　이러한 상황에서 정상적인 문법 교육을 위해서는 교육 과정과 관련한 제도적인 문제와 더불어 문법 교과서의 체재와 구성에 대한 검토가 이루어져야 할 것이다. 따라서 이 글에서는 먼저 〈국어〉와 〈문법〉 교과의 관계를 총괄적으로 논의하고, 다음으로 문법 교과서의 명칭과 단원의 구성 및 내용에 대해서 개별적으로 논의할 것이다. 이 글에서 논의의 대상으로 삼은 문법 교과서는 대한민국 정부 수립 이후에 발행된 고등학교 문법 교과서로 한정한다.[4]

(1) 고등학교 문법 교과서 목록

　ㄱ. 검인정 제1기: 교수요목 시기. 고급 중학교 교과 과정(1946.9.20. 학무국).

　① 최현배(1948). 「중등 조선 말본」(초급 소용). 서울: 정음사. 「歷文」 1-67.

　② 이인모(1949). 「재미 나고 쉬운 새 조선 말본」. 서울: 금룡 도서 주식회사. 「歷文」 1-77.

　③ 이희승(1949). 「초급 국어 문법」. 서울: 박문출판사. 「歷文」 1-85.

　④ 장하일(1949ㄱ). 「표준말본(중학1-2학년)」. 서울: 종로서관. 「歷文」 1-75, 76.

　⑤ 장하일(1949ㄴ). 「표쥰말본(즁학3학년)」. 서울: 종로서관. 재판(1949.9.25). 3판(1950.5.20). 「歷文」 1-76.

　⑥ 정인승(1949). 「표준 중등 말본」. 서울: 아문각. 「歷文」 1-79.

　⑦ 최현배(1949). 「고등 말본」. 초판(1934.4.5. 「중등 조선 말본」). 재판(1934.9.5. 「歷文」 1-45). 3판(1935.7.28). 4판(1938.6.5). 5판(1945. 서울: 정음사).

　ㄴ. 검인정 제2기: 제1차 교육 과정. 고등학교 교과 과정(1955.8.1. 문교부령 제46호).

　박덕유(2004)에 의하면 인천시 교육청의 경우 인문계 7.4%, 실업계 0%의 학교가 〈문법〉 과목을 선택한 것으로 나타났다.

　4) 중학교와 고등학교가 구분되지 않은 교수요목 시기에는 중학교 초급 문법 교과서를 대상으로 하였다. 이는 이 시기 중학교 고급 문법 교과서로서 최현배(1949) 「고등 말본」이 유일한 것이었으며, 그것은 다시 제1차 교육 과정 시기인 최현배(1956)의 「고등 말본」으로 그대로 사용되었기 때문이다.

① 이숭녕(1956). 「고등 국어 문법」. 서울: 을유문화사. 「歷文」 1-90. 개정판(1962. 「歷文」 1-121).

② 이희승(1956). 「고등 문법」. 재판(1957.3.15). 「새 고등 문법」. 서울: 일조각.

③ 정인승(1956). 「표준 고등 말본」. 서울: 신구문화사. 「歷文」 1-83.

④ 최현배(1956). 「고등 말본」. 초판(1934.4.5. 「중등 조선 말본」). 재판(1934.9.5. 「歷文」 1-45). 3판(1935.7.28). 4판(1938.6.5). 5판(1945. 서울: 정음사). 6판(1949). 「고등 말본」.

⑤ 김윤경(1957). 「고등 나라 말본」. 초판(1948.5.15). 「고급용 나라말본」. 서울: 동명사. 「歷文」 1-54.

⑥ 김민수 · 남광우 · 유창돈 · 허웅(1960). 「새 고교 문법」. 서울: 동아출판사. 「歷文」 1-96.

ㄷ. 통일 문법 검인정 제1기: 제2차 교육 과정. 고등학교 교육 과정(1963.2.15. 문교부령 제121호).

① 이을환(1967). 「최신 문법」. 서울: 양문사.

② 강복수 · 유창균(1968). 「문법」. 대구: 형설출판사.

③ 강윤호(1968). 「정수 문법」. 서울: 지림출판사.

④ 김민수 · 이기문(1968). 「표준 문법」. 서울: 어문각.

⑤ 양주동 · 유목상(1968). 「새 문법」. 서울: 대동문화사.

⑥ 이명권 · 이길록(1968). 「문법」. 서울: 삼화출판사.

⑦ 이숭녕(1968). 「문법」. 서울: 을유문화사.

⑧ 이은정(1968). 「우리 문법」. 서울: 문천사.

⑨ 이인모(1968). 「새 문법」. 서울: 영문사.

⑩ 이희승(1968). 「새 문법」. 서울: 일조각.

⑪ 정인승(1968). 「표준 문법」. 서울: 계몽사.

⑫ 최현배(1968). 「새로운 말본」. 서울: 정음사.

⑬ 허웅(1968). 「표준문법」. 서울: 신구문화사.

ㄹ. 통일 문법 검인정 제2기: 제3차 교육 과정. 고등학교 교육 과정(1974.12.31. 문교부령 제350호).

① 김민수(1979). 「문법」. 서울: 어문각.

② 김완진 · 이병근(1979). 「문법」. 서울: 박영사.
③ 이길록 · 이철수(1979). 「문법」. 서울: 삼화출판사.
④ 이응백 · 안병희(1979). 「문법」. 서울: 보진재.
⑤ 허웅(1979). 「문법」. 서울: 과학사.
ㅁ. 통일 문법 국정 제1기: 제4차 교육 과정. 고등학교 교육 과정(1981.12.
   31. 문교부 고시 제442호).
 · 문교부(1985). 「고등학교 문법」. 서울: 성균관대학교 대동문화연구원.
ㅂ. 통일 문법 국정 제2기: 제5차 교육 과정. 고등학교 교육 과정(1988.3.
   31. 문교부 고시 제88-7호).
 · 교육부(1991). 「고등학교 문법」. 서울: 성균관대학교 대동문화연구원.
ㅅ. 통일 문법 국정 제3기: 제6차 교육 과정. 고등학교 교육 과정(1992.10.
   30. 교육부 고시 제1992-19호).
 · 교육부(1996). 「고등학교 문법」. 서울: 서울대학교 사범대학 국어교육
   연구소.
ㅇ. 통일 문법 국정 제4기: 제7차 교육 과정. 중등학교 교육 과정(1997.12.
   30. 교육부 고시 제1997-15호).
 · 교육부(2002). 「고등학교 문법」. 서울: 서울대학교 사범대학 국어교육
   연구소.

2. 〈국어〉 교과와 〈문법〉 교과

　이론 문법(theoretical grammar)에 대비되는 실용 문법(practical grammar)
으로서 학교 문법(school grammar)은 바르게 가르치기 위한 것이며, 규범
문법(prescriptive grammar, normative grammar)은 일정한 기준에서 바로잡
으려고 지시 · 명령하는 것이다. 따라서 이 둘은 같은 성격으로서 라틴 문
법(Latinate grammar)의 모형에 속하지만, 규범 문법은 문법의 내용에 따른
용어이며 학교 문법은 문법의 용도에 따른 용어이다(김민수 1982:10~11). 이

에 대하여 임홍빈(2000)에는 그 성격이 다음과 같이 규정되어 있다.

  (2) 학교 문법과 규범 문법의 성격
   ㄱ. 학교 문법
    ① 학교 문법은 가장 소박한 의미에서 학교에서 가르치는 문법이다.
    ② 학교 문법의 교수 대상은 학생이다.
    ③ 학교 문법은 기본적인 문법 사실을 다룬다.
    ④ 학교 문법은 내용이 전체적으로 체계를 갖추어야 한다.
    ⑤ 학교 문법은 문법가의 개인적인 견해를 가능한 한 배제한다.
    ⑥ 학교 문법은 특별한 사정이 없는 한 표준어를 그 소재 언어로 한다.
    ⑦ 학교 문법이라고 하여 반드시 공적인 강제력을 가지는 것은 아니다.
   ㄴ. 규범 문법
    ① 규범 문법은 반드시 학교에서 가르치는 문법이 아니다.
    ② 규범 문법의 적용 대상은 반드시 학생이 아니다.
    ③ 규범 문법은 기본적인 문법 사실을 다룬다.
    ④ 규범 문법은 내용이 전체적으로 체계를 갖추어야 한다.
    ⑤ 규범 문법은 문법 사실에 관하여 문법가의 개인적인 견해를 허용하지
       않는다.
    ⑥ 규범 문법은 모범이 되는 언어나 표준어를 그 소재 언어로 한다.
    ⑦ 규범 문법은 공적인 강제력을 가진다.

   (2)에서 규정한 학교 문법과 규범 문법을 대비해 볼 때 ①과 ②의 차이를 제외한 나머지는 그 성격이 거의 같다고 하겠다. 그러면 학교 문법은 학교에서 학생들을 대상으로 가르치는 규범 문법으로 규정할 수 있을 것이다. 그런데 규범 문법은 이론 문법의 내용을 일정한 규준에 맞추어 정리한 것이며, 학교 문법은 규범 문법의 내용을 교육 과정에 맞게 재편한 것이라 할 수 있으므로 문법 내용에서는 이 둘 사이에 큰 차이가 없다고 할 것이다.
   이러한 두 문법의 같고 다른 성격은 이에 해당하는 두 문법이 존재할 경

우에 충분히 드러날 수 있지만, 우리는 학교 문법과 규범 문법이 별개로 존재하지 않고 학교 문법이 곧 규범 문법이라고 인식하므로 현재로서는 이들의 차이를 논의하기가 어려운 실정이다. 그렇지만 이론 문법을 바탕으로 규범 문법을 만들어 내고, 규범 문법을 바탕으로 학교 문법을 만들어 낸다고 하면 그에 따른 각각의 문법이 별도로 존재하게 될 것이다.

학교 문법은 학교 현장에서 학생들을 대상으로 가르치는 용도로 사용되는 문법이므로 교육 대상인 학생에 따라 학교 문법은 다시 구분할 수 있을 것이다. 우선 문법 교육의 대상이 내국인인가 외국인인가에 따라 학교 문법은 내국인을 위한 국어 문법과 외국인을 위한 한국어 문법으로 구분할 수 있을 것이다.5) 다음으로 학생들의 수준에 따라 대체로 내국인의 경우에는 초등학교·중학교·고등학교·대학교 문법으로 구분할 수 있으며, 외국인의 경우에는 초급·중급·고급 문법으로 구분할 수 있을 것이다.

그런데 실제적으로 학교 문법은 대상 학생과 학습 수준을 구분하지 않고 통합하여 하나의 문법을 설정할 수도 있다. 그렇지만 문법 교육의 주된 목표가 내국인에게는 언어 지식의 이해에 있고, 외국인에게는 언어 능력의 습득에 있기 때문에 대상 학생에 따른 구분은 반드시 필요하며 이에 따른 학교 문법도 거기에 맞게 구분되어야 할 것이다. 그리고 초등 교육의 수준은 국어에 관한 초보적인 이해를 가지게 하는 국어 교과 목표에 따라 별도의 초등학교 문법이 필요치 않으리라 생각하며, 고등 교육 수준은 해당 분야의 전문가 양성에 교육의 목표가 있고 국어에 관한 체계적인 지식은 이미 중등 교육 수준에서 익힌 것으로 전제한다면 역시 별도의 대학교 문법이 필요치 않으리라 생각한다. 그러나 중등 교육 수준은 국어에 관한 체계적인 지식을 가지게 하는 국어 교과 목표에 따라 별도의 학교 문법이 필요하리

---

5) ‘국어’나 ‘한국어’는 공히 ‘우리말’을 가리키지만, 일반적으로 ‘국어’라는 말은 대내적인 명칭으로, ‘한국어’는 대외적인 명칭으로 구분하여 사용하는 실정을 고려하여 내국인을 위한 ‘국어 문법’과 외국인을 위한 ‘한국어 문법’으로 구분하였다.

라 생각한다.[6)]

　여기에서 중등 교육 수준의 문법을 중학교 문법과 고등학교 문법으로 구분할 것인가 아니면 하나로 통합할 것인가 하는 문제에서 문법 교육의 목표를 국어에 관한 체계적인 지식의 습득에 둔다면 중등 교육 기관의 구분에 따라 중학교 문법과 고등학교 문법을 구분하는 것이 문법 교육의 목표를 달성하는 데 더 효과적일 것으로 생각한다.[7)] 그러나 외국인을 위한 한국어 문법은 그것이 주로 한국어에 관한 체계적인 지식의 이해에 사용되는 것이 아니라 한국어의 습득에 이용되는 보조적인 것이므로 굳이 수준을 고려하여 문법을 구분할 필요가 없다고 생각한다.

(3) 학교 문법과 규범 문법

<table>
<tr><td rowspan="3">학교 문법</td><td colspan="3" style="text-align:center">국어 규범 문법</td></tr>
<tr><td colspan="2" style="text-align:center">한국어 문법</td></tr>
<tr><td rowspan="2">국어 문법</td><td>중학교 국어 문법</td></tr>
</table>

학교 문법	국어 규범 문법		
	한국어 문법		
	국어 문법	중학교 국어 문법	
		고등학교 국어 문법	

---

6) 초등학교 문법 교육 목표는 제4,5차 교육 과정에서는 '국어에 관한 초보적 이해', 제6차 교육 과정에서는 '국어에 관한 초보적 지식 습득'에 두었고, 중학교 문법 교육 목표는 제4차 교육 과정에서는 '국어에 관한 체계적 지식 습득', 제5,6차 교육 과정에서는 '국어에 관한 기초적 지식 습득'에 두었으며, 고등학교 문법 교육 목표는 제4,5,6차 교육 과정에서는 '국어에 관한 체계적 지식 습득'에 두었다. 제7차 교육 과정에서는 초등학교·중학교 문법 교육 목표는 '국어의 정확하고 효과적인 사용'에 두었으며, 고등학교 문법 교육 목표는 '국어에 관한 체계적 지식 습득'에 두었다. 이상의 교육 과정 변천에서 문법 교육의 목표가 초등학교 수준에서는 '국어에 관한 초보적 이해'에서 '국어의 정확하고 효과적인 사용'으로 바뀌었고, 중학교 수준에서는 '국어에 관한 체계적 지식 습득'에서 '국어에 관한 기초적 지식 습득'을 거쳐 '국어의 정확하고 효과적인 사용'으로 바뀌었으며, 고등학교 수준에서는 '국어에 관한 체계적 지식 습득'으로 변화가 없다. 결과적으로 문법 교육의 목표가 초등학교 수준에서는 '국어의 이해 → 국어의 사용'으로, 중학교 수준에서는 '체계적 지식 → 기초적 지식 → 국어의 사용'으로 변화하여 초등학교와 중학교 수준에서는 상대적으로 '국어 지식에 관한 이해나 습득'에 관한 측면이 경시된 것이라 할 수 있다.

7) 중등 교육 기관을 현재와 같이 중학교와 고등학교로 구분하지 않고 하나의 중등 학교로 통합한다면 역시 하나로 통합되어야 할 것이다.

　　중등 교육 수준에서 중학교 문법과 고등학교 문법을 구분한다고 할 경우에 〈국어〉 교과의 '국어 지식'과 〈문법〉 교과의 관계를 논의함에 있어서 우선적으로 고려해야 할 것은 문법의 내용이 아닌 문법 기술의 구체성 여부라고 하겠다. 기술의 구체성에서 보면 별도 교과로 설정된 〈문법〉의 내용이 구체적이어야 하고 〈국어〉 교과의 '국어 지식'은 이를 바탕으로 한 간결한 기술이 되어야 할 것이다. 그리고 중학교 문법과 고등학교 문법의 관계에서 고등학교 문법이 중학교 문법보다 더 구체적이어야 하는 것은 재론의 여지가 없을 것이다. 그러면 학교 문법의 근간이 되는 규범 문법이 가장 구체적인 기술이 될 것이며 고등학교 문법, 중학교 문법이 차례로 덜 구체적인 기술이 될 것이다. 또한 고등학교와 중학교 〈국어〉의 '국어 지식'은 각각의 문법을 바탕으로 한 간결한 기술이 될 것이다.[8]

　　(4) 〈국어〉의 '국어 지식'과 〈문법〉

　　　　국어 규범 문법
　　　　　　↓
　　　　　(간이화1)
　　　　　　↓
　　　　고등학교 국어 문법 →(간결화1)→ 고등학교 국어 지식
　　　　　　↓
　　　　　(간이화2)
　　　　　　↓
　　　　중학교 국어 문법 →(간결화2)→ 중학교 국어 지식
　　　　　　↓
　　　　　(간이화3)
　　　　　　↓
　　　　초등학교 국어 지식

---

8) '간이화'와 '간결화'는 문법의 체재에 관련된 것이 아니고, 내용의 수준과 기술의 구체성에 관련된 것으로 사용한 것이다. '간결화'는 기술의 구체성에 따른 것이고, '간이화'는 기술의 구체성은 물론 내용의 수준에도 따른 것이다.

그런데 (4)와 같은 구도에서는 국어에 관한 체계적인 지식을 익히도록 하는 데 있어서 영역의 책임 소재가 분명치 않아 문법 교육의 목표를 효과적으로 달성할 수가 없다. 더구나 〈문법〉 교과를 심화 선택 과목으로 규정하고 국어에 관한 기본적인 지식 습득은 〈국어〉의 '국어 지식'에서 이루게 한 제7차 교육 과정에 대한 교육부의 해설은9) 현재와 같은 문법 교육의 경시를 더욱 조장하는 셈이 되었으며, 이는 실제적으로 학교 현장에서 〈문법〉을 거의 선택하지 않는 것으로 이어졌다고 볼 수 있다.

게다가 〈국어〉 교과의 목표를 '언어활동과 언어와 문학의 본질을 총체적으로 이해하고, 언어활동의 맥락과 목적과 대상과 내용을 종합적으로 고려하면서 국어를 정확하고 효과적으로 사용하며, 국어 문화를 바르게 이해하고, 국어의 발전과 민족의 언어문화 창달에 이바지할 수 있는 능력과 태도를 기르는' 것으로 규정하고 있기 때문에 '국어 지식'을 부차적인 것으로 생각하게 되는 것이다.

따라서 국어에 관한 체계적인 지식의 습득을 문법 교육의 목표로 삼는다면 차라리 〈국어〉 교과에서 '국어 지식'을 삭제하고 〈문법〉 교과를 필수 과목으로 설정하여 문법 교육 영역의 책임 소재를 분명히 해야 할 것이다. 그러면 '국어 지식'을 삭제한 〈국어〉 교과에서는 위에서 말한 〈국어〉 교과의 목표에 맞게 교육할 수 있을 것이며, '국어 지식'은 단편적인 학습으로 이루어질 성질이 아니므로 〈문법〉을 별도 필수 과목으로 독립시킴으로써 학습 내용의 체계성과 교사의 전문성을 확보할 수 있을 것이다. 그렇다면 위 (4)의 구도는 아래와 같이 조정되어야 할 것이다.

---

9) "심화 선택 과목은 학생의 진로, 적성과 소질을 계발하는 데 도움을 주기 위한 과목이기 때문에 원론적으로 보면 국어국문학과나 국어교육학과 또는 문예창작학과 등 국어나 문학 관련 학과에 진학할 학생들이 선택하여 이수하는 것으로 보아야 한다."(허재영 2004 재인용)

(5) 〈국어〉의 '국어 지식'과 〈문법〉

국어 규범 문법

↓

(간이화1)

↓

고등학교 국어 문법

↓

(간이화2)

↓

중학교 국어 문법

↓

(간이화3)

↓

초등학교 국어 지식

여기에서 〈문법〉을 필수 과목으로 설정해야 하는 것에 대한 논의가 필요하다. 제7차 교육 과정에서는 〈국어〉 교과의 교육 내용을 '듣기, 말하기, 읽기, 쓰기, 국어 지식, 문학'의 여섯 영역으로 구분하고 각각의 영역에 대한 성격을 다음과 같이 규정하고 있다.

(6) 국어과의 성격(제7차 교육 과정)

국민 공통 기본 교과인 국어과의 교육 내용은 듣기, 말하기, 읽기, 쓰기, 국어 지식, 문학의 여섯 영역으로 구성한다. 국어 학습은 국어 생활을 정확하고 효과적으로 하며, 국어의 발전과 국어 문화의 계승, 발전에 필요한 능력과 자질을 기르는 데 필요한 지식과 기능과 태도가 유기적으로 통합되게 운용한다. 특히, 국어과 학습은 학습자가 국어 사용 상황에 능동적으로 참여하고 자신의 언어를 창조적으로 사용하는 언어 활동을 강조하여 국어의 가치를 체험 할 수 있게 한다. '듣기', '말하기', '읽기', '쓰기' 영역의 학습은 실제적인 목적으로 표현하고 이해하는 언어 활동을 강조하여 창조적 국어 사용 능력이 향상되게 한다. '국어 지식' 영역의 학습은 언어 현상에서 규칙을 찾아내는 탐구 학습 활동을 중심으로 하되, 학습한 지식을 국어 사용 상황

<u>에 적용하는 활동을 강조한다.</u> '문학' 영역의 학습은 문학 작품을 스스로 찾아 읽고 토론하는 학습 활동을 중시하여 작품에 나타난 인간의 삶을 총체적으로 이해하고 문학적 상상력이 향상되도록 한다. (밑줄 필자)

'듣기, 말하기, 읽기, 쓰기'는 언어 사용 기능이며, '국어 지식'은 언어 자체에 대한 지식이고, '문학'은 언어로 이루어진 예술 작품이므로 〈국어〉 교과 측면에서 보면 언어 사용 기능은 언어적 양상에 해당하며, '국어 지식'은 언어적 지식에 해당하고, '문학'은 언어적 대상에 해당한다. 그런데 〈국어〉 교과의 직접적인 목표를 언어 사용 기능의 향상에 둘 경우에 '국어 지식'은 '듣기, 말하기, 읽기, 쓰기'의 전제가 되는 것이므로 독립적인 영역으로 설정할 필요가 있지만, '문학'은 언어를 통해 이루어진 결과물로서 언어 사용 기능의 향상을 위한 직접적인 대상이 되는 것이므로 독립적인 영역으로 설정할 필요는 없다. 그리고 언어적 대상에는 문학 작품만이 있는 것은 아니므로 비문학적인 것까지를 언어적 대상에 포함하여 〈국어〉와 〈문법〉 교과의 영역을 도식화하여 보이면 아래와 같다(최호철 1993 참조).

(7) 〈국어〉와 〈문법〉 교과의 영역

언어적 지식	〈문법〉	언어							
언어적 양상	〈국어〉	말하기		듣기		읽기		쓰기	
언어적 대상		문학	비문학	문학	비문학	문학	비문학	문학	비문학

3. 문법 교과서 명칭

기존 문법 교과서의 명칭은 '문법, 말본, 표준 문법, 표준 말본, 국어 문법, 나라 말본, 우리 문법, 조선 문법' 등 다양하다. 이들은 '말본' 계열과

'문법' 계열, 특정 언어를 적시한 것과 그렇지 않은 것, 문법의 성격을 명시한 것과 그렇지 않은 것으로 분류할 수 있다.

(8) 문법 교과서 명칭의 분류

'말본' 계열	특정 언어 적시하지 않음	성격 명시함	표준 말본	①	4종
		성격 명시하지 않음	말본	②	3종
	특정 언어 적시함		나라 말본	③	1종
'문법' 계열	특정 언어 적시하지 않음	성격 명시함	표준 문법	④	3종
		성격 명시하지 않음	문법	⑤	19종
	특정 언어 적시함		국어 문법, 우리 문법	⑥	3종
			조선 문법	⑦	2종

① 표준 말본 (4종) : 장하일(1949ㄱ, 1949ㄴ), 정인승(1949, 1956).
② 말본 (3종) : 최현배(1949, 1956, 1968).
③ 나라 말본 (1종) : 김윤경(1957).
④ 표준 문법 (3종) : 김민수·이기문(1968), 정인승(1968), 허웅(1968).
⑤ 문법 (19종) : 이희승(1956, 1968), 김민수·남광우·유창돈·허웅(1960), 이을환(1967), 강복수·유창균(1968), 강윤호(1968), 양주동·유목상(1968), 이명권·이길록(1968), 이숭녕(1968), 이인모(1968), 김민수(1979), 김완진·이병근(1979), 이길록·이철수(1979), 이응백·안병희(1979), 허웅(1979), 문교부(1985), 교육부(1991, 1996, 2002).
⑥ 국어 문법 (2종) : 이희승(1949), 이숭녕(1956)
   우리 문법 (1종) : 이은정(1968).
⑦ 조선 말본 (2종) : 최현배(1948), 이인모(1949).

위에서 본 문법 교과서의 명칭은 '말본' 계열과 '문법' 계열의 비율이 8 대 27이며, 특정 언어를 적시한 것과 그렇지 않은 것의 비율이 6 대 29이고, 문법의 성격을 명시한 것과 그렇지 않은 것의 비율이 7 대 28이다. 여기에서 우선 '말본' 계열과 '문법' 계열은 단어 선택의 문제라고 할 수 있으므로 선택된 비율에 따라 '말본'보다는 '문법'을 선택하는 데 큰 문제가 없을 것이다.

다음으로 특정 언어의 적시 여부에 대해서는 그 문법이 당연히 대내적으로 사용되기 때문에 그것을 특별히 적시하지 않아도 별다른 오해는 없겠으나, 앞에서 논의한 바대로 외국인을 위한 문법을 별도로 설정할 수밖에 없는 상황에서는 특정 언어를 적시하는 것이 좋을 것 같다. 따라서 이미 '한국어'와 '국어'를 구분하여 사용하는 현재의 실정을 고려하면 내국인을 위한 문법에는 대내적인 명칭인 '국어'를 사용해도 좋을 것 같다.

마지막으로 문법 성격의 명시 여부에 대해서는 규범 문법과 학교 문법을 구분한다는 점에서 '학교'라는 단어를 사용하는 것이 좋을 것 같다. 기존의 문법 교과서에서 사용한 '표준'이라는 말을 '표준할'의 의미로 받아들일 수 있다면(임홍빈 2000), 그 '표준할'은 '규범'이 될 것이며, '규범 문법'은 '학교 문법'의 바탕이 되는 것이므로 '표준 문법'이라고 하는 것보다는 그 의미를 내포하는 '학교 문법'이라고 해도 괜찮을 것 같다. 그렇다면 문법 교과서의 명칭은 현행 중등 교육 기관의 구분에 따라 각각 「중학교 국어 문법」, 「고등학교 국어 문법」으로 부를 수가 있을 것이다.

(9) 문법 교과서 명칭
　ㄱ. 「중학교 국어 문법」: 「고등학교 국어 문법」을 중학교 교육 과정에 맞게 간이화한 것.
　ㄴ. 「고등학교 국어 문법」: 규범 문법의 내용을 고등학교 교육 과정에 맞게 재편성한 것.

4. 단원의 구성

문법의 범위와 관련하여 전통적인 라틴 문법(Latinate grammar)에서는 5

개 부문의 '정서법(orthography)·어원론(etymology)·통사론(syntax)·운율론(prosody)·구두법(punctuation)'으로 보았고, 학문 문법(scholarly grammar)에서는 3개 부문의 '음운론(phonology)·형태론(accidence)·통사론'이나 '어휘론(lexicology, 조어론)·형태론(accidence)·통사론' 또는 2개 부문의 '형태론(accidence)·통사론'으로 보았으며, 구조 문법(structural grammar)에서는 2개 부문의 '형태론·통사론'이나 3개 부문의 '음운론(phonemics)·형태론(morphemics)·통사론'으로 보았다. 그리고 변형 문법(transformational grammar)에서는 3개 부문으로 보았는데, 초기에는 '구절구조·변형구조·형태음소구조'로, 다음에는 중심이 되는 '구문부문'과 해설하는 '음운부문·의미부문'의 체계로, 최근에는 '의미부문'을 중심으로 '구문부문·음운부문'으로 보는 경향이 있다(김민수 1982: 19~21).

 이와 같은 이론 문법의 분류와는 달리 학교 문법에서는 일반적으로 형태론과 통사론을 구성 부문으로 보지만, 여기에 음운론을 추가하기도 하고 경우에 따라서는 표기법, 의미론 등이 더해지기도 하여 그 범위가 일정치 않다. 여기에서는 문법의 범위를 기존의 학교 문법 교과서에 나타난 단원 구성을 바탕으로 파악해 볼 것이다. 학교 문법 교과서에는 단원 구성에 있어서 (10)과 같이 '어휘, 문장' 또는 '음운, 어휘'의 2부법, '음운, 어휘, 문장'이나 '어휘, 문장, 발화'의 3부법, '음운, 어휘, 문장, 발화'나 '음운, 어휘, 문장, 의미'의 4부법, '음운, 어휘, 문장, 발화, 의미'의 5부법 등 모두 4유형으로 나타난다.[10]

 (10) 국어 문법 교과서 단원 구성상의 하위 부문(1)
  ㄱ. 2부문 (10종)

---

[10] 문법의 하위 부문을 나타낼 경우에는 '형태론, 통사론' 등으로 표현해야 하지만, 이 글에서는 편의상 언어의 구성 요소나 구성단위를 가리키는 '음운, 의미, 어휘, 문장, 발화' 등으로 사용한다. '단어'로 표현하지 않고 '어휘'로 표현한 것은 '어휘'가 '단어'를 포괄할 수 있기 때문이다.

　음운, 어휘 : 최현배(1948)

　음운, 어휘, 띄어쓰기 : 장하일(1949ㄱ)

　어휘, 문장 : 이희승(1949, 1956, 1968), 정인승(1949), 정인승(1956), 김민수·남광우·유창돈·허웅(1960), 정인승(1968)

　어휘, 문장, 구두점 : 장하일(1949ㄴ)

ㄴ. 3부문 (18종)

　음운, 어휘, 문장 : 이인모(1949), 이숭녕(1956), 최현배(1956), 김윤경(1957), 강윤호(1968), 김민수·이기문(1968), 양주동·유목상(1968), 이숭녕(1968), 이인모(1968), 최현배(1968), 허웅(1968), 김민수(1979), 김완진·이병근(1979), 이응백·안병희(1979), 허웅(1979), 문교부(1985)

　음운, 어휘, 문장, 언어생활 : 이은정(1968)

　어휘, 문장, 발화 : 강복수·유창균(1968)

ㄷ. 4부문 (4종)

　음운, 어휘, 문장, 발화 : 이을환(1967)

　음운, 어휘, 문장, 발화, 언어생활 : 이명권·이길록(1968), 이길록·이철수(1979)

　음운, 어휘, 문장, 의미 : 교육부(1991)

ㄹ. 5부문 (2종)

　음운, 어휘, 문장, 발화, 의미, 규범 : 교육부(2002)

　음운, 어휘, 문장, 발화, 의미, 규범, 언어생활 : 교육부(1996)

　그런데 최현배(1948)은 중등학교 초급용으로서 고급용인 최현배(1956)을 바탕으로 한 것이기 때문에 '음운, 어휘'로 분류한 전자는 실질적으로 '음운, 어휘, 문장'으로 분류한 후자로 통합할 수 있으며, '음운, 어휘'로 분류한 장하일(1949ㄱ)은 중학 1,2학년용이고 '어휘, 문장'으로 분류한 장하일(1949ㄴ)은 3학년용이기 때문에 이 둘은 하나로 통합할 수 있다. 따라서 '음운, 어휘'로 분류한 것은 사실상 존재하지 않으며, '어휘, 문장'으로 분류한 것과 '음운, 어휘'로 분류한 것은 하나로 통합하여 '음운, 어휘, 문장'으로 분류한 것에 추가할 수 있다. 이를 감안하여 정리하면 (11)과 같다.

(11) 국어 문법 교과서 단원 구성상의 하위 부문(2)

2부법	어휘, 문장	7종
3부법	음운, 어휘, 문장	18종
	어휘, 문장, 발화	1종
4부법	음운, 어휘, 문장, 발화	3종
	음운, 어휘, 문장, 의미	1종
5부법	음운, 어휘, 문장, 발화, 의미	2종

　(11)에 따르면 학교 문법 교과서 단원 구성상의 하위 부문에서 '음운, 어휘, 문장'의 3부법으로 본 것이 18종으로 가장 많고, '어휘, 문장'의 2부법으로 본 것이 7종으로 그 다음을 차지한다. 여기에서 '문법'을 좁은 의미로 해석할 경우에 '음운, 의미'는 문법의 범위에서 제외되어야 할 것이다. 그러나 학교 문법은 실용 문법에 속하므로 '문법'을 좁은 의미로 해석할 것이 아니라 국어에 관한 체계적인 지식의 습득이라는 차원에서 넓은 의미의 '문법'으로 해석하면 '음운, 의미' 등도 포함할 수 있을 것이다.[11]

　여기에서 '음운'과 '의미'를 학교 문법 교과서에 포함한다고 할 때 그 단원 구성은 어떻게 할 것인가가 문제이다. '음운, 의미'는 '문법'의 하위 부문인 '어휘, 문장, 발화'에 추가되는 것이기 때문에 '어휘, 문장, 발화'와 병렬적으로 배열할 수도 있고, '음운, 의미'는 언이의 구성 요소로서 언어의 구성단위인 '어휘, 문장, 발화'와 그 차원이 다르므로 '어휘, 문장, 발화' 각각을 기술하는 곳에서 입체적으로 기술할 수도 있겠다. 그런데 '의미'는 언어의 단위에 따라 그 의미가 다르므로 '어휘, 문장, 발화' 각각을 기술하는 곳에서 입체적으로 기술할 수 있으나, '음운'은 '장단, 억양, 휴지' 등을 제외하면 한 번 기술한 것이 다른 단위에서 반복적으로 나타나므로 기술의 효율성을 위하여 '어휘, 문장, 발화'와 병렬적으로 배열하는 것이 좋겠다.[12]

---

11) 이때 중등학교 교과 명칭인 〈국어 문법〉과 국어학의 하위 부문인 '국어 문법'은 그 외연이 달라진다.
12) '음운' 부문을 독립적인 단원으로 설정한다 하더라도 '장단'은 '어휘' 부문에서,

또한 기존의 문법 교과서 가운데에는 '맞춤법(띄어쓰기), 문장부호, 발음법, 표준어' 등과 같은 규정과 '언어생활'에 관한 내용이 들어 있기도 하지만, '언어생활'은 '국어 지식'으로 보기가 어려우므로 '국어 지식'을 삭제한 〈국어〉 교과에서 기술하는 것이 더 나을 것 같으며, '맞춤법(띄어쓰기), 문장부호, 발음법, 표준어' 등과 같은 규정은 이와 관련이 있는 '음운, 어휘, 문장, 발화' 단원에서 각각 기술하는 것이 좋을 것이다.

여기에서 규정과 관련하여 논의하면 우리의 규정은 태생적으로 일반 대중들이 별도로 익혀야 하는 것으로 나온 것이 아니라 사전 편찬을 위한 지침으로 나온 것이었다. 따라서 그 규정은 사전 편찬이 완료되면 하나의 역사적 자료로 남게 되고, 일반 대중은 편찬된 사전을 이용함으로써 국어의 규범을 지킬 수 있는 것이다. 그런데 일제 식민 통치 시기에 만들기 시작한 사전은 1957년에야 완성되었기 때문에 광복 직후에 국어 회복 운동 차원에서 그 규정이 중요한 교재로 사용되었던 것이다. 그런데 광복 직후 일반 대중을 대상으로 교육하였던 규정이 사전이 나온 이후에도 계속적으로 중요한 교육 자료로 사용됨으로써 일반 대중들은 물론 국어 연구자까지도 그 규정만 익히면 국어 규범을 바로 지킬 수 있을 것이라는 생각을 하게 된 것이다. 현재까지도 이러한 생각이 이어진 것은 바로 이러한 특수한 역사적 상황에서 말미암은 것이다.

현재는 1957년 이후 상당수의 사전 발행과 더불어 국가에서 편찬한 표준 국어사전도 있으며 그 사전을 이용하기에도 커다란 불편이 없는 상황이다. 따라서 이제는 그 규정만 익히면 국어 규범을 바로 지킬 수 있을 것이라는 생각을 버리고, 일반 대중들은 표준 국어사전을 이용하여 국어 규범을 익혀 나가도록 해야 할 것이다. 이런 측면에서 국어 규정 자체를 일반 대중들에게 공개적으로 드러내거나 교육하지 말 것이며, 그 규정은 역사적 자료

'억양'은 문장 부문에서, '휴지'는 '문장, 발화' 단위에서 다시 입체적으로 기술되어야 할 것이다.

로 남겨 두어야 할 것이다. 그렇다면 문법 교과서에도 규정을 별도의 단원
으로 설정하거나 부록에 둘 필요가 없다.[13] 대신 규정의 '맞춤법의 자모 글
자'는 '음운' 부문에서, '맞춤법의 형태 표기, 표준어, 발음법'은 '어휘' 부문
에서, '맞춤법의 띄어쓰기, 문장부호'는 '문장' 부문에서 그 단원과 관련하여
기술하면 될 것이다.[14] 그러면 학교 문법 교과서 단원 구성상의 하위 부문
은 '음운, 어휘, 문장, 발화'로 설정할 수 있다.

(12) 학교 문법 교과서 단원 구성상의 하위 부문
　　 4개 부문 : 음운, 어휘, 문장, 발화

학교 문법 교과서의 구성은 '음운, 어휘, 문장, 발화'로만 이루어지지 않
는다. (13)에 정리된 것과 같이 기존의 문법 교과서 34종 가운데에서 총설
단원을 설정한 것이 28종, 부록을 설정한 것이 27종이므로 그 설정은 필요
하다고 본다. 대체로 총설 단원에는 전반적인 내용이 실릴 수 있고, 부록에
는 국어 문법의 기술에서 직접적인 자료가 되는 것이 실릴 수 있다.

(13) 국어 문법 교과서의 단원 구성상의 '총설, 부록' 설정
　ㄱ. 총설 설정 (28/34종)
　　　 최현배(1948), 이인모(1949), 이희승(1949, 1956, 1968), 장하일(1949

---

13) 국어 규정의 체계를 익히는 것과 국어 규범에 맞는 국어 생활을 하는 것은 차이
　　가 있다. 학교 문법에서 국어 규정을 언급하는 것은 그 목표가 학생들로 하여금
　　국어 규범에 맞는 국어 생활을 하도록 하는 데 있는 것이지 국어 규정 자체의
　　체계를 익히게 하는 데 있지 않다. 국어 규정을 체계적으로 익혔을 때 국어 규
　　범에 맞는 국어 생활이 보장된다면 국어 규정의 체계적인 교육이 필요하겠지만
　　그렇지 못할 경우에는 재고해 보아야 한다. 광복 후 지금까지 국어 규정에 대한
　　교육이 계속적으로 실시되어 온 사실과 현재의 국어 생활 현실을 직시할 때 이
　　른바 국어 규정의 체계적인 교육이 안고 있는 문제점을 인정하고 그 문제점을
　　해결해 나갈 수 있는 방안을 찾아야 할 것이다.
14) 이러한 형식을 갖춘 문법 교과서로는 최현배(1948,1968), 이을환(1967), 강윤호
　　(1968), 이명권·이길록(1968), 이은정(1968), 이인모(1968), 허웅(1968,1979)
　　등이 있다.

ㄴ), 정인승(1949), 이숭녕(1956), 정인승(1956), 최현배(1956), 김윤경(1957), 김민수·남광우·유창돈·허웅(1960), 이을환(1967), 강복수·유창균(1968), 김민수·이기문(1968), 이숭녕(1968), 이인모(1968), 정인승(1968), 최현배(1968), 허웅(1968), 김민수(1979), 이길록·이철수(1979), 이응백·안병희(1979), 허웅(1979), 문교부(1985), 교육부(1991), 교육부(1996), 교육부(2002)

ㄴ. 부록 설정 (27종/34)종

이인모(1949), 이희승(1949, 1956, 1968), 장하일(1949ㄱ,1949ㄴ), 이숭녕(1956), 정인승(1956), 김민수·남광우·유창돈·허웅(1960), 이을환(1967), 강복수·유창균(1968), 강윤호(1968), 김민수·이기문(1968), 양주동·유목상(1968), 이명권·이길록(1968), 이숭녕(1968), 이은정(1968), 이인모(1968), 정인승(1968), 최현배(1968), 김민수(1979), 김완진·이병근(1979), 이길록·이철수(1979), 문교부(1985), 교육부(1991), 교육부(1996), 교육부(2002)

학교 문법 교과서의 단원을 '음운, 어휘, 문장, 발화'로 구성한다 할 경우에 남은 문제는 이들의 배열 순서이다. 기존의 문법 교과서에서 선택한 단원의 순서는 '음운, 어휘, 문장'의 3부문만을 염두에 둘 경우에 (14)에 정리한 바와 같이 '음운-어휘-문장' 순의 배열이 17종, '음운-문장-어휘' 순의 배열이 6종, '어휘-문장-음운' 순의 배열이 8종, '어휘-음운-문장' 순의 배열이 3종으로 모두 4가지 유형으로 나타난다.

(14) 국어 문법 교과서 단원 구성상의 문법 하위 부문 배열

ㄱ. 음운-어휘-문장 순 : 17종

음운, 어휘 : 최현배(1948)

음운, 어휘, 문장 : 이숭녕(1956), 최현배(1956), 김윤경(1957), 강윤호(1968), 이인모(1968), 최현배(1968)

음운, 어휘, 문장, 발화 : 이을환(1967)

음운, 어휘, 문장, 의미, 발화, 언어생활, 규범 : 교육부(1996)

음운, 어휘, 문장, 의미, 발화, 규범 : 교육부(2002)

언어생활, 음운, 어휘, 문장 : 이은정(1968)

어휘, 문장 : 이희승(1949, 1956, 1968), 정인승(1949), 정인승(1956)

어휘, 문장, 발화 : 강복수·유창균(1968)

ㄴ. 음운-문장-어휘 순 : 6종

음운, 문장, 발화, 어휘, 언어생활 : 이길록·이철수(1979)

음운, 문장, 어휘 : 이숭녕(1968)

음운, 문장, 어휘, 발화, 언어생활 : 이명권·이길록(1968)

문장, 어휘 : 김민수·남광우·유창돈·허웅(1960), 양주동·유목상(1968), 정인승(1968)

ㄷ. 어휘-문장-음운 순 : 8종

어휘, 문장, 음운 : 이인모(1949), 김민수·이기문(1968), 허웅(1968), 김완진·이병근(1979), 이응백·안병희(1979), 허웅(1979), 문교부(1985)

어휘, 문장, 음운, 의미 : 교육부(1991)

ㄹ. 어휘-음운-문장 순 : 3종

어휘, 음운, 띄어쓰기 : 장하일(1949ㄱ)

어휘, 문장, 구두점 : 장하일(1949ㄴ)

어휘, 음운, 문장 : 김민수(1979)

이들은 다시 '음운'을 앞세운 경우와 '어휘'를 앞세운 경우로 대별할 때, '음운'을 앞세운 경우가 23종으로 '어휘'를 앞세운 경우보다 2배가 더 많다. 여기에서 알 수 있는 것은 '음운'이 '문법'의 본령이 아니므로 '어휘, 문장' 단원이 끝난 다음에 넣어야 한다는 생각보다는 국어에 관한 체계적인 지식을 교육하기 위해서는 언어의 작은 단위에서 큰 단위로 순차적인 배열이 효과적이라는 생각이 단연 우세하다는 것이다. 이는 '어휘'에 앞서 '문장'을 배열한 경우가 6종인데 비해 '어휘'를 '문장'보다 먼저 내세운 경우가 28종이라는 것을 볼 때 더욱 확실히 나타난다.

그리고 아래 (15)에서 보듯이 '어휘'와 '문장'의 관계를 고려하여 '어휘' 단원을 '문장' 단원의 앞뒤에 분리하여 설정하거나, 아니면 '문장' 단원을 '어휘' 단원의 앞뒤에 분리하여 설정하는 경우가 5종이 있는데, 언어의 작은 단위에서 큰 단위의 순서로 배열한다는 원칙을 고려할 때 특정 단위의 기술이 다 끝난 다음에 다음 단위의 기술로 넘어가는 것이 언어 지식의 체계적인 습득에 더 효과적일 것이라 생각한다.

(15) 국어 문법 교과서의 하위 부문 분리

　ㄱ. '문장' 부분을 분리 기술한 것 : 양주동·유목상(1968), 이숭녕(1968), 정인승(1968)

　ㄴ. '어휘' 부문을 분리 기술한 것 : 장하일(1949ㄱ)

　ㄴ. '문장, 어휘' 부문을 분리 기술한 것 : 김민수·남광우·유창돈·허웅(1960)

그러면 학교 문법 교과서의 단원은 (12)에서 정리한 '음운, 어휘, 문장, 발화'에 '총설'과 '부록'을 포함하여 (16)과 같은 순서로 배열될 수 있을 것이다.[15]

(16) 학교 문법 교과서의 단원 구성

　ㄱ. 총설　ㄴ. 음운　ㄷ. 어휘　ㄹ. 문장　ㅁ. 발화　[부록]

---

15) 박덕유(2004)에서는 단원 구성을 '1.언어 영역, 2.음운 영역, 3.형태(단어) 영역, 4.문장 영역, 5.의미 영역, 6.담화 영역, 7.국어 규범 영역, 8.국어의 변천과 발전 영역'의 8개 영역으로 세분하여 제시하고 있다.

5. 단원의 내용

위의 (16)에서 보인 바와 같이 학교 문법 교과서의 단원은 '총설, 음운, 어휘, 문장, 발화' 5개의 단원과 '부록'으로 구성할 수 있다. 여기에서는 고등학교 문법 교과서를 기준으로 각 단원에 들어가야 할 내용을 항목화하여 개략적으로 살피기로 한다. 각 단원의 구체적인 기술 항목과 그 배열 등은 해당 단원의 성격과 교육적 효과를 고려하여 적절히 편성할 수 있을 것이다.[16)

5.1. 총설 부문의 내용

기존 문법 교과서의 총설 단원에 든 것을 정리하면 (17)과 같고, 이를 분류하여 정리하면 '언어의 본질, 언어와 문화·사회·인간, 문법, 언어의 단위, 언어생활' 등으로서 (18)과 같다.

(17) 국어 문법 교과서의 단원 구성상의 '총설'의 내용(1)[17)
    강복수·유창균(1968): 말의 단위, 말의 단위와 문법, 문장성분, 문장성분과 단어, 단어의 구성
    교육부(1991): 언어와 문화·사회, 문법과 문법 지식
    교육부(1996): 언어와 인간, 국어의 특질
    교육부(2002): 언어의 본질, 언어와 인간, 국어와 한글
    김민수(1979): 언어와 국어, 문장과 문법, 성분과 품사, 국어의 문형
    김민수·남광우·유창돈·허웅(1960): 국어와 국어문제, 국어의 음운과 여

---

16) 이에 대한 구체적인 기술은 각론의 체재와 구성의 분석으로 미루고 여기에서는 생략한다.
17) 세부 항목이 특별히 명시된 것으로 한정함.

러 법칙, 국어의 어휘와 여러 법칙, 문법과 언어분석

김민수 · 이기문(1968): 언어와 국어, 문장과 문법, 국어의 문형

문교부(1985): 언어와 문화 · 사회, 문법과 문법 지식

이길록 · 이철수(1979): 언어 생활과 문법, 국어와 국자의 이해

이숭녕(1968): 문법의 규정, 국어와 국자, 표준말과 사투리

이을환(1967): 문법의 의의와 목적, 문법의 종류와 역사, 말과 글, 국어와 국문

이응백 · 안병희(1979): 국어와 문법, 문법의 단위, 품사 분류, 문장의 구성

이인모(1949): 말소리, 말/글, 말본, 월, 낱말

이인모(1968): 말과 글자, 문법학의 개념, 문장의 성분과 품사

이희승(1949,1956,1968): 말과 글, 문장과 문법, 품사개설, 주어 · 서술어 · 관형어 · 부사어, 활용

장하일(1949ㄴ): 월, 마디, 낱말, 이은말

정인승(1949): 우리말의 소리 법칙, 우리말 짜임의 방식

정인승(1956): 우리말 소리에 관하여, 우리말 형태에 관하여

정인승(1968): 낱말과 문장, 문장의 두 부분, 문장의 성분, 문장 성분의 종류, 문장 구조의 기본 형식, 문장 형식의 특수 경우

허웅(1968,1979): 말과 문장, 품사와 말소리

(18) 국어 문법 교과서의 단원 구성상의 '총설'의 내용(2)

ㄱ. 언어의 본질　　　　　ㄴ. 언어와 문화 · 사회 · 인간

ㄷ. 문법　　　　　　　　ㄹ. 언어의 단위

ㅁ. 언어생활

　(18)에 보인 내용을 우리의 '국어'라는 특정 언어에 초점을 맞추어 조정하면 언어 일반에 관한 내용은 모두 국어 일반에 관한 내용으로 바꾸어 기술해야 할 것이다. 따라서 '언어의 본질'은 '국어의 특질' 내용으로, '문법'은 '국어 문법' 내용으로, '언어의 단위'는 '국어의 단위' 내용으로 바꾸어 기술해야 할 것이고, '언어와 문화 · 사회 · 인간'은 '언어생활'에 통합하되 '언어

생활'은 앞에서 언급한 바대로 〈국어〉 교과에서 기술할 것이므로 여기에서
는 제외한다. 그리고 배열의 순서는 일반적인 것에서 특수한 것으로 조정
하면 국어 문법 교과서의 총설 부문의 내용은 (19)와 같이 정리된다.

(19) 고등학교 문법 교과서 총설 부문의 내용
 ㄱ. 국어의 특질   ㄴ. 국어 문법   ㄷ. 국어의 단위

5.2. 본문의 내용

아래 (20)에서 보듯 기존 문법 교과서의 본문에[18] 기술된 내용은 앞의
(16)에 제시한 '음운, 어휘, 문장, 발화' 이외에 '의미, 규범, 언어생활' 등이
포함되어 있다. 그러나 앞에서 논의한 바대로 '의미, 규범'은 해당 단원에서
입체적으로 기술하면 되고, '언어생활'은 〈국어〉 교과에서 기술하면 될 것
이므로 여기에서는 '음운, 어휘, 문장, 발화' 단원에 대해서만 논의할 것이다.

(20) 국어 문법 교과서 단원의 내용
 ㄱ. 음운: (21) 참고
 ㄴ. 어휘: (23) 참고
 ㄷ. 문장: (25) 참고
 ㄹ. 발화: (27) 참고
 ㅁ. 의미
  교육부(1991): 언어의 의미, 소리와 의미의 관계, 의미의 종류, 단어들의 의
  미 관계, 의미의 사용, 의미의 변화
  교육부(1996,2002): 언어와 의미, 단어 간의 의미 관계
 ㅂ. 규범
  강윤호(1968): 문장 부호

---

18) '본문'은 서론에 해당하는 '총설' 부분에 대하여 '음운, 어휘, 문장, 발화' 부분을
   통칭하여 표현한 것이다.

이명권·이길록(1968): 문장부호

이은정(1968): 구둣법

이을환(1967): 문장 부호

이인모(1968): 문장 부호

장하일(1949ㄱ): 띄어쓰기

장하일(1949ㄴ): 월점

최현배(1948): 맞춤법

최현배(1968): 문장 부호

허웅(1968,1979): 문장 부호

ㅅ. 언어생활

교육부(1996): 바른 언어생활

이길록·이철수(1979): 말의 호응, 높임말법, 국어의 순화

이명권·이길록(1968): 말의 호응, 높임말법, 국어의 순화

이은정(1968): 표준말과 사투리, 유행어·은어·속어, 외래어 문제, 경어법

5.2.1. 음운 단원

기존 문법 교과서의 음운 단원에 든 것을 정리하면 (21)과 같다.

(21) 국어 문법 교과서 음운 단원의 내용

강윤호(1968): 언어음과 발음, 음운과 그 변화

교육부(1991): 음성과 음운, 국어의 음운, 음절, 음운의 변동, 사잇소리 현상, 어감의 분화

교육부(1996): 음운과 음절, 음운의 변동

교육부(2002): 음운과 음운 체계, 음운의 변동

김민수(1979): 발음과 음소, 음절과 두음 규칙, 말음 규칙과 동화, 원칙과 예외

김민수·이기문(1968): 발음과 맞춤법

김완진·이병근(1979): 음성과 음운, 모음/자음, 음절, 음운의 결합과 형태소, 음운의 변동

김윤경(1957): 목소리의 갈래, 닿소리/홀소리의 갈래, 소리의 고룸, 버릇소리

문교부(1985): 국어의 음운, 모음과 자음, 소리의 길이, 음절, 음운의 변동, 사잇소리 현상, 어감의 분화

이길록·이철수(1979): 음운과 음성, 음운의 종류, 음운의 이어짐, 음운의 변동

이숭녕(1956): 음운 체계, 모음론/자음론

이숭녕(1968): 바른 발음, 발음의 변화, 국어의 어감, 음절의 강약과 장단

이은정(1968): 음성과 음운, 모음/자음, 음운의 연결, 음운 규칙, 음운 첨가, 음운의 생략, 음상과 어감

이을환(1967): 음성과 음운, 음운의 종류, 연음의 작용, 음운의 변화

이응백·안병희(1979): 음성과 음운 및 문자, 국어의 음성, 음절과 음의 장단, 음운의 변이, 음상과 어감

이인모(1949): 소리의 갈래, 소리마디, 소리의 달라짐

이인모(1968): 음운의 체계, 음운의 변화, 음운의 억양

장하일(1949ㄱ): 소리의 바뀜

최현배(1948): 닿소리/홀소리, 소리의 달라짐

최현배(1956): 소리의 갈래, 거듭소리, 소리의 닮음

최현배(1968): 홀소리와 닿소리, 울림소리와 안울림소리, 홀소리와 겹소리

허웅(1968): 우리말의 소리, 소리의 변동

이 단원은 국어 지식에 해당하는 음운에 대하여 정리하고 그와 관련이 있는 맞춤법의 자모 글자에 대하여 기술한다. 이를 위하여 먼저 음성에 대하여 기술하고, 다음으로 음운의 음소와 운소, 음운 체계, 음상, 음운 변동 등에 대하여 기술하며, 마지막으로 맞춤법의 자모 글자(로마자 표기 포함)에 대하여 기술한다.

(22) 학교 문법 교과서 음운 단원의 내용
　ㄱ. 음성과 그 종류　　　　　　ㄴ. 음운의 음소와 운소

ㄷ. 음운 체계　　　　　　ㄹ. 음상
ㅁ. 음운 변동　　　　　　ㅂ. 맞춤법의 자모 글자(로마자 표기 포함)

5.2.2. 어휘 단원

기존 문법 교과서의 어휘 단원에 든 것을 정리하면 (23)과 같다.

(23) 국어 문법 교과서 어휘 단원의 내용
　　강복수 · 유창균(1968): 씨
　　강윤호(1968): 품사, 품사의 전성
　　교육부(1996): 단어의 갈래, 단어의 짜임새
　　교육부(2002): 단어의 형성, 품사
　　김민수(1979): 단어의 구조
　　김민수 · 남광우 · 유창돈 · 허웅(1960): 토와 어미, 품사
　　김민수 · 이기문(1968): 어절과 단어
　　김완진 · 이병근(1979): 품사, 단어의 구성, 품사의 전성
　　김윤경(1957): 씨
　　문교부(1985,1991): 문장과 단어, 품사, 단어의 형성
　　양주동 · 유목상(1968): 품사, 품사의 전성
　　이길록 · 이철수(1979): 품사, 품사의 전성, 단어의 구성
　　이명권 · 이길록(1968): 품사, 품사의 전성, 단어의 구성
　　이숭녕(1956): 조어, 품사
　　이숭녕(1968): 품사, 품사의 전성
　　이은정(1968): 품사, 품사의 전성, 말의 단위, 의미부와 형태부, 단일어와
합성어, 형태부의 변화
　　이을환(1967): 품사, 품사의 전성, 단어의 구성
　　이응백 · 안병희(1979): 조어, 품사
　　이인모(1949): 씨
　　이인모(1968) : 품사, 품사의 조성과 전성
　　이희승(1949): 품사, 품사의 전성, 복합어, 접착어

이희승(1956): 품사, 품사의 전성, 복합어와 첩어, 접어

이희승(1968): 품사, 품사의 전성, 복합어와 첩어, 접사

장하일(1949ㄱ): 씨, 끝가지/앞가지, 겹씨, 준말

장하일(1949ㄴ): 품사

정인승(1949,1956): 씨

정인승(1968): 품사, 낱말의 됨됨이, 낱말의 성질상 분류, 낱말의 품사 변동

최현배(1948): 씨

최현배(1956): 씨, 씨의 짜힘, 씨의 몸바꿈

최현배(1968): 품사, 낱말의 몸바꿈

허웅(1968,1979): 낱말의 됨됨이, 품사

이 단원은 국어 지식에 해당하는 어휘에 대하여 정리하고 그와 관련이 있는 맞춤법의 형태 표기, 표준어, 발음법(장단 포함)에 대하여 기술한다. 이를 위하여 먼저 단어(형태소, 어절)에 대하여 기술하고, 다음으로 품사, 단어의 구조와 조어법, 어휘의 체계와 양상, 단어의 의미와 그 관계 등에 대하여 기술하며, 마지막으로 맞춤법의 형태 표기(외래어 표기 포함), 표준어, 장단, 발음법에 대하여 기술한다.

(24) 학교 문법 교과서 어휘 단원의 내용
　ㄱ. 단어(형태소, 어절)　　　ㄴ. 품사
　ㄷ. 단어의 구조와 조어법　　ㄹ. 어휘의 체계와 양상
　ㅁ. 단어의 의미와 그 관계　　ㅂ. 맞춤법의 형태 표기(외래어 표기 포함)
　ㅅ. 표준어　　　　　　　　　ㅇ. 발음법(장단 포함)

5.2.3. 문장 단원

기존 문법 교과서의 문장 단원에 든 것을 정리하면 (25)와 같다.

(25) 국어 문법 교과서 문장 단원의 내용

강복수·유창균(1968): 문장성분의 짜임, 문장성분의 배열, 구와 절, 문장의 구성, 문장의 호응

강윤호(1968): 문장의 요소, 문장의 종류와 운용

교육부(2002): 문장의 성분, 문장의 짜임, 문법 요소

김민수(1979): 구문과 분석, 문장의 색채, 단문의 구조, 구절의 구조, 요소의 호응, 문장의 접속

김민수·남광우·유창돈·허웅(1960): 문형과 성분, 성분 배열, 구문 도해, 바른 문장

김민수·이기문(1968): 주부와 서술부, 단문의 구조, 문장의 색채, 구절의 구성, 요소의 호응, 문장의 접속

김완진·이병근(1979): 문장 성분, 문장의 기본, 문장의 확대와 문장의 분류, 긍정과 부정, 화법과 인용, 경어법

김윤경(1957): 감의 갈래, 감의 벌임, 감의 줄임, 마디의 갈래, 월의 갈래, 월의 풀이, 월의 그림 풀이

문교부(1985,1991,1996): 문장의 성분, 문법 요소의 기능과 의미, 문장의 짜임새

양주동·유목상(1968): 문장의 성립, 문장의 분석, 기본 문형, 연어 성분, 성분의 구성, 성분의 실제, 문장의 실제, 문장 성분의 호응, 문장의 연접

이길록·이철수(1979): 문장의 요소, 문장의 형식과 문형, 성분 관계와 구문 도해, 복잡한 문장, 문장 성분의 배열, 문장의 종류

이명권·이길록(1968): 말의 단위와 문장, 기본 문형, 성분의 배열과 생략, 문장의 종류

이숭녕(1956): 글의 성분, 글의 구조, 경어법, 글의 호응

이숭녕(1968): 문장의 구조, 문장의 분석

이은정(1968): 문장의 성분, 성분의 배열, 성분의 생략, 문의 종류

이을환(1967): 문장의 의의·재료·단위, 문장의 기본 형식과 구조, 문장의 종류

이응백·안병희(1979): 문장의 성분, 성분의 배열과 생략, 절, 성분의 상호 관련성, 문장의 종류

이인모(1949): 월의 조각, 월의 감

이인모(1968): 문장의 분립

이희승(1949,1956,1968): 문장의 성분, 성분의 배열과 생략, 문장의 구성

장하일(1949ㄴ): 월의 조각의 자리와 줄임

정인승(1949,1956): 월의 짜임, 마디, 월의 갈래

정인승(1968): 문장 편성의 규격, 문장 표현의 조응

최현배(1956): 월의 조각, 월조각의 벌림과 줄임, 마디, 월의 갈래

최현배(1968): 문장성분의 갈래, 문장성분의 되기, 문장성분의 벌림과 줄임, 절, 문장의 갈래

허웅(1968): 문장 성분의 단위, 문장 성분의 종류와 됨됨이, 문장 성분을 결합하는 수단과 그 상호 관계, 문장 분석의 방법과 문장의 종류

허웅(1979): 문장 성분의 단위, 문장 성분의 종류와 됨됨이, 문장 성분을 결합하는 수단과 상호 관계, 문장 분석의 방법과 그 종류, 문장 성분의 호응

이 단원은 국어 지식에 해당하는 문장에 대하여 정리하고 그와 관련이 있는 억양, 맞춤법의 띄어쓰기, 문장 부호에 대하여 기술한다. 이를 위하여 먼저 문장(구, 절)에 대하여 기술하고, 다음으로 문장 성분, 문장 종류, 문장의 구조와 분석, 문형, 화법(직접, 간접), 문장의 의미와 그 관계 등에 대하여 기술하며, 마지막으로 억양, 맞춤법의 띄어쓰기, 문장부호에 대하여 기술한다.

(26) 학교 문법 교과서 문장 단원의 내용

ㄱ. 문장(구, 절)　　　　　　ㄴ. 문장 성분

ㄷ. 문장 종류　　　　　　　ㄹ. 문장의 구조와 분석

ㅁ. 문형　　　　　　　　　ㅂ. 화법(직접, 간접)

ㅅ. 문장의 의미와 그 관계　ㅇ. 억양

ㅈ. 맞춤법의 띄어쓰기, 문장 부호

5.2.4. 발화 단원

기존 문법 교과서의 발화 단원에 든 것을 정리하면 (27)과 같다.

(27) 국어 문법 교과서 발화 단원의 내용
    강복수·유창균(1968): 문장의 접속, 단락의 접속
    강윤호(1968): 글의 구조
    교육부(1996): 이야기의 구성과 기능, 장면에 따른 표현과 이해
    교육부(2002): 이야기의 개념, 이야기의 요소, 이야기의 짜임
    이길록·이철수(1979): 글의 짜임과 문맥, 문장의 이어짐, 글의 단락과 문
    단의 이어짐
    이명권·이길록(1968): 문장의 접속 유형, 문단의 주제 및 전개, 글의 구성
    과 주제, 글의 형태와 문단, 글의 통일과 장면
    이을환(1967): 글의 단락과 접속 관계, 글의 구성, 표현과 통일

이 단원은 국어 지식에 해당하는 발화에 대하여 정리하고 그와 관련이 있는 휴지에 대하여 기술한다. 이를 위하여 먼저 발화(단락, 담화, 텍스트)에 대하여 기술하고, 다음으로 발화 종류, 발화 구조, 단락의 구성과 전개, 발화의 의미 등에 대하여 기술하며, 마지막으로 휴지에 대하여 기술한다.

(28) 학교 문법 교과서 발화 단원의 내용
    ㄱ. 발화(단락, 담화, 텍스트)   ㄴ. 발화 종류
    ㄷ. 발화 구조   ㄹ. 단락의 구성과 전개
    ㅁ. 발화의 의미   ㅂ. 휴지

5.3. 부록의 내용

기존 문법 교과서의 부록에 들어 있는 내용을 정리하면 아래 (29)와 같이 '문법 용어, 정서법, 토(조사, 어미) 일람, 옛말' 등으로 분류되는데,

(29) 국어 문법 교과서 부록의 내용

〈문법 용어〉

　강복수 · 유창균(1968): 문법 용어표

　양주동 · 유목상(1968): 문법 용어표

　이숭녕(1956): 문법 술어표

　이인모(1968): 문법 용어표

　이희승(1949): 문법 용어 대조표

　이희승(1956): 문법 용어 대조표

　장하일(1949ㄱ,1949ㄴ): 말본 용어 대조표

　최현배(1968): 술어 일람표

〈문법 용어, 정서법〉

　강윤호(1968): 한글 맞춤법 통일안, 문법 용어

　이숭녕(1968): 문장 부호, 문법 용어표, 불완전명사 일람표, 조사 일람표, 문법의 체계 몇 가지

　이은정(1968): 맞춤법 해설, 용어 대조표

　이을환(1967): 문법 용어표, 조사 일람표, 불완전명사 일람표, 띄어쓰기의 요령

　이희승(1968): 문장부호, 용어표

〈문법 용어, 토〉

　김민수 · 남광우 · 유창돈 · 허웅(1960): 토일람표, 어미일람표, 문법용어표

　이명권 · 이길록(1968): 동사 · 형용사의 활용표, 접두사 · 접미사 일람표, 세계의 언어 분포, 문교부 제정 문법 용어표

〈정서법〉

　김민수(1979): 정서법 요약, 띄어쓰기의 기준

　김민수 · 이기문(1968): 표준어와 맞춤법, 조사 일람표, 세계 언어 분포도, 국어 분포도

　김완진 · 이병근(1979): 문장 부호

　문교부(1985): 정서법

　이길록 · 이철수(1979): 문장 부호, 동사 · 형용사의 활용표

〈옛말〉
　교육부(1991): 옛말의 문법
　교육부(1996): 옛말의 문법, 우리말의 변천
　교육부(2002): 국어의 옛 모습, 국어의 변화
〈기타〉
　이인모(1949): 어찌씨에의 보탬, 토씨를 가르는 까닭, 씨가름의 견줌
　정인승(1956): 사람대이름씨 표
　정인승(1968): 우리말 소리의 특징

　‘문법 용어’ 부분은 이미 한자어 용어로 통일되어 가는 상황이므로 이에 대한 대비 일람을 굳이 첨부할 필요는 없겠고, ‘맞춤법, 표준어’ 등은 실제 내용이 각 단원에서 언급되므로 역시 부록에 둘 필요는 없을 것이며, ‘옛말’ 부분은 규범 문법이 현대의 표준어를 그 소재 언어로 하는 것이므로 학교 문법 교과서에서 굳이 기술할 필요는 없을 것이다. 그런데 ‘토(조사, 어미)’ 는 국어의 문법 기능과 관련한 절대적인 역할을 하는 것이므로 부록에 정리해 두어도 좋을 것이다.

　(30) 학교 문법 교과서 부록의 내용
　　토(조사, 어미) 일람

6. 맺음말

　이상에서 고등학교 문법 교과서의 체재와 구성에 초점을 맞추어 〈국어〉 의 ‘국어 지식’과 〈문법〉의 내용 사이의 관계를 논의하였고, 대한민국 정부 수립 이후에 발행된 고등학교 문법 교과서를 대상으로 문법 교과서의 명칭, 단원의 구성 및 내용에 대하여 살펴보았다.

〈국어〉의 '국어 지식'과 〈문법〉 내용 사이의 관계에서, 국어에 관한 체계적인 지식의 습득을 위해서는 〈국어〉 교과에서 '국어 지식'을 삭제하고 〈국어 문법〉 교과를 필수 과목으로 설정하여 문법 교육 영역의 책임 소재를 분명히 함으로써 문법 학습 내용의 체계성과 교사의 전문성을 확보할 수 있을 것이라 하였다.

또한 문법 교과서의 명칭은 중등 교육 기관의 구분에 따라 「중학교 국어 문법」, 「고등학교 국어 문법」으로 구분하고,

(31=9) 학교 문법 교과서 명칭
　ㄱ. 「중학교 국어 문법」 : 「고등학교 국어 문법」을 중학교 교육 과정에 맞게 간이화한 것.
　ㄴ. 「고등학교 국어 문법」 : 규범 문법의 내용을 고등학교 교육 과정에 맞게 재편성한 것.

학교 문법 교과서의 단원은 '음운, 어휘, 문장, 발화'를 중심 단원으로 설정하고 앞뒤에 '총설'과 '부록'을 두되, '의미' 부문은 '어휘, 문장, 발화' 단원에서 각각 개별적으로 기술함으로써 별도 단원 설정의 필요성을 인정하지 않았으며,

(32=16) 학교 문법 교과서의 단원 구성
　ㄱ. 총설　ㄴ. 음운　ㄷ. 어휘　ㄹ. 문장　ㅁ. 발화　[부록]

'총설, 음운, 어휘, 문장, 발화'의 각 단원과 '부록'에서 기술되어야 할 개략적인 내용의 항목을 정리해 보았다.

(33=19) 학교 문법 교과서 **총설** 부문의 내용
　ㄱ. 국어의 특질　　　　ㄴ. 국어 문법　　　　ㄷ. 국어의 단위

(34=22) 학교 문법 교과서 **음운** 단원의 내용

ㄱ. 음성과 그 종류 ㄴ. 음운의 음소와 운소

ㄷ. 음운 체계 ㄹ. 음상

ㅁ. 음운 변동 ㅂ. 맞춤법의 자모 글자(로마자 표기 포함)

(35=24) 학교 문법 교과서 **어휘** 단원의 내용

ㄱ. 단어(형태소, 어절) ㄴ. 품사

ㄷ. 단어의 구조와 조어법 ㄹ. 어휘의 체계와 양상

ㅁ. 단어의 의미와 그 관계 ㅂ. 맞춤법의 형태 표기(외래어 표기 포함)

ㅅ. 표준어 ㅇ. 발음법(장단 포함)

(36=26) 학교 문법 교과서 **문장** 단원의 내용

ㄱ. 문장(구, 절) ㄴ. 문장 성분

ㄷ. 문장 종류 ㄹ. 문장의 구조와 분석

ㅁ. 문형 ㅂ. 화법(직접, 간접)

ㅅ. 문장의 의미와 그 관계 ㅇ. 억양

ㅈ. 맞춤법의 띄어쓰기, 문장 부호

(37=28) 학교 문법 교과서 **발화** 단원의 내용

ㄱ. 발화(단락, 담화, 텍스트) ㄴ. 발화 종류

ㄷ. 발화 구조 ㄹ. 단락의 구성과 전개

ㅁ. 발화의 의미 ㅂ. 휴지

(38=30) 학교 문법 교과서 **부록**의 내용

토(조사, 어미) 일람

〈참고문헌〉

교육부(1995). "고등학교 국어과 교육 과정 해설: 국어, 화법, 독서, 작문, 문법, 문학."

　　　　서울: 교육부.
김민수(1982). 「국어문법론」. 서울: 일조각.
남기심·고영근(1993). 「표준 국어문법론」(개정판). 서울: 탑출판사.
민현식(1999). 「국어 문법 연구」. 서울: 역락.
박덕유(2004). "현행(제7차) 문법 교과서 내용 분석." 「문법 교육」(한국문법교육학회) 1.
박영순(1998). 「한국어 문법 교육론」. 서울: 박이정.
성낙수(2004). "국어 문법 교육의 문제점: 고등학교 '문법'을 중심으로." 「문법 교육」
　　　　(한국문법교육학회) 1.
송현정(2004). "문법교육의 개선 방안 연구." 「문법 교육」(한국문법교육학회) 1.
이관규(1999). 「학교 문법론」. 서울: 월인.
이관규(2000). "학교 문법 교육의 현황." 「새국어생활」(국립국어연구원) 10-2.
이관규(2004). "문법 교과서의 변천." 「문법 교육」(한국문법교육학회) 1.
이관규(2005). 「국어 교육을 위한 국어 문법론」. 서울: 집문당.
임홍빈(2000). "학교 문법, 표준 문법, 규범 문법의 개념과 정의." 「새국어생활」(국립
　　　　국어연구원) 10-2.
정주리(2004). "문법 교육을 위한 문법 연구의 방향과 과제." 제39차 한국어학회 전국
　　　　학술대회 발표문.
허재영(2004). "문법 교육과정 변천." 「문법 교육」(한국문법교육학회) 1.
최호철(1993). "국어과 교육 과정과 언어 영역의 검토(1): 중학교 국어과를 중심으로."
　　　　「우리말 우리글」(순천향대학교 국어국문학회) 3.

Ⅱ. 체언

이유경

1. 서론

본고는 학교 문법 교과서에서 체언을 어떻게 분류하고 정의하고 있는지에 대한 내용을 고찰하고 그 변천 과정상의 특징을 살피는 것을 목적으로 한다. 국어에서 체언은 문장의 주가 되는 것으로 역대 학교 문법 교과서들이 체언을 어떻게 다루었는지를 고찰하고 그 변화상을 살펴보는 데 도움이 될 것으로 생각된다.

학교 문법 교과서에 대한 이전의 논의들을 살펴보면 학교 문법의 중요성과 역사에 대한 논의들이 대부분이다. 먼저 권주예(1978)는 학교 문법이 사회생활의 기초가 되는 언어생활을 바르고 효과 있게 하고 조직적인 사고력을 기르기 위하여 말과 글을 바로 깨치고 바로 쓰기 위한 본을 가르치는 문법이며 그 목적은 모든 사람들에게 공통으로 쓰일 수 있고 표준이 될 만한 품위 있는 말을 규범에 맞게 쓴 본이라야 한다고 했다. 그리고 학교 문법에서 품사의 명칭과 분류상의 문제를 명사의 다시 말해 '어떤 사물의 이름을 가르친다'는 뜻의 명사는 기능보다는 의미면에 중점을 둔 정의라는 분류와 명칭이 갖는 문제를 예로 들어 설명하였다.

고영근(1988)에서는 문법 교육의 역사와 학교 문법에 대해 논의하고 있는데 여기서는 서양 언어학의 관점에서 한국어 문법을 정리한 19세기 전반으로 거슬러 올라가며, 한국 문자와 한국 언어를 대상으로 한 국어교육이 처음으로 이루어진 시기를 대한 제국 시대(1985~1910)로 보고 있다. 이후 식민지 시대, 미군정 시대를 거친 후 1949년 제1차 검인정 시대를 맞게 된다. 1948년 8월은 문법 교육 및 문법 교육에 큰 전환점이 되었고 이후로 학교 문법 체계는 변화를 거듭해 왔으며 학교 문법 교과서는 이러한 변화 과정을 반영하여 개정되어 왔다고 한다.

이관규(1998)은 학교 문법 실용 문법이라는 측면에서 이론 문법과 성격이 다르며 그에 따라 학교 문법이 발전해 온 사적 전개 과정이 이론 문법과 차이를 가진다고 했다. 따라서 학교 문법 교과서의 변천 과정을 정리하고 비교하는 것은 의의가 있다. 또한 이관규(2005)에서는 시기별 특징을 중심으로 문법 교과서의 시대구분[1]을 정리하고 있는데 본고에서는 정부 인가

---

1) 1단계　혼성 단계(1895~1949)
　　　제1기　발아기(1895~1910)
　　　제2기　자성기(1910~1945)
　　　제3기　부흥기(1945~1949)
　　2단계　검인정 단계(1949~1985)
　　　제4기　검인정기(1949~1966)
　　　　1차 검인정기(1949~1955)
　　　　2차 검인정기(1956~1965) 〈1차 교육과정〉
　　　제5기　통일 문법 검인정기(1966~1985)
　　　　1차 통일 문법 검인정기(1966~1978) 〈2차 교육과정〉
　　　　2차 통일 문법 검인정기(1979~1984) 〈3차 교육과정〉
　　3단계　국정 단계(1985~현재)
　　　제6기　국정1기(1985~1995)
　　　　1985 〈4차 교육과정〉
　　　　1991 〈5차 교육과정〉
　　　제7기　국정2기(1996~현재)

의 교과서가 출판된 시기이며 학교 문법 통일안(1963년)이 나오기 전 문법 용어가 우선 통일된 것으로 볼 수 있는 2단계 검인정기 이후의 문법 교과서를 중심으로 정리해 보고자 한다.

본고는 문법 교과서 가운데서 품사론에 초점을 두고 그 가운데 체언을 대상으로 연구를 진행하고자 한다. 학교 문법 교과서들을 분석하고 그 특징을 정리하여 각 교과서들이 체언을 어떤 기준으로 분류하고 그 기능에 대해 초점을 두었는지를 고찰해 보고자 한다. 이익섭·채완(1999)은 체언은 조사와 결합하여 문장 안에서 주어 이외에 목적어, 보어, 관형어, 수사어, 서술어 등으로 기능할 수 있다고 보았다. 체언은 무엇이 무엇이다, 무엇이 어찌하다, 무엇이 어떠하다'와 같은 서술어의 유형에 따른 문장의 유형에서 '무엇'에 해당하는 단어들이라고 한다. 그렇다면 현재까지 출판된 고등학교 문법 교과서들에서는 체언의 개념을 어떻게 정리하고 있는지, 혹은 체언의 개념이나 범위를 정리하는 기준이나 시각에는 어떤 차이가 있는지에 대해 고찰해 보고자 한다.

2. 문법 교과서에서 체언 단원의 위상

이 장에서는 체언에 대한 문법 교과서들의 접근 방식을 비교하고자 한다. 이를 위해 먼저 각 시기별로 역대 문법 교과서의 품사 체계에서 체언이 어떤 위치를 차지하고 있는가를 검토하고자 한다. 각 문법 교과서들이 체언을 품사 체계 내에서 어떤 위치에 두었는가를 살피기 위해 품사의 구성 체계를 간단히 정리한다. 다음으로는 체언에 대한 명칭에 대해 살펴보고자

1996 〈6차 교육과정〉
2002 〈7차 교육과정〉

하는데 체언의 명칭은 체언의 개념 혹은 각 문법서 내에서 체언의 역할을 살펴볼 수 있는 근거가 되기 때문이다.

2.1. 체언의 품사론 내 위치

체언의 위치를 정리하기 위해서는 품사론 내에서 품사론의 하위 개념인 체언이 어떤 것들과 동일한 선상에서 다루어졌는지를 살펴보아야 한다. 각 문법 교과서들이 품사론의 정리는 다소 차이를 보이지만, 모든 교과서들이 체언 부분을 품사론의 가장 서두에서 다루고 있다는 것을 알 수 있다. 체언이 품사론에서 어떤 위치를 가지는지 살펴보면 크게 5가지로 정리되며 그 구성은 다음과 같다.

(1) 품사론에서 체언의 위치
ㄱ. 체언+기타품사: 여기에는 명사·대명사·수사를 체언으로 묶고 나머지 품사들은 개별 품사로 정리하고 있는 것이 해당되는데, 이인모(1949), 정인승(1949), 정인승(1956)이 여기에 해당된다.
ㄴ. 체언+용언+기타품사: 명사·대명사·수사는 체언으로 동사·형용사를 용언으로 묶고 나머지 품사들을 개별 품사로 본 것으로 장하일(1949), 이희승(1949), 이숭녕(1956), 김민수 외(1960), 이희승(1968), 김민수·이기문(1968), 김완진·이병근(1979), 성균관대(1985), 성균관대(1991) 등이 여기에 해당된다.
ㄷ. 체언+용언+수식언+기타품사: 체언, 용언은 앞의 것과 같고 수식언을 추가한 것들이 여기에 해당되는데 이명권·이길록(1968), 정인승(1968), 허웅(1968), 허웅(1979) 등이 그것이다.
ㄹ. 체언+용언+수식언+관계언+기타품사: 체언, 용언, 수식언에 관계언을 추가하고 그 외의 것들은 개별 품사로 정리하고 있는 것들로 여기에 해당하는 것은 최현배(1968), 이숭녕(1968), 강윤호(1968), 이길록·이철수(1979), 이응백·안병희(1979)

ㅁ. 체언+용언+수식언+관계언+독립언+기타품사: 여기에 해당되는 것은 체언, 용언, 수식언, 관계언, 독립언을 품사론의 하위개념으로 두고 있는 것들로 양주동·유목상(1968), 이은정(1968), 강복수·유창균(1968), 이을환(1967), 이인모(1968), 김민수(1979), 서울대(1996), 서울대(2002) 등이 있다.

이상의 정리에서 알 수 있는 바와 같이 품사 체계 내에서 체언은 가장 앞에서 소개되고 있으며 용언과 함께 품사 체계의 기본을 이루고 있음을 알 수 있다.

2.2. 체언의 명칭

다음으로는 각 문법 교과서들이 체언을 분류한 방법을 살펴보고 이 같은 분류 방법이 어떤 특징으로 정리될 수 있는지를 살펴보고자 한다. 각 문법 교과서들이 체언을 분류하는 방법을 살펴보기에 앞서 체언의 명칭을 어떻게 지칭하고 있는지를 정리할 필요가 있다. 각 문법 교과서들을 살펴보면 현대 국어학의 품사론에서 '체언'으로 지칭되는 범주의 것들을 '임자씨'라 하여 문장의 주가 되는 것으로 본 것과 '이름씨'라 하여 명사를 고유어로 풀어 쓴 것, '명사'를 체언이라 부른 것, 마지막으로 '체언'이라 부른 것으로 나뉜다. 이를 정리하면 다음과 같다.

(2) 체언의 명칭
ㄱ. 체언을 임자씨로 지칭한 것: '임자씨'라는 명칭을 사용한 문법 교과서들은 이인모(1949), 장하일(1949) 등이 있다. 이인모(1949)는 임자씨에 대한 하위개념을 정리하고 있지 않고, 장하일(1949)는 이름씨, 대이름씨, 셈씨를 임자씨의 하위개념으로 보았다. 이들은 체언을 임자씨라 하여 문장의 주가 되는 기능을 강조한 것을 알 수 있다.

ㄴ. 체언을 이름씨로 지칭한 것: '이름씨'라는 명칭을 사용한 것에는 정인승(1949), 정인승(1956)이 있는데 이들 문법 교과서는 이름씨를 제이름씨, 대이름씨, 수이름씨로 하위분류하고 있다.

ㄷ. 체언을 명사로 지칭한 것: '명사'가 체언을 지칭한 것에는 김민수 외(1960)이 있는데 본명사, 대명사, 수명사로 명사를 하위분류 하고 있다.

ㄹ. 체언을 명칭으로 사용한 것: 이 외의 나머지 문법 교과서들은 '체언'이라는 명칭을 사용하고 '체언'을 명사, 대명사, 수사 등으로 하위분류하고 있다. 이들 문법 교과서들은 대부분 명사, 대명사, 수사를 체언의 하위분류로 정리하고 있으나, 예외적으로 이희승(1949)는 수사를 매김씨의 하위분류하고 있다.

3. 시기별 내용 고찰

본고에서는 2장의 내용을 바탕으로 1949년부터 2002년까지의 문법 교과서들을 크게 두 부분으로 나누어 살필 것이다. 첫 번째는 체언의 개념 즉, 명칭과 분류에 있어 통일이 되지 않은 시기이다. 1949년부터 1960년까지 문법 교과서가 여기에 해당되는 것으로 보이며, 체언의 명칭이 통일되고 체언의 하위분류가 일정하게 정리된 시기로 1960년 이후에 문법 교과서들이 여기에 해당된다. 따라서 본고에서는 역대 문법 교과서의 그 특징에 따라 다음과 같이 두 시기로 정리하고 각 시기의 교과서들의 내용과 특징을 정리해 보고자 한다.

전기(1949-1960): 체언에 대한 개념이 통일되지 않은 시기
후기(1961-현재): 체언에 대한 개념이 통일된 시기

시기별 목록 보이기

각 시기별 교과서 목록은 다음과 같다.

전기: 이인모(1949), 이희승(1968), 장하일(1949), 정인승(1949), 김민수·남
　　　광우·유창돈·허웅(1960), 이숭녕(1956), 이희승(1956), 정인승(1956)
후기: 강복수·유창균(1968), 강윤호(1968), 김민수·이기문(1968), 양주동·
　　　유목상(1968), 이명권·이길록(1968), 이숭녕(1968), 이은정(1968), 이
　　　을환(1967), 이인모(1968), 이희승(1968), 정인승(1968), 최현배(1968),
　　　허웅(1968), 김민수(1979), 김완진·이병근(1979), 이길록·이철수(1979),
　　　이응백·안병희(1979), 허웅(1979), 성균관대학교 대동문화연구원(1985),
　　　성균관대학교 대동문화연구원(1991), 서울대학교 사범대학 국어연구소
　　　(1996), 서울대학교 사범대학교 국어연구소(2002)

3.1. 전기(1949–1960): 체언에 대한 개념이 통일되지 않은 시기

전기는 앞서 정리한 바와 같이 체언의 개념에 대해 통일을 이루지 못했
던 시기이다. 이 시기에 체언에 대한 정의나 분류를 하는 데 있어 체언의
의미, 기능, 형태 등을 어떻게 반영하는 것이 좋은지에 대한 합의가 이루어
지지않은 시기였던 것으로 보인다. 먼저 이 시기 각 문법 교과서들에서 체
언의 정의에 대해 살펴보고 다음으로 체언의 하위분류 체계에 대해 정리하
고자 한다.

3.1.1. 체언의 범위

이 시기의 문법 교과서들은 모두 다른 품사 체계를 보여 주며 체언의 범
위도 각각 다르다. 전기에 해당되는 문법 교과서들의 체언에 대한 정의를
살펴보면 이인모(1949)의 '월의 임자되는 낱말을 임자씨라 일컫는다'와 같은
설명에서 알 수 있는 것처럼 풀이씨와 함께 문장의 기본을 이룬다고 정리
하고 있다. 그러나 체언의 하위분류 체계는 정리하고 있지 않다. 장하일

(1949) 역시 '임자씨가 들어가지 않으면 거의 말이나 글을 만들 수 없으며 말 가운데서 그 수효가 가장 많은 것이다'라고 정의하고 있으나, 이인모 (1949)와는 다르게 이름씨, 대이름씨, 셈씨로 임자씨의 하위분류를 하고 있다. 이들 문법서는 임자씨 즉, 체언이 문장의 주체가 되는 것으로 정의하고 있다. 그러나 같은 시기의 정인승(1949)는 '이름씨는 주로 월의 임자 조각에 쓰이는 낱말이다'라고 하여 체언이 항상 문장의 주체라는 극단적인 정의를 피하고 있으며, 이희승(1949) 등은 따로 체언에 대한 정의를 하고 있지 않다.

이숭녕(1956)은 국어의 품사를 8품사 체계로 나누고 체언과 용언을 '어미 변화 있음'으로 묶었으며 이 가운데 체언을 제1형으로 구분하고 있다. 격변 화를 하는 특징이 있는 제1형인 체언에는 다시 명사, 대명사, 수사가 있는 것으로 정리했다. 그리고 정인승(1956)은 명사, 대명사, 수사를 포함하는 체 언을 사람이나 물건이나 일이냐를 이름 지어 일컫는 낱말들이라고 정의하 고 '이름씨'로 지칭하였다. 또한 김민수 외(1960)은 명사를 체언으로 보고 주로 사물의 이름을 나타내는 말을 명사라고 일컫고 있다.

3.1.2. 체언의 하위개념

앞서 이 시기 문법 교과서들은 체언에 대한 개념이 통일되지 않은 특징 이 있다는 점을 정리했는데 그 하위분류를 살펴보면 역시 하위개념에 대한 통일도 이루어지지 않았음을 알 수 있다. 이 시기 체언의 하위개념은 대부 분 크게 '명사, 대명사, 수사'이다. 그러나 몇몇 교과서들은 이와 같은 하위 개념을 정리하고 있지 않은 것도 있고, 다시 분류할 수 있는 '명사, 대명사, 수사'의 하위개념의 정리에도 통일된 양상이 보이지 않는다. 여기서는 체언 의 하위개념에 대한 정리를 해 보고자 하는데 각 하위개념의 정의와 그것 들을 또 다시 어떻게 분류했는지 살펴보고자 한다.

3.1.2.1. 명사

명사에 대한 정의에 있어 먼저 이인모(1949), 정인승(1949)는 명사의 정의를 따로 정리하고 있지 않으며 명사를 곧 체언으로 보고 있다. 반면 장하일(1949), 이희승(1949), 이숭녕(1956), 정인승(1956), 김민수 외(1960) 등의 교과서들은 각각 명사에 대한 정의를 정리하였다. 명사에 대한 정의는 이숭녕(1956)의 '물건과 일의 이름', 김민수 외(1960)의 '주로 사물의 이름을 나타내는 말' 등과 같이 '사람'의 개념을 정의에는 포함하고 있지 않은 것과 이희승(1949)의 '나무, 풀, 가을, 공부, 서울, 이순신과 같이 물건이나 일이나 땅이나 사람의 이름을 나타내는 낱말을 명사라 이른다'나 정인승(1956)의 '사물(사람, 물건, 일)을 객관적으로 각각 구별되게 이름 짓는 방식으로 일컫는 이름씨'와 같이 명사의 개념을 정리한 것이 있다.

다음으로 명사의 하위개념 정리를 살펴보면 이인모(1949)가 명사의 하위개념을 따로 정리하고 있지 않은 것을 제외하면 크게 세 가지로 정리될 수 있다. 첫째, 명사의 하위개념을 보통명사와 고유명사로만 정리한 것, 둘째 여기에 불완전명사의 개념을 포함한 것, 셋째, 쓰이는 범위와 뜻의 내용에 따라 분류한 것이다. 여기서는 이 세 가지 내용을 정리해 보고사 한다.

가. 장하일(1949)의 분류

장하일(1949)는 명사를 크게 두 가지로 하위분류하고 있으며 '홀이름씨'는 고유명사, '두루이름씨'는 보통명사에 해당된다. 각각의 정의와 예로 제시된 것을 정리하면 다음과 같다.

(3) 장하일(1949)의 명사 분류
　　이름씨－홀이름씨: 한 가지 이름에만 쓰이는 것(예: 대한민국, 안중근, 백두산 등)
　　　　　　두루이름씨: 홀이름씨 밖의 모든 이름씨(예: 집, 기차, 말, 소 등)

나. 정인승(1949), 이희승(1949), 이숭녕(1956), 정인승(1956)의 분류

정인승(1949), 이희승(1949), 이숭녕(1956), 정인승(1956) 등은 명사의 하위개념을 보통명사, 고유명사, 불완전명사로 나누어 정리하고 있다. 보통명사나 고유명사에 대한 개념 정의는 비슷하나 불완전명사에 대한 정의는 약간 다르다. 예를 들어 정인승(1949)의 분류를 보면 다음과 같은데 특징적인 것은 불완전명사를 명사의 하위개념으로 정리하고 있지만 보통명사나 고유명사보다는 상위개념으로 보고 있다는 것이다.

(4) 정인승(1949)의 명사 분류
- 제이름씨: 사물의 이름을 직접 들어서 나타내는 방식의 이름씨, 실용상 두 가지로 가른다.
- 두루이름씨(보통명사): 같은 종류의 사물에는 몇 개가 있든지 한 이름으로 두루 일컬을 수 있는 이름씨
- 홀이름씨(고유명사): 같은 종류의 어떤 하나를 특별히 일컫기 위하여 쓰이는 이름씨
- 매인이름씨(불완전명사): 제이름씨 가운데 저 혼자로는 독립적으로 쓰이지 못하고, 항상 다른 말의 밑에서만 쓰이는 이름씨

또한 이숭녕(1956)에서 불완전명사에 대한 정의는 '고대엔 완전명사였던 것이 후세의 발달에 따라 그 뜻이 희미하여져서 오늘날 명사이기는 하나 언중은 그 뜻을 잘 알 수 없고 관습에 의하여 어렴풋하게 그 뜻을 느끼고 있다. 완전 명사였던 것이 오늘날 접미사 또는 어미화해 가는 도중의 것, 즉 발달에 따라 동물의 퇴화와 같이 퇴보되어 온 것이다.'와 같이 완전 명사가 변화한 것으로 보고 있다.

다. 이희승(1949), 김민수 외(1960)의 분류

이와 비교할 때 이희승(1949), 김민수 외(1960)는 쓰이는 범위와 뜻의 내

용을 기준으로 정리하고 있는데 예를 들어 이희승(1949)는 쓰이는 범위에 따라서는 고유명사와 보통명사, 뜻의 내용에 따라서는 실질명사와 형식명사로 구분하고 있다. 또한 김민수 외(1960)은 쓰이는 범위에 따라서는 고유명사와 보통명사, 뜻의 내용에 따라서는 자립명사와 의존명사로 구분하고 있다. 그것들의 개념을 정리하면 다음과 같다.

(5) 이희승(1949)의 명사 분류

    쓰이는 범위- 고유명사- 어떠한 한 사람이나 한 개의 물건이나 일에 한해서만 쓰인다.

명사-   보통명사- 같은 종류의 물건이나 일에 두루 쓰인다.

    뜻의 내용 - 실질명사- 물건이나 일의 실상이 있는 내용을 나타낸다.

    형식명사- 형식상으로 명사가 될 뿐이요. 독립성이 없다.

(6) 김민수 외(1960)의 명사 분류

    고유명사: 어떠한 한 사람이나 한 개의 사물에 한해서만 쓰인다.

본명사-

    보통명사: 사물의 이름으로 두루 쓰인다.

쓰이는 범위-

명사-   대명사: 사람이나 처소나 방향을 대신하여 가리키는 데 쓰인다.

    수사: 사물의 수량과 차례를 나타내는 데 쓰인다.

    자립명사: 다른 말에 매이지 않고 자립해서 쓰인다.

뜻의 내용 -

    의존명사: 용언으로 된 관형어의 뒤에 매여서만 쓰인다.

3.1.2.2. 대명사

대명사에 대한 정의에 있어 이인모(1949), 이희승(1949), 김민수·남광우·유창돈·허웅(1960)은 대명사의 정의를 따로 제시하지 않은 반면에 장하일(1949), 정인승(1949), 이숭녕(1956), 정인승(1956)의 교과서들에서는 각각 대명사에 대한 정의를 찾아볼 수 있다. 즉 장하일(1949)에서는 '이름씨 대신에 쓰는 말', 정인승(1949, 1956)에서는 '사물을 말하는 이의 주관적으로 제이름씨 대신 다만 가리키어 나타내는 방식으로 일컫는 이름씨', 이숭녕 (1956)에서는 '명사를 대신하는 뜻과 글에서의 구실을 가지고 있는 품사'와 같이 대명사를 정의하였다. 이들 정의는 명사(이름씨, 제이름씨)를 대신하다 는 점에서 공통적이나 정인승(1949, 1956)에서 대명사를 이름씨로, 이숭녕 (1956)에서는 품사로 봄으로써 차이를 보여준다.

다음으로 대명사의 하위개념 정리를 살펴보면 이인모(1949)가 대명사의 하위개념을 따로 정리하고 있지 않은 것을 제외하면 크게 세 가지로 나눌 수 있다. 첫째, 대명사의 하위개념을 인칭대명사와 지시대명사로만 정리한 것, 둘째 이에 수사를 포함시켜서 세 가지로 분류한 것, 셋째, 인칭 대명사, 지시대명사, 물대명사, 정성대명사의 네 가지로 분류한 것이다. 여기서는 먼저 이 네 가지 내용을 정리해 보고자 한다.

가. 장하일(1949), 정인승(1949), 이숭녕(1956), 양주동 유목상(1956), 김민 수 외(1960), 허웅(1960)의 분류

장하일(1949), 정인승(1949), 이숭녕(1956), 김민수 · 남광우 · 유창돈 · 허 웅(1960)의 교과서들은 대명사의 하위 체계를 인칭대명사와 지시대명사로 정리하고 있다. 이들 분류는 인칭대명사와 지시대명사의 두 가지로 분류된 점에서 공통적이나 각 대명사의 하위분류에 있어서 교과서마다 차이를 보 인다. 그러므로 여기서는 우선 각 교제에서의 대명사의 하위분류 체계를 자세히 살펴보고자 한다.

정하일(1949)는 대명사를 크게 사람대이름씨와 가리킴대이름씨의 두 가 지로 하위분류하고 있으며 '사람대이름씨'는 인칭대명사, '가리킴대이름씨'는 지시대명사에 해당한다. 또 가리킴대이름씨는 하위분류는 안 했으나 예시 에 있어서 물건, 곳, 방향의 세 가지로 나누어서 제시한 것을 볼 수 있다. 정하일(1949)에서는 '이리, 그리, 저리'와 같은 방향을 나타내는 말을 지시대

명사에 포함시킨 것이 특징이다.

  (6) 장하일(1949)의 대이름씨 분류
  대이름씨 - 사람대이름씨: 사람의 이름 대신에 쓰는 씨
                    ‘예: 저, 나, 너, 당신, 이분, 누구, 어느분’
         - 가리킴대이름씨: 무엇을 가리킬 적에 쓰는 씨
                  ‘예: 물건: 이것, 그것, 저것, 곳: 여기, 거기, 저기,
                  방향: 이리, 그리, 저리’

    정인승(1956)은 대명사를 사람대이름씨와 물건대이름씨의 두 가지로 하위분류하고 있다. ‘사람대이름씨’는 인칭대명사, 물건대이름씨는 지시대명사에 해당한다. 사람대이름씨는 ‘말하는 자기를 가리킴’, ‘듣는 상대자를 가리킴’과 ‘다른 이를 가리킴’의 세 가지로 나누며, 이들을 각각 ‘첫째가리킴’, ‘둘째가리킴’, ‘셋째가리킴’으로 하였다. 여기서 셋째가리킴은 멀고 가까움에 따라 ‘가까운가리킴(근칭)’, ‘떨어진가리킴(중칭)’, ‘먼가리킴(원칭)’, ‘모른가리킴(미지칭)’, ‘띄운가리킴(부정칭)’, ‘도로가리킴(재귀칭)’의 여섯 가지로 구별하였다. 한편 물건대이름씨는 ① 물건이나 일에 관한 것, ② 곳에 관한 것, ③때에 관한 것들이 있는데, 멀고 가까움이 차이에 따라 ‘가까운가리킴’, ‘떨어진가리킴’, ‘먼가리킴’, ‘모른가리킴’, ‘띄운가리킴’으로 구별하였다. 각각의 정의와 예로 제시된 것을 정리하면 다음과 같다.

    정인승(1956)에서는 이 시기에 다른 교과서와 달리 인칭대명사의 하위분류 체계로 재귀칭을 포함시킨 것이, 그리고 지시대명사의 분류에서 ‘때에 관한 것’을 포함시킨 것이 특징이라 할 수 있다. 또 지시대명사는 셋째가리킴으로 제시된 것이 이 시기 교과서에서 양주동·유목상(1956)이 있을 뿐이다.

(7) 정인승(1949, 1956)의 대이름씨 분

대이름씨(대명사) - 사람대이름씨(인대명사): 사람에 관하여 일컫는 대이름씨
- 첫째가리킴 '예: 나, 우리, 저, 저희'
- 둘째가리킴 '예: 너, 너희, 자네, 그대, 당신, 어르신(네)'
- 셋째가리킴 - 가까운가리킴(근칭) '예:이(놈, 이, 분, 분네, 어른)'
- 떨어진가리킴(중칭) '예: 그(놈, 애, 분, 분네, 어른)'
- 먼가리킴(원칭) '예: 저(놈, 애, 분, 분네, 어른)'
- 모른가리킴(미지칭) '예: 누구'
- 띄운가리킴(부정칭) '예: 아무'
- 도로가리킴(재귀칭) '예: 저, 저희, 자기 등'
- 물건대이름씨(물대명사): 사람 이외의 모든 것에 관하여 일컫는 대이름씨
- 셋째가리킴 - 가까운가리낌 '예: ①이것, ②여기, ③이제'
- 떨어진가리킴 '예: ①그것, ②거기, ③그때'
- 먼가리킴 '예: ①저것, ②저기, ③접때'
- 모른가리킴 '예: ①무엇, 어느것, ②어디, ③언제'
- 띄운가리킴 '예: ①무엇, 아무것, ②어디, 아무데, ③언제, 아무 때'

이승녕(1956)은 대명사의 하위체계를 인칭대명사와 지시대명사의 두 가지로 분류하고 있다. 인칭대명사를 '제1인칭, 제2인칭, 제3인칭, 부정칭'의

네 가지로 구분하여 이들을 각각 단수와 복수로 나누어서 정리하였다. 이 승녕(1956)에서는 인칭대명사의 분류에 있어서 단수와 복수로 나누어서 분류한 것이 특징이다. 이와 같이 단수와 복수로 구별하지는 않았으나 예로 '저이들, 그이들'와 같이 '들'을 붙인 것을 포함시킨 교과서는 이 시기에는 이희승(1949), 김민수ㆍ남광우ㆍ유창돈ㆍ허웅(1960)이 있다. 한편 지시대명사는 근칭, 중칭 원칭, 부정칭의 네 가지로 구별하여, 이들을 다시 ①기본형, ②물건과 일, ③처소에 따라 정리하였다.

(8) 이숭녕(1956)의 대명사 분류
대명사 - 인칭대명사: 사람의 이름이나 인물을 대신하는 것
　　　　 - 제1인칭 - 단수 '예: 나'
　　　　　　　　　　 복수 '예: 우리'
　　　　 - 제2인칭 - 단수 '예: 너'
　　　　　　　　　　 복수 '예: 너희'
　　　　 - 제3인칭 - 단수 '예: 이이, 저이, 그이'
　　　　　　　　　　 복수 '예: 이이들, 저이들, 그이들'
　　　　 - 부징칭　 - 단수, '예. 누구, 아무'
　　　　　　　　　　 복수'예: 누구들, 아무들'
　　　 - 지시대명사: 물건이나 일이 있는, 또는 일이 진행되는 방향ㆍ위치ㆍ
　　　　 처소를 대신하는 것
　　　　　 - 근칭-기본형 '예: ①이, ②이것, ③여기'
　　　　　 - 중칭-기본형 '예: ①그, ②그것,③거기'
　　　　　 - 원칭-기본형 '예: ①저, ②저것, ③저기'
　　　　　 - 부정칭-기본형 '예: ①(어느), 아무,② 어느것, 무엇, 아무것, ③
　　　　　 어디, 아무데'

　 양주동ㆍ유목상(1956)은 대명사의 하위 체계를 인칭대명사와 위치대명사의 두 가지로 분류하고 있다. 인칭대명사는 제1인칭, 제2인칭, 제3인칭으로

나누며, 제3인칭을 다시 근칭, 중칭, 원칭, 의문칭으로 정리하였다. 한편 위치대명사는 제3인칭으로 ①사물과 ②처소에 나누어서 제시한 것을 볼 수 있다.

(9) 양주동·유목상(1956)의 대명사 분류
대명사 - 인칭대명사 - 제1인칭 '예: 나, 저, 우리'
                   - 제2인칭 '예: 너(자네), 당신, 너희'
                   - 제3인칭 - 근칭 '예: 이이'
                            - 중칭 '예: 그이(그)'
                            - 원칭 '예: 저이'
                            - 의문칭'예: 누구, 아무(개)'
      - 위치대명사 - 제3인칭 - 근칭 '예: ①이것(요것), ②여기(요기)'
                            - 중칭 '예: ①그것(고것),②저기(고기)'
                            - 원칭 '예:①저것(조것), ②저기(조기)'
                            - 의문칭 '예: ①무엇, 아무것, ②어디, 아무데'

  ※ 인칭대명사, 위치대명사에 관한 정의 기술이 없음

김민수·남광우·유창돈·허웅(1960)은 대명사의 하위체계를 인칭대명사와 지시대명사의 두 가지로 분류하고 있다. 인칭대명사를 제일인칭, 제이인칭, 제삼인칭, 미지칭, 부정칭의 다섯 가지로 구분하였다. 또 지시대명사를 근칭, 중칭, 원칭, 미지칭, 부정칭으로 구분하여, 다시 ①사물, ②처소, ③방향으로 나누어서 정리하였다.

(10) 김민수·남광우·유창돈·허웅(1960)의 하위분류
대명사 - 인칭대명사: 사람의 이름을 직접 부르지 않고 그 대신에 가리키는 대명사
            - 제일인칭 '예: 나, (내), 우리, 저, (제))'

　　　　- 제이인칭 '예: 네, 너희, 자네, 당신, 그대'
　　　　- 제삼인칭 '예: 이(이), 그(이), 저(이), 이(이)들, 그(이)들, 저(이)들'
　　　　- 미지칭 '예: 누구, 누구들, 어느분, 어떤이'
　　　　- 부정칭 '예: 아무, 아무들, 아무분, 아무분들'
　　- 지시대명사: 사물의 이름을 직접 대지 않고 가리키어 이르는 대명사
　　　　- 근칭- '예: ①이것, ②여기,③이리'
　　　　- 중칭- '예: ①그거, ②저기, ③그리'
　　　　- 원칭- '예: ①저것, ②저기, ③저리'
　　　　- 미지칭- '예: ①무엇, 어느것, ②어디, ③어디'
　　　　- 부정칭- '예: ①아무것, ②아무 데, ③아무 데'

　　지금까지 대명사를 인칭대명사와 지시대명사로 분류한 교과서의 하위 체계 분류를 살펴보았으나 각 대명사의 분류 체계에 있어서 상당히 다양한 견해 차이를 볼 수 있다.

　　인칭대명사의 구분에 있어서는 제1인칭, 제2인칭, 제3인칭의 세 가지로 나눈 것(정인승 1949, 양주동 · 유목상 1956), 이 세 가지에 부정칭을 포함시켜서 네 가지로 나눈 깃(이숭녕 1956), 이 네 기지에 미지칭을 포함시켜서 다섯 가지로 나눈 것(김민수 · 남광우 · 유창돈 · 허웅 1960), 구분을 하지 않는 것(장하일 1949)으로 정리할 수 있다.

　　한편 지시대명사의 구분에 있어서는 두 가지 방법으로 나눌 수 있는데, 우선 멀고 가까움의 어떠함에 따른 구분으로, 근칭, 중칭, 원칭, 부정칭으로 나눈 것(이숭녕 1956), 근칭, 중칭, 원칭, 의문칭의 네 가지로 나눈 것(양주동 · 유목상 1956)이 있다. 여기서 말하는 의문칭은 부정칭이라 같은 개념이라 말할 수 있다. 또 근칭, 중칭, 원칭, 부정칭에 미지칭을 포함시켜서 다섯 가지로 나눈 것(정인승 1956, 김민수 · 남광우 · 유창돈 · 허웅1960), 구분을 하지 않는 것(장하일 1949)으로 정리할 수 있다. 더 하나의 방법으로서는, 사물과 처소로 나눈 것(양주동 · 유목상 1956), 사물, 처소, 방향으로 나눈 것

(장하일 1949, 김민수·남광우·유창돈·허웅 1960), 사물 처소와 때로 나눈 것(정인승 1956), 기본형, 물건과 일, 처소에 따라 나눈 것(양주동·유목상 1956)으로 정리할 수 있다.

나. 이희승(1949)의 분류

이희승(1949)는 대명사를 인 대명사, 사물 대명사, 수량 대명사의 세 가지로 분류하고 정리하였다.

인 대명사는 인칭대명사, 사물대명사는 지시대명사, 수량 대명사는 수사에 해당한다. 대명사의 하위분류로 수사를 포함시킨 것이 큰 특징이라 할 수 있다. 인칭대명사는 제일인칭, 제이인칭, 제삼인칭, 미지칭, 부정칭의 다섯 가지로 나누며, 지시대명사는 근칭, 중칭, 원칭, 미지칭, 부정칭의 다섯 가지, 그리고 ① 일이나 물건, ② 처소로 나누어서 분류하였다. 마지막으로 수대명사는 수 대명사와 양 대명사로 구분하였다.

(11) 이희승(1949)의 대명사 분류
대명사 - 인 대명사: 모든 사람을 가리키어 이르는 대명사
       - 제일인칭 '예: 나, 우리'
       - 제이인칭 '예: 너, 너희'
       - 제삼인칭 '예: 이(이), 그(이), 저(이), 이(이)들, 그(이)들, 저(이)들'
       - 미지칭 '예: 누구, 누구들'
       - 부정칭 '예: 아무, 아무들'
     - 사물 대명사: 어떠한 일이나 물건이나 처소를 가리키어 이르는 대명사
       - 근칭 '예: ①이것, ②여기'
       - 원칭 '예: ①저것 ②저기'
       - 중칭 '예: ①그것, ②거기'
       - 미지칭 '예: ①무엇, 어느것, ②어디'

- 부정칭 '예: ①아무것, ②아무데'
- 수량 대명사: 일이나 물건의 수효나 순서나 분량을 나타내는 대명사
- 수 대명사 '예: 하나, 둘, 셋, 넷, 등'
- 양 대명사 '예: 첫째, 둘째, 셋째, 등'

3.1.2.3. 수사

수사에 대한 정의에 있어 이인모(1949), 정하일(1949)에서는 수사의 정의를 따로 제시하지 않았다. 정인승(1949)에서는 '사물의 셈을 이르는 이름씨'라고 정의하며, 정인승(1956), 김민수·남광우·유창돈·허웅(1960)에서는 여기에 순서의 개념을 포함시켜 '사물의 셈이나 차례를 일컫는 이름씨' '사물의 수효나 순서 또는 분량을 나타내는 말'이라고 정의하였다. 또한 이숭녕(1956)에서는 계산의 단위라는 중요한 구실을 가진 품사라 정의하였다.

다음으로 수사의 하위개념 정리를 살펴보면 수사의 하위체계를 첫째, 서수사와 양수사에 분류한 것(정하일 1949, 정인승 1949, 정인승 1956), 어원에 따라 국어계수사와 한어계수사로 분류한 것(이숭녕 1949, 김민수 외 1960), 셋째, 기수사, 서수사, 양수사에 분류한 것(이숭녕 1956, 김민수 외 1960)에 나누어서 정리할 수 있다.

가. 정하일(1949), 정인승(1949), 정인승(1956)의 분류

정하일(1949), 정인승(1949), 정인승(1956)에서는 수사의 하위체계를 으뜸셈씨와 차례셈씨의 두 가지로 분류하였다. 으뜸셈씨는 양수사, 차례셈씨는 서수사에 해당한다.

(12) 장하일(1949)의 셈씨 분류
셈씨 - 으뜸셈씨: 단순히 셈만을 나타내는 것 '예: 하나, 둘, 셋, 넷'
　　　- 차례셈씨: 차례를 셈할 때 쓰는 셈씨 '예: 첫째, 둘째, 셋째'

나. 이숭녕(1956), 김민수 외(1960)의 분류

이숭녕(1956), 김민수 외(1960)에서는 어원으로 보아 국어계 수사와 한어계 수사의 두 가지로 분류하였다.

(13) 이숭녕(1956)의 어원에 따른 분류
수사 - 국어계수사 '예: 하나, 둘, 셋, .. 열..'
　　　- 한어계수사 '一, 二, 三, ... 十..'

이 외에도 이숭녕(1956), 김민수 외 (1960)에서는 어원에 따른 분류 외로 글에서의 구실에 따라 기본수, 한정수, 서수(김민수 외 1960에서는 각각 기수사, 서수사, 양수사)의 세 가지로 나누었다. 여기서 '한, 두, 셋..'들을 포함시킨 것이 정인승(1949, 1956)과 차이를 보인다. 정인승(1949, 1956)에서는 이들이 셈이름씨가 아니라는 기술을 찾아볼 수가 있다.

(14) 이숭녕(1956)의 글에서의 구실에 따른 분류
수사 - 기본수(체언적 수사): 명사와 같은 격어미를 취하고 글에서의 구실을
　　　　　 한다. '예: 하나, 둘, 셋..'
　　　- 한정수(관형사적수사): 물건이나 일의 계산을 위해서 명사 앞에서 이
　　　　　 를 한정한다. '예: 한, 두, 百, 千..'
　　　- 서수: 순서를 정하는 수사 '예: 첫째, 둘째, 셋째..'

3.2. 후기(1961-현재): 체언에 대한 개념이 통일된 시기

이 시기 문법 교과서들은 체언에 대한 정의와 하위분류에 있어 어느 정도 통일된 모습을 보이고 있다. 또한, 이 시기의 문법 교과서들은 각 품사의 구분을 위해 문법적 의미, 기능, 형태에 대한 기준을 두고 그에 따라 품사를 구분하고 있고 체언의 정의와 분류를 위해서도 각 교과서들은 체언의

문법적 의미, 기능, 형태에 대해 정리하고 있는 것을 알 수 있다. 여기서는 후기에 해당되는 문법 교과서들의 체언의 정의와 하위분류를 살펴본다.

3.2.1. 체언의 범위

이 시기 체언의 정의는 문법적 기능 즉, 문장 성분으로 체언을 정의하고 있는 것이 있는데 이들은 체언을 문장의 '주어, 목적어, 보어' 자리에 올 수 있는 것으로 보았으며, 또 하나는 문장의 주체가 되는 것을 체언으로 본 것으로 나눌 수 있다. 전자에 해당되는 것은 이명권·이길록(1968), 양주동·유목상(1968), 이희승(1968), 허웅(1968), 김민수·이기문(1968), 김민수(1979), 서울대(2002) 등이 있으며 체언의 하위개념을 '명사, 대명사, 수사'로 정리하고 있다는 것이 공통점이다.

이명권·이길록(1968)은 품사 분류 기준을 단어의 성질로 구분하고 있는데 그 기준은 단어가 문장 속에서 어떤 구실을 하는가(문법적 기능), 둘째 단어가 갖추고 있는 형태는 어떠한가, 셋째, 단어 자체가 가지고 있는 의미는 무엇인가(문법적 의미) 등의 세 가지 면에서 생각할 수 있다고 했는데, 체언은 문법적 기능으로는 주어·목적어·보어 등의 구실을 하고. 어형은 고정되어 있으며, 문법적 의미로는 보면 명사·대명사·수사가 여기에 해당된다고 하였다. 양주동·유목상(1968) 역시 기능을 강조하고 있는데 단어가 가지는 문장성분 안에서 쓰이는 기능과 단어 그 자체가 갖추고 있는 특성에 따라 단어를 분류한 것을 품사라고 하고 문장성분 가운데 주어·목적어·보어에 쓰이는 말을 체언이라고 하였다. 이희승(1968)은 명사나 대명사, 수사를 먼저 언급하고 이들이 주어가 될 수 있고 주어가 될 수 있는 이 명사·대명사·수사를 통틀어 체언이라고 하였다. 허웅(1968)은 '낱말은 그 뜻과 꼴과 문장에 있어서의 구실(기능)로 말미암아 열 가지 종류로 나뉘는데 이것을 품사라 한다'로 정의하였다. 이 가운데 그 자체로 꼴 바꿈을 하지 않고 조사의 의지를 입거나 또는 의지 없이도 문장의 여러 가지 구실을 맡을 수 있는 자격을 가지고 있는 것으로 주어, 목적어, 관형어 따위의 구실을 하는 것을 체언이라고 하였는데 체언은 그 뜻에 치중하여 생각하면 명사, 대명사, 수사 세 가지로 나누어진다고 했다. 김민수(1979): 조사가 붙는 형태적 특징, 문장에서 주어, 목적어, 보어로 쓰이는 특징을 기준으로 품사 가운데 체언에 해당하는 것들을 명사, 대명사, 수사로 분류하고 있다. 마지막으로 서울대(2002)은 문장에서 주로 주어가 되는 자리에 오며 때로는 목적어나 보어가 되는 자리에도 오는 부류의 단어들이 있는데 이들을 체언이라고 하며 체언에는 명사, 대명사, 수사의 세 가지가 있다고 했다.

다음으로 체언의 정의에 있어 체언의 문장의 주체가 됨을 강조한 문법 교과서들이다. 이들은 앞서 언급한 바와 같이 체언을 문장의 주체로 보고 있으며 전자와 마찬가지로 체언의 하위개념을 '명사, 대명사, 수사'로 보고 있다. 체언에 대한 정의를 정리하면 다음과 같다.

먼저 최현배(1968)에서는 으뜸씨라 하여 체언이 문장에서 가장 기본이 된다는 점을 강조하고 문장의 뼈다귀를 이루는 으뜸씨에는 임자씨와 풀이씨가 있다고 하고 임자되는 것이 체언(임자씨)로 체언은 그 뜻과 성질에 따라 명사(이름씨), 대명사(대이름씨), 수사(셈씨)로 가를 수 있다고 하였다. 김민수·이기문(1968)은 체언의 소개를 '주부와 서술부' 안에서 간단하게 소개하고 있다. 이에 따르면 문장에서 체언은 주로 주어·보어·목적어로 쓰이는 것으로 공통되는 뜻에 따라 명사·대명사·수사로 나뉜다고 하였다. 이숭녕(1968)은 '그것, 거문고, 소리, 우리들, 숨소리, 밤, 그림자'는 그것만으로 독립해서 쓰일 수 있는 것이고 이런 성질의 단어를 체언이라고 했다. 이 체언에는 조사 '-은, -를, -으로, -가, -이다'가 붙는 것이 원칙이라는 것을 밝히고 있으나 하위개념에 대한 언급을 따로 하고 있지 않다. 대신 명사 설명 부분에 '이들 명사는 체언에 들며, 조사 여하에 따라 문장의 성분을 달리 하는 것이다'라고 언급하여 체언의 하위개념에 명사를 포함하고 있음을 짐작할 수 있다. 정인승(1968)과 이은정(1968)은 명사(이름씨), 대명사(대이름씨), 수사(셈씨) 이 세 품사는 문장의 주체가 될 수 있는 특성을 가진 것이라는 의미로 체언이라고 통칭하고 있으며, 이을환(1967)은 품사 분류의 기준은 문의 구성 분자로서 단어가 차지하는 기능, 공통적인 의미, 어형이 변하는 형태에 다르며 이 가운데 명사·대명사·수사처럼 문장의 기본형을 이루는 낱말 가운데 주체가 되는 것을 체언으로 분류하였다. 강윤호(1968): 체언의 특징을 5가지로 정리하고 있는데 문장 안에서 주체 성분이 된다. 활용하는 일이 없다. 세제를 가지고 있지 않다. 다른 품사로서의 전성이 가능하다. 용법에 따라 체언적 사용, 수식적 사용, 서술적 사용이 있다. 체언은 명사, 대명사, 수사로 되어 있다고 했다. 강복수·유창균(1968): 주체가 되는 개념을 나타내며 주어의 중심을 이루는 구실을 하는 단어들이 있는데 이와 같이 주어의 중심을 이루는 구실을 하는 단어를 체언이라고 하였고, 체언은 다시 그 뜻에 다라 명사, 대명사, 수사의 셋으로 가른다고 하였다. 이인모(1968): 품사의 기본적인 기능을 분류하고 그 가운데 문장의 주체가 되는 말인 명사·대명사·수사를 체언으로 분류하였다.

허웅(1979)는 품사 분류 방법으로 뜻, 꼴, 기능 세 가지 기준을 제시하고 있는데 이 가운데 '사람, 나'와 같은 낱말은 의미소만으로 되었고 꼴바꿈을 하지 않는 점으로는 수식사와 같지만 문장에서의 그 구실을 나타내기 위해서 원칙적으로 조사의 의지를 받으며, 조사의 힘으로 주어·목적어·관형어·독립어 따위의 기능을 가지게 되어 있다고 했다. 이러한 종류의 낱말의 떼를 체언이라 지칭하였고 그 뜻에 치중하여 명사, 대명사, 수사 세 가지로 나누었다. 이응백·안병희(1979)에서는 명사, 대명사, 수사에 속하는 단어들은 아무런 형태 변화가 없고, 문장에서 주로 제목이 되어서 문장의 주체가 되는 구실을 가진다는 공통점 언급하고 이 기준에 근거하여 이 세 품사들을 체언으로 분류하고 있다.

최근의 문법 교과서들은 체언의 범위를 간단히 정리하고 있는데 성균관대(1985), 성균관대(1991)은 명사·대명사·수사는 주로 문장의 주체가 되는 자리에 쓰이므로 이들을 묶어서 체언이라 했으며, 서울대(1996)도 이와 비슷하게 명사, 대명사, 수사는 주로 문장의 주체가 되는 자리에 쓰이므로 이들을 묶어서 체언이라 했다.

3.2.2. 체언의 하위개념

앞서 전기에 해당하는 문법 교과서들이 정리하고 있는 체언의 하위개념에 대한 논의는 다소 통일 되지 않은 특성을 보였다. 여기서는 이와 비교하여 후기의 문법 교과서들은 체언의 하위개념을 어떻게 다루고 있는지 살펴보고자 한다. 이 시기 문법 교과서들은 품사 분류에 있어서도 어느 정도 통일이 된 것으로 보이고 체언의 하위개념도 '명사, 대명사, 수사'로 정리하고 있다.

3.2.2.1. 명사

이 시기 문법 교과서들은 명사의 정의를 대부분 '사물의 이름을 가리키는 말'로 정리하고 있다. 그러나 이희승(1968), 김민수·이기문(1968), 이숭녕(1968), 강윤호(1968), 서울대(2002)와 같이 명사에 대한 개념 정의 없이 명사의 하위개념의 소개로 넘어간 교과서들도 다수 포함되어 있다. 이 외에 최현배(1968)은 '사람, 책, 들, 풀, 나무, 봄, 나라, 노래, 기쁨, 한양, 새재, 퇴계, 율곡'들과 같이 일과 몬(物)과 곳과 사람의 이름을 나타내는 낱말이라고 명사를 정의하고 있어서 이 시기 다른 문법 교과서들에 비해 자세히 기술하고 있음을 알 수 있다.

이 시기 문법 교과서들의 하위개념 정리는 앞 시기와 비교했을 때 매우 비슷한 양상을 띤다. 대부분의 교과서들이 명사의 하위개념을 보통명사, 고유명사, 완전명사, 불완전명사로 나누고 있다. 이와 같은 분류를 하는 데 있어 첫째, 쓰이는 범위와 독립성의 유무를 기준으로 보통명사와 고유명사, 완전명사와 불완전명사로 분류한 교과서가 있는가 하면 둘째, 몇몇의 교과서는 이와 같은 기준 제시 없이 보통명사, 고유명사, 완전명사, 불완전명사를 하위개념으로 정리하고 있다. 셋째로 하위개념이 이 둘과는 다른 것도 있었다.

가. 쓰이는 범위와 독립성 유무를 언급한 교과서

첫 번째에 해당하는 교과서들은 이명권·이길록(1968), 허웅(1968), 이을환(1967), 강윤호(1968), 강복수·유창균(1968), 허웅(1979), 이응백·안병희(1979), 이길록·이철수(1979) 등이다.

(1) 이명권·이길록(1968)

이명권·이길록(1968)은 명사는 그 쓰이는 범위에 따라 보통명사와 고유명사로 나뉘고 그 독립성의 유무에 따라 완전명사와 불완전명사로 나뉜다고 하였다.

(15) 이명권·이길록(1968)의 명사 분류

명사-
 쓰이는 범위 - 보통명사: 같은 종류의 사물에 두루 쓰이는 명사
 고유명사: 어느 한 개의 특정한 사물에만 국한하여 쓰이는 명사

 독립성의 유무 - 완전명사: 보통명사의 대부분과 고유명사는 독립해서 제홀로 쓰이므로 완전명사
 불완전명사: 독립해서 제홀로 쓰이지 못하고 반드시 앞에서 꾸미는 관형어와 함께 쓰이는 명사

(2) 허웅(1968)

명사는 사물의 이름을 가리키는 범위에 따라 보통명사와 고유명사로 자립할 수 있는가 없는가에 따라 완전명사와 불완전명사로 나뉜다고 한다.

(16) 허웅(1968)의 명사 분류

명사 ┬ 쓰이는 범위 ─ 보통명사: '사람, 집, 동' 따위 낱말처럼 가리키는 범위가 넓은 것
　　　　　　　　　　　고유명사: '백두산, 이순신, 주시경, 한강'처럼 오직 하나밖에 없는 것
　　　└ 자립성 유무 ─ 완전명사: 낱말을 각각 따로 떼어서 말하더라도 무슨 뜻인지 알아들을 수 있는 것
　　　　　　　　　　　불완전명사: 앞에 오는 명사에 의지해야 하고 그 자체만으로는 어떤 성질의 물건인지 알 수 없는 것

(3) 이을환(1967)

이을환(1967)에서 명사는 그 쓰이는 범위에 따라서 고유명사와 보통명사로 구분되고, 실질적인 뜻이 있고 없음에 따라서 완전명사와 불완전명사로 나눈다고 하였다.

(17) 이을환(1967)의 명사 분류

명사 ┬ 쓰이는 범위 ─ 고유명사: 독립된 한 개의 사물에만 국환되어서 쓰이는 명사
　　　　　　　　　　　보통명사: 같은 종류의 사물에 두루 쓰이는 명사
　　　└ 성질 ─ 완전명사: 고유명사나 보통명사처럼 실질적인 의미를 나타내고 독립적으로 쓰일 수 있는 명사
　　　　　　　　불완전명사: 고유명사나 보통명사처럼 쓰이는 데 있어서 독립성을 지니지 못하고 수식사를 앞 세워야 비로소 실질적인 뜻을 지니는 명사
　　　　　　　　　　*보통불완전명사: 이, 것, 바, 줄, 터, 따름, 나름……
　　　　　　　　　　*부사성불완전명사: 양, 체, 척, 듯, 둥……
　　　　　　　　　　*수량단위불완전명사: 자, 치, 푼, 섬, 되, 말, 홉,

(4) 강윤호(1968)

강윤호(1968)은 명사가 쓰이는 범주에 따라 고유명사와 보통명사로 독립성의 강약에 따라 완전명사와 불완전 명사로 나뉘는 것으로 정리하고 있다.

(18) 강윤호(1968)의 명사 분류

명사-

쓰이는 범위 -
고유명사: 인명, 지명, 국명, 연호, 상호, 시설·기관명, 건물명, 천체명, 책명과 같이 한 가지밖에 없는 사물의 이름을 나타내는 단어
보통명사: 서로 비슷한 범위 안에서 두루 쓰이는 이름을 나태내는 단어

독립성의 강약 -
완전명사: 고유명사나 보통명사는 독립성이 강한 완전명사
불완전명사: 언제나 수식어를 선행시키는 명사는 독립성이 약한 불완전명사로 쓰이는 구실에 따라 다음과 같이 나뉜다.

*보통불완전명사: 관형사, 또는 용언의 관형사형을 수시어로 선행(이, 것, 바, 줄, 터, 따름)
*부사성불완전명사: 수식어를 선행시키면서 부사와 같은 구실(채, 듯, 양, 체, 척, 듯, 둥)
*수량단위불완전명사: 수나 양의 단위를 나타내는 명사(자, 치, 푼, 섬, 되, 말, 홉)

(5) 김민수·이기문(1968)

명사는 실질의 뜻이 있고 자립할 수 있는가에 따라 완전명사와 불완전명사로 나뉘고, 일반적인 사물인가 어떤 특정한 사물인가에 따라 보통명사와 고유명사로 나뉜다.

(19) 김민수·이기문(1968)의 명사 분류

명사 -
보통명사: 일반적인 사물의 명칭
고유명사: 특정한 사물의 명칭
완전명사: 실질의 뜻이 있고 자립할 수 있는 것
불완전명사: 실질의 뜻이 있고 자립할 수 없는 것

(6) 강복수·유창균(1968)

명사는 그 쓰이는 범위에 따라 보통명사와 고유명사로 나누고 그 뜻의 독립성이 있고 없음에 따라 완전명사와 불완전명사로 나눈다.

(20) 강복수·유창균(1968)의 명사 분류

명사 -

쓰이는 범위 -
보통명사: 같은 종류의 사물에 두루 쓰이는 명사
고유명사: 같은 종류의 사물 가운데서 어느 특정된 하나의 사물에만 홀로 쓰이는 명사

독립성 유무 -
완전명사: 보통명사와 고유명사처럼 완전한 뜻을 가지고 있고 독립성이 있는 명사
불완전명사: 문장 가운데서 명사와 같은 구실을 하지만 독립된 뜻을 가지지 못하고 항상 다른 말 뒤에 붙어서 쓰는 명사

**전성명사 -
다른 품사에서 전성해서 된 것(열었다-〉열매, 신다-〉신, 높다-〉높이…)

(7) 허웅(1979)

허웅(1979)는 명사를 사물의 이름을 가리키는 범위에 따라 보통명사와 고유명사로 나누고 자립할 힘이 있는지 없는지에 따라 완전명사와 불완전명사로 나누었다.

(21) 허웅(1979)의 명사 분류

명사 ┬ 가리키는 범위 ─ 보통명사: '사람, 집, 돌' 따위 낱말처럼 가리키는 범위가 넓은 것
고유명사: '백두산, 이순신, 주시경, 한강'처럼 오직 하나 밖에 없는 것

자립성 유무 ─ 완전명사: 낱말을 각각 따로 떼어서 말하더라도 무슨 뜻인지 알아들을 수 있는 것, 자립할 수 있는 것
불완전명사: 실질적인 뜻을 나타내지는 못하나 어떠한 물건의 명칭인 것(바, 이, 줄, 것, 마리, 사람, 시, 분, 초, 원, 전…)

(8) 이길록·이철수(1979)

이길록·이철수(1979) 역시 쓰이는 범위와 독립성의 유무를 명사 하위분류의 기준으로 제시하고 있다.

(22) 이길록·이철수(1979)의 명사 분류

명사 ┬ 쓰이는 범위 ─ 보통명사: 서로 비슷한 범위 안에서 두루 쓰이는 명사
고유명사: 어느 한 개의 특정한 사물에만 국한하여 쓰이는 명사

독립성의 유무 ─ 완전명사: 보통명사의 대부분과 고유명사는 독립해서 제 홀로 쓰이므로 이를 완전 명사라 한다.
불완전명사: 독립해서 제홀로 쓰이지 못하고, 반드시 앞에서 꾸미는 관형어와 함께 쓰이는 것을 불완전 명사라 한다.

(9) 이응백·안병희(1979)

이응백·안병희(1979)는 명사가 쓰이는 범위에 따라 고유명사와 보통명사, 독립성이 있고 없음에 따라 완전명사와 불완전명사로 나뉜다고 했다.

78 국어 문법 교과서 연구

(23) 이응백·안병희(1979)의 명사 분류

명사-

쓰이는 범위 -

보통명사: 그 쓰임이 일반적이어서 같은 사물에 두루 쓰이는 명사

고유명사: 특정한 사람이나 어느 한 가지의 특정한 사물에만 쓰이는 명사

독립성 유무 -

완전명사: 자립성이 있고, 스스로 실질적인 의미를 가지는 명사

불완전명사: 실질적인 의미가 없고 반드시 그 앞에 관형어가 있어야 하는 명사

*보통불완전명사: 보통명사와 비슷하게 쓰임

(이, 것, 바, 줄, 데, 뿐, 적)

*부사성불완전명사: 다음에 오는 용언을 수식

(듯, 양, 척, 체, 채, 대로, 만큼)

*수량단위불완전명사: 수량 단위로 쓰임

(자루, 개, 번, 치, 말)

(10) 김민수(1979)

명사는 실질의 뜻이 있고 자립할 수 있는가에 따라 완전명사와 불완전명사로 나뉘고, 일반적인 사물인가 어떤 특정한 사물인가에 따라 보통명사와 고유명사로 나뉜다고 보았다.

(24) 김민수·(1979)의 명사 분류

명사-

보통명사: 일반적인 사물의 명칭

고유명사: 특정한 사물의 명칭

완전명사: 실질의 뜻이 있고 자립할 수 있는 것

불완전명사: 실질의 뜻이 있고 자립할 수 없는 것

나. 기준 제시 없이 분류한 교과서

두 번째에 해당하는 교과서들은 양주동·유목상(1968), 최현배(1968), 이인모(1968), 이은정(1968), 김민수(1979), 성균관대(1985), 성균관대(1991) 등이다.

(1) 양주동·유목상(1968)

양주동·유목상(1968)은 명사가 온갖 사물이나 현상의 개념을 명칭으로 나타내는 말이고 그 명칭은 나타내는 대상의 실질적인 이름이 되는 것이며 어떤 대상을 대신할 수 있는 본 이름이 되는 것이라고 하였다.

(25) 양주동·유목상(1968)의 명사 분류

　　　보통명사: 같은 종류의 사물에 사용되는 명사
　　　고유명사: 어떤 특정한 사물에 한정되어 쓰이는 명사
명사- 완전명사: 실질적인 뜻이 있고 관형어가 없어도 홀로 자립할 수 있는
　　　　　명사
　　　불완전명사: 온전한 실질적인 뜻이 없고 제홀로 쓰일 수 없는 명사

(2) 최현배(1968)

(26) 최현배(1968)의 명사 분류

　　　보통명사: '곳, 사람, 집' 들과 같이 한 갈래의 일과 몬에 두루 쓰이는
　　　　　명사(이름씨)
　　　고유명사: '경주, 김대성, 불국사' 들과 같이 한 낱의 일과 몬에만 쓰이
명사- 는 명사(이름씨)
　　　완전명사(옹근이름씨): 홀로서는 힘이 있는 명사
　　　불완전명사(안옹근이름씨): 제홀로는 따로서지 못하고 항상 다른 품사
　　　　　(관형사 따위) 아래에 매이어 쓰이는 명사

(3) 이인모(1968)

이인모(1968)은 명사의 하위체계를 보통명사와 고유명사, 완전명사와 불완전명사로 정리하고 있다.

(27) 이인모(1968)의 명사 분류

명사-
고유명사: 특정한 사물에 한해서만 쓰이는 고유한 명칭(대전, 한강, 백두산, 이창호)
보통명사: 어떤 사물에 대해서든지 두루 쓰이는 보통 사물의 명칭(칼, 연필, 지우개, 마음, 애정)
완전명사: 의의가 완전하여 문장 첫머리에 쓰일 수 있는 명사(칼, 연필, 천안, 백두산, 두만강)
불완전명사: 뜻이 불완전하여 문장 첫머리에 쓰일 수 없는 명사(듯, 뿐, 따름, 만큼, 대로)

(4) 성균관대(1985)와 성균관대(1991)

성균관대(1985)와 성균관대(1991)은 명사의 하위개념을 고유명사, 보통명사, 의존명사, 자립명사로 보고 있다.

(28) 성균관대(1985)의 명사 분류

명사-
고유명사: 특정한 사람이나 물건에 대하여 붙여진 이름'인수, 동대문'
보통명사: '지하철'과 같은 말은 사물에 두루 쓰이므로
의존명사: 명사의 성격을 띠고 있으면서도 그 의미가 형식적 이어서 다른 말 아래에 기대어 쓰이는 말
자립명사: 다른 말의 도움을 받지 않고 쓰이는 명사

다. 하위개념 정리가 다른 교과서

그리고 세 번째는 이희승(1968), 이숭녕(1968), 정인승(1968), 서울대(1996), 서울대(2002) 등이 포함된다.

(1) 이희승(1968)

이희승(1968)은 명사를 그 쓰이는 범위로 보아 보통명사와 고유명사로, 그 말이 지니고 있는 내용을 보아 실질명사와 형식명사로 구분하였다.

(29) 이희승(1968)의 명사 분류

명사-

쓰이는 범위 - 보통명사: 같은 종류의 물건이나 일에 두루 쓰인다.

고유명사: 어떠한 한 사람이나 한 개의 물건이나 일에 대해서만 쓰인다.

내용 - 실질명사: 물건이나 일의 실상이 있는 내용을 나타낸다.

형식명사: 형식상으로 명사가 될 뿐이요, 그 내용이 비었으며, 또 독립성이 없다.

(2) 이숭녕(1968)

(30) 이숭녕(1968)의 명사 분류

명사-

보통명사: 우리가 어디서도 보고 듣고 할 수 있는 일반적이 물건이나 일의 이름

고유명사: 나라·고장·산·강·사람…늘의 이름, 한 고정된 대상에만 한하여 쓰이는 명사

불완전명사: 독립해서 쓰일 수 없는 것

단위명사(수명사): 수를 계산할 때 쓰이는 단위명사(채, 마리, 말, 원…), 보통명사에서 그리 변한 것이 많다.

(3) 정인승(1968)

정인승(1968)은 명사를 실용상 보통명사(두루이름씨), 고유명사(홀이름씨)로 구별하는데 보통명사에는 불완전한 보통명사가 있다.

(31) 정인승(1968)의 명사 분류

명사-
보통명사: 같은 종류의 사물에 두루 쓸 수 있는 명사(사람, 개, 감나무, 손바닥……)
고유명사: 같은 종류의 사물 가운데, 어떤 하나를 특정하여 나타내는 명사(이순신, 백두산, 지구, 태양……)
불완전명사: 보통명사 중에 독립적으로 쓰이지 못하고 항상 다른 말 밑에서만 쓰이는 명사(것, 이, 분, 자……)

(4) 이은정(1968)

이은정(1968)은 명사의 쓰임에 따라서 보통명사와 고유명사로 나누었다. 그리고 고유명사는 완전명사, 보통명사는 완전명사와 불완전명사를 가진다는 것을 표로 보이고 있다.

(32) 이은정(1968)의 명사 분류

명사 -
보통명사 ———— 김유신·석굴암 ———— 완전명사
민주주의·아버지
고유명사 ———— 다른(것)·(볼) 수 ———— 불완저명사

(5) 김완진·이병근(1979)

김완진·이병근(1979)는 명사를 그 문법적 기능에 따라 수량명사와 질량명사, 유정명사와 무정명사, 보통명사와 고유명사, 완전명사와 불완전명사 등으로 분류하고 있다.

(33) 김완진·이병근(1970)의 명사 분류

명사-
수량명사: '하나, 둘, 셋, 넷'하고 셀 수 있는 사물을 나타내는 명사(예: 사람, 집, 책, 연필, 코끼리)
질량명사: 셀 수 없는 것을 나타내는 명사(예: 물, 바람, 공기, 수증기, 성실)

유정명사: 사람이나 동물을 가리키는 명사(예: 사람, 학생, 군인, 범, 개…), 인성명사와 비인성명사

무정명사: 식물 기타를 가리키는 명사(예: 나무, 풀, 꽃, 바람, 파도…)

명사 보통명사: 한 부류의 사물에 두루 쓰이는 것(예: 나라, 사람, 도시, 설…)

고유명사: 특정한 한 개체에 부여된 이름으로 쓰이는 것(예: 신라, 김춘추, 경주, 불국사…)

(6) 서울대(1996)

서울대(1996)은 명사의 하위개념에 대해 비교적 간단하게 정리하고 있다. 다음과 같은 두 개의 문장을 예로 명사의 개념과 하위개념에 대한 분류를 하고 있다. 다음 문장의 '철수, 책, 사람'은 구체적인 사물의 이름이고, '평화, 모임'은 추상적인 개념이나 현상의 이름이고 이 가운데 '철수'는 특정한 사물에 붙은 이름으로 고유명사라 하며 그 밖의 명사들은 보통명사라 하였다. 또한 '수'와 '것'은 명사가 놓이는 자리에 쓰여 명사의 역할을 하는데 이처럼 명사의 성격을 지니고 있지만 그 의미가 의존적이어서 앞에 꾸미는 말이 와야만 쓰일 수 있는 말을 의존명사라고 하였다.

(34) 서울대(1996)의 예

철수는 책을 읽고 있다

평화를 사랑하는 사람들의 모임이 열렸다

혼자 일어설 수 있는 힘을 기르는 것이 중요하다

(7) 서울대(2002)

서울대(2002)은 명사를 체언 중에서 가장 일반적인 부류로 보고 구체적인 대상의 이름이라는 점에서 다른 체언과 구별된다고 했다. 명사들 중에서 특정한 하나의 개체를 다른 개체와 구별하기 위해 붙인 이름을 고유명

사라고 하는데 대표적으로 인명, 지역명, 상호명 등이 이에 속한다. 또한 어떤 속성을 지닌 대상들에 두루 쓰이는 보통 명사라고 했는데 명사 중에는 반드시 그 앞에 꾸며 주는 말, 즉 관형어가 있어야만 쓰일 수 있는 의존명사가 있다고 했다. 반면에 일반적인 명사들은 혼자서 자립적으로 쓰일 수 있으므로 자립명사라고 했다.

(35) 서울대(1996)의 예
　　 너는 본 대로 느낀 대로 말할 용기가 있느냐?
　　 사과 두 개, 구두 한 켤레, 선생님 열분, 백 원, 오 킬로그램

3.2.2.2. 대명사

대명사에 대한 정의는 양주동 · 유목상(1956)에서 대상의 이름을 대신하여 그것을 직접적으로 나타내는 말, 이숭녕(1968)에서 명사를 대신하여 쓰이는 말, 이명권 · 이길록(1968)에서는 사람이나 사물의 이름 대신에 그것을 직접 가리키는 단어, 이을환(1967): 사물의 명칭 대신으로 그것을 직접 가리키는 말이라고 정의하듯, 대부분의 교과서에서는 대상, 명사, 사물, 사람이나 사물을 대시하는 말이라 정의되어 있다.

다음으로 명사의 하위개념 정리를 살펴보면 첫째, 대명사의 하위 체계를 인칭대명사와 지시대명사로만 분류한 것(이명권 · 이길록 1968, 최현배 1968, 김민수 · 이기문 1968, 정인승 1968, 이은정 1968, 이을환 1968, 강윤호 1968, 강복수 유창균 1968, 이인모 1968), 둘째, 인칭대명사, 사물대명사, 처소대명사의 세 가지로 분류한 것(이희승 1968, 이숭녕 1968), 셋째, 여기에 방향대명사를 포함시켜서 네 가지로 분류한 것(허웅 1968)이 있다.

가. 이명권 · 이길록(1968), 최현배(1968), 김민수 · 이기문(1968), 정인승(1968), 이은정(1968), 이을환(1967), 강윤호(1968), 강복수 · 유창균(1968), 이인모(1968)의 분류

　　우선 최현배(1968), 강복수 · 유창균(1968), 이인모(1968), 이응백 · 안병희 (1979)에서는 대명사의 하위체계를 인칭대명사와 지시대명사의 두 가지로 분류하고 있다. 인칭대명사는 제1인칭, 제2인칭, 제3인칭의 세 가지로 나누고 제3인칭을 다시 근칭, 중칭, 원칭, 부정칭의 네 가지로 분류하였다. 이들 분류는 다시 높임의 분류에 따라 ①아주 높임, ②예사 높임, ③예사 낮춤, ④아주 낮춤의 네 가지로 구분하고 있다(이인모 1968에서는 이 분류는 없음). 한편 지시대명사는 근칭, 중칭, 원칭, 부정칭의 네 가지로 분류하여, 사물, 처소, 방향의 세 가지로 다시 구분하고 있다. 김민수 · 이기문(1968), 이은정 (1968)에서는 최현배(1968) 등의 분류에서 비슷하나 미지칭을 포함시킨 다섯 가지로 분류한 데에 차이가 있다.

(36)　최현배(1968)의 대명사 분류
대명사 - 인칭대명사: 사람을 가리키는 대명사
　　　　　 - 첫째 가리킴(제1인칭) '예: 나, 저'
　　　　　 - 둘째 가리킴(제2인칭) '예: 너, 자네, 그대, 당신'
　　　　　 - 세째 가리킴(제3인칭) - 가까움 '예: 이이, 이애, 이분'
　　　　　　　　　　　　　　　 - 떨어짐 '예: 그, 그이, 그애, 그분'
　　　　　　　　　　　　　　　 - 멀음 '예: 지, 지이, 지애, 지분'
　　　　　　　　　　　　　　　 - 안잡힘 '예: 누구, 아무, 어떤이, 어느분'
　　　 - 지시대명사: 일몬, 곳, 쪽(방향)을 가리키는 대명사
　　　　　　　 - 가까움 '예: 이것, 여기, 이리'
　　　　　　　 - 떨어짐 '예: 그것, 거기, 그리'
　　　　　　　 - 멀음 '예: 저것, 저기, 저리'
　　　　　　　 - 안잡힘 '예: 무엇, 어느것, 아무것, 어떤것, 어디, 아무
　　　　　　　　 데, 어떤데, 어느쪽'

　　한편 이명권 · 이길록(1968)에서는 인칭대명사의 하위체계에 있어서 제1인칭, 제2인칭, 제3인칭에 통칭을 포함시킨 네 가지로 분류하여, 위에 제시

한 최현배(1968) 등에서의 인칭대명사 하위체계와 차이를 보인다. 이을환(1967), 강윤호(1968), 이길록·이철수(1979)에서도 인칭대명사의 하위체계는 1인칭, 제2인칭, 제3인칭에 공통칭의 네 가지로 분류하였다. 이들 교과서는 이명권·이길록(1968), 이길록·이철수(1979)에서 근칭, 중칭, 원칭, 부정칭의 네 가지로 다시 분류한 데에 반해서 이을환(1967), 강윤호(1968)에서는 여기에 미지칭을 포함시켜서 다섯 갈래로 나눈 것에 차이가 있다. 한편 지시대명사의 하위체계 분류에 있어서 이명권·이길록(1968), 이길록·이철수(1979)에서는 이을환(1967), 강윤호(1968)과 달리 지시대명사를 사물대명사와 처소대명사에 분류하여, 여기에 방향을 나타내는 '이리, 저리, 그리'와 같은 말을 제외하였다. 이에 관해서 "방향을 보이는 '이리, 그리, 저리'는 체언의 구실을 다하지 못하므로 부사로 친다"는 기술을 찾을 수가 있다.

(37) 이명권·이길록(1968)의 대명사 분류
대명사 - 인칭대명사: 사람을 가리키는 대명사
    - 제1인칭 - '예: 나, 우리, 저, 저희'
    - 제2인칭 - '예: 당신, 어르신, 어른, 그대. 자네, 너희'
    - 제3인칭 - 근칭 '예: 당신(이 어른), 이분, 이이, (이사람), 이애, 이놈'
          - 중칭 '예: 당신(그 어른), 그분, 그이, (그 사람), 그애, 그놈'
          - 원칭 '예: 당신(저 어른), 저분, 저이, (저 사람), 저애, 저놈'
          - 부정칭 '예: (어느 어른), (어느 분, 어떤 이), 아무, 누구, (어떤 놈)'
           ※ ( ) 안의 말은 인칭대명사의 구실을 하나, 두 개의 품사다.
          - 통칭 - '예: 당신, 자기, 지, 남, 시, 남'
    - 지시대명사: 사물이나 처소를 가리키는 대명사

- 사물대명사 - 근칭 '예: 이, 이것'
  - 중칭 '예: 그, 그것'
  - 원칭 '예: 저, 저것'
  - 부정칭 '예: 무엇, 어느것, 아무것'
- 처소대명사 - 근칭 '예: 여기'
  - 중칭 '예: 거기'
  - 원칭 '예: 저기'
  - 부정칭 '예: 어디, 아무데'

✲ 방향을 보이는 '이리, 그리, 저리'는 체언의 구실을 다하지 못하므로 부사로 친다.

나. 이희승(1968), 이숭녕(1968)의 분류

이희승(1968), 이숭녕(1968)에서는 대명사의 하위체계를 인칭대명사, 사물대명사, 처소대명사의 세 가지로 분류하였다. 이희승(1968)에서는 각 대명사를 제1인칭, 제2인칭, 제3인칭, 미지칭, 부정칭의 다섯 가지로, 이숭녕(1968)에서는 이에 미지칭을 제외한 네 가지로 분류하였다. 이숭녕(1968)에서는 인칭대명사의 분류에 있어서 다시 단수와 복수로 구별해서 정리한 데에 이희승(1968)과 차이가 있다.

(38) 이희승(1968)의 대명사 분류

대명사 - 인칭대명사: 사람을 가리키는 대명사
- 제1인칭 '예: 나, 우리'
- 제2인칭 '예: 너, 너희'
- 제3인칭 '예: 이(이), 그(이), 저(이), 이(이)들, 그(이)들, 저(이)들'
  - 미지칭 '예: 누구, 누구들'
  - 부정칭 '예: 아무, 아무들'
- 사물대명사: 어떠한 일이나 물건을 가리키는 대명사
  - 근칭 '예: 이, 이것'

> - 중칭 '예: 그, 그것'
> - 원칭 '예: 저, 저것'
> - 미지칭 '예: 아무것'
>   - 처소대명사: 어떠한 처소를 가리키는 대명사
>   - 근칭 '예: 여기'
>   - 중칭 '예: 거기'
>   - 원칭 '예: 저기'
>   - 미지칭 '예: 어디'
>   - 부정칭 '예: 아무데'

다. 허웅(1968)의 분류

허웅(1968)은 대명사의 하위체계를 인칭대명사, 사물대명사, 처소대명사, 방향 대명사의 4가지로 분류하고 있다. 인칭대명사의 분류에 있어서 제1인칭, 제2인칭, 제3인칭 외에 재귀인칭을 포함시킨 것에 특징이 있다.

(39) 허웅(1968, 1979)의 대명사 분류
인칭대명사: 사람을 가리킬 때만 쓰이는 대명사
  - 제일인칭 대명사 '예: 나, 우리(들), 저, 저희(들)'
  - 제이인칭 대명사 '예: 너, 너희, 자네(들), 당신, 당신네(들)'
  - 제삼인칭 대명사 - 말하는 이에 가까움 '예: 이이, 이분, 이애'
                  - 듣는 이에 가까움 '예: 그분, 그이, 그애'
                  - 양자에게서 떨어짐 '예: 저분, 저이, 저애'
                  - 모름 '예: 어느분, 어떤이, 누구, 아무'
  - 재귀인칭대명사 '예: 저, 자기'
사물대명사: 사물을 가리키는 대명사
  - 말하는 이에 가까움 '예: 이것'
  - 듣는 이에 가까움 '예: 그것'
  - 양자에게서 떨어짐 '예: 저것'
  - 모름 '예: 무엇, 어느것, 어떤것'

처소대명사: 처소를 가리키는 대명사
    - 말하는 이에 가까움 '예: 여기'
    - 듣는 이에 가까움 '예: 거기'
    - 양자에게서 떨어짐 '예: 저기'
    - 모름 '예: 어디, 어떤데'
방향대명사: 방향을 가리키는 대명사
    - 말하는 이에 가까움 '예: 이리'
    - 듣는 이에 가까움 '예: 그리'
    - 양자에게서 떨어짐 '예: 저리'
    - 모름 '예: 어느쪽, 어떤쪽'

3.2.2.3. 수사

수사의 정의에 있어, 허웅(1968), 최현배(1968)에서는 셈을 나타내는 말이라 대략적으로 정의하였고, 이명권·이길록(1968), 양주동·유목상(1968), 이은정(1968), 강윤호(1968), 정인승(1968), 이을환(1967), 강복수·유창균(1968), 이인모(1968), 이길록·이철수(1979)에서는 사물의 수효나 순서를 니디내는 말이라 정의하였다. 이에 분량의 개념을 포함시킨 것에 이희승(1968), 김민수·이기문(1968)이응백·안병희(1979)가 있다. 이응백·안병희(1979), 국정1기, 2기(1985, 1991, 1996, 2002)에서는 사물의 수량이나 차례를 가리키는 단어로 정의되어, 수효, 차례, 분량을 모두 포함시킨 것으로 이해할 수 있다.

다음으로 수사의 하위개념 정리를 살펴보면 첫째, 양수사와 서수사로 분류한 것(이명권·이길록1968, 허웅1968,1979, 최현배1968, 이은정1968, 강윤호1968, 이길록·이철수1979, 이응백·안병희1968)이 있다. 여기서 수사를 기본수사와 서수사로 분류한 것(양주동·유목상1968, 이숭녕1968, 정인승1968, 강복수·유창균1968, 이인모1968), 그리고 양수사와 기수사로 분류한 것(국정1기,2기1985, 1991, 1996, 2002)도 용어만 다른 뿐 같은 개념이라 볼 수 있으므로 이에 포함시킨다. 둘째, 양수사, 기수사, 명수사의 세 가지로 분류한 것(이희승1968, 김민수·이기문1968, 김민수1979)가 있다. 여기서는 이 두 가지 내용을 정리하고자 한다.

가. 이명권·이길록(1968), 허웅(1968, 1979) 등의 분류
이명권·이길록(1968) 등은 수사를 서수사와 양수사의 두 가지로 분류하였다.

(40) 이명권·이길록(1968)의 수사 분류
수사 - 서수사: 사물의 차례 '예: 첫째, 둘째, 셋째... 제일, 제이, 제삼..'
　　 - 양수사: 사물의 수효 '예: 하나, 둘, 셋, 넷..., 일, 이, 삼, 사'

이들 분류의 교과서들은 각 수사의 예시에 있어서 약간의 차이를 찾을 수 있다. 정인승(1968)에서는 기본수사(양수사)의 예시로 '여럿, 몇, 얼마'와 같은 말이 포함시켜서 제시되어 있으며, 다른 교과서와 차이를 보인다. 또 이은정(1968), 강복수·유창균(1968)에서는 서수사 예시에 있어서 한어계통의 '제일, 제이..'와 같은 말을 제시하지 않고 있다.

다음으로 분류에 있어서는 이들 분류를 고유어 계통과 한어 계통에 나누어서 분류한 것에 허웅(1968, 1979), 이은정(1968), 강윤호(1968), 김완진·이병근(1979), 이길록·이철수(1979), 이응백·안병희(1979)가 있다.

(41) 이응백·안병희(1979)의 수사 분류
수사 - 양수사: 사물의 수량을 헤아리는 단어
　　　　　 - 고유어 계 '예: 하나, 열일곱, 열하나,..'
　　　　　 - 한자어 계 '예: 팔만..'
　　 - 서수사: 사물의 순서를 나타내는 단어
　　　　　 - 고유어 계 '예: 첫째, 둘째...'
　　　　　 - 한자어 계 '예: 제일, 제이...'

　또한 강윤호(1968)에서는 고유어 계통과 한어 계통의 분류와 아울러 구성에 따라 단일어와 복합어에 나누어서 제시하고 있으며, 이인모(1968)에서는 기본수사, 서수사를 다시 정칭과 부정칭에 나누어서 분류하여 제시하고 있다. 이에 관해서 강윤호(1968), 김민수(1979)에서는 따로 분류하지는 않았으나 예시단계로 '한두째, 서너째'와 같은 부정칭도 포함시켜서 제시하고 있다.

　나. 이희승(1968), 김민수·이기문(1968), 김민수(1979)의 분류

　이희승(1968)에서는 기본수사, 서수사 외로 양수사를 포함시켜서 세 가지로 분류하였다. 여기서 말하는 양수사란 물건의 개수나 부피, 무개, 길이 거리 및 화폐의 단위 또는 시간의 단위를 일컫는다. 김민수·이기문(1968), 김민수(1979)에서는 기본수사, 서수사, 양수사는 각각 양수사, 기수사, 명수사에 해당한다. 이러한 단위를 수사에 포함시킨 것은 다른 교과서에 찾을 수가 없으며, 이들 교과서의 특징이라 할 수 있다. 또한 김민수(1979)에서는 양수사 예로 '헌자, 들이, 넷이'와 같은 말이 제시되어 있으며, 다른 교과서와의 차이를 보여주고 있다.

　(42) 김민수(1979)의 수사 분류
　수사 - 양수사: 사물의 수효 '예: 하나, 둘.., 사, 오, 한둘, 두셋,.., 혼자, 둘이..'
　　　 - 기수사: 사물의 차례 '예: 첫째, 둘째, .., 제삼, .. 한두째..'
　　　 - 명수사: 사물의 분량, 조수사라고도 함 '예: 개, 꾸러미, 그루, 대'

4. 체언 단원의 문법 교과서 기술을 위한 제언

4.1. 체재

이상에서 고등학교 문법 교과서 내에서 체언의 위치와 시기별 구분상에 나타나는 특징들을 살펴보았다. 먼저 품사론 안에서 체언의 위치를 살펴보면 다음과 같이 5가지로 정리할 수 있다.

(43) 문법 교과서에서 체언의 위치
ㄱ. 체언+기타품사
ㄴ. 체언+용언+기타품사
ㄷ. 체언+용언+수식언+기타품사
ㄹ. 체언+용언+수식언+관계언+기타품사
ㅁ. 체언+용언+수식언+관계언+독립언+기타품사

(43)에서도 볼 수 있는 바와 같이 품사론 안에서 체언의 위치는 동일하다. 최호철(2006)에서 볼 수 있듯이 문법 교과서들이 '음운, 단어, 문장, 발화' 등과 같은 큰 틀을 가지고 있는데, 이 가운데서 품사론은 '단어' 안에 배치되어 있으며 그 안에서 체언의 위치도 동일하다. 체언은 앞서의 정의에서 알 수 있는 바와 같이 문장의 몸, 임자되는 자리에 나타나는 일이 많으며 주어적인 쓰임이 이들의 주된 기능이라는 것을 고려하면 명사, 대명사, 수사를 묶어 한 가지 기능으로 보고 체언이라 이름 붙여 품사론의 가장 상위 분류에 둔 것에는 문제가 없다고 본다. 따라서 체언을 포함하고 있는 품사론의 목차를 제시하면 다음과 같이 정리할 수 있겠다.

(44) 품사론의 목차
0. 품사론
 0.1 체언

4.2. 내용

앞서 살펴본 바에 의하면 각 교과서마다 체언의 하위분류를 달리 하고 있음을 알 수 있다. 특히 1949-1960년의 교과서들은 체언의 하위분류가 통일되지 않았으며 그 이후의 교과서들은 어느 정도 하위분류에 있어서 통일된 양상을 보여 준다. 먼저 체언 내에서 명사, 대명사, 수사를 분류한 분포를 살펴보면 다음의 (45)와 같이 정리할 수 있다. (45)를 보면 대부분의 교과서에서 체언을 크게 명사, 대명사, 수사로 분류한 것이 일치하고 있는 것을 볼 수 있다.

(45) 체언의 하위분류
　ㄱ. 품사론－체언: 이인모(1949)
　ㄴ. 품사론－체언－명사, 대명사, 수사: 장하일(1949), 정인승(1949), 김민수, 남광우, 유창돈, 허웅(1960), 이숭녕(1956), 이희승(1956), 정인승(1956), 강복수, 유창균(1968), 강윤호(1968), 김민수, 이기문(1968), 양주동, 유목상(1968), 이명권, 이길록(1968), 이숭녕(1968), 이은정(1968), 이을환(1967), 이인모(1968), 이희승(1968), 정인승(1968), 최현배(1968), 허웅(1968), 김민수(1979), 김완진, 이병근(1979), 이길록, 이철수(1979), 이응백, 안병희(1979), 허웅(1979), 성균관대학교 대동문화연구원(1985), 성균관대학교 대동문화연구원(1991), 서울대학교 사범대학 국어교육연구소(1996), 서울대학교 사범대학 국어교육연구소(2002)
　ㄷ. 품사론－체언－명사, 대명사: 이희승(1949)[2]

---

2) 수사를 매김씨로 따로 하위분류하고 있다.

또한 명사, 대명사, 수사는 다시 그 아래의 하위분류를 가지게 되는데 먼저 명사의 하위분류 살펴보면 크게 세 가지로 정리될 수 있다. 첫째, 명사의 하위분류를 보통명사와 고유명사로만 정리한 것, 둘째 여기에 불완전명사의 개념을 포함한 것, 셋째, 보통명사, 고유명사, 완전명사, 불완전명사를 하위분류로 사용한 것이다. 그러나 같은 개념이나 명칭에 있어서는 차이를 보이거나 각 분류를 더 세분화하여 제시한 것 등 (46)과 같이 여러 가지 하위분류를 볼 수 있다.

(46) 명사의 하위분류

ㄱ. 명사―보통명사, 고유명사: 장하일(1949)

ㄴ. 명사―보통명사, 고유명사, 불완전명사: 정인승(1949), 이숭녕(1956), 이희승(1956), 정인승(1956), 정인승(1968),

ㄷ. 명사―고유명사, 보통명사, 실질명사, 형식명사: 이희승(1949)

ㄹ. 명사―본명사, 대명사, 수사, 자립명사, 의존명사: 김민수(1960)

ㅁ. 명사―보통명사, 고유명사, 완전명사, 불완전명사: 강복수, 유창균(1968), 강윤호(1968), 김민수, 이기문(1968), 양주동, 유목상(1968), 이명권, 이길록(1968), 이은정(1968), 이을환(1967), 이인모(1968), 이희승(1968), 정인승(1968), 최현배(1968), 허웅(1968), 김민수(1979), 이길록, 이철수(1979), 이응백, 안병희(1979), 허웅(1979),

ㅂ. 명사―고유명사, 보통명사, 의존명사, 자립명사: 성균관대학교 대동문화연구원(1985), 성균관대학교 대동문화연구원(1991), 서울대학교 사범대학 국어교육연구소(1996), 서울대학교 사범대학 국어교육연구소(2002)

ㅅ. 명사―보통명사, 고유명사, 불완전명사, 수사: 이숭녕(1968)

ㅇ. 명사―수량명사, 질량명사, 유정명사, 무정명사, 보통명사, 고유명사: 김완진, 이병근(1979)

다음으로 대명사의 하위분류를 살펴보면 대명사의 경우 명사에 비해 분류 방식에 있어서 차이를 보이는 것이 많다. 전기에는 대명사의 하위개념을 인칭대명사와 지시대명사로만 정리한 것, 이에 수사를 포함시켜서 세 가지로 분류한 것, 인칭 대명사, 지시대명사, 물대명사, 정성대명사의 네 가지로 분류한 것으로 나뉘나, 후기에는 인칭대명사, 사물대명사, 처소대명사의 세 가지로 분류한 것, 방향대명사를 포함시켜서 네 가지로 분류한 것 등이 있었다.

(47) 대명사의 하위분류

　ㄱ. 대명사－인칭대명사, 지시대명사: 장하일(1949), 정인승(1949), 정인승(1956), 이숭녕(1956), 김민수・남광우・유창돈・허웅(1960), 양주동・유목상(1968), 이명권, 이길록(1968), 최현배(1968), 김민수・이기문(1968), 정인승(1968), 이은정(1968), 이을환(1967), 강윤호(1968), 강복수・유창균(1968), 김완진, 이병근(1979), 이길록・이철수(1979), 이응백・안병희(1979), 이인모(1968), 김민수(1979), 성균관대학교 대동문화연구원(1985), 성균관대학교 대동문화연구원(1991), 서울대학교 사범대학 국어교육연구소(1996), 서울대학교 사범대학 국어교육연구소(2002)

　ㄴ. 대명사－인칭대명사, 지시대명사, 수량 대명사: 이희승(1949), 이희승(1956)

　ㄷ. 대명사－인칭대명사, 사물대명사, 처소대명사: 이희승(1968), 이숭녕(1968)

　ㄹ. 대명사－인칭대명사, 사물대명사, 처소대명사, 방향대명사: 허웅(1968), 허웅(1979)

　ㅁ. 하위분류 없음: 이인모(1949)

마지막으로 수사의 하위분류 역시 수사의 기능과 정의에 따라 여러 가지 분류를 가지는 것을 알 수 있는데 서수사와 양수사에 분류한 것, 국어계수사와 한어계수사로 분류한 것, 기수사, 서수사, 양수사에 분류한 것, 기본수사와 서수사로 분류한 것, 양수사, 기수사, 명수사의 세 가지로 분류한 것 등 모두 다섯 가지로 하위분류를 정리할 수 있다.

   (48) 수사의 하위분류

     ㄱ. 수사 - 서수사, 양수사: 장하일(1949), 정인승(1949), 정인승(1956), 이명권·이길록(1968), 허웅(1968), 허웅(1979), 최현배(1968), 이은정(1968), 강윤호(1968), 이길록·이철수(1979), 이응백·안병희(1968), 양주동·유목상(1968), 이숭녕(1968), 이을환(1967), 정인승(1968), 강복수·유창균(1968), 이인모(1968), 김완진, 이병근(1979), 성균관대학교 대동문화연구원(1985), 성균관대학교 대동문화연구원(1991), 서울대학교 사범대학 국어교육연구소(1996), 서울대학교 사범대학 국어교육연구소(2002)

     ㄴ. 수사 - 기수사, 서수사, 양수사: 이숭녕(1956), 김민수··남광우··유창돈·허웅(1960)[3]

     ㄷ. 수사 - 양수사, 기수사, 명수사: 이희승(1968), 김민수·이기문(1968), 김민수(1979)

     ㄹ. 하위분류 없음: 이인모(1949), 이희승(1956)

     ㅁ. 수량 대명사로 하위분류: 이희승(1949)

이와 같이 체언의 하위분류에 대해 정리해 보았는데 체언의 하위분류에 있어서는 (49)과 같이 크게 네 가지에 대한 합의가 필요한 것을 알 수 있다.

   (49) 체언의 하위분류에서 고려해야 할 점

     ㄱ. 체언의 품사론 내의 위치는 적절한가?

     ㄴ. (49)의 (ㄱ)이 성립된다면 체언의 하위분류는 어떠한가?

     ㄷ. (49)의 (ㄴ)이 성립된다면 명사의 하위분류는 어떠한가?

---

3) 이숭녕(1956)과 김민수·남광우·유창돈·허웅(1960)은 수사를 '수사-국어계수사, 한어계수사'처럼 어원으로 분류하기도 했다.

ㄹ. (49)의 (ㄴ)이 성립된다면 대명사의 하위분류는 어떠한가?
ㅁ. (49)의 (ㄴ)이 성립된다면 수사의 하위분류는 어떠한가?

(49)의 (ㄱ)은 (45)에서 보는 바와 같이 문법 교과서 내에서 어느 정도의 합의가 이루어져 있음을 알 수 있다. 전기와 후기의 문법 교과서들 모두 체언을 지칭하는 명칭이 다소 차이는 있었으나 정의를 살펴보면 문장 내에서 중심 역할을 한다는 체언의 의미, 기능, 형태의 반영에 있어서 크게 차이를 보이지 않는 것을 알 수 있다. 본고에서 역시 체언의 품사론 내의 위치에는 반론의 여지가 없다는 데에 의견을 같이한다.

또한 체언의 하위분류를 살펴보면 대부분 크게 '명사, 대명사, 수사'이다. 또한 전기의 경우, 하위분류에 있어 몇몇 교과서들은 하위개념을 정리하고 있지 않은 것도 있고, 다시 분류할 수 있는 '명사, 대명사, 수사'의 하위개념의 정리에도 통일된 양상이 보이지 않는다. 그러나 후기에 해당하는 문법 교과서들은 체언에 대한 정의와 하위분류에 있어 어느 정도 통일된 모습을 보이며 각 품사의 구분을 위해 문법적 의미, 기능, 형태에 대한 기준을 두고 그에 따라 품사를 구분하고 있고 체언의 정의와 분류를 위해서도 각 교과서들은 체언의 문법적 의미, 기능, 형태에 대해 정리하고 있는 것을 알 수 있었다. 다시 말해 이 시기 체언의 정의는 문법적 기능 즉, 문장 성분으로 체언을 정의하고 있는 것이 있는데 이들은 체언을 문장의 '주어, 목적어, 보어' 자리에 올 수 있는 것으로 보았으며, 또 하나는 문장의 주체가 되는 것을 체언으로 본 것으로 나눌 수 있다. 전기에 해당하는 문법 교과서들과 비교하면 전기의 문법 교과서들이 체언의 하위개념에 대한 논의는 다소 통일 되지 않은 특성을 보였다면 이 시기에는 문법 교과서들은 체언의 하위개념을 '명사, 대명사, 수사'로 정리하여 통일된 양상을 보인다.

(49)의 (ㄴ)의 경우도 체언의 하위분류는 명사, 대명사, 수사로 보는 것에 문제가 없어 보인다. 대명사와 수사는 문장 내에서 주어, 목적어, 보어

의 역할을 하는 명사와 같은 기능을 가지고 있으나 관형어의 꾸밈을 받는 일이 명사처럼 자유롭지 않다는 문법적 성질을 가진다. 대명사와 수사의 관계에 있어 수사를 수량 대명사로 지칭하여 대명사의 하위분류로 보는 경우가 있으나 이 역시 수사 역시 어느 정도 자유롭게 관형어의 꾸밈을 받는다는 것을 고려하면 독립된 품사로 볼 수 있기 때문이다. 또한 이익섭(2002)에서 지적한 바와 같이 이와 같은 대명사와 수사를 명사에서 분리시켜 독립된 품사로 체언의 하위분류로 명사와 동일 선상에 둘 근거가 충분하지는 않으나 이 경우 문법 기술의 편익을 고려할 때 이와 같은 분류가 설득력을 가진다고 본다.

　(49)의 (ㄷ)에서와 같이 명사의 하위분류에 대해 생각해 볼 필요가 있는데 명사의 하위분류의 경우 문제는 명사가 가지는 다양한 기능과 뜻의 내용, 자립 유무 등을 기준으로 세분화 시켜야 하는가? 아니면 어느 정도의 기준을 가지고 하위분류를 정리할 것인가?에 대한 답을 정리할 필요가 있다. 본고에서는 후자를 기준으로 정리하고자 한다. 각 문법서들 가운데 명사의 하위분류를 세분화한 것들도 정리해 보면 사실 몇 가지 기준으로 충분히 정리할 수 있으며 이 경우 문법 기술에 있어 문제가 되지 않음을 알 수 있다. 또한 학습자의 입장을 고려할 때도 후자의 경우가 더 편리하다고 생각된다. 따라서 본고에서는 서울대학교 사범대학 국어교육연구소(2002) 등이 취하고 있는 분류인 (48)의 (7) '명사―고유명사, 보통명사, 의존명사, 자립명사'의 분류를 따르고자 한다.[4] 이는 (49)의 (ㄹ)와 (ㅁ)에 대한 답도 함께 할 수 있는데 역시 하위분류를 세분화하지 않는 쪽을 취하고자 한다.

　지금까지의 내용을 정리하면 품사론 내에서 체언의 위치와 하위분류는 다음과 같다.

---

4) 의존명사는 불완전명사, 자립명사는 완전명사로 지칭되기도 하나 여기서는 가장 최근의 지칭을 취한다.

(50)

    0. 품사론

     0.1 체언

      0.1.1명사

       가. 고유명사, 나. 보통명사, 다. 의존명사, 라. 자립명사

      0.1.2. 대명사

       가. 인칭대명사, 나. 지시대명사

      0.1.3 수사

       가. 서수사 나. 양수사

이와 같은 품사론 내에서 체언의 하위분류 목차는 서울대학교 사범대학 국어교육연구소(1996), 서울대학교 사범대학 국어교육연구소(2002)의 그것과 일치한다. 이 두 교과서의 경우 바로 앞의 교과서인 성균관대학교 대동문화연구원(1991)에서 다루고 있는 품사론의 기술에 하위분류에 대한 자세한 소개를 생략하는 대신 학습자들이 글을 읽고 명사, 대명사, 수사의 역할에 대해 생각해 보는 과제를 보다 학습자들에게 친근한 텍스트를 통해 소개하려고 시도하고 있다. 체언을 포함한 품사 하위분류에 대해 복잡한 문법적인 기술을 제외하고 간단히 정의하는 정도로 소개하는 것이 학습자들의 입장에서 어려운 문법을 가볍게 읽고 이해하려는 의도로 볼 때는 좋으나 그 기술이 너무 소략되어서 고유명사와 보통명사, 의존명사와 자립명사 등 명사의 하위분류를 해야 하는 실제 과제에서는 학습자들 혼자서는 해결하기 어려운 부분이 있으며 고등학교 교육과정의 학습자들에게는 명시적인 설명 역시 효과가 있다는 것을 고려한다면 좀 더 친절한 설명이 필요할 것으로 보인다.

5. 결론

본고는 대한민국 고등 국어 문법 교과서에 기술된 체언의 내용을 고찰하고 각 시기에 따른 특징과 내용을 정리하는 것을 목적으로 하여 1949년 이후에 출간된 교과서들에서 정리하고 있는 체언의 개념과 그 하위분류에 대해 살펴보았다.

1장에서는 본고의 목적과 선행 연구의 내용을 간단히 정리하고 본고의 연구 방법에 대해 간략히 기술하였다. 다음으로 2장에서는 먼저 품사론 내에서 체언의 위치를 정리해 보았는데 체언의 경우 문장 내에서 주가 되는 것으로 품사론에서는 하나의 독립된 품사의 상위로 분류하고 있다는 것을 알 수 있었다. 또한 3장에서는 좀 더 세분적인 내용과 특징을 살피기 위해 체언의 하위분류와 정의에 대해 정리해 보았는데 그 결과 체언의 특징을 바탕으로 크게 그 시기를 두 시기로 구분할 수 있었다. 4장에서는 앞에서 정리된 내용을 바탕으로 본고에서 체언의 분류에 대한 기준을 정리하고 이를 바탕으로 품사론 내에서 체언의 체계를 제시하고 가장 최근의 교과서에서 체언을 어떻게 다루고 있는가에 대해 간단히 언급하였다. 그 결과 본고에서 최종적으로 제시한 품사론 내에서 체언의 분류는 (51)과 같이 정리할 수 있었다.

〈참고문헌〉

고영근(1988). "학교 문법의 전통과 통일화 문제." 「선청어문」16・17합. 서울대학교 사범대학 국어교육과.
구현정(1997). "정인승 선생의 학문." 「한말연구」(한말연구회) 3.
권주예(1978). "학교 문법의 제문제 소고: 고등학교 문법 교과서를 중심으로." 「선청어문」 9. 서울대학교 사범대학 국어교육과.

김정숙(1992). 「한국어 교육 과정과 교과서 연구」. 고려대학교 박사학위논문.
박병채(1971). "김민수 저 「국어문법론」 서평." 「아세아연구」. 고려대학교 아세아 문제 연구소.
박종갑(1995). "주시경과 최현배의 문법모형 비교 연구(2)." 「한민족어문학」. 한민족어문학회.
서정목(1999). "심악 이숭녕 선생의 문법 연구." 「국어학회 창립 40주년 기념 논문집-심악 이숭녕 선생의 학문」. 국어학회.
이관규(1998). "학교 문법의 성격과 역사." 「어문논집」(민족어문학회) 37.
이관규(2000). "학교 문법 교육의 현황." 「새국어생활」(국립국어연구원) 10-2.
이관규(2002). "제7차 문법 교육 과정과 교과서의 문법 내용적 특징에 대한 고찰: 제6차와 제7차 문법 교과서의 차이점을 중심으로." 「국어교육학연구」(국어교육학회) 14.
이관규(2002). 「개정판 학교 문법론」. 서울: 월인.
이관규(2005). "문법 교과서의 변천." 제1회 문법교육학회 학술대회 발표문.
장경희(1994). "김윤경 선생의 문법 체계와 그 특성: 〈나라말본〉을 중심으로". 「한국학논집」(한양대학교 한국학연구소) 25.

Ⅲ. 용언

박상진

1. 서론

1.1. 연구 목적과 방법

학교에서 사용되는 문법 교과서는 이론 문법서와 달리 현장에서 학생들에게 가르쳤던 까닭에 표준적인 성격을 갖는다. 현재의 문법 교과서가 1종으로 단일화되어 있는 것도 이와 무관하지 않다.[1] 그러나 광복 직후 모든 면에서 통일된 체계를 이룰 수 없었던 시기에는 여러 문법서가 형편에 따라 선택될 수밖에 없었고 이에 따라 내용의 통일을 기대하기도 어려웠던 것이 사실이다.

문법 교육과 관련해서 문법 교과서는 그 독자성 여부를 두고 많은 논의

---

1) '학교 문법서'라는 명칭은 이론 문법서와 대립되는 개념으로 실제 학교 현장에서 사용되는 '교과서' 이상의 의미를 갖는다. 이 글에서는 학교에서 쓰였던 교과서를 대상으로 하므로 '문법 교과서'라는 명칭을 사용하도록 한다.

가 있는 실정이다. 국어 교과로 통합하자는 논의와 독자적인 교과로 유지해야 한다는 의견이 팽팽하다. 이런 가운데 역대 문법 교과서 전체의 내용에 대한 총괄적인 검토는 아직 미비하다고 하겠다. 물론 전체 문법 교과서에 대한 국어학사적인 검토와 문장편에 대한 구체적 검토는 일부 이루어진 바 있다. 그러나 그 외의 내용에 대한 검토는 부족한 형편이다.

이 글은 학교에서 교육을 목적으로 편찬된 역대 문법 교과서의 품사, 특히 용언에 대한 총괄적인 검토를 목적으로 한다. 따라서 용언에 속하는 동사와 형용사를 비롯해 존재사와 지정사까지 함께 살펴보도록 한다. 특히 형용사는 국문법 초기 외국인의 품사 분류에서 대부분 동사의 성격을 갖는 것으로 기술되었다. 이는 서양어의 형용사와 국어의 형용사가 그 성격이 다르기 때문이다(이광정, 1987=2003:68). 또한 존재사와 지정사의 설정 역시 용언 분류에서 매우 논란이 많은 부분이었다. 이렇듯 용언은 일찍부터 국어 품사 분류에서 중요한 부분을 차지하고 있는데, 역대 문법 교과서에서는 이에 대해 어떻게 다루었고 그 기술의 변천이 어떠했는가를 살펴보는 것이 본고의 목적이다. 아울러 이를 바탕으로 앞으로 문법 교과서에서 용언에 대해 어떠한 내용을 담아낼 것인가에 대해서도 검토해 보기로 한다.

1.2. 연구 범위와 대상

문법 교과서를 중심으로 학교 문법 교육의 역사를 다룬 것으로 고영근(1988), 이관규(2005) 외에 여러 논저들을 들 수 있는데, 대표적으로 이관규(2005)의 시대 구분을 보이면 다음과 같다.

1단계 혼성 단계(1895~1949)
  제1기 발아기(1895~1910)
  제2기 자성기(1910~1945)

     제3기 부흥기(1945~1949)
  2단계 검인정 단계(1949~1985)
     제4기 검인정기(1949~1966)
       1차 검인정기(1949~1955)
       2차 검인정기(1956~1965) 〈1차 교육과정〉
     제5기 통일 문법 검인정기(1966~1985)
       1차 통일 문법 검인정기(1966~1978) 〈2차 교육과정〉
       2차 통일 문법 검인정기(1979~1984) 〈3차 교육과정〉
  3단계 국정 단계(1985~현재)
     제6기 국정1기(1985~1995)
       1985 〈4차 교육과정〉   1991 〈5차 교육과정〉
     제7기 국정2기(1996~현재)
       1996 〈6차 교육과정〉   2002 〈7차 교육과정〉

   위 시기 구분 중 이 글에서 다루어지는 대상은 광복 후 2단계 검인정기 이후의 문법 교과서이다. 이 시기는 외세의 영향에서 벗어나 대한민국 정부가 수립(1948년)되고, 정부 인가의 교과서가 나오게 되며, 학교 문법 통일안(1963년)이 나오기 전 문법 용어가 우선 통일된 시점으로[2] 문법 교육의 역사적 전환점이라는 의의가 있다.

   한편, 문법 교과서는 1차 교육과정이 시작된 2차 검인정기부터 중학교용과 고등학교용으로 나누어졌다. 이후 4차 교육과정에서부터 중학교에서는 〈생활 국어〉에 흡수되었고, 문법 교과서는 고등학교에서만 교육되었다. 이에 따라 이 글에서는 현재 사용되는 교과서와의 연계를 고려해 고등학교용만을 다루기로 한다. 이 두 가지 특징으로 이 글에서 다루는 대상을 '대한민국 고등 문법 교과서'로 칭할 수 있을 것이며, 이들은 모두 33종이 된다.

---

 2) 뒤에서 살펴보겠지만 문법 용어의 통일에도 불구하고 검인정 시기의 교과서들은 품사 명칭에서부터 상당한 차이를 보이고 있어 문법 용어 통일안이 적극적으로 반영되지 않았다.

1.3. 선행 연구

문법 교과서와 관련된 선행 연구는 크게 두 가지 관점에서 찾을 수 있다. 우선 학교 문법의 역사와 내용을 살펴본 것과 학교 문법서의 품사에 대해 살펴본 것으로 나눌 수 있다. 전자는 문법 교과서를 중심으로 학교 문법의 역사를 고찰한 것과 문법 교과서만의 역사를 고찰한 것이 포함된다. 여기에 해당하는 것으로 고영근(1988, 2000), 이관규(1998, 2002, 2005)를 참고할 수 있다. 그리고 후자는 전체 품사를 고찰한 것과 형용사만을 고찰한 것으로 나눌 수 있다. 전체 품사를 고찰한 것은 이광정(1987, 1997=2003:115~151)이 대표적이지만 학교 문법서의 용언만을 따로 고찰한 것은 찾을 수 없다.

고영근(1988)은 국정1기 단일 교과서를 만든 직후에 쓰인 글로 19세기 후반부터 이 시점까지 학교 문법의 역사적 배경과 문법 교과서를 개괄하고 있다. 특히 글쓴이가 단일 교과서 제작에 깊이 관여한 까닭에 교과서 제작의 배경과 과정에 대해 자세한 소개를 하고 있는 점이 특징이다. 반면 문법 교과서 자체의 내용은 상대적으로 소략하다.

고영근(2000)도 '학교 문법' 특집호의 일부로써 문법 교육적 측면에서 역사적 흐름을 살펴본 것이다. 앞의 글과 달리 북한과 소련, 중국, 일본의 민족어 문법 교육의 역사에 대해서도 다루고 있는 점이 특징이며, 중요 문법 교과서의 사진을 소개하고 있다. 역시 거시적인 흐름을 다루면서 문법 교과서의 내용에 비중을 두지는 않았다.

이관규(1998, 2002:15~41)는 학교 문법의 정체성과 학교 문법의 역사라는 두 가지 주제를 다루고 있다. 학교 문법의 특징을 이론 문법과 구분하여 통일성, 규범성, 유용성, 타당성, 실용성 등을 들고 어떠한 내용으로 교과서를 구성해야 하는가의 문제를 다루고 있다. 또한 학교 문법의 역사에 대해 문법 교과서의 변화와 역사적 사건을 기준으로 3단계 7시기로 구분하여 각 시기를 개괄하고 있다. 학교 문법의 역사에 대해 문법 교과서를 중심으로 구분한 것이 특징이지만, 역시 구체적인 내용을 검토한 것은 아니다.

이관규(2005)는 앞서 다루지 않았던 문법 교과서 자체를 다루고 있다. 여기에서는 앞의 글에서 제시한 시기 구분에 따라 각 시기와 시기별 문법 교과서를 품사 중심으로 개괄하고 그 체계에 대해 다루었다. 품사 각론에 대한 구체적인 검토까지는 이루어지지 않았지만 그럼에도 문법 교과서만을 중심으로 그 내용적 검토를 시도한 점에서 의의가 있다고 하겠다.

이광정(1987)은 1900년대부터 이 글이 발표된 시점까지의 문법서 전체의 품사를 중심으로 시기적 특징을 살펴본 것인데, 여기에 학교 문법서들이 포함되어 있다. 그러나 각 시기의 전체 체계 속에 포함되어 그만의 특징이 체계적으로 다루어진 것은 아니다.

이광정(1997=2003)은 학교 문법의 시대 구분을 품사 분류라는 내용적 기준에 따라 4기로 구분하고,3) 보편적 품사 체계로 8품사 내지 9품사를 제시했다. 각 시기별로 용언과 직간접적으로 관련된 기술 내용을 살펴보면 ① 1기 : 뚜렷한 기준 없이 분류. ② 2기 : 용언은 동사와 형용사의 2분체계가 일반적이지만 지정사, 존재사에 의해 3분 내지 4분체계가 나타남. ③ 3기 : 14종의 품사 수 중 과반수의 지지를 받은 것이 명사, 대명사, 수사, 동사, 형용사, 조사, 관형사, 부사, 감탄사의 9품사. ④ 4기 : 학교 문법 통일안에 의한 9품사 정립 등을 들 수 있다.

이외에도 박덕유(1997, 2004), 이관규(2002), 김홍범(2003) 등 다수의 글들에서는 특정 시기의 교육과정에 속한 문법 교과서의 구성과 내용 체계 등을 다루고 있는데, 대체로 국정기의 문법 교과서를 그 대상으로 하고 있다. 또한 국민 공통 기본 과목인 〈국어〉에 흡수되어 있는 문법 내용을 문법 교과서의 내용과 함께 다룬 것들이 많다.4)

---

3) 유길준부터 최현배(1930)까지의 1기, 최현배부터 정렬모(1946)까지의 2기, 정렬모부터 학교 문법 통일안(1963)까지의 3기, 통일안부터 97년 현재까지의 4기.
4) 이 글에서는 문법 교과서만을 대상으로 하기 때문에 〈국어〉 과목에서 다루고

　이러한 선행 연구를 살펴보면 문법 교과서의 내용을 통시적으로 다룬 것이 매우 부족하여 품사 체계를 검토하는 정도로 품사론 외의 문장론이나 어음론, 조어론까지 미치지 못하고 있음을 알 수 있다.[5] 따라서 이 부분에 대한 연구와 함께 품사 각론에 대한 미시적인 검토 작업도 필요함을 알게 된다.

2. 문법 교과서 내 용언 단원의 위치

　일반적으로 품사는 기능을 중심으로 '체언·용언(동사, 형용사)·수식언(관형사, 부사)·독립언'으로 분류하거나 형태와 의미를 중심으로 '명사, 대명사, 수사, 동사, 형용사, 존재사, 지정사, 관형사, 부사, 감탄사'로 분류하게 된다. 이 때 연구자에 따라 '동사'를 '용언'과 같은 뜻으로 사용하기도 하는데 외국인에 의해 이루어진 품사 분류에서 주로 볼 수 있다.

　용언과 관련하여 초기 외국인에 의해 이루어진 우리말의 품사 분류는 형용사를 인정하는 경우와 인정하지 않는 것으로 나눌 수 있다. 이는 서양어의 형용사가 서술성과 수식성의 성격을 모두 갖는데 대해, 우리말에서는 형용사와 관형사가 두 성격을 나누어 갖고 있기 때문이다. 따라서 외국인들의 연구에서는 관형사를 인정한 경우가 드물다.[6] 또한 우리말의 형용사를 동사의 범주로 다루고 있으며,[7] 관형사를 형용사의 범주로 다루고 있음이

　　있는 문법 내용의 검토는 생략한다.
 5) 역대 문법 교과서의 문장편에 대한 연구는 우형식(2002)를 참고할 수 있다.
 6) 관형사를 인정한 외국인의 연구로 Clark(1965), Lewin(1970)을 들 수 있는데, 이들은 모두 1960년대 이후의 연구들이다(최호철, 1994=2005:38 참고).
 7) 형용사의 서술성을 인식한 것으로 Ridel(1881)을 들 수 있다. 여기에서는 성질 형용사를 불변화형용사와 동사적 형용사로 나누고, 동사적 형용사를 형용사 형태와 동사적 형태로 나누었는데, 이 동사적 형태가 형용사의 서술 기능을 인식

특징이다. 이러한 기술은 뒤이은 국내 학자들의 본격적인 연구로 정정되어 광복 이후의 연구로 이어지게 된다.

문법 교과서의 품사 분류는 초기에는 4~13체계로 다양하였다. 그러던 것이 1차 통일 문법 검인정기 이후로는 대부분 9체계로 정리된다.[8] 이 중에서 동사와 형용사의 품사 설정 여부를 살펴보면 대부분 독립된 품사로 인정하고 있으나 1차 검인정기의 이인모(1949)와 장하일(1949)에서는 동사와 형용사를 묶는 상위 개념인 풀이씨(용언)를 품사로 설정하는 태도를 보인다. 이 중 장하일(1949)는 풀이씨를 설명하는 장에서 움직씨와 그림씨를 구분하고 있어서 둘의 성격이 다르다는 사실을 인식하고 있었음을 짐작할 수 있다. 이인모(1949) 역시 〈붙임〉 편에서 임자씨와 풀이씨의 구분 이유를 설명하면서 '움직씨, 그림씨, 잡음씨'라는 술어를 사용하고 있어서[9] 이들에 대한 인식을 엿볼 수 있다. 그러나 본문에서는 풀이씨에 대해 '임자씨를 풀이하는 낱말'이라고만 설명하여 공식적으로 독립 품사로 인정한 것이라고 보기는 어렵다.

한편, 현대적인 관점에서 형용사 범주에 속하는 것으로 판단되는 품사로 지정사(잡음씨)와 존재사(있음씨)가 있다. 이 중 손재사는 1자 검인성기의 이희승(1949, 1956)에서[10] 볼 수 있고, 지정사는 같은 시기의 최현배(1948,

---

한 결과이다(이광정, 1987=2003:76~77).

8) 물론 이 시기에도 지정사(잡음씨)를 독립 품사로 허용한 허웅(1968), 최현배 (1968)의 10체계가 없었던 것은 아니지만 그 외는 모두 9체계이고, 이후 시기에서도 모두 9체계로 통일된 모습을 보인다. 또한 9체계의 품사 종류 역시 모두 일치한다.

9) "움직씨, 그림씨, 잡음씨의 끝바꿈 모양이 거의 같다. 특히 그림씨가 움직씨로 쓰인 경우(크다, 여물다, 밝다)와 움직씨가 그림씨로 쓰이는 경우(하다)도 있어 양자가 유사하다"(이인모,1949:붙임8~10). 이러한 상위 개념의 품사 설정 태도는 체언에 대한 장하일(1949), 이인모(1949)의 설명에도 나타나는데, 임자씨를 품사로 인정하고 그 하위에 '이름씨, 대이름씨, 셈씨'를 구분하고 있다.

10) 이희승은 1956년 중고등과정이 분리되면서 중학 과정에 맞게 간략한 내용만을 담은 「중등문법」을 간행하였다. 이에 따라 전에 발간했던 「초급국어문법」(1949. 9.초판 발행)의 제명을 「고등문법」으로 바꾸게 된다. 따라서 이희승(1949)와 이희

1949)와[11] 1차 통일 문법 검인정기의 허웅(1968), 최현배(1968)에서 찾을 수 있다. 그러나 이들은 이후 형용사 범주로 통일되어 현재에 이르게 된다.

위의 설명을 기반으로 모든 문법 교과서를 용언을 중심으로 재분류해 보면 다음과 같다. 표에서 앞의 숫자는 1-검인정기, 2-통일 문법 검인정기, 3-국정기이며, 뒤의 숫자는 각 기의 1차, 2차를 뜻한다. 국정기는 총 4차이다. 즉, 12와 22는 2차 검인정기와 2차 통일 문법 검인정기를 뜻한다. 이를 통해 시기적인 경향을 파악할 수 있을 것이다. 한편, 앞으로 각 문법 교과서를 나타내기 위해 이 약호에서 앞 숫자를 제외한 부분을 이용하도록 할 것이다. 이는 용언만을 대상으로 하여 시기를 다시 구분할 것이기 때문이다.

<table>
<tr><td colspan="3">형용사(-)</td><td>11-인모49, 11-하일49</td></tr>
<tr><td rowspan="4">형용사
(+)</td><td rowspan="2">지정사
(-)</td><td>존재사(-)</td><td>11-인승49, 11-윤경48, 12-숭녕56, 12-인승56,
12-민수외60, 21-을환68, 21-희승68, 21-숭녕68,
21-명권외68, 21-윤호68, 21-인승68, 21-은정68,
21-주동외68, 21-인모68, 21-민수외68, 21-복수외68,
22-완진외79, 22-민수79, 22-웅79, 22-길록외79,
22-응백외79, 31-문교85, 32-교육91, 33-교육96,
34-교육02</td></tr>
<tr><td>존재사(+)</td><td>11-희승49, 12-희승56</td></tr>
<tr><td rowspan="2">지정사
(+)</td><td>존재사(-)</td><td>11-현배48, 11-현배49, 21-웅68, 21-현배68</td></tr>
<tr><td>존재사(+)</td><td>없음.</td></tr>
</table>

〈용언을 중심으로 한 교과서 분류〉

승(1956)은 실제 내용상 차이가 없다. 그리고 이 책은 1957년 「새고등문법」, 1968년 「새문법」으로 책명이 바뀌지만 역시 큰 차이가 없다(김민수, 「한국역대 문법대계」 85 해설 참조).

11) 최현배(1949)는 「중등조선말본」(1934.4.초판)의 제목을 바꾼 것이다. 이와 별도로 1948년에 「초급용 중등조선말본」을 간행하였는데, 이에 따라 이전의 「중등조선말본」은 「고등말본」(1949)으로, 「초급용 중등조선말본」은 「중등말본」(1957)으로 다시 간행하였다. 그러나 두 책 모두 제목만 바뀌었을 뿐 내용에서 달라진 부분은 거의 없다. 이 글에서는 「고등말본」(1949)와 「중등말본」(1957)을 찾을 수 없어 대신 「중등조선말본」(1934.9.재판)과 「초급용 중등조선말본」(1948)을 통해 내용을 살펴보았다(고영근, 「한국역대문법대계」 67 해설 참조).

이 표에서 지정사와 존재사의 위치를 바꾸어도 문법 교과서의 위치만 바뀔 뿐 내용은 변하지 않는다. 이를 보면 지정사, 존재사를 제외하고 순수하게 형용사만을 품사로 설정한 것은 33종 중 25종이며 지정사, 존재사와 상관없이 형용사를 설정한 것은 31종이다.[12] 이 수치 안에는 동일 저자의 후대 저술 문법 교과서가 포함되는데, 여기에는 지정사와 존재사가 형용사의 범주로 통합되는 모습을 보인다. 예를 들어 이희승(1949), 이희승(1956)과 이희승(1968), 허웅(1968)과 허웅(1979)가 그러하다. 또한 형용사를 설정하지 않았던 이인모(1949)도 이인모(1968)에서는 9품사 체계에 맞추어 동사와 형용사를 설정하는 태도를 보인다. 이러한 변화는 문법 체계의 통일 과정으로 생각할 수 있다.

위 표에서 용언의 한 축인 동사를 고려하지 않은 것은 이인모(1949), 장하일(1949)을 제외한 다른 모든 문법 교과서가 동사를 설정하고 있기 때문이다. 또한 지정사나 존재사가 모두 현대의 형용사 범주에 해당하므로 동사는 문법 교과서 분류와 관련해서는 잉여적인 셈이다.

한편, 이 글은 문법 교과서의 용언을 대상으로 하기 때문에 이를 대상으로 시기를 나누어 기술하도록 한다. 이러한 방법은 품사 선체를 대상으로 한 앞선 연구들의 시기 구분과 다른 관점에서 접근하여야 할 필요가 있기 때문이다. 앞에서 문법 교과서를 분류할 때 존재사와 지정사의 설정을 기준으로 한 바 있다. 시기 구분에도 이 방법은 유용하다고 생각되는데, 형용사 범주를 확립해 가는 거시적 흐름을 파악할 수 있기 때문이다. 그에 반해 동사는 그 변화가 크게 부각되지 않는다. 이에 따라 형용사와 존재사, 지정사가 모두 나타나는 시기와 형용사와 지정사만 나타나는 시기, 그리고 존재

---

12) 품사 설정을 근거로 하여 31종이 되지만, '형용사(-)'에 해당하는 장하일(1949)는 풀이씨의 하위분류에서 형용사에 대한 구체적인 설명이 드러나고 있다. 따라서 3장의 내용 검토에서는 부분적이나마 다루게 될 것이다. 반면 이인모(1949)는 그 인식이 엿보이기는 하지만 그에 대한 내용이 구체적으로 드러나지 않기 때문에 제외될 것이다. 따라서 실질적으로는 32종이 될 것이다.

사와 지정사가 모두 형용사 범주에 포함되어 9품사 체계를 이루는 세 시기의 흐름을 파악할 수 있다. 물론 모든 문법 교과서가 이 시기 구분에 완전히 일치하는 것은 아니지만, 거시적 흐름을 파악하기에는 적당한 것으로 생각한다.

시기 구분	명 칭	시 기	특 징	종 류
제1기	형용사·존재사·지정사 혼재	1949~1959	존재사와 지정사가 설정. 동사와 형용사가 용언에서 미분화된 문법 교과서가 존재.	10종
제2기	형용사·지정사 혼재	1960~1978	존재사가 형용사에 통합, 지정사는 설정.	14종
제3기	형용사 확립	1979~현재	지정사가 조사와 형용사로 분리. 형용사 기술 내용의 통일. 국정기를 거쳐 문법 교과서 단일화.	9종

〈문법 교과서의 시기 구분〉

각 시기별 문법 교과서의 목록은 다음과 같다.

제1기: 김윤경(1948), 최현배(1948), 최현배(1949), 이인모(1949), 장하일(1949), 정인승(1949), 이희승(1949), 이희승(1956), 이숭녕(1956), 정인승(1956)

제2기: 김민수·남광우·유창돈·허웅(1960), 이명권·이길록(1968), 양주동·유목상(1968), 이희승(1968), 허웅(1968), 최현배(1968), 김민수·이기문(1968), 이숭녕(1968), 정인승(1968), 이은정(1968), 이을환(1967), 강윤호(1968), 강복수·유창준(1968), 이인모(1968)

제3기: 김완진·이병근(1979), 김민두(1979), 허웅(1979), 이길록·이철수(1979), 이응백·안병희(1979), 문교부(1985), 교육부(1991), 교육부(1996), 교육인적자원부(2002)

위의 표에서 시기의 연도는 문법 교과서의 발간 연도를 기준으로 한 것이다. 각 시기의 특징을 들어보면 제1기는 용언에서 동사와 형용사가 미분화된 문법 교과서가 존재한다. 또한 존재사가 이희승(1949, 1956)에 설정되었고 지정사가 최현배(1948, 1949)에 설정되어 품사 수가 4~10개의 다양한 분포를 보인다. 그리고 제2기는 동사와 형용사가 완전히 분화되었고, 존재사가 형용사에 통합되면서 형용사의 설명에서 '성질, 상태' 외에 '존재'를 뜻한다는 내용이 추가되었다. 지정사는 허웅(1968)과 최현배(1968)에서 여전히 볼 수 있는데, 이에 따라 품사 수는 9개로 설정된 것과 10개로 설정된 것으로 많이 정리가 되었다. 마지막으로 제3기는 지정사인 '이다, 아니다'가 각각 서술격조사와 형용사 범주로 흡수되면서 사라지는데, 동일 저자에 의해 쓰인 허웅(1968)과 허웅(1979)의 변화에서 품사 통일의 흐름을 읽을 수 있다. 이에 따라 품사 수는 9품사로 정착되었고, 국정기를 거치면서 1종 단일 교과서의 형태로 바뀌게 되었다.

3. 시기별 고찰

이 장에서는 앞에서 설정한 시기 구분에 따라 각 시기별로 용언의 기술 내용을 구체적으로 살펴볼 것이다. 한편, 용언의 특징인 활용은 어미 체계를 다루는 영역에서 다루게 될 것이므로 이 글에서는 원칙적으로 다루지 않는다. 또한 '시제, 사동, 서법, 전성, 조어, 경어법, 보조어간' 등도 같은 이유로 제외하도록 한다. 그러나 전체적인 체계를 살피는 과정에서 필요에 따라 간혹 언급될 수 있다.

3.1. 제1기(1949-1959) : 형용사·존재사·지정사 혼재

3.1.1. 관련 목차 구성과 내용

제1기에 해당하는 문법 교과서는 모두 10종이다. 우선 동사, 형용사와 관련한 목차를 살펴보면 아래와 같은데, 진하게 표시한 것은 각 교과서의 최상위 목차이다. 우선 이인모(1949), 장하일(1949)는 동사와 형용사를 독립된 장으로 인정하고 있지 않다.[13] 그리고 다른 교과서들은 품사 개설 편을 따로 두어 동사, 형용사를 포함한 모든 품사에 대해 간략히 설명한 것과 곧장 개별 품사의 설명으로 구성한 것으로 나누어진다. 또한 품사 개설 편을 설정한 경우도 총설에서 다룬 것과 그렇지 않은 것으로 다시 세분된다.

인모49: **2.씨**[2. 풀이씨]

하일49: **5.풀이씨, 6. 풀이씨의 토, 7. 풀이씨의 받침, 8. 섞기기 쉬운 풀이씨의 토, 9.벗어난 풀이씨**

인승49: **1.모두풀이**[2.우리말 짜임의 방식[씨-움직씨, 그림씨]] **2.씨의 풀이**[2. 움직씨(움직씨의 갈래, 움직씨의 쓰임, 움직씨의 끝바꿈, 움직씨의 벗어난 끝바꿈, 움직씨의 도움줄기, 움직씨의 때매김) 3.그림씨(그림씨의 갈래, 그림씨의 쓰임, 그림씨의 끝바꿈, 그림씨의 벗어난 끝바꿈, 그림씨의 도움줄기, 그림씨의 때매김) 8.용언활용의 비교]

희승49: **1.총설**[품사개설] **2.품사**[5.동사(동사의 활용, 변칙동사, 자동과 타동, 능동과 피동, 주동과 사동, 조동사와 불완전동사, 동사의 시제) 6. 형용사(형용사의 활용, 변칙형용사, 의존형용사, 형용사의 시제) 7.존재사(존재사의 활용, 존재사의 시제) 8.용언활용의 비교]

윤경48: **2.씨갈**[2.얻씨(얻씨의 갈래, 본 없는 얻씨, 얻씨의 쓰임, 얻씨의 바꿈, 얻씨의 어우름, 얻씨와 움씨의 다른 점, 얻씨의 보기틀) 3.움씨(움씨의 갈래, 본 없는 움씨, 움씨의 쓰임, 움씨의 바꿈, 움씨의 어우름,

---

13) 장하일(1949)는 "풀이씨"를 품사로 보고 개별 품사의 하위로 움직씨와 그림씨를 다시 구분하고 있으며, 기능에 대한 설명에서는 이들을 구분하지 않았다.

움씨의 보기틀)]

현배48: **5. 씨**[5.움직씨 6.어떻씨 7.잡음씨 12.풀이씨의 끝바꿈]

현배49: **2. 씨갈**[1.씨가름[4.움즉씨 5.어떻씨 6.잡음씨] 5.움즉씨(움즉씨의 끝바꿈, 움즉씨의 법, 움즉씨의 꼴, 벗어난 끝바꿈 움즉씨 또는 벗어난 움즉씨, 움즉씨의 도움줄기, 도움움즉씨, 제움즉씨와 남움즉씨, 움즉씨의 시김법, 움즉씨의 입음법, 움즉씨의 때매김) 6.어떻씨(어떻씨의 끝바꿈과 법, 어떻씨의 꼴, 벗어난 끝바꿈 어떻씨 또는 벗어난 어떻씨, 도움어떻씨, 어떻씨의 때매김) 7.잡음씨(잡음씨의 끝바꿈과 법, 잡음씨의 꼴, 잡음씨의 때매김)]

숭녕56: **3. 형태**[2.품사분류론 7.동사의 활용 8.동사의 시제 9.동사의 타동, 피동·사동, 10.동사의 변칙 11.보조동사 12.형용사 13.용언론]

인승56: **1. 모두풀이**[2.우리말 형태에 관하여[10.낱말의 성질과 분류[2.낱말의 분류]]] **2. 씨의 풀이**[2.움직씨(움직씨의 갈래, 움직씨의 변화, 움직씨의 쓰임) 3.그림씨(그림씨의 갈래, 그림씨의 변화, 그림씨의 쓰임)]

희승56: **1. 총설**[품사개설] **2. 품사**[5.동사(동사의 활용, 변칙동사, 자동과 타동, 능동과 피동, 주동과 사동, 조동사와 불완전동사, 동사의 시제) 6.형용사(형용사의 활용, 변칙형용사, 의존형용사, 형용사의 시제) 7.존재사(존재사의 활용, 존재사의 시제) 8.용언활용의 비교]

이와 함께 용언의 공통적인 특징을 따로 기술하는 구성도 보인다. 즉, 동사와 형용사를 순차적으로 구성한 것과 용언으로 묶어 그 하위에 동사와 형용사를 구분하여 구성한 것, 그리고 동사와 형용사, 용언론의 셋을 순차적으로 구성한 것으로 나누어진다. 정인승(1949, 1956), 김윤경(1948), 최현배(1949)가 첫 번째 구성을 보이고, 이인모(1949), 장하일(1949), 최현배(1948)이 두 번째 구성을 보이며, 이희승(1949, 1956), 이숭녕(1956)이 세 번째 구성을 보인다. 제2기 이후로 첫 번째와 세 번째 구성이 줄고 두 번째 구성이 늘어나는 추세를 보이게 되는데, 문법 교과서의 기술 태도가 품사에서 벗어나 문장 중심으로 변화했음을 이유로 들 수 있다.

형용사 미설정			인모49, 하일49
형용사 설정	품사개설(-)		윤경48, 현배48
	품사개설(+)	총설(-)	현배49, 숭녕56
		총설(+)	인승49, 희승49, 인승56, 희승56

〈제1기 문법 교과서의 분류〉

존재사와 지정사를 설정한 경우도 형용사의 설명 뒤에 이어 별도로 설명하고 있어서 동사와 형용사로 크게 구분하는 것에 무리는 없다.

동사에서 다루고 있는 구체적인 내용은 용어상의 차이가 있지만 대체로 '정의, 동사·형용사의 구별, (보)조동사, 불완전동사, 동사의 받침, 불규칙동사, 활용, 종류, 쓰임, 시제, 서법, 전성, 조어, 자·모음교체' 등이며, 형용사에서는 '정의, 형용사·동사의 구별, 보조형용사, 불완전형용사, 형용사의 받침, 불규칙형용사, 활용, 종류, 쓰임, 시제, 서법, 전성, 조어, 자·모음교체' 등이다.

이중 제1기에만 나타나는 내용으로 '음성상징'과 관련된 '자·모음교체'가 정인승(1956), 김윤경(1948)에 나타나는데, 동일 저자의 이전 저술인 정인승(1949)에서는 보이지 않는 부분이다. 이와 관련된 내용을 장하일(1949)에서도 볼 수 있긴 하지만, 형용사를 독립된 품사로 다루지 않았기에 제외했다. 이 책에서는 또 표기법과 관련하여 '형용사의 받침'에 대해서도 기술되어 있다. 최현배(1949)에서는 동사의 설명 중 '움즉씨의 도움줄기'를 따로 세우고 있는데 형용사에는 이에 대한 언급이 없으며 그 이유에 대해서도 따로 언급이 없다. 또 이희승(1949, 1956)에서도 동사의 시제에 대한 설명 중에 '었, 겠' 등이 '보조어간'이라고 하였는데, 형용사의 시제에는 이에 대한 언급 없이 '었, 겠' 등의 결합 양상을 설명하고 있다. 이는 동사에서 이미 설명된 부분이기 때문에 생략한 것이라고 짐작할 수 있다.

3.1.2. 정의와 기능

3.1.2.1. 동사

동사에 대한 명칭은 한자어 계통인 '동사'와 고유어 계통인 '움직씨, 움즉씨, 움씨'가 나타난다. 정인승(1949, 1956)은 '움직씨(동사)', 김윤경(1948)은 '움씨(동사)', 최현배(1949)는 '움즉씨(동사)'로 고유어 명칭과 한자어 명칭을 병기하였으며, 이숭녕(1956), 이희승(1949, 1956)이 한자어 명칭만을 사용하고 있다.

인모49 : 없음.

하일49 : [움직이는 것. 움직씨(동사).][14] - 간다, 먹는다, 일한다, 웃는다.

인승49 : 사람이나 일이나 물건의 움직임을 나타내는 낱말. 움직씨(동사).
　　　　　　- 먹기, 읽었다, 되면, 시작됩니다, 오니까, 핀다.

희승49 : 물건이나 일의 동작이나 작용을 나타내는 말. 동사.
　　　　　　- 흐르다, 오다, 짖다, 자다

윤경48 : 여러 가지 움즉임을 나타내는 씨. 움씨(동사).
　　　　　　- 가, 오, 자, 깨, 맞, 잡히, 먹, 입, 따리, 먹이, 읽히.

현배48 : 움직임을 나타내는 낱말. 움직씨.
　　　　　　- 읽고, 씬나, 공부하어, 합시나, 자고, 일어나라, 이뤄, 내었나

현배49 : 일과 몬의 움즉임을 나타내는 낱말. 움즉씨(동사).
　　　　　　- 읽다, 오다, 흐르다, 일하다, 불다, 쓰다, 씨다, 갈다, 늘다.

숭녕56 : 행동, 움직임을 나타내는 뜻의 특징. 동사. - 보이는, 서면, 숨고.

인승56 : 사람이나 물건이나 일이나의 움직임을 나타내는 낱말들. 움직씨(동사).
　　　　　　- 먹기, 읽었다, 되면, 시작됩니다, 오니까, 핀다.

희승56 : 물건이나 일의 동작이나 작용을 나타내는 말. 동사.
　　　　　　- 흐르다, 오다, 짖다, 자다

---

14) 독립된 품사로 동사의 정의가 기술된 것은 아니다.

위의 정의들에서 '동작, 행동' 등은 '움직임'과 같은 뜻이며, '작용' 역시 기능보다는 움직임에 의한 것을 뜻하여 형태나 기능보다 의미를 기준으로 설명하였다. 일반적으로 용언은 품사 설정의 기준인 '형태, 기능, 의미'에서 '형태, 기능'에 의한 분류이며, 그 하위인 동사와 형용사는 '동작'과 '상태'라는 '의미'에 따른 분류이다. 이 시기 문법 교과서들에서도 정도의 차이는 있지만 형태와 기능을 우선하고 있음을 확인할 수 있는데,15) 이 점은 동사와 형용사를 구분하지 않은 이인모(1949), 장하일(1949)에서도 마찬가지이다. 이들이 간접적으로 동사와 형용사의 독자적 범주를 인식하고 있음은 이미 언급하였다. 이외에 정인승(1949)는 위의 정의 외에 〈참고〉란을 통해 "'무엇하느냐'는 물음에 대답이 되는 말로서, 그 끝이 '는다(혹은 ㄴ다), 느냐, 네' 따위로 될 수 있는 것(30쪽)"이라는 간단한 문법적 설명도 덧붙이고 있다.

이와 함께 동사가 실제 문장에서 어떤 성분으로 기능하는가 하는 것은 문장론의 문장성분을 설명하면서 주로 나타나지만 김윤경(1948), 정인승(1949, 1956)은 동사의 설명에서 직접 언급하고 있다. 김윤경(1948)은 동사의 쓰임에 대해 '풀이'와 '꾸밈'으로 쓰이고 '꾸밈'은 '임씨꾸밈(명사 수식)', '얼·움씨꾸밈(형용사·동사 수식)'으로 나뉜다고 설명하였으며, 동사 자체가 주어 기능을 할 수는 없지만 명사형으로 바꾸면 가능하다는 점도 설명하였다. 정인승(1949, 1956)에서도 이와 비슷한 설명을 볼 수 있다.

1. 임자말로 쓰임. 끝이 "기, 음, ㅁ"(이름꼴)으로 끝바꿈하여 이름씨와 같이 쓰인다.

---

15) 이 시기 문법서들의 품사 설정 기준은 대체로 다음과 같은데, 명시적으로 제시한 것과 명시적이지는 않지만 본문 속에서 찾을 수 있는 것도 있다.
　　최현배(1948, 1949) : 뜻, 구실, 꼴.　　이희승(1949, 1956) : 문법적 성질.
　　이인모(1949) : 구실(직능)과 꼴(형).　　정인승(1949) : 소용되는 성질.
　　김윤경(1948), 장하일(1949) : 없음.
　　이 중에서 성질과 구실(직능)은 기능, 꼴은 형태에 해당하며, 최현배(1948, 1949)가 현대적 개념에 가장 근접함을 보여준다.

<u>보기</u>가 좋은 떡은 <u>먹기</u>도 좋다. // <u>죽음</u>이 두렵지 아니하냐?

2. 풀이말로 쓰임. 끝이 "는다, ㄴ다, 느냐, 자, 어라, 아라, 는구나…" 따위 (마침꼴)로 끝바꿈하여 쓰인다.

달이 <u>돋는다</u>. 물이 <u>흐른다</u>. // 비가 <u>오느냐</u>?

3. 매김말로 쓰임. 끝이 "은, ㄴ, 을, ㄹ, 는, 던"(매김꼴)으로 끝바꿈하여 쓰인다.

<u>얻은</u> 떡이 두레 반이라. // <u>나간</u> 사람이 누구냐?

4. 어찌말로 쓰임. 끝이 "어, 아, 고, 게, 면서, 려고…" 따위(어찌꼴)로 끝바꿈하여 쓰인다.

소가 풀을 <u>뜯어</u> 먹는다. // 둥근 달이 <u>돋아</u> 오른다.

5. 부림말로 쓰임. 끝이 "기, 음, ㅁ"(이름꼴)으로 끝바꿈하여 쓰인다.

저 아이는 <u>공부하기</u>를 좋아한다. // 용기 있는 이는 <u>죽음</u>을 겁내지 아니한다.

6. 기움말로 쓰임. 끝이 "음, ㅁ"(이름꼴)으로 끝바꿈하여 쓰인다.

그런 문제를 풀기는 누워 떡 <u>먹기</u>와 같다. // 자유 없이 삶은 <u>죽음</u>만 같지 못하다.

〈움직씨의 쓰임, 정인승(1949:54~56)〉[16]

품사에서 이러한 기능을 설명하는 방식은 문장보다 품사를 중심으로 하는 문법 교과서의 기술 태도에서 비롯한 것으로 생각할 수 있다. 실제로 정인승(1949, 1956)의 문장론(월론)은 도해 풀이에 집중되어 있어, 문장성분을 위주로 설명한 이희승(1949, 1956)의 문장론과는 대조적이다.

3.1.2.2. 형용사

형용사에 대한 명칭 역시 한자어 계통인 '형용사'와 고유어 계통인 '그림씨, 어떻씨, 얻씨'가 나타난다. 정인승(1949, 1956)은 '그림씨(형용사)', 최현배(1949)는 '어떻씨(형용사)', 김윤경(1948)은 '얻씨(형용사)'로 병기하고 있으

---

16) 예는 두 개씩만 들었다.

며, 이희승(1949, 1956), 이숭녕(1956)은 동사에서와 마찬가지로 한자어 명
칭만을 사용하였다.

인모49 : 없음.
하일49 : ['무엇이 어떠하다'에서 '어떠하다'에 해당하는 말. 그림씨(형용사).][17]
   - 곱다, 맑다, 크다, 푸르다.
인승49 : 사람이나 일이나 물건의 성질이나 형편을 그리어 나타내는 낱말. 그
   림씨(형용사).
   - 어린, 예쁘고도, 착합니다, 옳으니까, 좋겠다, 밝고, 선선하다
희승49 : 물건이나 일의 모양이나 성질이 어떠하다는 말. 형용사.
   - 곱다, 서늘하다, 무겁다, 가볍다.
윤경48 : 모든 일과 몬의 어떠함을 이르는 씨. 얻씨(형용사).
   - 검, 크, 늙, 젊, 어질, 무겁, 많, 같, 춥, 덥, 밉.
현배48 : 일과 몬의 바탕과 모양과 있음의 어떠함을 나타내는 낱말. 어떻씨.
   - 푸르고, 희다, 예쁘고, 착하다, 맑은, 밝은, 단, 있으나, 짠, 없다
현배49 : 일과 몬의 바탕과 모양과 있음의 어떠함을 나타내는 낱말. 어떻씨
   (형용사).
   - 푸르다, 검다, 히다, 따뜻하다, 길다, 높다, 아름답다, 바르다,
   있다, 없다.
숭녕56 : 자연의 모양, 일의 상태를 형용하는 뜻의 특징. 형용사.
   - 작은, 아련한, 괴로운.
인승56 : 사람이나 물건이나 일이나의 성질이나 상태를 그리어 나타내는 낱
   말들. 그림씨(형용사).
   - 어린, 예쁘고, 착하다, 옳으니, 좋겠다, 밝고, 선선하다
희승56 : 물건이나 일의 모양이나 성질이 어떠하다는 말. 형용사.
   - 곱다, 서늘하다, 무겁다, 가볍다.

위의 정의를 살펴보면 '성질, 형편, 모양, 존재'는 '상태'의 다른 표현으로

---

17) 동사와 마찬가지로 독립된 품사로 형용사의 정의가 기술된 것은 아니다.

동사와 마찬가지로 대부분 의미를 기준으로 설명하고 있음을 알 수 있다. 동사와 형용사를 품사로 인정하지 않은 장하일(1949), 이인모(1949) 중 장하일(1949)는 특히 용언의 하위에서 형용사 범주에 대한 설명을 보다 명시적으로 보여준다. 즉, 이인모(1949)는 동사와 마찬가지로 형용사 범주에 대한 설명이 없지만, 장하일(1949)는 풀이씨의 하위에 위와 같은 정의와 용례를 보인 것이다. 장하일(1949)가 동사에 대해 '움직이는 것'으로만 정의 내린 것과는 대조적이며 문형을 제시한 문법적 설명을 보인 것이다. 이러한 특징은 정인승(1949)가 동사와 같이 〈참고〉에서 "'어떠하냐'는 물음에 대답되는 말로, 그 끝이 '다, 으냐(냐), 으이' 따위가 붙을 수 있는 것(31쪽)"이라고 재차 설명한 것에서도 찾을 수 있는데, 의미적 설명과 문법적 설명을 모두 보인 셈이다.

한편, 형용사의 기능에 대해 형용사에서 직접 설명한 것은 동사와 마찬가지로 김윤경(1948), 정인승(1949, 1956)이다. 김윤경(1948)은 형용사가 '풀이말'과 '꾸밈말'로 쓰이고 '꾸밈말'은 '임씨꾸밈(명사 수식)', '얻·움씨꾸밈(형용사·동사 수식)'으로 나뉜다고 정리하였으며, 정인승(1949, 1956)도 이와 비슷하게 설명한다.

1. 임자말로 쓰임. 끝이 "기, 음, ㅁ"(이름꼴)으로 끝바꿈하여 이름씨와 같이 쓰인다.
   아침에 <u>일어나기</u>가 바쁘게 세수를 한다. // 용기가 <u>적음</u>이 그이의 결점이다.
2. 풀이말로 쓰임. 끝이 "다, (으)ㄴ가, 구나..." 따위(마침꼴)로 끝바꿈하여 쓰인다.
   달이 <u>밝다</u>. // 이 달이 <u>작은가</u>, <u>큰가</u>?
3. 매김말로 쓰임. 끝이 "은, ㄴ, 을, ㄹ, 던"(매김꼴)으로 끝바꿈하여 쓰인다.
   <u>작은</u> 고기가 가시가 세다. // <u>푸른</u> 하늘에 흰 구름이 떴다.
4. 어찌말로 쓰임. 끝이 "어, 아, 게, 지..." 따위(어찌꼴)로 끝바꿈하여 쓰인다.

때가 점점 <u>늦어</u> 간다. // 먼동이 차차 <u>밝아</u> 온다.
5. 부림말로 쓰임. 끝이 "기, 음, ㅁ"(이름꼴)으로 끝바꿈하여 쓰인다.
힘 <u>세기</u>를 바라기보다 건강하기를 바란다.
키 <u>작음</u>을 한탄하지 말고, 몸 약함을 한탄하라.
6. 기움말로 쓰임. 끝이 "음, ㅁ"(이름꼴)으로 끝바꿈하여 쓰인다.
내가 너에게 져 준 것은 힘이 <u>없음</u>이 아니다.
살찐 것만<u>으로</u>는 몸 <u>튼튼함</u>만 같지 못하다.

〈그림씨의 쓰임, 정인승(1949:68~69)〉[18]

결국 동사와 형용사가 기능상으로 용언으로 묶여 같은 문장성분으로 기능한다는 것으로 품사를 중심으로 한 설명인가, 문장을 중심으로 한 설명인가의 차이에 불과한 셈이다.

3.1.2.3. 동사와 형용사의 구분

동사와 형용사의 구분에 대한 설명은 이 시기 모든 문법 교과서에서 나타나는 것은 아니고 장하일(1949), 이희승(1949, 1956), 김윤경(1948)에서 볼 수 있다. 형용사를 품사로 설정하지 않은 장하일(1949)은 풀이씨의 하위에서 그림씨와 움직씨의 구분이 'ㄴ다/는다'와의 결합 여부에 따라 결정된다고 하여 형용사와 동사가 성격이 다름을 드러내고 있다. 또한 존재사를 인정한 이희승(1949, 1956)에서는 '용언 활용의 비교' 편에서 동사, 형용사, 존재사의 활용을 비교하면서 간접적으로 동사와 형용사의 차이를 보이고 있다. 이에 따르면 종결어미 '-는다'와 관형사형 전성어미 '-는'의 결합 여부가 그 차이인데, 이는 앞의 장하일(1949)와 같다. 이들의 구분을 더욱 상세하게 설명한 것은 김윤경(1948)이다.

첫째, 일반적으로 형용사에는 현재 시제가 쓰이지 않는다. 둘째, 일반적

---

18) 동사와 마찬가지로 예는 두 개씩 들었다.

으로 과거 시제를 나타내는 관형사형 전성어미 '은, ㄴ'은 형용사에 쓰일 때 현재 시제를 나타내어 동사에 쓰이는 '는'과 같은 시제를 나타낸다. 셋째, 형용사는 동사와 달리 명령형 어미를 쓰지 못한다. 넷째, 동사는 움직임을 나타내며 형용사는 어떠함을 나타낸다. 다섯째, 형용사임에도 불구하고 모든 시제 표현과 명령형 어미가 결합하였다면 이미 동사로 전성된 것이다.

동사와 형용사의 구분에서 가장 큰 것은 현재 시제를 나타내는 어미의 결합 제약이고, 김윤경(1948)은 이 외에도 명령형 어미의 결합 제약, 의미상의 구분, 그리고 전성에 대한 언급까지 상세하게 지적하였다.

3.1.3. 존재사와 지정사

한편, 이 시기의 두드러진 특징으로 무엇보다 존재사와 지정사의 설정을 들 수 있다. 우선 존재사의 정의를 살펴보면 다음과 같다.

희승49 · 희승56 : 사람이나 물건이나 일이 있고 없는 것을 나타내는 말. 존재사.
있다, 없다, 게시다, 안게시다.[19]

이 시기 존재사를 품사로 인정한 것은 이희승(1949, 1956)이다. 두 책은 제목만 바뀌었을 뿐 내용은 동일하다. 광복 이후 문법 교과서의 존재사는 이 둘에서만 보인다. 이희승(1949)는 용언의 하위 부류를 동사, 형용사, 존재사의 셋으로 구분하였다. 이 중 존재사는 동작, 작용, 상태를 표시하는 것이 아니라 단지 물건이나 일의 존재 여부만을 나타내며, 활용은 하지만 동사나 형용사와는 다른 중간 모습을 보인다고 설명하였다.

---

19) '안게시다'는 합성어로 본 것이 아니라면 단어 차원의 용례로 부적절하다.

어미 품사	종결어미	관형사형 전성어미
동　사	먹는다	먹는 물
존재사	있×다	있는 물
형용사	맑×다	맑은 물

〈동사·형용사·존재사의 활용 비교, 이희승(1949:115)〉

위의 표는 존재사가 종결어미와의 결합에서는 형용사와 같은 현상을 보이고, 관형사형 전성어미와의 결합에서는 동사와 같은 현상을 보이는 것을 나타낸 것이다. 아울러 과거 시제가 없다는 점에서는 형용사와 같음을 지적하여 동사나 형용사의 어느 쪽에도 속하기 어려운 특징을 보였다.

이 시기 다른 문법 교과서에서 존재사를 설정하지 않은 이유는 아래와 같은 설명에서 짐작할 수 있다.

"있다, 없다"의 두 말을 가지고 종래의 문법은 존재사라고 하였다. 그러나 이 두 말을 가지고 독립 품사로 만들 이렇다 할 두드러진 기준을 발견하기가 어렵다. 그 활용은 형용사와 비슷하고 뜻도 존재 유무의 상태를 나타낸 것이니 여기서는 형용사에 포함시킨다. (이숭녕, 1956:110)

또한 '있다, 없다, 계시다'에 대한 설명도 김윤경(1948)을 제외하고 확인되지 않는다. 김윤경(1948)은 '있다, 없다'에 대해 다음과 같이 설명하고 있다.

없(無)은 모든 경우에 언씨와 같이 쓰이지마는 꾸밈말로 쓰일 때에는 다른 언씨와 같이 '은'이나 'ㄴ'을 쓰지 않고 움씨처럼 '는'을 붙이어 '없는'이라고 쓴다. 또 '있'(有)은 풀이말로는 '있다'라 하여 언씨처럼 쓰이지마는 꾸밈말로는 '있는'이라 하여 움씨 같이 쓰이고 언씨처럼 '있은'이라고 하지는 않기 때문에 '없'과 '있'이 언씨냐 움씨냐 하는 문제를 일으키는 것이다. 그러하나 '없'은 시킴 맺씨('어라', '아라')를 붙이어 쓰지 못하지마는 '있'은 시킴 맺씨를 붙이어 쓰므로 '없'은 엇씨로 보고 '있'은 움씨로 봄이 좋다고 생각한다.
(김윤경, 1948:60)

위 인용에서 '있다, 없다'가 '꾸밈말(관형사형)' '－은'과 결합할 수 없다는 점은 이희승(1949)와 설명이 같으나 '시킴 맺씨(명령형 종결어미)'의 결합 양상이 다르다는 점은 두 어휘의 문법적 특징을 좀더 미세하게 고찰한 것이라고 할 수 있다. 그러나 김윤경(1948)에서는 '있다, 없다'의 의미 부류가 유사하다는 점과 '계시다'에 대한 처리가 드러나지 않는다. 어쨌든 존재사에 대한 독자적인 특징을 인식한 것은 같았지만 품사 설정의 과정에서는 의견의 차이를 보이고 있는 셈이다. 다른 문법 교과서에서도 명시적이지는 않지만 이러한 태도에서 벗어나지는 않았으리라 생각된다.

다음으로 이 시기의 지정사는 최현배(1948, 1949)에서 볼 수 있다.

현배48 : 일과 몬이 무엇이라고 잡는(지정하는) 구실을 하는 낱말. 잡음씨.
- 이다, 아니다.
현배49 : 일과 몬이 무엇이라고 잡는(지정하는) 낱말. 잡음씨(지정사).
- 이다, 아니다.

최현배(1948)은 저학년용으로 소략하게 구성되어 품사와 관련해서도 자세한 설명을 볼 수가 없다. 지정사에 대한 자세한 설명은 최현배(1949)에서 볼 수 있다. 이를 살펴보면 활용과 시제라는 문법적 특징에 비중을 두어 동사와 형용사, 지정사를 비교하였다. 즉 형용사는 동사에 비해 활용 체계가 불완전하고 지정사는 형용사보다 더 불완전한 특징을 갖고 있다고 설명한다. 동사의 활용과 비교해서 마침법(종지법)의 시킴꼴(명령형)과 꾀임꼴(청유형), 껌목법(자격법)의 어찌꼴(부사형), 이음법(접속법)의 *끄어옴꼴*(인용형), 목적꼴(목적형), 하렴꼴(의도형), 미침꼴(도급형), 되풀이꼴(반복형)이 없거나 불완전하다고 설명하였다.[20] 이중 시킴꼴, 꾀임꼴, 어찌꼴, *끄어옴꼴*, 목적꼴은 형용사의 활용과 같다. 시제 표현에 대해서도 이음때(계속시)와 이음의 마침때(계속완료시)가 없는데 이것도 형용사와 같다고 하였다. 따라서 지정사는 많은 부분에서 동사보다 형용사에 가깝다고 설명하고 있다.

지정사와 관련하여 이인모(1949)는 품사로 설정하지 않았으나 풀이씨에서 '이다'를 설명하고 있음이 주목된다. 이 책에서는 '이다'를 풀이씨와 토씨의 두 종류로 설명하였는데, 임자말(주어)을 풀이한 것이 아닌 '이다'를 토씨로 본다는 것이다. 예를 들어, '그것은 귤이라 하는 것 **이요**'에서 '**이요**'는 임자말인 '그것'을 풀이한 풀이씨가 맞지만, '<u>이라</u>'는 그에 해당하는 임자말이 없어 풀이씨가 아닌 토씨라는 것이다. 따라서 풀이씨인 '이요'는 띄어 쓰고 토씨인 '이라'는 붙여 쓴다는 것이다. 이 문장에서 띄어 쓰는 풀이씨가 지정사에 해당하는 것으로 볼 수 있는데 '이다'에 대해 토씨와 풀이씨의 용법을 모두 인정할 뿐 아니라 띄어쓰기의 원칙까지 지키고 있음이 흥미롭다.

이와 반대로 이숭녕(1956)에서는 어간, 어미, 접미사를 설명하면서 지정사에 대해 다음과 같은 비판적 시각을 보였다.

(……전략……) 글 "너는 개다"에서 더욱 이 원리를 잘 알 수 있다. "너 개" 하면 어린 아기의 말에서 가끔 듣지만 그 뜻을 알 수 있다. 이것을 "-는 -다"라고 하여서는 무슨 뜻인지를 전연 모르게 된다. 여기서 우리는 가장 중요한 사실을 깨닫게 되는데, "너, 개"는 훌륭한 독립된 말이 된다. 그러나 "-는, -다"는 독립된 말이 아님을 알게 된다. 그러므로 종래의 문법에서 토씨

---

20) 최현배(1949)의 풀이씨(용언)의 서법 체계는 다음과 같다.
　　마침법(終止法) : 베풂꼴(敍述形), 물음꼴(疑問形), 시킴꼴(命令形), 꾀임꼴(請誘形), 느낌꼴(感動形).
　　겸목법(資格法) : 어찌꼴(副詞形), 어떤꼴(冠形詞形), 이름꼴(名詞形).
　　이음법(接續法) : 매는꼴(拘束形), 안매는꼴(不拘形), 벌림꼴(羅列形), 풀이꼴(說明形), 가림꼴(選擇形), 하렴꼴(意圖形), 목적꼴(目的形), 미침꼴(到及形), 그침꼴(中斷形), 되풀이꼴(反覆形), 잇달음꼴(連發形), 견줌꼴(比較形), 끄어옴꼴(引用形), 더보탬꼴(添加形), 더해감꼴(益甚形), 뒤집음꼴(翻覆形).

나 지정사인 "-는, -다"를 독립된 말 (품사, 品詞)로 대접하는 것이 얼마나 틀린 것인가를 간단히 깨닫게 된다. (이숭녕,1956:38)

최현배(1949)가 문법적 특징에 의해 지정사의 특징을 설명하고 있는데 비해 이숭녕(1956)은 어휘적인 독립성이 없음을 들어 이를 비판하고 있는 셈이다. 주지하다시피 '이다'와 관련한 논란은 지금도 계속되고 있다.

그 밖의 다른 문법 교과서에서는 지정사에 대한 언급이 없거나 서술격조사(풀이토씨) 내지 어미로 보고 있다. 김윤경(1948), 장하일(1949)는 언급이 없고, 정인승(1949, 1956)은 풀이토씨로 보아 서술어의 활용과 같은 활용이 풀이토씨에는 필요한 것이라고 설명하였다. 이희승(1949)에서는 지정사를 어미로 보고 있는데, 체언이 서술어로 쓰일 경우 활용을 위해 조사 대신 어미가 붙는 것으로 '이다'는 특히 어미 '다'에 '이'가 덧끼어 나타난 형태라고 설명하였다. 그러나 이것은 어미가 어간 뒤에 결합한다는 원칙에서 벗어난 것이 문제가 된다. 제2기에 해당하는 이희승(1968)은 '이다'를 서술격조사로 처리하지만, 체언에 서술격조사가 결합해서 형태가 바뀌는 것을 활용이라 하지 않고 변형이라고 부르고 있다. 이는 뒤에서 다시 살펴볼 것이다.

3.1.4. 용언의 분류

3.1.4.1. 동사

동사의 분류에서 동사를 독립된 품사로 인정하지 않은 이인모(1949), 장하일(1949) 중 이인모(1949)는 분류를 제시하지 않고 있지만 장하일(1949)은 풀이씨의 하위로 움직씨와 그림씨를 분류하고 다시 움직씨의 하위로 아래와 같은 분류를 보이고 있다. 기능 중심의 품사 분류 태도를 다시 한번 확인할 수 있다. 최현배(1948)은 내용이 소략해서 분류가 드러나지 않는다. 그 외 문법 교과서의 분류를 살펴보면 우선 정인승(1949, 1956)은 제움직씨와 남움직씨, 입음움직씨와 하임움직씨, 도움움직씨를 설정하고 불완전한 움직씨와 모자란 움직씨를 참고사항으로 정리해 놓았다. 이희승(1949, 1956)은 자동사와 타동사, 능동(사)과 피동(사), 주동(사)과 사동(사), 본동(사)과 조동(사), 완전동사와 불완전동사를 구분하여 대립적으로 체계화하고 있다. 김윤경(1948)은 움씨의 갈래에서 쓰임말의 쓰임을 기준으로 제움과 남움, 움직임의 힘이 어디에 있는가를 기준으로 바로움과 입음움, 시킴움으로 체계를 세웠다. 최현배(1949)는 단지 제움즉씨와 남움즉씨, 도움움즉씨만을 설명하였는데, 피동과 사동에 대해서 입음법과 시김법을 따로 세워서 설명하였다. 이숭녕(1956)은 자동과 타동, 능동과 피동, 사동, 보조동사 등을 세워서 설명하였는데 보조동사를 제외한 나머지 동사들을 특수한 접미사에 의해 새로운 어간을 형성하는 것으로 설명하였다. 이를 살펴보면 이희승(1949, 1956)과 김윤경(1948) 정도가 체계적이라고 할 수 있겠다.

한편, 정인승(1949, 1956)의 불완전한 움직씨는 의미적으로 완전하지 않아 보어가 필요한 것이며, 모자란 움직씨는 문법적으로 완전하지 않은(불완전활용), 흔히 불구동사로 불리는 것이다. 그런데 이희승(1949, 1956)의 불완전동사는 이와 달리 모자란 움직씨(불구동사)를 가리키며 보어가 필요한 동사를 따로 제시하지 않았는데 이러한 태도는 이숭녕(1956)에서도 볼 수 있다. 또한 김윤경(1948)의 절움(불완전동사)은 조동사를 가리키는 것으로 정인승(1949, 1956), 이희승(1949)의 '불완전동사'와는 또 다르다. 그리고 보어가 필요한 동사는 제외되어 있고 불구동사에 대해서는 '본 없는 움씨'의 일부로 '여 불규칙, 거라 불규칙, 너라 불규칙'과 함께 특별한 토가 쓰이는 것으로 다루었다. 즉 토 '오'만 쓰이는 '다-', '되'만 쓰이는 '가로-'가 그것인데, 이들 불구동사를 불규칙용언의 일종으로 처리한 것이다. 최현배(1949)는 불완전동사나 불구동사 등에 대한 설명이 빠져 있다. 즉 제1기의 불완전동사에 대해서는 아예 제외하거나 또는 세 가지 개념으로 사용한 셈이다.

인모49 : 없음.

하일49 : [남움직씨(타동사) (하임남움직씨(사역타동사) / 예사남움직씨)

　　　　제움직씨(자동사) (입음움직씨(피동자동사) / 예사제움직씨)][21]

인승49 : 제움직씨(자동사). 아무 것도 상대로 하지 않는 움직임을 나타냄.

　　　　　- 앉다, 늙다, 남다, 살다, 죽다, 눕다, 서다, 달아나다, 오다, 가
　　　　　다, 흐르다, 자빠지다...

　　　　남움직씨(타동사). 다른 사물을 상대로 하는 움직임을 나타냄

　　　　　- 먹다, 입다, 읽다, 짓다, 쓰다, 부르다, 기르다...

　　　　입음움직씨(피동사). 남의 힘을 입어 움직임을 나타내는 것.

　　　　　- 쓰이다, 먹히다, 쫓기다, 몰리다...

　　　　하임움직씨(사동사). 남으로 하여금 움직이게 함을 나타내는 것.

　　　　　- 죽이다, 늙히다, 남기다, 살리다, 솟구다, 돋우다...(제움직씨
　　　　　에서) 먹이다, 읽히다, 맡기다, 틀리다, 메우다...(남움직씨에
　　　　　서) 옥이다, 밝히다, 비우다, 낮추다...(그림씨에서)

　　　　도움움직씨(조동사). 움직씨나, 그림씨나, 이름씨들이 풀이말을 이
　　　　　룰 때, 뜻을 보태어 돕기 위하여 뒤에 잇달아 쓰이는 움직씨.

　　　　　- 아니하다, 못하다, 말다, 되다, 하다, 만들다, 있다, 말다, 보
　　　　　다, 버릇하다, 가다, 오다, 나다, 내다, 버리다, 대다, 쌓다, 놓
　　　　　다, 두다, 가지다, 주다, 드리다, 체하다, 양하다,

　　　　　불완전한 움직씨. 제움직씨로 뜻이 완전하지 못하여 반드시
　　　　　깁는 말을 앞세워야만 되는 것.

　　　　　- 되다

　　　　모자란 움직씨(불구동사). 끝바꿈의 꼴이 아주 갖추이지 못한 것.

　　　　　- 가로되(가라사대), 더불고(더불어), 다가(다그니)

　　　　* 벗어난 끝바꿈.

희승49 : 규칙동사. 어간이 일정불변하고 어미는 모든 어간에 두루 쓰이는
　　　　　동사.

　　　　* 변칙동사. 어간의 일부가 변하거나 공통성이 없는 어미가 쓰이는

---

21) 독립된 품사로 동사의 종류가 기술된 것은 아니다.

동사.

자동사. 동작이나 작용이 주어만으로 행해지고 주어에게만 영향을
　　　미치는 동사.
　　　　- 오다, 가다, 자다, 날다, 서다, 앉다

타동사. 동작이 주어 이외의 다른 물건에 미치고 주체만으로 행해
　　　질 수 없는 동사.
　　　　- 먹다, 읽다, 입다, 쓰다, 신다, 잡다

능동. 주어 되는 주체가 목적을 향하여 행하는 동작.
　　　　- 봅니다, 잡았오, 물었오, 안았읍니다.

피동. 목적어의 지위에 있어야 할 말이 주어가 되어 이전의 주어로
　　　부터 받는 동작.
　　　　- 보입니다, 잡히었오, 물리었오, 안기었읍니다.

주동사. 행동하는 주체가 자발적으로 행하는 동사.
　　　　- 먹습니다, 앉았읍니다, 놀았읍니다, 우습니다.

사동사. 다른 사람이나 물건의 시킴이나 힘으로 인해 행하게 되는
　　　동사.
　　　　- 먹입니다, 앉히었읍니다, 놀리었읍니다, 웃깁니다.

조동사. 제 스스로 두드러진 뜻을 나타내지 못하고 동사의 뜻을 도
　　　와주는 말.
　　　　- 보다, 버티다, 가다, 나다, 대다.

본동사. 조동사 위에서 도움을 받는 동사.

불완전동사. 활용이 넓지 못하고 두세 가지 경우에 한해 활용되는 말.
　　　　- 달다, 더불다, 가로다.

완전동사. 불완전동사에 대해 널리 활용되는 동사.

윤경48 : 제움(자동사). 저 홀로 움즉임을 나타내는 말.
　　　　- 있다, 된다, 간다, 온다, 논다, 떤다, 나린다, 분다, 움즉인다,
　　　　잡힌다, 생각한다, 버린다, 본다, 준다, 쌓는다, 핀다, 흐른다,
　　　　진다, 닫는다, 인다, 비친다, 난다, 잔다, 돈다, 들린다, 실린다,
　　　　물린다, 받히었다, 닫힌다, 깎인다, 묶인다, 안긴다, 담긴다.

남움(타동사). 쓰임말(목적어)과 어울려야 움즉임을 나타내는 말.

- 묻는다, 친다, 맞는다, 가르친다, 준다, 피운다, 흘린다, 지운
다, 달린다, 일으킨다, 비춘다, 낸다, 잰다, 돌린다, 듣는다,
싣는다, 문다, 받았다, 닫는다, 깎는다, 묶는다, 안는다, 담는다.

바로움(정동·주동). 움즉임의 힘이 임자에게 있는 것.

- 핀다, 먹는다, 웃는다, 읽는다.

입음움(피동). 움즉임의 힘이 밖에서 오는 남의 힘으로 움직임.

- 잡히었다, 꺾이었다, 닦인다, 쫓긴다, 담기었다, 걷히었다, 보
인다, 쓰이었다, 들린다, 밀린다.

시킴움(사역동). 남으로 하여금 움즉임을 나타내게 함.

- 먹인다, 쓰인다, 죽이었다, 날리었다, 놀린다, 지운다, 새운다,
벗긴다, 읽힌다.

절움(불완전동사). 저 혼자 쓰이지 못하고 반드시 꾸밈말의 도움이
있어야만 쓰이는 것.

- 되었다, 체하였다, 뻔하였다, 양하였다, 버리었다, 대고, 쌓는
지, 보시오, 드리었다, 바치었다, 주었다, 나면, 낸다, 말아라,
못한다, 아니한다, 놓으니까, 두라, 간다, 온다, 있다, 버리지,
하다.

본 없는 움씨(변칙동사). 씨의 끝소리가 만날 토의 첫 소리가 어떠
한 것인가에 따르어 달라지는 것.

현배48 : 없음.

현배49 : 도움움즉씨(보조동사). 어떤 으뜸되는 풀이씨에 붙어 풀이씨의 뜻을
도와 완전한 풀이말이 되게 하는 움즉씨.

- 아니하다, 내다, 하다, 지다, 척하다, 양하다.

제움즉씨. '무엇을'에 잇지 아니하는 움즉씨.

- 놀다, 붙다, 흐르다.

남움즉씨. '무엇을'에 잇는 움즉씨.

- 읽다, 깎다, 구경하다.

* 벗어난 끝바꿈 움즉씨 또는 벗어난 움즉씨(변격동사).

숭녕56 : 자동. 주어 스스로의 행동을 나타내는 것.

- 앉다, 자다, 서다, 가다, 오다.

타동. 목적어를 필요로 하는 것.

    - 먹는다, 들었다.

능동. 주어가 스스로 목적어를 지배하고 요리하고, 사용하고 처리하는 것.

    - 보다, 찾다.

피동. 내가 남에게 당하는 동사.

    - 보인다, 먹힌다.

사동. 남을 부리고, 남을 시키고 하는 뜻의 동사.

    - 웃긴다, 놀린다, 먹인다, 세운다, 채운다, 씌운다.

보조동사. 주동사에 붙어 주동사의 뜻을 도울 정도의 구실밖에 못하는 것.

    - 버리다, 보다, 지다, 되다, 가다, 대다, 내다, 치다...

불완전동사. 활용을 잃어버리고 뜻도 고정되어 극단히 형태가 노쇠한 동사. 변칙동사의 극단한 예.

    - 가로되, 가라사대, 다오, 다고, 달라, 닥아, 닥을 ; 머금고, 머금으니(가능성)

    * 변칙동사.

인승56 : 제움직씨(자동사). 대상 없는 움직임을 나타냄.

    - 온다, 늙었다, 흐르오, 개고, 돋는다, 앉다, 눕다, 서다, 나다, 죽다, 뛰다, 자빠지다, 남다, 모자라다, 늘다, 줄다, 흐르다, 솟다, 끓다, 날다, 기다, 엎드리다...

남움직씨(타동사). 대상이 있어야 하는 움직임을 나타냄.

    - 먹는다, 본다, 쫓는다, 들었다.

입음움직씨(피동사). 남의 움직임을 입어 움직여짐을 나타내는 낱말.

    - 먹힌다, 보인다, 쫓긴다, 들리었다.

하임움직씨(사동사). 어떤 대상으로 하여금 움직여지게 함을 나타내는 낱말.

    - 먹이었다, 읽히더라, 맡기었다, 들리었다, 지우더라(남움에) 녹이었다, 앉히더라, 남긴다, 살리시오, 솟군다, 돋우느냐(제움에) 높이느냐, 밝히었다, 늦추었네(그림에)

도움움직씨(보조동사·조동사). 풀이말을 이룰 때 뜻을 보태어 돕기 위해 어떤 움직씨가 뒤에 잇달아 쓰이는 움직씨.

- 아니하다, 못하다, 말다, 있다, 나다, 보다, 가다, 오다, 나다, 내다, 버리다, 대다, 쌓다, 버릇하다, 놓다, 두다, 가지다, 주다, 드리다, 지다, 하다, 뻔하다, 되다, 만들다, 체하다, 양하다.

안갖은움직씨(불완전동사). 제움직씨로서 말뜻이 완전히 갖추이지 못하여, 반드시 다른 말로 기워야 뜻이 완전히 갖아지게 되는 것.

- 되다.

모자란움직씨(불구동사). 끝바꿈의 형식이 아주 갖추이지 못한 것.

- 가로되, 가론, 가라사대, 다오, 달라고 하다.

* 벗어난 움직씨(변칙동사)

희승56 : 규칙동사. 어간이 일정불변하고 어미는 모든 어간에 두루 쓰이는 동사.

* 변칙동사. 어간의 일부가 변하거나 공통성이 없는 어미가 쓰이는 동사.

자동사. 동작이나 작용이 주어만으로 행해지고 주어에게만 영향을 미치는 동사.

- 오다, 가다, 자다, 날다, 서다, 앉다

타동사. 동작이 주어 이외의 다른 물건에 미치고 주체만으로 행해질 수 없는 동사.

- 먹다, 읽다, 입다, 쓰다, 신다, 잡다

능동. 주어 되는 주체가 목적을 향하여 행하는 동작.

- 봅니다, 잡았오, 물었오, 안았읍니다.

피동. 목적어의 지위에 있어야 할 말이 주어가 되어 이전의 주어로부터 받는 동작.

- 보입니다, 잡히었오, 물리었오, 안기었읍니다.

주동사. 행동하는 주체가 자발적으로 행하는 동사.

- 먹습니다, 앉았읍니다, 놀았읍니다, 우습니다.

사동사. 다른 사람이나 물건의 시킴이나 힘으로 인해 행하게 되는

> 동사.
> - 먹입니다, 앉히었읍니다, 놀리었읍니다, 웃깁니다.
> 조동사. 제 스스로 두드러진 뜻을 나타내지 못하고 동사의 뜻을 도
> 와주는 말.
> - 보다, 버티다, 가다, 나다, 대다.
> 본동사. 조동사 위에서 도움을 받는 동사.
> 불완전동사. 활용이 넓지 못하고 두세 가지 경우에 한해 활용되는 말.
> - 달다, 더불다, 가로다.
> 완전동사. 불완전동사에 대해 널리 활용되는 동사.

이 시기에는 선어말어미라는 개념 대신 보조어간(도움줄기)을 설정한 것이 일반적인데, 대체로 피동, 사동, 높임, 시제 등을 나타낸다고 설명하였다. 정인승(1949, 1956)은 이들이 어미가 아닌 어간에 결합해 또 하나의 어간형을 이루는 것으로 처리하였다. 특히 시제의 경우 어미의 끝바꿈에 의한 것(ㄴ, 더, ㄹ/을, 던)과 도움줄기에 의한 것(았/었, 겠, 었겠)의 두 종류가 있음을 설명하고 그 외 '고 있다, 는 중이다, 버리다, ㄹ 것이다' 등의 다른 낱말을 빌려 쓴 경우가 있음을 지적하였다. 이희승(1949, 1956)에서도 같은 설명을 볼 수 있다. 시제의 경우 현재 시제를 제외한 과거, 대과거, 미래가 표현됨을 보였는데 현재 시제는 어미에 의해 표현되며, 단순히 동사의 종류가 아니라 그 특징에 대해 설명하려는 듯 '능동'과 '능동사', '피동'과 '피동사', '주동' 등 용어의 사용에 주의하는 모습을 보인다. 한편, 김윤경(1948)은 보조어간을 따로 세우지 않았는데, 높임을 나타내는 '시'를 동사의 어간에 접미(꼬리더음)된 것으로 보지 않고 어미(토)의 접두(머리더음)로 볼 것을 제안했다. 즉 동일한 높임과 낮춤의 뜻을 가진 종결어미(-오, -다)와 같은 성격으로 보기 어렵다며, 어미는 실사 뒤에 붙는다는 대원칙 아래에서 '시'와 같은 것을 종결어미의 접두로 처리하여 또 하나의 어미로 처리한다는 것이다. 시제를 나타내는 '었, 겠' 역시 같은 방식으로 처리하였는데 선어말어미

의 개념과 유사한 일면이 엿보인다. 최현배(1949) 역시 도움줄기(보조어간)를 제시하고 같은 설명을 하고 있지만, 특기할 것은 사동과 피동에 대해 동사의 종류라는 기준보다 생성에 관심을 두고 있다는 점이다.[22] 시킴법(사동법), 입음법(피동법)을 따로 세워 도움줄기를 이용하는 방법과, '-하다' 대신 '-시기다'(사동), '-되다, -당하다, -받다'(피동)로 바꾸는 방법, '-게 하다'(사동), '-어 지다'(피동)를 붙이는 방법의 셋을 제시하였다. 이는 단어의 형태론적 측면을 강조한 기술로 생각할 수 있다. 보조어간을 따로 설정하지 않은 것은 이숭녕(1956)이다. 그는 시제를 비롯한 피동과 사동을 어간에 접미사를 붙여 새로운 어간을 형성하는 것으로 설명하였는데, 다른 문법 교과서의 보조어간 설명과 동일한 설명인 셈이다.

사동과 피동에 대한 김윤경(1948)의 설명은 상당히 자세하다. 그는 자동사가 타동사로 바뀌는 사동과, 타동사가 자동사로 바뀌는 피동을 설명하면서 사동의 경우 자동사에서 온 것을 홋짝남움(單對他動), 타동사에서 온 것을 겹짝남움(複對他動)으로 구분하였다. 이는 타동사가 사동으로 바뀔 경우 여격 논항이 필요함을 보인 것으로 매우 미시적인 기술 태도를 보이는 부분이다. 이숭녕(1956)은 피동과 사동에 대해 특수한 접미사를 붙여 어간을 형성하는 것으로 처리하였다. 이들 접미사 외에도 '-게 한다, -도록 된다, -아(어) 진다' 등이 사용되는데 피·사동의 발달이 충분하지 않기 때문에 특수한 표현법을 갖고 있는 것이라고 설명하였다. 그리고 타동에 대해 피·사동과 같이 어간에 접미사를 붙여 새로운 어간을 형성하는 것이라고 설명하여 같은 부류로 설명하였지만 타동을 만드는 접미사를 제시하지는 못했다.

그 외 이희승(1949, 1956)과 최현배(1949)는 '뛰다, 떨다, 쉬다, 피다', '놀

---

22) 다른 문법 교과서는 동사의 종류에서 사동사와 피동사를 제시하고 사동법과 피동법을 설명하는 태도를 취하는데, 최현배(1949)에서는 시킴법과 입음법을 설명하는 것에 비중을 두고 있다. 그러면서 '사동사, 피동사'에 대한 언급이 없다.

다, 붙다, 자다' 등 자동사와 타동사를 겸하는 이른바 양용동사의 개념을 제시하였다. 김윤경(1948)은 이와 함께 '잡히-, 깍이-, 들리-' 등 사동형과 피동형이 같은 경우를 지적하는 등 형태 하나하나에 대한 미시적인 관찰 태도를 보여주었다. 동사의 종류는 다음과 같은 표를 통해 비교해 볼 수 있다.

인모49	없음												
하일49	없음												
현배48	없음												
현배49	제움직씨	남움즉씨	**		**			도움움직씨(보조동사)		벗어난끝바꿈움즉씨			
인승49	제움직씨(자동사)	남움직씨(타동사)		입음움직씨(피동사)		하임움직씨(사동사)		도움움직씨(조동사)		벗어난끝바꿈움직씨		모자란움직씨(불구동사)	불완전움직씨
희승49	자동사	타동사	능동	피동	주동사	사동사	본동사	조동사	규칙동사	변칙동사	완전동사	불완전동사	
윤경48	제움(자동)	남움(타동)	바로움(정동)	입음움(피동)	바로움(주동)	시킴움(사역동)		절움(불완전동사)		본 없는 움씨(변칙동사)			절움씨(불완전동사)
숭녕56	자동	타동	능동	피동		사동	주동사	보조동사		변칙동사		불완전동사	
인승56	제움직씨(자동사)	남움직씨(타동사)		입음움직씨(피동사)		하임움직씨(사동사)		도움움직씨(보조동사)		벗어난끝바꿈움직씨(변칙활용)		모자란움직씨(불구동사)	안갖은움직씨(불완전동사)
희승56	자동사	타동사	능동(사)	피동(사)	주동(사)	사동(사)	본동사	조동사	규칙동사	변칙동사	완전동사	불완전동사	

〈제1기 동사의 분류 비교〉

3.1.4.2. 형용사

형용사의 경우에도 이인모(1949), 장하일(1949), 최현배(1948)은 분류와 관련된 설명이 없다. 최현배(1949) 역시 형용사의 분류에 대한 언급 없이 '벗어난 끝바꿈 어떻씨(변격형용사)'와 '도움어떻씨(보조형용사)'에 대해서만 설명하고 있고 이숭녕(1956)은 '변칙형용사'만을 설명하고 있다. 그 외는 의미적 기준과 문법적 기준에 의해 형용사를 분류하고 있는데, 의미적 기준은 대체로 자립형용사에 적용된다. 정인승(1949, 1956), 김윤경(1948)이 의미적 기준이 두드러진다면, 이희승(1949, 1956)은 문법적 기준이 두드러진다. 특히 김윤경(1948)은 '얻씨의 갈래'에서 '바탕(성질), 꼴(형태), 때(시간), 셈(수량), 가리침(지시)' 등 보다 구체화된 의미 기준을 적용하였다. 반면 이희승(1949, 1956)의 '의존'과 '자립', '규칙'과 '불규칙'은 독립성과 규칙성이라는 문법적 기준이 적용되었고 의미적 기준에 의한 분류는 제시되지 않았다. 완전형용사와 불완전형용사는 보어의 필요에 따른 구분인데 완성된 문장 여부에 따른 것으로 역시 문법적 기준이라고 할 수 있다. 또 '제그림씨'나 '실상그림씨', '가리킴그림씨'는 모두 의미적 기준에 의해 자립형용사를 다시 분류한 것이다.

정인승(1949, 1956)의 '안갖은그림씨'는 그 앞에 보어를 취하는 형용사이고, '도움그림씨'는 두 서술어가 연달아 오면서 양태 의미를 나타내는 것이다. 그런데 김윤경(1948)에서는 이 둘을 구분하지 않았다. 즉 그의 '절얻씨(불완전형용사)'는 '도움그림씨'와 '안갖은그림씨'의 개념을 묶은 것으로 서술어이든 보어이든 그 앞에 꾸민말이 와야 하는 형용사를 '불완전'한 것으로 본 것이다. 이숭녕(1956)이 형용사의 분류를 따로 기술하지 않고 '변칙형용사'에 대해 기술하고 있는 것은 동사와 마찬가지로 형용사의 활용법을 설명하는 것에 기준을 둔 것이다.

인모49 : 없음.

하일49 : 없음.

인승49 : 제그림씨(본질형용사). 성질, 형편, 정도 따위를 그대로 그리는 것.
- 착하다, 모질다, 길다, 짧다, 늦다, 이르다, 크다, 작다, 많다, 적다, 붉다, 푸르다, 세다, 여리다, 튼튼하다, 부실하다, 조용하다, 시끄럽다, 무겁다, 가볍다, 기쁘다, 슬프다, 맵다, 짜

　　　　　다...

　　가리킴그림씨(지시형용사).　　실제 말로 나타내지 않고 가리키어서
　　　　　어떠함을 나타냄.

　　　　　- 이러하다, 저러하다, 그러하다, 어떠하다...

　　도움그림씨(조형용사). 풀이말 뒤에 뜻을 보태기 위해 으뜸그림씨
　　　　　(본형용사) 뒤에 잇달아 쓰이는 그림씨.

　　　　　- 아니하다, 못하다, 싶다, 듯하다, 만하다, 보다...

　　불완전한 그림씨. 제그림씨로서 반드시 기움말을 앞세워야 하는 것.

　　　　　- 같다, 비슷하다, 아니다...

　　　　　　　* 벗어난 끝바꿈.

희승49 : 규칙형용사. 규칙적 활용을 하는 형용사.

　　　* 변칙형용사. 규칙적으로 활용되지 못하는 형용사.

　　의존형용사. '-지, -고, -ㄴ(은)가'뒤에서 독립적이지 않은 채 쓰이는
　　　　　형용사.

　　　　　- 아니하다, 못하다, 싶다...

　　자립형용사. 의존형용사에 대하여 일반적인 형용사.

윤경48 : 바탕얻씨(성질형용사). 일이나 몬의 바탕이 어떠함을 나타내는 얻씨.

　　　　　- 어질, 착하, 무겁, 무르, 모질, 질기, 슬기롭, 어리석, 붉, 검,
　　　　　여러, 짜, 맵.

　　꼴 얻씨(형태형용사). 일이나 몬의 꼴이 어떠함을 나타내는 얻씨.

　　　　　- 날래, 재, 크, 작, 둥굴, 얇, 두껍, 높, 낮, 길, 반드럽, 넓, 좁, 젊.

　　때 얻씨(시간형용사). 때의 어떠함을 나타내는 얻씨.

　　　　　- 이르, 늦, 오라.

　　셈 얻씨(수량형용사). 셈의 어떠함을 나타내는 얻씨.

　　　　　- 많, 적, 흔하, 숱하.

　　가리침 얻씨(지시형용사). 일이나 몬의 바탕이나 꼴이나 때나 셈의
　　　　　어떠함을 가리치는 얻씨.

　　　　　- 이러하, 저러하, 그러하, 어떠하, 아무렇.

　　절 얻씨(불완전형용사). 꾸밈말을 붙이어 가지고야만 쓰이는 얻씨.

　　　　　- 과 같, 과 비슷하, 고 싶, ㄹ(일, 을)듯하, ㅁ(임, 음)즉하, ㄴ

(인)가, ㄹ(을)까보, 지 않, (인, 은), ㄹ(일, 을)듯하, 기는
하, 지 못하, ㄹ(일, 을)법하, 어(아)빠지, 어(아)있, ㄴ(인)양
하, ㄹ(일, 을)상싶, ㄹ(일, 을)상부르, ㄹ(일, 을)듯싶, ㄹ
(을)만하

본 없는 언씨(변칙형용사). 꼴이 한결같지 못하고, 다음에 오는 토
의 첫 소리의 어떠함을 따르어 그 꼴이 바뀌는 것.

현배48 : 없음.

현배49 : 도움어떻씨(보조형용사). 어떤 으뜸되는 풀이씨에 붙어 뜻을 도와
완전한 풀이말이 되게 하는 한 갈래의 어떻씨.

　　　* 벗어난 끝바꿈 어떻씨 또는 벗어난 어떻씨(변격형용사).

숭녕56 : 없음. * 변칙형용사.

인승56 : 실상그림씨(성상형용사). 사람이나 물건이나 일이나의 성질 상태들
의 어떠함을 실상으로 그리어 나타냄.

　　　- 착하다, 나쁘다, 어리다, 새롭다, 슬프다, 크다, 길다, 높다,
넓다, 밝다, 덥다, 곧다, 굳다, 붉다, 싱겁다…

가리킴그림씨(지시형용사). 사람이나 물건이나 일이나의 성질 상태
들을 말하는 이의 처지에서 가리킴.

　　　- 이러하다, 저러하다, 그러하다, 어떠하다, 아무려하다.

도움그림씨(보조형용사). 풀이말 뒤에 말뜻을 보태어 돕기 위하여
잇달아 쓰이는 그림씨.

　　　- 싶다, 지다, 지이다, 직하다, 아니하다, 못하다, 하다, 보다,
듯하다, 듯싶다, 성싶다, 법하다, 만하다

안갖은그림씨(불완전형용사). 실상그림씨로서 말뜻이 완전히 갖추
이지 못하여, 반드시 다른 말로 기워야 뜻이 완전히 갖아지
게 되는 것.

　　　- 아니다, 같다(비슷하다, 다르다), 못하다(하다)

　　　* 벗어난 그림씨(변칙형용사)

희승56 : 규칙형용사. 규칙적 활용을 하는 형용사.

변칙형용사. 규칙적으로 활용되지 못하는 형용사.

의존형용사. '-지, -고, -ㄴ(은)가'뒤에서 독립적이지 않은 채 쓰이는

　　형용사.

　　　- 아니하다, 못하다, 싶다…

　　자립형용사. 의존형용사에 대하여 일반적인 형용사.

이들은 다음과 같은 표를 통해 구체적으로 비교해 볼 수 있다.

인모49	없음									
하일49	없음									
현배48	없음									
현배49							도움어떻씨 (보조형용사)		벗어난 끝바꿈 어떻씨	
인승49	제그림씨(본질그림씨)				가리킴 그림씨 (지시 형용사)		도움그림씨 (조형용사)		벗어난 끝바꿈 어떻씨	불완전그 림씨
희승49						자립 형용사	의존형용사	규칙 형용사	변칙 형용사	
윤경48	바탕 얼씨 (성질 형용사)	꼴얼씨 (형태 형용사)	때얼씨 (시간 형용사)	셈얼씨 (수량 형용사)	가리침 얼씨 (지시 형용사)		절얼씨 (불완전 형용사)		본 없는 얼씨 (변칙 형용사)	절얼씨 (불완전 형용사)
숭녕56									변칙 형용사	
인승56	실상그림씨(성상형용사)				가리킴 그림씨 (지시 형용사)		도움그림씨 (보조형용사)		벗어난 끝바꿈 어떻씨 (변칙활용)	안갖은 그림씨 (불완전형용 사)
희승56						자립 형용사	의존 형용사	규칙 형용사	변칙 형용사	

〈제1기 형용사의 분류 비교〉

　　이상 제1기의 가장 큰 특징은 품사 체계에 존재사와 지정사가 모두 설정된 시기라고 할 수 있다. 동사와 형용사를 독립 품사로 인정하지 않은 문법 교과서 2편을 제외하고 나머지 8편은 모두 동사와 형용사를 설정하고 있다. 이들은 다시 존재사와 지정사를 모두 인정한 것과 존재사만을 인정한 것, 형용사만을 인정한 것으로 분류된다. 동사와 형용사에 대한 정의는 대체로 의미적인 설명이 나타나지만 간혹 문법적 설명이 나타나기도 한다.

이러한 태도는 존재사나 지정사의 정의에서도 마찬가지이다. 동사의 분류는 대체로 비슷하지만 동일한 명칭인 '불완전한 움직씨'가 정인승(1949, 1956), 이희승(1949, 1956), 김윤경(1948)에서 각기 다른 개념으로 쓰이는 등 약간씩의 차이도 확인할 수 있다. 또 피동과 사동과 같은 경우도 대부분 동사의 종류로 처리하지만 최현배(1949)와 같이 별도의 문법 범주로 처리하는 등의 차이도 확인할 수 있다. 형용사의 분류에서는 정인승(1949, 1956), 김윤경(1948)처럼 의미적 기준에 의한 것과 이희승(1949, 1956)처럼 문법적 기준에 의한 것으로 구분된다. 그 외 이인모(1949), 장하일(1949), 최현배(1948, 1949), 이숭녕(1956)에서는 분류라고 할 만한 내용이 보이지 않아 동사의 분류에 비해 비중이 낮음을 알 수 있다.

존재사를 인정한 이희승(1949, 1956)은 동사, 형용사와 활용상의 차이를 세세하게 밝혔으나 다른 문법 교과서는 이에 대한 언급을 찾을 수 없었고, 오히려 김윤경(1948), 이숭녕(1956)에서는 존재사 설정에 대해 반대의 의견을 명시적으로 밝히고 있음이 주목된다. 지정사는 최현배(1948, 1949)에서만 나타나지만, 정인승(1949, 1956)에서는 서술격조사로, 이희승(1949, 1956)에서는 어미로, 이인모(1949)에서는 품사로 인정하지 않으면서도 끝이씨와 토씨의 두 종류가 있다고 설명하는 등 의견이 통일을 이루지 못했다.

3.2. 제2기(1960-1978) : 형용사 · 지정사 혼재

3.2.1. 관련 목차 구성과 내용

제2기의 문법 교과서는 14편으로 용언 관련 목차는 이해와 같다. 또한 동사와 형용사를 설정하지 않은 경우는 없어 이 둘이 어느 정도 품사상 고정적 지위를 확보한 것으로 볼 수 있다. 다만 지정사가 설정된 문법 교과서가 있어서 그 범위에 대해서는 차이를 보인다.

형, 활용 범위의 변질, 주체와 대상의 작용 한계, 주체의 피동과 사동, 동사의 자립과 의존, 동사의 존비법, 동사의 시제, 직능) 3. 형용사(분류의 기준, 어미 변화, 어간과 어미의 변형, 형용사의 자립과 의존, 형용사의 시제, 직능) 4.용언의 특징(용언의 직능, 용언의 특징)]

복수외68 : **1.말과 문법**[4.문장성분과 단어] **3.용언-동사**[동사의 어미활용, 불규칙동사, 보조어간, 동사의 종류, 동사의 시제] **4.용언-형용사**[형용사의 어미 활용, 불규칙형용사, 보조형용사, 형용사의 시제, 용언의 쓰임]

인모68 : **1.총론**[3.문장의 성분과 품사[2.품사의 개설]] **3.품사론**[2.용언[1.동사 2.형용사 3.용언의 비교]]

이들을 제1기의 분류 방법과 마찬가지로 아래 표처럼 분류할 수 있다. 동사는 역시 잉여적이다. 아래 표를 보면 품사개설이 대부분 총설이 아닌 품사론의 하위 절에서 이루어지고 있음을 알 수 있다. 즉, 총설에서 품사개설이 기술된 것이 상대적으로 많았던 제1기와는 다른 모습이다.

형용사 미설정			없음
형용사설정	품사개설(-)		현배68
	품사개설(+)	총설(-)	민수외60, 명권외68, 주동외68, 민수외68, 숭녕68, 인승68, 은정68, 을환68, 윤호68
		총설(+)	희승68, 웅68, 복수외68, 인모68

〈제2기 문법 교과서의 분류〉

동사와 형용사의 기술 역시 이 시기에 들어 용언의 하위 절에서 다루어지는 것이 많아졌다. 김민수외(1960), 양주동외(1968), 허웅(1968), 김민수외(1968), 정인승(1968), 이은정(1968), 이을환(1967)의 7편이 그러한 구성을 보인다. 반면 동사와 형용사를 순차적으로 구성한 것은 최현배(1968), 이숭녕(1968)의 두 편에 불과하며, 동사와 형용사, 용언론을 순차적으로 기술한 것은 이명권외(1968), 이희승(1968), 강윤호(1968), 강복수외(1968), 이인모 (1968)의 5편이다. 어쨌든 이 시기에 이르러 품사개설을 품사 편에서 기술하고 동사와 형용사의 성격을 상위개념인 용언으로 묶어서 기술하는 태도가 전대에 비해 늘어났음을 확인할 수 있는데, 교과서의 구성 방식이 앞 시기와 달리 좀더 체계화되는 과정에 있던 것으로 생각할 수 있다.

제2기의 동사와 형용사는 내용 구성상 제1기와 크게 다른 것은 없고 세부적으로 약간씩의 차이만 있을 뿐이다. 우선 각 문법 교과서에서 다루고 있는 내용을 살펴보면 동사는 '정의, 형용사와의 구별, 기능, 분류, 활용, 불규칙동사, 불완전동사, 보조동사, 어미 체계, 서법, 시제, 보조어간, 높임, 자·타동사, 능·피동사, 주·사동사' 등이며, 형용사는 '정의, 동사와의 구별, 기능, 분류, 활용, 불규칙활용, 불완전형용사, 보조형용사, 시제, 서법, 전성, 보조어간, 있다·없다·계시다의 활용' 등이다.

이중 제1기에 나타났으나 제2기에 사라진 내용으로 '자·모음교체'와 '조어', '받침표기'를 들 수 있다. 그리고 다른 교과서에서는 이미 형용사로 인정하여 따로 설명이 없는 존재사 '있다·없다·계시다'의 활용 특징이 허웅 (1968)에서 품사 인정 여부와 상관없이 별도로 설명되고 있다.

3.2.2. 정의와 기능

3.2.2.1. 동사

우선 제2기의 동사에 대한 명칭으로 고유어계 '움즉씨, 움씨'가 보이지 않는다. '움직씨'는 김민수 외(1960), 허웅(1968), 최현배(1968), 정인승(1968)에서 '동사'와 함께 병기되어 나타나며, 그 외는 모두 한자어계 '동사'로 나타난다. 이는 학교 문법 통일안(1963)의 문법 용어 통일과 무관하지 않다.

민수외60 : 활용하여 그 단어만으로 술어가 될 수 있고, 주로 사물의 동작을 설명하는 것. 동사(움직씨).
- 흐르고, 흐른다, 오다가, 그치고, 불다가, 내렸다.

명권외68 : 용언 가운데서 "어찌한다"에 해당하는 단어. 동사. - 핀다.
＊ 사물의 동작과 작용을 나타냄. - 읽는다, 핀다.

주동외68 : 사물의 동작이나 작용을 나타냄. 동사. - 읽는다.

희승68 : 물건이나 일의 동작, 작용을 나타내는 말. 동사.
- 흐른다, 온다, 짖는다, 잔다.

웅68 : 물건이나 일의 움직임을 나타내며, '무엇이 어찌한다'에서 '어찌한다'의 자리에 서는 낱말. 동사(움직씨).

현배68 : 일과 몬의 움직임을 나타내는 낱말. 동사(움직씨)
- 읽다, 오다, 흐르다, 일하다, 불다, 쓰다(用), 쓰다(書), 갈다, 놀다.

민수외68 : 용언 중 사물의 동작을 나타냄. 동사.

승녕68 : 행동을 나타내는 용언. 동사.
- 먹다, 오다, 가다, 살다.

인승68 : 사람이나 물건이나 일이나의 동작(움직임)을 나타내어 어미 변화하는 낱말. 동사(움직씨).
- 먹다, 뛰다, 오다.

은정68 : 사물의 동작을 나타내는 말. 동사.
- 닦다, 쓸다.

을환68 : 사물의 행동이나 작용을 나타내는 말. 동사.

윤호68 : 사물의 움직임 의미. 동사.

복수외68 : 사물의 동작이나 작용을 나타내는 단어. 동사.
- 먹는다, 읽는다, 흐른다, 일한다, 잔다, 쓴다.

인모68 : 사물의 움직임을 나타내는 말들. 동사.
- 가다, 읽다, 놀다.

동사의 정의를 살펴보면 '행동, 동작, 작용, 움직임' 등 제1기와 마찬가지로 대체로 의미적인 설명을 보인다. 문법적 설명을 보이는 것으로 허웅(1968)이 "무엇이 어찌한다"의 검증 틀을 제시하고 있으며, 정인승(1968)과 김민수 외(1960)도 "어미 변화하는 낱말", "활용하여 술어가 될 수 있는" 등의 문법적 설명을 보이고 있다. 한편, 이명권외(1968)는 위의 정의 외에 동사의 설명에서 '사물의 동작과 작용을 나타냄'이라고 재차 의미적으로 설명하기도 하였다.

한편, 동사의 기능에 대해서는 제1기와 크게 다르지 않은데, 문장에서 어미에 따라 다양한 문장성분으로 기능하지만 주어를 서술하는 기능이 본질적임을 지적하였다. 그리고 대부분 용언의 어미 내지 활용과 관련지어 서법이나 피·사동, 시제 등과 같은 층위에서 설명이 이루어져 기능이 크게 부각되지 못하였다. 물론 이을환(1967), 강윤호(1968), 강복수외(1968)처럼 '동사의 직능'을 따로 할애하고 있는 것도 있다.

1. 서술어의 구실

    네가 먹어야, 나도 먹겠다. 〈동사〉

    어린이의 잠자는 얼굴은 고요하고 평화롭다. 〈형용사〉

2. 관형어의 구실

    오늘 일하는 사람은 내일 이길 수 있다. 〈동사〉

    붉은 꽃을 보고 있던 소녀가 웃음을 지었다. 〈형용사〉

3. 부사어의 구실

    나는 그를 공부하게 만들었다. 〈동사〉

    마루를 곱게 닦아라. 〈형용사〉

4. 주어의 구실

    책을 읽음이 나의 유일한 즐거움이다. 〈동사〉

    이웃이 미움은 불행한 일이다. 〈형용사〉

5. 목적어의 구실

    매일 도보로 통학하기를 권한다. 〈동사〉

    우리는 이 강물이 맑음을 한없이 바란다. 〈형용사〉

6. 보어의 구실

    여행의 목적은 단순한 구경하기가 아니다. 〈동사〉

효자에게는 어떠한 노고도 고달픔이 되지 않는다. 〈형용사〉

〈용언의 쓰임, 이명권외(1968:141)〉

이 시기의 동사 기능에 대한 설명은 대부분 이명권외(1968)처럼 동사와 형용사를 따로 구분하지 않고 용언으로 묶어서 설명하였는데, 동사와 형용사를 별도의 절로 나누어 설명한 경우에도 용언의 특징을 따로 정리하여 동사와 형용사의 성격이 긴밀함을 보였다. 또한 정인승(1968)은 기능과 도해 풀이를 함께 제시하여 시각적인 설명력을 높인 점도 특징이다.

3.2.2.2. 형용사

제2기의 형용사에 대한 명칭 역시 고유어계 '어떻씨', '얻씨'가 보이지 않는다. '그림씨'는 김민수외(1960), 허웅(1968), 최현배(1968), 정인승(1968)에서 '형용사(그림씨)'처럼 괄호 병기로 나타나지만 그 밖에는 모두 한자어계 '형용사'로 나타난다. 이는 이 시기 동사에 대한 태도와 동일하다.

민수외60 : 사물의 성질과 상태와 존재를 나타내는 품사. 형용사(그림씨).
      - 붉다, 크다, 없다, 있다.

명권외68 : 사물의 성질과 상태, 그리고 존재를 나타내는 단어. 형용사.
      - 붉다, 크다, 있다, 없다, 높다, 넓다, 깊다.

주동외68 : 사물의 성질, 상태, 존재를 나타내는 말. 형용사.
      - 아름답다, 기쁘다, 높다, 둥글다, 많다, 멀다, 비싸다, 없다, 있다, 좋다, 춥다, 푸르다...

희승68   : 물건이나 일의 모양이나 성질이 어떠하다는 말. 형용사.
      - 곱다, 서늘하다, 무겁다, 가볍다.

웅68   : 일이나 물건의 모양을 나타내며, '무엇이 어떠하다'에서 '어떠하다'의 자리에 서는 낱말. 형용사(그림씨).

현배68 : 일과 몬의 바탈(성질)과 모양과 있음과의 어떠함을 그리어 나타내는 낱말. 형용사(그림씨).

> - 푸르다, 검다, 희다, 따뜻하다, 길다, 높다, 아름답다, 바르다,
> 있다, 없다.

민수외68 : 용언 중 사물의 성질과 상태를 나타냄. 형용사.

숭녕68 　 : 어느 상태나 모양을 나타내는 용언. 형용사.
> - 크다, 작다, 기쁘다.

인승68 　 : 사람이나 물건이나 일이나의 성질 상태들의 어떠함을 나타내어
어미변화하는 낱말. 형용사(그림씨).
> - 높다, 좋다, 착하다, 크다.

은정68 　 : 사물의 모양이나 성질 또는 존재 여부를 나타내는 말. 형용사.
> - 크다. 좋다, 있다.

을환68 　 : 사물의 모양이나 성질, 또는 존재의 있고 없음을 나타내는 말.
형용사.
> - 높다, 맑다 〈상태〉, 붉다, 푸르다 〈모양〉, 날카롭다, 부드럽
> 다 〈성질〉

윤호68 　 : 사물의 성질, 상태, 존재 의미. 형용사.

복수외68 : 사물의 성질과 상태와 존재를 나타내는 단어. 형용사.
> - 희다, 깊다, 무겁다, 곱다, 있다, 없다, 바르다, 높다.

인모68 　 : 사물의 상태를 형용하여 주는 말들. 형용사.
> - 좋다, 아름답다.

형용사에 대한 정의는 기본적으로 제1기와 다르지 않다. 모두 의미적 기준에 따르고 있는데, 특히 강윤호(1968)에서는 '사물의 성질, 상태, 존재의 의미 범주'라고 정의함으로써 형용사가 의미 범주임을 분명히 했다. 기본적으로 의미적 기준을 보이고 문법적 태도를 덧붙이는 것은 동사와 마찬가지로 허웅(1968)과 정인승(1968) 정도이다. 허웅(1968)의 설명은 제1기의 장하일(1949)와 같고, 정인승(1968)은 '어미 변화하는 낱말'이라는 설명을 덧붙였다. 이전과 다른 부분이 있다면 김민수외(1960), 이명권외(1968), 최현배(1968), 이은정(1968), 강윤호(1968), 강복수외(1968)에서처럼 정의 내용에 '존재'를 나타낸다는 설명이 추가되었다는 점이다. '사물의 성질, 상태'를 나

타낸다는 이전의 설명과 달라진 것이다. 이는 '사물의 존재'를 나타내는 존재사가 형용사 범주로 통합된 것이 이 때임을 명시적으로 보여준다. 이러한 태도 변화는 존재사를 인정했던 이희승(1949, 1956)과 달리 '있다, 없다'를 형용사의 범주에 넣고 특별한 성격을 갖는 형용사로 처리한 이희승(1968:93)의 변화에서도 찾을 수 있다. 이러한 특별한 성격을 갖는다는 설명은 이명권외(1968:134)에서도 간략하게 언급된다.

이와 관련하여 허웅(1968:72)에서는 존재사에 해당하는 '있다, 없다, 계시다'의 활용에 대해서 몇 가지의 활용형을 들어 '있다'는 동사로, '없다, 계시다'는 형용사로 처리한다고 명시적으로 설명하였다. 또 양주동외(1968:75)에서는 동사와 형용사가 활용 차이에 의해 구분되기는 하지만 '있다'와 같은 형용사가 형용사의 활용에 없는 명령법, 응낙법, 청유법이 있기 때문에 오히려 어의에 의해 구분되는 경향이 있음을 지적하고 있다. 이는 '있다'가 형용사임을 전제한 설명으로 품사 수의 간소화와 교과서 체계의 통일을 꾀하려는 의도로 파악할 수 있다.

제2기 문법 교과서 중 형용사의 기능에 대한 설명이 명시적으로 나타나는 것은 이을환(1967), 강윤호(1968), 정인승(1968), 강복수외(1968), 이명권외(1968)이다. 이들 중 앞 둘은 '형용사' 절에서 기능에 대해 기술한 반면, 뒤 셋은 '동사', '형용사'와 별도로 '용언의 특징(쓰임, 구실)'을 별도로 구성하여 그 기능을 기술하고 있다. 그러나 내용의 차이는 없어서 동사와 마찬가지로 어미 변화에 따라 문장 내에서 '서술어, 관형어, 부사어, 주어, 목적어, 보어, 독립어'의 기능을 하는 것으로 기술하고 있다.

3.2.2.2. 동사와 형용사의 구분

동사와 형용사의 구분에 대해서는 이희승(1968), 허웅(1968)과 같이 제1기의 내용과 동일한 것이 있기도 하고 양주동(1968), 김민수(1960)과 같이 새로운 내용이 덧붙기도 한다.

양주동(1968:56)은 참고란에서 형용성 명사 '진실, 정직, 소박' 등이 동사 '하다'와 결합하여 형용사가 되고, '정직하여라, 정직하렴'에서처럼 형용사에 명령형 어미가 결합하기도 하므로 이들의 구분은 활용의 차이보다 어의에 의한 것임을 지적하고 있다.

김민수(1960:61~62)은 현재 진행형의 어미가 형용사와 결합하지 않음을 지적하고 명령형, 권유형 어미가 형용사에 쓰이지 않는데 '푸르러라!, 행복하여라!'처럼 원칙에서 벗어나기도 함을 지적하였다. 이에 대해 이인모(1968:112)은 동사와 형용사의 공통점과 차이점을 일목요연하게 정리하고 있다. 즉, '서술어가 되고, 활용을 하면서 어간·어미를 가를 수 있고 서법·시제·양상을 나타내'는 것이 공통점인 반면, 차이점으로 형용사와 결합할 수 없는 어미로 '명령법, 청유법, 목적법, 지속상, 평서법 현재 진행형, 부사형 어미'를 들고 무엇보다 평서법 현재 '-ㄴ다(는다)/-다'의 결합 차이가 이들을 구분하는 가장 쉬운 방법임을 지적하고 있다.

동사와 형용사를 구분하는 여러 특징 중 명령형 어미나 현재 진행형과 같은 활용의 차이들이 전 시기에 비해 새롭게 지적된 부분이라고 하겠다.

3.2.3. 지정사

한편, 지정사는 제2기에 아래의 두 교과서에서만 볼 수 있다.

현배68 : 일과 몬의 무엇이라고 잡는(지정하는) 낱말. 잡음씨.
    - 이다. 아니다
웅68　 : '무엇이 무엇이다'의 문장에서 '-이다'의 자리에 서는 낱말.
    - 이다. 아니다.

이 둘은 지정사를 인정하지 않는 학교 문법 통일안(1963)을 반대한 대표적인 문법 교과서이다. 최현배(1968)의 지정사 설명은 최현배(1949)와 거의 같아 태도 변화를 찾을 수 없다. 제1기에 지정사를 설정한 것이 최현배

(1948, 1949)뿐인데 이제 허웅(1968)이 추가된 셈이다. 허웅(1968)은 활용 체계와 의미 내용에 따라 '먹다-보다'의 제1형을 동사(움직씨), '높다-깨끗하다'의 제2형을 형용사(그림씨), '아니다-이다'의 제3형을 지정사(잡음씨)로 용언을 구분하였는데, 특히 품사 분류에 대한 설명 중 '-이다'의 귀속 문제를 따로 다루었다.

'-이다'는 의미소에보다 문법소에 가깝고, 그리고 체언에 붙어서 서술어를 만들어 주는 점 등으로 보아, 조사(토씨)의 한 가지로 다루는 학자도 많이 있다. 그러나 우리의 품사 분류의 주원칙, 즉 그 꼴과 구실의 원칙에 의하면, 이 말은 조사와 상당한 거리가 있다. 첫째, 다른 조사는 체언을 서술어로 만드는 힘이 없는데, <u>이 낱말은 체언을 서술어로 만든다</u>. 둘째, 다른 조사들은 모두 그 꼴이 일정 불변한데, <u>'-이다'는 꼭 용언처럼 다양하게 꼴바꿈을 하며, 그 꼴바꿈으로 해서, 용언에서 볼 수 있는 바와 같은 여러 가지 구실을 담당할 수 있다.</u> …(중략)… 이와 같이, '-이다'는 조사적인 성격을 강하게 풍기지만, 우리의 품사 분류의 기본 원칙에 의거해서 판단한다면, 역시 용언에 더 가까움을 알게 될 것이다. 그리하여, 우리는 '-이다'를 용언의 한 가지로 보는 입장을 취한다. (허웅, 1968:29~30, 밑줄필자)

즉, 용언의 가장 큰 특징은 활용인데, '이다, 아니다' 역시 활용을 하고 체언을 서술어로 만들기 때문에 조사와는 성격이 다르다는 것이다.

한편, 이 시기에도 존재사와 지정사를 설정하지 않은 이유를 명시적으로 제시한 것이 있다. 김민수외(1960)은 품사의 개념을 설명하는 절에서 다음과 같은 설명을 하고 있다.

"있다, 없다"를 존재사(存在詞)라 하고, "이다, 아니다"를 지정사(指定詞)[잡음씨]라 하여, 용언의 한 독립 품사로 세우는 일도 있는데, 존재사나 지정사 "아니다"는 그 구실이나 어형의 특징이 형용사와 별로 다르지 않으므로, 이도 또한 형용사에 넣었다. 단원Ⅲ에서 이미 설명한 바가 있는 토를

한 독립 품사로 세우는 일도 있는데, 이것은 지정사 "-이다"와 함께 어떤 단
어의 형태부가 될 뿐이요, 의미부가 되지 못한다. 곧, 독립성이 없는 까닭에
단어가 되지 못하므로, 어떠한 품사의 직접 재료가 될 수 없다.

(김민수 외, 1960:122)

익히 알려져 있듯이 지정사 설정의 가장 큰 약점은 의미적인 독립성 여
부인데, 위의 설명은 이에 대한 지적이다. 다른 교과서에서는 모두 '서술격
조사'로 처리하고 특수하게 활용을 하는 것으로 처리하고 있다. 그런데, 서
술격조사로 처리한 이희승(1968:48~49)은 이들의 변화를 '변형'으로 처리하
는 견해를 보이고 있다. 즉 문법적 기능만을 표시하는 말이 활용한다는 것
은 이론상 모순되고 '이다'의 '이-'가 생략되는 경우가 많다는 사실에서 '활
용'이라고 할 수는 없다는 것이다. 그러나 '이다'의 변화를 설명하기 위해
또 다른 문법 범주를 만들게 된다는 지적은 지정사를 설정하는 태도와 다
를 바 없는 셈이다.

3.2.4. 분류

3.2.4.1. 동사

이 시기의 동사 분류를 살펴보면 우선 김민수외(1960)은 자동사와 타동
사, 자립동사와 의존동사, 완전동사와 불구동사로 체계화하고, 사동사와 피
동사는 보조어간에서 따로 설명하였다. 이명권외(1968)은 자동사와 타동사,
본동사와 조동사, 사동사와 피동사를 설명하고 동사와 형용사의 설명 뒤에
용언의 특질을 따로 두어 완전용언과 불완전용언을 설명하면서 불구동사를
포함하여 완전동사와 불완전동사를 설명하였다. 양주동외(1968)은 다른 문법
교과서에 비해 동사 분류에 대해 소략한 편이나 자동사와 타동사, 조동사를
세우고 보어의 유무에 따라 완전동사와 불완전동사를 설명하였다.
　강윤호(1968)은 동사의 분류에 대해 활용 형태와 동작의 성질, 어절이나

문장 안에서의 쓰임에 따라 완전동사와 불완전동사, 자동사와 타동사, 사동사와 피동사, 주동사와 조동사로 분류하였다. 이 불완전동사는 불구동사의 개념으로 보어가 필요한 불완전동사와는 다른 것이 특징이다. 강복수외(1968)은 자동사와 타동사, 피동사와 사동사, 자립 동사와 보조동사로 분류하고 불구동사나 불완전동사 등은 세우지 않았다.

이을환(1967)은 쓰임, 성질, 동작의 주체를 기준으로 본동사와 조동사, 자동사와 타동사, 능동사와 피동사, 주동사와 사동사로 나누었다. 그 외 활용의 범위에 따라 완전동사와 불구동사로 나누었는데, 보어가 필요한 불완전동사를 제외하고는 거의 모든 종류가 제시된 셈이다. 이 점은 이인모(1968)도 마찬가지인데, 제1기의 이인모(1949)와는 확연한 차이를 보인다. 무엇보다도 동사와 형용사를 품사로 구분하였다는 점 외에도 동사의 분류에서 자동사와 타동사, 능동사와 피동사, 주동사와 사동사, 완전동사와 불완전동사, 기본 동사와 보조동사, 구유동사와 불구동사 등 모든 종류가 설명되어 있는 것이다.

허웅(1968)은 보조 용언(보조 동사)과 타동사와 함께 '아니다, 되다, 같다'를 불완전용언의 소절 아래에 묶어 설명하였다. 이는 보조 용언이 본용언을 보조하고, 타동사는 목적어가 필요하며, '아니다, 되다, 같다'도 보어를 필요로 한다는 불완전성을 속성으로 하나의 범주로 묶은 것으로 이해된다. 그에 의하면 '관하다, 대하다, 의하다' 역시 '-에 관하여, -에 대한, -에 의하면'에서 명사구가 필요하기 때문에 불완전용언으로 처리된다.

그 외 이희승(1968)은 이희승(1949, 1956)과 차이가 없으며, 정인승(1968) 역시 정인승(1949, 1956)과 한자식 용어 정도가 다를 뿐이다.

최현배(1968) 역시 기본적으로 최현배(1949)와 다르지 않다. 자동사, 타동사, 조동사를 설명하고, 사동사와 피동사는 사역법과 피동법이라는 절에서 세 가지의 구성 방법을 다루고 있다. 최현배(1949)와 다른 점은 불구동사를 새로 설명하고 있다는 점이다. 이숭녕(1968)도 이숭녕(1956)의 동사

분류와 거의 같다. 사동과 피동 역시 자동사나 타동사에 접미사가 붙어 새로운 어간이 만들어지는 것으로 기술했다. 다만 불구동사의 개념으로 사용했던 불완전동사를 보어가 필요한 동사의 개념으로 정정하고 불구동사를 새로 설정한 것이 달라진 부분이다. 김민수(1968)은 김민수 외(1960)과 달리 보어가 필요한 불완전자동사를 추가해서 설명하였다. 이를 정리하면 다음과 같다.

민수외60 : 자동사. 주어 스스로의 행동을 나타냄. 제움직씨.
- 뛰다, 울다, 날다, 끓다, 눕다, 서다, 나다, 죽다, 자빠지다, 남다, 모자라다, 늘다, 흐르다, 솟다, 끊다, 기다, 엎드리다, 돈다, 오다.
타동사. '무엇을'에 해당하는 목적물이 있어야, 뜻을 이룰 수 있는 동사. 남움직씨.
- 마시다, 읽다, 삶다, 갈다,
의존동사. 그 위에 있는 동사의 뜻을 도와주는 구실을 함. 조동사(도움움직씨).
- 버리다, 보다, 나다, 지다, 대다, 내다, 가다, 두다.
자립동사. 의존동사 위에서 그 도움을 받는 동사. 본동사(으뜸움직씨).
불구동사. 그 활용이 널리 되지 못하는 것. 모자란움직씨.
- 달라고, 다오, 더불고, 더불어.
완전동사. 불구동사에 대해 널리 활용되는 동사. 갖은움직씨.
* 불규칙동사. 형용사가 활용될 때 어간과 어미가 규칙적인 형태를 벗어나는 것. 변칙동사(벗어난움직씨).
명권외68 : 자동사. 동작이 다른 사물에 영향을 미치지 않는 동사.
- 간다, 잔다,
타동사. 동작이 다른 사물에 영향을 미치는 동사.
- 읽는다, 흘린다,

사동사. 남으로 하여금 동작하게 하는 사동법에 쓰이는 동사.

  - 먹이다, 읽히다, 피우다, 남기다.

피동사. 본래 목적어가 되어야 할 말이 주어가 될 때 그 전의 주
  어로부터 받는 동작인 피동에 쓰이는 동사.

  - 잡히다, 안기다

본동사. 서술의 중심이 되는 동사.

조동사. 본동사에 부속되어 이를 도와 완전한 서술을 하게 하는
  동사.

  - 되다, 지다〈피동〉, 하다, 만들다〈사동〉, 아니하다, 못하다,
  말다〈부정〉, 하다〈시인〉, 가다, 오다〈진행〉, 나다, 내다, 버
  리다〈종결〉, 놓다, 두다, 가지다〈보유〉, 보다〈시행〉, 주다,
  드리다〈봉사〉, 대다〈강세〉, 하다〈당위〉, 체하다, 척하다, 양
  하다〈가식〉

불완전동사. 보충되는 말이 앞에 와야 하는 동사.

  - 되다

완전동사. 보어를 취하지 않는 형용사.

  * 불규칙동사.

주동외68 : 규칙동사. 일정한 격식에 맞게 활용하는 것.

  * 불규칙동사. 격식에 맞지 않게 활용하는 것.

  불구동사. 활용할 때 제한된 어미를 취하는 동사.

  - 가로되, 다그다, 더불다, 다오

  자동사-타동사. 목적어를 취하느냐 않느냐에 따른 구분.

  완전동사-불완전동사. 보어를 취하느냐 않느냐에 따른 구분.

  조동사. 언제나 앞엣말과 어울려야 서술어가 되는 동사.

  - 양한다, 체한다

희승68   : 규칙동사. 어간이 일정불변하고 어미는 모든 어간에 두루 쓰이는
  동사.

  변칙동사. 어간의 일부가 변하거나 공통성 없는 어미가 쓰이는
  동사.

  자동사. 동작이나 작용이 자기만으로 행해지고 영향이 주어 자신

에게 그칠 뿐 다른 사람이나 물건에 미치지 않는 동사.

　－ 오다, 가다, 자다, 날다, 서다, 앉다.

타동사. '무엇을'이 있어야 뜻을 이룰 수 있는 동사.

　－ 먹다, 읽다, 입다, 쓰다, 신다, 잡다.

능동사. 주어가 되는 주체가 목적을 향하여 행하는 동작인 능동
　　　을 나타내는 동사.

　－ 봅니다, 잡았오, 물었오, 안았읍니다.

피동사. 본래 목적어의 지위에 있어야 할 말이 주어가 되어 그
　　　전의 주어로부터 받는 동작인 피동을 나타내는 동사.

　－ 보입니다, 잡히었오, 물리었오, 안기었읍니다.

주동사. 행동하는 주체가 자발적으로 행하는 동작인 주동을 나타
　　　내는 동사.

　－ 먹읍니다, 앉았읍니다, 놀았읍니다, 웃읍니다.

사동사. 다른 사람이나 물건의 시킴이나 힘으로 말미암아 행하게
　　　되는 사동을 나타내는 동사.

　－ 먹입니다, 앉히었읍니다, 놀리었읍니다, 웃깁니다.

조동사. 스스로 두드러진 뜻을 나타내지 못하고 위에 있는 동사
　　　의 뜻을 도와주는 말.

　－ 보다, 버리다, 가다, 나다, 대다, 두다.

본동사. 조동사의 도움을 받는 동사.

불구동사. 활용이 널리 되지 못하고, 두세 가지 어미에만 한하여
　　　활용되는 말.

　－ 달다, 더불다, 가로다.

완전동사. 불구동사에 대해 널리 활용되는 동사.

웅68 : 보조동사.

　－ 있다〈상태〉, 있다, 가다, 오다〈진행〉, 하다〈사동〉, 하다〈반
　　복〉, 하다〈의도〉, 하다〈필연〉, 하다〈동등〉, 지다, 되다〈가
　　능〉, 지다〈피동〉, 내다〈수행〉, 버리다〈완료〉, 주다, 드리다
　　〈봉사〉, 보다〈시도〉, 대다〈강화〉, 두다, 가지다〈보존〉, 아니
　　하다〈부정〉, 못하다〈불가능〉

* 불규칙동사.

　　타동사. 주어 이외에 목적어를 수반해야 서술부가 완성되는 동사.

　　　- 연장할, 들을, 찾을, 묻다, 맞다, 주다, 흘리다, 재다, 돌리다…

　　자동사. 목적어를 수반하지 않는 동사.

　　　- 오다, 되다, 피다, 흐르다…

　　불완전용언. 단독으로 서술부를 담당할 힘이 모자라는 용언.

　　　- 되다.

현배68 : 자동사. 제만으로 움직임을 나타내는 동사. 제움직씨.

　　　- 놀다, 붙다, 흐르다.

　　타동사. 반드시 남을 부리는 움직임을 나타내는 동사. 남움직씨.

　　　- 읽다, 깎다, 구경하다.

　　조동사.

　　　- 아니하다, 못하다, 말다〈부정〉, 하다, 만들다〈사역〉, 지다, 되다〈피동〉, 가다, 오다〈진행〉, 나다, 내다, 버리다〈완료〉, 주다, 드리다〈섬김〉, 보다〈해보기〉, 쌓다, 대다〈힘줌〉, 하다〈마땅함〉, 하다〈그리여김〉, 체하다, 양하다〈거짓부리〉, 뻔하다〈지나간기회〉, 놓다, 두다, 가지다〈지님〉

　　불구동사. 활용형들이 매우 갖지 못하여, 다만 몇 낱만이 쓰이는 것.

　　　- 달다(與, 給), 닥다(接近, 持來), 더불다(與).

　　* 변격 활용 동사(벗어난 끝바꿈 움직씨, 벗어난 움직씨).

　　* 동사의 사역법, 동사의 피동법.

민수외68 : 본동사. 자동사. 완전자동사. - 피다, 끓다, 뛰다…

　　　　　　　　　　　불완전자동사. - 되다, 지다…

　　　　타동사. - 먹다, 읽다, 삶다, 뛰다…

　　조동사. - 되다, 쌓다, 보다, 가다, 하다…

　　규칙동사. - 돈다, 잡다, 웃다, 사다…

　　* 불규칙동사. - 동사의 어미 일람표에서 처리(부록 11면.)

　　　불구동사. - 다오, 더불어, 가로대…

숭녕68 : 자동. 제 스스로 아무 도움도 없이 진행되는 행동을 나타내는 동사.

  - 가다, 오다, 자다, 나다, 오르다, 흐르다.

타동. 목적어가 필요한 행동을 나타내는 동사.

  - 먹다, 잡다, 얻다, 걷다, 두다, 쓰다, 보다.

사동. 제가 남에게 강요하는 행동.

  - 먹인다.

피동. 남에게 의해서 제가 당하는 행동.

  - 먹힌다.

불구동사. 활용형을 갖추지 못한 동사.

  - 달라, 다오, 가라사대, 가로되, 더불고, 더불어, 다가, 닥을.

불완전동사. 문장에서 보어를 가져야 비로소 뜻이 통하는 동사.

  - 되다, 하다

조동사. 앞의 본동사를 돕는 것.

  - 보다, 가다, 버리다, 하다, 나다, 않다, 체하다, 양하다, 뻔하다.

본동사. 행동의 주가 되는 것.

  - 먹다, 생각하다, 되다, 중단하다, 가다, 하다, 견디다.

  * 변칙동사. 활용이 규칙적이지 않은 것.

인승68 : 자동사. 대상 없는 동작을 나타내는 동사. 제움직씨.

  - 앉다, 눕다, 서다, 나다, 자라다, 늙다, 죽다, 뛰다, 자빠지다,
  남다, 모자라다, 늘다, 줄다, 솟다, 끓다, 날다, 기다, 엎드리
  다...

타동사. 대상을 가진 동작을 나타내는 동사. 남움직씨.

  - 까다, 내다, 대다, 매다, 사다, 지다, 치다, 읽다, 신다, 얻다,
  닫다, 알다, 빌다, 털다, 팔다, 심다, 넘다, 잡다, 씻다, 찾다,
  쫓다, 맡다, 갚다, 낳다, 훑다...

불완전동사. 자동사로서 반드시 다른 말로 기워주어야 뜻이 완전
  히 갖추어지는 것. 안갖은움직씨.

  - 되다.

피동사. 남의 동작을 입어 움직여짐을 나타내는 낱말. 입음움직씨.

  - 낚이었다, 잡히었다, 쫓긴다, 걸리었다.

능동사. 제 능력으로 동작함을 나타내는 동사. 제힘움직씨.

사동사. 남으로 하여금 동작하게 함을 나타내는 낱말. 하임움직씨.
- 먹이다, 읽히다, 맡기다, 들리다, 지우다, 녹이다, 앉히다, 남기다, 살리다, 돋우다, 솟구다, 높이다, 밝히다, 늦추다.

보조동사. 서술어에 어떠한 뜻을 보태어 돕기 위해 뒤에 잇달아 쓰는 동사. 도움움직씨.
- 아니하다, 못하다, 말다, 있다, 나다, 보다, 가다, 오다, 내다, 버리다, 대다, 쌓다, 버릇하다, 놓다, 두다, 가지다, 주다, 드리다, 하다, 되다, 만들다, 있다, 지다, 체하다, 양하다.

불구동사. 어미변화의 형식이 아주 갖추이지 못한 것.
- 가로다, 달다.

* 변칙용언(벗어난 풀이씨)

은정68 : 자동사. 주체가 저만으로 움직임을 나타내는 동사.
- 흐른다, 내린다, 짖는다, 자란다.

타동사. 주체가 어떤 대상물을 부리어 움직임을 나타내는 동사.
- 읽는다, 먹어라, 간다, 쏜다.

능동사. 동작이 제 힘으로 하는 것.
- 잡는다, 업는다, 듣는다, 낚으오.

피동사. 동작이 남의 힘을 입어서 하는 것.
- 잡힌다, 업힌다, 들린다, 낚긴다.

주동사. 동작이 제 스스로 하는 것.
- 운다, 먹는다, 신는다, 듣는다.

사동사. 동작이 남을 시키는 것.
- 울린다, 먹인다, 신긴다, 들린다.

본동사. 보조용언의 도움을 받는 동사.
- 생각지, 거닐어, 기억해, 잊지.

조동사. 서술어로 쓰이는 용언 뒤에서 그 뜻을 도와 하나의 서술어 성분이 되는 동사.
- 말아라, 보아라, 두렴, 못한다.
- 하다〈사역〉, 되다〈피동〉, 가다〈진행〉, 내다〈종료〉, 주다〈봉사〉, 쌓다〈강세〉, 놓다, 두다〈보유〉, 말다〈금지〉, 못하다, 아

니하다〈부정〉

불구동사. 활용형이 두세 가지밖에 없는 불구활용을 하는 동사.

　- 더불다, 가로다, 달다.

　* 불규칙활용.

을환68 : 본동사. 실질적인 뜻을 지니고 단독적으로 쓰이거나 다른 품사의 도움을 입어 서술 능력을 나타내는 동사.

조동사. 본동사 뒤에 쓰여 그 뜻을 도와 문장의 의미를 완전하게 하는 동사.

　- 지다, 되다〈피동〉, 가다, 있다〈진행〉, 내다, 버리다〈종결〉, 주다, 드리다〈봉사〉, 보다〈시행〉, 쌓다, 대다〈강세〉, 두다〈보유〉, 하다〈사역〉, 말다, 못하다〈부정〉, 체하다, 양하다〈가식〉, 하다〈시인〉, 하다〈당위〉, 번하다〈과거기회〉

자동사. 주어의 동작이나 작용이 자기 자신만으로 행하여지고 자신에게 끝나는 동사. 목적어를 필요로 하지 않음.

　- 쓰러진다, 간다, 달린다.

타동사. 동작이나 작용이 남의 도움을 받거나 남에게 영향을 미치는 동사. 목적어를 필요로 함.

　- 읽는다, 먹는다, 맞자.

능동사. 주어가 목적어에 대해 동작이나 작용을 나타내는 동사.

　- 본다, 잡았다, 안았다.

피동사. 본래 목적어의 위치에 있어야 할 말이 주어가 되어 그 전의 주어로부터 받는 동작이나 작용을 나타내는 동사.

　- 보인다, 잡히었다, 안기었다.

주동사. 스스로 마음에 내키어 하는 동작이나 작용을 나타내는 말.

　- 먹습니다, 웁니다.

사동사. 주어가 남에게 움직임을 시켜서 이루어진 동작이나 작용의 말.

　- 먹입니다, 울립니다.

규칙동사. 어간이 변하지 않고 어미가 모든 어간에 고루 쓰이는 동사.

불규칙동사. 어간의 일부가 변하거나 어미가 공통적으로 쓸 수 있
는 동사.

불구동사. 활용의 범위가 널리 되지 못하고 몇 개에만 국한되는
동사.

완전동사. 활용이 널리 되는 동사.

윤호68 : 규칙동사. 어간이 변하지 않고 규칙적으로 활용하는 동사.

불규칙동사. 어간의 일부가 변하거나, 불규칙적인 어미가 붙는 동사.

완전동사. 활용되는 범위가 공통적인 동사.

불완전동사. 활용되는 범위가 국한되어 있는 동사. 불구동사.

　　- 달다(與), 다그다(接近), 더불다(與), 가로다(曰).

자동사. 주체, 즉 주어가 스스로 작용하는 동사.

타동사. 대상, 즉 목적어를 개입시켜 주어가 작용하는 동사.

사동사. 주어가 남에게 동작을 시키는 동사.

　　- 먹이다.

피동사. 주어가 주어로 하여금 동작함을 입게 하는 동사.

　　- 잡히다.

주동사. 조동사의 도움을 받되 자립성을 지니고 있는 동사.

조동사. 용언에 붙어 그 뜻을 돕는 동사.

　　- 되다, 지다〈피동〉, 하다, 만들다〈사동〉, 가다, 오다〈진행〉,
　　아니하다, 못하다, 말다〈부정〉, 내다, 버리다〈종결〉, 뻔하다
　　〈과기〉, 보다〈시행〉, 하다〈시인〉, 하다〈당위〉, 놓다, 두다,
　　가지다〈보유〉, 주다, 드리다〈봉사〉, 대다〈강세〉, 체하다, 양
　　하다〈가식〉

복수외68 : 규칙동사. 어간은 변하지 않고 어미는 모든 어간에 두루 쓰이는
동사.

불규칙동사. 어간이 변하거나 공통성이 없는 어미가 쓰이는 동사.

자동사. 주어 자기만의 행동을 나타내는 동사.

　　- 울다, 날다, 흐르다, 넘어지다, 남다, 모자라다, 늘다, 솟다,
　　끓다, 엎드리다, 가다, 눕다, 서다, 죽다.

타동사. 주어 자체만으로 동작을 나타낼 수 없고, '무엇을'에 해당

하는 목적물이 있어야 그 뜻을 이룰 수 있는 동사.

- 본다, 읽는다, 쫓는다, 삶는다.

피동사. 남으로부터 받는 동작을 나타내는 동사.

- 먹힌다, 쫓긴다, 잡힌다.

사동사. 남에게 어떠한 움직임을 하게 하는 동사.

- 웃긴다, 입힌다, 돌린다.

자립동사. 보조동사에 대해 독립성이 있는 동사.

보조동사. 원래 가지고 있던 뜻을 거의 잃어 버리고, 다만 앞에
있는 말의 뜻에 의존하여 쓰이는 동사. 의존동사.

- 아니하다, 못하다, 말다, 나다, 보다, 드리다, 내다, 버리다,
두다, 주다, 하다, 되다, 가다, 오다, 지다, 놓다, 체하다, 양
하다.

인모68 : 자동사. 동작의 작용이 목적물을 필요로 하지 않은 동사.

- 난다, 논다, 나다, 줄다, 되다.

타동사. 동작의 작용이 목적물을 필요로 하는 동사.

- 먹는다, 논다, 차다, 보내다, 던지다, 부르다.

양양동사. 자동사·타동사의 어형이 동일한 동사.

- 논다, 불다, 떨다, 추다, 피다, 움직이다, 생각하다.

능동사. 능동태를 나타내는 단일형의 동사.

- 먹는다, 지명한다.

피동사. 피동태를 나타내는 단일형의 동사.

- 먹힌다, 지명된다.

주동사. 주동태를 나타내는 단일형의 동사.

- 핀다, 먹는다, 식사한다.

사동사. 사동태를 나타내는 단일형의 동사.

- 피운다, 먹인다, 식사시킨다.

완전동사. 그 뜻이 실질적이므로 보어를 필요로 하지 않는 동사.

- 웃다, 하다.

불완전동사. 그 뜻이 형식적이어서 보어를 필요로 하는 동사.

- 되다, 하다.

기본동사. 외홀로도 넉넉히 서술할 수 있는 기본 기능을 가져 단독
   적으로 쓰이는 동사.
   - 서다, 구경하다, 앉다, 보다.
보조동사. 어떤 어사 뒤에 붙어 그것을 도와야만 쓰이는 동사.
   - 하다, 만들다〈사역〉, 하다〈당위〉, 하다〈시인〉, 체하다, 양하
   다〈가식〉, 아니하다, 못하다, 말다〈부정〉, 놓다, 두다, 가지
   다〈보유〉, 나다, 내다, 버리다〈종결〉, 오다, 가다〈진행〉, 주
   다, 드리다〈봉사〉, 보다〈시행〉, 대다〈강세〉, 지다〈피동〉, 번
   하다〈과거기회〉
구유동사. 활용형을 구비하고 있는 동사.
불구동사. 활용형을 구비하고 있지 않은 동사.
   - 가로다, 더불다, 달다.
규칙동사. 일반적으로 규칙적으로 활용하는 동사.
불규칙동사. 특수하게 불규칙적으로 활용하는 동사.

이 시기의 사동과 피동에 대한 처리는 대부분 보조어간으로 처리하거나
접미사로 처리하는 두 가지 태도를 보여준다. 우선 전통적으로 보조어간으
로 처리하는 태도는 김민수외(1960), 이은정(1968), 이을환(1967), 강윤호
(1968), 강복수외(1968), 이인모(1968)에서 볼 수 있다.

김민수외(1960)은 보조어간에서 '피동'과 '사동'의 개념을 설명하고 이에
해당하는 동사를 '피동사', '사동사'로 설명하였다. 이은정(1968)은 사동과 피
동에 대해 보조어간의 결합으로 보고, 보조어간의 종류로 사역, 피동, 시제,
추량, 확인, 습관, 존대, 겸양, 강세를 들었다. 이을환(1967)은 사동과 피동
이 만들어지는 원리에 대해 최현배(1968)을 그대로 답습하고 있으며 보조어
간은 사동, 피동, 존칭, 겸양, 시간, 가능, 추측, 확인, 강세의 의미를 갖는
다고 설명하였다. 이외 강윤호(1968), 강복수외(1968), 이인모(1968)도 크게
다르지 않다.

이와 달리 사동과 피동을 강세와 함께 보조어간에서 분리해서 파생 접미

사로 처리하는 태도는 이명권외(1968), 양주동외(1968), 허웅(1968), 김민수(1968)에서 볼 수 있다.

이명권외(1968)은 사동과 피동을 만드는 방법에 대해 역시 최현배(1968)의 방법과 같지만 '사동, 피동, 강세'를 나타내는 말을 보조어간으로 처리하지 않고 접미사가 결합된 별도의 단어로 처리하였다. 즉 이들이 붙는 단어가 국한되어 있기 때문에 별도의 단어로 처리한다는 것으로 '맞으시다'는 '맞다'가 원형이지만 '맞추다'는 그 자체가 원형이라는 것이다. 사전 편찬에서 사동사나 피동사를 별도의 표제어로 처리하는 태도와 궤를 같이 한다.

양주동외(1968)은 사동사와 피동사에 대해서는 자동사가 타동사로 바뀌는 것이 의미상 사동사이며 타동사가 자동사로 바뀌는 것이 의미상 피동사라는 설명만 볼 수 있다. 이는 자동사와 타동사를 중심으로 이들을 설명한 것으로 종류가 아닌 용법으로 취급함으로써 이것이 의미상의 명명임을 보이고 있다. 보조어간의 경우 단어의 구성에 대한 설명에서 존칭, 겸양, 시제만이 보조어간이고 사동, 피동, 강세는 파생 접미사로 처리해야 함을 주장하고 있다. 허웅(1968)에서도 같은 설명을 볼 수 있다. 즉, 형용사, 자동사, 타동사가 타동사로 바뀌면 사동사가 되고, 타동사가 자동사로 바뀌면 피동사가 되며, '잡히다, 보이다, 안기다'처럼 사동사와 피동사의 형태가 같은 것이 있음을 지적하였다. 다만 이를 용언 파생 접미사를 설명하는 곳에서 설명하고 있어서 따로 사동사와 피동사를 세워서 설명한 것은 아니다. 보조어간에 대해서는 주체 존대, 완료, 미정, 과거 회상 등에 쓰이는데, 사동과 피동을 접미사로 처리했기 때문에 둘을 구분하고 있는 셈이다. 김민수외(1968)은 '피동'과 '사동'을 별도의 소절로 독립시켜 설명하면서 이에 해당하는 동사를 '피동사', '사동사'로 설명하고 그러한 동사를 만드는 요소를 파생 접미사로 보아 보조어간으로 처리하지 않았다. 또한 이 보조어간을 선행 어미라고 불러 선어말어미의 개념으로 해석한 것이 특징이다.

그 밖에 동일한 형태가 자동사와 타동사로 쓰인다는 점은 김민수외(1960),

허웅(1968), 이인모(1968)에서 볼 수 있는데, 특히 이인모(1968)은 이를 '양양동사'로 설명하였다. 이상의 내용을 표로 비교하면 아래와 같다.

민수 외60	자동사	타동사	능동사	피동사	주동사	사동사	자립동사	의존동사		불규칙동사	완전동사	불구동사		
명권 외68	자동사	타동사		피동사		사동사	본동사	조동사		불규칙동사			완전동사	불완전동사
주동 외68	자동사	타동사		피동사		사동사		조동사	규칙동사	불규칙동사		불구동사	완전동사	불완전동사
희승 68	자동사	타동사	능동사	피동사	주동사	사동사	본동사	조동사	규칙동사	변칙동사	완전동사	불구동사		
웅68	자동사	타동사		피동사		사동사		보조동사		불규칙동사				불완전용언(동사)
현배 68	자동사	타동사	**		**			조동사		변격활용동사(벗어난끝바꿈움직씨)		불구동사		
민수 외68	자동사	타동사	능동사	피동사	주동사	사동사	본동사	조동사		불규칙동사		불구동사	완전자동사	불완전자동사
숭녕 68	자동	타동		피동		사동	본동사	조동사		변칙동사		불구동사		불완전동사
인승 68	자동사	타동사	능동사	피동사		사동사		보조동사		변칙용언		불구동사		불완전동사
은정 68	자동사	타동사	능동사	피동사	주동사	사동사	본동사	조동사		불규칙활용		불구동사		
을환 68	자동사	타동사	능동사	피동사	주동사	사동사	본동사	조동사	규칙동사	불규칙동사	완전동사	불구동사		
유호 68	자동사	타동사		피동사		사동사	주동사	조동사	규칙동사	불규칙동사		불완전동사(불구동사)		
복수 외 68	자동사	타동사		피동사		사동사	자립동사	보조동사	규칙동사	불규칙동사				
인모 68	자동사	타동사	능동사	피동사	주동사	사동사	기본동사	보조동사	규칙동사	불규칙동사	구유동사	불구동사	완전동사	불완전동사

<제2기 동사의 분류 비교>

3.2.4.2. 형용사

형용사의 분류를 살펴보면 제1기와 같이 의미적 기준에 의한 것과 문법적 기준에 의한 것으로 나눌 수 있는데, 대부분이 문법적 기준에 의한 분류임을 알 수 있다. '자립과 의존', '규칙과 불규칙', '완전과 불완전'의 대립되는 기준이 모두 문법적 기준이다. 다만 이은정(1968), 이을환(1967)은 자립형용사에 해당하는 형용사를 다시 '성상, 지시, 존재' 등 의미 범주에 따라 재분류하고 있고, '보조(의존)형용사'에 해당하는 것들도 '부정, 시인, 희망, 추측, 가치, 상태' 등 의미에 따라 재분류하고 있다. 반면 정인승(1968)은 정인승(1949, 1956)의 분류를 그대로 따르고 있어서 의미적 기준이 두드러져 보인다. 따라서 제2기의 형용사 분류는 제1기와 표면적으로는 다름이 없으나 보다 문법적 기준이 우선되며 자립형용사에 대해 의미적 기준이 적용되는 것으로 고정되는 경향이 좀더 강해졌다고 할 수 있다.

민수외60 : 의존형용사. 독립성이 없이 다만 윗말에 의지해 본색을 나타내는 형용사.
- 싶다, 아니하다, 못하다.
자립형용사. 의존형용사에 대해 그 밖의 형용사.
* 불규칙형용사. 형용사가 활용될 때 어간과 어미가 규칙적인 형태를 벗어나는 것. 변칙형용사(벗어난그림씨).
명권외68 : 존재형용사. 존재의 뜻을 나타내는 형용사.
- 있다, 없다, 계시다.
규칙형용사. 활용이 규칙적인 형용사.
불규칙형용사. 활용이 불규칙적인 형용사.
자립형용사. 언제나 자립하여 쓰이는 형용사.
보조형용사. 독립성이 없고, 앞의 용언에 의지하여 도와주는 구실을 하는 형용사.
- 아니하다, 못하다 〈부정〉, 하다 〈시인〉, 있다 〈상태〉, 싶다, 지다 〈희망〉, 듯하다, 보다 〈추측〉, 직하다, 만하다 〈가치〉, 번하다 〈과거기회〉
불완전형용사. 보충되는 말이 앞에 와야 하는 형용사.
- 아니다, 같다, 비슷하다, 다르다, 못하다
완전형용사. 보어를 취하지 않는 형용사.

주동외68 : 규칙형용사. 일정한 격식에 맞게 활용하는 것.

불규칙형용사. 격식에 맞지 않게 활용하는 것.

완전형용사. 서술어만으로 서술이 완전한 형용사

불완전형용사. 보어를 갖추어야 서술이 완전한 형용사.

보조형용사. 단독으로 서술어 노릇을 할 수 없는 형용사.

　- 싶다, 직하다, 듯하다, 만하다, 법하다, 뻔하다, 성싶다…

희승68 　 : 규칙형용사. 규칙적인 활용을 보이는 형용사

변칙형용사. 규칙적으로 활용하지 않는 형용사.

자립형용사. 의존형용사에 대하여 일반형용사.

의존형용사. 독립성이 없어 어떠한 제한 아래에 사용되는 형용사.

　- 아니하다(않다), 못하다, 싶다,

웅68 　　 : 보조형용사.

　- 싶다 〈욕망〉, 하다 〈가치〉, 아니하다, 못하다 〈부정〉

　* 불규칙형용사.

현배68 　 : 보조형용사.

　- 아니하다, 못하다 〈지움〉, 하다 〈그리여김〉, 싶다, 지다 〈바람〉, 듯하다, 보다 〈미룸〉, 직하다, 만하다 〈값어치〉, 있다 〈모양〉

　* 변격 활용 형용사(벗어난 끝바꿈 그림씨, 벗어난 그림씨).

민수외68 : 자립형용사. 완전형용사 - 아름답다, 슬프다, 아니다…

　　　　　　　불완전형용사 - 같다, 비슷하다…

의존형용사 - 않다, 듯하다…

규칙형용사 - 좁다, 좋다…

불규칙형용사 - 형용사의 어미 일람표에서 처리(부록 12면.)

숭녕68 　 : 변칙형용사

자립형용사. 그것만으로 훌륭한 형용사의 구실을 하는 것.

보조형용사. 도움을 주어 완전한 뜻을 나타내게 하는 것.

　- 아니하다, 못하다, 있다, 싶다, 보다, 법하다, 성싶다, 듯싶다, 듯하다, 만하다…

불완전형용사. 보어가 있어야 완전한 뜻이 통하는 것.

- 아니다, 같다, 비슷하다, 다르다

인승68　　: 성상형용사(실상그림씨). 사물의 성질, 상태들을 객관적인 실상으로 나타내는 것.

- 착하다, 모질다, 좋다, 나쁘다, 어리다, 새롭다, 기쁘다, 슬프다, 크다, 작다, 많다, 적다, 길다, 둥글다, 멀다, 가깝다, 높다, 낮다, 넓다, 좁다, 밝다, 어둡다, 덥다, 춥다, 곧다, 굽다, 세다, 붉다, 푸르다, 맵다, 싱겁다, 시끄럽다, 고요하다, 요란하다, 요란스럽다, 괴롭다, 딱하다, 거쁜하다, 야단스럽다, 치렁치렁하다, 풍부하다, 군색하다, 번지르르하다, 꾀죄죄하다, 드물다, 빽빽하다, 한가하다, 분주하다, 초롱초롱하다, 흐리멍덩하다, 고맙다, 괘씸하다, 따뜻하다, 싸느랗다, 없다, 있다...

지시형용사(가리킴그림씨). 사물의 성질, 상태들을 주관적인 처지에서 가리키기만 하여 나타내는 것.

- 이러하다, 저러하다, 그러하다, 어떠하다, 아무러하다.

보조형용사(도움그림씨). 다른 서술어에 뜻을 도와주는 것.

- 싶다, 지고, 지이다, 직하다, 아니하다, 못하다, 하다, 싶다, 보다, 듯하다, 듯싶다, 성싶다, 뻡하다, 만하다.

불완전형용사(안갖은그림씨). 성상형용사로서 말뜻이 완전히 갖추이지 못하여 반드시 다른 말로 기워야 하는 것.

- 아니다, 같다, 비슷하다, 다르다, 하다, 못하다.

* 변칙용언(벗어난 풀이씨)

은정68　　: 성상형용사. 사물의 성질이나 모양에 관해 형용하는 것.

성질 형용

- 어질다, 모질다, 사납다, 세다, 사내답다, 용감하다, 여리다, 순하다, 독하다, 굳다, 너그럽다, 옹졸하다

모양 형용

- 크다, 작다, 높다, 낮다, 굵다, 가늘다, 아름답다, 어둡다, 넓다, 좁다, 검다, 희다, 밉다, 예쁘다, 뾰족하다, 둥글다

시간 형용

- 빠르다, 더디다, 신속하다, 민첩하다, 완만하다, 비호같다

분량 형용

- 많다, 흔하다, 풍부하다, 허다하다, 부족하다, 궁핍하다, 적다, 드물다, 가난하다, 희귀하다, 넉넉하다, 풍성하다

성질·모양의 형식적 지시

- 이러하다, 그러하다, 저러하다, 어떠하다

사물 비교

- 같다, 다르다, 비슷하다, 흡사하다, 유사하다, 판이하다

앞말의 내용 부인

- 아니다[23)

존재형용사. 사물의 존재 여부를 나타내는 것.

긍정 - 있다, 계시다, 부정 - 없다

본형용사(자립형용사). 보조용언의 도움을 받는 형용사

보조형용사(의존형용사). 본용언 뒤에서 그 뜻을 도와 하나의 완
전한 서술어 성분이 되는 형용사.

- 아니하다, 못하다, 듯하다, 만하다, 보다, 싶다.

* 불규칙활용.

을환68 : 본형용사. 조형사의 도움없이 단독으로 쓰이며 실질적 뜻을 지니
는 형용사.

성질형용사. 사물의 성질이 어떠하는 것을 나타냄.

- 달다, 쓰다, 좋다, 나쁘다.

형상형용사. 사물의 외형이나 상태를 보임.

- 희다, 검다.

존재형용사. 사물의 있고 없음을 나타냄.

- 있다, 없다, 계시다.

비교형용사. 사물을 견주어 그 상태를 보임.

- 다르다, 비등하다, 동일하다.

수형용사. 수량의 정도를 나타냄.

- 많다, 적다, 작다

---

23) 부정의 의미를 갖는 형용사로 이외에 '아니하다, 못하다'가 더 있으나 이는 보조
형용사로 분류된다.

지시형용사. 사물의 성질이나 서로의 관계, 수량이 어떠함.

　- 이러하다, 어떠하다, 저러하다.

조형용사. 본용언 아래에 붙어 함께 형용사의 구실을 함.

　- 못하다, 아니하다 〈부정〉, 하다 〈시인〉, 싶다 〈희망〉, 듯하
　　다. 보다 〈추측〉, 직하다, 만하다 〈가치〉, 있다 〈상태〉, 뻔
　　하다 〈과거〉

규칙형용사. 규칙적으로 활용되는 형용사.

불규칙형용사. 활용이 일정하지 않은 형용사.

윤호68　：규칙형용사. 어간이 변하지 않고 규칙적으로 활용하는 형용사.

불규칙형용사. 어간의 일부가 변하거나, 불규칙적인 어미가 붙는
　　형용사.

주형용사. 보조용언의 도움을 받는 형용사.

보조형용사. 용언을 도와 완전한 서술을 하게 하는 형용사.

　- 아니하다, 못하다 〈부정〉, 하다 〈시인〉, 싶다 〈희망〉, 듯하
　　다, 보다, 싶다, 듯싶다 〈추측〉, 직하다, 만하다 〈가치〉, 있
　　다 〈상태〉

복수외68 ： 규칙형용사.

불규칙형용사.

자립형용사. 보조형용사에 대하여 독립하여 쓰이는 일반형용사.

보조형용사. 앞에 오는 말에 의존하여 그 뜻을 나타낼 수 있는
　　형용사.

　- 아니하다, 못하다, 하다, 싶다, 지이다, 직하다, 있다, 듯싶다,
　　듯하다, 성싶다, 만하다, 법하다

인모68　：완전형용사. 뜻이 실질적이며, 보어를 필요로 하지 않음.

　- 높다, 실하다, 길다.

불완전형용사. 뜻이 형식적이며, 보어를 필요로 함.

　- 같다, 못하다, 아니다.

기본형용사. 뜻이 변하지 않고 홀로 서술하는 기능을 가짐.

보조형용사. 뜻이 변하거나 어떤 말 아래에 쓰여 연어형으로 서
　　술하는 기능을 가짐

- 아니하다, 못하다 〈부정〉, 만하다, 직하다 〈가치〉, 있다 〈진
    행〉, 하다 〈시인〉, 싶다, 지다 〈희망〉, 있다 〈상태〉, 듯하다,
    보다 〈추측〉
  규칙형용사. 일반적인 규칙에 따라 활용하는 형용사.
  불규칙형용사. 불규칙적으로 활용하는 형용사.

이상의 분류는 다음과 같이 서로 대비할 수 있다.

민수외 60				자립형용사	의존형용사		불규칙 형용사		
명권외 68			존재 형용사	자립형용사	보조형용사	규칙 형용사	불규칙 형용사	완전 형용사	불완전 형용사
주동외 68					보조형용사	규칙 형용사	불규칙 형용사	완전 형용사	불완전 형용사
희승 68				자립형용사	의존형용사	규칙 형용사	변칙 형용사		
웅68					보조형용사		불규칙 형용사		
현배 68					보조형용사		변격활용 형용사		
민수외 68				자립형용사	의존형용사	규칙 형용사	불규칙 형용사	완전 형용사	불완전 형용사
숭녕 68				자립형용사	보조형용사		변칙 형용사		불완전 형용사
인승 68	성상형용사 (실상그림 씨)	지시형용사 (가리킴 그림씨)			보조형용사 (도움 그림씨)		변칙 형용사		불완전 형용사 (안갖은 그림씨)
은정 68	성질,모상, 시간,분량, 비교,부인 / 성상형용사	형식적 지시	존재 형용사	본형용사 (자립 형용사)	보조형용사 (의존 형용사)		불규칙 형용사		
을환 68	성질,형상, 비교,수	지시 형용사	존재 형용사	본형용사	조형용사	규칙 형용사	불규칙 형용사		
윤호 68				주형용사	보조형용사	규칙 형용사	불규칙 형용사		
복수외 68				자립형용사	보조형용사	규칙 형용사	불규칙 형용사		
인모 68				기본형용사	보조형용사	규칙 형용사	불규칙 형용사	완전 형용사	불완전 형용사

〈제2기 형용사의 분류 비교〉

위 표에서 보듯 양주동외(1968), 허웅(1968), 최현배(1968)과 같이 형용사
의 활용 쪽에 비중을 두어 형용사의 분류를 기술하지 않거나 '보조형용사'

만을 기술한 것들도 볼 수 있다. 그러나 '규칙형용사'가 명시적으로 기술되고, '불완전형용사'에 대해 '완전형용사'가 기술되는 등 전 시기에 비해 좀더 체계화되었음을 확인할 수 있다.

　제2기의 특징은 형용사가 인정되지 않은 문법 교과서를 찾을 수 없고, 존재사가 형용사 범주로 흡수되어 형용사에 대한 품사상의 지위가 어느 정도 안정되기 시작한 시기라고 할 수 있다. 또한 형용사의 구성 방식에서 동사와 형용사를 별도로 기술하기보다 상위개념인 용언으로 묶어서 기술하려는 태도를 보이는 교과서가 증가한 것도 특징인데, 품사를 중심으로 하는 구성보다는 문장을 중심으로 하는 구성 태도 때문인 것으로 생각할 수 있다. 형용사의 정의에서는 '성질, 상태' 외에 '존재'를 나타낸다는 설명을 볼 수 있는데 존재사가 형용사의 범주로 흡수되었기 때문일 것이다. 이는 이 시기 형용사의 정의에 제시된 용례 중 '있다'가 '높다'와 함께 총 6회의 가장 높은 빈도를 보이며, '없다'가 '크다'와 함께 총 5회로 그 다음 빈도를 보인다는 점에서도 알 수 있다. 그리고 학교 문법 통일안(1963)에 따른 품사 통일에 의해 '이다'를 대부분 서술격조사로 처리했는데, 최현배(1968), 허웅(1968)에서는 여전히 지정사로 처리하고 있다. 그러나 그 근거에 대해서는 전 시기와 동일하다. 이에 따라 품사의 통일은 제3기에 이르러서야 가능하게 된다.

3.3. 제3기(1979-현재) : 형용사 확립

3.3.1. 관련 목차 구성과 내용

이 시기의 문법 교과서는 모두 9종이며 용언 관련 목차는 아래와 같다.

완진외79: 1. **총설**[8. 품사개관] 2. **품사**[5. 동사(동사의 활용, 불규칙동사, 보조어간과 조동사, 자동사와 타동사, 동사의 사역형, 능동과 피동, 동사의 시제) 6.형용사(형용사의 활용, 불규칙형용사, 보조형용사, 형용사의 시제)]

민수79　: **1.언어와 문법**[3.성분과 품사] **6.단문의 구조**[용언의 분류, 용언의 명사형, 용언구의 의존성] **8.요소의 호응**[용언의 활용형, 피동과 사동]

웅79　　: **1.돌이켜보기**[2.품사와 말소리] **2.낱말**[5.용언]

길록외79: **5.품사의 특성과 기능**[1.품사의 원리 4.동사와 형용사[1.동사 2.형용사 3.용언의 성질과 구실]]

응백외79: **1.총설**[3.품사분류] **2.품사론**[4.동사 5.형용사]

문교85　: **2.단어**[2.품사[3.동사・형용사]]

교육91　: **2.단어**[2.품사[3.동사・형용사]]

교육96　: **3.단어**[1.단어의 갈래[3.용언:동사・형용사]]

교육02　: **3.단어**[2.품사]

역시 전대의 분류 방식에 따라 분류해 보면 아래와 같은 분포를 보인다. 역시 동사는 잉여적이다.

형용사 미설정			없음
형용사설정	품사개설(-)		문교85, 교육91, 교육96, 교육02
	품사개설(+)	총설(-)	길록외79
		총설(+)	완진외79, 민수79, 웅79, 응백외79

〈제3기 문법 교과서의 분류〉

　1979년에 간행된 문법 교과서는 이길록외(1979)를 제외하고 총설에서 품사개설을 다루고 있다. 이 점은 오히려 제1기의 태도로 돌아간 듯 보인다. 그러나 문법 교과서가 단일화된 1985년 이후에는 품사개설이 개별 품사를 기술하기 전 두어 줄 정도로 간략히 설명될 뿐이다.

이 시기 역시 동사와 형용사를 순차적으로 구성한 것으로 김완진외 (1979), 이응백외(1979)의 두 편을 들 수 있고 용언론을 별도로 구성한 것으로는 이길록외(1979)를 들 수 있다. 그리고 그 외 김민수(1979), 허웅(1979), 문교부(1985), 교육부(1991), 교육부(1996), 교육인적자원부(2002)가 동사, 형용사를 용언으로 묶어서 다루고 있어 제2기의 특징을 그대로 계승하고 있음을 알 수 있다. 가장 최근의 문법 교과서의 구성이 품사개설 없이 용언의 하위에서 동사와 형용사를 다루는 것으로 정리하고 있음을 확인할 수 있다.

동사와 형용사에서 기술된 내용을 살펴보면 제3기에 새롭게 나타나는 내용은 없고 제2기와 다르지 않다.

이 시기에 보조어간은 선어말어미로 정리되지만 허웅(1979), 이응백외 (1979)에서는 여전히 보조어간으로 기술되기도 하였다. 그러나 형용사와 관련한 기술 내용이 전체적으로 축소되었는데 이는 문법 기술이 문법 단위별로 정리되어 체계적인 성격을 갖게 됨에 따른 것으로 볼 수 있다.[24] 그러나 '문법 지식 교육과 전달'이라는 교육 목적을 달성하기에는 내용이 지나치게 축소된 것이 아닌가 여겨진다.

3.3.2. 정의와 기능

3.3.2.1. 동사

동사에 대한 명칭은 한자어계 '동사'로 완전히 통일되어 전대에 보였던 고유어계 명칭은 보이지 않는다. 또한 문법 교과서가 1985년 개정 과정에

---

24) 동사의 불규칙활용과 형용사의 불규칙활용만을 비교해 보아도 품사별로 기술하는 것보다 '용언의 불규칙활용'이라는 문법 범주에서 같이 기술하는 것이 구성상, 교육상 훨씬 효과적일 것이다. 참고로 교육인적자원부(2002)는 부록과 함께 8개의 단원으로 구성되었는데, 최호철(2006)에서는 부록과 함께 5개의 단원 구성을 제안하였다.

서 단일 1종으로 통일되면서 4차 교육과정(1985~1990) 이후 현 7차 교육과정(2002~)까지 계속 유지되고 있는데 당분간 이 통일에 대한 변동은 없을 것으로 생각된다. 사실 1968년에 간행된 문법 교과서 13종에 비한다면 1979년의 5종도 상당한 통일을 이루었다고 할 수 있지만 1985년 이후 1종으로 간행되면서 적어도 외관상으로는 통일을 이루게 된 것이다.[25]

완진외79 : 없음.[26] 동사.
      - 잡다, 가다, 먹다, 보다, 나누다, 느끼다, 있다 등.

민수79   : 사물의 동작을 나타내는 말. 동사.

웅79   : 물체의 움직임을 나타내며, '무엇이 어찌한다'와 같은 문장에서 서술어 '어찌한다'의 자리에 서는 낱말. 동사.
      - 분다, 흐른다, 걸어라.

길록외79 : 사물의 동작과 작용을 나타내는 단어. 동사.
      - 읽는다, 핀다.

응백외79 : 사람이나 사물의 움직임과 작용을 나타내는 말들. 동사.
      - 돌아가지, 못하고, 등진다는, 견딜, 대조되어, 보인다, 희롱할.

문교85 : 문장이 주체이 움지임을 표시하는 말. 동사.
      - 먹는다, 분다.

교육91   : 문장의 주체의 움직임을 표시하는 말. 동사.
      - 먹는다, 분다.

교육96   : 문장의 주어의 움직임을 나타내는 단어. 동사.
      - 읽는다, 오시기, 기다렸다.

교육02   : 주어의 어떤 움직임이나 작용을 나타내는 단어의 부류. 동사.
      - 뛰다, 걷다, 가다, 놀다, 살다, 잡다, 누르다, 건지다, 태우다.

---

25) 1985년 문법 교과서 통일 과정에 대해서는 고영근(1988)에 자세하다.
26) 이 책은 품사에 대해 "국어의 품사는 명사, 대명사, 수사, 조사, 동사, 형용사, 관형사, 부사, 감탄사들의 아홉 가지로 흔히 분류된다(25쪽)."라고 총괄적으로 설명하고 개별 품사들에 대해서는 정의가 생략된 채 기능과 분류 등을 바로 설명하고 있다.

3.3.2.2. 형용사

형용사에 대한 명칭 역시 동사와 마찬가지로 한자어계 '형용사'로 완전히 통일되어 전대에 보였던 고유어계 명칭은 보이지 않는다.

완진외79 : 없음.[27) 형용사.
  - 좋다, 곱다, 아름답다, 크다, 높다, 낮다, 다르다 등.
민수79　 : 사물의 어떠함을 나타내는 말. 형용사.
  - 붉다, 같다, 기쁘다.
웅79　　 : 물체의 모양을 나타내며, '무엇이 어떠하다'와 같은 문장의 틀에서 서술어 '어떠하다'의 자리에 서는 낱말. 형용사.
  - 차다, 푸르다, 곱다.
길록외79 : 사물의 성질과 상태, 그리고 존재를 나타내는 단어. 형용사.
  - 붉다, 희다, 크다, 작다, 있다, 없다.
웅백외79 : 사람이나 사물의 성질과 상태를 나타내는 말들. 형용사.
  - 없다, 검다, 희다, 부드럽다, 가늘다.
문교85　 : 성질이나 상태를 표시하는 말. 형용사.
  - 달다, 고프다, 그러하다.
교육91　 : 성질이나 상태를 표시하는 말. 형용사.
  - 달다, 고프다, 그러하다.
교육96　 : 문장의 주어의 성질이나 상태를 나타내는 단어. 형용사.
  - 달다, 무뚝뚝하다, 그러하다
교육02　 : 주어의 성질이나 상태를 나타내는 단어의 부류. 형용사.
  - 고요하다, 달다, 예쁘다, 향기롭다, 이러하다, 저러하다, 그러하다.

이 시기 형용사의 정의도 대부분 의미적 설명이 위주가 되고 허웅(1979)에서 문법적 설명을 볼 수 있다. 특징적인 것은 이전에 단순히 '사람이나

---

27) 각주 26) 참조.

사물의 성질, 상태 등'으로 기술되던 것이 교육부(1996), 교육인적자원부(2002)에 이르러 '(문장의) 주어의~' 라는 설명이 보인다는 점이다. 교과서 구성의 관점이 품사(형태)에서 문장(통사) 중심으로 변화하고 있음을 다시 한번 확인할 수 있다.

이 시기에는 존재사나 지정사가 품사로 설정되지 않고 모두 형용사에 흡수되어 품사가 모두 9개로 통일되었다. 그러나 허웅(1979:77)에서는 허웅(1968)의 기술과 마찬가지로 존재사로 취급되던 '있다, 없다, 계시다'의 활용이 동사와 형용사와 달라 품사 결정이 어렵다는 것을 설명하였다. 그래서 이 세 낱말의 활용형을 비교해서 '있다'는 동사에 가깝고, '없다, 계시다'는 형용사에 가깝다고 하였다. 또 이길록외(1979:139)에서도 "형용사 가운데, 존재의 뜻을 나타내는 형용사, 곧 존재형용사 '있다, 없다, 계시다' 등은 일반형용사와 달리 그 활용이 동사와 비슷하다."고 설명하였다.

지정사도 허웅(1979:62)에서 그 편린을 볼 수 있다. 용언의 활용 체계를 비교하면서 제1유형(동사), 제2유형(형용사)과 제3유형이 있을 수 있다고 하였는데, 이 제3유형이 지정사에 해당하는 것이다. 그러나 허웅(1968)과 달리 단일화된 체계를 따라 '이다', '아니다'를 각각 서술격조사와 형용사로 처리하였다.[28]

단일화된 이후의 문법 교과서에서 존재사와 지정사에 대한 설명을 살펴보면, 우선 문교부(1985), 교육부(1991)에서는 '이다'를 서술격조사로 다루면서 형용사와 활용의 양상이 비슷하다는 점을 지적했으나 독립적이지 않아 체언에 의존한다는 점에서 조사로 처리함을 분명히 하고 있다. 또한 '아니다' 역시 '이다'와 비슷한 활용을 하지만 형용사로 처리하는데 역시 독립적이기 때문이라고 하였다. 교육부(1996)와 교육인적자원부(2002)에서는 각각

---

28) 그러나 제3유형에 대해 제삼의 품사가 될 수 있으며 '사실 그렇게 보는 문법 학자가 많다(62쪽)'라고 지적하고 있어서 지정사 설정에 대한 뜻을 버리지 않았음을 은연중에 드러내고 있다.

"서술격조사 '이다'는 다른 조사와 달리 활용하는 특성이 있다.", "'이다'는 서술격조사라고 하는데, 마치 동사나 형용사처럼 활용한다."라고 간단히 기술하였다. 그러나 교육인적자원부(2002:100)에서는 탐구 학습을 통해 존재사와 서술격조사 '이다'에 대해 스스로 학습할 수 있는 계기를 마련해 놓고 있어서 본문의 설명을 보완하고 있다.

이 시기에도 형용사의 기능에 대한 명시적인 기술은 허웅(1979), 이길록 외(1979)에서 나타나는데, 용언의 일반적인 기능으로 전 시기와 다를 바 없다.

3.3.2.3. 동사와 형용사의 구분

이 시기에 용언의 하위로 동사와 형용사의 구분에 대한 설명은 적극적이지 않다. 문교부(1985)에서 이러한 설명을 엿볼 수 있는데, 품사의 구분이라는 관점보다는 어미 결합의 제약이라는 통사적 특징으로 이들의 차이를 간략히 보이고 있을 뿐이다. 즉, "얼굴이 예뻐라, 그 분은 공무원이고서 학자이다, 얼굴이 예쁘러 미장원에 갔다"와 같은 예문에서 밑줄 그은 어미가 동사에는 결합되지만 형용사나 서술격조사에는 결합되지 않는다고 설명하였다.

3.3.3. 분류

3.3.3.1. 동사

김완진외(1979)는 동사를 자동사와 타동사, 본동사와 조동사, 그리고 불구동사를 설정하였으며, 이길록외(1979)는 자동사와 타동사, 본동사와 조동사, 사동사와 피동사로 구분하고 그 외에 불구동사와 불완전동사까지 기술하였다. 허웅(1979)는 허웅(1968)과 동일하다.

처음으로 단일화된 문교부(1985)에서는 자동사와 타동사에 대한 언급을 하지 않은 것이 특징이다. 또한 불완전동사가 불구동사의 개념으로 쓰인 것도 특징이다. 문교부(1991)은 문교부(1985)와 동일하며, 교육부(1996)에서 자동사와 타동사의 설명이 다시 나타난다. 그 외의 내용은 문교부(1985), 교육부(1991)과 거의 유사하다. 교육부(2002)의 경우 전체적으로 많이 개선된 문법 교과서라고 할 수 있지만 동사의 분류와 관련해서는 앞선 단일 문법 교과서의 체제와 다르지 않다.

완진외79 : 규칙동사.
　　　　　　불규칙동사. 활용에 있어 어간이나 어미의 일부가 불규칙하게 변
　　　　　　　　하는 동사.
　　　　　　불구동사. 동사 가운데 활용이 매우 제한되어 자유롭지 않은 것.
　　　　　　　 - 가로다, 달다, 더불다.
　　　　　　조동사. 사전적 의미를 떠나 특수한 문법적 의미를 띠고 앞의 동
　　　　　　　　사를 보조하는 구실을 함.
　　　　　　　 - 가다, 오다, 버리다, 보다, 두다.
　　　　　　본동사. 조동사의 보조를 받는 동사.
　　　　　　자동사. 목적어를 취하지 않는 동사.
　　　　　　　 - 간다, 인다, 뜬다, 다달았다, 발전한다.
　　　　　　타동사. 목적어를 필요로 하는 동사.
　　　　　　　 - 본다, 입어라, 잡는다, 달성하였다, 믿는다.
민수79　 : 본동사. 단독으로 서술어가 되는 동사.
　　　　　　조동사. 반드시 자립서술어에 잇달려서 의존 서술어가 되는 동사.
　　　　　　　 - 않다, 되다, 있다, 버리다, 보다, 쌓다.
　　　　　　규칙동사. 일정한 어간과 어미로 이루어진 동사.
　　　　　　불규칙동사. 일정한 형태를 벗어난 동사.
　　　　　　불구동사. 어미변화의 형식이 아주 갖추어지지 않은 동사.
　　　　　　　 - 가로되, 가라사대, 다오, 달라, 더불고, 더불어, 데려, 데리고,
　　　　　　　　데릴
　　　　　　온전동사. 널리 활용되는 동사.

　자동사. 목적어를 필요로 하지 않는 동사.
　　- 핀다, 짖는다.
　타동사. 목적어를 필요로 하는 동사.
　　- 읽는다, 맺는다.
　완전동사. 보어를 필요로 하지 않는 동사.
　　- 피다, 짖다, 뛰다(완전자동사), 읽는다, 맺다, 마시다(완전타동사).
　불완전동사. 보어를 필요로 하는 동사.
　　- 변하다, 되다, 속다(불완전자동사), 만들다, 주다, 의논하다(불완전타동사).

웅79　　: 규칙동사.
　불규칙동사. 어간이 불규칙하게 바뀌거나 특수한 어미가 붙는 동사.
　주용언(동사).
　보조용언((보)조동사). 자립성이 없이 앞 용언을 보조하는 동사.
　　- 있다〈상태〉, 하다〈사동〉, 하다〈반복〉, 하다〈의도〉, 하다〈필연〉, 하다〈동등〉, 지다〈가능〉, 지다〈피동〉, 가다, 오다〈진행〉, 내다〈수행〉, 버리다〈완료〉, 주다, 드리다〈봉사〉, 보다〈시도〉, 대다〈강화〉, 두다, 가지다〈보존〉, 아니하다〈부정〉, 못하다〈불가능〉.
　타동사. 주어 이외에 목적어를 수반해야 서술부가 완성되는 동사.
　　- 연장하다, 듣다, 찾다, 묻다, 맞다, 주다, 흘리다, 재다, 돌리다...
　자동사. 목적어를 수반하지 않은 동사.
　　- 오다, 되다, 피다, 흐르다...
　불완전용언(동사). 단독으로 서술부를 담당할 힘이 모자라는 용언.
　　- 되다.

길록외79 : 자동사. 동작이 주어에게만 행해지고 다른 사물에 영향을 미치지 않는 동사.
　　- 간다, 잔다.
　타동사. 동작이 다른 사물에 영향을 미치는 동사.

- 읽는다, 흘린다.

불구동사. 붙는 어미가 국한되어 불완전하게 활용하는 동사.

- 달라다, 가로다, 더불다, 다그다.

본동사. 서술의 중심이 되는 동사.

조동사. 본용언에 부속되어 이를 도와 완전한 서술을 하게 하는
동사.

- 되다, 지다〈피동〉, 하다, 만들다〈사동〉, 아니하다, 못하다,
말다〈부정〉, 하다〈시인〉, 가다, 오다〈진행〉, 나다, 내다, 버
리다〈종결〉, 놓다, 두다, 가지다〈보유〉, 보다〈시행〉, 주다,
드리다〈봉사〉, 대다, 쌓다〈강세〉, 하다〈당위〉, 체하다, 척하
다, 양하다〈가식〉

완전동사. 보어를 취하지 않는 동사.

- 아니다, 같다, 못하다.

불완전동사. 보충되는 말이 앞에 와야 완전한 서술이 되는 동사.

- 되다.

사동사. 사동법에 쓰이는 동사.

- 먹이다, 읽히다, 띄우다, 남기다.

피동사. 피동법에 쓰이는 동사.

- 잡히다, 안기다.

규칙동사. 규칙적으로 활용하는 농사.

- 먹다, 받다.

불규칙동사. 불규칙적으로 활용하는 동사.

응백외79 : 규칙동사. 어간과 어미의 형태가 규칙적으로 변하는 동사.

불규칙동사. 어간과 어미의 형태가 불규칙적으로 변하는 동사.

불구동사. 활용이 구비되지 못하고 불완전한 동사.

- 달라고, 다오, 달라, 달라면, 가로되, 가론, 가라사대.

자동사. 다른 사물에 영향을 끼치지 않고 스스로 행해지는 동작이
나 작용을 나타냄.

- 끓는다, 앉은.

타동사. 가리키는 사물에 영향을 미치면서 행해지는 동작이나 작

용을 나타냄.
- 시작했다, 떼어, 드릴, 보면.
불완전동사. 자동사 중 의미를 보충하는 말이 와야 하는 동사.
- 되다.
피동사. 남의 동작이나 행동을 입어서 행하고 있음을 나타냄. 피동.
- 덮인, 업히어, 감기더니, 들리지, 시작되었다, 마련된.
능동사. 피동사에 대해 합성되기 전의 동사. 능동.
사동사. 다른 인물이나 대상으로 하여금 수행하도록 한 것임을 나타냄. 사동.
- 숙이다, 가라앉히기, 남기어, 돌리기, 성공시켜.
본동사. 스스로 자립하여 실질적인 의미를 나타내는 동사.
보조동사. 자립성이 약하고 바로 앞 동사에 접속하여 그 의미를 보조하는 동사.
- 되다〈피동〉, 하다〈사동〉, 하다〈시인〉, 하다〈당위〉, 대다〈강세〉, 가다〈진행〉, 두다, 놓다〈보유〉, 보다〈시행〉, 내다〈수행〉, 않다〈부정〉, 체하다〈가식〉, 주다, 드리다〈봉사〉, 버리다〈완료〉, 못하다〈불가능〉

문교85 : 보조용언(동사). 다른 말에 기대어 그 말의 뜻을 도와주는 동사.
- 두다.
본용언(동사). 보조용언의 도움을 받는 용언.
주동사. - 먹다, 남다
사동사. - 먹이다, 남기다.
능동사. - 업다, 쓰다.
피동사. - 업히다, 써지다.
불완전동사. 동사 중 활용이 온전하지 못한 것.
- 데리다, 가로다, 달다.
* 불규칙용언.

교육91 : 보조용언(동사). 다른 말에 기대어 그 말의 뜻을 도와주는 동사.
- 두다.
본용언(동사). 보조용언의 도움을 받는 용언.

주동사. - 먹다, 남다

사동사. - 먹이다, 남기다.

능동사. - 업다, 쓰다.

피동사. - 업히다, 써지다.

불완전동사. 동사 중 활용이 온전하지 못한 것.

   - 데리다, 가로다, 달다.

* 불규칙용언.

교육96 : 자동사. 움직임이나 작용이 주어에만 그쳐서 목적어가 필요 없는 동사.

   - 오시,

타동사. 움직임이 다른 대상에 미쳐서 목적어가 필요한 동사.

   - 읽는다, 기다렸다.

보조용언(동사). 단독으로 쓰일 수 없고 다른 용언에 기대어 말에 뜻을 더해 주는 용언.

   - 두었다.

본용언(동사). 보조용언의 도움을 받는 용언.

불완전동사. 특정 어미와만 결합해 활용이 온전하지 못한 동사.

   - 데리다, 달다, 가루다.

* 불규칙용언.

교육02 : 자동사. 움직임이 그 주어에만 관련되는 것.

   - 뛰다, 걷다, 가다, 놀다, 살다.

타동사. 움직임이 다른 대상, 즉 목적어에 미치는 것.

   - 잡다, 누르다, 건지다, 태우다.

보조용언(동사). 혼자 쓰이지 못하고 다른 용언의 뒤에 붙어서 의미를 더하여 주는 것.

   - 보아라, 두었다.

본용언(동사). 보조용언이 뜻을 더하여 주는 앞의 용언들.

   * 불규칙용언.

사동과 피동과 관련해서는 김완진외(1979)는 사동사나 피동사를 동사의 사역형, 동사의 피동형에서 다루었는데, 동사의 분류보다 그것이 만들어지는 형태론적 기준이 강조되었다. 그러나 이러한 방식은 이미 제2기의 최현배(1968) 등에서 이미 다루어진 바 있다. 또한 사동의 경우 타동사에서 사동형이 된 경우 본래의 동작주가 여격형으로 나온다는 지적은 제1기의 김윤경(1948)에서 밝힌 것으로 제2기에서는 지적되지 않았던 내용이다. 김민수(1979)는 사동과 피동을 따로 독립시켜 같은 행위에 대한 화자의 다른 관점인 동작태의 관점에서 다루었다. 즉, 사동과 피동은 자동사와 타동사를 화자가 어떻게 바라보는가에 따른 것으로 단순한 종류가 아닌 문법적 성질을 강조한 것이다. 이러한 처리는 단일화한 교육부(1996)과 교육인적자원부(2002)에서도 비슷하다. 이들에서는 각각 '문법기능'과 '문법요소'라는 이름으로 문장 종결, 높임표현, 시제표현, 부정표현과 함께 별도로 처리하고 있다. 물론 여기에서 피동사와 사동사라는 용어는 등장하지만 이전처럼 동사의 종류로 처리된 것은 아니다.

보조어간의 처리와 관련해서는 제2기와 마찬가지로 사동과 피동을 만드는 문법 요소를 파생 접미사로 처리하는 태도와 보조어간으로 처리하는 두 가지 태도가 나타난다. 그리고 단일화 이후로 보조어간은 어미의 일종인 선어말어미로 처리하게 되었다. 이길록(1979)는 강세와 함께 사동사와 피동사를 만드는 말을 보조어간이 아닌 파생 접미사로 처리하고 존경, 겸양, 시제를 나타내는 말은 보조어간으로 처리하였는데, 이에 따라 '맞으시다'의 원형은 '맞다'이지만 '맞추다'의 원형은 '맞추다'라고 하였다. 이응백외(1979)도 마찬가지로 접미사와 보조어간을 다르게 처리하였는데, 사동을 만드는 '시키다'를 접미사가 아닌 동사로 처리해 파생이 아닌 합성으로 설명하였다. 김민수(1979)는 보조어간을 뒤에 다른 어미가 붙어야 하는 선행 어미의 개념으로 인식하고 존대, 겸사, 시제의 뜻을 덧붙인다고 하였는데, 사동과 피동은 접미사로 처리하여 제외하였다. 반면 김완진외(1979)는 보조어간이 피동, 사역, 시제, 존칭 등 문법적 기능을 담당하는 것으로 설명하였는데 피동과 사역을 보조어간의 기능에 포함시키고 있다.

이러한 보조어간은 단일 문법 교과서인 문교부(1985)에 와서 선어말어미로 처리되어 어미의 일종으로 정착되고, 사동과 피동을 나타내는 요소는 접미사로 파생법에서 처리하게 된다. 또한 문교부(1985)는 사동사와 피동사를 문법 요소의 기능으로 처리하여 동사라는 품사론에서 완전히 배제시켜 사동문과 피동문까지 한 영역에서 다루었다. 교육부(1996)은 사동과 피동을 접미사에 의한 것과 조동사에 의한 것으로 구분하고 각각 파생적 사동과 피동, 통사적 사동과 피동이라고 명명하기도 하였다.

그 외 이응백외(1979)는 '뛰다, 놀다, 쉬다'처럼 자동사와 타동사를 겸하는 동사를 지적하였는데, 이러한 동사를 김민수(1979)에서는 '양용동사'라고 하였다. 그리고 이는 이인모(1968)의 '양양동사'와 유사한 개념이다.

아래의 표는 이상의 내용을 비교해서 정리한 것이다.

완진외 79	자동사	타동사		**		**	본동사	조동사	규칙동사	불규칙동사		불구동사		
민수 79	자동사	타동사		**		**	본동사	조동사	규칙동사	불규칙동사	온전동사	불구동사	완전동사	불완전동사
웅79	자동사	타동사					주용언 (동사)	보조 용언 (동사)	규칙동사	불규칙동사				불완전 용언 (동사)
길록외 79	자동사	타동사		사동사		피동사	본동사	조동사	규칙동사	불규칙동사		불구동사	완전동사	불완전동사
응백 79	자동사	타동사		사동사	능동사	피동사	본동사	보조동사	규칙동사	불규칙동사		불구동사	완전동사	불완전동사
문교 85			주동사	사동사	능동사	피동사	본용언 (동사)	보조 용언 (동사)		불규칙 용언				
교육 91			주동사	사동사	능동사	피동사	본용언 (동사)	보조 용언 (동사)		불규칙 용언				
교육 96	자동사	타동사		**		**	본용언 (동사)	보조 용언 (동사)		불규칙 용언		불완전 동사		
교육 02	자동사	타동사		**		**	본용언 (동사)	보조 용언 (동사)		불규칙 용언		불완전 동사		

〈제3기 동사의 분류 비교〉

위 표에서 문교부(1985) 이후의 단일화된 문법 교과서는 용언을 설정하고 그 하위에 동사, 형용사를 설명했음을 알 수 있다. 또한 불완전동사를 따로 설정하지 않고 교육부(1996) 이후의 문법 교과서에서 '불구동사'의 개념으로 불완전동사를 설명하고 있음을 확인할 수 있다.

3.3.3.2. 형용사

제3기 형용사에 대한 분류는 교과서의 단일화로 인해 통일된 모습을 보인다. 그러나 1979년 간행된 교과서에서도 문법적 기준에 의한 '자립, 의존', '규칙, 불규칙', '완전, 불완전'의 대립이 이전과 달리 체계적으로 정리된 모습을 볼 수 있다. 다만 1979년 간행된 교과서에서는 자립형용사에 대한 의미적 분류가 드러나지 않는 것이 특징이다. 그러나 단일화된 문교부(1985)에서 '자립형용사' 대신 동사와 같이 '본용언'으로, '본용언'을 의미적 기준에 의해 다시 '성상형용사'와 '지시형용사'로 분류하여 통일하였고 이는 현재까지 이어지고 있다. 그러나 이들에 대한 기술이 이전에 비해 현저히 축소되어 단 몇 줄에 그친다.

완진외79 : 규칙형용사. 활용의 규칙성이 지켜지는 형용사.
　　　　　불규칙형용사. 활용의 규칙성이 지켜지지 않는 형용사.
　　　　　보조형용사. 자립성이 약해 앞에 부사형의 용언을 필요로 하는 형용사.
　　　　　　- 아니하다, 못하다 〈부정〉, 있다 〈지속〉, 싶다 〈원망〉, 싶다, 보다 〈불확실한 판단〉
민수79 　 : 자립형용사. 단독으로 서술어가 되는 형용사.
　　　　　의존형용사. 반드시 자립서술어에 잇달려서 의존 서술어가 되는 형용사.
　　　　　　- 아니하다, 못하다 〈부정〉, 좋다 〈동의〉, 싶다 〈의욕〉, 듯하다, 보다 〈추측〉, 만하다, 직하다 〈가치〉, 하다 〈시인〉

규칙형용사. 일정한 어간과 어미로 이루어진 형용사.

불규칙형용사. 일정한 형태를 벗어난 형용사.

완전형용사. 보어를 필요로 하지 않는 형용사.

불완전형용사. 보어를 필요로 하는 형용사. - 같다.

웅79   : 규칙형용사.

불규칙형용사. 어간이 불규칙하게 바뀌거나 특수한 어미가 붙는 형용사.

주용언(형용사).

보조용언(형용사). 자립성이 없이 앞 용언을 보조하는 형용사.

  - 싶다 〈욕망〉, 하다 〈가치〉, 아니하다, 못하다 〈부정〉, 보다 〈추측〉, 같다 〈대비〉.

길록외79 : 규칙형용사. 활용이 규칙적인 형용사.

불규칙형용사. 어간의 일부가 변하거나, 어미가 일정한 모양으로 쓰이지 않는 형용사.

본용언(형용사). 언제나 자립하여 쓰이는 형용사.

보조용언(형용사). 자립성이 없고 앞 용언에 의지하여 돕는 구실을 하는 형용사.

  - 아니하다, 못하다 〈부정〉, 하다 〈시인〉, 있다 〈상태〉, 싶다, 지다 〈희망〉, 듯하다, 보다 〈추측〉, 만하다, 직하다 〈가치〉, 뻔하다 〈과기〉.

완전형용사. 보어를 취하지 않는 형용사.

불완전형용사. 보어를 취해야 하는 형용사.

  - 아니다, 같다, 못하다.

웅백외79 : 완전형용사.

불완전형용사. 보어가 선행해서 의미를 보충해야 하는 형용사.

  - 아니다, 같다, 다르다.

규칙형용사. 활용이 규칙적인 형용사.

불규칙형용사. 활용이 불규칙적인 형용사.

본용언(형용사).

보조용언(형용사). 서술하는 힘을 가진 다른 말의 뜻을 보조하기 위해 뒤에 잇달아 쓰는 형용사.

- 듯하다, 듯싶다 〈추측〉, 만하다 〈가치〉, 못하다 〈불가능〉, 뻔하다 〈모면〉, 싶다 〈희망〉, 아니하다 〈부정〉, 있다 〈상태〉, 직하다 〈가치〉, 하다 〈시인〉

문교85 : 성상형용사. 성질이나 상태를 표시하는 형용사. - 달다, 고프다.

지시형용사. 지시성을 띤 형용사. 그러하다.

본용언(형용사). 보조용언의 도움을 받는 용언.

보조용언(형용사). 다른 말에 기대어 그 말의 뜻을 도와주는 형용사.

- 싶다, 아니하다.

* 불규칙용언.

교육91 : 성상형용사. 성질이나 상태를 표시하는 말. - 달다, 고프다.

지시형용사. 지시성을 띤 형용사. 그러하다.

본용언(형용사). 보조용언의 도움을 받는 용언.

보조용언(형용사). 다른 말에 기대어 그 말의 뜻을 도와주는 형용사.

- 싶다, 아니하다.

* 불규칙용언.

교육96 : 성상형용사. 성질이나 상태를 나타내는 형용사.

- 달다, 무뚝뚝하다.

지시형용사. 지시성을 지닌 형용사. 그러하다.

본용언(형용사). 보조용언의 도움을 받는 용언.

보조용언(형용사). 단독으로 쓰일 수 없고 다른 용언에 기대어 그 말에 뜻을 더해 주는 용언.

- 싶다, 아니하다.

* 불규칙용언.

교육02 : 성상형용사. 성질이나 상태를 나타내는 형용사.

- 고요하다, 달다, 예쁘다, 향기롭다.

지시형용사. 지시성을 나타내는 형용사.

- 이러하다, 그러하다, 저러하다.

본용언(형용사). 보조용언이 뜻을 더하여 주는 앞의 용언.

보조용언(형용사). 보조용언 중 형용사와 같이 활용하는 것.

　- 싶다, 않다.

＊ 불규칙용언.

이들을 비교하면 다음과 같다.

완진외79				보조 형용사	규칙 형용사	불규칙 형용사		
민수79			자립 형용사	의존 형용사	규칙 형용사	불규칙 형용사	불완전 형용사	완전 형용사
웅79			주용언 (형용사)	보조용언 (형용사)	규칙 형용사	불규칙 형용사		
길록외79			본용언 (형용사)	보조용언 (형용사)	규칙 형용사	불규칙 형용사	불완전 형용사	완전 형용사
응백79			본용언 (형용사)	보조용언 (형용사)	규칙 형용사	불규칙 형용사	불완전 형용사	완전 형용사
문교85	성상 형용사	지시 형용사	본용언 (형용사)	보조용언 (형용사)		불규칙 용언		
교육91	성상 형용사	지시 형용사	본용언 (형용사)	보조용언 (형용사)		불규칙 용언		
교육96	성상 형용사	지시 형용사	본용언 (형용사)	보조용언 (형용사)		불규칙 용언		
교육02	성상 형용사	지시 형용사	본용언 (형용사)	보조용언 (형용사)		불규칙 용언		

〈제3기 형용사의 분류 비교〉

위 표를 살펴보면 제1기나 제2기에 비해 훨씬 단순해진 분포를 확인할 수 있다. 실상 단일 문법 교과서가 편찬된 1985년 이후는 변화가 없고, 1979년에 간행된 문법 교과서들도 김완진외(1979)와 허웅(1979)를 제외하고는 같다.

제3기의 가장 큰 사건은 1985년 문법 교과서의 단일화라고 하겠다. 이로써 품사뿐 아니라 많은 문법 교과서의 기술 내용이 통일을 이루게 되었다. 형용사 범주에서는 지정사를 흡수해 비로소 단일한 범주를 이룰 수 있게 되었다. 사실 지정사 '이다'를 서술격조사의 범주로 다룬 제2기가 형용사의 확립기라고 할 수도 있다. 그러나 지정사 중 '아니다'가 형용사의 범주로 흡수되었기 때문에 엄밀한 의미에서 완전한 형용사의 확립은 제3기라고 하겠다. 그러나 유사한 성격을 갖는 '이다'와 '아니다'를 각각 조사와 형용사라는 별도의 범주로 처리하였다는 점은 여전히 논란거리가 될 수 있을 것이다. 존재사 역시 몇몇 교과서에서 일반형용사와는 다른 활용을 한다는 점을 기술하고 있는데, 가장 최근의 교과서에서도 탐구 학습란을 통해 이들에 대한 학습을 유도하고 있음을 알 수 있다. 따라서 앞으로도 이들의 처리에 대한 고민은 계속될 것임을 예상할 수 있다. 이 시기에 동사와 형용사의 구분에 대해서는 활용상의 차이에 기대어 설명하는 것보다 오히려 어말어미의 결합 제약이라는 관점에서 간략하게 기술하고 있음을 볼 수 있는데, 문장을 중심으로 하는 보다 실제적인 모습인 것으로 생각된다.

4. 문법 교과서의 용언 단원 기술 제안

4.1. 내용

앞장에서 살펴본 역대 고등학교 문법 교과서는 1985년 1종으로 통합되면서 적어도 표면적으로는 그 내용과 기술이 통일되었다고 할 수 있다. 그러나 합리적인 이유로 내용과 기술이 결정되었다기보다 필요성에 의해 축소되어 선택되었다는 느낌을 갖게 한다. 이 장에서는 문법 교과서의 용언에서 다루어야 할 내용에 대해 지금까지 살펴본 각 시기의 기술 내용을 바탕으로 정리해 보기로 한다.

우선 앞에서 살펴본 것처럼 역대 문법 교과서의 용언에서 다룬 내용을 종합하면 용어상의 차이가 있으나 대체로 동사와 형용사의 정의, 동사와 형용사의 구별, 기능(쓰임), 분류, 활용(끝바꿈), 불규칙활용, 어미 체계, 시제,

서법, 전성, 조어, 보조어간, 자·모음교체, 높임, 자·타동, 능·피동, 주·사동, 있다·없다·계시다의 활용 등이 기술되었다. 물론 이들은 용언의 하위에서 동사·형용사의 구별 없이 다루기도 하고, 별도로 구분하여 다루기도 하지만 그 내용에는 큰 차이가 없다.

이들 중 '있다·없다·계시다의 활용'은 형용사 활용과의 차이에 대한 언급인데 결국 활용에 대한 기술에 포함시킬 수 있으며, '자·모음교체'는 음상에 대한 기술로 음운에서 다룰 내용이다. '시제', '서법', '사동', '높임'은 접사나 어미에 의한 형태 변화와 결합 양상을 다룬 것으로 문장의 문법 요소로 묶어서 다루어야 할 것이다. 특히 '사동', '주동', '피동', '능동' 등은 용언의 분류에 포함될 것이 아니라 별도의 문법 요소로 함께 묶어 비교하여 기술하는 것이 교육적 효과가 더 클 것이다. '받침표기'는 정서법과 관련하여 개화기 직후의 시대상을 보여주는 내용으로 문법 교과서에서 굳이 다룰 필요는 없다고 본다. '조어'와 '전성'은 용언의 파생과 합성, 비동사의 동사화, 비형용사의 형용사화 등을 다루는 것으로 품사가 중시되었던 시기에는 품사별 특징으로 기술되었지만 지금은 별도로 독립시켜 다루는 것이 보다 합리적이다.

이러한 내용 외에도 존재사와 지정사에 대해 어떻게 처리할 것인가를 생각해야 한다. 이들은 사실 범주와 범주 사이의 경계에 놓인 것들로 특히 교육적 차원에서 그 처리가 쉽지 않은 것이 사실이다. 실제로 역대 문법 교과서를 살펴볼 때 이들을 수용하지 않는 흐름을 보이지만 최근의 문법 교과서인 교육인적자원부(2002:100)에서는 탐구 학습 문제를 통해 이들의 문법적 특징을 생각해 볼 수 있는 기회를 제공하고 있다. 이러한 처리는 학교 문법 교과서가 표준화된 규범으로서의 역할을 해야 한다는 당위성과 우리말에 대한 지식 탐구의 장이라는 역할 사이의 타협으로 생각되지만 기왕 이들에 대한 인식을 완전히 버리지 못하는 상황이라면 이들의 차이를 명시적으로 기술해 주는 것도 의미가 있다고 생각한다. 물론 존재사와 지정사를 독립해서 기술하기보다 용언 활용에서 다루는 것이 좋을 것이다.

이렇게 보면 용언에서 기술할 내용으로는 '정의, 분류, 기능, 동사와 형용사의 구분, 어미 체계, 활용, 불규칙활용, 있다·없다·계시다·이다의 활용'으로 정리할 수 있다.

4.2. 구성

이 절에서는 앞 절에서 정리한 용언의 기술 내용에 대해 구체적인 체제와 구성에 대해 생각해 보기로 한다. 우선 앞선 문법 교과서를 살펴볼 때 체제상 총설 부문에 품사 개론을 세우고 품사론에서 각론을 세우는 것을 일부 볼 수 있는데, 총설 부문에는 국어의 특질과 같은 국어 일반론을 기술하는 것이 총설이라는 취지에 더 걸맞다고 생각하여 품사 개론은 제외하는 것이 좋겠다. 그리고 품사론 도입부에 품사의 분류 기준이나 품사의 명칭 등을 간략하게 소개하는 정도로 충분하다고 본다.

한편, 품사는 결국 문장 내에서 문장성분으로의 기능이 중요하므로 품사를 기능적 분류인 체언, 용언, 수식언, 관계언, 독립언으로 분류하는 것이 합리적일 것이다. 물론 동사와 형용사는 용언의 하위로 재분류한다. 이들은 활용을 하며, 문장에서 주로 서술어로 기능한다는 공통적인 특징이 있으므로 이러한 공통적인 특징을 '용언의 특징'으로 따로 독립시키도록 한다. 그리고 동사·형용사의 활용과 구분은 용언 활용의 특징에서 드러나는데 이는 '용언활용'과 '동사·형용사의 구분'으로 역시 '용언의 특징'에서 기술한다. 이렇게 되면 품사론과 용언의 구성은 다음과 같이 될 것이다.

품사론 : 도입, 1. 체언, 2. 용언, 3. 수식언, 4. 관계언, 5. 독립언
용언 : (1) 동사, (2) 형용사, (3) 용언의 특징
　　　 (1) 동사 : 정의, 분류(의미적 분류·문법적 분류).

   (2) 형용사 : 정의, 분류(의미적 분류·문법적 분류).

   (3) 용언의 특징 : 용언의 기능, 어간과 어미, 어미 체계, 용언활용, 불규칙활용, 동사·형용사의 구분, '있다·없다·계시다·이다'의 활용

동사와 형용사의 '기능(쓰임)'은 결국 문장 안에서 용언의 기능을 나타내므로 '용언의 특징' 절에서 '용언의 기능'으로 묶어 기술하는 것이 좋을 것이다. 이에 따라 '동사' 절과 '형용사' 절에서는 각각의 '정의'와 '분류'에 대해서만 기술하게 된다. 이는 '동사'와 '형용사'라는 형태(단어) 차원에 비중을 둔 기술이라 하겠다.

동사의 '정의'에 대해서는 역대 문법 교과서를 살펴볼 때 두드러지게 나타나는 설명이 '움직임이나 동작, 행동, 작용'이라고 정리할 수 있다. 이들은 모두 넓은 범위에서 '동작성'의 다른 표현이라고 할 수 있다. 이 '동작성'이 문장의 주어에 영향을 미치고 있음을 기술해야 할 것이다. 형용사의 '정의' 역시 역대 문법 교과서를 살펴보면 '성질이나 상태, 존재'라고 정리할 수 있는데, '성질'과 '존재' 역시 넓은 범위에서 '상태성'의 하나로 포괄할 수 있을 것이다. 그리고 이 '상태성'이 문장의 주어에 영향을 미치고 있음을 기술해야 한다. 이러한 조건에 맞는 것으로 가장 최근의 교과서인 교육인적자원부(2002)의 정의를 들 수 있겠다.

동사의 '분류'에 대해서는 역대 문법 교과서에서 주로 문법적 분류를 보이고 있음을 확인할 수 있다. 자·타동사, 피·사동사, 본·조동사, 완전·불완전동사 등은 모두 문법적 분류라고 할 수 있다. 그러나 이중 피·사동사는 앞에서 살펴보았듯이 접미사에 의한 문법 범주에 의해 발생된 것으로 별도로 처리하는 것이 합리적이라고 본다. 반면, 형용사의 '분류'는 문법적 분류와 의미적 분류가 모두 적용된다. 문법적 분류에는 '자립형용사'와 '보조형용사', '완전형용사'와 '불완전형용사'가 해당되며, 의미적 분류에는 '성상형용사'와 '지시형용사'의 이원 체계가 일반적이지만 역대 문법 교과서

를 살펴볼 때 더욱 세부적인 분류를 보여주는 것도 있었다. 형용사가 품사 부류 중 의미 범주에 해당하다 보니 이론 문법에서도 연구자의 시각이 다양하다. 어느 정도 표준화를 추구하는 문법 교과서이니만큼 많은 분류를 제시할 필요는 없겠지만 교육인적자원부(2002)의 '성상형용사'와 '지시형용사'는 지나치게 간략한 듯하다. 따라서 '성상형용사'에 대해 문장의 주어와 관련지어 주관성이 강한 '심리형용사'와 그렇지 않은 '성상형용사', '존재형용사', '비교형용사' 정도로 분류하고 '지시형용사'를 추가하여 다섯으로 분류하는 것이 적당해 보인다.

'용언의 특징' 절은 주로 문장 내에서 용언의 기능, 활용에서 동사·형용사의 공통점과 차이점을 기술하는데, '용언의 기능'에서는 '문장의 서술어 기능'과 '어미와의 결합', 즉 활용을 하는 어휘 부류라는 공통적인 특징을 기술한다. 그리고 자연스럽게 '어간과 어미', '어미 체계'를 익히고 '용언활용'에 대해 학습할 수 있도록 구성한다. 다음으로 '불규칙활용'을 기술해 '활용'과 함께 연계될 수 있도록 하는데, 교육인적자원부(2002)처럼 간략한 설명이 아니라 좀더 자세한 내용을 담아야 할 것이다. '불규칙활용'의 문제는 맞춤법 규정 제18항과도 연계가 되는 문제이기 때문에 가볍게 넘어갈 사항은 아니라고 본다(민현식, 1991 참조).[29]

'동사·형용사의 구분'은 흔히 동작과 상태라는 의미적 차이를 들 수 있는데 이 점은 정의에서 언급이 되고 이 절에서는 주로 활용상의 차이와 같은 문법적인 특징이 드러나야 할 것이다. 현재 시제 평서법 어미와의 결합 제약이나 형용사가 두 자리 서술어로 쓰일 때 대격 제약 등이 기술될 수 있겠다. 또 자동사와 형용사의 유사한 성격에 관해서도 기술할 필요가 있

---

29) 이관규(2004)에서는 현직 중·고등학교 교사를 대상으로 문법 교육의 현실과 대안을 모색하고 있다. 이에 따르면 일선 학교 교사들은 보다 실생활과 관련된 내용을 문법 교육에서 바라고 있으며, 구체적으로 표준 발음이나 한글맞춤법, 표준어 규정과 관련된 내용 교육을 현실적인 방법으로 제안하고 있다.

다. 이들은 곧 품사 구분의 경계에 있는 어휘들의 특성에 대해 생각할 기회를 준다는 의도인 셈이다. 그리고 그 연장선에서 '있다·없다·계시다'의 활용 특징이 기술된다면 보다 유기적인 구성이 될 것으로 본다.

5. 결론

이 글은 학교에서 국어 문법 교육을 위해 사용되었던 문법 교과서를 검토해 보는 작업의 일환이다. 특히 광복과 함께 대한민국 정부가 수립된 이후 검인정기부터 현재 7차 교육과정까지의 고등학교 문법 교과서와 그 중에서도 용언을 주 대상으로 한 것이다. 문법 교육은 전통적으로 품사를 중심으로 하는 형태론적 접근 태도에서 문장을 중심으로 하는 통사론적 접근 태도로 변화했음을 알 수 있는데, 이에 따라 품사론의 설명 부분이 최근에는 상당히 축소되었다.

이 시기 역대 문법 교과서에서 용언은 크게 동사와 형용사로 대별할 수 있다. 그런데 동사의 범위는 그리 큰 변화를 보이지 않는 데 비해 형용사는 그 범위가 일치하지 않는다. 그 이유는 현재 형용사로 정리된 지정사와 존재사를 품사로 인정한 문법 교과서가 있기 때문이다. 이에 따라 이 글에서는 지정사와 존재사를 중심으로 세 시기를 나누어 역대 문법 교과서의 용언을 검토하였다. 우선 제1기는 동사·형용사·존재사·지정사가 혼재된 1949년~1959년까지로 이 시기에 해당되는 문법 교과서는 10종이다. 제2기는 존재사가 형용사에 포함되어 동사·형용사·지정사가 설정된 1960년~1978년까지로 이 시기에 해당되는 문법 교과서는 14종이다. 제3기는 존재사와 지정사가 형용사에 포함되어 동사와 형용사만 설정된 1979년~현재까지로 이 시기에 해당되는 문법 교과서는 9종이다.

제1기는 동사와 형용사가 분화되지 않은 채 풀이씨를 품사로 설정하거나 존재사와 지정사를 모두 설정하는 등 4개에서 10개의 품사 수를 보인다. 또한 동일한 명칭이 교과서마다 다른 개념으로 사용되거나, 피동·사동과 같은 문법 범주가 피동사·사동사와 구분되지 않은 채 동사의 종류로 다루어지는 등 구성 및 설명의 통일성을 찾아볼 수가 없다.

제2기는 제1기의 존재사가 우선 형용사의 범위로 조정되었다. 지정사는 학교문법통일안(1963)에 의해 대부분 서술격조사로 처리하였으나 여전히 독립된 지정사로 설정한 교과서가 있어서 통일을 이루지 못하였다. 이와 함께 동사와 형용사가 독자적인 품사로 완전히 분화하였음에도 문장에서의 공통된 기능을 용언의 특징으로 묶어서 기술하는 교과서가 많다. 품사보다는 문장 기능에 대한 인식이 커졌음을 보여주는 예이다.

제3기는 존재사뿐 아니라 지정사까지도 서술격조사와 형용사로 조정되어 9개의 품사로 정리되었다. 그러나 동일한 의미 범주라 할 만한 '이다, 아니다'를 별도로 처리한 점에 대해서는 논란이 될 수 있다. 그리고 1985년에 이르러 문법 교과서가 1종으로 단일화함으로써 교육적인 혼란을 막을 수 있게 되었지만 다른 한편으로는 다양한 문법 영역을 획일화하였다는 비판도 받게 되었다.

이와 아울러 역대 문법 교과서에서 용언과 관련한 내용들을 정리하여 앞으로의 문법 교과서 용언 내용을 구성해 본다면 다음과 같다.

품사론 : 도입, 1. 체언, 2. 용언, 3. 수식언, 4. 관계언, 5. 독립언
용언 : (1) 동사, (2) 형용사, (3) 용언의 특징
    (1) 동사 : 정의, 분류(의미적 분류·문법적 분류).
    (2) 형용사 : 정의, 분류(의미적 분류·문법적 분류).
    (3) 용언의 특징 : 용언의 기능, 어간과 어미, 어미 체계, 용언활용, 불규칙활용, 동사·형용사의 구분, '있다·없다·계시다·이다'의 활용

역대 문법 교과서를 살펴보면 당대의 교과서 편찬자들이 문법 교육을 위해 얼마나 고심했는지를 알 수 있다. 사실 지금도 학생들에게 문법은 매우 복잡하고 따분한 과목으로 취급되고 있고, 실제 국어 생활에서 자연스럽게 익힐 수 있어야 하므로 따로 별도의 문법 교육은 불필요하다는 주장도 있다. 그러나 그 어떤 교육도 기초적인 사실이나 원리 등에 대한 지식이 없다면 더 큰 교육적 효과를 기대하기 어려울 것이다. 형태소와 단어가 무엇인지 피동과 사동이 무엇인지에 대한 기본적인 지식이 없이는 실제 국어 문장에서 이들을 인식하고 그 문장이 그러한 의미를 갖게 되는 이유를 추론할 수 없을 것이다. 또한 문법 교육은 듣기, 말하기, 읽기, 쓰기, 문학 등 국어 사용 영역의 기초가 되기도 한다. 문법 교육과 독자적인 문법 교과서는 그러한 측면에서 여전히 중요한 가치를 갖는다고 할 수 있다. 최근의 문법 교과서를 들여다보고 있으면 내용적으로 매우 소략하다는 느낌을 지울 수 없다. 복잡다단한 문법 이론을 교과서에 모두 담아낼 필요는 없겠으나 적어도 실생활과 관련되는 문법 현상에 대한 설명은 필요하다고 본다. 예를 들어 불규칙용언의 경우는 불규칙활용과 관련한 내용으로 한글맞춤법 규정 18항과 연계되는 내용이다. 한글맞춤법 규성은 국어의 현실석인 사용과 관련한 부분으로 현 문법 교과서에 기술된 것처럼 소략하게 처리될 내용은 아니라고 본다.

〈참고문헌〉

고영근(1988). "학교 문법의 전통과 통일화 문제." 「선청어문」(서울사대) 16 · 17.

고영근(2000). "우리나라 학교 문법의 역사." 「새국어생활」(국립국어원) 10-2.

김정남(2005). 「국어 형용사 연구」. 서울: 역락.

김홍범(2003). "7차 문법 교과서에 나타난 어말어미체계의 문제점." 「교육연구」(한남대 교육연구소) 11.

문교부(1962). "중·고등학교 국어 문법 지도 지침." 「역대문법대계」 99.

문교부(1963). "학교 문법의 통일에 대하여." 「역대문법대계」 100.
문교부(1963). "학교 문법 통일안에 따른 세부체계에 대하여." 「역대문법대계」 101.
박덕유(1997). "고등학교 문법 교과서의 문제점." 「국어교육학」 7.
박덕유(2004). "현행(제7차) 문법 교과서 내용 분석." 「문법교육」(한국문법교육학회) 1.
박영순(2005). 「국어문법교육론」. 서울: 박이정.
우형식(2002). 「국어 문장성분 분류의 역사적 연구」. 서울: 세종출판사.
유현경(1998). 「국어 형용사 연구」. 서울: 한국문화사.
유현경(2006). "형용사", 「왜 다시 품사론인가」. 서울: 커뮤니케이션북스.
이관규(1998). "학교 문법의 성격과 역사." 「어문논집」(민족어문학회) 37.
이관규(2002). "제7차 문법교육과정과 교과서의 문법 내용적 특징에 대한 고찰." 「국어
    교육학연구」(국어교육학회) 14.
이관규(2002). (개정판)「학교 문법론」. 서울: 월인.
이관규(2004). "중등학교 문법 교육의 현황과 문제." 「새국어생활」(국립국어연구원) 14
    권 3호.
이관규(2005). "문법 교과서의 변천." 「문법교육」(한국문법교육학회) 1.
이광정(2003). "국문법 초기의 서양인의 품사연구." 「논문집」(경원대) 4. 「국어문법연
    구 I (품사편)」 서울: 역락.
이광정(1987). 「국어품사분류의 역사적 발전에 관한 연구」 서울: 한신문화사.
이광정(2003). "학교 문법에서의 품사분류." 「국어교육」(한국국어교육연구회) 94. 「국
    어문법연구 I (품사편)」. 서울: 역락.
이춘근(2002). 「문법교육론」. 서울: 이회.
임지룡 외6인(2005). 「학교 문법과 문법교육」. 서울: 박이정.
임홍빈(2000). "학교 문법, 표준문법, 규범문법의 개념과 정의." 「새국어생활」(국립국
    어원) 10-2.
장윤희(2006). "문법 내용의 국어 교과서 구현 방안 연구." 「국어교육」(한국어교육학
    회) 120.
최현배(1975). 「우리말본」. 서울: 정음사.
최호철(2005). "외국인의 한국어 품사 분류." 「주시경학보」 14. 「외국인의 한국어 연
    구」. 서울: 경진문화사.
최호철(2005). "외국인의 한국어 대명사 연구." 「외국인의 한국어 연구」. 서울: 경진문
    화사.
최호철(2006). "고등학교 국어 문법 교과서 분석 연구-체제와 구성을 중심으로." 「한국
    어학」(한국어학회) 33.

Ⅳ. 수식언과 독립언

김혜령

1. 서론

1.1. 연구의 목적 및 대상

본고는 역대 검인정 고등학교 문법 교과서에서 다루어진 수식언과 독립언에 대한 연구를 목적으로 한다. 관형사, 부사 등의 수식언과 감탄사 등의 독립언은 보는 관점에 따라 하나로 묶여 다루어지기도 하고, 다른 범주에 속하는 것으로 다루어지기도 한다. 현재 학교 문법에서는 이들이 관형사, 부사의 수식언과 감탄사의 독립언으로 나뉘어 있으나, 초기의 학교 문법에서는 이것이 통일되지 않아 집필자에 따라 각기 다른 양상을 보였다. 본고는 수식언과 독립언의 구분이 고교 문법 교과서에 어떻게 나타나며, 어떻게 변화해 왔는지를 살펴보고자 한다.

현행 문법 교과서에서는 수식언과 독립언을 뚜렷이 구분하고 있다. 그러나 초기 문법 교과서 가운데에서는 이러한 구분이 분명하지 않은 경우가 많았다. 특히 수식언과 독립언의 구분을 하지 않거나, 현행 문법 교과서에서는 수식언인 접속 부사를 독립언의 하나로 다루고 있는 경우가 많았다. 이렇게 다른 처리 양상이 나타난다는 것은 수식언과 독립언 사이에 공통의 특성이 있으며 이에 관한 정리가 명확하게 이루어지지 않았다는 의미가 된다. 따라서 본고에서는 수식언과 독립언을 함께 살피는 연구가 필요할 것으로 판단하였다.

현행 문법 교육에서 수식언과 독립언에 해당하는 품사는 관형사, 부사, 감탄사이다. 관형사, 부사는 수식언으로, 감탄사는 독립언으로 분류된다. 본고에서는 이에 해당하는 관형사, 부사, 감탄사 외에, 교과서에서 접속사 독립 품사로 설정한 경우 이를 함께 살핀다. 그 이유는 접속사를 독립 품사로 설정하지 않은 교과서의 경우, 이에 해당하는 단어들은 부사의 일부로 두었기 때문이다. 접속사를 독립 품사로 설정한 경우에는 이를 독립언의 일부로 보거나, 관계언으로 따로 보는 두 가지 입장으로 크게 나뉜다. 결국 접속사는 부사나 감탄사와 유사한 성격을 지닌 것으로 파악되었던 것으로 볼 수 있다. 따라서 본고에서는 관형사, 부사, 감탄사 외에 접속사를 논의의 대상에 포함할 것이며, 접속사를 관계언으로 따로 본 교과서의 경우, 이 관계언도 함께 다룰 것이다.

연구 대상이 되는 교과서는 1949년의 제1차 검인정 교과서부터 현행 국정 2기 문법교과서까지, 총 34권의 고교 문법 교과서이다.

1.2. 선행 연구

역대 문법 교과서를 다룬 연구 결과는 그리 많지 않다. 주로 현재 교육 현장에서 쓰이고 있는 국정 단일 통일 문법 제4차 교과서에 대한 연구이거나, 가장 최초의 문법 교과서였던 제1차 검인정 교과서에 관한 연구가 소수 이루어졌을 뿐이다. 또, 문법 교과서에 관한 연구라고 해도 교과서의 전반적인 구성과 문제점 등에 대해 언급하고 있어, 역대 문법 교과서에서 다루어진 수식언과 독립언에 관한 연구는 거의 전무하다시피 하다.

역대 문법 교과서에 관한 개괄적인 연구로는 김민수(1986), 고영근(1988), 이관규(1998) 등이 있다. 김민수(1986)은 1900년부터 현재까지의 학교 문법에 관하여, 문법 교재를 활용하여 살피고 있다. 이때 1900년부터 1930년까지는 제1기 성립기, 1930년부터 1946년까지를 제2기 반성기, 1946년부터 1966년까지를 제3기 부흥기, 1966년 이후를 제4기 혁신기로 보고 각 시기별 특징을 개관하고 있다. 고영근(1988)은 개화기 이전의 외국인의 한국어 문법 연구부터 시작하여 국정 단일 통일 문법 시대에 이르기까지 문법 교육의 역사를 다루고 있다. 이관규(1998)은 학교 문법의 정체성에 관하여 논하고, 학교 문법을 일곱 시기로 나누어 각 시기별로 특징을 개관하고 있다. 고영근(2000)은 학교 문법에 대하여 개관하였는데, 북한, 중국, 소련, 일본 등의 학교 문법을 아울러 소개하고 있는 점이 특징이다.

학교 문법 교과서의 품사 체계를 다룬 연구로는 이광정(1997)을 들 수 있다. 이광정(1997)은 품사 분류를 기준으로 학교 문법을 네 시기로 구분하였다. 1기(1900~1930)는 도입, 수용기로 누어 품사 분류가 시작된 시기로 보았다. 2기(1930~1945)는 품사 분류가 발전된 시기, 3기(1945~1963)는 품사 분류가 정착된 시기, 4기(1963~현재)는 품사 분류가 통일된 시기로 보았다. 이러한 시기 구분을 기준으로 각 시기별 품사 분류의 특징을 살피고, 보편적인 품사 체계를 세웠다. 그리고 각 시기의 보편적 품사 체계와 세계적 품사 체계의 보편성, 우리말의 특수성에 비추어 보았을 때 명사, 대명사, 동사, 관형사, 부사, 접속사, 감탄사로 구성된 8품사의 체계를 세우는 것이 합리적이라고 주장하였다.

문법 교과서의 수식언이나 독립언에 관한 연구로는 장영희(2001)을 들 수 있다. 장영희(2001)에서는 국어의 관형사를 대상으로 하여, 독립 품사의 설정 과정과 인접 범주와의 차이를 관형사의 기능을 중심으로 하여 살폈다.

관형사의 처리를 학자별로 분류하고 있는데, 이때 국어 연구 초기의 문법서로 문법 교과서를 다수 포함하고 있다.

위에서 언급된 연구들에서는 주로 학교 문법을 역사적인 관점에서 개관하거나, 문법 교과서 자체를 연구의 대상으로 삼았다. 일부 문법 교과서 내의 품사론을 다룬 경우에도, 품사론 전반에 대한 연구인 경우가 다수였다. 따라서 품사 각론이 자세히 다루어지지 못하였고, 수식언 및 독립언이 중점적으로 다루어진 연구는 거의 없는 실정이다.

이제 각 교과서에서 수식언과 독립언을 다룬 양상에 따라 몇 가지 유형으로 분류하여 논의를 진행할 것이다.

2. 문법 교과서 내 수식언, 독립언 단원의 위치

각 문법 교과서의 수식언과 독립언이 어떻게 다루어졌는지 살펴보기 이전에, 이들이 문법 교과서에서 어떤 위치를 차지하고 있는지 밝히는 작업이 선행되어야 할 것이다. 이 장에서는 문법 교과서에서 수식언과 독립언의 위치에 대해 살피고, 이를 토대로 수식언과 독립언 중심으로 문법 교과서의 분류를 시도할 것이다.

2.1. 품사론 내 수식언 및 독립언의 위치

이 절에서는 문법 교과서들에서 수식언과 독립언이 품사론 내에서 어떤 위치를 차지하고 있는지를 살필 것이다. 수식언과 독립언에 해당하는 품사로 어떤 것들을 제시하고 있는지, 품사의 분류 체계에서 수식언과 독립언이 어떤 위치에 있는지에 중점을 두고 논의를 진행할 것이다. 이처럼 각각의 교과서에서 수식언과 독립언이 어떤 특징을 보이는지를 살핀 후, 이를 바탕으로 2.2절에서 각 교과서를 분류할 것이다.

2.1.1. 1차 검인정기(1949-1955)

1차 검인정기 문법 교과서의 품사 분류 체계는 교과서별로 각기 다른 양상을 보여준다.

이인모(1949)는 체언을 모두 임자씨로, 용언을 풀이씨로 묶었으나, 매김씨(관형사), 어찌씨(부사), 느낌씨(감탄사)의 경우는 현재 학교 문법에서 보이는 수식언 및 독립언 체계와 다르지 않은 모습을 보였다. 장하일(1949)는 수식언에 해당하는 어찌씨와 매김씨는 설정하였으나, 독립언에 해당하는 감탄사는 따로 품사로 설정하지 않았다. 정인승(1949)는 7품사 체계로, 체언을 이름씨로 묶었을 뿐 그 외에는 현재 학교 문법의 품사 분류 체계와 비슷하다. 이희승(1949)는 현재 학교 문법의 9품사에 접속사를 추가하였는데, 이는 수식언의 하위분류가 된다. 최현배(1948)과 최현배(1949)는 모두 동일한 입장을 취하고 있는데, 매김씨, 어찌씨, 느낌씨를 각각 독립 품사로 설정하고, 이를 모두 꾸밈씨, 즉 수식언으로 보았다. 김윤경(1948)은 9품사를 설정하고 있는데, 관형사, 부사, 감탄사에 해당하는 언씨, 억씨, 늑씨를 독립 품사로 두었다. 그리고 이들을 꾸밈씨, 즉 수식사로 두었다. 즉, 늑씨를 따로 독립언으로 설정하지 않은 것이다.

이 시기의 문법 교과서들은 대체로 수식언에 속하는 관형사와 부사, 독립언에 속하는 감탄사를 독립 품사로 인정하고 있다. 그러나 교과서에 따라 감탄사를 인정하지 않는 경우가 있으며, 접속사를 독립 품사로 설정하기도 하였다.

2.1.2. 2차 검인정기(1956-1965)

2차 검인정기의 품사 분류 체계는 7~8품사 체계로, 주로 명사가 세분되어 있지 않다는 점을 제외하면 현재의 9품사 체계와 크게 다를 바 없는 모습을 보인다.

이숭녕(1956), 정인승(1956)의 경우에는 부사, 관형사, 감탄사가 모두 설정되어 현재의 수식언 및 독립언 체계와 크게 다르지 않다. 김민수·남광우·유창돈·허웅(1956)의 경우에는 관형사, 부사, 감탄사 외에 접속사를 더 설정하였다. 최현배(1956)은 이전 시기의 교과서인 최현배(1948, 1949)와 동일하게 처리하고 있다.

이 시기의 문법 교과서들은 모두 관형사, 부사, 감탄사를 독립된 품사로 인정하고 있다. 김민수·남광우·유창돈·허웅(1956)만이 예외적으로 접속사를 독립 품사로 설정하였다. 관형사와 부사를 한데 묶어 상위 개념을 설정하는 수식언의 경우에는 이희승(1949), 장하일(1949)가 그러한 상위 개념을 설정하지 않았으며, 독립언의 경우에는 장하일(1949)가 그러하다.

2.1.3. 1차 통일문법 검인정기(2차 교육과정, 1966-1978)

이 시기의 품사 분류 체계는 점차 안정되어 가는 모습을 보인다. 허웅(1968)과 최현배(1968)의 10품사 체계를 제외하면 이명권·이길록(1968), 양주동·유목상(1968), 이희승(1968), 김민수·이기문(1968), 이숭녕(1968), 정인승(1968), 이은정(1968), 이을환(1967), 강윤호(1968), 이인모(1968) 등이 모두 9품사 체계로 통일된 모습을 보여주고 있다.

수식언 및 독립언에 해당하는 관형사, 부사, 감탄사에 대해서는 모든 교과서가 이들을 독립된 품사로 설정하여 동일한 모습을 보인다. 1차 통일문법 검인정기 이후부터는 관형사, 부사, 감탄사는 완전히 독립된 품사로 자리를 잡는다. 그러나 수식언 및 독립언의 개념 설정에서는 다소 차이를 보인다. 최현배(1968), 허웅(1968) 등이 독립언을 따로 설정하지 않고 수식언에 통합하여 다루었다.

2.1.4. 2차 통일문법 검인정기(3차 교육과정, 1979-1984)

이 시기 문법 교과서들의 품사 분류 체계는 현재 학교 문법의 품사 체계와 동일하며, 교과서별로 큰 차이도 보이지 않는다. 김완진·이병근(1979), 김민수(1979), 허웅(1979), 이길록·이철수(1979), 이응백·안병희(1979) 등이 모두 9품사 체계를 보인다. 1차 통일문법 검인정기에서 이어 2차 통일문법 검인정기에도 역시 관형사, 부사, 감탄사로 동일하게 나타나며, 독립된 품사로 자리를 잡았다. 다만 수식언 및 독립언의 설정에 있어서는 아직 통일된 모습을 보여주고 있지 않다. 김완진·이병근(1979), 허웅(1979) 등이 독립언의 개념을 설정하지 않았다.

2.1.5. 국정1기(4차 교육과정, 1985-1990)-국정2기(7차 교육과정, 2002-)

국정1기(4차 교육과정)부터 국정2기(7차 교육과정)까지의 품사 분류 체계는 이전과 비교하여 큰 변화를 보이지 않는다. 단일 교과서가 나오게 된 국정1기, 4차 교육과정부터는 현재 학교 문법의 9품사 체계가 확립되었다. 관형사, 부사, 감탄사로 수식언 및 독립언이 완전히 그 자리를 굳혔다.

2.2. 수식언, 독립언의 주제별 분류

각 시기의 문법 교과서에서 관형사나 부사, 감탄사의 설정에서는 큰 차이를 발견할 수 없다. 특히 관형사나 부사의 정의 및 설명 등에 관하여서는, 교과서들이 대체로 유사한 양상을 보인다. 관형사와 부사를 정의하는 데에 있어서는, 관형사는 체언에 얹히어 그것을 수식하는 것으로, 부사는 용언에 얹히어 그것을 수식하는 것으로 일관되게 제시하였다.[1]

---

1) 서울대 국어교육연구소(2002)의 관형사 및 부사, 수식언에 관한 정의를 정리해 보면 아래와 같다.

교과서들을 분류하여 보면, 이들이 시기별로 어떤 특징을 보이지는 않는다는 사실을 알 수 있다. 시기에 따라 어떤 특징을 보인다기 보다는 집필자에 따라 특징이 나타나므로, 수식언과 독립언에 관한 주제에 한하여서는 시기별 구분보다는 주제별 구분이 더 적당할 것으로 생각된다.

수식언과 독립언에서 교과서에 따른 차이점을 찾을 수 있는 부분은 크게세 가지이다. 첫째는 관형사, 부사, 감탄사의 하위분류이다. 다만, 각 품사에 대한 하위분류가 교과서에 따라 대단히 다양한 양상을 보이므로, 이를기준으로 삼아 교과서들의 유형을 분류하는 데에는 무리가 따른다.

둘째는 접속사를 독립 품사로 설정한 교과서가 있다는 점이다. 상당수의교과서, 특히 1972년 이후의 교과서 가운데에서는 접속사를 독립 품사로설정한 교과서가 존재하지 않는다. 그러나 초기 교과서 가운데 일부는 접속사를 독립 품사로 설정한 교과서가 존재한다.

셋째는 품사의 분류에 있어, 관형사, 부사, 감탄사의 상위 분류를 어떻게

※ 관형사·부사 및 수식언 - 서울대 국어교육연구소(2002:104~105)
- 관형사
- 체언 앞에 놓여서 체언, 주로 명사를 꾸며주는 말.
- 부사
- 용언이나 부사를 수식하는 것을 본래의 기능으로 하는 단어
- 수식언
- 다른 말을 꾸며주는 말. 관형사 및 부사가 이에 속함.

※ 감탄사 및 독립언 - 서울대 국어교육연구소(2002:107)
- 감탄사
- 느낌, 부름, 대답 등을 나타내는 말
- 비교적 독립성이 있음.
- 독립언
- 감탄사를 이름. 문장 속의 다른 성분에 얽매이지 않고 독립성이 있음.

이와 같은 정의는 대부분의 교과서에서 공통적으로 나타나며, 다소 다르더라도큰 차이를 보이지 않는다. 앞으로의 논의에서도 관형사나 부사, 감탄사, 수식언,독립언 등에 대한 정의가 이와 크게 다르지 않다면 굳이 다시 제시하지는 않도록 하겠다.

하였는가에 차이를 보인다. 현행 규범 문법에서는 관형사와 부사를 수식언으로, 감탄사를 독립언으로 보아 수식언과 독립언을 분리하여 설정한다. 그런데 일부 교과서에서는 수식언과 독립언을 구분하지 않고, 하나로 통합하여 다룬 경우가 있다. 또, 접속사를 독립 품사로 설정하고 이를 관계언으로 따로 둔 경우가 있었다.

본고에서는 이와 같은 차이점들을 살펴 그에 따라 교과서들을 분류할 것이다. 이때 기준은 수식언과 독립언을 각기 분리하여 다루었는가, 혹은 통합하여 다루었는가이다. 그리고 다음 기준은 수식언과 독립언의 구성이 각각 어떠한가를 살피며, 마지막 기준은 수식언과 독립언 외 관계언 등의 다른 범주를 설정하였는가가 된다. 이 세 가지 기준을 정리하여 제시하면 (1)과 같다.

(1) 문법 교과서 분류의 기준
　　ㄱ. 수식언과 독립언의 통합 또는 분리
　　ㄴ. 수식언과 독립언의 구성
　　ㄷ. 수식언과 독립언 외의 다른 범주 설정

이 세 가지 기준을 적용하여 각각의 교과서를 분류하면 (2)와 같이 모두 다섯 가지 유형으로 분류가 가능하다.

(2) 수식언과 독립언에 따른 문법 교과서의 유형 분류

구분	수식언과 독립언의 통합 : 수식언		수식언과 독립언의 분리		
	①	②	수식언, 독립언		수식언, 독립언, 관계언
			③	④	⑤
수식언	관형사, 부사	관형사, 부사, 감탄사	관형사, 부사	관형사, 부사	관형사, 부사
독립언	×		감탄사	감탄사, 접속사	감탄사
관계언	×		×	×	접속사

①, ②는 수식언과 독립언을 통합하여 다룬 교과서의 유형이며, ③, ④, ⑤는 둘을 분리하여 다룬 교과서 유형이다.

수식언과 독립언을 통합하여 다룬 교과서 가운데 ①에 해당하는 것은 감탄사를 독립된 품사로 설정하지 않았으며, 따라서 독립언 역시 설정하지 않은 경우이다. 장하일(1949)가 이에 해당한다. ②는 감탄사를 독립 품사로 설정하였으되, 이를 독립언으로 분류하지 않은 경우이다. 이때에 감탄사는 관형사 및 부사와 함께 수식언의 하나로 분류된다. 최현배(1948), 김윤경(1948), 최현배(1968), 허웅(1968), 허웅(1972), 김완진·이병근(1972) 등이 이에 속한다[2].

③은 관형사와 부사를 수식언으로, 감탄사를 독립언으로 제시한 교과서로, 가장 많은 수의 교과서가 이에 속한다. 강윤호(1968), 김민수·이기문(1968), 이은정(1968), 이을환(1967), 이응백·안병희(1968), 이명권·이길록(1968), 이인모(1968), 이희승(1968), 정인승(1968), 김민수(1979), 이길록·이철수(1979), 성균관대 대동문화연구원(1985, 1991), 서울대 국어교육연구소(1996, 2002) 등을 들 수 있다.

④와 ⑤는 관형사, 부사, 감탄사 외에 접속사를 독립 품사로 설정한 교과서들이다. 이 가운데 ④는 수식언, 독립언만을 설정하였다. 즉, 관형사, 부사를 수식언으로 처리하고, 감탄사와 접속사를 독립언으로 처리한 것이다. 김민수·남광우·유창돈·허웅(1968)이 이에 속한다.

⑤는 수식언과 독립언 외에, 접속사를 독립 품사로 설정하였으며, 이를 관계언으로 분류한 경우이다. 이희승(1949), 이희승(1956), 이희승(1968) 등이 이에 속한다.

---

2) 수식언과 독립언을 통합하여 다룬 교과서 가운데에는 접속사를 독립된 품사로 설정한 교과서가 없었다. 따라서 수식언과 독립언을 통합하여 다룬 경우에는 수식언과 독립언 외, 관계언 등의 범주 설정에 의한 유형 분류는 이루어지지 않았다.

지금까지 논의한 내용을 정리하면 아래 (3)과 같다.

(3) 수식언, 독립언의 주제별 분류

구분		수식언	독립언	관계언	해당 교과서
수식언과 독립언의 통합		관형사, 부사	×	×	장하일(1949)
		관형사, 부사, 감탄사	×	×	최현배(1948), 최현배(1949), 최현배(1956), 김윤경(1957), 최현배(1968), 허웅(1968), 김완진·이병근(1979)
수식언과 독립언의 분리	수식언, 독립언	관형사, 부사	감탄사	×	이인모(1949), 정인승(1949), 이숭녕(1956), 정인승(1956), 강윤호(1968), 김민수·이기문(1968), 이숭녕(1968), 강복수·유창균(1968), 양주동·유목상(1968), 이은정(1968), 이을환(1967), 이명권·이길록(1968), 이인모(1968), 정인승(1968), 이응백·안병희(1979), 김민수(1979), 이길록·이철수(1979), 허웅(1979), 성균관대 대동문화연구원(1985, 1991), 서울대 국어교육연구소(1996, 2002)
		관형사, 부사	감탄사, 접속사	×	김민수·남광우·유창돈·허웅(1968)
	수식언, 독립언, 관계언	관형사, 부사	감탄사	접속사	이희승(1949), 이희승(1956), 이희승(1968)

3. 주제별 고찰

2장에서 수식언과 독립언을 어떻게 다루었는가에 따라 교과서들을 크게 셋으로 각기 분류하였다. 이제 3장에서는 그 유형 분류에 따라 세부적인 내용을 살펴볼 것이다. 먼저 수식언과 독립언을 통합하여 다룬 교과서들에 대하여 살펴보고, 그 후에 수식언과 독립언을 분리하여 다룬 교과서들에 대해 살펴볼 것이다.

3.1. 수식언과 독립언의 통합

이 절에서는 수식언과 독립언을 분리하여 다루지 않고, 하나로 통합하여 다룬 교과서들을 살펴볼 것이다. 이에 속하는 교과서들은 대체로 독립언을 따로 설정하지 않고, 감탄사를 수식언에 포함시키고 있다. 감탄사가 문장 전체를 수식하는 기능이 있다고 보아, 수식언의 일부로 파악하는 것이다. 다만 장하일(1949)와 같은 일부의 교과서는 감탄사를 독립 품사로 제시하지 않아 그에 대한 언급이 없다.

수식언과 독립언을 통합하여 다룬 교과서의 경우, 접속사를 설정한 교과서는 한 권도 없었다. 대체로 부사의 한 갈래, 즉 접속 부사로 처리하였으며, 그와 관련된 단어들에 관해 아예 언급하지 않은 경우도 있다.

어떤 양상으로 수식언과 독립언을 통합하여 다루었는지 살펴볼 것이다. 이때, 먼저 관형사와 부사만을 제시한 경우를 살피고, 그 후에 관형사, 부사, 감탄사를 모두 하나로 분류한 경우를 다룰 것이다.

3.1.1. 관형사, 부사

장하일(1949)는 감탄사를 독립 품사로 제시하지 않은 유일한 교과서이다. 다른 교과서들은 모두 감탄사를 독립 품사로 설정하였으나, 장하일(1949)의 4품사 체계에서는 이를 찾아볼 수 없다. 매김씨(관형사)와 어찌씨(부사)의 경우에는 각기 다른 품사로 설정하여 각각의 장에서 다룬 것과는 대조적이다. 다만, 매김씨와 어찌씨의 경우에도 이들을 하나의 상위 개념으로 묶거나, 공통점이나 차이점을 밝히려는 시도는 하고 있지 않다.[3] 관형사와 부

---

3) 이는 장하일(1949)와 장하일(1956)의 관련성에서 기인한 것으로 보인다. 장하일
   (1949)는 중학교 1, 2학년을 대상으로 한 교과서이며, 장하일(1956)은 중학교 3

사의 하위분류는 자세하지 않은 편이다. 관형사의 하위로 가리킴과 셈, 즉 지시 관형사와 수 관형사만 제시하였으며, 성상 관형사에 해당하는 부류는 따로 언급하지 않았다. 부사는 그것이 갖는 의미에 따라 한정 부사와 접속 부사로 나누었다.

이처럼 관형사와 부사를 수식언으로 다룬 반면, 감탄사, 즉 독립언에 대한 언급은 따로 찾을 수 없다. 감탄사에 해당하는 단어를 다른 품사에서 따로 언급하지도 않았다. 따라서 장하일(1949)의 경우, 감탄사나 독립언 등에 관한 언급이 없으므로 수식언과 독립언을 분리하여 다룬 교과서로 분류할 수 없다. 또한, 수식언에 감탄사를 포함시켜 다루었다고도 할 수 없을 것이다.

3.1.2. 관형사, 부사, 감탄사

수식언과 독립언을 통합하여 다룬 교과서 중에는 앞서 3.1.1에서 살펴본 바와 같이 감탄사를 독립 품사로 설정하지 않은 것이 있었다. 그러나 수식언과 독립언을 통합하여 다룬 교과서 가운데 대다수는 감탄사를 독립 품사로 설정하되, 그것을 수식언에 포함시켜 다루었다. 김윤경(1948), 최현배(1948, 1949, 1956), 최현배(1968), 허웅(1968, 1972), 김완진·이병근(1972) 등이 감탄사를 수식언에 포함시켜, 수식언과 독립언을 통합한 교과서들이다.

1) 김윤경(1948)

김윤경(1948)에서는 언씨, 억씨, 늑씨를 각각 독립된 품사로 설정하고 있

학년을 대상으로 한 교과서이다. 중학교 3학년을 대상으로 한 장하일(1956)에는 품사의 분류 체계가 체계적으로 나타나 있고, 장하일(1949)에서 언급되지 않은 느낌씨(감탄사)도 나타나 있다.

장하일(1949)는 장하일(1956)에서 다루고 있는 내용을 품사 중심으로 알기 쉽게 풀어놓은 해설서라고 생각된다. 장하일(1949)는 일견 체계 없이 각 품사를 다루고 있는 것처럼 보이는 것은 이러한 이유 때문인 것으로 보인다. 장하일(1956)은 본고의 연구 대상이 되는 문법 교과서가 아니기 때문에 이와 같은 연관성을 고려하지 않고, 장하일(1949)에 나타난 내용만을 고려하였다.

다. 이때 언씨는 관형사, 억씨는 부사, 늑씨는 감탄사에 각각 해당한다. 김윤경(1948)에서는 이 언씨, 억씨, 늑씨를 모임씨로 제시하고, 이를 다시 꾸밈씨로 제시하였다. 전체 품사의 분류를 살펴보면 (4)와 같다.

(4) 김윤경(1948)의 품사 분류

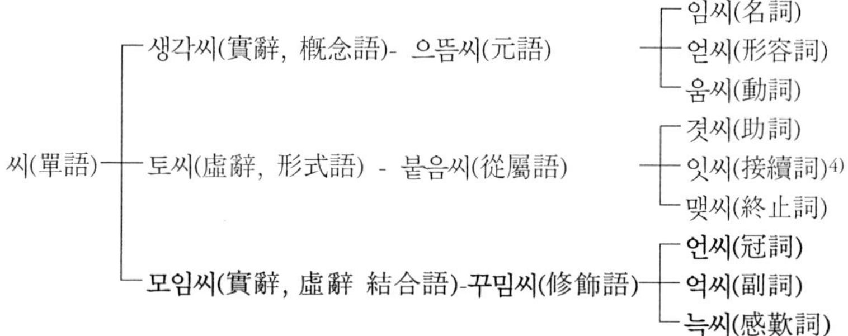

모임씨는 "한 으뜸씨나 한 월을 꾸미는 씨"이며, "생각씨와 토씨가 가를 수 없이 굳어 붙은(곧 토가 안 쓰이는)" 것으로 보았다. 즉, 모임씨는 기능상 다른 요소를 수식하는 것을 모임씨로 본 것이다. 이는 모임씨를 다시 '꾸밈씨(修飾言)'로 풀어 설명한 것으로도 알 수 있다. 이 꾸밈씨에는 언씨, 억씨, 늑씨, 즉 관형사와 부사, 감탄사가 포함되므로, 김윤경(1948)에서는 수식언과 독립언을 분리하지 않고, 통합하여 다룬 것이라고 할 수 있다.

김윤경(1948)은 관형사, 부사와 감탄사를 그것이 갖는 의미와 기능에 따라 가장 자세하게 하위 구분했다는 사실에서 특이점을 찾을 수 있는 교과서이다. 관형사, 부사, 감탄사의 하위분류가 가장 자세하게 이루어져 있다.

---

4) 김윤경(1948)에서 제시한 잇씨(접속사)는 본고에서 살피는 접속사와는 다른 개념이다. 본고에서 다루는 접속사는 '그러나, 그리고' 등과 같이 현재 접속 부사로 설정되어 있으며, 문장과 문장을 이어주는 역할을 하는 단어들이다. 그러나 김윤경(1948)의 접속사는 이와 달리, '과, 와, 면서' 등과 같이 조사나 어미 가운데 어떤 것을 이어주는 역할을 하는 단어들만을 일컫는다.

관형사의 경우에는 바탕 언(성상 관형사), 셈 언(수 관형사), 가리침 언(지시 관형사)에 모름 언을 더하여 모두 넷으로 제시하였다. 모름 언은 "아직 알지 못하거나 알릴 필요 없는" 것을 나타내는 것이라고 정의하고, 그 예로는 '어느, 웬, 아무, 무슨' 등을 들었다. 관형사의 기능은 명사를 꾸미는 것을 들었다.[5]

부사의 기능으로는 단어를 꾸미는 것과 문장을 꾸미는 두 가지를 제시하였고, 단어 수식은 다시 수식하게 되는 단어의 품사가 무엇이냐에 따라서 '임씨 꾸밈(명사 수식), 얻씨 꾸밈(형용사 꾸밈), 움씨 꾸밈(동사 수식), 언씨 꾸밈(관형사 수식), 억씨 꾸밈(부사 수식)' 등으로 구분하였다. 부사에 '천천히, 공손히' 등 용언 파생형을 포함하고 있다. 부사에 해당하는 억씨는 그것이 갖는 의미에 따라 '짓꼴, 소리, 몬꼴, 빛갈, 때, 곳, 견줌, 여김, 막음, 시킴, 모름, 이음'의 열둘로 세분하였다. 이 가운데 이음 억씨가 접속 부사에 해당한다. 감탄사에 해당하는 늑씨는 크게는 '즐거움, 괴로움, 대답, 부름'의 넷으로, 작게는 '깃븜, 놀람, 성남, 슬픔, 걱정, 뉘우침, 여김, 막음, 빈정거림, 코웃음, 아양, 말림, 조임, 힘씀, 부름, 대답'의 열 여섯으로 세분하고 있다.

2) 최현배(1948, 1949, 1956, 1968)

최현배(1948, 1949, 1956, 1968)에서는 매김씨(관형사), 어찌씨(부사), 느낌씨(감탄사)를 묶어 꾸밈씨(수식사)로 보았다. 관형사는 체언을 수식하는 것으로, 부사는 용언을 수식하는 것으로, 감탄사는 문장을 수식하는 것으로 파악한 것이다. 이 네 권의 교과서에서 매김씨(관형사), 어찌씨(부사), 느낌씨(감탄사)를 다루는 방식에는 차이가 없으며, 개별 품사의 정의, 설명 등에

---

5) 실상 김윤경(1948)에서는 관형사의 기능에 "임씨를 꾸밈"과 "임씨 우에 놓임"으로 두 가지를 제시하였는데, 후자는 기능이 아니라 관형사가 어디에 놓이게 되는지, 그 쓰이는 위치를 설명한 것이다. 따라서 관형사의 기능으로는 명사를 수식하는 기능 하나만을 제시한 것으로 볼 수 있다.

서도 차이를 찾아볼 수 없다. 최현배(1956)에서 제시한 품사의 분류를 제시하면 아래 (5)와 같다.

(5) 품사 분류 - 최현배(1956:110)[6]

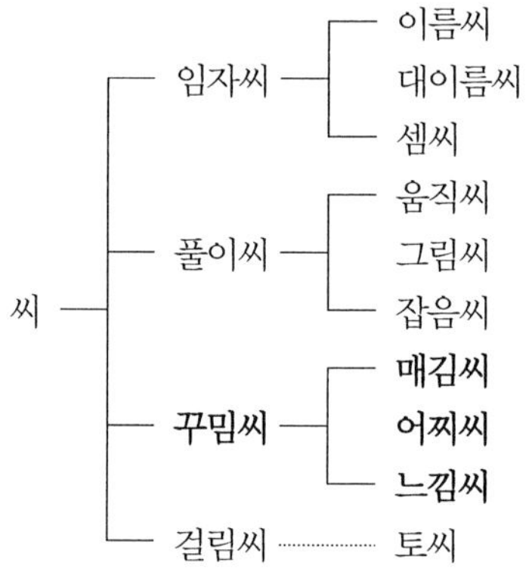

---

6) 이 분류는 최현배(1948, 1949, 1956)에서는 동일하게 나타나지만, 최현배(1968)에 이르러서는 다소 차이를 보인다. 매김씨(관형사), 어찌씨(부사), 느낌씨(감탄사)를 꾸밈씨(수식사)로 보는 것은 일치하지만, 임자씨(체언)와 풀이씨(용언)의 처리에서 차이를 보인다. 임자씨(체언)와 풀이씨(용언)를 묶어 으뜸씨로 처리하였으며, 으뜸씨와 꾸밈씨를 묶어 생각씨로 처리하였다. 생각씨와 걸림씨가 품사 전반을 이루게 된다. 이전까지는 임자씨, 풀이씨, 꾸밈씨, 걸림씨가 각기 수평적 관계로 제시되었으나, 최현배(1968)에 이르러서는 이들을 계층적으로 구조화하여 제시하였다.

• 품사 분류 - 최현배(1968:18)

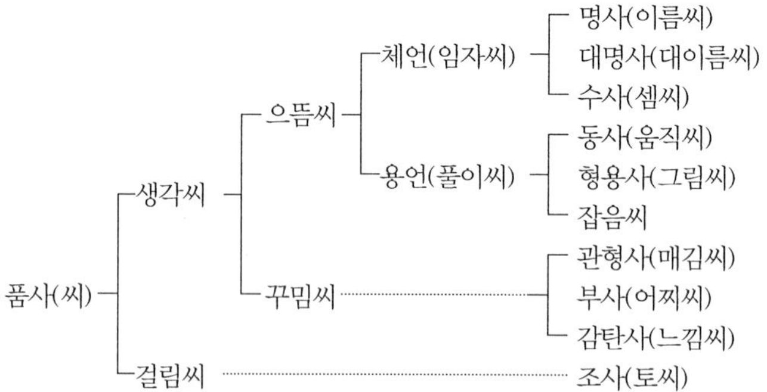

비록 감탄사를 꾸밈씨, 즉 수식언의 하위 품사로 분류했지만, 그것이 지니고 있는 독립성을 완전히 부정하지는 않았다. 최현배(1968)은 감탄사를 "비교적 독립적이나, 그러나, 완전히 무관계하게 독립하지는 않"은 것으로 보았다. 다만, 이 문법 교과서가 채택하고 있는 품사 분류의 원리에 의해 감탄사가 수식언에 합류하게 된 것으로 보인다.

최현배(1968)의 품사 분류는 아래 세 가지의 문장을 고려하여 이루어진다.

(6) 최현배(1968)의 품사 분류 기준
    ㄱ. 어떠한 무엇이 어떠한 무엇이다.
    ㄴ. 어떠한 무엇이 어떻게 어찌한다.
    ㄷ. 아아, 어떠한 무엇이 어떻게 어떠하다.

이때 '어떠한'에 해당하는 관형사와 '어떻게'에 해당하는 부사, '아아'에 해당하는 감탄사는 각각 뒤에 오는 요소를 수식한다고 판단하였고, 이러한 공통점이 감탄사가 지닌 독립성보다는 더 중요한 특성이라고 보았다.

이 세 권의 교과서는 관형사, 부사, 감탄사의 하위분류에서도 동일한 양상을 보인다. 먼저, 관형사의 경우에는 하위분류를 하지 않았다. 감탄사의 경우에는 감정을 나타내는 감탄사와 의지를 나타내는 감탄사로 양분하였으므로 크게 특이한 점은 없다고 할 수 있다. 다만 부사의 경우에는 다소 특이한 모습을 보인다. 부사는 그 의미에 따라 '때를 나타내는 것, 곳을 나타내는 것, 모양을 나타내는 것, 정도를 나타내는 것, 말재를 나타내는 것, 그리고 이음을 나타내는 것' 등으로 모두 여섯으로 분류하고 있다. 이때 '때를 나타내는 것, 곳을 나타내는 것, 정도를 나타내는 것, 이음을 나타내는 것'은 각각 시간 부사와 공간 부사, 정도 부사, 그리고 접속 부사에 해당한다고 할 것이다. '모양을 나타내는 것'에는 속 모양, 겉 모양, 그리고 가리키는 모양을 나타내는 것이 속한다고 제시하였다. 이때 속 모양을 나타내는 부사에는 '잘, 못, 갑자기' 등이 제시되었다. 겉 모양을 나타내는 부사로는 의성어 및 의태어가, 그리고 가리키는 모양을 나타내는 부사로는 '이리, 저리, 그리' 등이 제시되었다. 부사의 분류 가운데 가장 특이한 것이 '말재를 나타내는 것'인데, 이는 "말하는 이의 태도에 관한 것"으로 보았다. 즉, 수식하게 되는 용언에 대한 화자의 태도를 나타내는 것으로, 용언에 대하여 화자가 단정적인가, 의혹을 가지고 있거나 가설적인가를 드러내는 부사라고 하였다. 이의 예로는 '단연코, 결코, 조금도, 왜, 아마, 글쎄, 아무리' 등이 제시되었다.

3) 허웅(1968, 1979)

허웅(1968)과 허웅(1979)는 관형사, 부사, 감탄사나 수식사를 다룸에 있어 동일한 입장을 취하고 있다. 허웅(1968, 1979) 역시 관형사, 부사, 감탄사를 포함하는 수식사(꾸밈씨)를 설정하였다. 허웅(1968, 1979)에서 제시한 수식사는 "어떤 말의 뜻을 꾸미는 낱말"로 정의되어 있는데, 체언의 뜻을 꾸미는 관형사와 용언의 뜻을 꾸미는 부사, 문장 전체의 뜻에 어느 정도의 제약을 가하는 힘이 있는 감탄사를 이에 포함시키고 독립언으로 보지 않았는데, 그 이유를 다음과 같이 설명하고 있다.

(7) 감탄사의 정의 - 허웅(1968:93)

　감탄사는 수식사와 다소 다른 종류의 말이지만, 문장 전체에 감탄의 감정을 불러일으키는 점으로 보면, 문장 전체의 뜻을 다소 윤색하는 힘이 있다고도 할 수 있으므로, 수식사에 넣어 둔다.

결국 허웅(1968, 1979)에서는 감탄사가 관형사나 부사와는 차이가 있다는 점을 인정하고 있으나, 문장 전체를 수식하는 성질이 있으며 이것이 감탄사의 큰 특징이라고 본 것이다. 따라서 감탄사를 독립언이나 독립사 등으로 따로 분류하지 않고, 수식사로 관형사 및 부사와 함께 묶은 것이다.

허웅(1968)의 경우 접속부사는 다른 부사와 성격이 다른 점이 있다고 언급하고, 이를 따로 접속사로 세우는 일이 있음을 밝히고 있다. 이를 부사에서 다루는 것은 '편의상'의 일이라고 설명하고, 문장성분으로는 독립어로 규정하였다. 허웅(1968)의 입장은 아직 접속사를 세우는 것이 더 옳다는 입장인 것으로 보인다. 그러나 허웅(1979)에 이르러서는 이와 같은 언급은 없이, 부사의 하위분류로 접속부사를 제시하였다.[7]

4) 김완진·이병근(1979)

김완진·이병근(1979)는 관형사나 부사, 감탄사의 상위 분류에 대해 언급하지 않았다. 명사 및 대명사, 수사를 아우른 체언, 동사와 형용사를 아우른 용언을 분명히 언급한 것과는 대조적이다. 관형사, 부사 및 감탄사가 체언이나 용언류와는 구별되는 품사라는 점만을 언급하고 있는데, 앞에서 다룬 최현배(1948, 1949, 1956, 1968)이나 허웅(1968, 1979)와 마찬가지로 감탄사를 수식언의 한 갈래로 묶는 것과 동일한 시각인 것처럼 보인다. 하지만 특이하게도 김완진·이병근(1979)에서 관형사, 부사, 감탄사를 미약하게나마 한데 묶은 근거는 이들의 기능에 의한 것이라기보다는, 그것들이 활용을 하지 않는 '불변하어'라는 사실에 기초하고 있다. 즉, 치현배(1948, 1949, 1956, 1968), 허웅(1968, 1979)에서처럼 관형사, 부사, 감탄사에 모두 수식의 기능이 있다고 보는 것은 아니라는 것이다. 물론 관형사와 부사가 다른 말을 수식하는 기능을 가지고 있으며 감탄사가 독립적으로 쓰인다는 사실에 관한 언급은 있지만 그것이 특별히 강조되었다거나 그것을 기초로 하여 수식언이나, 혹은 독립언에 해당하는 개념을 설정하였다는 증거는 찾을 수 없다. 다만 관형사, 부사, 감탄사가 모두 불변화어라는 언급은 하고 있다.

---

7) 허웅(1968, 1979)는 공통적으로 관형사 및 감탄사를 하위분류하지 않았다. 부사의 경우에도, 부사의 한 갈래로 접속 부사가 있다는 사실만을 언급하고 있을 뿐, 그 외의 언급은 하지 않고 있다.

(8) 관형사 및 부사, 감탄사 - 김완진·이병근(1979)

　　ㄱ. 관형사와 같이, 곡용도 하지 않고 활용도 하지 않는 단어들을 불변화
　　　어라고 이른다. - 김완진·이병근(1979:90)
　　ㄴ. 부사는 동사나 형용사와 같은 용언을 꾸며 주거나, 다른 부사를 꾸며
　　　주는 불변화어인데, … - 김완진·이병근(1979:91)
　　ㄷ. 감탄사는… 또는 활용이나 곡용도 하지 않는 불변화어이다. 김완진·
　　　이병근(1979:94)
　　ㄹ. '아름다와라', '돗하도다'도 감탄의 뜻을 나타내고 있지만, 불변화어가
　　　아니기 때문에 감탄사는 되지 못한다. - 김완진·이병근(1979:95)

이처럼 김완진·이병근(1979)의 경우는 관형사, 부사, 감탄사를 의미나 기능적인 측면에서 분류하려는 시도를 하고 있지 않으며, 형태적으로 이들이 변화하는가 변하지 않는가를 중요하게 생각하고 있다. 그러나 이들을 실제로 '불변화언' 등의 용어로 묶은 것은 아니다. 관형사, 부사, 감탄사가 불변화어라는 설명은 단순히 이들의 공통적인 특성을 언급한 것에 불과할 수도 있다. 또한, 감탄사의 경우 그 독립성에 관한 내용도 아주 중요하게 다루고 있다. 이처럼 김완진·이병근(1979)의 경우 감탄사를 확실히 수식언의 일부로 파악했다고 보기는 어렵다고 판단된다. 그러나 동시에 감탄사를 독립언으로 따로 분류했다는 명백한 근거도 찾을 수 없다. 따라서 불변화어로서의 공통점을 언급한 점을 들어, 이들을 하나의 분류로 보고 처리한 것으로 파악하기로 한다.

이처럼 김완진·이병근(1979)는 관형사, 부사, 감탄사의 상위 분류에 있어서는 독특한 처리 방식을 볼 수 있는 교과서이지만, 그 하위분류에 있어서는 특이한 점을 찾아볼 수 없다. 관형사의 경우 그 기능에 따라 성상 관형사, 지시 관형사, 수 관형사의 셋으로 하위분류하였으며, 부사의 경우에는 문장 부사와 접속 부사로 구분하였다. 감탄사는 분류하지 않았으나, 감정을 나타내는 말과 호응하는 말을 모두 감탄사의 범주에 포함시켜 다루

었다.

3.2. 수식언과 독립언의 분리

지금까지 수식언과 독립언을 분리하지 않고, 하나로 통합하여 다룬 교과서들을 살펴보았다. 장하일(1949)를 제외한 다른 교과서들은 대체로 독립언을 따로 두지 않고, 수식언에 포함시키는 입장을 취했다. 즉, 감탄사를 수식언의 일부로 본 것이다. 이제 이 절에서 살펴볼 교과서들은 지금까지 살펴본 교과서들과는 달리 수식언과 독립언을 분리하여 다룬 것들이다. 먼저, 수식언과 독립언을 설정한 교과서들을 3.2.1에서 살펴보고, 수식언과 독립언 외에 관계언을 따로 둔 교과서들을 3.2.2에서 살펴볼 것이다. 수식언과 독립언이 분리된 교과서 가운데에는 접속사를 독립 품사로 설정한 것이 있다.

3.2.1. 수식언과 독립언

수식언과 독립언만으로 분리하여 살핀 교과서늘을 먼저 살펴본다. 이때, 수식언과 독립언에 속하는 품사들이 관형사, 부사, 감탄사인 경우와, 이에 접속사를 더한 경우로 나뉜다.

3.2.1.1. 관형사, 부사, 감탄사

가장 많은 수의 교과서가 관형사와 부사를 수식언으로, 감탄사를 독립언으로 나누어 다루고 있다. 특히 통일 문법 제2기(1979) 이후부터는 모든 교과서가 동일하게 수식언과 독립언을 분리하여 다룬다. 관형사와 부사는 다른 요소를 꾸미는 것이므로 수식언으로 보고, 감탄사는 문장의 다른 성분에 얽매이지 않고 자유롭다는 점에서 이를 독립언으로 본다는 것에도 차이가 없다. 정인승(1949), 이인모(1949), 정인승(1956), 이숭녕(1956), 강윤호(1968),

김민수·이기문(1968), 이숭녕(1968), 강윤호(1968), 강복수·유창균(1968), 양주동·유목상(1968)[8], 이은정(1968), 이을환(1967), 이명권·이길록(1968), 이인모(1968), 이희승(1968), 정인승(1968), 김민수(1979), 이응백·안병희(1979), 이길록·이철수(1979), 허웅(1979), 성균관대 대동문화연구원(1985, 1991), 서울대 국어교육연구소(1996, 2002) 등의 교과서가 이에 해당한다. 이들은 수식언과 독립언에 대해 대체로 동일한 처리 방식을 보이지만, 일부 다소 차이를 보이는 교과서가 존재한다. 정인승(1949, 1956)과 이숭녕(1956) 등이 그것이다.

1) 이인모(1949) 외

이 부류에 속하는 교과서들은 앞서 언급한 바와 같이, 관형사와 부사는 수식언에, 감탄사는 독립언에 해당하는 것으로 보았다. 관형사와 부사는 각각 체언과 용언을 수식하는 기능을 공통적인 것으로 보아 수식언으로 묶고, 감탄사는 그것이 홀로 쓰일 수 있다는 점에서 독립적인 성격을 특이점으로 보아 독립언으로 제시한 것이다. 이인모(1949), 강윤호(1968), 김민수·이기문(1968), 이숭녕(1968), 강윤호(1968), 강복수·유창균(1968), 양주동·유목상(1968), 이은정(1968), 이을환(1967), 이명권·이길록(1968), 이인모(1968), 이희승(1968), 정인승(1968), 김민수(1979), 이응백·안병희(1979), 이길록·이철수(1979), 허웅(1979), 성균관대 대동문화연구원(1985, 1991), 서울대 국어교육연구소(1996, 2002) 등의 교과서가 이에 속한다. 이들의 경우, 관형사의 하위분류에 관한 처리도 대체로 동일하게 나타난다. 즉, 관형사의 경우에는 성상 관형사와 지시 관형사, 수 관형사의 셋으로 제시한다. 관형사를

---

8) 양주동·유목상(1968)에서는 감탄사를 "주관적 감정이나 의지를 개념화하지 않고 그대로 나타내는 말"로 정의하였다. 따라서 다른 품사의 단어들은 뜻을 가지고 있는 데 비해, 감탄사는 뜻을 가지지 않은 것으로 보았다. 이는 다른 교과서들의 정의와는 다소 차이를 보이는 것이다. 그러나 감탄사를 독립언으로 본 것은 여타의 교과서들과 다르지 않다.

다시 분류를 하지 않은 교과서도 있었는데, 허웅(1979), 이희승(1949, 1956) 등이다.

감탄사의 경우도 대체로 유사한 분류 양상을 보인다. 감탄사는 의미에 따라 느낌을 나타내는 것과 대답을 나타내는 것 등 크게 두 가지로 분류된다. 이인모(1949), 강윤호(1968), 이숭녕(1968), 강윤호(1968), 강복수·유창균(1968), 양주동·유목상(1968), 이은정(1968), 이을환(1967), 이명권·이길록(1968), 이인모(1968), 이희승(1968), 이응백·안병희(1979), 이길록·이철수(1979), 허웅(1979), 성균관대 대동문화연구원(1985, 1991), 서울대 국어교육연구소(1996, 2002) 등이 이에 속한다. 의미에 따라 분류하였다는 점에서는 공통적이나, 이들을 더 세분한 교과서로는 김민수·이기문(1968), 정인승(1968), 김민수(1979) 등이 있다. 김민수·이기문(1968), 김민수(1979) 등에서는 감탄사를 의미에 따라 '감동, 의지, 부름·대답' 등의 세 가지로 분류하였다. 정인승(1968)에서는 '감정, 의지, 말버릇, 말을 찾는 모양을 나타내는 것으로 넷으로 분류하였다.

반면, 부사의 경우에는 비교적 복잡한 양상을 보인다. 부사의 분류 방식으로는 어원에 따른 분류와 의미에 따른 분류, 그리고 어원과 의미를 모두 고려한 분류, 역할과 의미를 고려한 분류의 네 가지가 나타난다.

먼저 어원에 따라, 본래부터 부사로만 쓰인 본래 부사와, 다른 품사에서 부사로 전성된 전성 부사로 양분한 경우가 있다. 이러한 교과서로 김민수·이기문(1968), 김민수(1979) 등이 있다.

다음으로는 의미에 따라 부사를 한정 부사와 접속 부사로 나눈 교과서를 들 수 있는데, 이에 이응백·안병희(1968), 이길록·이철수(1979), 이은정(1968), 이명권·이길록(1968), 강윤호(1968), 양주동·유목상(1968), 정인승(1968) 등이 있다. 양주동·유목상(1968), 정인승(1968), 이길록·이철수(1979) 등은 의미에 따라 부사를 한정 부사와 접속 부사로 먼저 나누었다는 점에서는 동일하나, 분류를 좀 더 세분하여 제시하고 있다.

어원에 따른 분류와 의미에 따른 분류를 모두 적용하여 본래 부사와 전성부사를 나누고, 본래 부사를 다시 한정 부사와 접속 부사로 나눈 교과서는 이을환(1967) 등이다.

마지막으로는 기능과 의미에 따른 분류를 들 수 있는데, 성균관대 대동문화연구원(1985, 1991), 서울대 국어교육연구소(1996, 2002) 등이 이에 해당한다. 이와 같은 교과서에서는 부사를 먼저 그 역할에 따라 성분 부사와 문장 부사로 나누었다. 그리고 성분 부사를 다시 그 의미에 따라서 성상 부사, 지시 부사, 부정 부사, 의성 의태 부사로 나누었다.

2) 정인승(1949, 1956)[9]

정인승(1949, 1956)은 우선 느낌씨(감탄사)가 문장의 다른 성분들과 연결되지 않으며, 따로 쓰인다는 설명을 분명하게 제시하였다. 또한, 그 쓰임에 있어 그것이 따로, 또는 홀로 쓰인다는 점을 강조하고 있다.

(9) 느낌씨의 쓰임 - 정인승(1949:80~81)

   ㄱ. 아무 다른 말 없이 홀로 쓰일 수가 있다.

   ㄴ. 월의 앞에 따로서서 쓰일 수가 있다.

   ㄷ. 월의 뒤에 따로서서 쓰일 수가 있다.

   ㄹ. 월의 가운데에 끼어들어 쓰일 수가 있다.

위의 설명은 결국 느낌씨(감탄사)의 독립성을 강조한 것으로 보인다. 그러나 정인승(1949, 1956)에서 느낌씨의 상위 개념에 관한 언급은 찾아볼 수

---

9) 정인승(1949, 1956)에서 제시한 관형사, 부사, 감탄사의 하위분류에서는 특이한 점을 찾아볼 수 없다. 관형사의 하위분류에서는 성상 관형사, 지시 관형사, 수 관형사의 세 가지로 분류하여 특이점이 없다. 부사의 경우 그 수식 양상에 따라 성상 부사, 지시 부사, 부정 부사, 접속 부사 등의 넷으로 나누고 있다. 이때 부정 부사란 '아니, 못' 등의 부정소를 나타낸다. 감탄사는 감정만을 나타내는 것, 생각을 나타내는 것 등의 둘로 나누었다.

없다. 이는 체언에 해당하는 임자씨, 용언에 해당하는 풀이씨, 수식언에 꾸
밈씨가 분명히 제시되어 있는 것과는 대조적이다. 예를 들어 매김씨(관형사)
와 어찌씨(부사)의 경우, 이들의 상위 개념으로 '꾸밈씨(수식사)'를 분명하게
제시하고 있다. 정인승(1949, 1956)은 이름씨의 앞에 쓰이어 그 이름씨의
뜻을 매기는 낱말을 매김씨(관형사)로 제시하였고, 움직씨나, 그림씨나, 또
는 이름씨나, 매김씨나, 다른 어찌씨나, 혹은 월의 앞에 쓰이어, 그 말들의
뜻을 어떠하게 꾸미는 낱말로 어찌씨(부사)를 제시하였다. 그리고 이들의
기능이 공통적으로 다른 낱말을 수식하는 데에 있다고 보고, 꾸밈씨(수식사)
로 묶어 불렀다.

(10) 꾸밈씨 - 정인승(1949:32)
　　매김씨는 이름씨를 꾸미고, 어찌씨는 주로 풀이씨를 꾸미는 데에 쓰이는
　　낱말들이므로, 그 쓰임으로 보아서 둘을 모두 꾸밈씨(수식사)라고 한다.

이러한 설명은 정인승(1949)뿐 아니라 정인승(1956)에서도 동일하게 나타
난다.

그렇다면 정인승(1949, 1956)은 느낌씨(감탄사)를 꾸밈씨(수식사), 즉 수식
언의 일부로 처리하고 있다는 가정을 해볼 수 있을 것이다. 정인승(1949)의
설명에 따르면 느낌씨(감탄사)가 다른 성분들과 함께 어울려 쓰였을 경우에
는 문장 전체를 꾸미는 것으로 보아, 어느 정도는 수식의 기능도 있는 것으
로 보고 있음을 알 수 있다.

(11) 느낌씨 - 정인승(1949:32)
　　느낌씨는 그 자체만으로서 한 월의 대신이 될 수 있으며, 또 다른 월과
　　어울려 쓰일지라도 어느 한 조각을 꾸미는 것이 아니고 월 전체를 꾸미게
　　된다.

그러나 이를 꾸밈씨의 하나로 묶지 않았으므로, 감탄사의 경우에는 임자씨나 풀이씨, 꾸밈씨와는 다른 성격의 품사로 처리했다고 하겠다. 또한 그 기능과 특징의 설명에서 '홀로', '따로' 등의 표현이 일관되게 나타나는 것으로 보아, 감탄사의 독립성을 충분히 인식하고 있는 것으로 생각된다. 따라서 정인승(1949, 1956)은 독립언에 해당하는 명칭만 제시하지 않았을 뿐, 감탄사를 다른 품사들과 분리시켜 처리한 것으로 본다.

3) 이숭녕(1956)

이숭녕(1956)의 경우에는 품사 분류의 기준으로 세 가지를 들고 있다. 첫 번째는 단어의 의미에서 공통적인 특징을 찾아 분류하는 방법이고, 두 번째는 문장을 구성할 때에 어떤 역할을 하는지 보아 분류하는 방법, 세 번째는 어미변화[10)가 있는가를 따져 분류하는 방법이 그것이다.

이에 따른 품사 분류에서, 관형사와 부사가 분류된 양상은 크게 특이한 점이 없다. 이들은 제3형의 품사로 분류되어 있는데, 이는 다른 교과서에서 관형사와 부사를 수식언으로 묶은 것과 연관지을 수 있을 것이다. 관형사는 하위분류를 하지 않았고, 부사는 그 의미에 따라 접속 부사와 한정 부사로 분류하고 있다. 다만, 이숭녕(1956)에서는 관형사와 부사의 경우 이들에 어미변화가 없다는 점에서 공통점을 갖는다고 보고 이들을 3형의 품사로 제시하였다는 점에서 차이를 보인다. 이는 기능보다는 형태상의 변화에 더 큰 중점을 두어 다루고 있는 것임을 알 수 있다.

---

10) 이숭녕(1956)의 어미변화란 용언의 활용 및 체언이 조사와 결합하는 것을 모두 의미한다. 따라서 이숭녕(1956)에서는 용언 및 체언에 속하는 품사들을 어미변화가 있는 것으로 묶고, 관형사와 부사를 '어미변화가 없다'는 공통점을 들어 이들을 제3형의 품사로 묶고 있다. 관형사와 부사의 기능은 각각 '체언을 형용하는 품사'와 '용언의 뜻을 더 구체적으로 한정하는' 품사로 규정하고 있는데, 이보다는 어미변화 여부에 더 중점을 두어 관형사와 부사를 처리하였다고 할 수 있겠다. 이는 위에서 살펴본 김민수 · 남광우 · 유창돈 · 허웅(1956)과 유사한 입장이다.

이숭녕(1956)의 경우 감탄사를 "글과는 외떨어진 것으로 아무런 관계를 가지고 있지 않"은 것으로 정의하였다. 감탄사는 주로 감정이 극에 이르렀을 때 내는 소리이지만, 대답하거나 부르는 소리도 글에서 외떨어진 것으로 보아 감탄사로 처리하였다. 이처럼 이숭녕(1956)은 감탄사의 독립성을 인정하고 중요한 기준으로 삼았다. 그러나 독립성보다 더 중요하게 생각한 특성이 있는데, 감탄사가 "정식으로 말의 자격을 갖추지 않았"다는 것이다.

(12) 품사분류론 - 이숭녕(1956:53)
　　감탄사는 정식으로는 말의 자격을 갖추지 않았으므로 독립 품사로 다룰 수 없다는 언어학의 태도를 참작하여 여기 특수품사라 하여 놓는다.

따라서 감탄사는 다른 품사들과는 달리 어미변화가 있고 없다거나, 그것의 의미, 기능 등에 의해 분류된 것이 아니다. 감탄사는 단어가 아니라고 보아 제4형의 특수 품사[11]로 분류된 것이다. 이러한 분류 방식도 감탄사가 여타의 품사들과는 차이점을 가진 품사라는 점을 확실히 보여준다고 하겠다.

3.2.1.2. 관형사, 부사, 감탄사, 접속사

관형사, 부사, 감탄사 외에 접속사를 독립 품사로 설정한 교과서들이 이 부류에 속한다. 다만, 접속사를 관계언 등으로 따로 분류하지 않고, 감탄사와 함께 독립언의 일부로 처리하고 있는데, 김민수·남광우·유창돈·허웅(1956)이 이에 속한다.

김민수·남광우·유창돈·허웅(1956)에서는 관형사의 경우에는 하위분류를 하지 않았다. 부사는 본래부터 부사로만 쓰이는 '본래부사'와, 형용사에서 파생된 '전성부사'의 두 가지로 나누고, 본래부사의 하위에 의성어, 의

---

11) 제1형은 체언, 제2형은 용언인데 반해, 제3형과 제4형의 경우 특별한 명칭을 두지 않았다.

태어, 첩어부사 등을 제시하였다. 그런데 본래부사에 의성어, 의태어, 첩어
부사 등의 예만 있는 것은 아니다, 김민수·남광우·유창돈·허웅(1956)에
서도 '가장, 꼭, 이미' 등과 같이 의성어, 의태어, 첩어부사에 해당하지 않는
예를 제시하였다. 다만 이들을 어떻게 부를 것인지에 대한 명칭을 제시하
고 있지 않은 것이다.

접속사(이음씨)는 단일한 구실을 하며, 어형 변화가 없고, 꾸미지 않는 품
사로 분류하였다. 접속사는 실사에 속하지만 문장의 다른 구성성분들과는
함께 분류할 수 없으며 비교적 독립적인 성격을 띠고 있다. 김민수·남광
우·유창돈·허웅(1956)은 접속사의 기능을 문장과 문장, 절과 절을 이어
주는 것으로 보고 있다.

또, 접속사를 부사에 대비하여 설명하고 있다. 접속사가 한정하는 대상
과, 그 역할에 대하여 언급하고 있는데, 아래와 같다.

(13) 접속사와 부사의 차이점-김민수·남광우·유창돈·허웅(1956:137~138)

접속사	부사
· 문장 전체를 한정 · 앞의 말과 뒤의 말의 '연락을 맺어' 줌	· 용언, 부사만을 한정 · 앞 말의 뜻을 받아 뒷말에 이어주지 않음

이처럼 부사와 비교한 언급이 있는 것은 김민수·남광우·유창돈·허웅
(1956)의 경우 접속사가 부사와 공통점이 많다고 간주하고, 이들 사이의 구
분을 중요하게 다루었기 때문인 것으로 보인다.[12] 이는 이희승(1949)에서
접속사를 조사 및 부사에 대비시켜 설명한 것과 비교할 만하다.

그리고 상위 분류에서는 접속사를 감탄사와 하나로 묶었다. 둘 다 단일

---

12) 김민수·이기문(1968)의 경우 접속부사는 한정하는 기능을 가진 다른 부사와는
　　성질이 다르다고 보고 있으며, 영어 문법에서는 이를 접속사로 부른다는 설명을
　　하고 있다.

한 구실을 하며, 어형 변화가 없고, 다른 말을 수식하지 않는다는 점에서 공통적이라고 보았다. 이는 접속사가 단독으로는 역할을 할 수 없으나, 다른 문장 성분들과 비교해 보았을 때 비교적 독립적이라고 파악하였기 때문으로 생각된다. 김민수・남광우・유창돈・허웅(1956)에서 제시한 품사의 분류표를 제시해 보면 아래와 같다.

(14) 품사의 분류 - 김민수・남광우・유창돈・허웅(1956:122)

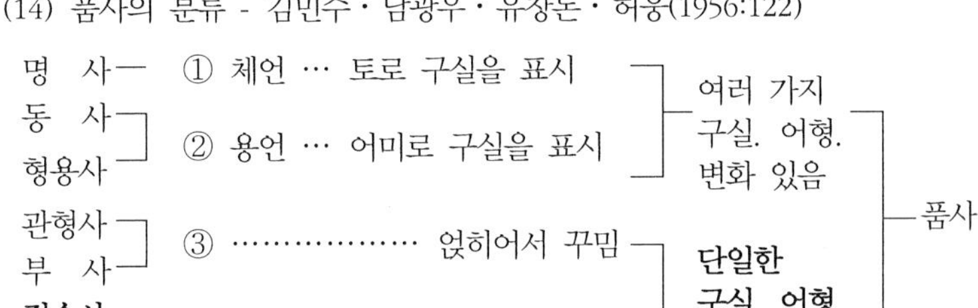

비록 접속사 및 감탄사를 함께 '독립언'으로 부른다는 등의 언급은 없다. 그러니 다른 말을 수식히는 관형시나 부시외는 달리 취급히였고, 어형 변화 없이 단일한 구실을 한다고 본 점은 체언이나 용언과도 다른 성격을 지닌 품사임을 인정한 것이다. 따라서 이 교과서에서는 접속사를 독립언에 속하는 품사로 처리하였다고 본다.

김민수・남광우・유창돈・허웅(1956)에서는 감탄사(느낌씨)를 실사에 포함시키며, 어미활용이 없는 '독립어'로 규정하였다. 일반적으로 문장의 제일 앞에서 독립적으로 사용되며, 여러 가지 감정을 나타내는 말이나, 부르거나 대답하는 말 등이 모두 감탄사라고 보았다. 이 감탄사는 생각과 느낌을 직감적・종합적으로 나타내는 것이며, 감탄을 나타내는 어미와는 구분하고 있다. 김민수・남광우・유창돈・허웅(1956)에서는 감탄사의 독립성을 중요시하였으며, 관형사 및 부사와는 다르다는 것을 분명히 하고 있다. 관형사

(매김씨)와 부사(어찌씨)의 경우 각각 단일한 구실을 하며 어형의 변화가 없다는 점에서는 감탄사와 유사하지만, 관형사와 부사는 다른 품사에 얹히어서 꾸미는 품사인 반면 감탄사는 꾸미는 기능이 없다고 보았다. 감탄사와 유사한 기능 및 특성을 지닌 품사로는 접속사가 제시되었으며, 감탄사와 접속사를 품사의 대분류에서 한 갈래로 묶어 제시하고 있다. 비록 교과서에서 이들을 함께 지칭할 상위 개념의 명칭, 즉 수식언이나 독립언 등은 명확히 제시하지 않았으나, 관형사와 부사가, 그리고 접속사와 감탄사가 기능 및 특징에서 유사성을 띠고 있다는 시각을 분명히 보여준다.

3.2.2. 수식언, 독립언과 관계언

이 분류에 해당하는 교과서들은 관형사, 부사를 수식언으로, 감탄사를 독립언으로 설정하였다는 점에서는 3.2.1.에서 살펴본 교과서와 맥락을 같이 한다. 그러나 이 부류에 속하는 교과서들은 접속사를 독립품사로 설정하여, 그것을 관계언으로 따로 분류하고 있다는 점에서 차이를 갖는다. 이에 속하는 교과서로는 이희승(1949, 1956, 1968) 등이 있다.

이희승(1949, 1956, 1968)은 관형사, 부사, 감탄사의 설정에서 동일한 입장을 취하고 있다. 이희승(1949)에서는 앞의 말의 뜻을 받아서 뒤의 말에 이어주는 구실을 하는 말을 접속사로 정의하였다. 접속사는 그 성질이 조사나 부사와 다르다고 보고, 그 차이를 강조하여 보여주고 있다. 부사와의 차이점을 두 가지, 조사와의 차이점을 세 가지로 보였는데, 아래와 같다.

(15) 접속사와 부사·조사의 차이점 - 이희승(1949)
  ㄱ. 부사와의 차이점
    ① 부사는 그 다음에 있는 용언이나 다른 부사만을 한정하지마는, 접속사는 그 다음에 오는 글월 전체를 한정하는 일.
    ② 부사는 그 위의 뜻을 받아서 다음에 오는 말과 이어 주는 구실을 하지마는, 접속사는 반드시 그 위에 있는 단어나, 완결되지 못한 글월

　이나, 완결된 글월의 뜻을 받아서, 그 다음에 오는 단어나 글월과 연락을 맺어 주는 일.

　ㄴ. 조사와의 차이점

　① 조사는 체언(때로는 부사)에만 붙어서 쓰이지마는, 접속사는 반드시 체언에만 쓰이는 것이 아니라, 용언 아래에도 쓰이는 일.

　② 조사보다는 독립성이 있어서 글월의 첫 머리에도 쓰이는 일.

　③ 따라서, 접속사는 체언의 격을 표시하지 않는 일.

　이처럼 이희승(1949)에서 접속사가 부사나 조사와는 다르다는 점을 강조한 것은, 그만큼 접속사가 부사 및 조사와 공통점을 가졌다고 보았기 때문인 것으로 생각된다. 이희승(1949)에서는 접속사가 문장 전체를 '한정'한다는 점에서, 용언이나 부사를 한정하는 부사와 유사한 기능을 한다고 보았으며, 단독으로는 쓰이지 못한다는 점에서 조사와 유사하다고 본 것이다. 따라서 접속사를 설정함에 있어 그와 유사하다고 판단되는 부사 및 조사와의 차이점을 분명히 드러낼 필요가 있었던 것으로 보인다.

　접속사는 앞 말의 뜻을 받아서, 뒤의 말과 접속시키는 성질을 가졌다. 단어와 단어, 문장과 문장을 이어주며, 활용이 되지 않는 것이 특징이다. 이희승(1949)에서는 접속사의 특성과 쓰임에 대해서는 자세히 설명하고 있으나, 그것의 상위 분류가 어떻게 되는지에 관해서는 명확히 언급하지 않고 있다. 다만, 접속사를 조사와 함께 묶으려고 하는 시도가 보인다.

　(16) 접속사와 조사 - 이희승(1949:29)

　이 밖의 접속사와 조사는 한 단어가 다른 단어에 대한 관계나, 혹은 한 어구가 다른 어구에 대한 관계를 맺어주는 데만 쓰인다.

　접속사와 조사를 연관시킨 설명은 위의 (16)에서 제시한 것이 유일하다. 그러나 접속사의 기능이 '관계를 맺어주는 데' 있다는 점에서 조사와 동일하다는 점을 분명히 드러내고 있다. 그 외의 품사, 감탄사나 관형사, 부사와는 연관시키지 않고 있음을 미루어 볼 때, 이희승(1949)에서는 접속사를 조사와 함께 관계언으로 보고 있는 것으로 생각된다.

이희승(1949)에서 감탄사의 가장 큰 요건으로 본 것은 독립성이다. 감탄사와 유사하게, 느낌을 나타내는 소리이거나 부르는 말이라고 하더라도 독립성이 없다면 감탄사가 아니라고 보았다. 그런데, 이희승(1949, 1956, 1968)에는 감탄사의 상위 분류를 어떻게 할 것인지에 관한 언급이 없다. 명사와 대명사를 통틀어 체언이라 하고, 동사, 형용사 및 존재사를 통틀어 용언이라고 하였으나, 감탄사 및 관형사, 부사의 경우에는 이러한 분류가 이루어지지 않았다. 관형사와 부사가 꾸미는 기능을 가지고 있다고 보았고, 감탄사의 독립성에 대해 강조한 것으로 보아, 관형사 및 부사, 감탄사를 모두 한 갈래로 묶지는 않았으리라 짐작할 수 있다.

지금까지 문법 교과서에서 수식언과 독립언을 다룬 양상을, 주제별로 살펴보았다. 수식언과 독립언 전체의 체계를 어떻게 짜서 보여주었는가에 따라 크게 다섯 가지 유형으로 구분하였다. 수식언과 독립언의 통합과 분리 양상, 그리고 관계언(접속사)의 설정을 기준으로 삼았다.

4. 수식언, 독립언 단원의 문법 교과서 기술 제언

이 장에서는 지금까지 살펴본 내용을 토대로, 문법 교과서에서 수식언과 독립언을 어떤 체계로, 어떤 내용을 제시해야 할 것인가에 대하여 논의할 것이다. 먼저 4.1에서 수식언과 독립언의 기술에 있어 어떤 체재를 취해야 할 것인가에 대해 살펴보고, 4.2에서는 앞서 논한 체제에 맞추어 어떤 내용을 기술해야 할 것인가에 대해 살펴볼 것이다.

4.1. 체재

초기 교과서의 경우에는 각 품사의 하위분류 및 품사 전체의 체계에 관한 언급이 비교적 학습자가 이해하기 쉽도록 제시되어 있었다. 그러나 근래의 교과서에 이르면 품사 전반에 대한 것이나, 개별 품사의 구분에 대한 체계적인 설명을 찾아볼 수 없다. 이는 초기의 문법 교과서는 품사론에 치중하여 기술되었으나, 이후에는 국어학 관련 지식 전반을 고루 담게 되었기 때문으로 파악된다. 품사론 외에 다른 내용을 균형적으로 싣기 위하여 내용이 축소된 것이다. 그러나 내용의 축소 및 생략이 지나쳐, 현행 문법 교과서에서 제시하고 있는 내용만으로는 정확한 학습이 어려울 것으로 보인다.

본고에서 살펴본 수식언과 독립언은 품사론의 논의에 해당한다. 이는 단어에 대한 단원 가운데 포함될 것으로, 단어의 정의, 종류, 형성 방식 등을 다루는 단원의 하위 단원 가운데, 단어의 종류를 다루는 품사론에 포함될 것이나. 이 품사의 분류는 문장에서의 기능 및 그 득성에 따라 먼저 내분류를 제시할 필요가 있다. 이를 위하여서는 본고에서 다룬 수식언과 독립언의 체계를 어떻게 잡을 것인가를 결정해야 한다.

관형사나 부사, 감탄사는 형태 변화가 없다는 점에서 공통적이다. 그러나 단순히 형태상의 변화가 없기 때문에 이들을 함께 묶는다면, 형태 변화가 있는 용언과 체언도 함께 묶어 '변화언' 등으로 보아야 한다. 이는 너무나 포괄적인 분류로, 분류에 의미가 없다. 학습자들이 품사를 이해하는 데에 큰 도움을 줄 수 없다는 것이다.

관형사나 부사를 하나의 분류, 수식언으로 묶는 것은 다른 품사, 즉 체언과 용언을 수식할 수 있다는 기능상의 공통점이 있기 때문이다. 만약 감탄사도 이들과 하나의 범주에 묶는다고 한다면, 관형사 및 부사와 이러한 기능상의 공통점, 즉 다른 단어를 수식하는 기능이 있어야 한다. 그런데 만약 감탄사에 다른 단어를 수식하는 기능이 있다고 한다면, 감탄사가 홀로 쓰여 문장을 이루는 경우를 설명할 수 없게 된다. 따라서 감탄사는 관형사나 부사처럼 다른 단어를 수식하는 기능을 갖는다고 할 수 없을 것이다. 그리고 감탄사가 갖는, 홀로 쓰여 문장을 이룰 수 있다는 특성은 여타의 다른 단어들과는 현격한 차이를 보이는 것이다. 따라서 이렇게 두드러진 감탄사의 특징을 고려하여, 이를 별도로 분류하는 것은 타당한 일이 될 것이다. 이를 바탕으로 한다면 관형사나 부사는 그 기능사의 공통점을 고려하여 수식언으로 두고, 감탄사는 독립적인 특성을 고려하여 독립언으로 두는 현행의 분류 체계가 합당하다고 할 수 있을 것이다.

대다수의 교과서에서 접속사는 문장 수식의 기능을 가지고 있는 부사의 일종, 즉 문장 부사로 다루어졌다. 그러나 김민수·남광우·유창돈·허웅(1968)이나 이희승(1949, 1956, 1968) 등에서는 접속사를 독립된 품사로 설정하고 있었다. 이들에서 제시된 부사와 접속사의 분리 근거는, 부사가 다른 단어를 한정하는 반면 접속사는 문장을 한정한다거나, 접속사는 앞 뒤의 문장을 연결해주는 반면 부사는 그렇지 않다는 것 등이다. 그런데 접속사가 어떤 대상을 한정한다는 점에서는 부사와 공통적이다. 다만 한정 대상이 단어 혹은 문장 성분인가, 아니면 문장인가에 대한 차이가 있을 뿐이다. 이는 다수의 교과서가 채택하고 있는 바와 같이 문장 부사와 성분 부사의 구분으로 설명될 수 있다. 그리고 접속사가 갖는 연결 기능은 부사로서 접속사, 즉 접속 부사가 갖는 특징이라고 본다면 접속사를 품사로 설정하지 않더라도 설명이 가능할 것이다. 이에 접속사는 부사의 하나로 포함하여 다룰 수 있을 것으로 본다.

따라서 품사론의 내부에서 품사의 분류는 크게 체언, 용언, 수식언, 관계언, 독립언 등으로 분류될 수 있을 것이다. 세부 품사들에 관한 설명을 하기 이전에, 이들의 분류 이유와 기준, 그리고 그 의의에 관한 설명이 필요할 것이다. 이것이 가능하다면 관형사와 부사가 어떤 이유에서 수식언으로 묶이는지, 그리고 감탄사는 어떤 특징 때문에 독립언으로 따로 분류되는지를 효과적으로 보여줄 수 있게 될 것이다. 이는 수식언과 독립언의 성격을, 품사 전체의 체계 안에서 드러내어야 한다는 것이다.

논의한 내용을 바탕으로 수식언과 독립언의 기술 체제에 대하여 정리하면 (16)과 같다.

(17) 수식언과 독립언의 기술 체제
    단어의 종류(품사론)
     · 품사의 분류
       1. 개론 2. 체언 3. 용언 **4. 수식언** 5. 관계언 **6. 독립언**
    …
     4. 수식언
      1) 관형사 2) 부사
      …
     6. 독립언
      - 감탄사

4.2. 내용

앞서 지적한 바와 같이, 현행 문법 교과서에서는 품사론 전반의 내용이 지나치게 축소되어 있다. 품사의 정의와 몇몇 단어를 예시하는 것으로 설명을 마치고 있는데, 이와 같은 설명으로는 고교 학습자를 대상으로 하여 큰 학습 효과를 기대하기 어려울 것이다. 자세한 부연 설명, 특히 유사한 성격이나 특징을 갖는 품사와의 비교·대조를 통한 설명이 필요할 것으로 생각된다.

관형사 및 부사의 분류는 역대 문법 교과서에서 대체로 그 기능과 의미를 기준으로 삼고 있음을 알 수 있다. 그리하여 관형사의 경우에는 성상 관형사, 지시 관형사, 수 관형사 등의 셋으로 분류된다. 이 분류는 가장 많은 교과서에서 택하고 있는 것이며, 최근의 문법 교과서인 서울대 국어교육연구소(2002)에서도 동일한 분류를 택하고 있다. 관형사의 분류는 이른 시기부터 문법 교과서에서 대체로 통일되어 제시되었고, 이 분류 방식에 큰 무리가 없는 것으로 파악된다.

부사는 그 분류가 다양한 편이다. 부사의 분류 방식은 크게 어원에 따른 분류와 의미 및 기능에 따른 분류의 두 가지로 나뉜다. 이때, 어원에 따른 분류는 그것이 본래부터 부사였느냐, 혹은 본래 다른 품사가 파생되어 부사로 쓰이게 되었느냐를 기준으로 한 것이다. 이러한 어원에 따른 분류는, 단어 형성 요소인 접미사 가운데 부사 파생 접미사가 존재한다는 점에서 유효할 수 있다. 그러나 이를 인정할 경우 명사 파생 접미사나 동사 파생 접미사, 형용사 파생 접미사 등이 존재하므로 명사, 동사, 형용사 등에서도 이러한 분류 방식을 택해야 한다는 결론에 다다르게 된다. 물론 이들이 본래 다른 품사였으며, 파생을 거쳐 부사나 명사, 동사, 형용사 등의 품사가 되었다는 것은 사실이고, 이를 구분해주는 것도 의의가 있을 수 있다. 그러나 이들이 의미나 기능상에 큰 차이를 갖지 않으므로, 굳이 부사의 분류에서 이를 제시할 필요는 없을 것이라고 본다. 따라서 부사의 분류 역시 관형사의 분류와 마찬가지로 그것이 갖는 의미 및 기능에 따른 분류가 이루어져야 할 것이다. 먼저 기능에 따른 분류로 성분 부사와 문장 부사로 분류하고, 다시 성분 부사를 성상 부사, 지시 부사, 부정 부사, 의성의태 부사 등의 넷으로 나눌 수 있을 것이다. 교과서에 따라서 첩어 부사를 설정한 경우도 있었는데, 이는 본래 부사인 것이 겹쳐 쓰였다는 단순한 형태적 특성에 따른 분류이다. 이러한 분류는 의미나 기능상의 어떤 특성도 포착하고 있지 않으므로, 전체 분류 체계에서 제외해야 할 것이다.

관형사 가운데 수 관형사를 다루면서 반드시 포함되어야 할 내용이 있는

데, 바로 수 관형사와 수사의 문제이다. 수 관형사는 가운데, 수사와 동일한 형태를 띠고 있으나 그 품사만 달리 제시되어 있는 것이 있다. 이에 관한 설명이 제시되지 않는다면, 학습자들의 입장에서는 품사 분류에 혼동을 느낄 수밖에 없을 것이다. 이는 부사의 경우에도 마찬가지이다. 예를 들어 부사 가운데 이른바 지시 부사는 대명사와 형태는 같되, 그 품사만이 달리 제시되는 예가 있다. 이처럼 국어 문법에서 다품사어를 인정하고 있고, 이에 해당하는 예를 교과서에 싣기 위해서는 이러한 현상에 대한 설명이 제시되어야 할 것이다. 초기 문법 교과서에는 이를 해당 품사에서 짧게 다루거나, '품사의 전성'에서 다루고 있었다.[13] 그러나 6차 문법 교과서에서부터는 이에 관한 설명을 찾을 수 없게 되었다. 품사론 전반에 대한 체계적인 지식을 제공하기 위해서는 품사의 통용에 관한 내용이 포함되어야 할 것으로 본다. 물론 이에 대한 심도 있는 설명은 고등학교 문법의 수준을 지나치는 일이 될 수 있다. 그러나 관형사, 부사와 체언류와의 차이점, 즉 조사와의 결합 여부 정도의 설명은 문법 학습에 효과적일 것이다. 이들을 본격적으로 다루지는 않을 것이므로 각각의 품사에서 현상을 설명하고, 이들이 실제 쓰인 문장에서 구별하는 방법을 다루는 것으로 충분할 것이다. 이는 해당 내용과 연관은 되어 있으나 그 내용이 직접적으로 관련된 것은 아니다. 따라서 이를 수 관형사나 수사, 지시 부사나 대명사 부분에서 다루는 것이

---

13) 성균관대 대동문화연구원(1985) 이전의 교과서에서는 대체로 품사의 전성을 독립된 절로 다루고, 여기에서 수사와 수관형사, 부사와 지시 부사의 관계 즉 품사의 통용에 대해 설명하고 있다. 품사의 전성을 독립된 절로 다루지 않은 교과서 가운데 허웅(1968, 1979), 최현배(1948, 1949, 1956, 1968), 강윤호(1968), 이명권·이길록(1968)등은 해당 품사에서 참고 설명 정도로 간단하게 언급하고 있다, 김윤경((1957)은 품사의 전성을 설정하였으되, 명사의 부사 통용은 다루었으나 수사의 수 관형사 통용을 다루지 않았다. 이숭녕(1956, 1968)은 여타의 교과서와 달리 품사의 통용을 인정하지 않았다. 수 관형사를 "수사의 관형사적 형태"라고 표현하고, 수관형사의 존재를 인정하지 않고 있다. 장하일(1949), 성균관대 대동문화연구원(1985, 1991), 서울대 국어교육연구소(1996, 2002)에서는 이와 관련된 언급이 없다.

다소 전체 내용과 거리가 있는 것이라 할 수 있다. 이를 위하여, '연관 학습'이라는 부분을 두어 관련 내용을 다룰 것을 제안할 수 있다.[14]

지금까지 논의한 수식언의 내용을 정리하여 나타내면 아래 (18)과 같다.

(18) 수식언의 내용
　① 수식언의 정의, 분류
　② 관형사 : 정의, 하위분류 기준 제시(의미, 기능)
　　1) 성상 관형사 : 정의, 용례 제시
　　2) 지시 관형사 : 정의, 용례 제시
　　3) 수 관형사 : 정의, 용례 제시, 연관 학습(수사와의 관계)
　③ 부사 : 정의, 하위분류 기준 제시(의미, 기능)
　　1) 문장 부사(접속 부사) : 정의, 용례 제시
　　2) 성분 부사 : 정의. 하위분류 기준 제시
　　　a. 성상 부사 : 정의, 용례 제시, 연관 학습(명사와의 관계)
　　　b. 지시 부사 : 정의, 용례 제시, 연관 학습(대명사와의 관계)
　　　c. 부정 부사 : 정의, 용례 제시
　　　d. 의성의태 부사 : 정의, 용례 제시

감탄사의 경우, 대다수의 교과서가 분류하고 있는 바와 같이 감정을 나타내는 말과, 부르거나 대답하는 말이 포함된다. 감정을 나타내는 말의 경우에는 이견이 없을 것으로 보인다. 문제는 부르거나 대답하는 말의 경우이다. 이에 속하는 감탄사는 일부가 어미 활용을 하는 것으로 보이며, 화자와 청자의 관계에 따라 화계에 있어서도 분명한 차이를 보인다. 이렇게 마

---

14) 문법 교과서에서 다룰 내용은 단순히, 수사와 관형사 사이에 품사 통용이 있다는 현상을 보여주고, 문장에서 그 쓰임에 따라 각각이 구분된다는 것을 보여주는 정도이다. 이는 단순히 학습에 참고할 만한 내용을 다루고 있는 것이 아며, 품사를 분류하고 구분하는 데에 필수적인 내용이므로 '참고 학습'이라고 할 수 없다. 또한 이렇게 품사 통용이 일어나는 원인 등을 심도 있게 다루는 것이 아니므로 '심화 학습' 등의 명칭도 적당하다고 할 수 없다.

치 활용을 하는 것처럼 보이는 요소들이 어째서 감탄사에 포함되는지에 관한 설명이 포함되어야 할 것이다. 이 역시 연관 학습란에서 설명할 수 있을 것이다.

(19) 독립언의 내용
　　① 독립언의 정의
　　② 감탄사
　　　1) 감정을 나타내는 말 : 정의, 용례 제시
　　　2) 부르거나 대답하는 말 : 정의, 용례 제시, 연관 학습(활용 및 감탄사의 범주)

5. 결론

지금까지 대한민국의 문법 교과서의 내용 가운데, 수식언과 독립언에 관하여 살펴보았다.

2장에서는 주제에 따른 분류 기준을 제시하고 그에 따라 문법 교과서를 분류하였다. 역대 문법 교과서에서 제시한 관형사와 부사, 감탄사에 대한 각각의 정의의 측면에서는 대체로 별 차이가 없었다. 따라서 본고에서는 독립 품사의 하나로 접속사가 설정되었는가, 그리고 이 각각의 개별 품사들을 어떤 상위 범주로 묶었는가 하는 점을 살펴 분류의 기준으로 삼았다. 이러한 특징은 각 시대별로 드러나는 것이 아니었으므로, 본고에서는 수식언과 독립언의 내용을 시기별로 살피기보다는 주제별로 살피는 쪽을 택하였다. 3장에서는 2장의 내용을 토대로 문법 교과서에서 실제로 제시된 수식언과 독립언의 기술 양상을 살펴보았다. 대체로 많은 교과서들이 관형사, 부사, 감탄사를 제시하였으나, 일부 감탄사를 품사로 설정하지 않거나, 접속사를 품사로 설정하는 등 개별 품사 설정에서 차이를 보이는 교과서가 있었다. 또, 대체로 관형사와 부사를 수식언으로 보고, 감탄사를 독립언을 보아 이를 분리하여 다루고 있으나, 일부는 양자를 통합하여 수식언으로 보기도 하였다. 4장에서는 3장의 내용을 바탕으로 하여 앞으로 문법 교과서에서 수식언과 독립언을 어떻게 다룰 것인가에 대하여 논의하였다. 4장의 내용을 실제 기술을 위한 목차 형식으로 정리하여 제시하면 아래 (20)과 같다.

(20) 문법 교과서에서 수식언과 독립언의 기술
　　단어의 종류(품사론)
　　・ 품사의 분류
　　　　1. 개론 2. 체언 3. 용언 4. **수식언** 5. 관계언 6. **독립언**
　　…
　　4. 수식언
　　　1) 수식언의 정의, 분류
　　　2) 관형사 : 정의, 하위분류 기준 제시(의미, 기능)
　　　　(1) 성상 관형사 : 정의, 용례 제시
　　　　(2) 지시 관형사 : 정의, 용례 제시
　　　　(3) 수 관형사 : 정의, 용례 제시, 연관 학습(수사와의 관계)
　　　3) 부사 : 정의, 하위분류 기준 제시(의미, 기능)
　　　　(1) 문장 부사(접속 부사) : 정의, 용례 제시
　　　　(2) 성분 부사 : 정의. 하위분류 기준 제시
　　　　　① 성상 부사 : 정의, 용례 제시, 연관 학습(명사와의 관계)
　　　　　② 지시 부사 : 정의, 용례 제시, 연관 학습(대명사와의 관계)
　　　　　③ 부정 부사 : 정의, 용례 제시
　　　　　④ 의성의태 부사 : 정의, 용례 제시
　　　…
　　6. 독립언
　　　1) 독립언의 정의

2) 감탄사
   (1) 감정을 나타내는 말 : 정의, 용례 제시
   (2) 부르거나 대답하는 말 : 정의, 용례 제시, 연관 학습(활용 및 감탄
      사의 범주)

본고에서 채 다루지 못한 점도 있다. 첫째는 문장 성분과의 관계를 고려하여 살피지 못하였다는 점이다. 수식언과 독립언은 문장에서의 쓰임이 중요하다. 특히 관형사와 관형어, 부사와 부사어의 차이는 학습자들이 쉽게 구분하지 못할 수 있다. 이를 위하여서는 문장 성분과의 관계를 언급하는 일이 필요할 것이나, 본고에서는 이를 고려하지 못하였다. 둘째는 일부 문법 교과서에서 다루고 있는 연습 문제를 살피지 못했다는 점이다. 연습 문제는 저자가 해당 절에서 가장 핵심적이라고 생각되는 내용을 질문 형식으로 정리한 것이라고 할 수 있다. 이를 살피는 것이 저자의 기술 태도와 관점을 알아볼 수 있는 좋은 방법이 될 수 있었을 것이다.

〈참고문헌〉

고영근(1988). "학교 문법의 전통과 통일화 문제." 「선청어문」(서울대학교 사범대학 국어교육과) 16 · 17합.

고영근(2000). "우리나라 학교 문법의 역사." 「새국어생활」(국립국어원) 10-2.

국어연구소 편(1984). "학교 문법 교과서의 변천 과정: 고등학교 국어 문법." 「국어생활」(국어연구소) 1.

김민수(1986). "학교 문법론." 「서정범박사화갑기념논문집」 서울: 집문당.

신지연(2001). "감탄사의 의미 구조." 「한국어 의미학」(한국어 의미학회) 8.

이관규(1998). "학교 문법의 성격과 역사." 「어문논집」(민족어문학회) 37.

이관규(2000). "학교 문법 교육의 현황." 「새국어생활」(국립국어연구원) 10-2.

이광정(1997). "학교 문법에서의 품사 분류." 「국어교육」(한국국어교육연구회) 94.

임홍빈(2000). "학교 문법, 표준 문법, 규범 문법의 개념과 정의." 「새국어생활」(국립국어원) 10-2.

장영희(2001). "국어 관형사의 범주와 기능." 「한국어 의미학」(한국어 의미학회) 8.

V. 조사

장미경

1. 서론

1.1. 연구 목적 및 대상

본고는 과거 1차 검인정기의 시작인 1949년부터 현재 국정 단일 통일 문법 제4차 시기인 2002년까지 출판된 학교 문법 교과서 중에서 고등 과정을 대상으로 한 총 33종을 시기별로 자세히 고찰하는 것을 그 목적으로 한다. 학교 문법 교과서의 변천을 연구한다는 것은, 기존의 국어학 이론 연구에서 한 단계 더 나아가 실제 교육 현장에서 다루어지고 있는 문법 규범들의 변화 과정을 살펴본다는 점에서 실용적 의의를 가지게 될 것이다.

좀 더 구체적으로 본고에서 살피고자 하는 것은 첫째, 각 시기별로 문법 교과서들이 어떤 특징을 가지고 있는지, 둘째, 시기에 따라 문법 교과서의 내용과 체제가 어떤 변화를 겪었는지 하는 점이며 나아가서 그러한 고찰을 바탕으로 앞으로의 문법 교과서가 가져야 할 개선된 내용과 체재를 갖춘

학교 문법의 틀을 제시하고자 한다.

특히, 그 고찰 내용이 되는 다양한 문법 항목 중에서도 본 연구자는 '조사'라는 항목을 주요 대상으로 선정하였다. 이는, 개인적인 한국어 교육의 경험에서 비롯된 것으로, 지금까지 필자의 주요 교수 대상이 영어권 학습자였고, 그들의 모국어인 영어와 한국어의 대표적인 차이점 중 하나라고 할 수 있는 '조사의 용법'을 학습하는 데 있어 많은 오류가 발생하는 것을 발견해 왔다. 따라서 이번 기회에 한국어 문법 내에서 '조사'가 가지는 위치와 범위의 변화를 시기적으로 살펴봄으로써 정확한 내용을 이해하여 바람직한 조사교육의 틀을 정립하고 이를 바탕으로 외국어로서의 한국어 문법 교육에 있어 특히 '조사' 체계가 없는 언어를 모국어로 하는 학습자들에게 어떻게 효과적으로 조사의 체계를 이해시킬 수 있는가를 모색하고자 한다.

본고의 구성을 보면, 2장에서는 각 문법 교과서 내에서 조사가 가지는 위치와 범위를 살펴보고, 3장에서는 그 틀을 기본으로 조사에 관한 구체적인 내용을 평가해 보고자 한다. 특히, 단순히 시기별로 구분하는 것이 아니라, 2장의 고찰 결과에 따라 내용상 혹은 체계상의 특징적인 전환점을 새로 설정하여 독자적인 시기 구분을 시도할 것이다. 4장에서는 2, 3장의 내용을 기반으로 조사 단원의 체재 및 내용에 대해 제안점을 정리하여 바람직한 문법교과서의 틀을 제시하고 5장에서는 전체 논문의 요약 및 한계점을 정리하도록 한다.

1.2. 선행 연구 검토

앞으로 본고에서 다룰 내용을 좀 더 효과적으로 선정하기 위해 학교 문법 교과서에 대한 여러 선행 연구들을 살펴보는 것은 의미 있고 필수적인 작업이라고 생각한다. 선행 연구를 그 성격에 따라 몇 분야로 나누어 본다면, 먼저 학교 문법 교과서의 변천 역사 전체를 그 대상으로 하는 연구와,

특정 시기에 출판된 문법 교과서만을 대상으로 하는 연구로 볼 수 있다. 또한, 전체 혹은 특정 시기의 교과서를 다루는 경우에, 그 내용 분석의 범위에 따라 전반적인 체계 및 내용을 중심으로 한 연구와 세부 관련 항목만을 중심으로 한 연구로 나누어 볼 수 있을 것이다. 이러한 세부 항목에는 음운론, 조어론, 곡용론, 활용론, 품사론, 그리고 기타 분야가 속할 것이다.

이러한 맥락에서 본고는 전반적인 문법 교과서의 변천 역사를 다룬 총론적인 연구 두 편과, 특정 시기의 문법 교과서를 연구하는 가운데 본 연구자의 관심 영역인 '조사'와 관련된 것을 구체적 내용으로 다루고 있는 좁은 범위의 연구 세 편을 함께 검토하였다.

먼저 과거로부터 연구 당시 시기까지의 역사적 변천을 그 주제로 하는 두 가지 연구 중, 고영근(1988)의 연구를 살펴보면, 2장에서는 1828년 지볼트의 연구로부터 1966년 중학교 통일 문법, 1968년 고등학교 통일 문법이 나오기까지의 문법 연구 역사를 학교 문법이라는 관점에서 살펴보았고 3장에서는 단일 국정 교과서의 편찬이 가능했던 시기 이전인 1, 2차 통일 문법 검인정 시대의 문법 교과서들을 자세히 살펴보았다. 이 연구 내용 중 본고의 주제인 '조사'와 관련하여 특히 흥미로운 점은, 조기 서양인들의 한국어 문법 연구가 서양 문법의 관점을 그대로 반영하여 '곡용'의 개념을 설정했다는 사실을 밝힌 것이다. 좀 더 구체적으로 이 연구는 한 문장의 구성 성분을 나누는 분석 방법의 시대적 변천에 대해 정리했는데, 가장 먼저 대한 제국 시대의 '분석적 체계'로서 조사를 하나의 독립된 단어로 인정한 문법 체계였다. 이어서 식민지 시대에는 동사에 관한 한 종합적 설명을 하고 체언에 조사가 붙는 현상은 분석적으로 처리한 '절충적 체계'가 등장하였다. 마지막으로 미군정 시대에는 역시 서양 문법의 곡용법을 명사에 조사가 붙는 현상에 적용한 정렬모의 '종합적 체계'가 등장한 것이 그 특징이라 할 수 있다. 전체적인 문법 교육의 역사를 종합적으로 시도했다는 점에서 그 의의를 찾을 수 있으나, 시기 구분의 기준 설정에 있어 역사적인 관점만을 도입하였고, 실제 문법 교육의 내용이나 범위를 기준으로 하는 재해석이 이루어지지 않았다는 점이 다소 아쉬운 점으로 남는다. 마지막으로, 인상 깊었던 점은 '맺음말' 부분에서 '한국의 통일 문법 체계가 앞으로 외국인을 위한 한국어 문법에도 응용되어야 한다'라는 제안으로서, 그 연구 결과의 효용 범위를 확장시켜 인식했다는 사실이 주목할 만하다.

이전 연구와 10년이라는 시간의 차이를 두고 이루어진 이관규(1998)에서는 원래의 목적인 '학교 문법의 성격과 역사에 관한 고찰'을 하는 가운데 문법 교과서가 어떠했는가를 살펴보았다. 이 연구의 3장에서는 학교 문법의 역사를 검토한 연구를 크게 세 가지 유형으로 나누어 첫째, 김민수(1986), 둘째, 이철수(1985~1994), 고영근(1988~1994), 왕문용·민현식(1993)의 연구들 그리고 마지막으로 김광해(1997)의 연구들을 정리하고 그 장단점을 논하였다. 이를 바탕으로 이관규(1998)는 학교 문법 교과서가 어떠했느냐에 따라 크게 세 단계로 나누고 역사적 사건이 어떠했는가에 따라 다시 세분하여 일곱 시기로 나누었다. 이전의 역사 구분에 비해, 실제 각 시기의 문법 교과서 내용이나 체제상의 차이점에 대해 언급하였고, 각 시기가 지니는 역사적 의의에 대해 비교적 상세히 기술했다는 점에서 그 의의를 찾을 수 있다. 예를 들어, 역사적 관점에서는 동일하다고 묶일 법한 국정 단계(1985~1998)도 실제 그 교과서의 내용과 문법 교육의 정체성이라는 측면에 있어 질적 차이가 있다는 점을 내세워 국정 1기와 국정 2기로 나누는 등, 단순히 역사적 시기 구분에만 집착하지 않았다는 점이 주목할 만하다. 그리고 역시, 한국어를 모국어로 하지 않는 외국인들을 위한 문법에 대한 연구의 필요성에 대해서도 지적하였다.

다음 연구들은 특정 시기의 고등학교 문법 교과서들을 살펴 본 연구들이다. 흥미롭게도, 다음의 세 연구가 비록 동일 교과서를 대상으로 하지 않았지만, 각각 10년 정도의 시간적 간격을 두고 이루어져서 최소한 각 해당 시기의 고등학교 교과서들에 대해서 심층적으로 살펴보았으며 세 연구를 종합해 보면 나름대로 시기적 변천을 볼 수 있다는 점이 주목할 만하다. 먼저 권주예(1978)의 연구는, 그 제목에서도 알 수 있듯이, 고등학교 문법 교과서를 중심으로 학교 문법의 여러 가지 문제점들에 대해 살펴 본 것으로, 이 때 그 대상인 고등학교 문법 교과서란 제1차 통일 문법 검인정 시대의 13 종 교과서를 의미한다. 이 연구는 모든 하위 체계나 용어를 기계적으로 비교, 나열하는 것보다는 특히 문법에서 중요하다고 생각되는 몇 가지에 국한하여 문제점을 설정하고 이에 대한 견해를 피력하였다. 특히, 4장 '학교 문법 통일안의 문제점'에서는 품사의 명칭과 분류에 문제점이 많다는 것과 '조사'가 독립된 한 품사가 될 수 없다는 점을 강조하였다. 즉, 어간에 붙는 '토'는 의존적 형태소로서 결코 그것이 따로 낱말이 될 수 없으며 이숭녕 박사의 "격의 독립 품사 시비"라는 논문을 인용하며 조사를 독립 품사로 인정하기 보다는 "격어미"란 이름으로 2차 범주에 속하는 것으로 보아야 한다고 주장하였다.

이어서 박기주(1988)는 '국정 단일 통일 문법 1차' 시기의 교과서를 대상으로 하였는데, 이는 교과서들이 최초로 하나의 단일 교과서로 편찬되어 인문계 고등학교 국어 Ⅱ 과정에서 사용된 것이다. 이 연구는 이론가의 입장에서라기보다는 실제 현장 교사의 입장에서 교과서를 평가했다는 점이 주목할 만하다. 특히, 2장 '드러난 문제점'에서 첫 번째로 등장하는 것이 '격조사'의 문제로서, 이전 시기까지 '독립격 조사'로 분류되던 것을 '호격 조사'로 분류한 것의 문제점을 지적했고, '서술격 조사'의 설정에서 오는 여러 가지 실제적인 문제점들을 언급하고 있다. 다만, 본인도 지적했지만, 이 연구가 주로 현장에서의 문제점을 제기하는 데에 그치고 있어서 다소 체계적이지 못하고 구체적인 대안을 제시하지 못했다는 점이 아쉬운 점이다.

마지막으로 박덕유(1997)는 '국정 단일 통일 문법 3차' 시기의 교과서를 대상으로 한 것으로 앞서 살펴 본 박기주의 연구와 유사한 성격의 것으로 볼 수 있으나, 그 구체적인 체계에 있어서 좀 더 내용이 추가되었다고 볼 수 있다. 이 시기 교과서의 특징은 이전 문법과 달리 국어 사용의 실제에 중점을 둔 '이야기', '바른 언어 생활', '표준어와 맞춤법'을 독립 단원으로 새로 반영시킨 점인데, 이러한 단원의 강화에 따라 다른 단원의 내용이 종전의 내용보다 많이 축소되어 중요한 내용이 빠지거나 잘못 기록되는 문제점이 나타났다고 지적하였다. 그리고 내용면에서 보면 문법 교과서 본문의 문제점보다는 부록인 '〈옛말의 문법〉'의 문제점에 더 많은 비중을 두고 있어서 상대적으로 본문의 문제점으로 지적된 것들이 다소 지엽적이라는 인상을 주고 있다. 본고의 주제와 관련된 부분을 찾아보면, 제3장의 '문제점'이라는 부분에서 접속조사의 예로 '와/과'외에 '하고, 랑, 며'도 첨가시켜야 한다고 지적하였고 '조사의 용법'에 해당하는 설명이 없다는 점을 들어 직접 작성한 '조사의 용법'을 대안으로 제시하고 있다.

아쉽게도 문법 교과서의 변천을 다루면서 특정 문법 항목인 '조사'만을 그 대상으로 다룬 연구는 찾을 수 없었지만, 바로 그런 현실적인 부족함의 관점에서 본다면 이번 연구가 나름의 의의를 가지게 되리라고 본다.

2. 문법 교과서 내 조사 단원의 위상

이 장에서는 역대 학교 문법 교과서 내에 나타난 '조사 단원'의 위치와 범위를 살펴보고자 한다. 조사 단원의 위치를 파악하기 위해서 각 문법 교과서의 목차를 바탕으로 '조사 단원'의 상위 체계를 살펴 볼 것이며 범위를 파악하기 위해 하위 체계에 해당하는 구체적인 '조사의 분류 체계'를 살펴보도록 하겠다. 문법 교과서마다 조금씩 상이한 문법 체계를 선보이고 있기 때문에, 조사 단원의 위치 및 범위의 내용 역시 시기의 변화에 따라 다른 모습을 띠고 있으나, 50여년이라는 긴 시간의 흐름을 고려해 본다면 급

격한 변화는 없었다고 할 수 있다.

검토 방식은 크게 '제1차 검인정기, 제2차 검인정기, 제1차 통일 문법 검인정기, 제2차 통일 문법 검인정기, 그리고 국정 단계'의 다섯 시기로 나누어 살펴보고, 이 결과를 바탕으로 조사 단원의 위치 및 범위에 관한 종합적 검토를 시도하고자 한다. 그리고 각 시기별 조사 단원의 위치 및 범위의 변화 양상을 토대로 시기를 재편성해 보고자 한다.

2.1. 조사 단원의 위치

2.1.1. 각 시기별 검토

1) 1차 검인정기(1949-1955)

이 시기에 속하는 다섯 종의 교과서 중, 장하일(1949)를 제외한 나머지 네 종의 교과서에서는 모두 '품사'라는 단락의 하위 영역으로 조사를 다루고 있다. 특이한 사항으로는 장하일(1949)의 경우, 전체를 열여덟 가지 가름으로 나누고, 그 중 둘째 가름 '임자씨의 토' 그리고 넷째 가름 '섞기기 쉬운 임자씨의 토'라고 하여, 토 위의 어떠한 특정 상위 체계를 설정하지 않은 채 간단하게 '토의 사용법'에 대해서만 언급하였다는 점이다. 또한, 정인승(1949)의 특징은 한 단락 내에서 조사를 다루고 끝내는 것이 아니라 별개의 단락을 설정하여 좀 더 구체적으로 '조사의 종류와 용법'에 대해 설명하고 있다는 점이다.

이희승(1949): 　전체 3단락(총설-품사-글월) - 2편 '품사' - 3장 '조사'

이인모(1949): 　전체 6단락(들어가기-씨-월의 조각-월의 감-소리의 갈래와 소리마디-소리의 달라짐)

　　　　　　　- 2장 '씨' - 5번 '토씨'

정인승(1949): 　전체 3단락(모두 풀이-씨의 풀이-월의 풀이)

　　　　　　　- '모두 풀이' - 2장 '우리말 짜임의 방식' - 13절 '씨' - 7편

'토씨'

  - '씨의 풀이' - 7장 '토씨'(종류와 용법)

최현배(1949)[1]: 전체 4단락(모도풀이-소리갈-씨갈-월갈) - 둘재 매 '씨갈' - 열 한재 가름 '토씨'

2) 2차 검인정기(1차 교육과정, 1956-1965)

이 시기에 속하는 여섯 교과서 중에서, 이숭녕(1956)의 경우 '조사'를 품사로 인정하지 않으며 전체 '총론-음운-형태-통사'라는 네 개의 편 중에 2편 '형태'의 2장 '품사분류론'에서 조사를 격어미로 정의하고 있다. 따라서 품사체계에서도 조사가 등장하지 않는 8품사 체계를 보이고 있다. 그 외, 정인숭(1956)은 이전 시기와 유사하게 두 단락으로 나누어 토씨의 개념과 토씨의 종류와 용법을 구분하여 설명하였다. 김민수 외(1960)에서는 전체 7단원 중에서 아예 3단원의 제목이 '토와 어미활용'으로 되어 있어 이전 교과서들이 대부분 '품사' 아래에 토를 두었던 것과는 다르게 상당히 상위 체계로 조사를 인식하고 있음을 알 수 있다.

이희승(1956): 전체 3단락(충설-품사-글월) - 2편 '품사' - 3장 '조사'

정인승(1956): 전체 3단락(모두 풀이-씨의 풀이-월의 풀이)

    - '모두 풀이' - 2장 '우리말 짜임의 방식' - 13장 '씨' - '토씨'

    - '씨의 풀이' - 7장 '토씨'(종류와 용법)

최현배(1956): 전체 4단락(모도풀이-소리갈-씨갈-월갈) - 둘재 매 '씨갈' - 열 한재 가름 '토씨'

김윤경(1957): 전체 4단락(총론-소리 갈-씨 갈-월 갈) - 2편 '씨 갈' - 넷 째 '겻씨'/다섯 째 '잇씨'

김민수·남광우·유창돈·허웅(1960): 전체 7단락 - 3단원 '토와 어미활용'

---

1) 최현배(1949)와 최현배(1956)는 1934년에 나온 [중등 조선 말본]이 제목만 [고등 말본]으로 바뀐 것이다. 원문을 볼 수 없어 최현배(1934)의 내용을 분석하였다.

3) 1차 통일 문법 검인정기(2차 교육과정, 1966-1978)

가장 다양한 문법 교과서가 등장했던 이 시기의 13종 교과서들은 아래 품사 분류 체계를 통해 파악할 수 있듯이 비교적 안정되고 통일된 체계를 갖추기 시작했다. 특별히 강복수·유창균(1968)에서만 품사의 하위 체계로서가 아니라 전체 8개의 단락 중, 6장 '관계언'이라는 이름으로 조사를 등장시키면서 조사의 종류와 용법을 다루었다. 강윤호(1968)과 이인모(1968)에서도 이와 유사하게 '관계언'의 개념을 등장시키긴 했으나 품사론과 대등한 위치에서가 아니라 '품사론'의 하위 영역으로 설정하였다. 또한, 김민수·이기문(1968)은 전 시기의 김민수 외(1960)과 유사하게 따로 '품사'의 하위 체계로서가 아니라 전체 10단락 중에서 2장 '어절과 단어'라는 제목 하에 4절에서 '조사와 어미'를 다루었고, 다시 7장 '요소의 호응'이라는 제목 하에 1절에서 '조사의 작용'에 대해 설명하고 있다는 점이 특이하다. 따라서 앞의 강윤호(1968)와 이인모(1968)을 포함한 전체 11종의 교과서들은 대부분 품사 내지 낱말을 다루는 항목의 하위 단계에서 '조사'를 다루고 있다. 좀 더 구체적으로 말하자면, 이은정(1968)은 '낱말의 갈래'라는 제목 아래에서, 그리고 허웅(1968)은 2편 '낱말'의 4장에서 조사를 다루고 있고, 그 외 9종의 교과서는 공통적으로 '품사론' 아래에서 조사를 다루고 있다.

이인모(1968)는 기존 자신의 교과서와는 다르게 품사론 아래에 '독립언과 관계언'이라는 제목을 붙이고 그 아래 세부 항목으로 조사를 두어 변화된 시각을 나타냈다. 특히 독립언과 관계언을 하나로 묶어 비교를 시도했다는 점이 새롭다고 할 수 있다. 그리고 이희승(1968)은 '서술격 조사'에 대해서 조사가 등장한 4장에서 함께 다루지 않고 5장으로 독립시켜 '서술격 조사의 변형'을 설명하고 있는 점이 특징이다. 또한, 정인승(1968)은 이전에 두 단락으로 나누어 설명하였던 조사의 개념, 종류 및 용법을 훨씬 자세히 분류된 목차를 가지고 세분하여 다루고 있는 점이 특징이다. 최현배(1968)은 서술격 조사 '이다'를 '아니다'와 묶어 조사와는 완전히 별개인 '잡음씨'라는 항목으로 다루고 있는 점도 특징이다.

<pre>
이을환(1967):   전체 5단락 - 3편 품사론 - 2장 품사 각설 - 9절 조사
강복수·유창균(1968): 전체 8단락 - 6장 관계언 - 1절 조사의 종류
                                            - 2절 조사의 용법
강윤호(1968):   전체 3단락 - 2편 품사와 그 짜임새 - 6장 관계언의
                       세계 - 조사
김민수·이기문(1968): 전체 10단락
                       - 2장 어절과 단어 - 4절 조사와 어미
                       - 7장 요소의 호응 - 1절 조사의 작용
양주동·유목상(1968): 전체 4단락 - 3장 품사의 본성과 그 특징 - 2절 조사
이명권·이길록(1968): 전체 5단락 - 4장 품사의 특성과 기능 - 3절 조사
이숭녕(1968):   전체 5단락 - 4장 품사론 - 4절 조사
이은정(1968):   전체 8단락 - 3장 '낱말의 갈래' - 10절 '조사'
이인모(1968):   전체 4단락 - 3편 품사론 - 4장 독립언과 관계언 - 2
                       절 관계언 - 조사
이희승(1968):   전체 3단락 - 2편 품사 - 4장 조사
정인승(1968):   전체 6단락
                       - 2편 낱말의 됨됨이와 성질들 - 8장 낱말의 성질상
                       분류 - 4절 감탄사와 조사
                       - 3편 각 품사의 내용, 특징, 및 문장과의 관계
                         - 17장 조사의 내용
                         - 18장 조사의 특징 및. 문장과의 관계'
최현배(1968):   전체 3단락 - 둘째 매 '품사론' - 열 한째 가름 '조사'
허웅(1968):   전체 3단락 - 2편 '낱말' - 4장 '조사'
</pre>

4) 2차 통일 문법 검인정기(3차 교육과정, 1979-1984)

이 시기에 속하는 다섯 종의 교과서 중에서 김민수(1979)와 허웅(1979)의
경우는 이전 시기의 교과서와 별 차이 없이 유사한 분석 방식을 보였으며,

그 외 세 종의 교과서 역시 모두 동일하게 '품사론'의 하위 분야로 조사를 다루고 있어 이전 시기와 큰 차이가 없다.

김민수(1979):　　　　　전체 10단락
　　　　　　　　　　　- 2장 '단어의 구조' - 8절 '조사와 어미'
　　　　　　　　　　　- 8장 '요소의 호응' - 27절 '조사의 분류'
김완진·이병근(1979): 전체 4단락 - 2편 '품사' - 4장 '조사'
이길록·이철수(1979): 전체 6단락 - 4편 '품사의 특성과 기능' - 3장 '조사'
이응백·안병희(1979): 전체 4단락 - 2편 '품사론' - 9장 '조사'
허웅(1979):　　　　　전체 4단락 - 2편 '낱말' - 4장 '조사'

5) 국정 1기 ~ 국정 2기(4차 교육과정 ~ 7차 교육과정, 1985-현재)

국정 단계의 학교 문법 교과서는 네 종으로 이루어져 있는데, 9체계로 통일된 품사 분류 체계를 포함하여 거의 통일된 문법 체계를 사용하고 있으며, 약간의 차이를 보이지만 전반적으로 네 종의 교과서가 '단어'의 하위 단계에서 '조사'를 다루고 있다는 공통점을 보이고 있다. 즉, 이전 시기에는 '품사'라는 개념이 상위 항목으로 쓰인 체계가 더 많았던 데 비해, 국정 단계에서는 이 상위 항목이 모두 '단어'로 통일되었다는 점이 큰 차이이다. 성균관대학교 대동문화연구원(1985)(이하, 성균관대(1985))에 비해 성균관대학교 대동문화연구원(1991)(이하 성균관대(1991))이 가지는 차이점이란 단지 이전 시기에 비해 전체 단락에 5편 '의미'가 추가되었다는 것뿐이고, 실제 '조사'가 다루어진 부분은 2편 '단어' 아래인 점에는 변화가 없었다. 그 이후 서울대학교 국어교육연구소(1996)(이하 서울대(1996))이 앞선 국정 1기의 교과서에 비해 달라진 점은 전체 단락이 8단락으로 늘어났고, 3편 '단어' 아래에서 '관계언'의 개념이 다시 등장하고 그 하위에 '조사'가 나타났다는 점이다. 그리고 마지막으로 서울대학교 국어교육연구소(2002)(이하 서울대(2002))는 이전 서울대(1996)와 거의 동일하며 다만 목차상에 '조사'가 등장하지 않는다는 것에서 차이를 보인다.

> 성균관대 대동문화연구원(1985): 전체 4단락 - 2편 '단어' - 2장 '품사' - (2)절
> '조사'
> 성균관대 대동문화연구원(1991): 전체 5단락 - 2편 '단어' - 2장 '품사' - (2)절
> '조사'
> 서울대 국어교육연구소(1996):   전체 8단락 - 3편 '단어' - 1장 '단어의 갈래'
> - (2)절 '관계언'(조사)
> 서울대 국어교육연구소(2002):   전체 8단락 - 3편 '단어' - 2장 '품사' - '조사'[2]

2.1.2. 종합적 검토

이와 같이 품사 분류가 초기에는 확립되지 않은 모습을 보이다가 1차 통일 문법 검인정기 이후로는 9체계로 안정되었음을 알 수 있고, 이 중에서 조사의 품사 설정 여부를 살펴보면 대부분의 학교 문법 교과서에서 조사를 독립 품사로 설정하여 꾸준히 다루어 왔음을 알 수 있다. 다만, 장하일(1949)와 이숭녕(1956)의 경우, 조사를 독립 품사로 인정하지 않았는데, 장하일(1949)에서는 임자씨를 설명하는 부분에서 단순히 임자씨의 구조에 따라 달라지는 토의 형식상 차이만을 구분하여 제시했을 뿐 토의 정의나 분류 체계에 대한 언급이 전혀 없었고, 이숭녕(1956)에서는 명사/대명사/수사를 어미 변화가 있는 제1형 체언으로 분류한 후, 이 품사들이 격변화를 한다고 설명하였기 때문에 조사는 '격' 또는 '격어미'로만 인식될 뿐, 하나의 품사로 인정되지 않았다.

또한, 조사를 품사로 인정하는 그 외 28종의 교과서들도 좀 더 세분해 본다면 단순히 조사를 품사의 하위 분야로 다루는 대부분의 교과서와 김민수 외(1960)이나 강복수·유창균(1968)의 경우처럼 품사와 대등한 위치에서

---

2) 교과서 내용을 보면 이러한 체계 구조를 알 수 있으나 실제 교과서 전반부에 제시된 목록에서는 '조사'가 등장하지 않는다.

인식하는 경우로 나누어 볼 수 있다. 즉, 김민수 외(1960)에서는 전체 7단원 중 3단원을 '토와 어미활용'이라는 이름으로 설정하여 상당히 상위 체계로 조사를 다루었으며, 강복수·유창균(1968)에서도 전체 8개의 단락 중 6장에서 '관계언'이라는 이름으로 조사를 등장시켜 독립적으로 조사의 종류와 용법을 다루었다.

이 외에도 주목할 만한 점은 몇몇 교과서들이 '조사 단원'에 대한 관심이 좀 더 지대했다는 사실인데, 예를 들어, 정인승(1949), 정인승(1956), 그리고 정인승(1968)의 경우 낱말의 성질상 분류라는 관점에서 조사를 보았을 뿐만 아니라 '토씨의 갈래와 쓰임'이라는 항목을 따로 설정하여 조사의 내용과 특징 및 문장과의 관계에 대해 좀 더 자세히 다루었다. 이와 유사하게 김민수(1979)에서도 '조사의 분류'라 하여 기본적인 '조사'에 대한 개념 정의나 설명 이외에 별도의 지면을 할애하였다는 점도 눈여겨볼 만하다.

결론적으로, 조사의 상위 체계를 토대로 살펴 본 '조사의 위치'는 뚜렷하게 시기적 흐름과 연관하여 범주를 구분하는 것이 용이하지 않음을 알 수 있었다. 아래의 표는 지금까지 학교 문법 교과서 내에서 조사 단원이 차지하고 있는 위치를 시기 구분과 통합하여, 목차상 조사 단원의 최상위 체계로 설정된 것이 무엇이었는가를 정리한 것이다. 실제 용어상으로는 품사/낱말/단어라는 다른 모습으로 쓰였지만 개념상으로 하나로 묶을 수 있는 '품사'와 품사보다 한 단계 상위 체계라 할 수 있는 '관계언'의 항목을 설정하였다.

	품사 아래	관계언 아래	합계
제1차 검인정기[3]	4	·	4
제2차 검인정기[4]	4	1	5
제1차 통일 문법기	12	1	13
제2차 통일 문법기	5	·	5
국정 단계	4	·	4
합계	29	2	31

〈표 1〉 시기별 조사 단원의 위치

2.2. 조사 단원의 범위

이 장은 각 시기별로 고찰한 조사의 개념상 혹은 분류상 특징을 바탕으로 논점이 되는 몇 가지 사항을 추출하고 그 사항을 기준으로 전체 시기를 재편성하는 것을 그 목적으로 한다. 논점이 되는 기준으로는 '조사 분류 체계'와 '서술격 조사에 대한 시각', 두 가지가 선정되었는데, 먼저 각 기준에 따른 전체 학교 문법 교과서의 분포를 표로 정리한 후 두 기준을 종합하여 전체 시기를 재편성하거나, 두 기준에 따른 결과가 동일하지 않아 그러한 종합이 가능하지 않다면 좀 더 상위 기준이라 여겨지는 '조사 분류 체계'를 주 기준으로 삼고, '서술격 조사에 대한 시각의 변화'는 따로 언급하도록 하겠다.

2.2.1. 조사 분류 체계

기능별 조사 분류 체계의 관점에서 역대 학교 문법 교과서를 살펴 본 결과 아래와 같이 다양한 분포를 보이고 있다. 이를 바탕으로 전체 시기를 재편성해 보면, 크게 전기와 후기의 두 시기로 나눠진다. 전기는 1949년을 시작으로 하는 '1차 검인정기'로부터 1984년을 끝으로 하는 '2차 통일 문법 검인정기'까지로서, 명확한 분류 체계가 존재하지 않거나 혹은 분류 체계가 2분법에서 4분법에 이르기까지 다양한 형태를 띠는 약 30년간의 '분류 체계 혼재 시기로 볼 수 있다. 좀 더 구체적으로 살펴보면, 아예 '조사'를 품사로 인정하지 않기 때문에 분류 체계를 제시하지 않은 장하일(1949), 이숭녕(1956)의 경우와, 품사로 인정하지만 따로 분류 체계는 제시하지 않고 단순히 개념 및 용법에 대해서만 언급한 이인모(1949)의 경우가 분류 체계 0분

---

3) 제1차 검인정기의 학교 문법 교과서는 모두 5종이나, 장하일(1949)의 경우 조사를 독립적으로 다루고 있지 않으므로 제외하기로 한다.

4) 제2차 검인정기의 학교 문법 교과서는 모두 6종이나, 이숭녕(1956)의 경우 조사를 하나의 품사가 아니라 격어미로 정의하고 있어 제외하기로 한다.

법 시기에 속한다고 할 수 있을 것이다. 그 외 나머지 교과서들은 각각 조사의 역할 및 기능에 따라 2분법에서 4분법까지 통일되지 않은 분류 체계를 보이고 있다. 이에 비해, 후기는 1985년을 시작으로 '국정1기'가 시작된 이래 현재의 '국정2기'까지의 시기로, 약 20년간 일관되게, 조사를 '격조사/접속조사/보조사'의 3분법 체계로 구분하고 있는데, 이 시기를 '분류 체계 통일 시기'라 할 수 있다.

명확한 조사의 분류 체계가 밝혀지지 않음	이인모(1949): 토씨의 개념만 제시하고, 범위나 종류에 대한 언급이 없이 '토씨에서 틀리기 쉬운 것'을 예로 보여주고 있다. 특이 사항으로는, 부록에 해당하는 '붙임 2장'에서 왜 토를 하나의 씨로 볼 것인가에 대한 개인적인 견해를 피력하고 있다.
	장하일(1949): 기능에 따른 구분 없음
	이숭녕(1956): 분류 체계 없음
2분법	정인승(1949), 정인승(1956), 정인승(1968): 자리토씨(격조사)/도움토씨(보조조사) 김윤경(1957): 임자 겻/꾸밈 겻 강복수·유창균(1968): 격조사/보조조사 강윤호(1968): 격조사/보조사 김민수(1979): 격조사/보조사 이응백·안병희(1979): 격조사/보조조사
	김민수·남광우·유창돈·허웅(1960): 격토/특수토 이을환(1967): 격조사/특수조사 김민수·이기문(1968): 격조사/특수조사 양주동·유목상(1968): 격조사/특수조사 이명권·이길록(1968): 격조사/특수조사 이숭녕(1968): 격조사/특수조사 이희승(1968): 격조사/특수조사 김완진·이병근(1979): 격조사/특수조사 이길록·이철수(1979): 격조사/특수조사 이은정(1968): 격조사/감탄조사
3분법	이희승(1949)·이희승(1956): 격조사/특수조사/감탄조사 이인모(1968): 격조사/특수조사/감탄조사
	성균관대(1985), 성균관대(1991): 격조사/접속조사/보조사 서울대(1996), 서울대(2002): 격조사/접속조사/보조사
4분법	최현배(1949)·최현배(1956)·최현배(1968): 자리토/도움토/이음토/느낌토 허웅(1968), 허웅(1979): 격조사/보조조사/연결조사/특수조사

〈표 2〉 조사 분류 체계에 따른 학교 문법 교과서의 분포

2.2.2. 서술격 조사 인정 여부

지금까지 계속적인 논란을 불러오고 있는 '이다'에 대한 시각을 기준으로 역대 학교 문법서를 살펴본 결과 아래와 같이 세 가지 견해가 존재한다. 첫째, '이다'를 서술격 조사로 인정해서 조사의 하위 요소로 인정하는 경우, 둘째, '이다'를 조사로 보지 않고 조사와는 전혀 다른 품사로 인정하는 경우, 그리고 마지막으로 아예 '이다'를 독립된 품사로 인정하지 않는 경우이다.

'이다'를 서술격 조사로 보아 조사의 하위 요소로 인정함	장하일(1949): 임자씨의 몸에 붙는 토 정인승(1949), 정인승(1956), 정인승(1968) 김민수·남광우·유창돈·허웅(1960) 이을환(1967) 강복수·유창균(1968) 강윤호(1968) 김민수·이기문(1968) 양주동·유목상(1968) 이명권·이길록(1968) 이숭녕(1968) 이은정(1968) 이인모(1968) 이희승(1968) 김민수(1979) 이길록·이철수(1979) 이응백·안병희(1979) 성균관대(1985, 1991)/서울대(1996, 2002)
	허웅(1979): 조사로 처리하기로 했으나, 용언으로 보는 학자가 많다.
'이다'를 조사와는 전혀 다른 품사로 인정함	이인모(1949): '이다'를 풀이말로 보긴 하나, '본바탕의 생각을 들어내지 않는 낱말'이라고 특별한 정의를 부가함 최현배(1968): '이다/아니다'를 '잡음씨'로 인식함 허웅(1968): '이다'를 '용언'의 하나인 '지정사'로 인식함 김완진·이병근(1979): 체언이 서술어 노릇을 할 때, '이'는 지정의 뜻을 나타내는 보조적 기능을 하는 형태소임
'이다'를 아예 품사로 인정하지 않음	이희승(1949): 체언이 서술어로 쓰일 경우, 어미가 붙어서 활용한다고 봄 이숭녕(1956): '이다'는 서술격어미이고, 독립 품사로 인정할 수 없음

〈표 3〉 '이다'에 대한 시각에 따른 학교 문법 교과서의 분포

먼저, 23종의 교과서는 '이다'를 조사의 하위 분야에서 '서술격 조사'로 인정하는 견해를 나타냈고, 두 번째 경우는 '이다'를 다른 품사로 인정하였다. 마지막으로 '이다'를 아예 품사로 인정하지 않는 두 교과서가 있는데, 이희승(1949)에서는 간단히, "체언은 그 아래에 조사가 붙어서 격을 표시하지만, 서술어로 쓰일 경우에는 조사가 붙지 않고 어미가 붙어서 활용하게 된다"라고 설명하며 "다", "이다"를 어미로 보았다. 더 나아가, 이숭녕(1956)에서는 '-다, -이다'를 지정사라 하여 독립 품사로 다룬 것에 대해 구체적인 이유를 들어 반박하였는데, 그 내용을 요약하면 다음과 같다. 먼저, 현대 문법은 역사 문법에서 고찰해야 하는데 "-이다, -이라"의 "이"에는 문법적 구실이 없고 오직 발음의 조절을 위한 것이라는 점과, 형태 면에서 "이다"를 독립 품사로 본다면 "이"는 결코 어간이 될 수 없고 어간 없는 품사란 성립하지 않는다는 것이다. 그리고 마지막으로 맞춤법을 들어, 왜 "-다, -이다"를 띄어 쓰지 않았는가 하는 점이 독립 품사가 아니라고 볼 수 있는 확실한 근거라고 주장하였다.

2.2.3. 종합적 검토

이렇게 시기를 양분해 보면, 흥미로운 현상이 발견되는데, 전기의 교과서 중 특히 4분법의 분류 체계를 보인 교과서의 저자들이 서술격 조사를 조사와는 별개의 품사라고 인정하는 저자들과 상당 부분 일치한다는 사실이다.

하지만, '분류 체계'를 기준으로 한 시기 구분과 '서술격 조사에 대한 시각'을 기준으로 한 시기 구분에는 다소 차이가 나타났기 때문에, 본 논문에서는 '서술격 조사에 대한 시각'은 참고사항으로 돌리고, '분류 체계'를 주요 기준으로 삼아 시기를 다시 설정해 그 결과를 정리하면 아래의 표와 같다.

시기 구분	명칭	시기	특징
전기	분류 체계 혼재 시기	1949-1984	개념만 제시되거나 기능에 따른 구분 혹은 구체적인 분류 체계가 제시되지 않았거나, 2분법에서 4분법에 이르는 다양한 분류 체계가 혼재하는 시기
후기	분류 체계 통일 시기	1985-현재	'격조사/접속조사/보조사'의 3분법으로 명확하고 일관된 분류 체계를 보이는 시기

<표 4> 분류 체계를 기준으로 한 조사 연구의 시기 구분

위의 표에서 조사의 분류 체계를 기준으로 하여 양분한 각 시기의 특징을 다시 정리해보면 먼저 전기는 조사에 대해 기능에 따른 구분이나 독립적인 체계 구분이 이루어지지 않아 미분화된 상태로 연구된 이인모(1949), 장하일(1949), 그리고 이숭녕(1956)의 문법 교과서가 나타났다거나 대부분의 문법 교과서들이 2분법으로 조사를 분류하였으나 그 밖에 3분법과 4분법으로 조사를 분류하는 문법 교과서들도 함께 존재해 조사의 분류 체계가 혼재하고 있는 양상을 보인다. 그러나 후기에 들어서면 문법 교과서들이 이전 시기에 대세를 보였던 2분법의 분류 체계가 아닌 '격조사/접속조사/보조사'의 3체계로 분류 체계가 통일되어 그 체계를 지속적으로 유지하게 되었다.

3. 시기별 내용 고찰

앞 장에서는 조사 단원의 문법 교과서 내 위치와 분류 체계를 기준으로 크게 두 시기로 나누었다. 이 장에서는 앞에서 설정한 시기 구분을 바탕으로 각 시기별로 조사의 정의 및 분류, 그리고 쓰임에 대해 그 세부적인 내용이 어떠한 변화를 겪어 왔는지 살펴보기로 한다.

3.1. 전기(1949–1984): 분류 체계 혼재 시기

전기–분류 체계 혼재 시기
이희승(1949), 이인모(1949), 정인승(1949), 최현배(1949), 장하일(1949), 이희승(1956), 이숭녕(1956), 정인승(1956), 최현배(1956), 김윤경(1957), 김민수·남광우·유창돈·허웅(1960), 이을환(1967), 강복수·유창균(1968), 강윤호(1968), 김민수·이기문(1968), 양주동·유목상(1968), 이명권·이길록(1968), 이숭녕(1968), 이은정(1968), 이인모(1968), 정인승(1968), 최현배(1968), 허웅(1968), 김민수(1979), 김완진·이병근(1979), 이길록·이철수(1979), 이응백·안병희(1979), 허웅(1979)

3.1.1 정의 비교

이 시기는 앞에서 언급했듯이 조사의 분류 체계가 아예 존재하지 않았거나 혹은 서로 다른 여러 체계가 섞여서 존재하는 특징을 보인다. 다시 말해, 분류 체계가 2체계에서 4체계에 이르기까지 다양한데, 이러한 분류 체계가 시간적 흐름에 따라 더욱 세분되었다거나 통일되었다거나 하는 특징적인 변화 양상은 찾아볼 수 없다. 종 29송의 교과서가 이 시기에 속하는데, 조사에 대하여 어떻게 정의 내리고 있는가를 기준으로 가 교과서의 내용을 정리해 보고자 한다.

기본적으로 장하일(1949)와 이숭녕(1956)의 경우에는 조사 자체를 하나의 품사로 인정하고 있지 않기 때문에, 조사의 정의 및 분류라는 항목에 대해 자세하게 언급할 내용이 없다고 하겠다. 두 교과서에 대해 조금 더 구체적으로 설명하자면, 장하일(1949)에서는 임자씨를 설명하는 둘째 가름에서 '임자씨의 토'라는 제목으로 임자씨의 구조에 따라 달라지는 토의 형식상 차이를 세 가지로 나누어 보여주고 있고, 특이한 사항으로 '섞기기 쉬운 임자씨의 토'라는 제목으로 혼동하기 쉬운 토끼리 짝을 지어 설명하면서 주로 사용법에 초점을 맞추어 이야기하였다. 그리고 이숭녕(1956)에서는 조사를 따로 하나의 품사로 보지 않고 명사/대명사/수사를 어미 변화가 있는 제1형 체언으로 분류한 후, 이 품사들이 '격변화'를 하는 것으로 설명하여 조사를 '격' 또는 '격어미'로 인식하였다.

이인모(1949)에서는 조사에 대한 정의가 등장하긴 하지만 아주 간단하게 '씨와 씨와의 관계를 맺는 낱말'을 '토씨'라고 부른다고 정의 내리면서 '토씨에서 틀리기 쉬운 것'을 예로 보여주고 토씨의 사용에 대해서만 언급하였다.

나머지 교과서들 중에서 아래의 4종은 '조사' 자체의 정의를 명확하게 제시하지 않았으며 특히, 김민수 외(1960)과 김민수(1979)에서는 정의를 제시하는 대신에 조사의 역할 혹은 기능에 해당하는 설명을 보여 주고 있다.

> 김민수·남광우·유창돈·허웅(1960): 조사 전체의 정의는 따로 없고, 다만 '토'는 명사의 몸에 붙어서 문법적인 뜻을 나타내는 부분이므로, 명사를 '의미부'라고 하면 토는 '형태부'가 된다
> 강복수·유창균(1968): 조사 전체의 정의는 따로 없음
> 김민수·이기문(1968): 조사 전체의 정의는 따로 없음
> 김민수(1979): 조사 전체의 정의는 따로 없고, 체언의 기능을 이끄는 지표로서 의존형이라고 설명함

그 외 교과서들은 주로 품사 편의 하위 분야로 조사를 다루면서 분류된 각 조사의 정의를 제시하고 있고 전체적인 조사의 정의는 대부분 앞부분 '품사개설'에 해당하는 항목에서 다루고 있는데, 그 내용이 시기나 분류 체계에 크게 관계없이 비슷한 양상을 띠고 있음을 알 수 있다. 즉, 대표적인 조사의 정의라 할 수 있는 것은 바로 '조사란 <u>어떤 말</u>에 붙어서 그 말과 다음 말 사이의 관계를 나타내거나 그 말의 뜻을 도와주는 것이다'라는 것으로 요약해 볼 수 있으며, 이 때 '어떤 말'에 해당하는 부분을 어떤 식으로 한정짓는가에 따라 좀 더 세분해 볼 수 있다.

먼저, 어떤 말에 대해 구체적인 언급 없이 다소 일반적으로 정리하여 제시하는 방법이 이숭녕(1968)을 비롯한 아래 3종의 교과서에 쓰였다.

이숭녕(1968): 조사는 문장에서 <u>단어와 단어의 관계</u>를 나타내는 것이다.
이인모(1968): <u>어떤 말 뒤에 붙어서</u> 말의 관계를 나타내도록 그것을 도와주는 말들
이은정(1968): <u>다른 말 뒤에 붙어서</u> 어법적인 관계를 표시하는 말로서 독립적인 뜻이 없이 다만, 어법적인 관계만을 표시하는 말인데, 이런 말을 관계언이라고 이른다.

이후, 이희승(1949)를 비롯한 11종의 교과서에서는 아주 구체적으로, 체언이라고 한정하거나 체언의 구체적인 내용을 들어 명사·대명사·수사라고 한정하면서 조사의 정의를 내리고 있다.

이희승(1949): 명사나 대명사 아래에 붙어서 그 말이 다른 말에 대한 관계를 나타내는 구실을 한다

양주동·유목상(1968): 체언에 붙어 어절을 구성하여 그 체언으로 하여금 문장에서 어떤 직능을 맡게 하거나, 또는 이에 덧붙여 어떤 의미를 첨가해 주는 기능을 맡은 말

이명권·이길록(1968): 주로 체언 밑에 붙어 문법적 관계를 나타내거나 뜻을 더해주는 구실을 하는 말

이희승(1968): 명사·대명사·수사 아래에 붙어서, 그 명사·대명사·수사가 다른 말에 대한 관계를 나타내는 구실을 한다.

최현배(1968): 임자씨 아래에 붙어, 그 다음의 말과의 걸림(관계)을 나타내는 낱말

허웅(1968): 주로, 명사, 대명사, 수사에 붙어서 그 문장에 있어서의 그 기능을 부여해 주고, 어떤 것은 특별한 뜻을 부여해 주는, 제 홀로 따로 설 수 없는 낱말

김완진·이병근(1979):　체언에 결합되어 일정한 문법적 관계를 가지게 하는 품사

이길록·이철수(1979):　주로 체언에 붙어서 문법적 관계를 나타내거나 뜻을 더해 주는 구실을 하는 말

허웅(1979):　명사, 대명사, 수사에 붙어서 그 문장에 있어서의 기능을 부여해 주고, 어떤 것은 특별한 뜻을 부여해 주는, 제 홀로 따로 설 수 없는 낱말

그러나, 실제 조사의 용례들을 살펴보면, 체언에만 조사가 붙는 것은 아니기 때문에 아래 6종의 교과서에 제시된 조사의 정의가 좀 더 포괄적인 내용을 담고 있으며 현실적인 조사의 용례를 더욱 분명하게 반영하고 있다고 할 수 있을 것이다.

정인승(1949):　주로 이름씨의 아래, 혹은 다른 말의 아래에 붙어서, 말과 말 사이의 관계를 나타내거나, 또는 앞의 말의 뜻을 도와주는 낱말

정인승(1956):　이름씨 밑에, 혹은 매김씨를 제한 아무 말의 밑에나 붙어서, 그 말의 다른 말에 대한 관계를 나타내거나, 또는 그 말의 뜻을 돕는 낱말들

이을환(1967):　일정한 뜻이 없고 주로 체언이나 용언의 명사형에 붙어 그 말을 돕거나 혹은 다른 말과의 관계를 나타내는 말

강윤호(1968):　저 홀로 쓰이지 않고 체언, 용언, 수식언 따위의 자립어 밑에 붙어, 이들의 관계를 나타내거나 말의 뜻을 보태어 준다.

정인승(1968):　주로 체언에 혹은 다른 어떤 말에 직접 붙어 가지고, 그 말의 다른 말에 대한 관계를 나타내거나, 또는 그 말의 뜻을 돕거나 하는 낱말들

이응백·안병희(1979):　자립성을 가진 다른 단어(주로 체언)에 붙어서 그 단

어가 뒤의 단어에 대하여 가지는 관계를 나타내 주든
지, 뜻을 더해 주는 구실을 하는 단어들

지금까지 살펴보았듯이 전기에 해당하는 1949년에서 1985년에 이르기까지, 조사의 '정의' 자체에는 큰 변화가 없었다는 것을 알 수 있다. 기본적으로 말과 말 사이의 관계를 나타내거나 다른 말의 뜻을 돕는다는 정의상의 대전제가 끊임없이 반복해서 쓰여 왔다고 정리할 수 있겠다.

3.1.2. 분류 비교

이 시기는 시기의 명칭에서도 보이듯이, 분류 체계가 어느 하나로 통일되지 않고 다양한 모습을 띠고 있는 시기이다. 따라서 전기의 문법 교과서들이 조사의 분류 체계를 설정하는 방식은 아직 통일되지 않았다고 할 수 있는데, 명확한 분류 체계가 없는 것에서 4분법에 이르는 것까지 4단계로 나누어 각각의 내용을 구체적으로 살펴보겠다.

3.1.2.1. 분류 체계가 밝혀지지 않음

앞에서도 여러 번 언급되었듯이, 장하일(1949)의 경우는 임자씨를 설명하는 부분에서 단순히 임자씨의 구조에 따라 달라지는 토의 형식상 차이만을 구분하여 제시하였을 뿐, 토의 기능상 분류는 시도하지 않았기 때문에 명확한 분류 체계를 알 수 없다. 또한, 이인모(1949)의 경우에도 토씨의 개념만 제시하였을 뿐 그 범위나 종류에 대한 언급이 없었고 '토씨에서 틀리기 쉬운 것'이라 하여 그 예만을 몇 가지 보이고 있다. 마지막으로 이숭녕(1956)은 조사를 따로 하나의 품사로 보지 않고 격어미로 인식하였기 때문에 당연히 그 분류 체계는 제시한 바 없다.

3.1.2.2. 2분법 체계

조사의 기능에 따라 두 가지로 조사를 분류한 경우이다. 이를 다시 세 개의 다른 범주로 나누어 생각해 볼 수 있는데, 격조사와 보조사(보조조사)로 나눈 경우, 격조사와 특수 조사로 나눈 경우, 그리고 격조사와 감탄 조사로 나눈 경우가 그 범주에 속한다.

1) 격조사와 보조사(보조조사)

먼저 아래 제시한 정인승(1949)외 6종의 교과서는 조사를 격조사와 보조사로 분류하였다. 이 교과서들의 공통점은 격조사에 대해 '체언에 붙어서 그 자리(격)를 결정해 주고 문장의 다른 성분과 일정한 관계를 맺게 하는 조사'로 정의하고, 보조사 혹은 보조 조사란 '체언을 일정한 격으로 규정하지 않고 여러 격에 두루 쓰이게 하고 또 특별한 의미를 첨가해 주는 조사'로 정의하면서 조사를 둘로 구분하고 있다는 사실이다. 즉, 격조사 이외의 모든 조사들을 '의미적으로 도움을 준다'는 것에 초점을 맞추어 보조사(보조조사)로 인식하고 있다는 것이다. 다만 좀 특이한 것은 격조사와 보조사의 의미 구분을 설명하는 데 있어 강윤호(1968)의 경우 단순히 '의미 추가'라는 기준 외에 다소 독자적인 기준을 제시하였는데, 즉 격조사는 체언에만 붙을 수 있는 조사이고 보조사는 체언·용언·수식언(부사)에 두루 붙을 수 있는 조사로 설명한 점이다.

정인승(1949), 정인승(1956), 정인승(1968): 자리토씨(격조사)/도움토씨(보조조사)

김윤경(1957): 임자 겻/꾸밈 겻

강복수·유창균(1968): 격조사/보조조사

강윤호(1968): 격조사/보조사

김민수(1979): 격조사/보조사

이응백·안병희(1979): 격조사/보조조사

2분법 체계라는 공통점을 보이고 있으면서도, 실제 이 동일한 2분법 체계 내에서도 격조사 혹은 보조사의 구체적인 하위 체계에 있어서는 다소 차이가 나타나고 있다. 먼저 격조사의 하위 체계에 대해 살펴본다면, 강윤호(1968), 김민수(1979), 그리고 이응백·안병희(1979)에서는 주격/관형격/목적격/보격/부사격/공동격(접속격)/호격(독립격)/서술격의 완전한 8체계로 격조사를 하위 구분하였으며 정인승(1949), 정인승(1956), 그리고 정인승(1968)은 비교적 조사에 대한 심도 있는 연구를 하였음을 보여주는 교과서로서 시간의 흐름에 관계 없이 격조사를 7체계로 보아 호격 조사를 격조사에 넣지 않고 보조 조사의 하위 체계인 '호칭보조조사'로 설정하고 있는 점이 특징이다. 또한 강복수·유창균(1968)은 역시 7체계로 격조사를 설정하였는데 이 체계에서는 '보격조사'가 빠져 있어, 동일한 '격조사'에도 다양한 모습이 실재하고 있음을 알 수 있다.

마찬가지로 보조사의 세부적 내용도 살펴보면, 일반적으로는 강복수·유창균(1968), 김민수(1979), 이응백·안병희(1979) 등의 교과서처럼 '의미 추가'의 기능을 담당하는 다양한 보조조사들의 기능과 그 실제적 예들을 10개에서 20개에 이르기까지 다양하게 나열하고 있는데, 정인승(1949, 1956, 1968)의 경우에는 특이하게 보조 조사를 3체계로 다시 하위 구분하여 통용보조조사/종지보조조사/호칭보조조사로 인식하였으며, 강윤호(1968)의 경우도 보조사를 통용보조사와 종지보조사의 2체계로 다시 하위 구분하고 있어역시 보조사라는 동일한 개념도 그 구체적 내용에 있어서는 동일하지 않음을 확인할 수 있다.

2) 격조사와 특수 조사

이어서 아래 제시한 김민수 외(1960)을 포함한 9종의 교과서들은 조사를 격조사와 특수 조사로 분류하고 있는데, 역시 격조사란 '체언의 격, 즉 문장 속에서의 성분을 가지게 하는 조사'라고 보고 이에 대해 특수조사란 '일정한 격에만 쓰이지 않고 여러 격에 두루 쓰이며, 독특한 뜻을 가지고 있는 조사'로 인식하는 공통점을 나타내고 있다. 즉, 위에서 등장했던 '보조사(보조 조사)'의 개념이 보다 앞의 말에 어떤 도움 되는 뜻을 덧붙여 준다는 개념을 강조했다면, '특수 조사'의 개념은 그 독특한 의미 뿐 아니라 여러 격에 두루 쓰일 수 있는 능력이 있음을 부각시킨 것이라고 할 수 있겠다. 그러나 실제로 보조사와 특수 조사는 사용하는 저자들에 의해 그 이름만 달리 사용되었을 뿐 그 구체적인 내용은 동일한 것이라고 할 수 있다.

김민수・남광우・유창돈・허웅(1960): 격토/특수토

이을환(1967): 격조사/특수조사

김민수・이기문(1968): 격조사/특수조사

양주동・유목상(1968): 격조사/특수조사

이명권・이길록(1968): 격조사/특수조사

이숭녕(1968): 격조사/특수조사

이희승(1968): 격조사/특수조사

김완진・이병근(1979): 격조사/특수조사

이길록・이철수(1979): 격조사/특수조사

위에서도 언급되었듯이 역시 이 9종의 교과서 내에서도, 용어상 동일한 격조사와 특수조사라도 그 하위 체계에 있어서는 동일하지 않다. 먼저 이을환(1967), 김민수・이기문(1968), 양주동・유목상(1968), 이숭녕(1968), 이희승(1968), 이길록・이철수(1979)의 여섯 종에서는 모두 8체계의 격조사를 하위 체계로 삼고 있다. 김민수 외(1960)에서는 부사격토를 좀 더 자세하게 처격토/여격토/조격토/탈격토 등으로 세분화한 것과 보격조사가 나타나지 않는 특징을 보였다. 이명권・이길록(1968)의 경우에는 관형격 조사가 빠진 7체계의 격조사를 하위 체계로 설정하였고, 김완진・이병근(1979)에서는 따로 보격조사를 정하지 않고 '주격 보어'라는 개념을 따로 정하였고 서술격 조사도 역시 따로 정하지 않고 '-이-'라는 보조적 요소는 조사가 아니고, 지정의 뜻을 나타내는 보조적 기능을 하는 형태소라고 보았다. 따라서 이 문법서에서는 격조사의 하위 체계가 6체계를 보이고 있다.

이 문법 교과서들 중 눈여겨보아야 할 것은 김민수·이기문(1968)과 양주동·유목상(1968)인데, 두 교과서 모두 '접속격 조사'에 대해 별개의 언급을 한 점 때문이다. 즉, 김민수·이기문(1968)에서는 '서술격과 접속격은 그것만으로서는 자리가 미정이라고 해야 하며, 그 뒤에 잇달린 말에 따라서 결정된다'고 하였으며, 양주동·유목상(1968)에서는 아예 격조사를 성분격과 비성분격으로 구분하여 '접속격 조사'가 "그대로는 어떤 성분도 되지 못하므로 '비성분격'이 되고, 이런 점에서 다른 격조사들과 좀 다르다고 봐야 한다"고 하였다. 이러한 인식이 결국 국정 1기 이후 '접속격 조사'가 격조사와 분리되어 독립적인 하나의 분류 체계를 차지하게 된 출발점이었을 것이라고 추정된다.

이어서 특수조사의 하위 체계를 살펴보면, 위의 보조사와는 달리 아홉 종의 교과서 모두 동일하게 '(은)는, 도, 만' 등을 대표적인 예로 소개하면서 구체적으로 그 예와 의미를 나열하고 있어서 많게는 20가지 이상을 소개하고 있는 교과서도 있긴 하지만, 독자적으로 특수조사를 더 작은 단위로 세분화한 교과서는 없는 것으로 보인다. 대신, 격조사와 달리 특수조사의 용법상 특징에 대해 언급한 교과서가 몇 개 있는데, 예를 들면 김민수 외(1960)에서는 '격토는 생략되는 일이 있지만, 이러한(특수) 토는 생략되지 않는다'라고 하였고, 김완진·이병근(1979)에서는 특수 조사의 정의를 조금 달리 하여서 '조사가 붙는 말을 다른 말과 대조시켜 관계를 나타내는 데 사용되는 조사'로 보았고, 대조되는 대상 없이 쓰인 특수 조사는 '감탄'하는 뜻을 나타낸다고 덧붙였다.

3) 격조사와 감탄 조사

2분법 체계의 마지막 교과서는 이은정(1968)로 여러 면에서 타 교과서들과 다른 점을 보인다. 먼저, 격조사가 아닌 나머지 부분을 보조사나 특수조사로 처리하지 않고, 감탄조사로 설정하여 '감탄조사'는 '체언 뒤에 붙어서 어떤 감동을 표시하는 조사'라고 정의하고 있는 점이다. 즉, 본 논문에서 다루고 있는 분류 체계를 지닌 30종의 교과서 중에서 보조사나 특수조사의 체계를 인정하지 않는 유일한 교과서인 셈이다. 이은정(1968)은 독특한 개념인 '부정격 조사'를 등장시켜 격조사의 하위 체계로 소개하고 있는데, 즉 격조사의 하위 체계가 8체계이긴 하나, 앞에서 언급된 8체계와는 차이를 보이고 있다. 보격 조사를 따로 설정하고 있지 않으며, 명확하게 문장 내에서 자격을 표시하는 격조사 내의 다른 일곱 조사와는 달리 '그 조사가 표시하는 격이 일정하지 않은 격조사'를 부정격 조사 혹은 특수 조사로 보고 있는 것이다. 다른 교과서에서는, 이 조사들을 격조사와 분리시켜 대등한 위치로서 보조사 내지는 특수 조사로 따로 인정하던 것을, 이은정(1968)에서는 격조사의 하위 개념으로, "그 격이 단지 하나로 정해지는 것이 아니라 경우에 따라서 다른 격을 표시할 수 있고, 이러한 부정격 조사는 격 표시의 힘이 약하기 때문에 뒤에 다시 다른 격조사가 붙어 쓰이기도 한다"고 주장하였다. 이은정(1968; 78)에서 부정격 조사가 쓰인 예문을 정리하면 다음과 같다.

```
(1)    ㄱ. 는/은 ………    박테리아는[가] 식물이다.          〈 주격
                      자네도 떡국은[을] 먹게.            〈 목적격
                      특별히 자네는[에게] 주겠네.        〈 여격
       ㄴ. 만   …………    우리만[가] 가는구나.              〈 주격
                      철수는 사과만[를] 먹는구나.        〈 목적격
                      철수가 특별히 우리만[에게] 주었다. 〈 여격
```

그리고 제시된 감탄조사에 대해서는 '체언 뒤에 붙어서 어떤 감동을 표시하는 조사로 정의하면서, 이 감탄조사들 역시 한편으로는 격을 표시하는 것이므로 그 직능 면으로 볼 때 '부정격 조사'에 속하는 것이라고도 하였다. 그렇다면, 감탄사도 격조사의 하위 체계로 설정할 수 있는 것이 아닌지, 어떤 이유에서 감탄사를 독립시켰는지가 불분명하다.

3.1.2.3. 3분법 체계

조사의 분류 체계를 3가지로 나눈 교과서는 아래 이희승(1949), 이희승(1956)과 이인모(1968) 세 가지이다. 조사를 격조사/특수조사/감탄조사의 3체계로 구분하였다는 점에서 유사하고, 특히 각 항목이 가지는 기능이나 의미 면에서도 매우 비슷한 관점을 보이고 있다.

이희승(1949) · 이희승(1956): 격조사/특수조사/감탄조사
이인모(1968): 격조사/특수조사/감탄조사

다만, 이희승(1949)와 이희승(1956)의 격조사에서는 그 하위 체계에 대해 기본 5체계(주격/호격/목적격/여격/소유격)를 먼저 제시하고 그 외에 13가지의 격조사가 더 있다고 소개하고 있어서, 전체 격조사의 하위 체계는 18개나 된다. 앞에서 살펴보았던 8체계 격조사에서 상대격/탈격/처소격 등을 대부분 부사격 조사로 통합하여 제시하던 것을 모두 독립적으로 따로 분리시켜 제시하고 있으며, 보격조사에 대한 언급이 없고 서술격 조사에 대해서는 따로 지면을 할애하여 설명하고 있는 점을 주목할 수 있다. 즉, 이 교과서에서는 '-이-'를 '서술격 조사'로 보는 것이 아니라 '(이)다/(이)냐/(이)로구나' 등을 따로 떼어내서 '종결어미'로 인식하고 있는 점이 특징이라고 하겠다. 아래는 이희승(1949; 58)에 등장한 체언의 서술어화에 대한 정리이다.

(2) 체언, 즉 명사나 대명사는 그 아래에 조사가 붙어서 격을 표시한다. 그러
나 체언이 서술어로 쓰일 경우에는 조사가 붙지 않고 어미가 붙어서 활용
하게 된다. 아래 예처럼,

이것이 개다.	저것은 닭이다.
이것이 개냐?	저것은 닭이냐?
이것이 개로구나.	저것은 닭이로구나.

위의 밑줄 친 부분처럼 "(이)다", "(이)냐", "(이)로구나"는 체언에 붙어서
한 개의 글월을 끝맺게 하는 '종결어미'라 일컫는다.

이인모(1968)에서는 역시 다양한 부사격을 모두 대등한 지위로 펼쳐 놓
음으로써 전체 격조사의 하위 체계가 거의 20개에 달하는 양상을 보인다.
앞의 일반적인 8체계에 해당하는 격조사를 모두 갖추고 있으며 특이한 점
은 격조사의 용법에 관한 부가적인 설명이 있다는 것으로, '어형이 같은 조
사가 다른 데 붙으면, 그 위격이 달라진다'는 점과 '각기 일정한 위격을 나
타내므로, 두 개 이상 겹치는 일이 거의 없다'는 점을 강조하고 있다.

특수조사의 성격이나 하위 체계에 대해서는 이희승(1949)와 이인모(1968)
모두 2분법 체계에서 사용되었던 특수조사의 개념과 유사한 인식을 보이고
있어서, '여러 가지 격을 나타낼 수 있고, 체언 뿐 아니라 용언이나 부사 아
래에 쓰이는 일도 있다'는 점을 강조하면서 15개 가량의 특수조사를 그 의
미와 함께 나열하여 설명하였다.

마지막으로 감탄조사에 대해서 살펴보면, 이인모(1968)에서는 '-도/-이나
/-그려'의 세 개를 제시하였고 이희승(1949)에서는 '-도/-나(-이나)'의 두 가지
를 제시하였다. 이인모(1968)은 감탄조사를 다소 간단하게 '어떤 감탄을 나
타내는 조사'라고 정의 내린 데 비해 이희승(1949;54)에서는 '조사의 본뜻을
잃어버리고, 다만 감탄하는 느낌이나 뜻을 나타내는 것'이라고 정의 내리면
서 특히 형태가 동일한 특수조사와의 차이점을 아래와 같이 구체적으로 설
명하였다.

(3)　　특수 조사의 경우로 말하면, 무엇이 많고, 무엇이 많은데,

　　　　　사람도 많다.

고 한다든지, 무엇이 크고, 무엇이 큰데,

　　　　　집도 크다.

고 하는 뜻으로 쓰이지마는, 감탄 조사의 경우는, 다른 것이 많은 것도 없고, 큰 것도 없으며, 다만 사람만이 많고, 집만이 큰 것을 보고, 마음에 느낀 바가 있어서,

　　　　　사람도 많다.

　　　　　집도 크다

라고 감탄하는 것이다.

3.1.2.4. 4분법 체계

조사의 분류 체계를 4분법으로 나눈 교과서는 허웅(1968), 그리고 허웅(1979)의 다섯 가지이다. 최현배(1949, 1956, 1968)에서는 자리토/도움토/이음토/느낌토의 네 가지를 하위 체계로 인식하였고, 허웅(1968, 1979)은 모두 조사를 격조사/보조조사/연결조사/특수조사의 네 가지로 구분하였다. 즉, 조사의 하위 체계를 4개로 두었다는 점에서는 동일하지만, 실제로는 '느낌토'와 '특수조사'의 내용적 차이를 보이고 있다.

최현배(1949)·최현배(1956)·최현배(1968): 자리토/도움토/이음토/느낌토
허웅(1979): 격조사/보조조사/연결조사/특수조사

최현배(1949, 1956, 1968)에서의 자리토, 즉 격조사는 앞에서 살펴 본 8체계 격조사와 비교할 때 서술격과 접속격이 빠져 있다. 접속격은 따로 독립해서 상위 체계에 두었고 서술격은 별도의 품사 '잡음씨'에서 다루고 있어 전체 품사 체계를 10체계로 하는 특징을 보이고 있다. 또한 이와 관련하여 기움자리토, 즉 보격 조사를 설명할 때도 잡음씨 '아니다'가 풀이하는 말이 된 경우에만 쓰인다고 제시함으로써 다른 교과서에 나타난 보격 조사보다

는 좁은 의미로 쓰였음을 알 수 있다. 이 교과서의 가장 큰 의의라 할 수 있는 것은, 이전 3분법 체계에서는 나타나지 않았던 새로운 시각을 나타낸 것으로, 이음토, 즉 접속 조사를 단순히 격조사의 하위 체계가 아니라 격조사와 대등한 성분으로 인정했다는 점이다. 같은 전기의 몇몇 교과서에서도 이미 '접속조사'의 특수성에 대해 잠시 언급된 바 있으나, 본격적으로 따로 독립된 성분으로 제시한 것은 최현배(1949)가 처음이라는 점이 주목할 만하다.

허웅(1968, 1979)에서는 시간적 흐름에 따른 차이 없이 동일한 분류 체계를 고수하며, 격조사를 주격/목적격/대비격/위치격/방편격/관형격/호격의 7체계로 구분하였다. 이는 다른 교과서에 가장 일반적으로 등장하는 8체계 격조사와 비교할 때, 대비격/위치격/방편격은 하나의 부사격으로 통합될 수 있을 것이고, 그 외 보격조사와 서술격조사에 대한 언급은 하지 않았다. 다만, 허웅(1979)에서는 조사의 마지막 부분에 "-이다'를 조사로 처리하기로 했으나 이 말은 용언과 같이 활용을 하므로 용언으로 보는 학자가 많다'라고 주장하고 있어서 실제적으로 격조사의 하위 체계인 서술격 조사로 인정하지 않는 것을 알 수 있다. 그 외, 역시 연결조사를 격조사의 하위 체계가 아니라 동등한 자격으로 따로 독립시킨 점이 또한 특이하다. 허웅(1968, 1979)에서 또 하나 특이한 점은 지금까지 어느 교과서에서도 다루지 않았던 새로운 '특수 조사'의 개념이다. 여기에서의 '특수조사'란 '문장에만 붙는 조사'라는 한정적 의미로서 그 예로는 '-마는, -시피, -고(라고)/-요'의 네 가지가 있다.

3.2. 후기(1985–현재): 분류 체계 통일 시기

후기 – 분류 체계 통일 시기

성균관대 대동문화연구원(1985), 성균관대 대동문화연구원(1991), 서울대 국

어교육연구소(1996), 서울대 국어교육연구소(2002)

3.2.1. 정의 비교

이 시기는 서울대(1996)의 머리말에서도 언급되었듯이 1984년 학교 교육에서 사용하기 위한 문법의 체계가 통일된 이래 현재까지 일관된 문법 체계를 보이고 있는 시기이다. 전반적으로 조사의 개념이나 종류에 대한 설명이 상당 부분 간소화되면서, 조사를 격조사/접속 조사/보조사의 3체계로 구분하는 통일된 분류 체계를 보이고 있는 시기이다. 따라서 이 시기에 속하는 4종의 문법 교과서에 등장하는 조사 전체의 정의를 정리해 보면 아래와 같이 상당 부분 유사하고, 이전 시기에 비하면 비교적 간단함을 알 수 있다. 특히, 성균관대(1985, 1991)의 두 교과서에서는 따로 '의미 추가'라는 부분을 강조하지 않고, '관계'라는 용어 속에 격 표시와 의미 추가의 두 기능을 함께 포함시켰다. 이후 서울대(1996, 2002)의 두 교과서에서는 전기의 학교 문법 교과서들에서의 정의와 마찬가지로 '문법적 관계' 외에 '의미 추가'라는 기능을 다시 별개로 표시하고 있는 점이 주목할 만하다.

성균관대(1985): 자립 형태소에 붙어 그 말과 다른 말과의 관계를 표시한 것
성균관대(1991): 자립 형태소에 붙어 그 말과 다른 말과의 관계를 표시한 것
서울대(1996): 체언 뒤에 결합해서 다른 말과의 문법적 관계를 나타내거나 특별한 뜻을 더해 주기도 한다.
서울대(2002): 체언 뒤에 붙어서 다양한 문법적 관계를 나타내거나 의미를 추가하는 의존형태소

각 하위 체계인 격조사/접속 조사/보조사의 개별 정의에 대한 시기적 변화를 살펴본다면, 먼저 격조사의 경우 '앞에 오는 체언이 문장 안에서 일정한 자격을 가지도록 해 주는 조사'라는 정의가 거의 변화 없이 공통으로 나타나고 있으며, 접속 조사의 경우도 '두 단어를 같은 자격으로 이어 주는

구실을 하는 조사'라는 정의가 일관되게 나타났다. 다만, 보조사의 경우 성균관대(1985, 1991)에서는 따로 정의를 제시하지는 않았고 실제 보조사의 예를 들면서 각 보조사가 가지는 특수한 '의미'를 설명하고 그 보조사들이 문장의 주어나 목적어 등 여러 자리에 놓일 수 있다는 것을 강조하는 것으로 정의를 대신하였다. 서울대(1996, 2002)의 경우는 보조사의 정의에 있어서 바로 이전 시기의 두 교과서가 상당 부분 동일함을 보였던 데 비해, 서울대(1996)에서는 '격조사가 올 자리에 놓이거나 격조사와 결합되어 특별한 뜻을 더해 주는 조사'로 정의 내려 의미 추가 뿐 아니라 격조사와의 관계에 대해서도 언급하였고 서울대(2002)에서는 '앞에서 배운 조사들 외에 앞말에 특별한 뜻을 더하여 주는 조사'로 정의하면서 '의미 추가' 기능에 좀 더 초점을 맞추어 설명했다고 볼 수 있겠다.

요약하여 보면, 후기에 속하는 네 종의 학교 문법 교과서는 '조사의 정의'라는 항목을 비교해 볼 때, '보조사'의 정의 부분을 제외하고는 거의 동일한 교과서라고 인식할 수 있을 만큼 유사한 모습을 보이고 있음을 알 수 있다.

3.2.2. 분류 비교

앞서 시기 구분에서 언급하였듯이, 후기는 조사의 분류 체계가 3분법으로 통일된 시기이므로 4차에서 7차 교육과정에 이르기까지 분류 체계는 통일된 모습을 보이고 있고, 그 구체적인 내용을 살펴보면, 격조사, 접속조사 그리고 보조사의 3종류로 구분되고 있다.

특히, 국정 1기라 할 수 있는 성균관대(1985, 1991)의 경우, 조사를 다루고 있는 양상에 있어 전혀 차이를 보이지 않았고 분류 하위 체계에서 등장하는 용어라든가 실제 예문 등 거의 모든 면에서 동일하다고 할 수 있다. 두 교과서 모두 격조사의 하위 체계로 7체계를 들고 있는데, 주격/서술격/목적격/보격/관형격/부사격/호격이 그 구체적인 내용이다. 전기의 일반적인 격조사 체계를 8체계로 보았던 점과 비교한다면, 8체계 속에 속했던 접속격 조사가 따로 독립적인 성분으로 분리된 결과로 7체계를 보이게 된 것이라 하겠다. 특히 서술격 조사 '이다'에 대해서는, '자립성이 있는 말에 붙어서 서술어를 만드는데, 다른 조사와는 달리 활용을 하는 특수성이 있다'라고 별도의 설명을 붙이고 있는 점이 특이하다. 이어 국정 2기의 서울대(1996, 2002) 두 교과서도 그 예문에 있어 약간의 차이는 보이지만, 격조사의 하위 체계를 7체계로 인정한 점과 '이다'에 대해 따로 설명을 붙인 점 등 국정 1기의 교과서들과 거의 차이가 없음을 알 수 있다.

접속 조사에 관해서는 이 시기의 교과서 모두 따로 하위 체계는 없고 구체적 예로 '-와/과', '랑' 그리고 '하고' 등이 제시되어 있는데, '-와/과'만이 네 종의 교과서에 모두 실려 있고, 나머지 조사들은 교과서에 따라 선택적으로 등장하고 있다.

마지막으로 보조사에 관해서는 구체적인 하위분류 체계가 없이, 개별 보조사들을 사용한 예문을 정리하고 각 보조사들의 의미를 설명하는 방식으로 제시하고 있다. 예를 들면, 서울대(2002: 98)에서 보조사의 예와 그 의미를 설명한 부분은 아래와 같다.

  (4) 수설만 읽지 말고 시도 읽어라.
     인생은 짧고, 예술은 길다.
     오늘은요, 학교에서 재미있는 노래를 배웠어요.

     위에서 '만'은 앞말에 '한정'의 뜻을, '도'는 역시의 뜻을, '은'은 대조의 뜻을 더하여 준다.

'요'는 상대 높임을 나타내며 어절이나 문장의 끝에 결합하는 독특한 성격을 가진다.

이와 유사한 방식으로 나머지 세 종의 교과서에서도 보조사의 예와 의미를 다루고 있다. 특히, 서울대(2002)에는 나와 있지 않지만, 서울대(1996: 47)에서는 또 하나의 예로 인용절을 이끄는 조사 '고'의 예를 보여주고 있는데 아래와 같다.

(5) 남의 말을 귀담아들으라고 말했어요.

또한, 성균관대(1985, 1991)에서는 위의 방식으로 보조사를 설명하면서, 특히 보조사가 '주어'의 자리뿐 아니라 '목적어나 보어의 자리'에도 올 수 있다는 점, 즉 어느 한 격에 매이지 않고 다양한 자리에서 쓰일 수 있다는 보조 조사의 특성을 추가적으로 언급하고 있다. 성균관대(1991: 21)에 나온 예문은 아래와 같다.

(6) 3. 저도 그 분을 따라갔습니다.
    4. 우리는 거기에서 박물관도 구경하였습니다.

3, 4의 '도'는 '역시'의 뜻으로서, 선행하는 체언을 돕고 있는데, 3에서는 주어의 자리에 놓여 있고, 4에서는 목적어의 자리에 놓여 있다.

이러한 분류 체계의 비교 내용을 요약해 보면, 정의 비교에서와 마찬가지로 후기에 속하는 네 종의 교과서가 약간의 차이는 있지만, 거의 동일한 체계라고 여겨질 수 있는 통일된 모습을 보이고 있음을 알 수 있다.

4. 조사 단원의 문법 교과서 기술 제안

앞장에서 역대 고등학교 국어 문법 교과서를 살펴본 결과, 전기의 다양한 조사 분류 체계 및 조사의 의미 구분이 후기에 들어서 상당 부분 통일되고 간소화되었음을 알 수 있었다. 물론, 학교 문법이라는 제약, 나아가 어느 정도 통일성을 전제로 해야 하는 교과서라는 점을 충분히 인정한다고 하더라도, 후기 즉 국정 1기와 2기에 등장한 4종의 교과서가 다루고 있는 조사의 분류 체계 및 의미는 지나치게 통일되고 단순화되었다는 인상을 지울 수가 없다.

이는 비슷한 시기의 다른 문법서들과 비교해 볼 경우, 그 차이가 두드러지게 나타난다고 할 수 있는데, 예를 들어 이익섭·채완(1999)의 국어문법론 강의라는 문법서를 보아도 전체 15장의 하위 영역 중, 8장 격과 조사 그리고 9장 특수조사라 하여 두 장에 걸쳐 상당한 분량을 차지하고 있으며 비록 격조사와 특수조사라는 두 체계로 구분 자체는 간단하지만 그 세부적 내용에서 격조사를 주격조사/대격조사/속격조사/처격조사/구격조사/공동격조사/비교격조사 및 호격조사 등의 7가지 유형으로 구분하였고 그 외에도 격의 기능 혹은 격조사의 생략이라는 내용도 다루고 있다. 마찬가지로 특수조사의 세부적 내용에서도 격조사와 구분하여 설명하는 것과 동시에 '는'/'만'과 '도'/'조차'와 '마저' 및 '까지'/'나'와 '나마', '라도'/'야' 등으로 구체적인 예를 들어 각 조사가 가지는 개별적 의미 특징에 대해 예문과 함께 자세히 소개하고 있다.

또한, 필자의 관심 영역인 외국어로서의 한국어라는 관점에서 문법을 서술하고 있는 김정숙 외(2005)는 비록 최근의 동향을 반영하고 있는 문법서이기는 하지만 전체 6부의 하위 영역 중 4부 단어라는 제목 하에 '조사'가 단독적으로 40페이지 이상의 분량을 차지하며 다뤄지고 있음을 알 수 있다. 분류 체계는 후기 문법 교과서와 동일하게 격조사/보조사/접속조사라는 3분법 체계를 유지하고 있으나, 구체적 내용 면에서 주격/목적격/관형격/부사격으로 나누고 보조사의 유형에 대해서도 대조/주제/배타나 한정/포함이나 더함/선택의 의미로 나누어 구체적 예문과 함께 제시하였다. 또한 조사

간의 결합이라는 부분을 두어 결합 방식에 대해 따로 설명하고 있다.

추후 문법 교과서가 개정되는 작업에 도움이 될 수 있도록 위에서 살펴본 내용을 중심으로 부족하지만 본 연구자가 생각하는 조사 단원이 갖추어야 할 체재 및 내용에 대해 제안하고자 한다.

4.1. 위치와 구성

앞에서 살펴 본 것처럼 품사 분류가 초기에는 확립되지 않은 모습을 보이다가 1차 통일 문법 검인정기 이후로는 9체계로 안정되었고, 대부분의 학교 문법 교과서에서 조사를 독립 품사로 설정하여 품사의 하위 체계로 꾸준히 다루어 왔음을 알 수 있다. 조사를 품사로 인정하는 28종의 교과서들도 좀 더 입장을 세분해 본다면 단순히 조사를 품사의 하위 분야로 두어 다루는 대부분의 교과서와 김민수 외(1960)이나 강복수·유창균(1968)의 경우처럼 조사를 품사와 대등한 위치에서 인식하는 경우로 나누어 볼 수 있다. 이 경우, '관계언'이라는 독립적 요소를 설정하고 있으나 그 하위 영역이 제한적이고 단순히 '조사'라는 요소 하나만을 아우르는 또 하나의 상위 체계가 필요한 것인가에 대해 고민해 볼 필요가 있을 것이다.

그렇지만, '관계언'이라는 용어 자체의 사용은 권장할만하다고 판단되는데 이는 국정단계의 교과서 중 2기에 해당하는 서울대 국어교육연구소 (1996, 2002)가 품사 아래에 조사를 두되 소제목처럼 조사 앞에 '관계언'이란 명칭을 붙임으로써 조사가 가지는 본질적인 의미 및 기능을 더 명확히 전달하고 있다는 점에서도 흐름을 같이 한다고 볼 수 있을 것이다.

또한 간과할 수 없는 또 한 가지 특징은 앞서 살펴 본 교과서 들 중 정인승(1949, 1956, 1968), 김민수·이기문(1968), 김민수(1979) 등에서 조사를 일회적으로 특정 분야에서만 다룬 것이 아니라 단어 편에서 조사의 종류 및 용법을 다루고 또 다른 부분 즉 '우리말 짜임의 방식' 혹은 '요소의 호응'

이라는 특징적 단계 하에 조사의 분류 혹은 작용에 대해서 별개로 다루고 있었다는 점이다. 이와 관련해서 국정 2기의 서울대(2002)에서도 목차상 조사는 나타나지 않은 채 품사의 하위 분야로 존재하고 있지만, 그 외 문장 단위 아래 문장의 성분이나 문장의 짜임에서도 조사의 역할 및 조사의 의미 등이 다루어지고 있다는 점에서도 조사를 단순히 하나의 독립적 요소로 단어(품사) 밑에 두는 것은 충분하지 않다고 본다. 예를 들어, 조사의 종류 중 주격 조사의 대표적 예로 '이/가/께서' 등이 제시되고 설명되지만, 실제 문장의 성분이라는 관점에서 주어를 만들어 주는 여러 조사 중에는 '정부에서 새로운 정책을 발표했다'와 같은 문장에 쓰인 '에서' 역시 주격 조사로 간주할 수 있다는 점이라든지 혹은 문장의 짜임 부분에 등장하는 '고/라고' 등의 인용격 조사 역시 단독적으로 조사의 종류를 언급할 때에는 다뤄지지 않는 내용이라든지 하는 예들로 미루어 조사의 실제적 역할이나 문장과의 관계 속에서 담당하게 되는 기능 등을 설명하기 위해서는 좀 더 명확한 언급이 필요할 수도 있지 않을까 라는 생각을 해 보게 된다. 다만, 현재까지 국정 1기, 2기 교과서들의 목차 내용을 볼 때 비교적 단순화시키려 했다는 흐름과는 다소 역행하는 것이 아닌가 하는 우려노 역시 해 보게 된다.

　결론적으로 위이 내용을 종합해 보면, 앞으로 문법 교과서가 어떠한 체재 속에서 조사 단원을 다루어야 하는가에 대해서는 품사보다 상위 체계 혹은 품사와 별도로 '관계언'의 지위를 설정하여 다루는 것보다는 하나의 품사로 인정하여 품사 체계의 하위 요소로 자리매김하는 것이 바람직하며 그 위치에서 관계언이라는 별칭과 함께 나타나는 점은 가능하다고 본다. 이를 통해, 지금까지 이루어져 왔던 품사 체계의 안정성을 유지할 수 있으며 통사론적·의미론적 관점에서 인식되는 단어로서의 독립적 특성을 강조할 수 있으며, 서양권 학습자들의 경우 전치사를 독립적 단어로 인식하여 개별적 의미를 이해하고 문장 구성에 있어 특정 체언과 상관없이 자유롭게 사용하는 것과 마찬가지로 조사를 하나의 의미적 독립어로 취급함으로써 개별적인 조사의 의미와 용법을 이해시키고 자유로운 조사의 사용을 유도하는 데에 좀 더 높은 교육적 효과가 있을 것이라고 본다.

최종적으로 문법 교과서 내에서 조사가 놓일 위치를 기술해 본다면 아래와 같을 것이다. 비록 목차 내에 다른 문장과 관련된 부분에서 명시적으로 조사가 언급되지는 못하더라도 내용 속에서 조사의 역할을 언급하는 것으로 절충적인 입장을 취하고자 한다.

> (7) 조사 단원의 위치와 명칭
>   0. 품사
>   0.1. 체언: 명사, 대명사, 수사
>   <u>0.2. 관계언: 조사</u>
>   0.3. 용언: 동사, 형용사
>   0.4. 수식언: 관형사, 부사
>   0.5. 독립언: 감탄사

4.2. 내용

조사 단원의 내용면을 다루기 위해서는, 이전 대부분의 교과서들이 조사라는 항목의 구체적 내용으로 조사의 종류를 다루고 있음을 먼저 지적해야 할 것이다. 그러나, 비교적 단순한 이분법적 조사 단원의 체재와 달리 조사의 종류라는 항목만을 두고 보더라도 분류 체계가 밝혀지지 않은 교과서로부터 4분법 체계를 주장하는 교과서에 이르기까지 다양한 체계를 보이고 있으며 조사의 내용으로는 그러한 분류 체계에 맞추어 조사 종류를 나열하고 각각의 용법이나 예문을 제시하고 있는 것이 일반적이다.

앞에서 이미 언급하였듯이 조사의 분류 체계로는 최종 분류 체계인 통일 시기의 3분법 체계, 즉 격조사/접속조사/보조사의 3분법이 가장 적절하다고 판단되나 조사의 내용을 결정하는 데 있어 그 세 가지 체계에 대한 정의와 예문을 소개하는 것만으로는 조금 부족하다고 본다. 좀 더 분야의 폭을 넓혀 조사의 내용을 기술할 필요가 있으며, 이 작업을 위해 교과서들 중 조사의 종류 외에 별도의 제목을 달아 내용을 다루었던 교재들을 정리해 볼 필요가 있을 것이다. 아래에서는 그러한 교과서들의 구체적 내용을 시기별로 정리하고 그 중에서 앞으로 새로운 문법 교과서가 만들어질 때 새로운 내용으로 꼭 다루어 줄 필요가 있는 항목이 무엇인지 제안해 보고자 한다. 조사의 내용으로 개별 조사 분류 외에 다른 요소들을 선정한 교과서들로는 정인승(1949), 정인승(1956), 김윤경(1957), 강복수·유창균(1968), 강윤호(1968), 이희승(1968), 정인승(1968), 허웅(1968), 허웅(1979), 성균관대 대동문화연구원(1985), 성균관대 대동문화연구원(1991) 등이 있다.

(8) 정인승(1949)의 내용

  VII. 토씨

   [39] 토씨의 갈래

    1. 자리토씨(격조사)

    2. 도움토씨(보조조사)

   [40] 풀이토씨의 특징

    1. 끝바꿈

    2. 도움줄기

    3. 때매김

(9) 정인승(1956)의 내용

  VII. 토씨

   [30] 토씨의 갈래

    1. 자리토씨

    2. 도움토씨

   [31] 풀이자리토씨의 특징

    1. 풀이토씨의 끝바꿈

   2. 풀이토씨 끝바꿈의 갈래

   3. 풀이토씨의 도움줄기(보조어간)

   4. 풀이토씨의 때매김

  [32] 토씨의 쓰임

   1. 이름씨 밑에 쓰임

   2. 풀이씨 이름꼴 밑에 쓰임

   3. 풀이토씨 이름꼴 밑에 쓰임

   4. 어찌씨 밑에 쓰임(주로 도움토)

   5. 풀이씨 어찌꼴 밑에 쓰임(주로 도움토)

   6. 다른 토씨의 밑에 쓰임(주로 도움토)

   7. 월의 밑에 쓰임(마침도움토뿐)

(10) 김윤경(1956)의 내용

 넷째 겻씨

   1. 겻씨의 갈래

   2. 겻씨의 때

   3. 겻씨의 높임과 낮춤

   4. 겻씨의 쓰임

   5. 겻씨의 어우름

   6. 겻씨의 보기틀

 다섯째 잇씨

   1. 잇씨의 갈래

   2. 잇씨의 때와 높임

   3. 잇씨의 쓰임

   4. 잇씨의 어우름

   5. 잇씨의 보기틀

(11) 강복수 · 유창균(1968)의 내용

 Ⅵ. 관계언 - 조사

 1. 조사의 종류

(15) 허웅(1968)의 내용
  4. 조사(토씨)
    1. 격조사와 보조 조사
    2. 격조사와 문장 성분
    3. 주격 조사
    4. 목적격 조사
    5. 대비격 조사
    6. 위치격 조사
    7. 방편격 조사
    8. 관형격 조사
    9. 호격 조사
    10. 보조 조사의 특질
    11. 보조 조사의 중요한 예
    12. 연결 조사
    13. 보조 조사와 격조사의 특수한 용례
    14. 문장에만 붙는 조사

(16) 허웅(1979)의 내용
  4. 조사
    (1) 조사의 종류
    (2) 격조사
    (3) 보조 조사
    (4) 보조 조사와 격 조사의 특수한 용례
    (5) 연결 조사
    (6) 특수 조사
    (7) '-이다'

(17) 성균관대 대동문화연구원(1985)의 내용
  (2) 조사
    1. 모습 바뀜과 그 성격

2. 종류
  (가) 격조사
  (나) 접속 조사
  (다) 보조사
3. 체언과 조사의 결합
  (가) 조사의 표기와 생략
  (나) 조사 결합의 제약

위에 정리된 교과서들에서 별개 항목으로 정해진 요소들 중 공통적인 요소들을 골라 보면 '쓰임', '용법', '특징', '특수한 용례', '문장에 대한 관계' 등으로 조금씩 그 명칭은 다르지만 비슷한 내용을 다루고 있음을 알 수 있다. 따라서 최종적으로 서울대국어연구소(2002)에서 다루고 있는 분류 체계를 기본으로 한 조사의 내용 외에 한국어에서 '조사'라고 하는 문법 요소가 가지는 독자적 특징과 유형에 대해 소개하고, 조사의 생략, 그리고 조사의 결합과 같은 개별적 항목을 설정하여 구체적 예와 함께 설명하는 것이 바람직할 것이다. 또한 장하일(1949)에서도 따로 두었던 것처럼 토의 형식상 차이 역시 반복적이고 단순해 보이지만 한국어 조사의 중요한 특징 중 하나이므로 교육적 측면에서 빼 놓을 수 없는 요소라고 생각한다.

마지막으로 서술격 조사 '이다'에 관해서도 후기 분류 체계 통일 시기의 교과서인 서울대(2002: 96-97)에서는 일단 체언을 서술어가 되게 하는 서술격 조사라 명명하고 마치 동사나 형용사처럼 활용한다고 보충 설명을 한 후, 탐구 영역에서 '이다'의 다른 이름들에 대해 생각해 보도록 유도하고 있음을 볼 수 있다. 아직, 국어학 이론 분야에서도 '이다'를 지정사로 볼지, 접사로 볼지, 아니면 '서술격 조사'로 볼지에 대해 최종적인 결론이 나지 않은 상황이기 때문에 추후 문법 교과서에서도 역시 이러한 절충적 입장을 견지할 수밖에 없다고 여겨진다. 즉, 서술격 조사로 인정하여 격조사의 하위 분야로 소개하고 다루되, '이다'에 대한 다른 견해가 존재한다는 것을 다른 방식으로 전달함으로써 학생들에게 다양한 시각을 열어 주는 노력이 가장 바람직한 것이라고 하겠다.

따라서 앞에서 정한 0.2. 관계언: 조사 항목의 하위 내용으로 들어갈 항목을 정리해 본다면 아래와 같다.

> (18) 학교 문법 교과서 조사 단원의 내용
> 　0.2.1. 조사의 종류
> 　　0.2.1.1 격조사
> 　　0.2.2.2. 접속조사
> 　　0.2.3.3. 보조사
> 　0.2.2. 조사의 용법
> 　　0.2.2.1. 조사의 형태적 특성
> 　　0.2.2.2. 조사의 결합 및 생략
> 　　0.2.2.3. 조사의 특수 용법(격조사의 보조사화)

5. 결론

본고는 국어 문법 교과서에 기술된 조사 단원의 내용을 살펴보고 그 변화 과정을 정리하는 것을 목적으로 하여, 1949년 이후 출간된 33종 교과서의 조사 단원 부분을 분석하였다. 먼저 2장에서는 각 교과서의 체재를 살펴 조사 단원이 놓여 있는 위치와 범위를 정리하였고, 이어 3장에서는 조사의 분류 체계를 기준으로 하여 1949년부터 1984년까지 분류 체계가 통일되지 않고 혼재해 있는 전기와 1985년부터 현재까지 분류 체계가 3분법으로 통일된 시기인 후기의 두 시기로 구분하였다. 이를 바탕으로 4장에서는 조사 단원의 문법 교과서 기술에 대한 필자 나름의 제언을 통해 조사 단원의 체재와 내용을 정리해 보았다.

 각 시대를 대표하는 학교 문법 교과서 내에서 조사 단원이 다루어지고 있는 양상을 고찰한다는 초기의 목표는 어느 정도 이루었다고 할 수 있으나, 좀 더 포괄적이고 충실한 내용을 갖춘 독창적인 조사 단원의 체계를 제시하지 못한 아쉬움을 뒤로 남기고, 아직 부족하지만 본고의 내용이 향후 문법 교과서 연구에 조그만 도움이 되기를 희망한다.

〈참고문헌〉

고영근(1988). "학교 문법의 전통과 통일화 문제." 「선청어문」(서울대학교 사범대학 국어교육과) 16·17합.

권주예(1978). "학교 문법의 제문제 소고: 고등학교 문법 교과서를 중심으로." 「선청어문」(서울대학교 사범대학 국어교육과) 9.

박기주(1988). "고등학교 통일 문법 교과서에 대하여." 「모국어교육」(모국어교육학회) 6.

박덕유(1997). "고등학교 문법 교과서의 문제점." 「국어교육학연구」(국어교육학회) 제7집.

이관규(1998). "학교 문법의 성격과 역사." 「어문논집」(민족어문학회) 37.

이관규(2002). 「개정판 학교 문법론」. 서울 월인.

이익섭·채완(1999). 「국어문법론강의」. 서울 학연사.

김정숙 외(2005). 「외국인을 위한 문법」 1. 서울 커뮤니케이션북스.

VI. 어미

문혜심

1. 서론

1.1. 연구 목적 및 연구 대상

한국어의 특징으로 자주 지적되는 것은 한국어가 줄기가 되는 말에 문법적 기능어들이 덧붙는 전형적인 '첨가어'라는[1] 점이다. '활용론'은 한국어의

---

1) 남기심·고영근(1993)에서는 한국어의 특징으로 '첨가어(또는 교착어)'를 언급하였는데, 이는 어근에 어미나 파생 접사가 붙어서 단어가 이루어짐을 뜻하는 것이다. 이와 관련, 문법 교과서에 따라 다소 용어의 차이가 있다. 국정 단일 통일 문법 제2차(1991: 5)와 국정 단일 통일 문법 제3차(1996: 12)에서는 '교착어'로 나타나는데 이 교과서들에서 '교착어'는 문법 요소의 기능이 단일하여 형태와 기능이 일 대 일로 대응되는 언어로 설명된다. 그러나 국정 단일 통일 문법 제4차(2002: 35)에서는 '첨가어'로 바뀌어 단어나 어간에 문법 요소가 차례대로 붙는다는 방식으로 설명된다. 이에 대해 고영근(2004)에서는 '첨가어'라는 용어가 1985년 교과서 심의를 할 당시에는 'boys'에서의 복수 어미인 '-s'와 같은 굴절어에서의 첨가 현상과 혼동을 일으킬 수 있다는 견해를 참작하여 '교착어'를 선택하였음을 밝히고 있다.

첨가어적 특성을 가장 잘 드러내 주는 것이라고 할 수 있다. 따라서 이에 대한 연구는 중요한 의미를 갖는다고 볼 수 있어 본 연구에서의 중점 연구 대상으로 삼았다.

또한 활용론과 관련한 학문적 논쟁은 현재에도 쟁점의 중심에 있다고 생각된다. 이와 관련하여 본 연구에서는 각 시기별 문법 교과서들은 이에 대하여 어떻게 설명하고 있고, 각 시기에 따라 문법 교과서를 저술한 저자들은 어떤 다른 관점을 가지고 있는지, 그리고 '어미 체계'가 문법 교과서에서는 시기별로 어떤 변화 양상을 보이는지에 대하여 살펴보고자 한다. 또한 이러한 연구를 토대로 해서 활용론과 관련하여 앞으로 제시되어야 할 방향에 대해 밝혀 보고자 한다.

이를 위하여 본 연구에서는 보다 체계적 연구를 위하여 검인정 시기 이후 고등 과정 문법 교과서만을 연구 대상으로 하였다. 따라서 제1차 검인정(1949-1955), 제2차 검인정(1956-1965), 통일 문법 제1기(1966-1978), 통일 문법 제2기(1979-1984), 국정 단일 통일 문법 제1차(1985-1990), 국정 단일 통일 문법 제2차(1991-1995), 국정 단일 통일 문법 제3차(1996-2001), 국정 단일 통일 문법 제4차(2002-2007)에 발행된 고등 과정 문법 교과서가 본고의 연구 대상이 된다. 그러나 이들 문법 교과서 중에서 제1차 검인정 교과서는 중등 과정과 고등 과정이 분리되지 않아 편의상 연구 대상에 넣었다. 따라서 본 연구에서 분석 대상으로 삼은 문법서는 총 35권이다.

서론에서는 연구 목적 및 연구 대상에 대해 언급하고, 문법 교과서와 이를 저술한 저자, 문법 교과서 내에서의 어미 활용과 관련한 선행 연구를 검토할 것이다. 2장에서는 문법 교과서 내 활용론의 위치를 살펴보기로 하겠다. 또한 3장에서는 교과서 내 활용론을 시기별로 구분하여 살펴보고자 한다. 세 시기로 나눈 판단의 근거와 어미 체계 및 활용에 대하여는 3장 내에서 구체적으로 언급하게 될 것이다. 4장에서는 앞서 살펴본 기존 문법 교과서에 대한 연구 결과를 토대로 하여 활용론이 문법 교과서에서 어떻게 기술되어야 할지 그 방향성을 제시해 보기로 하겠다. 그리고 결론에서는 앞에서 살펴본 연구 내용을 간략히 정리하고, 본 연구의 의의에 대하여 언급할 것이다.

1.2. 선행 연구 검토

국어의 형태적 특성을 다루는 문법의 하위 영역을 '형태론'이라고 한다면 이 중 서술격 조사인 '이다'와 용언(동사, 형용사)의 문법적 기능을 표시하는 데 필요한 어미에 대한 연구는 형태론의 하위 분야인 '활용론'이라 부를 수 있다.

동사, 형용사, 서술격 조사의 활용을 종합적으로 살펴보면, 문법 교과서가 저술된 시기에 따라서 그리고 저자에 따라 이들이 각각 소속되는 품사와 활용 방식이 대체로 조금씩 다르게 나타나는 것을 확인할 수 있다. 이와 관련하여 문법 교과서를 연구 대상으로 삼은 선행 연구를 검토하고자 하였지만 이에 대한 연구는 많이 이루어지지 않은 듯하다. 따라서 이 절에서는 문법 교과서에 대한 주목할 만한 선행 연구와 문법 교과서를 저술한 문법학자의 학문적 입장에 대해 논의한 선행 연구를 검토하는 방법으로 이를 대신하고자 한다.

먼저 문법 교과서에 대한 주목할 만한 연구로는 고영근(1988, 2000, 2001, 2004), 권주예(1978), 김민정(2002), 박기주(1988), 박덕유(1997), 이관규(1998, 2002a, 2004) 등이 있다. 권주예(1978)는 통일 문법 제1기(1966-1978)에 해당하는 13종의 문법 교과서에 대해 '시제 체계'를 중심으로 비교하여 논하였다. 고영근(1988, 2000, 2001)은 문법 교과서와 문법 교육의 역사, 또한 이를 저술한 학자들의 학문적 견해를 비교적 면밀히 살피고 있다. 고영근(2001)에 의하면, 최초로 책자의 형태를 띠고 나타난 문법 교과서는 1908년에 나온 최광옥의 『대한문전(大韓文典)』[2]인데, 이 책에서는 대부분의 '어말 어미'와 '선어말 어미'들을 조동사라 하여 동사의 범주에서 처리하고 있다.

또한 고영근(2004)는 국정 단일 통일 문법 제4차(2002-2007)에 이르러 전성 어미 내에 새롭게 설정된 '부사형 어미'와 모든 연결 어미를 부사형 어미로 처리하는 것, '거라'의 규칙 활용화에 대해 적절하지 않다는 견해를 밝히고 있다. 이와 달리, 박기주(1988)에서는 전성 어미 내에 '부사형 어미'를 설정해야 하는 필요성에 대해 역설한 바 있다. 한편, 박덕유(1997)은 종결 어미와 용언의 불규칙 활용과 관련하여 문법 교과서 내에 설명을 위한 예문이 충분하지 않음을 지적하였다. 또한 이관규(1998, 2004)는 문법 교과서의 변천을 학교 문법의 역사와 더불어 살피고 있고, 이관규(2002a)는 7차 교육 과정 문법 교과서 내에 설정된 '부사형 어미'와 '거라'의 규칙 활용으로의 편입과 관련된 논의를 전개하였다. 부사형 어미의 설정은 종속적으로 이어진 문장을 인정하면서 그 선행절은 부사절로 본다는 견해로 해석이 가능하게 하는데, 교사용 지도서에는 대등적 연결 어미까지도 부사형 어미에 포함을 시키고 있어 혼란을 초래할 수 있다는 문제점을 지적하였다. 또한 '거라'를 규칙 활용에 포함시킨 것은 현실 언어에 대하여 고려한 것으로서 불규칙 활용에서 제외된 것에 정당성을 부여하였다. 김민정(2002)은 국정 단일 통일 문법 제3차(1996-2001)와 제4차(2002-2007)에 해당하는 제6차와 7차 교육 과정을 중심으로 연구하였는데, '전성 어미' 내에 '부사형 어미'의 설정 필요성과 불규칙 용언의 활용에서 '거라'는 제외시키고 '너라'는 불규칙으로 인정해야 함을 언급하였다.

다음으로 문법 교과서를 저술한 문법학자의 학문적 입장에 대한 연구로는 남기심(1980), 고영근(1992, 2001), 구현정(1997), 서정목(1999), 장경희(1994) 등이 있다. 남기심(1980)은 최현배의 『우리말본』을 중심으로 그의

---

2) 남경완 외(2003)에 의하면, 최광옥의 저술은 사실상 유길준의 이전 원고본을 차인(借印)한 것으로 보아야 하며, 우리나라 최초의 문전 기술에 대한 업적을 유길준의 『대한문전』에 돌려야 한다.

학문적 입장에 대하여 언급하였는데, '어미'를 조사에서 분리시켜 독립적인 체계를 수립한 것과 용언이 활용을 하는 데 있어서 마침법(종지법), 이음법(접속법), 껌목법(자격법)이라는 분류 체계의 확립이 기본적으로 최현배의 『우리말본』에서 비롯되었음을 강조하였다. 고영근(1992)는 최현배가 1934년부터 1978년에 이르기까지 펴낸 문법 교과서를 다섯 시기로 나누어 살피고 있는데, 용언의 활용법을 창도한 최현배 문법 모형의 가장 큰 결함으로서 활용법이 각 품사별로 흩어져 다루어진 점을 지적하였다. 또한 고영근(2001)은 주시경 등에서 품사로서의 자격을 가졌던 어미가 최현배에 이르러 단어의 일부분으로 처리되었고, 그가 정립한 용언의 활용법은 학교 문법 연구에 큰 영향을 미쳤음을 밝혔다.[3] 그리고 최현배의 『조선어의 품사 분류론』(1930)에서는 주시경의 『말의 소리』(1914)에서 품사(늣씨) 자격을 주었던 것, 즉 존경과 시제를 나타내는 요소들이 '보조 어간'으로 처리되는데, 이는 결과적으로 국어의 활용과 파생에 있어 혼돈을 가져왔다는 문제점을 지적하였다. 보조 어간과 어미의 상호 통합적 고찰은[4] 형태론 연구의 초석이 되었다고 볼 수도 있으나 이러한 그의 학문적 입장은[5] 그대로 문법 교과서에 받아들여진 결과, 활용과 시제, 존경을 나타내는 문법적 요소들이 동사, 형용사, 지정사별로 각각 분리되어 서술되어야 하는 불편함이 생기게 되는 원인을 제공하였다.

---

3) 앞서 남기심(1980)에서 언급된 바, 이와 같은 3체계로의 분류는 그 명칭에 있어서는 법(法)으로 보지 않고, 어미의 활용형으로 보아 종결 어미, 접속 어미, 전성 어미 등으로 부르기도 하지만 그 기본적 분류는 최현배에 의한 것이라고 할 수 있다.

4) 홍종선 외(2003)에 의하면, 최현배가 보조 어간에 포함시킨 일부 파생 접사와 선어말 어미의 혼란은 허웅(1963), 안병희(1965) 등에서 극복된다.

5) 고영근(2001)에 의하면, '분석적 체계'는 조사와 어미를 모두 단어로 인정하는 유형으로 해방 전의 지배적인 문법 모형이고, '절충적 체계'는 이른바 최현배 문법으로 대표되는 견해라고 할 수 있는데, 조사만을 단어로 인정하고, 어미는 단어로 인정하지 않는 유형을 말한다. 한편, '종합적 체계'란 '어미'와 '조사' 모두 단어로 인정하지 않는 견해로 정렬모 및 이숭녕 등의 견해와 관련이 있다.

구현정(1997)은 정인승의 학문적 견해에 대하여 언급하고 있는데, 특히 '이다'를 풀이자리 토씨로 규정하고 '이다'의 끝바꿈(어미변화)의 정당성을 강조하였다. 서정목(1999)은 이숭녕의 학문적 입장에 대하여 언급하였는데, 어미의 활용과 관련한 그의 인식은 서구의 구조주의 이론과 미국의 기술 문법 등의 영향을 받은 언어 분석임을 밝히고 있다.

한편, 장경희(1994)는 김윤경의 문법 체계에 대하여 주시경, 김두봉의 문법 체계와 비교, 분석하였다. 그에 의하면, 김윤경은 허사를 모두 독립 품사로 인정하는 이른 바, 1930년 이전의 문법서의 경향인 형태소 중심의 분석적 체계를 취하고 있다는 것이다. 또한 김윤경은 『고등나라말본』(1957)6) 등에서 선어말어미 '-시-, -었-' 등을 어간의 일부분으로 보지 않고 어미의 일부분, 즉 '토의 머리 부분'으로 처리하였는데, 고영근(2001)은 이에 대해 한국어 형태 구조에 대한 김윤경의 분석적 관점을 엿볼 수 있게 하는 것이라고 평가하였다.

문법 교과서와 이를 저술한 여러 학자들의 입장을 훑어 본 결과, 문법 체계와 용어에 있어서 통일되지 않았고, 조사와 어미를 모두 단어로 인정하는 반면, 조사만을 단어로 인정하고 어미는 단어로 인정하지 않는 견해도 있었음을 알 수 있었다. 또한 활용 체계에 있어서 어간과 어미에 대해 보다 세밀히 분석하여 구별해야 한다는 요구도 있는데, 허웅(1964)에서 언급된 바와 같이 문법성이 있기는 하나, 형성에 있어서 불규칙성을 보이는 사동, 피동은 어간으로, 규칙성을 보이는 존경과 시제는 어미에 소속시키는 견해는 매우 주목할 만한 것으로 생각된다. 이는 국정 단일 통일 문법 제1-4차 (1985-2007)에서의 어미 활용 체계와 맥을 같이하는 것으로, 현행 학교 문법에서는 시제, 높임 등에 쓰이는 '선어말 어미'로 처리되지만 과거 문법에서는 보조 어간 등으로 불렸던 것들이다. 따라서 검인정 시기에 나온 문법

---

6) 김윤경(1957)은 1948년에 나온 「고급용 나라말본」을 제목만 「고등 나라 말본」으로 바꾼 것으로, 원본을 구하지 못해 김윤경(1948)을 살펴보았다.

교과서로부터 현 문법 교과서에 이르기까지 이들에 대한 체계적 연구의 필요성을 다시금 강조할 수 있겠다.

2. 문법 교과서 내 활용론 단원의 위치

2장에서는 문법 교과서 내에서 활용론의 위치를 살펴보기로 하겠다. 교과서에서는 나름의 문법 체계를 가지고 '총론, 음운론, 품사론, 문장론, 의미론'으로 나눈 경우도 있고, 이 중에서 일부를 세분화시켜 그 체계를 설정하거나 일부만을 선택하여 기술한 경우도 있다.

교과서에서 설정한 문법 체계가 다르기 때문에, 활용론이 교과서 내에서 기술된 위치도 서로 다를 수밖에 없다. 교과서에서 독립 항목으로 활용론을 다룬 예는 검토 대상 문법 교과서에는 없다. 따라서 본고에서는 부속 항목으로서 활용론을 다룬 경우만 살펴보게 된다. 부속 항목은 '총론의 부속 항목, 품사론의 부속 항목, 문장론의 부속 항목, 형태론의 부속 항목, 단어론의 부속 항목'으로 나누어진다.

2.1. 총론의 부속 항목

이희승(1949)에서는 '총설'이라 하여 '국어와 국문, 글월과 문법, 품사 개설, 주어·서술어·수식어·한정어, 활용'을 포함하였다. 이희승(1956)에서는 이희승(1949)의 '국어와 국문'이 '말과 글'로 바뀌게 되고, 이희승(1968)에서는 '말과 글, 문장과 문법, 품사 개설, 주어·서술어·수식어·한정어, 활용'으로 구성된다. 이희승(1949, 1956, 1968)은 활용론이 '총설'의 한 부분으로 구성되어 있기는 하지만 이희승(1949, 1956)에서는 품사론내의 '체언의 활용, 동사, 형용사, 존재사, 결어법, 공대법'에서, 이희승(1968)에서는 '서술격 조사의 변형, 동사, 형용사, 결어법, 공대법'에서 다시금 다루는 양상을 보인다.

2.2. 품사론의 부속 항목

품사론에서 활용론을 다룬 교과서들에는 최현배(1948, 1949, 1956, 1968), 이인모(1949, 1968), 장하일(1949), 정인승(1949, 1956, 1968), 김윤경(1957), 이을환(1967), 강복수 · 유창균(1968), 강윤호(1968), 양주동 · 유목상(1968), 이명권 · 이길록(1968), 이숭녕(1968), 김완진 · 이병근(1979), 이길록 · 이철수(1979), 이응백 · 안병희(1979)가 해당된다.

최현배(1948)은 초급학년용으로 품사론만을 대상으로 하여 출간된 문법 교과서이다. 교과서는 '모두풀이, 글자와 소리값, 소리와 말뜻, 소리의 달라짐, 씨'로 구성되고, '씨'에서 활용론에 관하여 언급하였다. '씨'는 모두 12개의 단원 즉, '낱말과 씨, 이름씨, 대이름씨, 셈씨, 움직씨, 어떻씨, 잡음씨, 어떤씨, 어찌씨, 느낌씨, 토씨, 풀이씨의 끝바꿈'으로 구성되어 있는데, 마지막 단원 '풀이씨의 끝바꿈'에서 활용론을 다루고 있다. 최현배(1949, 1956)은[7] '모두풀이(총설), 소리갈(음성학), 씨갈(품사론), 월갈(문장론)'로 구성되는데, 이들 중 '씨갈'에서 활용론을 다루었다. '씨갈'은 '씨가름(품사 분류), 이름씨(명사), 대이름씨(대명사), 셈씨(수사), 움즉씨(동사), 어떻씨(형용사), 잡음씨(지정사), 어떤씨의 쓰힘(관형사의 용법), 어찌씨의 쓰힘(부사의 용법), 느낌씨(감동사), 토씨(조사), 씨의 짜힘(사의 조직), 씨의 몸바꿈(품사의 전성)'으로 이루어져 있다. '움즉씨, 어떻씨, 잡음씨, 씨의 몸바꿈(품사의 전성)'에 활

---

7) 최현배(1949)와 최현배(1957)은 1934년에 나온 「중등 조선 말본」이 제목만 「고등 말본」으로 바뀐 것으로, 원본을 구하는 데 한계가 있어 최현배(1934)를 살펴보았다.

용론에 해당하는 언급이 있다. 최현배(1968) 역시 교과서의 구성은 대체로 유사한데, 다만 '소리갈(음성학)'이 '말소리'로 바뀌고, 순우리말에 한자 용어를 괄호 안에 표기하였던 것이 자리바꿈을 하여 '품사론(씨갈)'으로 표기되었다. '품사론'은 '품사(씨), 명사(이름씨), 대명사(대이름씨), 수사(셈씨), 동사(움직씨), 형용사(그림씨), 잡음씨, 관형사(매김씨), 부사(어찌씨), 감탄사(느낌씨), 조사(토씨), 낱말의 짜임, 낱말의 몸바꿈'으로 구성되어 용어상 차이를 보인다.

이인모(1949)는 '들어가기(서론), 씨(품사), 월의 조각(문의 성분), 월의 감(재료), 소리의 갈래와 소리마디, 소리의 달라짐'으로 구성되어 있는데, 이 중에서 '씨'가 활용론에 해당한다. 이인모(1949)는 일러두기에서 밝힌 바대로 중등학교 초급학년을 위해 기초적인 항목만을 간단히 언급하였다. 따라서 어미의 체계나 활용에 대한 구체적인 설명보다는 어미를 나열하여 열거하는 방식을 취하고 있다. 한편, 이인모(1968)은 '총론, 음운론, 품사론, 문장론'으로 문법 체계를 세웠는데, '품사론'은 '체언, 용언, 수식언, 독립언과 관계언, 품사의 조성과 전성'으로 구성되어 있다. 활용론은 '용언'에서 다루었고, 용언은 '동사, 형용사, 용언의 비교'로 이루어져 있다.

장하일(1949a)는 1 2학년용 교과서로서 품사론을 중심으로 활용론에 대하여 언급하고 있다. 장하일(1949a)는 모두 18단원으로 '임자씨, 임자씨의 토, 임자씨의 받침, 섞기기 쉬운 임자씨의 토, 풀이씨, 풀이씨의 토, 풀이씨의 받침, 섞기기 쉬운 풀이씨의 토, 벗어난 풀이씨, 어찌씨, 끝가지(接尾辭), 겹씨(複合辭), 매김씨(冠形詞), 앞가지(接頭辭), 닿소리의 이어바뀜(子音接變), 홀소리의 바뀜, 준말(略語), 띄어쓰기'로 구성되어 있다.

정인승(1949)는 중학교용 교재로, 정인승(1956)은 고등학교용 교재로 각각 출간되었다. 전체적인 구성은 '모두풀이, 씨의 풀이, 월의 풀이'로 동일하지만 내용에 있어서 정인승(1956)에는 '따옴이음법(인용접속법)'이 더하여져 약간의 차이가 있다. 이에 대한 구체적인 검토는 3.1.1.2.에서 하게 될 것이다. 씨의 풀이'는 '이름씨, 움직씨, 그림씨, 매김씨, 어찌씨, 느낌씨, 토씨, 씨와 조각의 관계'로 이루어져 있는데, 이 중에서 '움직씨, 그림씨, 토씨'가 활용론에 해당하는 부분이다. 정인승(1968)은 교과서의 장 구성이 다소 변화하여 '말의 내용과 형식, 낱말의 됨됨이와 성질들, 각 품사의 내용·특징 및 문장과의 관계, 문자 편성의 규격, 문장 표현의 조응, 낱말과 문장의 관계를 돌이켜 보자'로 짜여 있다. 이 중에서 '각 품사의 내용·특징 및 문장과의 관계'가 활용론과 관련이 있다.

김윤경(1957)은 '씨갈'이라 하고, 여기에서 활용을 다루었다. 씨갈에는 '임씨, 언씨, 움씨, 겻씨, 잇씨, 맺씨, 언씨, 억씨, 늑씨, 더음'이 포함된다. '겻씨, 잇씨, 맺씨'가 활용과 관련된 내용으로, 맺씨는 종지사에 해당되고, '겻씨'와 '잇씨'에는 조사와 어미를 통합하여 기술하였다. 겻씨에는 조사의 일부 즉, '이, 가, 의, 을' 등과 어미의 일부 즉, '붉은 꽃, 빠르게 간다, 뛰어 간다' 등에서 '-은, -게, -어'와 같은 것들이 포함되고, 잇씨에는 '와, 과'와 같은 조사와 '-면서, -고'와 같은 어미가 포함된다.

이을환(1967)은 '총론, 음운론, 품사론, 문장론, 표현론'으로 구성되어 있고, 품사론은 '품사의 개설, 품사 각설, 활용과 변칙, 품사의 전성, 단어의 구성'으로 짜여 있다. 이 중에서 활용론은 '활용과 변칙'에 해당한다. 강윤호(1968)는 '음성과 음운, 품사와 그 짜임새, 표현의 질서'로 구성하고 있는데, '품사와 그 짜임새'가 활용론에 해당한다. 양주동·유목상(1968)은 '국어의 어음과 형태, 문장의 구조와 분석, 품사의 본성과 그 특징, 문장의 바른 이해'로 짜여 있는데, 활용론은 '품사의 본성과 그 특징'에서 다루었다.

이명권·이길록(1968)은 '국어와 전달, 문장의 해부, 글과 문맥의 추구, 품사의 특성과 기능, 바르고 고운 말'로 이루어져 있고, '품사의 특성과 기능'에서 활용론을 살피었다. 이숭녕(1968)은 '문법과 국어, 말소리, 문장의 구조, 품사론, 문장의 분석'으로 구성되어 있는데, 활용론은 '품사론'에서 언급되었다. 김완진·이병근(1979)은 '총설, 품사, 문장, 음운'으로 구성하고 있으며, '품사'에서 활용론을 다루었다.

이길록·이철수(1979)는 '우리의 언어 생활과 문법, 말소리와 여러 발음 현상, 문장의 해부, 글의 짜임과 표현, 품사의 특성과 기능, 바르고 고운 말'로 이루어져 있고, '품사의 특성과 기능'에서 활용론을 언급하였다. 이응백·안병희(1979)는 '총설, 품사론, 문장론, 음운론'으로 구성되어 있는데, '품사론'에서 활용론을 언급하였다.

2.3. 문장론의 부속 항목

활용론을 문장론의 하위 영역으로 본 경우로는, 장하일(1949b), 강복수·유창균(1968)이 해당된다.

장하일(1949b)는 3학년용으로 문장론을 중심으로 기술하고, 활용론에 대하여 언급하고 있다. 장하일(1949a, b)에서는 모두 조사와 어미의 상위 층위 '토'를 설정하여 아우르는 전개 방식을 취한다. 장하일(1949b)는 '모두풀이, 임자말, 풀이말, 매김말, 어찌말, 홀로말, 월의 조각의 자리와 줄임, 월섬'으로 구성되어 있는네, 활용론과 관련하여서 임자밀과 풀이말에시 언급하기 있다.

강복수·유창균(1968)은 '말과 문법, 체언, 용언: 동사, 용언; 형용사, 수식언과 독립언, 관계언: 조사, 문장, 글'로 체계를 구성하고, 문장론을 중심으로 기술하고 있는데, 품사 내에서 활용론과 관련하여 언급하였다는 점에서 활용론을 품사론의 부속 항목에 포함한 것으로 판단하였다. 활용론은 '용언: 동사, 용언; 형용사, 관계언: 조사'에서 다루었다.

2.4. 형태론의 부속 항목

'형태론'은 조사, 어미, 접사 등을 주요 분석 대상으로 하는데, 형태론 내에서 활용론을 포함한 경우로는 이숭녕(1956), 김민수 · 남광우 · 유창돈 · 허 웅(1960)(이하, 김민수 외(1960)), 김민수 · 이기문(1968), 이은정(1968), 김민수(1979)가 있다.

이숭녕(1956)은 '총론, 음운, 형태, 통사'로 교과서의 장 구성이 이루어져 있고, 이 중 '형태'에서 활용론을 언급하였다. '형태'는 '형태의 분석, 품사분류론, 명사, 대명사, 수사, 체언론, 동사의 활용, 동사의 시제, 동사의 타동 · 피동 · 사동, 동사의 변칙, 보조동사, 형용사, 용언론, 관형사, 부사, 감탄사, 품사의 발달'로 구성되어 있다.

김민수 외(1960)는 '언어와 문자, 문장의 기본형과 성분, 토와 어미 활용, 성분의 배열, 구문의 도해, 품사의 개념, 바른 문장'으로 이루어져 있으며, 이 중에서 '토와 어미 활용'에서 활용론을 언급하였다. 장 내용은 '명사와 토, 어미 활용의 법칙, 보조어간, 불규칙 용언'으로 이루어져 있는데, 보조어간은 사동과 피동의 파생접사를 포함하여 활용론을 형태론의 관점에서 분석한 것으로 판단된다.

김민수 · 이기문(1968)와 김민수(1979)는 대체로 유사한 교과서 체제를 가지고 있으나, 장 구성에서는 다소 차이를 보인다. 김민수 · 이기문(1968)은 '언어와 문법, 어절과 단어, 주부와 서술부, 단문의 구조, 문장의 색채, 귀절의 구성, 요소의 호응, 문장의 접속, 발음과 맞춤법, 알뜰한 국어'로 구성되어 있는데, 이 중에서 활용론은 '어절과 단어, 주부와 서술부, 요소의 호응'에서 언급하였다. 어절과 단어는 '단위 분석, 숙어의 구성, 성분과 품사, 조사와 어미'로, 주부와 서술부는 '서술부와 종결법, 체언의 표현, 체언의 기능, 구분 도해'로, 요소의 호응은 '조사의 작용, 어미의 호응, 문장의 일치, 피동과 사동'으로 이루어져 있다.

김민수(1979)는 '언어와 문법, 단어의 구조, 발음과 정서법, 구문과 분석, 문장의 색채, 단문의 구조, 구절의 구조, 요소의 호응, 문장의 접속, 알뜰한 우리말'로 구성되어 있는데, 이 중에서 활용론은 '단어의 구조, 구분과 분석,

요소의 호응'에서 다루었다. 단어의 구조는 '언어의 단위, 숙어의 유형, 품사의 형성, 조사와 어미'로, 구문과 분석은 '체언의 분류, 서술구의 체언, 서술구와 종지형, 구문 도해'로, 요소의 호응은 '조사의 분류, 용언의 활용현, 문장의 일치, 피동과 사동'으로 구성되어 있다.

이은정(1968)은 '바른 말하기, 말의 소리, 낱말의 갈래, 낱말의 짜임, 형태부의 변화, 때의 표시, 월의 짜임, 우리 말과 글'로 교과서 체계를 구성하고 있는데, 이 중 활용론은 '형태부의 변화'에서 다루었다. '형태부의 변화'는 '체언의 격변화, 용언의 활용'으로 이루어져 있다.

2.5. 단어론의 부속 항목

활용론을 단어론의 하위 영역으로 설정한 경우에는 허웅(1968, 1979), 문교부(1985), 교육부(1991, 1996, 2002)가 포함된다.

허웅(1968, 1979)는 '돌이켜 보기, 낱말, 문장, 말의 소리'로 이루어져 있고, '낱말'에서 활용론을 다루고 있다.

분교부(1985)는 '총설, 난어, 문장, 말소리'로 이루어저 있고, '단어'에서 활용론을 다루었다. 교육부(1991)은 '총설, 단어, 문장, 말소리'에 '의미'가 추가된다. 교육부(1996)은 '언어와 국어, 말소리, 단어, 문장, 의미, 이야기, 바른 언어 생활, 표준어와 맞춤법'으로 이루어져 있고, '단어'에서 활용론을 다루었다. 교육부(2002)는 '언어와 국어, 말소리, 단어, 어휘, 문장, 의미, 이야기, 국어의 규범'으로 이루어져 있고, '단어'가 활용론에 해당된다.

이를 〈표〉로 정리하면 다음과 같다.

변천 시기	부속 항목					합계
	총론 부속	품사론 부속	문장론 부속	형태론 부속	단어론 부속	
제1차 검인정기	1	5	1	·	·	7
제2차 검인정기	1	3	·	2	·	6
제1차 통일 문법기	1	8	1	2	1	13
제2차 통일 문법기	·	3	·	1	1	5
국정 단계	·	·	·	·	4	4
합 계	3	19	2	5	6	35

〈표 1〉 학교 문법 시기별 활용론의 위치

3. 시기별 고찰

3장에서는 활용론을 중심으로 문법 교과서를 시기별로 나누어 분석하겠다. 본 연구에서는 문법 교과서에 나타난 '어미 체계'를 중심으로 시기를 구분하였는데, 이는 어미의 활용에 있어서는 시기별로 큰 차이를 보이지 않았기 때문이다.

문법 교과서 내에서의 '어미 체계'가 시기별, 저자별로 어떠한 양상을 보이는가에 대하여 살피려면 먼저 연구 대상 문법 교과서를 그 내용과 성격에 따라 구분해야 할 필요가 있다. 본 연구에서는 '어미 체계'와 관련하여 연구 대상 문법 교과서를 세 시기로 구분할 수 있다고 보았다. '제1기, 제2기, 제3기'가 그것인데, 이러한 분류의 근거와 기준이 되는 것은 '어미'에 대한 개념과 용어의 설정, '어미 체계'가 어떻게 나타나고 있느냐 하는 점이다.

제1기는 어미와 조사를 아우른 개념인 '토'와 '어미'를 구분하였느냐 그렇지 않았느냐 하는 특징을 중심으로 제2기와 구별된다. 또한 교과서가 목표로 하는 교수 대상에 따라 어미 분류 체계에 대하여 최현배(1948), 이인모(1949)와 같이 구체적인 언급을 하지 않은 경우들이 있다는 점도 제2기와 차별화되는 특징이라고 할 수 있다.

제2기는 어말 어미의 체계가 마련되었다는 점에서 제1기와 구별된다. 즉, 이 시기에는 조사와 어미가 완전히 분리되어 설정된다. 또한 제1기의 어미 분류 체계는 '2체계, 3체계, 4체계'로 나타나는데, 제2기는 여기에 정인승(1968)의 '5체계'를 더하게 되는 약간의 차이가 있다. 그러나 선어말 어미가 설정되지 않고, 보조 어간에서 파생 접사와 '-시-, -었-' 등의 선어말 어미를 아우르는 입장을 취하는 점에서는 대체로 제1기의 논의와 같다.

제3기는 '선어말 어미' 체계가 마련되어 제1기, 제2기와 구별되는 시기적 특징이 있다. 따라서 어미 분류 체계에 있어서 '어말 어미'와 '선어말 어미'의 체계가 설정되고, 어말 어미는 제1기와 제2기의 다양한 논의들이 정리되어 '종결 어미, 연결 어미, 전성 어미'라는 3분법 체계를 갖춘다.

제1기(1949-1965): 토와 어말 어미가 분리되는 시기
제2기(1966-1984): 어말 어미의 체계가 마련되는 시기
제3기(1985-현재): 선어말 어미의 체계가 마련되는 시기

3.1. 제1기(1949-1965): 토와 어말 어미가 분리되는 시기

〈제1기 국어 문법 교과서 목록〉
최현배(1948), 이인모(1949), 이희승(1949), 장하일(1949a), 장하일(1949b), 정인승(1949), 최현배(1949), 이숭녕(1956), 이희승(1956), 정인승(1956), 최현배(1956), 김윤경(1957), 김민수·남광우·유창돈·허웅(1960)

'제1기'는 '토에서[8] 어말 어미가 분리되는 시기'로 그 특징을 설명할 수

---

8) 본 연구에서의 연구 대상은 '어미의 활용'이다. 그러나 이에 대해 살피기 위해서는 '토'에 관해서도 살펴보아야 한다. 그 이유는 '토'는 현행 학교 문법의 '조사'와 '어미'를 합한 개념으로, 이에 대한 언급이 연구 대상 문법 교과서들에서 빈번히 나타나고 있기 때문이다. 고영근(2001), 이광정(2003) 등에 따르면, 한국어 문법에서 처음으로 '토'를 독립된 품사로 세운 것은 김희상의 『초등 국어 어

있다. 제1, 2차 검인정 교과서가 그 대상에 포함되는데, 최현배(1948, 1949, 1956), 이인모(1949), 이희승(1949, 1956)[9], 장하일(1949a, b), 정인승(1949, 1956), 이숭녕(1956), 김윤경(1957), 김민수 외(1960)이 해당된다.

이 시기의 문법 교과서에서는 '어미'에 대한 개념 형성이 이루어지기 시작한다고 볼 수 있다. 즉, 문법 교과서 저자별로 '어미'에 대한 개념 정립이 명확하게 이루어지지 않아 어디까지를 '어미'로 볼 것이냐 하는 점에서 여러 가지 용어와 개념 설정이 혼재 양상을 보이는 시기이다. 어미에 대한 개념 정의와 그 체계의 설정이 명확히 이루어진 것과 그렇지 않은 것이 혼재한다.

문법 교과서에서 어미는 대체로 의존적 성격을 가지고, 변하는 부분이며, 문법적 관계 또는 다른 말과의 관계를 나타내는 것으로 '어미'의 개념이 정립되고 있다. 따라서 '어미'의 개념 설정 방식은 크게 두 가지로 나누어 볼 수 있겠다. 첫째는 어미의 의존성 또는 교체 가능성이 있는가 하는 것이고, 둘째는 어미의 기능과 관련된 것이다. 어미의 의존성 및 교체 가능성과 관련하여 어미의 개념을 설정한 것으로는 최현배(1948, 1949, 1956), 이인모(1949), 장하일(1949a, b),[10] 정인승(1949, 1956), 이숭녕(1956)이 있고, 어미의 기능과 관련하여 어미 개념 설정을 한 것으로는 김윤경(1957)과 김민수 외(1960)이 있다. 최현배(1948, 1949, 1956), 이인모(1949), 정인승(1949, 1956), 이숭녕(1956)은 어간이 변하지 않는 반면, 어미는 여러 가지로 바뀌는 것, 홀로 쓰이지 못 하는 것 등으로 설명하였다. 반면에 김윤경(1957)과[11] 김민

전』(1909년)이다.

9) 고영근(2001)에 의하면, 이희승은 『초급국어문법』(1949)에서 체언에 지정사 '이다'가 붙어 용언화함을 언급했는데, 이는 이희승이 처음 시도한 것으로서, 학교 문법의 통일 과정에서 크게 쟁점이 되었던 부분이다.

10) 장하일(1949a, b)에서는 '토'로써 '조사'와 '어미'를 아우르는 양상을 보인다. 따라서 명시적으로 '어미'만의 개념을 정의하지는 않았다. 그러나 『표준말본 1-2』 35쪽의 "풀이씨에 붙는 토도 저 홀로 쓰이지는 못하고, 반드시 풀이씨의 줄기에 붙어야만 쓰이기 때문에…."라는 내용으로 보아 그 정의를 판단할 수 있다.

11) 김윤경(1957)에서 어미의 활용과 관련된 '토씨'는 조사와 어미를 아우른 것이다.

수 외(1960)에서는 어미를 어간에 붙어서 여러 가지 문법적인 관계를 나타
내는 부분으로 보고 있다. 한편, 이희승(1949, 1956)은 각 용언의 변하는 부
분 또는 풀이씨에 붙는 '토'로서 홀로 쓰이지 못하고 그 말이 다른 말에 대
한 관계를 나타내는 것으로 어미의 의존성과 기능을 아울러 설명하였다.

문법 교과서	어미의 의존성 및 교체 가능성	어미의 기능
최현배(1948, 1949, 1956)	○	
이인모(1949)	○	
정인승(1949, 1956)	○	
이숭녕(1956)	○	
김윤경(1957)		○
김민수 외(1960)		○
이희승(1949, 1956)	○	
장하일(1949a, b)	○	

〈표 2〉 제1기 문법 교과서에서 어미의 정의

3.1.1. 어미 체계

제1기에 해당하는 교과서에서의 '어미 체계'를 구체적으로 살펴보면, 문
법 교과서 저자별로 다양한 용어와 다소 상이한 분류법으로써 접근하고 있
다는 것으로 알 수 있다. 제1기의 어미 체계는 크게 2체계, 3체계, 4체계로
나눌 수 있다. 그러나 최현배(1948)과 이인모(1949)에는 어미의 체계적 분
류에 대한 언급이 없다. 이것은 이들 교과서가 어미 체계에 대한 인식이 없
어서라기보다는 앞서 2.2.에서 언급된 바와 같이 초급 학년을 위한 문법 교
과서라는 점에서 기초적인 내용만을 교수 대상으로 하는 과정에서 누락시
킨 것으로 해석할 수 있다. 이들은 어미 체계를 비롯하여 그 하위 체계인
종결 어미, 연결 어미, 전성 어미 등에 대해서도 구체적인 언급을 하지 않
았다.

한편, 장하일(1949a, b)은 '2체계', 이희승(1949, 1956), 이숭녕(1956), 김윤
경(1957), 김민수 외(1960)는 '3체계', 정인승(1949, 1956)은 '4체계'를 설정하

고 있다. '2체계' 분류 방식을 취하고 있는 장하일(1949a, b)은 '마침법'과 '이음법'만을 설정하고 '전성 어미'에 대한 설정이 보이지 않는다. 한편, '3체계'로 분류한 이희승(1949, 1956)과 이숭녕(1956), 김윤경(1957),[12] 김민수 외(1960)에 대한 내용을 구체적으로 살펴보면, 대체로 '종결 어미, 연결 어미, 전성 어미'로 나타난다. 이에 반해, '4체계'로 나눈 정인승(1949, 1956)에서는 '마침꼴, 이음꼴, 매김꼴, 이름꼴'로 나타난다. '4체계'와 '3체계'로 나뉜 부분들을 살펴보면, '전성 어미'라는 보다 큰 범주로 묶었느냐, 아니면 보다 세밀한 하위 범주로 나누었느냐 하는 점에서 차이가 있다고 볼 수 있다. 즉, 정인승(1949, 1956)에서는 '매김꼴, 이름꼴'로 설정된 것을 이희승(1949, 1956), 김민수 외(1960), 이숭녕(1956)에서는 '전성 어미'로 묶어 언급했다는 것이다. 한편, 김윤경(1957)에서는 '전성 어미'와 관련한 독립된 설정이 나타나지 않는데, '겻씨'의 일부와 '더음(접사)'의 일부가 이와 관련된다.

어미 분류 체계	문법 교과서
2체계	장하일(1949a, b)
3체계	김윤경(1957), 이희승(1949, 1956), 김민수 외(1960), 이숭녕(1956), 최현배(1949, 1956)
4체계	정인승(1949, 1956)
없음	최현배(1948), 이인모(1949)

〈표 3〉 제1기의 어미 분류 체계

앞서 살핀 바, 제1기의 '어미 체계'는 2체계, 3체계, 4체계 그리고 어미 체계와 관련하여 언급을 하지 않은 경우로 다양하나, 보다 면밀히 살펴보면, 2체계인 경우는 '전성 어미'와 관련한 언급이 없는 것이고, 3체계와 4체계는 '종결 어미, 연결 어미, 전성 어미'로 나뉘는 어미 체계에서 '전성 어미'로 설정하였느냐, 이를 하위 항목으로 나누었느냐에 따라 4체계로 나뉘게

---

12) 김윤경(1957: 35-36)에서는 허사(虛辭)인 토씨가 맺씨(종지사), 잇씨(접속사), 겻씨(조사)로 나타나는데, 잇씨와 겻씨는 조사와 어미로 구성되어 있다.

되었다. 즉, 체계의 수(數)는 상이하지만 내용상 큰 차이는 없다. 따라서 보다 체계적 연구를 위하여 세세한 분류 체계를 그대로 따르기보다는 보다 체계적 연구를 위하여 3체계로 나누어 살피기로 하겠다.[13)

3.1.1.1. 종결 어미 체계

먼저 '종결 어미'와 관련한 내용은 제1기에는 구체적 언급을 한 것과 그렇지 않은 것으로 나눌 수 있다. '종결 어미'와 관련한 구체적 언급이 있는 것으로는 이희승(1949, 1956), 장하일(1949a, b), 정인승(1949, 1956), 최현배(1949, 1956), 이숭녕(1956), 김윤경(1957), 김민수 외(1960)이 있고, 그렇지 않은 것으로는, 최현배(1948)과 이인모(1949)가 있다. 앞서 언급된 바와 같이 최현배(1948)과 이인모(1949)의 경우, 종결 어미의 체계에 대하여 구체적으로 언급하지 않았다. '종결 어미'와 관련한 구체적 언급이 있는 경우라 해도 그 하위분류가 어떻게 이루어지느냐에 따라 나누어 보면, '4분법', '5분법', '6분법', '7분법'으로 세부 항목을 설정한 경우와 하위 항목을 보다 세밀히 나누어 설정한 경우로 나눌 수 있다.

먼저 '4분법'으로 분류한 김윤경(1957)은 '맺씨'에서 '홀로 맺, 이름 맺, 물음 맺, 시킴 맺'으로 나누었고, '5분법'으로 나눈 경우에는 장하일(1949), 정인승(1949, 1956), 최현배(1949, 1957)이 속한다. 장하일(1949)과 정인승(1949, 1956)에서는 '마침꼴(종지형)'에서 언급하였는데, '베풂법(서술법), 물음법(의문법), 시킴법(명령법), 이끎법(청유법), 느낌법(감탄법)' 등으로 하위 항목이 설정되어 있다. '6분법'에는 이숭녕(1956)이 속하는데, '묻는 말투, 짐작하는 말투, 명령하는 말투, 하고 싶어 하는 말투, 감탄하는 말투, 권하는 말투'로 그 하위 항목을 두었다. 5분법 분류와 차이가 있다면 '베풂법(서술법)'을 세

---

13) 어미의 3체계 분류는 1.2.에서도 언급된 바, 최현배에 의해 확립되어 1기에서 3기에 이르기까지 문법 교과서에서 가장 많이 채택된 분류 체계이며, 남기심·고영근(1993), 이관규(2002) 등에서도 이러한 분류를 취하였다.

분화하여 '짐작하는 말투'와 '하고 싶어 하는 말투'로 설정한 점이라고 할 수 있다. 이희승(1949, 1957)과 김민수 외(1960)에서는[14] '설명법, 의문법, 명령법, 공동법, 약속법, 허락법, 감탄법'으로 7개의 하위 항목을 두었다. 7분법 체계는 5분법과 비교했을 때 '이끎법(청유법)'이 '공동법'과 '약속법'으로 분리되어 있으나 그 내용에서 유사하다고 할 수 있고, '허락법'은 '베풂법(서술법)'에 포함이 된다고 볼 수 있다. 또한 6분법 체계와의 차이를 살펴보자면, '짐작하는 말투'와 '하고 싶어 하는 말투'는 7분법 체계의 '설명법' 내에 둘 수 있을 듯한데, 각각의 문장 종결법을 어떻게 나누었느냐에 따라 '종결 어미'의 종류가 달라진 것으로 보인다.

제1기의 '종결 어미'에 대하여 살펴본 내용을 〈표〉로 제시해 보면 다음과 같다.

분류	문법 교과서	종결 어미
4	김윤경(1957)	맺씨(홀로 맺, 이름 맺, 물음 맺, 시킴 맺)
5	장하일(1949a, b)	마침법(베풂법, 물음법, 시킴법, 이끎법, 느낌법)
	정인승(1949, 1956)	마침꼴(베풂법, 물음법, 시킴법, 이끎법, 느낌법)
	최현배(1949, 1956)	마침법(베풂법, 물음법, 시킴법, 이끎법, 느낌법)
6	이숭녕(1956)	종결 어미(묻는 말투, 짐작하는 말투, 명령하는 말투, 하고 싶어 하는 말투, 감탄하는 말투, 권하는 말투)
7	이희승(1949, 1956)	종결 어미(설명법, 의문법, 명령법, 공동법, 약속법, 허락법, 감탄법)
	김민수 외(1960)	
없음	최현배(1948)	종결 어미와 관련 언급 없음
	이인모(1949)	

〈표 4〉 제1기의 종결 어미 체계

---

14) 김민수 외(1960: 147)에서는 종결 어미로써 한 문장을 끝맺는 결어법의 종류를 언급하였고, 부록(154-156)에서는 '서술형, 의문형, 질문형, 허락형, 명령형, 기원형, 경계형, 청유형, 추측형, 감탄형'으로 보다 세세한 종결 어미 종류를 언급하였다. 본 연구에서는 147쪽의 분류에 따라 7분법 체계로 보았는데, 그 이유는 고영근(2001)에서 언급된 바와 같이 '부록'에서 언급된 종결 어미들이 사실상 '결어법' 내에 포함될 수 있다고 보았기 때문이다.

이 시기의 종결 어미에는 대체로 다음과 같은 형태들이 속한다.

　-는다, -더라, -느냐, -을까, -아라, -으랴, -자, -지, -으마, -으렴, -는구나, -세….

3.1.1.2. 연결 어미 체계

　제1기의 '연결 어미'는 2, 3, 4분법과 다분법 등의 형태로 나눌 수 있는데, 최현배(1948), 이인모(1949)에서는 이에 대한 언급이 보이지 않고, 이희승(1949, 1957)은 하위분류를 제시하지 않았다. 또한 김윤경(1957)에서는 잇씨의 일부가[15] 해당된다. 반면에 구체적 하위 항목을 둔 장하일(1949)은 '나란히법', '놓는법'으로 2분법의 분류 체계를 취하고 있다. 또한 정인승(1949)에서는 이음꼴(접속형)로 언급하고 있는데, '마주이음법(대립접속법), 꾸밈이음법(수식접속법), 도움이음법(보조 접속법)'의 3분법으로 하위분류를 하였다. 반면, 정인승(1956)에서는 '따옴이음법(인용접속법)'을 더 설정하여 '마주이음법(대립접속법), 꾸밈이음법(수식접속법), 도움이음법(보조 접속법)'의 4분법으로 설정된 것이 확인된다. 한편, 최현배(1949, 1957)과 이숭녕(1956), 김민수 외(1960)에서는 세부 항목을 두어 비교적 면밀히 다루고 있다.

　〈표〉로 정리하면 다음과 같다.

분류	문법 교과서	연결 어미
2	장하일(1949a, b)	이음법(나란히법, 놓는법)
3	정인승(1949)	이음꼴(마주이음법, 꾸밈이음법, 도움이음법)
4	정인승(1956)	이음꼴(마주이음법, 꾸밈이음법, 도움이음법, 따옴이음법)
다분법	최현배(1949, 1956)	세세한 하위 항목 설정[16]
	이숭녕(1956)	
	김민수 외(1960)	

---

15) 김윤경(1957)의 잇씨에는 '-며, -면, -니까, -거든, -든지' 따위가 해당된다.

16) 최현배(1949, 1956)은 연결 어미 세부 항목으로 '매는꼴(구속형), 안매는꼴(불구

분류 없음	김윤경(1957)	잇씨의 일부가 해당됨
	이희승(1949, 1956)	하위분류에 대한 언급 없음
	최현배(1948)	연결 어미와 관련 언급 없음
	이인모(1949)	

〈표 5〉 제1기의 연결 어미 체계

연결 어미에 속하는 것들로는 다음과 같은 형태들이 있다.

-고, -며, -어야, -는다고, -자, -나….

3.1.1.3. 전성 어미 체계

'전성 어미'와 관련한 제1기의 분류는, '전성 어미'를 독립시켜 3분법 체제로 다룬 경우와 '전성 어미'라는 별도의 설정 없이 언급한 경우로 나누어 볼 수 있다. 3분법 체제로 설정한 경우로는 이희승(1949, 1956), 최현배(1949, 1956), 이숭녕(1956), 김민수 외(1960)이 있다. '전성 어미'와 관련한 하위 항목을 살펴보면, 이희승(1949, 1956), 최현배(1949, 1956), 김민수 외(1960)와 이숭녕(1956)은 '전성 어미' 내에서 '부사형 어미, 관형사형 어미, 명사형 어미'로 나타난다. 이들은 모두 보다 큰 범주인 '전성 어미'를 설정하고 그 하

형), 벌림꼴(나열형), 풀이꼴(설명형), 가림꼴(선택형), 하렴꼴(의도형), 목적꼴(목적형), 미침꼴(도급형), 그침꼴(중단형), 되풀이꼴(반복형), 잇달음꼴(연발형), 견줌꼴(비교형), 끄어옴꼴(인용형), 더보탬꼴(첨가형), 더해감꼴(익심형), 뒤집음꼴(번복형)'을 두었다.

반면에, 이숭녕(1956)은 '행동의 전후 계속, 여유를 가진 행동 계속, 행동 계속, 행동의 동시 진행, 가정, 전제, 법칙화, 필요화, 반대의 결과, 반대의 가정, 행동의 진행, 행동의 개시, 의욕, 반대의 결과, 행동의 예정, 원인, 수단, 행동의 제한' 등으로 세부 항목을 정하였다.

또한 김민수 외(1960)은 '가정형, 방임형, 무의(無意)형, 계획형, 고집형, 추상형, 사후(事後)형, 중도형, 행중(行中)형, 인용형, 열거형, 겸행(兼行)형, 인과형, 연발형, 익심형'이라는 연결 어미를 설정하였다. 한편, 김민수 외(1960)에서는 '가정형, 방임형, 무의형, 계획형, 고집형, 추상형, 사후형, 중도형, 행중형, 인용형, 열거형, 겸행형, 인과형, 연발형, 익심형'을 두었다.

위 항목으로 3분법을 취하였다는 점 그리고 명칭은 다소 다르지만 그 내용이 유사하다는 공통점을 가지고 있다. 반면에, 정인승(1949, 1956)은 '매김꼴(관형형)'과 '이름꼴(명사형)'로 '전성 어미'와 관련한 보다 큰 범주의 설정 없이 독립 처리 방식을 취하고 있다고 볼 수 있겠다. 정인승(1949)은 '매김꼴(관형형)'과 '이름꼴(명사형)'로 처리하고 각각 '이제매김꼴(현재관형형), 지난적매김꼴(과거관형형), 도로생각매김꼴(회상관형형), 올적매김꼴(미래관형형)'로 하위분류하였으나, 정인승(1956)에서는 '매김꼴' 내에 '따옴매김법(인용관형법)'을 하나 더 설정한 것이 다르다. 한편, 김윤경(1957)에서는 겻씨와 더음의 일부가 해당된다.[17] 장하일(1949b: 32)에는 전성 어미 체계에 대한 언급은 없지만 '-(으)ㅁ, -기'를 붙여 임자씨의 형식을 만들 수 있음을 밝히고 있다. 제1기의 '전성 어미'와 관련한 큰 차이점을 지적한다면 '부사형 어미'의 설정이다. 앞에서 살펴본 내용을 〈표〉로 정리하면 아래와 같다.

분류	문법 교과서	전성 어미
2	정인승(1949, 1956)	매김꼴, 이름꼴
3	이숭녕(1956)	전성 어미(명사형, 관형사형, 부사형)
	이희승(1949, 1956)	전성 어미(명사형, 관형사형, 부사형)
	김민수 외(1960)	전성 어미(명사형, 관형사형, 부사형)
	최현배(1949)	껌목법(명사형, 관형사형, 부사형)
	최현배(1956)[18]	감목법(명사형, 관형사형, 부사형)
분류 없음	김윤경(1957)	겻씨와 더음의 일부가 해당됨
	최현배(1948)	전성 어미와 관련 언급 없음
	이인모(1949)	
	장하일(1949a, b)	

〈표 6〉 제1기의 전성 어미 체계

---

17) 김윤경(1957)에서의 겻씨에 대해서는 2.1.에서 간단히 언급하였고, '기, ㅁ, -음'이 더음에 해당된다.

18) 최현배(1949)의 '껌목법'은 최현배(1956)에 이르러 '감목법'으로 바뀌는데, 이와 관련해서는 고영근(1992: 206)의 연구가 있다.

전성 어미에 속하는 것들로는 다음과 같은 것들이 있다.

-는, -(으)ㄴ, -던, (으)ㅁ, -기, -아, -게, -지, -고….

제1기의 어미 체계에는 '시제'와 '높임'을 나타내는 '선어말 어미'가 설정되어 있지 않다. 선어말 어미는 대체로 보조 어간 내에서 파생 접사와 혼재되어 있는 양상을 보인다고 할 수 있다. 이는 1.2.에서 살펴본 바와 같이 최현배의 '보조 어간과 어미'의 상호 통합적 고찰이 미친 영향에서 연유된 것으로 여겨진다. '어미'에 대한 정의와 그 체계를 표로 정리하면 다음과 같다.

문법 교과서		어미 체계		
장하일(1949a, b)	토	마침법	이음법	×
		5분법	2분법	
김윤경(1957)	토씨	맺씨	잇씨의 일부	졋씨의 일부
		4분법		
이숭녕(1956)	어미	종결 어미	연결 어미	전성 어미
		6분법	다분법	3분법
이희승(1949, 1956)	어미	종결 어미	연결 어미	전성 어미
		구체적 분류 없음	구체적 분류 없음	3분법
김민수 외(1960)	어미(끝)	종결 어미	연결 어미	전성 어미
		구체적 분류 없음	구체적 분류 없음	3분법
최현배(1949, 1956)	씨끝(어미)	마침법	이음법	껌(감)목법
		5분법	다분법	3분법
정인승(1949)	끝(어미)	마침꼴	이음꼴	매김꼴 이름꼴
		5분법	3분법	
정인승(1956)		마침꼴	이음꼴	매김꼴 이름꼴
		5분법	4분법	
최현배(1948)	씨끝	어미 체계에 대한 구체적 언급 없음		
이인모(1949)	끝(어미)			

〈표 7〉 제1기의 어미 체계

3.1.2. 어미 활용

어미 활용은 용언이 문법적인 역할을 할 때에 그 끝이 달라지는 것을 일컫는 것인데, 이는 체언이 문법적 기능을 발휘하는 데 조사의 도움이 있어야 하는 것과 마찬가지이다. 용언의 어간이나 어미의 형태가 그 기본을 유지하거나 약간 변형되더라도 그것을 일정한 규칙으로 설명할 수 있는 경우가 있는데, 이를 규칙 활용이라 한다. 반면에 어간이나 어미의 형태가 유지되지 않고, 그 현상을 일정한 규칙으로 설명할 수 없는 경우가 있는데, 이를 불규칙 활용이라 한다. 그러나 본 연구에서는 불규칙 활용에 대하여 전체적으로 살피기보다는 '어미 활용'과 관련된 부분, 즉 '어미'의 불규칙 활용과 '어간'과 '어미'가 동시에 바뀌는 경우에 제한하여 살펴보기로 하겠다. 따라서 제1기의 연구 대상 항목은 '여, 거라, 너라, 러, 르, ㅂ'에 한정된다고 하겠다.

'여 불규칙 활용'은 '하다'가 붙은 동사나 형용사의 활용에서 어미의 '아(어)'가 '여'로 바뀌는 것인데, 정인승(1949, 1956), 최현배(1949, 1956), 김윤경(1957), 김민수 외(1960)에서 나타난다. 이희승(1949, 1956)은 '하' 불규칙으로써 다루었다. 반면, 장하일(1949a, b)과 이숭녕(1956)에서는 이에 대한 언급이 없다.

'거라 불규칙 활용'은 명령형 어미 '-아라'가 '-거라'로 바뀌는 경우로서, 동사 '가다'가 어간으로 선택될 때 일어난다. 정인승(1949, 1956), 최현배(1949, 1956), 김윤경(1957)에서 나타나지만, 이희승(1949, 1956), 장하일(1949), 김민수 외(1960), 이숭녕(1956)에서는 언급이 없다.

'너라 불규칙 활용'은 명령형 어미 '-아라'가 '-너라'로 바뀌는 경우로서, 동사 '오다'가 어간으로 선택될 때 일어난다. 정인승(1949a, b, 1956), 최현배(1949, 1956), 김윤경(1957)에서 나타나고, 이희승(1949, 1956), 장하일(1949), 김민수 외(1960), 이숭녕(1956)에서는 언급이 없다.

'러 불규칙 활용'은 정인승(1949, 1956), 최현배(1949, 1956), 김윤경(1957),

김민수 외(1960)에서 나타난다. 또한 이희승(1949, 1956)은 '르' 불규칙을 둘로 나누어 설명하는데 그 첫째가 '이르다(이르러서, 이르렀다 등)'의 경우 즉, 러 불규칙에 해당된다. 한편, 장하일(1949)과 이숭녕(1956)에서는 이에 대한 언급이 없다.

'르 불규칙 활용'은 이희승(1949, 1957), 장하일(1949a, b), 정인승(1949, 1956), 최현배(1949, 1956), 김윤경(1957), 김민수 외(1960)에서 나타난다. 이희승(1949, 1956)은 '르' 대하여 다른 저자들과는 다른 방식의 설명 방법을 사용하고 있다. 즉, '르' 불규칙을 둘로 나누어 설명하는데 첫째는 '이르다(이르러서, 이르렀다 등)'의 경우이다. 이는 다른 저자들의 경우 '러' 불규칙에 해당되는 내용이 된다. 둘째는 '흐르다, 오르다(흘러서, 올라서 등)'에서와 같이 다른 저자들의 '르' 불규칙 활용과 공통되는 내용에 해당된다. '르' 불규칙에 '러' 불규칙을 포함하여 다룬 셈이다. 이숭녕(1956)의 경우에는 '르' 불규칙 활용에 대한 언급을 '으' 불규칙 활용에서 아우르는 양상을 보여 준다.

'ㅂ 불규칙 활용'은 이희승(1949, 1956)에서 나타나는데, '(고, 더, 추, 부러, 아름다)워(와)서, 워(와)야, 우니, 우면, 웁니다'에서 보듯이, 어미 '어'는 '워'로, '아'는 '와'로 변하고, 어미 '으'는 모두 '우'로 변한다. 어간과 어미가 모두 변하는 것으로 보았다. 이 시기의 다른 문법 교과서에서는 어간의 'ㅂ'이 '우'로 바뀌는 어간의 불규칙 활용으로 설정되어 있다.

한편, 제1기에 해당하는 문법 교과서 중, 최현배(1948)과 이인모(1949)에는 불규칙 활용에 대한 언급이 없다.

문법 교과서	'어미'와 관련된 불규칙 활용				어간+어미가 바뀌는 경우	
	여	거라	너라	러	르	ㅂ
김윤경(1957)[19]	○	○	○	○	○	×
정인승(1949, 1956)	○	○	○	○	○	×
최현배(1949, 1956)	○	○	○	○	○	×
이희승(1949, 1956)	○	×	×	○	○	○

김민수 외(1960)	○	×	×	○	×20)	×
이숭녕(1956)	×	×	×	×	○	×
장하일(1949a, b)	×	×	×	×	○	×
최현배(1948)	'어미'와 관련된 불규칙 활용에 대한 언급 없음					
이인모(1949)						

〈표 8〉 제1기 어미와 관련된 불규칙 활용

3.2. 제2기(1966-1984): 어말 어미의 체계가 마련되는 시기

〈제2기 국어 문법 교과서 목록〉
이을환(1967), 강복수·유창균(1968), 강윤호(1968), 김민수·이기문(1968), 양주동·유목상(1968), 이명권·이길록(1968), 이숭녕(1968), 이인모(1968), 이희승(1968), 정인승(1968), 최현배(1968), 허웅(1968), 김민수(1979), 김완진·이병근(1979), 이길록·이철수(1979), 이응백·안병희(1979), 허웅(1979)

제1기가 '토'에서 '어말 어미'가 분리되어 나오기 시작하는 시기로 정리된다면, 제2기는 문법 교과서 시기로는 '통일 문법 1·2기'가 해당되는데, 이시기에는 '어말 어미'에 관해서 개념 정립이 안정적으로 이루어진 시기로 정리할 수 있다. 또한 어미에 대한 개념 설정 방식을 제1기와 비교하여 보았을 때에도 크게 다르지 않다. 이 시기에 속하는 대부분의 교과서들에서 현행 문법에서의 '선어말 어미'를 '보조 어간'으로 설정하고 있다는 것도 공통적이다. 그러나 문법 교과서 저자별로 '어미'를 구분하는 관점과 용어의 측면에서 보면 종결 어미, 종지형 등으로 표현되는 점에서 다소 차이가 있

---

19) 김윤경(1957: 52-55, 76-80)에서는 그 활용에 있어서 다른 토를 쓰거나 어떤 것이 덧붙는 경우, 어미의 불규칙 활용으로 판단하였다. '여'와 '러' 불규칙 활용의 경우, 다른 토를 쓴다고 언급되어 있고, '르' 불규칙 활용의 경우 'ㅡ'가 줄고 'ㄹ'가 덧붙는 경우에 해당된다.
20) 김민수 외(1960)에 '르' 불규칙 활용에 대한 언급은 있지만 어간의 불규칙 활용으로 보았다.

다. 어미의 종류에서도 문법 교과서의 저자별로 다소 이견이 보이는데, 예를 들면, 김민수·이기문(1968)의 경우가 그러하다. 김민수·이기문(1968)에서는 '어미'를 양분하여 '선행 어미'와 '후행 어미'로 설정하여 오늘날 선어말 어미의 태동을 알리는 반면에, 그 외의 다른 저자들에서는 '어간'의 일종인 '보조 어간'으로 처리한 점은 주목할 만하다. 김민수·이기문(1968)을 제외한 제2기의 모든 교과서에서는 오늘날의 '선어말 어미'를 보조 어간 내에 설정하여 활용과 파생이 혼재하는 양상을 보이고 있다.

어미를 '교체 가능성'이라는 측면에서 정의한 경우와 그 '기능'을 중심으로 정의한 경우로 나누었을 때, 전자에 속하는 문법 교과서로는 강복수·유창균(1968), 이명권·이길록(1968), 이을환(1967), 이인모(1968), 정인승(1968), 최현배(1968), 이길록·이철수(1979) 등이 있고, 후자에 속하는 것으로는 강윤호(1968), 김민수·이기문(1968), 이숭녕(1968), 이은정(1968) 등이 있다.

또한 이희승(1968), 김민수(1979), 허웅(1968, 1979)과 이응백·안병희(1979)는 어미의 기능과 교체 가능성을 아울러 언급하였고, 반면에 양주동·유목상(1968), 김완진·이병근(1979)은 '어미'에 관한 구체적인 개념 정리가 보이지 않는다.

문법 교과서	어미의 의존성 및 교체 가능성	어미의 기능
강복수·유창균(1968)	○	
이명권·이길록(1968)	○	
이을환(1967)	○	
이인모(1968)	○	
정인승(1968)	○	
최현배(1968)	○	
이길록·이철수(1979)	○	
강윤호(1968)		○
김민수·이기문(1968)		○
이숭녕(1968)		○
이은정(1968)		○
이희승(1968)	○	
김민수(1979)	○	

허웅(1968, 1979)	○
이응백 · 안병희(1979)	○
양주동 · 유목상(1968)	×
김완진 · 이병근(1979)	×

〈표 9〉 제2기 문법 교과서에서 어미의 정의

3.2.1. 어미 체계

제2기의 어미 체계는 2, 3, 4, 5체계로 설정될 수 있는데, 이는 제1기와 비교하여 '5체계'가 더해진 것이고, 또한 제1기 이인모(1949)에서와 같이 어미 체계에 관한 언급이 없는 경우도 없다. 이를 구체적으로 살펴보면, 이희승(1968), 허웅(1979)의 2체계는 '서술형 어미'와 '전성 어미'와 같이 비교적 큰 범주 안에서 하위 항목으로 나누었고, 3체계의 경우는 대체로 '종결형, 연결형, 전성형' 등이며, 4체계의 경우는 '서술형, 관형형, 부사형, 명사형' 등으로 나뉘기도 하나, 허웅(1968), 이응백 · 안병희(1979)에서와 같이 '종결형, 연결형, 관형형, 명사형'으로 나타나기도 한다. 또한, 5체계는 '종결형, 연결형, 명사형, 관형사형, 부사형'으로 나뉜다. 숫자상으로 다소 가감이 있으나 이는 내용상의 큰 차이라기보다는 하위 항목으로 세분화하였느냐 큰 범주로 묶어 설정하였느냐의 차이일 뿐이다.

이와 같은 내용을 〈표〉로 간단히 정리하면 다음과 같다.

어미 분류 체계	문법 교과서
2체계	이희승(1968), 허웅(1979)
3체계	강복수 · 유창균(1968), 강윤호(1968), 이은정(1968), 이을환(1967), 이인모(1968), 최현배(1968), 김완진 · 이병근(1979), 이길록 · 이철수(1979)
4체계	김민수 · 이기문(1968), 양주동 · 유목상(1968), 이명권 · 이길록(1968), 이숭녕(1968), 허웅(1968), 김민수(1979), 이응백 · 안병희(1979)
5체계	정인승(1968)

〈표 10〉 제2기의 어미 분류 체계

제1기의 '어미 체계'와 비교하자면, 2체계의 경우, 장하일(1949)에서는 '전성 어미'를 설정하지 않고 '마침법'과 '이음법'만을 두어 2체계가 된 반면에, 제2기의 2체계는 '서술형 어미'와 '전성 어미'로 설정함으로써 사실상 3, 4, 5체계와 내용상으로는 크게 다르지 않다. 또한 3체계로 설정된 경우는 제1기와 달라진 부분이 없고, 4체계의 경우 제1기에는 정인승(1949, 1956)에서 '종결 어미, 연결 어미, 매김꼴, 이름꼴'로 설정하여 4체계가 되었는데, 제2기에서는 이와 같은 경우로 허웅(1968), 이응백·안병희(1979)가 있다. 이외의 문법 교과서들에서는 '서술형, 관형형, 부사형, 명사형'을 설정하여 '서술형' 내에 '종결 어미'와 '연결 어미'를 두고, 관형형, 부사형, 명사형'으로 각각 독립적으로 설정한 것이 제1기 그리고 제2기 내에서의 다른 체계와 다른 점이라고 할 수 있다.

3.2.1.1. 종결 어미 체계

제2기의 종결 어미 체계는 크게 3가지, 즉 4분법, 5분법, 6분법으로 나누어진다. 4분법은 '서술형, 의문형, 명령형, 청유형' 어미를 둔 경우로, 이은정(1968), 최현배(1968), 허웅(1968, 1979)이 해당된다. 5분법으로 나눈 경우로는 강복수·유창균(1968), 이을환(1967), 정인승(1968)이 있는데, '서술형, 의문형, 명령형, 청유형, 감탄형' 어미를 두었다. 여기에는 '서술'과 '평서'라는 용어상의 차이가 있을 뿐 큰 차이는 나타나지 않는다. 한편, 6분법으로 나눈 강윤호(1968), 김민수·이기문(1968), 양주동·유목상(1968), 이명권·이길록(1968), 이숭녕(1968), 이희승(1968), 김완진·이병근(1979), 이길록·이철수(1979), 이응백·안병희(1979), 김민수(1979)는 앞서 살펴본 5분법에 '약속법' 또는 '응낙법'이 더 설정되었다. 그러나 이들 대신에 '귀결법'을 설정하여 6분법에 포함이 된 이인모(1968)에서는 '어미변화'나 '어형 변화'가 '서법', '양상', '동태' 등을 나타내는데 이들은 '직설법', '서상법', '명령법'으로 분류된다. 이것은 '종결 어미'와 '연결 어미'를 아우르고 있는 것으로, '직설법'에는 '평서법, 의문법, 감탄법, 대등법, 계기법, 인유법, 비교법, 선택법, 의도법, 목적법, 필연법'이, '서상법'에는 '가상법, 귀결법', '명령법'에는 '명령법, 청유법'이 있다. 또한 양상은 '지속상', '반복상', '순간상'으로 하위분류되고, '동태'에 대한 하위분류는 따로 하지 않았다.

분류	문법 교과서	종결 어미
4	이은정(1968)	종결법(서술형, 의문형, 명령형, 청유형)
	최현배(1968)	종지법(서술형, 의문형, 명령형, 청유형)
	허웅(1968, 1979)	종지법(서술형, 의문형, 명령형, 청유형)
5	강복수 · 유창균(1968)	종결 어미(평서형, 의문형, 명령형, 청유형, 감탄형)
	이을환(1967)	종지법(서술형, 의문형, 명령형, 청유형, 감탄형)
	정인승(1968)	종지형(평서법, 의문법, 명령법, 청유법, 감탄법)
6	강윤호(1968)	종지법(서술형, 의문형, 명령형, 청유형, 감탄형, 약속형)
	김민수 · 이기문(1968)	종결 서술형(평서법, 의문법, 명령법, 권유법, 감탄법, 응낙법)
	양주동 · 유목상(1968)	종결 서술형(평서법, 의문법, 명령법, 청유법, 감탄법, 응낙법)
	이명권 · 이길록(1968)	종결 서술형(평서문, 의문문, 명령문, 청유문, 감탄문, 응늬문)
6	이숭녕(1968)	종결 서술형(평서법, 의문법, 명령법, 청유법, 감탄법, 응낙법)
	이희승(1968)	종결 어미(평서법, 의문법, 명령법, 청유법, 감탄법, 응낙법)
	김완진 · 이병근(1979)	종지형(평서법, 의문법, 명령법, 청유법, 감탄법, 응낙법)
	이길록 · 이철수(1979)	종지법(서술형, 의문형, 명령형, 청유형, 감탄형, 응낙형)
	이응백 · 안병희(1979)	종결 서술형(평서법, 의문법, 명령법, 청유법, 감탄법, 약속법)
	김민수(1979)	종지 서술형(평서법, 의문법, 명령법, 청유법, 감탄법, 응낙법)
	이인모(1968)	종결 어미(평서법, 의문법, 명령법, 청유법, 감탄법, 귀결법)

〈표 11〉 제2기의 종결 어미 체계

이 시기에 나타나고 있는 종결 어미는 다음과 같다.

-는/ㄴ다, -다, -느냐, -는가, -자, -세….

제1기의 종결 어미 체계와 비교해 보면, 이인모(1949)와 같이 종결 어미에 대한 언급이 없는 경우가 없다. 반면, 제1기 이희승(1949, 1957), 김민수 외(1960)에서 '종결 어미 체계' 내에 설정되었던 '공동법'이 제외됨으로써 제2기에는 7분법이 나타나지 않는다. 그러나 5분법의 경우에는 대동소이하고, 제1기에서 6분법으로 분류한 이승녕(1956)의 경우와 제2기 6분법 체계도 명칭에서 다소 차이가 있을 뿐이다.

3.2.1.2. 연결 어미 체계

제2기에서의 연결 어미는 대체로 2분법으로 나눈 경우와 보다 세밀한 구분을 한 경우, 반대로 하위분류에 대한 명시적 언급이 없는 경우로 나뉜다. 2분법은 '대등과 종속', '등위 접속과 종위 접속', '연접 대립과 각자 대립'으로 나타나는데, 명칭은 다르지만 내용은 같다. 여기에 해당하는 것으로는 강복수·유창균(1968), 김민수·이기문(1968), 양주동·유목상(1968), 이명권·이길록(1968), 이승녕(1968), 이은정(1968), 정인승(1968), 허웅(1968, 1979), 김민수(1979), 이길록·이철수(1979), 김완진·이병근(1979)이 있는데, 이들에서는 각각 '연결 어미', '연결법', '접속법' 등을 두고, '대등형, 종속형' 또는 '대등적 접속, 종속적 접속' 등으로 하위분류를 하였다. 한편, 이응백·안병희(1979)는 '대등법, 종속법'에 '보조법'을 더 설정하였는데, 여기에 해당하는 어미로서 '-아(어), -게, -지, -고'를 제시하였다. 그러나 강윤호(1968)와 이을환(1967), 최현배(1968), 이인모(1968)에서는 보다 면밀한 세부 항목을 제시하는데 비해 이희승(1968)은 '-(으)면, -고' 등과 같은 예만 제시하고, 하위 항목을 명시적으로 밝히지는 않았다. 〈표〉로 정리하면 다음과 같다.

분류	문법 교과서	연결 어미
2	강복수·유창균(1968)	연결 어미(대등형, 종속형)
	양주동·유목상(1968)	연결 서술형(대등법, 종속법)
	이명권·이길록(1968)	연결 서술형(대등법, 종속법)
	이숭녕(1968)	연결 서술형(대등법, 종속법)
	김민수·이기문(1968)	연결 서술형(대등법, 종속법)
	이은정(1968)	연결법(대등형, 종속형)
	이길록·이철수(1979)	접속법(대등, 종속)
	허웅(1968)	접속법(대등, 종속)
	허웅(1979)	접속법(대립, 종속)
	김민수(1979)	접속 서술형(대등법, 종속법)
	김완진·이병근(1979)	접속형(등위 접속, 종위 접속)
	정인승(1968)	대립형(연접 대립법, 각자 대립법)
3	이응백·안병희(1979)	연결 서술형(대등법, 종속법, 보조법)
다분법	강윤호(1968)	세세한 하위 항목 설정[21]
	이을환(1967)	
	최현배(1968)	
	이인모(1968)	
없음	이희승(1968)	하위분류에 대한 구체적 명칭 없음

<표 12> 제2기의 연결 어미 체계

이 시기에 나타닌 연결 이미는 다음과 같디.

-고, -자면, -더라면, -거나, ㄹ수록, ㄹ뿐더러, -거늘….

제1기의 연결 어미와 비교했을 때 정인승(1956)이 설정한 '따옴이음법'이

---

21) 강윤호(1968)는 '구속형, 방임형, 나열형, 설명형, 비교형, 선택형, 연발형, 중단형, 첨가형, 익심형, 의도형, 목적형, 도급형, 반복형'을 하위 항목으로 설정하였다. 이을환(1967)은 '구속형, 방임형, 병립형, 설명형, 비교형, 선택형, 연발형, 중단형, 첨가형, 익심형, 의도형, 목적형, 도급형, 반복형'을 두었다. 또한 최현배(1968)는 '구속형(매는꼴), 방임형(놓는꼴), 병립형(나란히꼴), 서술형(풀이꼴), 견줌꼴, 가림꼴, 잇달음꼴, 그침꼴, 더보탬꼴, 더해감꼴, 뜻함꼴, 목적꼴, 미침꼴, 되풀이꼴'로 세부 항목을 정하였고, 이인모(1968)는 '대등법, 계기법, 인유법, 비교법, 선택법, 의도법, 목적법, 필연법, 가상법'을 설정하였다.

빠짐으로써 제2기에는 4분법 체계가 없고, 2분법, 3분법, 다분법은 유지된다. 2분법과 3분법의 경우, 명칭에서의 차이일 뿐 내용상으로는 큰 차이가 없다.

3.2.1.3. 전성 어미 체계

제2기의 전성 어미는 '부사형 어미'를 설정하였느냐 아니냐에 따라 2분법 또는 3분법으로 대별된다고 할 수 있다. 이에 대한 논란은 현재에 이르기까지 계속된다. 허웅(1968, 1979), 이응백·안병희(1979)는 '부사형 어미'를 설정하지 않음으로써 2분법을 취하는데, 허웅(1968, 1979)의 경우, '듣기 좋게 새가 운다'에서 '-게'를 부사어로 보지 않고, 접속 관계로 보았다. 반면, 그 외의 문법 교과서들에서는 '명사형, 관형사형, 부사형'의 3 분법 체제로 나타난다.

분류	문법 교과서	전성 어미
2	허웅(1968, 1979)	명사형, 관형사형
	이응백·안병희(1979)	명사형, 관형형
3	강복수·유창균(1968)	전용 어미(명사형, 관형사형, 부사형)
	이인모(1968)	전성 어미(명사형, 관형사형, 부사형)
	강윤호(1968)	전성법(명사형, 관형사형, 부사형)
	이길록·이철수(1979)	전성법(명사형, 관형사형, 부사형)
	이은정(1968)	자격법(명사형, 관형사형, 부사형)
	이을환(1967)	자격법(명사형, 관형사형, 부사형)
	최현배(1968)	자격법(명사형, 관형사형, 부사형)
	김완진·이병근(1979)	자격형(명사형, 관형사형, 부사형)
	정인승(1968)	명사형, 관형형, 부사형
	김민수(1979)	명사형, 관형형, 부사형
	이희승(1968)	명사형, 관형사형, 부사형
	김민수·이기문(1968)	명사형, 관형형, 부사형
	양주동·유목상(1968)	명사형, 관형형, 부사형
	이명권·이길록(1968	명사형, 관형형, 부사형
	이숭녕(1968)	명사형, 관형형, 부사형

〈표 13〉 제2기의 전성 어미 체계

이 시기에 보이는 '전성 어미'는 다음과 같다.

-는/ㄴ, -을/ㄹ, 은/ㄴ, -음/ㅁ, -기….

제2기에서는 '보조 어간' 내에서 활용과 파생이 혼재되던 것이 통일되는 양상을 보인다고 할 수 있다. 이 시기의 거의 모든 문법 교과서에서는 보조 어간 내에 파생과 '높임, 시제'와 관련한 언급이 이루어지고 있음을 확인할 수 있기 때문이다. 반면에, 김민수·이기문(1968), 김민수(1979)에서 '시제, 존대, 겸양' 등의 항목을 '보조 어간' 내에 둔 것은 이 시기의 다른 문법 교과서 저자들과 유사하나, '보조 어간'을 '선행 어미'로 '어미'는 '후행 어미'로 설정한 점에서 특색이 있다고 할 수 있다. 여전히 보조 어간 내에서 '활용'과 '파생'의 혼재라는 점에서는 다르지 않지만 '어미'라는 용어로 접근함으로써 제3기에 '선어말 어미'의 출현을 마련하는 계기를 제공하였다고도 볼 수 있겠다.

문법 교과서			어미 체계			
2	허웅(1979)	어 미	서술어로만 쓰이는 것		다른 기능도 갖는 것	
	이희승(1968)		서술형		전성 어미	
3	이온정(1968)		종결법(4)	연결법(2)	자격법(3)	
	최현배(1968)		종지법(4)	접속법(다분)	자격법(3)	
	이을환(1967)		종지법(5)	접속법(다분)	자격법(3)	
	강복수·유창균(1968)		종결 어미(5)	연결 어미(2)	전용 어미(3)	
	강윤호(1968)		종지법(6)	접속법(다분)	전성법(3)	
	이인모(1968)		종결 어미(6)	연결 어미(다분)	전성 어미(3)	
	김완진·이병근(1979)		종지형(6)	접속형(2)	자격형(3)	
	이길록·이철수(1979)		종지법(6)	접속법(2)	전성법(3)	
4	양주동·유목상(1968)		서술형		관형형	명사형	부사형
			종결(6)	연결(2)			
	이명권·이길록(1968)		서술형		관형형	명사형	부사형
			종결(6)	연결(2)			

			서술형		관형형	명사형	부사형
4	이숭녕(1968)	어미	종결(6)	연결(2)	관형형	명사형	부사형
	허웅(1968)		종지법(4)	접속법(2)	관형사형	명사형	×
	이응백·안병희(1979)		종결 서술형(6)	연결 서술형(3)	관형형	명사형	×
	김민수·이기문(1968)	(선행·후행)어미	종결(6)	연결(2)	관형형	부사형	명사형
	김민수(1979)		종지(6)	접속(2)	관형형	부사형	명사형
5	정인승(1968)	어미	종지형(5)	대립형(2)	관형형	부사형	명사형

<표 14> 제2기의 어미 체계

3.2.2. 어미 활용

앞서 살펴본 제1기와 마찬가지로 어미 활용에 있어서 규칙적으로 활용하는 것과 불규칙적으로 활용하는 것이 있는데 이에 대하여 살펴보면 다음과 같다. 제1기와의 차이점이라면 이을환(1967)에서 어미의 불규칙 활용으로 언급한 'ㄹ 불규칙 활용'과 이희승(1968)에서 언급한 'ㅂ 불규칙 활용'이 될 것이다.

'ㄹ 불규칙 활용'은 이을환(1967)이 언급하였는데, 어간에서 '-으'가 탈락되고, 어미에서는 모음으로 시작한 '-아(어)서'와 '-어(아)라'가 '-러(라)서'와 '-러(라)라'로 바뀌고, 보조 어간 '-었(았)'이 '-렀(랐)'으로 변하는 것으로 '흐르다, 빠르다'를 제시하였다. 이희승(1968)에서 언급된 'ㅂ 불규칙 활용'은 어간의 받침 'ㅂ'이 모음으로 시작된 어미 위에서 발음되지 않는 동시에, 어미 '어'는 '워'로, '아'는 '와'로 변하고, 어미 '으'는 모두 '우'로 변한다. '굽다(炙), 눕다(臥), 돕다(助), 곱다(艶), 덥다(暑), 춥다(寒)'와 같이 'ㅂ' 받침을 가진 동사와 형용사 중 일부가 이러하다. 'ㄹ 불규칙 활용'과 'ㅂ 불규칙 활용'은 제2기에 새로이 등재된 내용으로 주목된다. '여 불규칙 활용'과 '러 불규칙 활용'은 제2기의 모든 문법 교과서에서 언급되었는데, 이에 비해 '거라 불규칙 활용'과 '너라 불규칙 활용'은 김민수·이기문(1968)에서는 언급되지 않았다. ‘르 불규칙 활용’의 경우는 어간과 어미가 모두 변하는 불규칙 활용으로 보아 허웅(1968, 1979)을 제외한 제2기에 해당하는 모든 문법 교과서에서 언급되었다. 허웅(1968, 1979)은 ‘르 불규칙 활용’은 탈락하고 바뀌는 것으로 파악하여 ‘어미’의 불규칙 활용으로 인식하지 않은 것으로 보인다.

위의 내용을 〈표〉로 제시하면 아래와 같다.

문법 교과서	‘어미’의 불규칙 활용				‘어간+어미’가 바뀌는 경우			
	여	거라	너라	러	르	ㄹ	ㅂ	ㅎ
이을환(1967)	○	○	○	○	○	○	×	×
이응백·안병희(1979)	○	○	○	○	○	×	○	×
강윤호(1968)	○	○	○	○	○	×	×	×
양주동·유목상(1968)	○	○	○	○	○	×	×	×
이명권·이길록(1968)	○	○	○	○	○	×	×	×
이숭녕(1968)	○	○	○	○	○	×	×	×
이은정(1968)	○	○	○	○	○	×	×	×
강복수·유창균(1968)	○	○	○	○	○	×	×	×
이인모(1968)	○	○	○	○	○	×	×	×
이길록·이철수(1979)	○	○	○	○	○	×	×	×
정인승(1968)	○	○	○	○	○	×	×	×
최현배(1968)	○	○	○	○	○	×	×	×
김완진·이병근(1979)	○	○	○	○	○	×	×	×
김민수(1979)	○	○	○	○	○	×	×	×
허웅(1968, 1979)	○	○	○	○	×	×	×	○
이희승(1968)	○	×	×	○	○	×	○	×
김민수·이기문(1968)	○	×	×	×	○	×	×	×

〈표 15〉 제2기 어미와 관련된 불규칙 활용

3.3. 제3기(1985-현재): 선어말 어미의 체계가 마련되는 시기

〈제3기 국어 문법 교과서 목록〉

성균관대학교 대동문화연구원(1985), 성균관대학교 대동문화연구원(1991), 서울대학교 사범대학 국어교육연구소(1996), 서울대학교 사범대학 국어교육연구소(2002)

제3기는 1985년부터 현재까지로, 이 시기는 선어말 어미의 체계가 안정적으로 마련되는 시기라고 할 수 있다. 교과 과정에 따른 시기 구분에 의하면, 대체로 국정 단일 통일 문법 제1차(1985-1990), 제2차(1991-1995), 제3차(1996-2001), 제4차(2002-2007)이 여기에 속하게 된다. 이 시기에는 문법 교과서는 국정 단일 문법 체계를 갖추고, 적어도 교과서 내에서 '어미 체계'는 '종결 어미', '연결 어미', '전성 어미'를 아우르는 '어말 어미'와 '선어말 어미'[22] 체제로 대체로 통일적, 안정적 양상을 보인다. 다만, 제4차(2002-2007) 문법 교과서에서는 '전성 어미' 내에 '부사형 어미'가 새로이 설정되고, '거라'의 규칙 활용화가 있으나, 전체적으로는 어미 체계가 안정기에 접어들었다고 볼 수 있다.

'어미'의 개념을 국정 단일 통일 문법 제1, 2, 4차에서는 '교체 가능성'의 측면에서 설정하고 있고, 제3차에서는 어미가 여러 형태로 활용하면서 동시에 문법적 기능을 갖는 것으로 정의하였다.

문법 교과서	어미의 의존성 및 교체 가능성	어미의 기능
제1차(1985)	○	
제2차(1991)	○	
제3차(1996)	○	
제4차(2002)	○	

〈표 16〉 제3기 문법 교과서에서 어미의 정의

3.3.1. 어미 체계

제3기의 어미 체계는 3분법(종결 어미, 연결 어미, 전성 어미)의 통일적 체계를 이루고 있다. 다시 말하면, 제3기의 가장 큰 특징이 '전성 어미'를 제

---

22) 목정수(2000)에 따르면, '선어말 어미'의 설정과 관련하여 이견이 있었음을 알 수 있다. 고영근(1989), 안병희·이광호(1990) 등에서는 '선어말 어미', 남기심·고영근(1989), 허웅(1983) 등에서는 '비종결 어미'라는 용어를 사용하였다. 또한 시정곤(1998)에서도 '선어말 어미'의 명칭과 통사 범주 및 기능을 언급하였다.

외한 어미의 분류 체계가 통일되었다는 것이다. 제1기나 제2기에는 2분법, 4분법, 5분법 등 다양한 방식이 제시되었다. '종결 어미'는 '평서형, 감탄형, 의문형, 명령형, 청유형'으로 통일되고, '연결 어미'는 제1기와 제2기의 3체계 형식을 이어 받아 '대등적 연결 어미, 종속적 연결 어미, 보조적 연결 어미'의 형태를 굳히게 된다. '보조적 연결 어미'는 제2기에서는 이응백·안병희(1979)에서만 언급되었던 것인데, 제3기에서는 일관된 양상을 보이며 나타나고 있다.

제3기의 '어미 체계'에서 '전성 어미'를 살펴보면 국정 단일 통일 문법 제1, 2, 3차에서는 나타나지 않았던 '부사형 어미'가 제4차에서 새로 설정된 점이 주목할 만하다. 박기주(1988)에서는 국정 단일 통일 문법 제1차 교과서에 '부사형 어미'가 설정되지 않았던 것과 관련하여 여러 문제점을 지적하였다. 그러나 고영근(2004)에서는 제4차에 '부사형 어미'가 설정됨으로써 대등적 연결 어미와 종속적 연결 어미를 부사형 어미에 통합하여 같은 기능을 가진 것으로 보는 데 대한 문제점을 제시하였다. '부사형 어미'의 설정은 이들이 포함된 것들을 종속 접속으로 처리하느냐, 안은문장으로 처리하느냐 하는 문제와 관련, 앞으로도 꾸준히 논란의 여지가 있다.

제3기 '어미 체계'를 〈표〉로 정리하면 다음과 같다.

제3기 문법 교과서	어말 어미			선어말 어미
	종결 어미	연결 어미	전성 어미	
제1차(1985)	평서형 감탄형 의문형 명령형 청유형	대등적 종속적 보조적	관형사형 명사형	하위 항목에 대한 언급 없음
제2차(1991)				
제3차(1996)				
제4차(2002)			관형사형23) 명사형 부사형	

〈표 17〉 제3기의 어미 분류 체계

---

23) 이관규(2002: 345)에 따르면, 전성 어미의 일종인 종전의 '관형형 어미'가 제4차

제3기가 제1기, 제2기와 가장 큰 차이를 보이는 것은 바로 '선어말 어미'
의 설정이라고 할 수 있다. '먹는다', '입으셨다'에서 '-는', '-시-', '-었-'과 같
이 '시제'나 '높임' 등을 나타내는 어미를 '선어말 어미'라 하는데, 어미 체계
제1기와 제2기에서는 보조 어간 내에 파생과 활용의 기능을 담당하는 것들
이 혼재하는 양상을 보였다. 이에 비해, 제3기에 들어서면서 1기, 2기의 보
조 어간 내에서 '활용'의 역할을 하는 것들이 '선어말 어미'로 별도의 설정이
이루어짐으로써 한국어 어미 체계에 큰 변화를 가져오게 되었다.

3.3.2. 어미 활용

제3기에는 '어미 활용'과 관련, '여 불규칙 활용', '거라 불규칙 활용', '너
라 불규칙 활용', '러 불규칙 활용'이 제1차(1985)에서 제4차(2002)에 이르기
까지 언급되는데, 제1차에서 제4차에 이를수록 불규칙 어미 활용과 관련한
언급은 제1기나 제2기에 비해 점차 간소화되는 경향을 보인다. 또한 어간
과 어미가 함께 바뀌는 활용으로 제1기와 2기에 설정되었던 '르' 활용이 제
3기에 이르러서는 제외되고, 'ㅎ 불규칙 활용'이 제1차(1985)부터 제4차
(2002)에 이르기까지 제시되는데, 이는 제1기와 2기의 허웅(1968, 1979)에서
만 제시되었던 부분이다.

문법 교과서	'어미'의 불규칙 활용				'어간+어미'가 바뀌는 경우
	여	거라	너라	러	ㅎ
제1차(1985)	○	○	○	○	○
제2차(1991)	○	○	○	○	○
제3차(1996)	○	○	○	○	○
제4차(2002)	○	×24)	○	○	○

〈표 18〉 제3기 어미와 관련된 불규칙 활용

(2002)에 이르러 '관형사형 어미'로 바뀌었다는 언급이 있는데, 제1차(1985: 34),
제2차(1991: 36), 제3차(1996: 49)를 확인한 바, 전성 어미 내의 '관형사형 어미'
는 어떤 변화도 보이지 않으며 제3기에는 통일된 모습을 보이고 있다.

4. 활용론의 문법 교과서 기술 제언

4장에서는 활용론이 문법 교과서에서 기술되어야 하는지, 기술된다면 어떻게 기술되어야 하는지에 대한 필자의 견해를 밝히고자 한다. 먼저 활용론이 문법 교과서에 포함되어야 하느냐 하는 문제에는 당연히 그렇다고 답해야 할 것이다. 활용론은 국어 문법 체계의 근간을 이루며, 가장 두드러지는 국어의 특징이다. 따라서 활용론은 문법 교과서 내에 필수적으로 포함되어야 할 내용이라고 생각한다. 본고에서 연구 대상으로 삼은 모든 교과서들에서 어미와 그 활용에 대해 다루고 있다는 점은 이러한 필자의 의견에 타당성을 갖게 한다.

4.1. 위치와 명칭

교과서에서 설정한 문법 체계가 다르기 때문에, 활용론이 교과서 내에서 기술된 위치도 서로 다를 수밖에 없다. 앞서 2장에서 살펴본 바와 같이 활용론의 위치와 관련하여 검토 대상 문법 교과서에서는 '총론의 부속 항목, 품사론의 부속 항목, 문장론의 부속 항목, 형태론의 부속 항목, 단어론의 부속 항목'으로 다루어졌다.

총론에서 활용론을 다룬 경우, 이를 개별 품사 내에서 다시 다루게 되고, 형태론과 문장론 내에서 다룬 경우에도 다소 차이가 있기는 하지만 이승녕

---

24) 제3기 제4차 문법 교과서에는 '거라'의 규칙화 활용과 관련된 구체적 언급은 없다. 그러나 이관규(2002), 고영근(2004) 등을 검토하였을 때 '거라'의 경우, 불규칙 활용에서 제외되었음을 확인할 수 있다. 또한 고영근(2004)에서는 문법은 맞춤법은 물론 표준어와도 긴밀한 관련을 맺고 있으므로, 한글맞춤법의 18항에서 '거라'를 예외적 현상으로 다루고 있는 것에 대해 어떻게 반영해야 할 것이냐 하는 문제점을 지적하였다.

(1956), 김민수·이기문(1968), 김민수(1979) 등에서 확인할 수 있듯이 역시 동사, 형용사, 조사 등에서 중첩되어 설명해야 하는 번거로움이 있음을 확인할 수 있다. 이는 고영근(1992)에서 지적하였듯이, 어미 활용에 있어 최현배의 영향으로 각 품사별로 분산, 중첩되어 다룬 것과 같은 혼란을 일으킬 수 있다는 데 문제가 있다. 문법 교과서에서 활용론이 문법 교과서 내에 부속되어 있는 시기별 경향성을 살펴보면, 수적인 면에서 품사론에 부속된 경우가 가장 많고, 형태론에 부속된 경우도 적지 않으나, 아래 〈표 19〉에서 확인할 수 있는 바와 같이 최근에 오면서 '단어론'에 부속되는 경향을 보인다. 활용론의 '단어론 내 부속'은 바로 이러한 문제를 해결하는 하나의 방편이 되기 때문이라고 생각한다. 따라서 필자도 이러한 견해가 합리적인 문제 해결 방법이라고 판단하여 단어론 내에서 언급할 것을 주장한다.

시기	부속 항목					합계
	총론 부속	품사론 부속	문장론 부속	형태론 부속	단어론 부속	
제1기	2	8	1	2	·	13
제2기	1	11	1	3	2	18
제3기	·	·	·	·	4	4
합 계	3	19	2	5	6	35

〈표 19〉 시기별 활용론의 위치

활용론이 교과서에서 다루어질 때 명칭을 살펴보면, '어미 변화', '끝바꿈' 등으로 어미의 특성을 중심으로 설정한 경우와 '활용'이라 하여 어미의 기능을 중심으로 하여 설정한 경우, 이 둘을 아우르는 입장에서 설정한 경우 그리고 명칭을 따로 두지 않은 경우로 나눌 수 있다. 시기별로 정리하면 아래의 〈표 20〉과 같다. 수적으로 볼 때 '어미의 기능' 측면에서 분석한 '활용'이 압도적으로 많다. 활용론을 '어미 변화'로 설정한 것은 보다 본질적인 측면에서 분석한 관점이라기보다는 표면적인 측면에서 설정한 방법이라고 할 수 있다. 그러나 '활용'은 어미가 쓰이는 기능적 측면에서 살핀 관점으로 보다 분석적이고, 실용적 측면이 있다. 명칭은 책을 읽는 독자가 이해하기 쉽고, 목표로 하는 것을 가장 잘 전달할 수 있도록 설정되어야 한다는 관점에서 본고에서는 '활용'으로 설정하는 견해를 지지한다.

시기	어미의 특성	어미의 기능	어미의 특성과 기능	특정한 명칭 없음	합계
제1기	끝바꿈(어미 변화) 6	활용 4	·	3	13
제2기	끝바꿈(어미 변화) 2	활용 9	활용(끝바꿈) 2	5	18
제3기	·	활용 4	·	·	4
합계	8	17	2	8	35

〈표 20〉 시기별 활용론의 명칭

활용론의 위치와 명칭
0. 단어
  0.1. 단어의 종류
    0.1.1. 체언
    0.1.2. 관계언
    0.1.3. 용언
      0.1.3.1. 동사와 형용사
      0.1.3.2. 보조 용언
      0.1.3.3. 활용
  0.2. 단어의 구성

4.2. 구성 및 내용

활용론과 관련하여 문법 교과서들의 주된 관심은 앞서 3장에서 살핀 바와 같이 어미의 개념과 용어의 설정, 어미 체계를 세우는 데 있었다. 문법 교과서 시기별로 어미의 개념은 어미의 의존성 및 교체 가능성, 어미의 기능 또는 이러한 특성을 모두 포함하여 개념을 설정한 경우로 나눌 수 있다. 어미의 개념은 교과서를 통해 배우는 교육의 대상자가 고등학교 학생이라는 측면에서 보다 구체적인 설명이 필요하다고 생각한다. 이러한 관점에서 어미의 의존성 및 교체 가능성, 어미의 기능을 모두 포함하여 개념을 설정해야 한다는 것이 필자의 주장이다.

활용론은 대체로 '어말 어미'와 '선어말 어미'라는 체계가 마련되고, 어말 어미는 3분법 즉, 종결 어미, 연결 어미, 전성 어미 체계로 통일되었다. 제3기에 마련된 '선어말 어미'의 설정은 어미 체계 내에서의 큰 변화라고 할 수 있다. 많은 문법 교과서들에서 보조 어간으로부터 선어말 어미로의 변화도 있었지만 어말 어미 중심으로 설정되었다고 하는 그 명칭과 관련한 논란도 있다. 목정수(2000)에서 언급된 바, 선어말 어미라는 개념은 어간과 어말 어미를 먼저 상정한 후에 나올 수 있는 이차적 개념이다. 이런 점에서 '토의 머리 부분'으로 처리한 김윤경(1957)의 관점은 주목할 만한 것이라고 하겠다. 이와 관련하여서는 앞으로 논의가 지속될 문제라고 생각한다.

다음으로, 시기별로 어미 체계의 양상을 살펴보겠다. 먼저, 종결 어미 체계를 살피면, 5분법 체계를 중심으로 정리되는 경향을 보인다. 이러한 관점에서 보면, 4분법, 6분법, 7분법으로 설정한 경우 5분법 체계에 비해 체계적이지 않은 일면이 보인다. 4분법의 경우 감탄형 어미가 누락되어 있고, 6분법과 7분법의 평서형 어미가 세분화되어 있는 것이다. 시기별 종결 어미 체계 양상은 다음과 같이 정리된다.

시기	종결 어미					합계
	4분법	5분법	6분법	7분법	특정 언급 없음	
제1기	1	6	1	3	2	13
제2기	4	3	11	·	·	18
제3기	·	4	·	·	·	4
합계	5	13	12	3	2	35

〈표 21〉 시기별 종결 어미 체계 양상

4분법의 하위분류:

홀로 맺, 이름 맺, 물음 맺, 시킴 맺 - 김윤경(1957)

서술형, 의문형, 명령형, 청유형 - 이은정(1968), 최현배(1968), 허웅(1968, 1979)

6분법의 하위분류:

서술형, 의문형, 명령형, 청유형, 감탄형, 약속형 - 강윤호(1968)

평서법, 의문법, 명령법, 청유법, 감탄법, 약속법 - 이응백·안병희(1979),

평서법, 의문법, 명령법, 권유법, 감탄법, 응낙법 - 김민수·이기문(1968), 양주동·유목상(1968), 이명권·이길록(1968), 이숭녕(1968), 이희승(1968), 김민수(1979), 김완진·이병근(1979), 이길록·이철수(1979)

평서법, 의문법, 명령법, 청유법, 감탄법, 귀결법 - 이인모(1968)

7분법의 하위분류:

설명법, 의문법, 명령법, 공동법, 약속법, 허락법, 감탄법 - 이희승(1949, 1957), 김민수 외(1960)

연결 이미 체계를 시기별로 살펴보면, 대체로 3분법 체계로 정리되는 양상을 보인다. 2분법, 다분법 체계로 설정된 경우는 필요한 부분이 누락되어 있거나 하나의 항목에서 세분화하여 정리한 것이라고 해석된다.

전성 어미 체계의 시기별 양상을 살펴보면, 2분법과 3분법으로 양분되어 논의되고 있다. 수적으로는 3분법 논의가 많은데, 논의의 중심은 '부사형 어미'의 설정이다. 제3기 제4차(2002)의 경우, 종속적 연결 어미를 비롯하여 대등적 연결 어미까지도 부사형 어미로서의 해석 가능성을 열어 놓아 더욱 논란의 중심에 서게 되었다.

서정수(1989)에서는 부사형 어미 설정과 관련한 논의에서 '-게' 이외의 것들은 부사의 기능을 드러낸다고 생각하지 않았다. 부사형 어미 '-게'의 경우

형용사에 붙을 때만 부사어의 기능을 갖는다. 동사에 붙는 '-게 하다(되다)'에서는 적용되지 않는다. 다시 말하면, '-게 하다'와 같이 보조 용언에 쓰이는 '-게'의 경우 부사형 어미에 해당되지 않는다는 말로 해석될 수 있다. 또한 하나의 어미가 연결 어미에도 속하고, 전성 어미에도 속할 수 있다는 논리는 교육 문법적 측면에서 혼동을 야기할 뿐 합리적인 처사라고 생각하지 않는다. 따라서 본고에서는 전성 어미 체계 내에서 부사형 어미를 제외해야 한다고 본다.

시기별로 어미와 관련된 불규칙 활용 양상을 살펴보면, '어미'의 불규칙 활용과 관련하여서는 대체로 '여, 거라, 너라, 러'가 논의되고, '어간+어미'가 바뀌는 경우는 '르, ㄹ, ㅂ, ㅎ'가 논의되었는데, 제3기 제4차(2002)에서는 '거라'가 규칙 활용에 포함되었다. 이와 관련, 고영근(2004: 40-41)에서는 한글 맞춤법 통일안에서 '거라'를 예외로 인정하는 견해와 모순이 발생한다는 문제점을 지적하였다. 그러나 실제 언어를 사용하는 언중의 입장 또는 교과서를 배우는 학습자의 입장에서 보면 '거라'의 규칙 활용이 설득력이 있어 보인다.

앞서 각주 24)에서 언급한 바, 문법 교과서에서는 불규칙 활용에 대한 기술이 점차 간략화되는 경향이 뚜렷하다. 이는 국어 문법 교과서의 전반적인 문제점으로 기초 학습 부분의 기술이 너무 소략하다는 신지영(2006)의 지적에서 다시금 확인할 수 있다.

5. 결론

본 연구에서는 문법 교과서에서 기술하고 있는 활용론을 살피고 시기를 구분하여 분석함으로써 새로운 교과서를 위한 방향을 설정하는 데 목적을 두었다.

이를 위하여 2장에서는 활용론의 위치를 살피고, 3장에서는 어미 체계를 중심으로 세 시기로 구분하여 어미의 개념과 어미 체계, 어미 활용의 측면에서 분석하였다. 제1기는 '토'라는 용어를 사용함으로써 '활용'과 '파생'에 대한 개념이 불분명했던 것으로부터 분리되어 나와 '어미'의 개념이 성립되는 시기라고 할 수 있다. 제2기는 문법 교과서에서 보조 어간 내에 설정되어 있는 '선어말 어미'와 관련한 문제를 중심으로 전개되었다. 제3기는 '어미 체계'가 대체로 '어말 어미'와 '선어말 어미'로 정착되는 양상을 보이는데, '전성 어미' 내에 설정된 '부사형 어미'와 관련한 논의는 앞으로도 많은 논란의 여지가 있어 어미 체계가 확립되었다고 보기에는 무리가 있다. 또한 4장에서는 앞서의 논의를 고려하여 문법 교과서에서 활용론의 위치와 내용에 대한 필자의 견해를 정리함으로써 앞으로의 방향성을 제시해 보았다. 본 연구가 교수 대상인 학습자의 입장을 고려하여 교과서가 기술되는 데 도움이 되기를 기대한다.

〈참고문헌〉

고영근(1988). "국어교육: 학교 문법의 전통과 통일화 문제." 「선청어문」(서울대 국어교육과) 16 · 17.

고영근(1992). "외솔의 중등문법 저술에 대한 연구." 「동방학지」(연세대 국학연구원) 76.

고영근(1994). 「국어 문법의 연구」. 서울: 탑출판사.

고영근(2000). "우리나라 학교 문법의 역사." 「새 국어 생활」(국립국어연구원) 10-2.

고영근(2001). 「역대한국문법의 통합적 연구」. 서울: 서울대학교출판부.

고영근(2004). "국어 문법 교육의 방향 탐색." 「우리말 연구」(우리말 학회) 15.

교육부(2002). 「교사용 지도서 문법」. 서울: (주)교학사.

구현정(1997). "건재 정인승 선생 추모 학술대회 발표 논문: 정인승 선생의 학문." 「한말연구」(한말연구학회) 3.

권주예(1978). "학교 문법의 제 문제 소고: 고등학교 문법 교과서를 중심으로." 「선청어문」(서울대 사범대학 국어교육과) 9.

김민정(2002). 「고등학교 국어과 문법 교과서 연구: 제6차와 제7차 교육 과정을 중심으로」. 고려대 석사논문.

김석득(2000). 「외솔 최현배 학문과 사상」. 서울: 연세대학교 출판부.

남경완 외(2003). 「쉽게 풀이한 대한문전」. 서울: 도서출판 월인.

남기심(1980). "국어문법연구사에서 본 '우리말본'." 「동방학지」(연세대 국학연구원) 25.

남기심·고영근(1993). 「표준국어문법론」. 서울: 탑출판사.

목정수(2000). "선어말 어미의 문법적 지위 정립을 위한 형태·통사적 고찰: {었}, {겠}, {더}를 중심으로." 「언어학」(한국언어학회) 26.

문효근(1995). "한결 김윤경 선생 나신 100돌 기념: 김윤경의 학문의 세계와 이를 계승 발전 시키기 위한 하나의 시론." 「동방학지」(연세대 국학연구원) 89.

박기주(1988). "고등학교 통일 문법 교과서에 대하여." 「모국어교육」(모국어교육학회) 6.

박덕유(1997). "고등학교 문법 교과서의 문제점." 「국어교육학연구」(국어교육학회) 제7집.

서정목(1999). "심악 이숭녕 선생의 문법 연구." 「국어학회 창립 40주년 기념 논문집: 심악 이숭녕 선생의 학문」(국어학회) 34.

서정수(1989). "분석 체계와 종합적 설명법의 재검토." 「주시경학보」 8. 서울: 탑출판사.

시정곤(1998). "선어말어미의 형태-통사론." 「한국어학」(한국어학회) 8.

신지영(2006). "국어 음운론 지식의 교과서 수용 실태와 문제점: 고등학교 문법 교과서를 중심으로." 「한국어학」(한국어학회) 33.

이관규(1998). "학교 문법의 성격과 역사." 「어문논집」(민족어문학회) 37.

이관규(2002a). "제7차 문법 교육 과정과 교과서의 문법 내용적 특징에 대한 고찰: 제6차와 제7차 문법 교과서의 차이점을 중심으로." 「국어교육학연구」(국어교육학회) 14.

이관규(2002b). 「학교 문법론」. 서울: 도서출판 월인.

이관규(2004). "문법 교과서의 변천." 한국문법교육학회 제1회 학술대회 자료집.

이광정(1987). 「國語品詞分類의 歷史的 發展에 關한 硏究」. 고려대 박사논문.

이광정(2003). 「국어 문법 연구Ⅰ 품사」. 서울: 도서출판 역락.

장경희(1994). "제24차 정기 학술세미나 발표요지(김윤경 선생의 문법 체계와 그 특성): 〈나라말본〉을 중심으로." 「한국학논집」(한양대 한국학연구소) 25.

최호철(2006). "고등학교 국어 문법 교과서 분석 연구: 체제와 구성을 중심으로." 「한국어학」(한국어학회) 33.

허웅(1964). "西紀 15世紀 國語의 使役·被動의 接司." 「동아문화」(서울대 동아문화연구소) 2.

홍종선 외(2003). 「한국어 문법론의 연구 현황과 과제」. 서울: 박이정.

VII. 조어법

김숙정

1. 서론

1.1. 연구 목적 및 의의

본고의 목적은 대한민국 고등 국어 문법 교과서(이하, 교과서)에 기술된 조어법 단원의 내용을 고찰하고 그 변화 과정을 살피는 것이다. 교과서는 말 그대로 교육을 목적으로 만들어지기 때문에 어느 정도 규범성과 실용성을 갖추게 마련이다. 규범성을 갖추고 있다는 것은 각 교과서가 규범화되고 체계화된 내용의 문법을 담고 있다는 것을 의미한다. 그러므로 현재까지 출간된 교과서 전체의 내용을 비교 고찰하는 것은 매우 의의 있는 일이 될 것이다. 규범 문법의 변화 및 주된 논쟁거리들을 바로 교과서를 통해 확인할 수 있기 때문이다.

본고는 교과서의 내용 중 특히 조어법 단원을 중심으로 연구를 진행할 것이다. 조어론이란 낱말을 구성하는 형태소를 분석하거나, 반대로 이를 다시 조합하여 새 낱말을 만드는 것과 관련된 이론이다.[1] 그러므로 교과서 내 조어법 단원은 학습자에게 기존의 단어들이 어떻게 분석되며, 또 새로운 단어를 만드는 원리로는 어떤 것들이 있는지 가르치기 위해 기술된 부분이라고 할 수 있다. 이 부분은 학습자들에 의한 신조어 형성에 직간접적인 영향을 줄 수 있으므로 정확하게 기술되고 체계적으로 조직되어 있어야 할 것이다.

본고는 교과서 내 조어법 단원의 위치를 기준으로 하여 시기를 나누고, 각 시기별로 구성 및 내용을 살핀 뒤 이를 종합하여 변화 양상을 살펴볼 것이다. 또한 더 나아가 문법 교과서의 조어법 단원 기술을 위한 제언도 더 하고자 한다.

본고는 제1차 검인정기(1949-1955)부터 현재까지 출간된 교과서를 연구 대상으로 한다. 1949년 이전에도 교과서가 있었지만, 다른 나라의 지배하에 편찬된 것일 뿐만 아니라 개별 연구가에 의해 독자적으로 편찬된 것들이 대부분이어서 정부의 인가를 받기 시작한 1949년을 기준으로 삼은 것이다.[2] 이 시기는 또한 문법 용어가 통일된 시점이기도 하여 교과서의 전환

---

1) 하치근(1994)에서는 낱말을 구성하는 형태소 분석을 위주로 하는 것을 분석적 경향으로, 이와 반대로 분석된 형태소를 이용하여 단어를 결합하는 것을 종합적 경향으로 설명하였다. 이들 견해는 언어학 이론의 도입에 따라 달리 반영되었다. 전통 문법의 시기에는 낱말의 구성 요소를 분석해 내는 일이 중심이었고, 구조 문법의 시기에는 파생과 굴절을 구조적인 환경의 차이, 즉 분포상의 특징을 기준으로 구별하는 것이 주된 연구 목적이었다. 변형 문법의 시기가 되면 관심의 대상이 분석에서 생성으로 바뀌게 된다. 접사의 생산 규칙을 고려한 파생 규칙을 설정하고 이를 이용하여 단어를 만들어 내는 것에 관심을 두게 된 것이다. 조어론 연구사에 대한 보다 구체적인 내용은 김철남(1994), 하치근(1994, 1995) 참조.

2) 이관규(2005)는 학교 문법의 변천 과정을 다음과 같이 정리하였다.
    제1단계   혼성 단계(1895~1949)
        제1기   발아기(1895~1910) 〈한성사범학교-문법 교육〉
        제2기   자성기(1910~1945) 〈일제하 검정-이완응, 심의린〉
        제3기   부흥기(1945~1949) 〈광복-최현배(미 군정청 편수국장) 주도〉
    제2단계   검인정 단계(1949~1985)

점으로 삼을 만하다.

통일 문법 검인정기에서부터는 고등 과정 교과서만이 정부 인가의 대상이 된다. 그 이전에는 중등 과정의 교과서 역시 정부의 승인을 받아 출판되었으나 승인 대상이 고등 과정 교과서로 한정된 것이다. 이에 본고에서는 체계적인 비교를 위하여 고등 과정 교과서만을 대상으로 한다. 1차 검인정기의 교과서들은 중등 과정과 고등 과정의 구별 없이 편찬되었다. 비록 통합 과정이기는 하지만, 고등 과정을 포함하고 있기 때문에 대상에서 제외하지 않았다. 1949년 이후 발간된 총 34종의 교과서 중 이인모(1949)와 최현배(1948), 이숭녕(1956)에는 조어법 단원이 체계적으로 기술되어 있지 않기 때문에 제외하여 결국 본고의 대상은 31종이 된다.[3]

1.2. 선행 연구

기존의 교과서 연구는 남한의 교과서와 북한의 교과서의 내용을 비교하거나, 우리나라 교과서의 변천 과정을 다루는 것에 집중되어 있다. 물론 음운론, 조어론, 곡용론, 활용론, 품사론 등과 같이 세부 항목에 대한 고찰도 간혹 눈에 띄기는 한다. 조어론을 다룬 논의로는 이상월(2002)와 김윤희

제4기	검인정기(1949~1966)	
	1차 검인정기(1949~1956) 〈문법 용어 통일-문교부〉	
	2차 검인정기(1956~1966) 〈1차 교육 과정-중·고 분리〉	
제5기	통일 문법 검인정기(1966~1985)-학교 문법 통일안(1963)	
	1차 통일 문법 검인정기(1966~1979) 〈2차 교육 과정〉	
	2차 통일 문법 검인정기(1979~1985) 〈3차 교육 과정〉	
제3단계	국정 단계(1985~현재)	
제6기	국정 1기(1985~1995)	
	1985 〈4차 교육 과정〉	1991 〈5차 교육 과정〉
제7기	국정 2기(1996~현재)	
	1996 〈6차 교육 과정〉	2002 〈7차 교육 과정〉

3) 본고의 대상이 되는 교과서는 3.1을 참조.

(2003)이 있다. 이상월(2002)는 고등 과정의 파생어 지도 방안을 제시한 것이고, 김윤희(2003)은 7차 교육 과정의 교과서를 중심으로 복합어 교육의 실태를 연구한 것이다. 이상월(2002)는 파생법에 한정된 논의이고, 김윤희(2003)은 7차 교육 과정의 교과서만을 대상으로 하고 있어 아직 조어법을 전 시기에 걸쳐 논의한 적은 없었다고 할 수 있다.

2장에서는 각 교과서에서 조어법 단원이 차지하는 위치를 살펴볼 것이다. 3장에서는 이를 바탕으로 하여 시기를 나눌 것이다. 정책에 따른 시기 구분을 그대로 따르지 않고 내용이나 체제의 변화를 중심으로 새롭게 시기를 구분하고 이에 따라 내용을 정리하고자 한다. 4장에서는 앞선 내용을 바탕으로 문법 교과서의 조어법 단원 기술을 위한 제안을 할 것이다. 조어법 단원의 위치와 명칭, 그리고 체재를 중심으로 한다.

2. 문법 교과서 내 조어법 단원의 위치

이 장에서는 각 교과서 내에서 조어법 단원의 위치를 고찰한다. 각 교과서마다 나름의 문법 체계를 가지고 있다. 교과서를 '총론, 음운론, 단어론, 문장론, 의미론'으로 크게 나눈 것도 있고, 이 중 일부를 더 세분하여 문법의 체계를 세운 경우도 있다. 또 몇 개만을 선택하여 교과서에 기술한 경우도 있다.

문법의 체계가 다르기 때문에, 조어법 단원의 교과서 내 위치도 서로 다르다. 교과서에서 조어법 단원의 위치는 크게 독립 항목과 부속 항목으로 나눌 수 있으며, 부속 항목은 다시 '총론의 부속 항목, 품사론의 부속 항목, 단어론의[4] 부속 항목, 문장론의 부속 항목'으로 나눌 수 있다.

---

4) 단어론은 조어론과 품사론을 아우르는 개념이다. 보다 자세한 설명은 2.2.3. 참조.

2.1. 독립 항목의 조어법

조어법 단원을 독립시켜 다룬 교과서는 장하일(1949)와 이은정(1968) 두 종이다. 이 역시 조어론을 문법 체계로 받아들인 방식이라고 해석할 수 있다. 그러나 장하일(1949)는 이은정(1968)과는 성격이 약간 다르다. 교과서가 나열식으로 설명되어 있어서 우연히 조어법 단원이 독립된 것처럼 보인 것일 수도 있기 때문이다.

장하일(1949)는 중학교용 교과서로 1-2학년용과 3학년용, 두 권으로 구성되어 있으며, 1-2학년용은 품사론을, 3학년용은 문장론을 중심으로 기술되어 있다. 3학년용은 문장론을 중심으로 하고 있기 때문에 조어법 단원은 따로 마련되어 있지 않다. 장하일(1949) 중, 1-2학년용은 모두 열여덟 가름으로 되어 있는데5) 이중 조어법 단원은 '끝가지(接尾辭), 겹씨(複合辭), 앞가지(接頭辭)'라는 제목으로 독립되어 있다. 그러나 앞서 언급했듯이, 나열식 설명 방식으로 인해 우연히 나타난 현상일 뿐이며 또한 '끝가지, 겹씨, 앞가지'를 아우르는 상위 단위가 설정되어 있지 않아 조어론이 문법 체계에 조직화된 것이라고 단언할 수는 없다.

이은정(1968)은 조어법 단원을 '낱말의 짜임'이라는 독립된 항목으로 설정하고 있다. '낱말의 짜임'은 '말의 단위, 의미부와 형태부, 단일어와 합성어' 세 부분으로 이루어져 있다. '단일어와 합성어'가 조어법을 다룬 부분이다.

---

5) 장하일(1949)의 목차는 다음과 같다.
첫째 가름 임자씨 / 둘째 가름 임자씨의 토 / 셋째 가름 임자씨의 받침 / 네째 가름 섞기기 쉬운 임자씨의 토 / 다섯째 가름 풀이씨 / 여섯째 가름 풀이씨의 토 / 일곱째 가름 풀이씨의 받침 / 여덟째 가름 섞기기 쉬운 풀이씨의 토 / 아홉째 가름 벗어난풀이씨 / 열째 가름 어찌씨 / 열 한째 가름 끝가지(接尾辭) / 열 둘째 가름 겹씨(複合辭) / 열 세째 가름 매김씨(冠形詞) / 열 네째 가름 앞가지(接頭辭) / 열 다섯째 가름 닿소리의 이어바뀜(子音接變) / 열 여섯째 가름 홀소리의 바뀜 / 열 일곱째 가름 준말(略語) / 열 여덟째 가름 띄어쓰기

2.2. 부속 항목의 조어법

2.2.1. 총론의 부속 항목

조어법 단원을 총론 내에서 다룬 교과서로는 정인승(1949), 김민수·남광우·유창돈·허웅(1960)(이하 김민수 외(1960)), 정인승(1956), 강복수·유창균(1968)(이하, 강복수 외(1968)), 양주동·유목상(1968)(이하, 양주동 외(1968))이 있다. 조어법 단원을 총론 내에서 다루었다는 것은 학생들에게 교육할 필요는 있으나, 문법 체계로는 받아들이기 어렵다는 견해가 드러난 것으로 해석할 수 있다.

정인승(1949)는 '모두 풀이'의 '우리말 짜임의 방식'에 조어법 단원을 포함하였다. '우리말 짜임의 방식'은 '월, 낱말, 씨, 겹씨, 씨의 바꿈, 월의 조각과 씨의 쓰임, 조각의 차례, 조각의 거듭과 줄임'의 여덟 부분으로 이루어져 있다. '겹씨'가 조어법 단원에 해당된다. '겹씨'는 '낱말과 낱말과의 겹, 뿌리와 낱말과의 겹, 가지와 낱말과의 겹'으로 구성되어 있다.

정인승(1956)은 정인승(1949)와 체제가 비슷하다. 다만 정인승(1949)는 중학교 교재로 집필되었고, 정인승(1956)은 고등학교 교재로 집필되어서 후자가 보다 상세하다는 차이가 있을 뿐이다. 그러나 조어법 단원의 내용은 큰 차이를 보인다. 정인승(1956)도 총론을 '모두 풀이'라 칭하였는데, '모두 풀이' 가운데 '우리말 형태에 관하여'가 조어법 단원이다. '우리말 형태에 관하여'는 '소리마디에서 낱말로, 낱말의 됨됨이, 낱말에서 월로, 낱말의 성질과 분류, 월의 일반적 형태' 다섯 부분으로 구성되어 있다. '낱말의 됨됨이'가 조어법 단원에 해당된다. '낱말의 됨됨이'는 다시 '뿌리와 가지, 가지의 종류, 겹씨' 세 부분으로 구성되어 있다.

김민수 외(1960)은 총론을 '언어와 문자'라 칭하고 '국어와 국어문제, 국어의 음운과 여러 법칙, 국어의 어휘와 여러 법칙, 문법과 언어분석' 네 부분으로 구성하였다. '국어의 어휘와 여러 법칙'에 조어법 단원이 포함되어 있다. 이 부분에서는 국어 어휘의 종류를 여러 측면에서 살피고 있다.

강복수 외(1968)과 양주동 외(1968)도 총론에 조어법 단원을 포함하고 있다. 강복수 외(1968)은 총론을 '말과 문법'이라 칭하고, '말의 단위, 말의 단위와 문법, 문장성분, 문장성분과 단어, 단어의 구성' 다섯 부분으로 나누었다. 이 중 '단어의 구성'이 조어법 단원에 해당된다.

양주동 외(1968)은 총론을 '국어의 어음과 형태'라 칭하였다. '국어의 어음과 형태'는 '말과 글, 국어와 국자, 국어의 국음과 그 변화, 바른 말, 단어의 구성' 다섯 부분으로 이루어져 있는데, 이 중 '단어의 구성'이 조어법 단원에 해당된다.

2.2.2. 품사론의 부속 항목

조어법 단원을 품사론 내에서 다룬 교과서는 이희승(1949), 이희승(1956), 김윤경(1957),[6] 이희승(1968) 네 종이다. 이들은 합성법과 파생법이 서로 다른 지위에서 다루어지거나, 둘을 아우르는 상위 단위가 설정되지 않아 조어론을 문법 체계에 조직적으로 수용하지 않은 것으로 해석된다.

이희승(1949, 1956, 198)은 '복합어'와 '접착어'를 각각 분류하여 다루고 있으며, 이들을 묶는 상위 단위를 설정하지 않았다. '명사'나 '동사'와 동등한 지위로 '복합어'나 '접착어'를 둔 것이다. 그렇기 때문에 품사론 내에서 조어법 단원을 다룬 교과서로 분류한 것이다. 앞서 살펴본 '총론 내에서 조어법 단원을 다룬 교과서'들과 마찬가지로 조어론을 문법 체계에 조직적으로 수용하지 않은 것으로 해석된다. 이희승(1949)는 조어법 단원을 품사론 내에서 다루었다. '품사'는 '명사, 대명사, 조사, 체언의 활용, 동사, 형용사, 존재사, 용언활용의 비교, 결어법, 공대법, 관형사, 부사, 접속사, 감탄사, 품사의 전성, 복합어, 접착어'의 17부분으로 구성되어 있다. 이중 '복합어'와 '접

---

6) 김윤경(1957)은 1948년에 출간된 「고급용 나라말본」을 제목만 「고등 나라 말본」으로 바꾼 것이다. 원본을 볼 수 없어 김윤경(1948)을 분석하였다.

착어'가 조어법 단원에 해당한다. 이희승(1956)은 이희승(1949)와 동일하며, 이희승(1968)은 약간의 차이는 있으나 기본 구조는 유사하다. 품사 분류의 변화에 따라 몇 가지 항목이 삭제되거나 추가되었고(존재사와 접속사는 제외되고, 수사가 추가되었다.), 장 제목이 바뀐 부분도 있다(체언의 활용→서술격조사의 변형, 복합어→복합어와 첩어, 접착어→접사).

김윤경(1957)은 '총론, 소리 갈, 씨 갈, 월 갈' 네 부분으로 이루어져 있는데, 이 중 조어법 단원은 '씨 갈'의 아래에서 논의되었다. '씨 갈'은 '임 씨, 얼 씨, 움 씨, 겻 씨, 잇 씨, 맺 씨, 언 씨, 억 씨, 늣 씨, 더음'의 열 장으로 구성되어 있다. 합성법은 각 품사의 하위에서 '임 씨의 어우름' 등의 이름으로 다루어지고 있으며 파생법은 '더음'에서 다루어진다. 합성법은 각 품사 아래에서 다루어지고 파생법은 품사와 동등한 위치에서 다루어져 서로 다른 지위를 가지고 설명된 셈이다.

2.2.3. 단어론의 부속 항목

앞서 언급한 12종의 교과서 외에 19종의 교과서가 모두 조어법 단원을 단어론 내에 포함하여 다루고 있다. 조어론을 품사론의 하위 영역으로 보는 것과 단어론의 하위 영역으로 보는 것 사이에는 차이가 있다. '단어'와 '품사'는 대상을 서로 다른 층위에서 관찰하여 붙인 이름이다. '단어'는 대상 자체를 가리키며, '품사'는 대상을 하위분류하는 방식이기 때문이다. 그렇기 때문에 장 제목을 '단어'로 수정한 것은 이와 같은 층위의 차이를 인식한 결과라고 할 수 있다. 층위의 차이는 조어론을 문법 단위로 인식하느냐의 여부와도 관련되어 있는데, 조어론을 문법의 한 부분으로 인식할 경우 품사론과 조어론을 아우르는 층위 설정이 불가피하게 되기 때문이다.

물론, 교과서에 따라 여전히 장의 제목을 품사론으로 유지한 것들도 상당수 있다. 그러나 이들 교과서도 역시 '단어의 구성'이나 '낱말의 짜임새' 등과 같이 명시적으로 설정된 조어법 단원을 품사론 내에 포함하고 있기 때문에 이때 품사론이라는 장 제목은 단어론과 동일한 개념으로 보아야 한다. 이에 본고에서는 조어론과 품사론을 아우르는 명칭으로 단어론을 사용한다.

단어론이 제일 먼저 등장한 교과서는 최현배(1949, 1956)이다.[7] 최현배(1949)는 '모도풀이, 소리갈, 씨갈, 월갈'로 구성되어 있는데 조어법 단원은 '씨갈' 내에서 '씨의 짜힘'이라는 제목으로 다루어졌다. 각 품사에 대한 설명뿐만 아니라 단어의 구성에 대한 내용도 포함되어 있기 때문에 비록 장의 제목은 '씨갈'이나 단어론으로 볼 수 있다.

제1차 통일 문법 검인정기의 교과서 13종 중에 8종이 조어법 단원을 단어론 내에서 다루었다. 앞서 언급하였듯이, 단어론을 명시적으로 드러낸 경우도 있고, 장 제목으로 품사론을 유지한 경우도 있다. 강윤호(1968), 김민수·이기문(1968)(이하, 김민수 외(1968)), 정인승(1968), 허웅(1968)은 전자에 해당된다. 강윤호(1968)은 '품사와 그 짜임새', 김민수 외(1968)은 '어절과 단어', 정인승(1968)은 '낱말의 됨됨이와 성질들', 허웅(1968)은 '낱말'이라는 장 제목을 사용하였다. 품사론이라는 명칭 아래에 조어법 단원을 포함시킨 논의로는 이명권·이길록(1968)(이하, 이명권 외(1968)), 이을환(1967), 이인모(1968), 최현배(1968)이 있다. 이명권 외(1968)은 '품사의 특성과 기능', 이을환(1967), 이인모(1968), 최현배(1968)은 '품사론'이라는 장 제목을 사용하였다.

제1차 통일 문법 검인정기 이후의 교과서들은 모두 조어법 단원을 단어론 내에서 다루었다. 제2차 통일 문법 검인정기의 경우 다섯 종의 교과서가 출간되었는데, 제1기 통일 문법 검인정기와 마찬가지로, 단어론에 해당되는 장 제목을 사용한 경우도 있고, 여전히 품사론에 해당되는 장 제목을 유지하고 있는 경우도 있다. 전자에는 김민수(1979), 허웅(1979)가 포함된

---

7) 최현배(1949)와 최현배(1956)은 1934년에 나온 [중등 조선 말본]이 제목만 [고등 말본]으로 바뀐 것이다. 원문을 볼 수 없어 최현배(1934)의 내용을 분석하였다.

다. 김민수(1979)는 '단어의 구조', 허웅(1979)는 '낱말'이라는 장 제목을 사용하였다. 두 종 모두 제1차 통일 문법기의 교과서와 내용 및 구성이 거의 동일하다.8) 후자에는 김완진·이병근(1979)(이하, 김완진 외(1979)), 이길록·이철수(1979)(이하, 이길록 외(1979)), 이응백·안병희(1979)(이하, 이응백 외(1979))가 포함된다. 김완진 외(1979)는 '품사', 이길록 외(1979)는9) '품사의 특성과 기능', 이응백 외(1979)는 '품사론'이라는 항목 내에서 조어법 단원을 다루고 있다.

국정 단계의 교과서는 네 종이다. 국정 단계의 교과서는 단어론이라는 장 제목만 사용하고 있다. 다만 집필진에 따라 단어론의 구성에서 약간씩 차이를 보인다. 성균관대학교 대동문화연구원(1985, 1991)(이하, 성균관대(1985, 1991))은 '단어'를 '문장과 단어, 품사, 단어의 형성' 세 부분으로 나누었으며, 이중 '단어의 형성'이 조어법 단원에 해당된다. '단어의 형성'은 다시 '파생법에 의한 단어의 형성, 합성법에 의한 단어의 형성, 한자에 의한 단어의 형성' 세 부분으로 나뉜다. 서울대학교 국어교육연구소(1996)(이하, 서울대(1996))은 '단어' 내에 '단어의 짜임새'라는 항목을 두고 이를 '형태소와 단어, 단어의 형성' 두 부분으로 나누었다. '단어의 형성'이 조어법 단원에 해당된다. 서울대학교 국어교육연구소(2002)(이하, 서울대(2002))는 순서나 구성에 약간 차이를 보이기는 하지만 내용은 서울대(1996)과 크게 다르지 않다. 서울대(2002)에서 '단어'는 '단어의 형성'과 '품사' 두 부분으로 이루어져 있으며, 이 중 '단어의 형성'이 조어법 단원에 해당된다.

---

8) 김민수(1979)는 김민수 외(1968)과 내용상 거의 동일하다. 각 장의 배열과 명칭, 또 사용된 용어 등에 차이가 있을 뿐이다.

9) 이길록 외(1979)는 이명권 외(1968)과 동일한 구성이며 내용 역시 거의 동일하다. 다만 '단어의 구성'을 '복합어, 첩어, 파생어, 단어의 구성'으로 나누어 설명하고 있다는 차이가 있다. 부록으로 제시되었던 '접두사·접미사 일람'도 제외되었다.

2.2.4. 문장론의 부속 항목

조어법 단원을 문장론 내에서 다룬 교과서는 이숭녕(1968) 한 종뿐이다. 이숭녕(1968)은 문장 구조를 설명하는 과정에 조어법 단원을 다루었는데, 조어법 단원은 '문장의 구조'에 포함되어 있다. '문장의 구조'는 '문장의 분석에서 단어로, 단어의 구조, 문장의 성분, 관형어, 부사어, 독립어와 접속어, 성분과 품사' 일곱 부분으로 되어 있다. 이 중 '문장의 분석에서 단어로'가 조어법 단원에 해당된다.[10] 이숭녕(1968)은 문법과 문장론을 동일하게 보고 있기 때문에 품사론, 조어론, 문장론이 모두 한 단위로 묶여 있는 것이다. 이는 조어법 단원을 총론에서 다루거나 품사론 내에서 다룬 교과서와는 달리 조어론을 문법의 하위 분야로 인정한 견해라고 볼 수 있다.

3. 시기별 내용 고찰

앞에서 교과서 내의 조어법 단원이 차지하고 있는 위치를 고찰하였다. 3장에서는 이를 바탕으로 시기를 새롭게 구분하고 각 시기별 조어법 단원의 명칭과 구성, 내용을 살핀다.[11]

3.1. 시기 구분

앞서 31종의 교과서를 조어법 단원의 위치를 기준으로 하여 분류하여 살

---

10) '단어의 구조'에서는 용언 어간과 어미, 체언과 조사의 관계를 언급하고, 접미사의 예를 함께 들고 있다. 어미, 조사, 접미사의 결합 위치에 주목한 분석이다.
11) 본고에서는 '품사 전성, 품사 통용, 음운 교체' 등은 다루지 않았다. 김창섭(1990)에서도 이들이 모두 환유에 의한 의미 전이(意味轉移, semantic transfer)로 설명할 수 있다고 보고 현대 국어에서 영 변화 파생을 인정하기 어렵다는 견해를 제시하였다.

펴보았다. 이를 학교 문법의 변천 과정을 고려하여 다시 정리하면 다음과
같다.

| | 독립 항목 | 부속 항목 | | | | 합계 |
		총론 부속	품사론 부속	단어론 부속	문장론 부속	
제1차 검인정기	1	1	1	1	·	4
제2차 검인정기	·	2	2	1	·	5
제1차 통일 문법기	1	2	1	8	1	13
제2차 통일 문법기	·	·	·	5	·	5
국정 단계	·	·	·	4	·	4
합 계	2	5	4	19	1	31

〈표 1〉 학교 문법의 변천 시기별 조어법 단원의 위치

제1차 검인정기에는[12] 조어법 단원이 총론 내, 품사론 내, 단어론 내, 조
어론 독립 네 가지 방식으로 다루어졌다. 네 권의 교과서가 네 가지 방식으
로 조어법 단원을 다루고 있는 것이다. 이는 조어법 단원을 교육할 필요성
은 인지하였으나 문법 내에 체계적으로 수용하지는 못한 결과이다. 제2차
검인정기에는[13] 총론 내, 품사론 내, 단어론 내에서 조어법 단원이 다루어
졌으나 조어법 단원의 위상은 제1차 검인정기와 별로 다르지 않다. 이 두

---

12) 제1차 검인정기의 교과서는 모두 여섯 종이나, 이인모(1949), 최현배(1948)의 경
   우 조어론을 다루지 않고 있어 본고에서 제외하였다. 두 교과서의 목차는 다음
   과 같다.
   이인모(1949)
     1. 들어가기 / 2. 씨 / 3. 월의 조각 / 4. 월의 감 / 5. 소리의 갈래와 소리마
     디 / 6. 소리의 달라짐
   최현배(1948)
     첫째 가름 모두풀이 / 두째 가름 글자와 소리값 / 세째 가름 소리와 말뜻 /
     네째 가름 소리의 달라짐 / 다섯째 가름 씨
13) 제2차 검인정기의 교과서는 모두 여섯 종이나, 이숭녕(1956)의 경우 조어론에
   대한 체계적인 설명을 발견할 수 없어 본고에서 제외하였다. 이숭녕(1956)에서
   '형태'라는 장에 합성법에 해당하는 내용이 일부 언급되어 있기는 하지만 조어론
   이라고 볼 만큼 체계적이지 못하다.

시기를 합하여 제1기로 설정한다.

제1차 통일 문법기가 되면 단어론 내에서 조어법 단원을 다루는 방식이 보편화된다. 이는 이전 시기에 비해 조어법 단원의 교과서 내 위상이 높아졌다는 것을 의미한다. 그러나 아직은 조어법 단원의 위치가 완전히 통일되지는 않아, 여전히 '총론 내, 품사론 내, 문장론 내, 조어론 독립' 등에서 조어법 단원을 다룬 교과서들이 발견된다. 이 시기를 제2기로 설정한다.

마지막으로 제2차 통일 문법기가 되면 조어법 단원의 위치가 단어론 내로 완전히 통일되는데 이 시기를 제3기로 설정한다. 이를 정리하면 다음과 같다.[14]

(1) 문법 교과서 내 조어법의 위치에 따른 시기 구분
　제1기(1949-1967): 교과서 내에 조어법 단원의 위치가 미정인 시기.
　　　이희승(1949), 장하일(1949), 정인승(1949), 최현배(1949), 이희승(1956), 최현배(1956), 정인승(1956), 김윤경(1957), 김민수 외(1960), 이희승(1968)
　제2기(1968-1978): 교과서 내에 조어법 단원의 위치가 마련된 시기.
　　　강복수 외(1968), 강윤호(1968), 김민수 외(1968), 김민수(1979), 양주동 외(1968), 이명권 외(1968), 이길록 외(1973), 이숭녕(1968), 이은정(1968), 이을환(1967), 이인모(1968), 정인승(1968), 최현배(1968), 허웅(1968), 허웅(1970)
　제3기(1979-현재): 교과서 내에 조어법 단원의 위치가 통일된 시기.
　　　김완진 외(1979), 이응백 외(1979), 성균관대(1985), 성균관대(1991), 서울대(1996), 서울대(2002)

---

14) 교육 정책에 따라 시기를 구분할 경우 제1기와 제2기의 경계는 1966년이 된다. 제2차 검인정기가 1956년-1966년이고, 제1차 통일 문법 검인정기가 1966년-1979년이기 때문이다. 하지만 본고는 대상 교과서의 간행 연도를 기준으로 삼았기 때문에 '1966년'이 아닌 '1968년'을 경계로 삼는다.

제1기는 교과서 내에 조어법 단원의 위치가 정해지지 못했던 시기이다. 대체로 제1차 검인정기(1949-1956), 제2차 검인정기(1956-1966)와 일치한다. 제2기는 제1차 통일 문법기와 대응될 수 있는데, 교과서 내에 조어법 단원의 위치가 마련된 시기이다. 제3기는 교과서 내에 조어법 단원의 위치가 통일된 시기이며 제2차 통일 문법기와 국정 단계가 포함된다.

3.2. 제1기(1949-1967): 교과서 내에 조어법 단원의 위치가 미정인 시기

제1기는 조어법 단원이 문법 체계의 일부로 인정되지 못하고 대체로 총론에서 다루어지던 시기이다. 제1차 검인정기(1949-1956), 제2차 검인정기(1956-1966)와 대체로 일치한다. 이희승(1968)의 경우 출간 연도상으로는 제2기에 속하지만 이희승(1949)와 동일한 체계를 보이기 때문에 제1기의 교과서들과 함께 다룬다. 그러므로 여기에서는 총 열 종의 교과서를 살펴보게 된다.

3.2.1. 조어법 단원의 명칭

제1기 교과서 열 종 중 조어법 단원에 대한 명칭이 제시된 것은 다섯 권뿐이다. 나머지 다섯 권의 경우 조어법 단원을 하나의 범주로 묶지 않고 다루고 있기 때문에 조어법 단원에 해당되는 명칭은 없다.

제1기의 경우 조어법 단원에 대한 명칭은 두 가지 방식으로 정리할 수 있다. 첫 번째는 조어론 즉 단어의 구성이라는 의미를 명칭에 담는 방식이다. 앞으로 이 유형을 '단어의 구성'류라 부르겠다. 최현배(1949, 1956), 정인승(1956)에서 이 방식이 사용되었다. 최현배(1949, 1956)에서 조어법 단원의 명칭은 '씨의 짜힘'이고, 정인승(1956)에서는 '낱말의 됨됨이'이다. 두 번째 방식은 '기타 유형'으로 부르겠다. 먼저 정인승(1949)의 경우 조어법을 통하여 만들어진 단어를 가리키는 최상위 용어 '겹씨'를 조어법 단원의 명칭으로 사용하였다. 또한 김민수 외(1960)은 '국어의 어휘와 여러 법칙'이라는 모호한 명칭을 사용하였다. 이를 정리하면 다음과 같다.

   (2) 제1기 교과서에서 사용된 조어법 단원의 명칭
     ㄱ. 해당 명칭 없음(5종)
       : 이희승(1949, 1956, 1968), 장하일(1949), 김윤경(1957)
     ㄴ. '단어의 구성'류(3종)
       : 최현배(1949, 1956) - 씨의 짜힘
        정인승(1956) - 낱말의 됨됨이
     ㄷ. 기타 유형(2종)
       : 정인승(1949) - 겹씨
        김민수 외(1960) - 국어의 어휘와 여러 법칙

3.2.2. 조어법 단원의 구성 및 내용

제1기 교과서들이 조어법 단원을 하위분류하는 방식 역시 조어법 단원의 명칭만큼이나 다양하다. 먼저 정인승(1956), 김윤경(1957)에서는 조어법을 합성법과 파생법[15] 둘로 나누어 설명하였다. 이와 달리 이희승(1949, 1956, 1968), 장하일(1949), 정인승(1949), 최현배(1949, 1956), 김민수 외(1960)에서는 조어 방식을 셋으로 나누어 설명하였다. 전자를 이분법으로 후자를 삼분법으로 나누어 각각의 내용을 보다 구체적으로 기술한다.

3.2.2.1. 이분법

정인승(1956)과 김윤경(1957)에서는 조어법을 합성법과 파생법 둘로 나누

---

15) 연구자에 따라 'complex word'와 'compound word'를 달리 번역하기도 하나 본고에서는 전자를 '복합어'로 후자를 '합성어'로 번역하는 견해를 따른다. 이는 현행 교과서와 같은 방식이기도 하다. 그러나 이전 교과서의 논의를 옮길 때에는 각 교과서의 용어를 " 안에 넣어 그대로 사용하였다.

어 설명하였다.16) 그러나 합성법과 파생법의 세부 내용은 서로 다르다. 먼저 파생법을 중심으로 살펴보고, 다음으로 합성법을 살펴보기로 한다.

3.2.2.1.1. 파생법

정인승(1956)에서는 접사를 접두사와 접미사 둘로 나누고 있다. 다음은 정인승(1956; 55-58)의 접사 분류 방식을 정리한 것이다.

(3)ㄱ. 앞가지: 앞가지는 대개 이미 한 낱말로 되어 있는 뿌리의 앞에 덧붙는 것이 보통이다.

  우물, 호박, 무쇠, 살얼음, 드높이, 새빨갛다, 황송아지, 재빠르다, 뒤섞이다. …

  ㄴ. 뒷가지: 애초부터 아직 낱말로 되어 있지 못한 단순한 뿌리에 붙어서 그것과 서로 한살됨으로서, 비로소 그 뿌리가 낱말로 이루어지게 하는 것이 있고, 혹은 앞가지의 경우처럼, 이미 되어 있는 낱말의 밑에 덧붙는 것도 있다.

  • 뿌리와 한살되는 것
   ◦ 규칙 있게 되는 것
    "다, 고, 게, 지": 크다, 먹다, 밝히고, 맡기고, 착하게, 헛되게, 새롭지, 꽃답지 = 끝(어미)
    "히, 기, 이": 밝히다, 맡기다, 뒤섞이다 = 도움줄기(보조어간)
    "이, 히, 음": 많이, 속히, 드높이, 살얼음
   ◦ 규칙 없이 되는 것
    사람(암), 날개, 노래(애), 무게(에), 몰래, 도로(오), 자주(우), 어머니(어니), 까마(아귀), 허수애비, 동그라미(으라미), 우두커니(우커니)
  • 낱말 된 것에 붙는 것

---

16) 두 교과서 모두 합성법과 파생법, 또는 합성어와 파생어를 아우르는 통칭을 제시하지 않고 있다.

- ◦ 규칙 있게 붙는 것

    "질, 껏, 이": 손질, 힘껏, 집집이

- ◦ 규칙 없이 붙는 것

    "치, 금, 새, 아지, 으머리": 눈치, 하여금, 먹음새, 황송아
    지(아지), 끄트머리(으머리)

- • 또 뿌리나 낱말에 붙는 뒷가지로서, 그 자체 안에 본디부터 규
  칙 있는 뒷가지(끝)를 가지고 있는 것

    "하다, 되다, 롭다, 답다, 뜨리다, 스럽다, 거리다": 착하다,
    헛되다, 새롭다, 꽃답다, 깨뜨리다, 탐스럽다, 움직거리다

위의 예에서 볼 수 있듯이 정인승(1956)에서는 파생법을 접두 파생법과
접미 파생법으로 나누고, 이 중 접미 파생법을 접사의 결합 환경에 따라
'뿌리와 한살되는 것'과 '낱말 된 것에 붙는 것'으로 나누었다. 접미 파생어
를 단어를 어기로 하는 파생어와 어근을 어기로 하는 파생어로 나누어 살
핀 셈이다. 어근과 단어에 모두 결합할 수 있는 파생 접미사는 '뿌리나 낱
말에 붙는 뒷가지'로 분류하였다.

이를 다시 '규칙 있는 것'과 '규칙 없는 것'으로 나누었는데, 이는 생산성
에 기반을 둔 것이다.[17] 서술성 접사들만 따로 떼어 설명한 내용이 독특하
다. '그 자체 안에 본디부터 규칙 있는 뒷가지를 가지고 있는 것'이라 정의
하였는데, '-하다, -되다, -롭다' 등이 '-하-, -되-, -롭'에 어미가 결합한 형태
라는 점을 설명하기 위한 분류로 보인다. 정인승(1956)에서는 어미를 접미

---

17) 생산성(Productivity)은 기준과 방식에 따라 다양하게 측정될 수 있다.
Haspelmath(2002)에서는 생산성을 (1)특정 유형에 따라 생산된 실제어의 수
(The number of actual words formed according to a certain pattern), (2)특
정 유형에 따라 생산된 가능어의 수(The number of possible words that can
be formed according to a certain pattern), (3)가능어와 실제어의 비율(The
ratio of actual words to possible words), (4)특정 시기에 입증된 신조어의 수
(The number of neologisms attested over a certain period of time) 넷으로
나누어 정리하였다. 정확하지는 않으나 '규칙적'이라는 기준으로 보아 여기에서
는 가능어와 실제어의 비율로 이해된다.

사로 명시하고 있기 때문에 이런 분류 방식을 택한 것이다.

정인승(1956)과 달리 김윤경(1957)에서는 접사를 결합하는 위치에 따라 '머리 더음, 꼬리 더음, 허리더음'으로, 기능에 따라 '뜻 더하는 더음, 씨 몸 바꾸는 더음, 소리 고룸의 더음' 셋으로 나누고 있다. 다음은 김윤경(1957; 163-165)에 정리된 표를 옮긴 것이다.

(4)ㄱ. 머리 더음
  ▪ 뜻 더함
    ◦ 임씨 우: 어필, 귀국, 맨몸, 개살구
    ◦ 언씨 우: 얄궂, 새파랗, 시르죽
    ◦ 움씨 우: 짓밟, 처먹, 엿보
    ◦ 억씨 우: 맨 먼저
    ◦ 겻씨 우: 시는, 었는, 겠는
    ◦ 잇씨 우: 시니, 시고, 었고, 겠으며
    ◦ 맺씨 우: 시도다, 시오, 었다, 겠소
  ▪ 소리 고룸
    ◦ 겻씨 우: 의여, 의ㄴ, 으시던, 으르
    ◦ 잇씨 우: 의니, 의며, 으니, 으며
    ◦ 맺씨 우: 의다, 의냐, 으오, 으냐
 ㄴ. 꼬리 더음
  ▪ 뜻 더함
    ◦ 임씨 밑: 임금님, 너희, 아기네
    ◦ 언씨 밑: 검엋, 높다랗, 낮브
    ◦ 움씨 밑: 먹이, 먹히, 밀치, 웃기
    ◦ 억씨 밑: 더욱, 더군다나, 넙죽이
  ▪ 씨 몸 바꿈
    ◦ 임씨 밑: 시름없, 사람답, 내브
    ◦ 언씨 밑 - 임씨로: 높이, 희기, 검엉
      - 움씨로: 맞훟, 희어지, 크ㅣ우 // - 억씨로: 되우, 작히, 적의

◦ 움씨 밑 - 임씨로: 놀음, 놀이, 꾸므
　　　　- 언씨로: 두리업, 웃음, 믿브　　// - 억씨로: 넘우, 비롯오
　　　　- 겻씨로: 붙어, 좇아, 맞아
◦ 언씨 밑 - 언씨로: 새롭, 외롭, 메지
◦ 억씨 밑 - 임씨로: 꾀꼴이, 덜렁이
　　　　- 언씨로: 얼룩얼룩하, 삐죽하
　　　　- 움씨로: 출렁거리(대), 펄럭거리(대)

ㄷ. 허리 더음
- 훈민정음과 그 뒤
  ◦ 엄쏘리(牙音) 밑: 엄쏘리 "ㄱ"
  ◦ 혀쏘리(舌音) 밑: 혀쏘리 "ㄷ"
  ◦ 입시울 소리(脣音) 밑: 입시울 소리: "ㅂ"
  ◦ 입시울 가비야븐 소리(脣輕音) 밑: 입시울 가비야븐 소리 "ㅸ"
  ◦ 목소리(喉音) 밑: 목소리: "ㆆ"
  ◦ 아래 씨의 첫 소리 우: 그 첫 소리를 거듭 씀
  ◦ 그 밖에는 다: ㅅ, ㅿ, ㅂ, ㅎ, ㄴ(차차 "ㅅ"으로 통일됨)
- 놓는 자리
  ◦ 우의 씨의 밑에 붙임: 나랏 말씀
  ◦ 두 씨 사이에 듀: ㄲ ㄷ ㅉ
  ◦ 아래 씨의 첫 머리에 붙임: 엄 쏘리
- 통일할 수 있는 소리: "ㆆ"
- 쓰이는 경우(목청 울림 있는 소리와 없는 소리 사이)
  ◦ ㄴ 밑에서: 손ㆆ등, 산ㆆ길
  ◦ ㄹ 밑에서: 물ㆆ병, 술ㆆ집
  ◦ ㅁ 밑에서: 밤ㆆ길, 봄ㆆ바람
  ◦ ㅇ 밑에서 콩ㆆ가루, 상ㆆ밥
  ◦ 홀소리 밑에서: 나루ㆆ배, 담배ㆆ대
- 쓰일 자리에 안 쓰이는 경우(목청 울림 있는 소리와 없는 소리 사이)
  ◦ ㄴ 밑에서: 본 보기, 손 잡이
  ◦ ㄹ 밑에서: 솔 밭, 돌 집

- ° ㅁ 밑에서: 금 가락찌, 금 돈
  - ° ㅇ 밑에서: 콩 기름, 콩 밥
  - ° 홀소리 밑에서: 가루것, 개밥
- 안 쓰이는 경우
  - ° 목청 울림 없는 소리 사이: 떡 값, 삿 돈, 젖 꼭지
  - ° 목청 울림 있는 소리 사이: 오리 알, 귀 약, 손 밑
  - ° 목청 울림 없는 소리와 있는 소리 사이: 만 아들, 밥 어멈, 속 옷
- 안 쓰일 자리에 있는 경우 - 울림 없는 소리 사이: 우ㅎ옷(운옷), 예ㅎ일(옛일, 옛닐), 허ㅎ일(헌일, 헌닐), 뒤ㅎ문(뒴문), 나라ㅎ말(나란말), 이ㅎ몸(임몸)
- 입천정 소리 "ㄴ"이 덧나는 경우 - 닿소리 밑과 홀소리 "ㅣ"의 사이: 물ㅎ약(물냑), 밤ㅎ엿(밤녓), 놋ㅎ요강(놋뇨강), 밤ㅎ윷(밤늧), 앞ㅎ일(앞닐), 채ㅎ열(챈녈), 아래ㅎ이(아랜니), 대ㅎ잎(댄닢)

김윤경(1957)에서는 현재의 문법 교과서에서 높임 선어말 어미, 시제 선어말 어미로 분류되는 '시', '었', '겠'의 처리가 특징적이다. 이 형태소들은 꽤 나중까지 삽요사나 접미사, 또는 보조 어간 등으로 다양하게 처리되는데, 접두사로 본 것은 김윤경(1957)이 유일하다. 어미를 단어로 보았기 때문에 이와 같은 분류가 가능했던 것이다. 매개 모음 '으'나, 역시 매개 모음으로 분류된 서술격 조사 '이-'가 접두사로 설정된 것도 같은 맥락이라고 볼 수 있다. 김윤경(1957)은 접요사를 사잇소리로 한정하고 있으며 사잇소리 현상을 구체적으로 설명하고 있다는 점도 특징적이다.

3.2.2.1.2. 합성법

정인승(1956; 57-58)은 합성어를 합성 형태의 형태론적 지위와 개수에 따라 '낱말과 낱말과의 겹', '뿌리와 낱말과의 겹', '여러 개의 낱말이나 뿌리의 겹', '둘 이상의 뿌리나 낱말에 가지가 붙은 겹'으로 나누었다. 예를 제시하여 각 항목에 대한 설명을 대신하고 있다.

(5)ㄱ. 낱말과 낱말과의 겹

　　　밤낮, 논밭, 팔다리, 문고리, 길바닥, 힘차다, 맛있다, 흉보다, 돌아가다, 일어나다, …

　　ㄴ. 뿌리와 낱말과의 겹

　　　늦잠, 밀창, 묵밭, 찰밥, 깎낫, 걸상, 뻗다리, 건들바람, 무르녹다, 얼부풀다, 검붉다, 굳세다, 길둥글다, 굶주리다, 헐벗다, 나들다, 오르내리다, …

　　ㄷ. 여러 개의 낱말이나 뿌리의 겹

　　　씨암탉, 선술집, 드나들다, 빈손쥐다, 안잠자기, 먼산바라기, 쇠코잠방이, 위아랫물지다, …

　　ㄹ. 둘 이상의 뿌리나 낱말에 가지가 붙은 것

　　　집집이, 틈틈이, 뿔뿔이, 끝끝내, 해돋이, 물받이, 나들이, 돋보기, 돈벌이, 품갚음, 왼손잡이, …

'낱말과 낱말과의 겹'은 두 개의 단어가 결합한 합성어이고, '뿌리와 낱말과의 겹'은 어근과 단어가 결합한 합성어를 말한다. '여러 개의 낱말이나 뿌리의 겹'은 말 그대로 셋 이상의 단어나 어근이 결합한 합성어를 말하는 것이다. '둘 이상의 뿌리나 낱말에 가지가 붙은 겹' 즉, 통합 합성어를[18] 합성어에 분류하여 넣은 것이 특징이다. 제1기의 교과서 중 통합 합성어를 독립된 분류 항으로 설정한 것은 정인승(1956)뿐이다.

이와 달리 김윤경(1957)은 합성법을 각 품사의 아래에서 설명하고 있다. 예를 들어 명사 합성어는 명사를 설명하는 부분에서 '임씨의 어우름'이라는 제목으로 다루었다.

---

18) 통합 합성어는 기존 논의에서 'X+V+suff'의 구성을 이루는 단어 즉 'Syntactic compound(종합 합성어로도 번역)'만을 가리키는 데 사용된다. 본고에서는 'X+V+suff' 구성에 한정하지 않고 합성과 파생을 모두 겪어 만들어진 단어 전체를 가리키는 술어로 사용하였다.

(6) 임씨의 어우름

　ㄱ. 임씨 끼리: 짚신, 솜옷, 부손, 서넛, 네댓
　ㄴ. 임씨와 움씨: 가락찌, 볼끼, 씨앗, 발막, 맘씨, 부넘기
　ㄷ. 움씨와 임씨: 묵밭, 돌띠, 열쇠, 낚대, 빅수
　ㄹ. 언씨와 임씨: 늦벼, 넙치, 북팥

위의 예는 김윤경(1957; 46)의 명사 합성어에 대한 부분이다. 합성 단위의 품사에 따라 세분하고 있으나 간략한 예를 보이고 있어 특징적인 내용은 없다.

3.2.2.2. 삼분법

이희승(1949, 1956, 1968), 장하일(1949), 정인승(1949), 최현배(1949, 1956), 김민수 외(1960)에서는 조어법을 셋으로 나누었다. 여덟 종의 교과서에서 조어법을 하위분류한 방식은 다음과 같다.

	합성법		파생법	
이희승(1949, 1956, 1968) 김민수 외(1960)	이형 합성법	동형 합성법	파생법	
장하일(1949)	합성법		접두 파생법	접미 파생법
정인승(1949)	단어 합성법	어근 합성법	파생법	
최현배(1949, 1956)	융합 합성법	병립 합성법	파생법	

〈표 2〉 제1기의 삼분법

이희승(1949, 1956, 1968), 김민수 외(1960)은 복합어를 합성어, 첩어, 파생어로 나누는 동일한 방식을 취하였다. 즉, 조어법을 이형 합성법, 동형 합성법, 파생법 셋으로 나눈 것이다. 이와 달리 장하일(1949)는 합성법, 접두 파생법, 접미 파생법 셋으로 나누었고, 정인승(1949)는 단어 합성법, 어근 합성법, 파생법 셋으로 나누었다. 마지막으로 최현배(1949, 1956)은 합성

어의 의미 결합 정도에 따라 '익은씨'와 '이은씨'를 나누고, 그 외 파생법을 두어 셋으로 나누고 있다. 조어법을 '융합 합성법, 병립 합성법, 파생법' 셋으로 나눈 것이다.

합성법과 파생법의 이분법을 선택한 교과서들처럼 파생법과 합성법으로 나누어 살필 경우 위 교과서들의 문법 체계를 왜곡할 수 있다. 그렇기 때문에 여기에서는 교과서를 기준으로 하여 나누어 기술한다.

3.2.2.2.1. 이희승(1949, 1956, 1968), 김민수 외(1960)

이희승(1949, 1956, 1968), 김민수 외(1960)은 조어법을 이형 합성법, 동형 합성법, 파생법 셋으로 나누어 설명하였다. 먼저 김민수 외(1960; 19-24)의 내용을 살펴보면 다음과 같다.

(7) ㄱ. 복합어(複合語): 합성어 중에서 옹근 뜻이 있는 두 개 이상의 말이 모여서 한 단어로 된 말을 특히 복합어(複合語)[겹씨]라 이른다.
   ㄴ. 첩어(疊語): 합성어 중에는 어근이 중복되어 결합한 것과, 혹은 독립성이 있는 단어가 중복된 것이 있다. 이런 단어들을 특히 첩어(疊語)라 일컫는다.
   ㄷ. 파생어(派生語): 합성어 중에서 접두사나 접미사가 붙어서 된 말을 특히 파생어(派生語)라 한다.

김민수 외(1960)에서는 조어법으로 생성된 단어를 모두 '합성어'라 부르고, '합성어'를 '복합어, 첩어, 파생어'로 나누었다. 동형 합성법, 이형 합성법, 파생법 셋으로 나눈 셈이다. 이희승(1949)에서도 김민수 외(1960)과 동일한 분류를 채택하고 있으나, 각각의 용어에 대한 정확한 정의는 찾기 어렵다. 다만 이희승(1956; 129)에서 '합성어'를 다음과 같이 정의하고 있어 삼분법을 택하고 있다는 것을 확인할 수 있다.

(8) 합성어: 복합어와 첩어와 파생어를 총괄(總括)하여 이것을 합성어(合成語)라 일컫는 일이 있다.

이희승(1956)에서도 김민수 외(1960)과 마찬가지로 상위 술어로 '합성어'를 택하고, 이를 다시 '복합어, 첩어, 파생어'로 나누는 방식을 한 것이다.

네 종의 교과서에 기술된 이형 합성법, 동형 합성법, 파생법의 세부 기술 내용에서 서로 차이가 발견되기 때문에 살펴볼 필요가 있다. 먼저 이형 합성법에 대한 기술에서는 김민수 외(1960)과 이희승(1949, 1956, 1968)에서 큰 차이를 보이지 않는다. 김민수 외(1960)에서 이형 합성법은 합성어의 품사에 따라 '복합 명사, 복합 동사, 복합 형용사, 복합 부사'로 나누어 설명하였다. '애꾸-눈-이(명사+명사+접미사), 먼지-떨-이(명사+동사+접미사)'를 '복합 명사'의 예로 제시하고, '나-날-이(명사+명사+접미사)'를 '복합 부사'의 예로 제시한 것으로 미루어 통합 합성어를 합성법에 포함시켰다는 것을 알 수 있다.[19]

이희승(1949, 1956, 1968)에서도 이형 합성법을 합성어의 품사에 따라 나누었다. 다만 분류 개수에서 차이를 보일 뿐이다. 이희승(1949, 1956)에서는 품사를 '명사, 대명사, 동사, 형용사, 존재사, 관형사, 부사, 감탄사, 접속사, 조사' 10가지로 나누고 있는데 이 중 '복합 존재사'를 제외한 아홉 가지가 제시되었다. 그러나 이희승(1968)에서는 '복합 수사'를 제외한 여덟 가지만이 제시되어 있다. 김민수 외(1960)에 비해 좀 더 구체적으로 분류하였다고 볼 수 있다.

다음으로 동형 합성법에 대한 기술을 살펴보자. 김민수 외(1960)에서는 첩어를 완전 첩어와 부분 첩어로 나누고 각각의 예를 1음절 첩어(달-달, 짭-짤), 2음절 첩어(물렁-물렁, 얼룩-덜룩), 3음절 첩어(주물럭-주물럭, 곤드레-만드

---

19) 정인승(1956)에서 통합 합성법을 독립 항으로 설정하였으나, 김민수 외(1960)에서는 예만 제시되었다.

레)로 나누어 제시하였다. 이와 달리 이희승(1949, 1956, 1968)에서는 첩어를 '꼭 같은 말만 겹친 것(사람-사람, 집-집), 같은 말이 겹친 위에 다른 소리가 덧붙은 것(나-날이, 다-달이), 비슷한 소리가 겹쳐서 된 것(울긋-불긋, 일긋-알긋)' 셋으로 분류하였다.

마지막으로 파생법에 대한 기술은 다음과 같다. 김민수 외(1960)에서는 파생어를 크게 접두 파생어와 접미 파생어로 나누었으며, 접두 파생어는 '접두사가 붙은 명사, 접두사가 붙은 동사, 접두사가 붙은 형용사'로 나누었다. 접미 파생어는 우선 접미사로 인해 품사가 변하는 것과 변하지 않는 것의 두 종류로 나누고 후자를 파생어의 품사에 따라 '명사로 전성시킨 접미사, 동사로 전성시킨 접미사, 형용사로 전성시킨 접미사, 부사로 전성시킨 접미사'로 세분하였다.

이와 달리 이희승(1949, 1956, 1968)에서는 파생어를 접두 파생법, 접요 파생법, 접미 파생법 셋으로 나누었다. 김민수 외(1960)과 비교하면 접요 파생법이 더해진 것이다. 다음은 이희승(1949; 156)에 제시된 접요 파생어의 목록과 정의이다.

(9)ㄱ. 접요 파생어의 예

먹다-먹이다   식다-식이다   막다-막히다   닫다-닫히다
안다-안기다   맡다-맡기다   불다-불리다   물다-물리다
들다-들추다   멈다-멈추다
놓다-놓치다   뻗다-뻗치다
가다-가시다   잡다-잡으시다
보다-보겠다   쫓다-쫓겠다   받다-받았다   읽다-읽었다
이새-이ㅅ새   내가-내ㅅ가

ㄴ. 삽요어(挿腰語): 독립하여서는 쓰이지 못하고, 다른 말 중간에 끼어서 함께 한 단어를 이루는 것이니, 이러한 말을 삽요어(挿腰語)라 이른다.

위의 예에서 볼 수 있듯이 이희승(1949)는 피동·사동 접사(먹-이-다, 안-기-다), 강세 접사(놓-치-다), 시제 선어말 어미(보-겠-다), 높임 선어말 어미(가-시-다), 사이시옷(내-ㅅ-가) 등을 '삽요어'로 분류하였다.[20] 이희승(1956)도 동일하다. 이희승(1968)에서도 역시 접요 파생법을 인정하고 있으나, 용어와 목록이 일부 수정되었다. 다음은 이희승(1968; 129)에 제시된 접요 파생어의 목록과 접요사의 정의이다.

(10)ㄱ. 접요 파생어의 예

먹다-먹이다	삭다-삭이다	막다-막히다	닫다-닫히다
붙다-붙리다	물다-물리다	안다-안기다	맡다-맡기다
들다-들추다	멈다-멈추다		
놓다-놓치다	뻗다-뻗치다		
이새-이ㅅ새	내가-내ㅅ가	수ㅎ개-수캐	암ㅎ닭-암탉
조ㅂ쌀-좁쌀	해ㅂ쌀-햅쌀		

ㄴ. 접요사(接腰辭): 독립해서는 쓰이지 못하고, 다른 말 중간에 끼어서 함께 한 단어를 이루는 것이니, 이러한 말을 접요사(接腰辭)라 한다.

이희승(1968)에서는 정의는 동일하지만 '삽요어'를 '접요사'로 바꾸어 부르고 있다. 또한 접요사의 목록도 일부가 바뀌었다. 먼저, 시제 선어말 어미가 제외되었으며, 사이시옷뿐만 아니라 수캐(수ㅎ개)의 'ㅎ'이나 좁쌀(조ㅂ쌀)의 'ㅂ'도 포함되었다.

3.2.2.2.2 장하일(1949)

장하일(1949)는 조어법을 합성법과 접두 파생법, 접미 파생법으로 나누었

---

20) 위 삽요어의 목록은 보조 어간의 목록과도 일부 일치하나, 삽요어와 보조 어간을 동일하게 보았다고는 할 수 없다. 높임의 선어말 어미 '-시-, -옵-, -압-, -삽-, -잡-' 등도 보조 어간으로 분류하였으나 삽요어의 예에서는 제외되어 있기 때문이다.

다.21) 장하일(1949)는 조어법 단원을 다른 분야의 하위로 다루지 않고 독립시켜 다룬 교과서이다.22) 교과서는 총18가름으로 구성되어 있는데, 이 중 '끝가지, 겹씨, 앞가지'가 조어법 단원에 해당된다. 접미 파생법, 합성법, 접두 파생법이 각각 한 가름씩 독립되어 기술된 것이다.

접두 파생법과 접미 파생법은 어기의 품사와 파생어의 품사를 고려하여, 합성법은 음운론적인 변화를 기준으로 하여 세분되었다. 접두 파생법은 다른 교과서와 큰 차이를 보이지 않아, 특징적인 내용이 없으나 접미 파생법에는 살펴볼 만한 부분이 있다. 다음은 장하일(1949; 76-86)의 접미사 분류이다.

(11)ㄱ. 임자씨의 끝가지
 - 임자씨에 끝가지 "이"를 붙이면 그 뜻이 달라진다.
 - 임자씨에다 홀소리로 비롯한 여러 가지 끝가지를 붙여서 다른 말을 만들기도 한다.
 - 임자씨에 닿소리로 비롯한 끝가지가 붙어서 다른 말이 된 것도 있다.
　ㄴ. 어찌씨를 임자씨로 만드는 끝가지
　　소리나, 모양을 시늉하는 어찌씨에다가 끝가지 "이"를 붙이어, 임자씨를 만든 것이다.
　ㄷ. 풀이씨를 임자씨로 만드는 끝가지
 - 풀이씨의 줄기에 끝가지 "이"가 붙으면, 임자씨가 되어 버린다.
 - 풀이씨의 줄기에 끝가지 "음"이 붙어서 임자씨가 되는 것도 있다.
 - 끝가지 "이, 음"밖의 홀소리로 비롯된 끝가지 "애, 웅, 에기" 따위가

---

21) 정인승(1956)과 마찬가지로 접두 파생법, 접미 파생법, 합성법을 아우르는 상위 술어는 제시되지 않았다.

22) 장하일(1949)의 경우 교과서가 품사론이나 음운론 등의 큰 갈래 구분 없이 18장으로 구성되어 있다. 그렇기 때문에 문법의 체계가 없다고 보면 조어법 단원이 독립 설정되었다고 단언할 수 없게 된다. 하지만 본고에서는 장하일(1949)에서 문법의 체계를 18등분했다고 보고 논의를 진행한다.

> 붙어서, 풀이씨가 임자씨로 되는 수도 있다.
> - 풀이씨의 줄기에 닿소리로 비롯한 끝가지 "시, 게 뱅이" 따위가 붙어서 임자씨로 되는 것도 있다.

ㄹ. 풀이씨에 덧붙이는 끝가지
- 풀이씨에 끝가지 "치"가 붙으면, 풀이씨의 자격에는 변함이 없으나 그 뜻이 강해진다.
- 풀이씨에 끝가지 "이, 히, 기, 리"가 붙으면 "입음"을 나타낸다.
- 풀이씨에 끝가지 "이, 히, 기, 리, 우, 추"가 붙으면 하임을 나타내기도 한다.
- 풀이씨에 토 "사오니, 사옵나이다"가 붙으면, 낮추어 말하는 것이 된다.

ㅁ. 임자씨를 풀이씨로 만드는 끝가지
임자씨에 끝가지 "하, 되, 답, 스럽"이 붙으면 풀이씨가 된다.

ㅂ. 어찌씨를 풀이씨로 만드는 끝가지
어찌씨에 끝가지 "하다, 되다"가 붙으면 풀이씨가 된다.

ㅅ. 임자씨를 어찌씨로 만드는 끝가지
임자씨에 끝가지 "이"를 더하면 어찌씨가 되는 것이 있다.

ㅇ. 풀이씨를 어찌씨로 만드는 끝가지
- 풀이씨의 줄기에 끝가지 "이"를 붙이면 어찌씨가 되는 것이 있다.
- 풀이씨의 끝가지 "하다"가 줄고, 그 대신 끝가지 "히"가 붙어서 어찌씨가 되는 것도 있다.

장하일(1949)는 접미사를 어기의 품사와 파생어의 품사를 모두 고려하여 8가지로 나누어 설명하였다. 이중 'ㄹ. 풀이씨에 덧붙이는 끝가지'의 내용이 독특하다. '사오니, 사옵나이다'를 토라고 부르며, 접미사에 포함하여 다루고 있기 때문이다. 장하일(1949)에서는 어미를 '풀이씨의 토'라 하고 따로 독립된 장에서 설명하였다. 그런데 풀이씨의 토를 다룬 곳에는 '사옵나이다'나 '사오니'의 예가 발견되지 않는다. 이는 '사오니, 사옵나이다'를 풀이씨의 토, 즉 어미이기는 하지만 다른 일반 어미들과는 구별해야 한다고 판단한

데서 기인된 것이다.

다음은 장하일(1949; 88-95)에서 제시된 합성어의 분류이다.

(12)ㄱ. 소리가 변함없는 겹

　　　　• 임자씨끼리의 겹: 앞집, 맏딸, 밥벌이, 국그릇

　　　　• 풀이씨끼리의 겹: 돋보인다, 잇달아, 걷잡을

　　ㄴ. 소리가 변하는 겹

　　　　• 임자씨의 겹: 몇날, 옷안, 홑옷, 밭이랑

　　　　• 풀이씨의 겹: 굶주리고, 엎눌리어

　　　　• 임자씨와 풀이씨의 겹: 빛나는, 값없이, 낮얽은이, 겉늙은이, 맞먹
　　　　　는다

　　　　• 어찌씨와 풀이씨의 겹: 못한다, 못난이

　　ㄷ. 된소리로 되는 겹

　　　　• 웃말이 홀소리로 끝난 적: 뒷간, 촛불, 잇새, 잇몸, 잇과, 숫자

　　　　• 웃말이 울림 닿소리로 끝난 적: 움집, 등불, 들짐승, 날짐승

　　ㄹ. 입천장소리 되는 겹: 담요, 물약, 논일, 들일

　　장하일(1949)는 독특하게 합성어를 음운 현상을 기준으로 하여 '소리가
변함없는 겹, 소리가 변하는 겹, 된소리로 되는 겹, 입천장소리 되는 겹'으
로 분류하였다.[23] 그런데 여기 몇 가지 지적할 만한 부분이 발견된다.

　　첫째, '앞집, 맏딸, 돋보인다' 등은 실제 경음화 현상을 겪음에도 불구하
고[24] '소리가 변함없는 겹'에서 다루어졌다. 경음화 현상이 표기를 통해 실
현되는지를 기준으로 했다고 볼 수도 있다. 그러나 소리의 변화가 표기에
반영되지 않는 '움집, 등불, 들짐승' 등의 단어가 '된소리로 된 겹'에 포함되

---

23) 장하일(1949)에서는 표기법에 대해서도 자세히 언급하고 있다. 그러나 본고의
　　주제를 벗어나는 부분이므로 여기에서는 다루지 않는다.
24) 이들은 장애음 뒤의 경음화 현상에 해당된다. 장애음 뒤의 경음화 현상은 형태
　　론적 정보가 없이, 음운론적 정보만으로 설명될 수 있는 음운 현상이다.

어 있어 일관성이 없다. 이를 경음화가 수의적인가, 필수적인가를 기준으로 했다고 보면 이해가 된다. 그러나 이 역시 '소리가 변함없는 겹'이나 '된소리로 되는 겹'이라는 분류 명이 모호하며 부적절하다는 지적을 피할 수 없을 것이다.

둘째, '소리가 변하는 겹'의 '밭이랑'에 대한 설명이다. 장하일(1949)는 '밭이랑'의 발음을 '반이랑'이라고 표기하였다. 만약 '반이랑'이 올바른 표기라면 '밭'의 종성 /ㅌ/가 뒤의 모음에 의해 동화되어 /ㄴ/로 바뀐 것이라 설명한 셈이 된다. 그러나 현재의 발음에서 유추해 볼 때, 이는 '반니랑'의 오기인 것으로 보인다. 50년 만에 [바니랑]에서 [반니랑]으로 발음이 변화했다고 보기 어렵기 때문이다. '밭이랑'이 [반니랑]으로 발음되려면 '밭'과 '이랑' 사이에 /ㄴ/ 소리가 덧나고, 덧난 'ㄴ'에 의해 '밭'의 'ㅌ'가 동화되는 과정을 겪어야 한다. 이 설명을 택한다면 '밭이랑'은 '소리가 변하는 겹'뿐만 아니라 '입천장소리 되는 겹'의 예로도 선택될 수 있다. 다만 /ㄴ/ 삽입보다는 동화에 초점을 두어 '소리가 변하는 겹'에서 다루었다고 추정할 뿐이다.

3.2.2.2.3 정인승(1949)

정인승(1949)에서는 조어법을 단어 합성법, 어근 합성법, 파생법 셋으로 나누었다. 다음은 정인승(1949; 34-35)의 내용이다.

(13)ㄱ. 낱말과 낱말과의 겹

    같은 씨끼리 혹은 다른 씨끼리 겹쳐져서 된 겹씨로서 모두다 각각 한 씨로 익어진 말들이다.

    논밭, 떡-메, 선-술-집 (이름씨)

    힘-쓰다, 돌아-가다, 헛물-켜다 (움직씨)

    힘-차다, 손-쉽다. 쏜살-같다 (그림씨)

    좀-더, 참-으로, 갖추-갖추 (어찌씨)

    는-커녕, 을-랑은, 보다-도 (토씨)

　　　ㄴ. 뿌리와 낱말과의 겹

　　　　　밀-창, 늦-잠, 건들-바람 (이름씨)

　　　　　굶-주리다, 오르-내리다, 드-나-들다 (움직씨)

　　　　　검-붉다, 군-세다, 길-둥글다 (그림씨)

　　　ㄷ. 가지와 낱말과의 겹

　　　　· 앞가지로 겹친 말

　　　　　맹물, 차돌, 무쇠 (이름씨)

　　　　　베돌다, 다잡다, 휼뿌리다 (움직씨)

　　　　　무덥다, 시퍼렇다, 구슬프다 (그림씨)

　　　　· 끝가지로 겹친 말

　　　　　모양새, 부엌데기, 안잠자기 (이름씨)

　　　　　운동하다, 운동시키다, 출렁거리다 (움직씨)

　　　　　꽃답다, 얌전하다, 탐스럽다 (그림씨)

정인승(1949)는 조어법을 셋으로 나누고 세 가지 방법으로 만들어진 단어를 모두 '겹씨'라고 하였다. '겹씨'가 단어 합성법, 어근 합성법, 파생법을 아우르는 상위 술어로 선택된 것이다. 다음은 정인승(1949; 34)에 제시된 '겹씨'의 정의이다.

(14) 겹씨: 둘 이상의 낱말, 혹은 말조각들이 한데 겹쳐져서 다시 한 개의 낱말처럼 익어진 것을 겹씨라 하여 한 개의 씨로 다루어진다.

'겹씨'의 구성 성분을 '낱말'과 '말조각'으로 정의하여 접사(가지) 및 어근(뿌리)을 포함한 것이다. 세 가지 조어법에 대한 설명은 복합어의 품사에 따라 제시된 예를 제시하는 것으로 대신하고 있다.

3.2.2.2.4 최현배(1949, 1956)

최현배(1949, 1956)에서는 세 가지 조어 방식을 '씨의 짜힘'이라는 제목 아래에서 함께 다루고 있다. 문법 교과서 내에 조어법 단원의 독립 공간을 확보한 것이다. '씨의 짜힘'은 '익은씨, 이은씨, 씨가지'로 나뉜다. 다음은 최현배(1949; 146-150)의 내용이다.

(15) 單純한 말이 둘넘어가 서로 얽어짜서 한 씨를 이루는 것을 씨의 짜힘이
     라 한다. 이에 關하여 풀이할 것은 익은씨(熟詞), 이은씨(連詞), 씨가지
     (接辭)의 세 가지 이니라.
     ㄱ. 익은씨: 서로 다른 두 씨가 얽혀서 아주 한 씨로 익은 것을 이른다.
         예) 歲月(時間, 時勢), 이것, 二十, 돌아가다(死), 지새다, 불꽃같
             다, 밤낮, 한두, 여보, 에는 등
     ㄴ. 이은씨: 서로 다른 두 씨가 각각 제 本 뜻을 그대로 가지고 있으면서
         다만 慣用上 한 덩이가 되어서 한 씨로서의 다룸(取扱)을 받는 것을
         이른다.
         예) 마소(牛馬), 여기저기, 한둘, 나들다, 드문드문
     ㄷ. 씨가지: 能히 獨立하지 못하고 다른 말에 붙어서 한 씨의 조각이 되
         는 것을 이른다. 이에는 머리가지, 허리가지, 발가지의 세 갈래가 있다.
         - 머리가지: 다른 말의 머리에 붙는 씨가지를 이른다.
           예) 한길, 올되다, 얄밉다, 맨먼저
         - 발가지: 다른 말의 앞에 붙는 씨가지를 이른다.
           예) 스승님, 일하다, 얌전하다, 다달이
         - 허리가지: 두 씨의 사이에 들어가아 그것들을 얽매어서 한 씨로 만
           드는 씨가지를 이른다.
           예) 잇몸(이ㅅ몸), 좁쌀(조ㅂ쌀)

첩어는 이은씨의 하나로 다루어졌으며, 도움줄기(보조 어간), 씨끝(어미)도 접미사에 속한다는 부연 설명을 하고 있다. 또한 접요사를 설정하여 접사를 셋으로 나누고 있다.[25] 그 외에는 특별한 내용을 발견하기 어렵다.

---

25) 제1기의 교과서 중 접요사를 인정한 것은 최현배(1949, 1956), 이희승(1949,

3.2.3. 제1기 요약

제1기는 교과서 내에 조어법 단원의 위치가 정해지지 않은 시기로 총 열 종의 교과서가 포함된다. 이 시기의 교과서들은 조어법 단원의 명칭 설정 뿐만 아니라 하위분류 방식에 경향성을 파악할 수 없을 만큼 다양한 처리를 보이고 있다.

조어법 단원의 명칭으로는 '단어의 구성'류와 기타 유형, 두 가지 종류가 사용되었는데, 조어법 단원에 대한 명칭이 없는 경우도 있어 총 세 가지 방식으로 처리되었다.

조어론의 하위분류 방식은 크게 이분법과 삼분법으로 나뉜다. 이분법은 조어법을 합성법, 파생법 둘로 나누는 것으로, 정인승(1956)과 김윤경(1957)이 이 방식을 취하고 있었다. 정인승(1956)은 굴절 접사까지 포함할 수 있도록 접사의 범주를 설정하였으나 김윤경(1957)에서 어미는 단어로 처리되었다. 또한 정인승(1956)은 접사를 접두사와 접미사로만 나누고 있으나 김윤경(1957)에서는 접요사가 더해져 셋으로 나뉘어 있었다. 합성어의 분류 역시 차이를 보였는데 정인승(1956)은 합성 단위의 형태론적 지위에 따라 합성어를 분류하고 있고, 김윤경(1957)은 합성어의 품사에 따라 나누었다.

나머지 여덟 종은 삼분법을 택하였다. 삼분법의 방식은 이분법과 달리 매우 다양하다. 네 가지 방식으로 나눌 수 있는데, 첫째는 동형 합성법, 이형 합성법, 파생법으로 나누는 방식이다. 이희승(1949, 1956, 1968), 김민수 외(1960)이 이 방식을 취하고 있었다. 둘째는 합성법, 접두 파생법, 접미 파생법으로 나누는 장하일(1949)의 방식이다. 셋째는 정인승(1949)의 방식으로 단어 합성법, 어근 합성법, 파생법으로 조어법을 삼분하였다. 마지막으로 최현배(1949, 1956)에서는 '융합 합성법, 병립 합성법, 파생법'으로 구분되어 있다.

1956, 1968), 김윤경(1957) 총 여섯 종이다.

3.3. 제2기(1968-1978):
교과서 내에 조어법 단원의 위치가 마련된 시기

제2기의 교과서들은 1968-1978년에 발간된 것으로 2차 교육 과정, 즉 1차 통일 문법 검인정기의 고등학교 교과서 13종이 포함된다. 조어론의 상위 층위로 단어론이 설정되었는데, 교과서 내에서 조어법 단원의 위치가 마련되기 시작한 것으로 해석할 수 있다. 단어론이란 조어론과 품사론을 아우르는 명칭이다. 제1기에도 조어법 단원이 단어론 내에서 다루어진 교과서가 있기는 하지만 그것이 주된 경향은 아니었다. 그러나 제2기 13종 중에서는 모두 8종의 교과서가 단어론 내에 조어법 단원을 다루기 시작하였다. 하지만 여전히 조어법 단원의 위치를 달리 설정한 교과서가 공존하기 때문에 문법 체계 내에서 조어법 단원의 위치가 완전히 안정되었다고는 볼 수 없다.

해당 연도에 출간된 총 13종의 교과서 중 이희승(1968)을 제외한다. 이희승(1968)은 이희승(1949)와 거의 동일한 구성과 내용으로 되어 있어서 이미 제1기에서 다루었기 때문이다. 또한 여기에 출간 연도상 제3기에 속하는 김민수(1979), 이길록 외(1979), 허웅(1979)도 더하여 함께 다룬다. 동일 저자에 의해 집필되어서 교과서의 내용 및 구성이 제2기의 교과서와 동일하기 때문이다. 결국 여기에서는 모두 15종의 교과서를 다루게 된다.

3.3.1. 조어법 단원의 명칭

제1기의 경우 '단어의 구성'류와 기타 유형, 두 종류의 명칭이 사용되었다. 아예 조어법 단원에 대한 명칭이 없는 경우도 있어 엄밀히 말하면 명칭의 세 가지 유형이 있는 셈이다. 하지만 제2기 교과서 15종은 모두 조어법 단원 부분에 해당되는 명칭을 가지고 있다. 제2기에 사용된 조어법 단원의 명칭 역시 세 가지로 나눌 수 있는데 '단어의 구성'류, '단어의 유형'류, 기타 유형이다.

1기와 비교하면 기타 유형의 내용이 달라지고, '단어의 유형'류가 나타났다는 차이가 보인다. 제2기의 기타 유형에는 이숭녕(1968)이 속한다. 이숭녕(1968)은 문법과 문장론을 동일하게 보고 있다. 그렇기 때문에 특이하게 '문장의 분석에서 단어로'라는 명칭을 사용하여 단어가 문장의 구성 요소라는 점을 부각하였다. '단어의 유형'류는 조어법을 기준으로 단어가 어떻게 나뉘는지에 주목하여 붙인 명칭들이다. 강윤호(1968)의 '단어의 분류', 김민수(1979)의 '숙어의 유형', 이은정(1968)의 '단일어와 복합어'가 이에 해당된다. 나머지 11종의 교과서는 모두 '단어의 구성'류를 명칭으로 사용하였다. 이를 정리하면 다음과 같다.

(16) 제2기 교과서에서 사용된 조어법 단원의 명칭
    ㄱ. '단어의 구성'류(11종)
       : 정인승(1968), 허웅(1968, 1979) - 낱말의 됨됨이
        최현배(1968) - 낱말의 짜임
        강복수 외(1968), 양주동 외(1968), 이명권 외(1968), 이을환(1967),
        이길록 외(1979) - 단어의 구성
        김민수 외(1960) - 숙어의 구성
        이인모(1968) - 품사의 조성
    ㄴ. '단어의 유형'류(3종)
       : 강윤호(1968) - 단어의 분류
        김민수(1979) - 숙어의 유형
        이은정(1968) - 단일어와 합성어
    ㄷ. 기타 유형(1종)
       : 이숭녕(1968) - 문장의 분석에서 단어로

3.3.2. 조어법 단원의 구성 및 내용

제1기와 마찬가지로 제2기의 교과서들 역시 조어법을 서로 다른 방식으로 분류한다. 먼저 조어법을 합성법과 파생법으로 이분하여 설명한 교과서

들이 있다. 이분법을 사용한 교과서들에는 강복수 외(1968), 강윤호(1968), 이명권 외(1968), 이길록 외(1979), 이은정(1968), 이을환(1967), 이인모(1968), 정인승(1968), 최현배(1968), 허웅(1968, 1979) 11종이 해당된다. 이와 달리 조어법을 합성법, 파생법, 통합 합성법, 셋으로 나눈 교과서들도 있다. 제1기와 마찬가지로 전자를 이분법, 후자를 삼분법으로 나누어 구체적인 내용을 고찰하기로 한다.

3.3.2.1. 이분법

제2기의 교과서 중 대부분이 조어법을 합성법과 파생법으로 이분하여 설명하였다. 조어법을 이분하여 설명하는 교과서들은 파생어의 지위를 어떻게 보았는지에 따라 둘로 나눌 수 있다. 하나는 파생어를 복합어의 일종으로 보는 견해이다. 11종의 교과서 중 8종이 이에 해당된다. 이중 강복수 외(1968), 이명권 외(1968), 이길록 외(1979), 이은정(1968)[26], 이인모(1968)에서는 파생어와 합성어를 통칭하는 용어로 '합성어'를 사용하였다. 다음은 이중 강복수 외(1968; 23-24)에 제시된 정의이다.

(17)ㄱ. 複合語: 두 개 이상의 어근이 모여서 한 개의 단어를 이룬 것을 複合語라 한다.
　　ㄴ. 派生語: 접두사, 접미사를 통털어 接辭라고 하는데, 접사는 그것만으로는 따로 독립된 한 개의 단어를 이루지 못하고, 어근에 붙어서

---

26) 이은정(1968)에서는 상위 술어로 합성어를 사용하고, 파생어와 복합어로 나누어 설명하였다. 첩어는 복합어의 말미에 붙여 설명하고 있는데, 다음과 같이 정의되었다.
　　'합성어 중에서, 같은 말 또는 같은 語根이 겹쳐서 된 말을 疊語라고 한다 (이은정 1968; 92).
　　마치 파생어, 복합어와 대등하게 합성어의 한 요소가 되는 것처럼 기술되어 있으나, 교과서 전체 체계를 고려하면 복합어의 일부로 처리한 것으로 보는 것이 더 옳다고 생각된다. 그러므로 이은정(1968)이 조어법을 셋으로 나누었다고 보지 않는다.

단어를 이룬다. 이것을 派生語라 한다.

ㄷ. 合成語: 위에 든 複合語, 派生語를 총괄하여 合成語라 한다.

위에서 볼 수 있듯이, 강복수 외(1968)은 '복합어'와 '파생어'를 각각 정의하고 이 둘을 총괄하는 용어로 '합성어'를 제시하였다. 이명권 외(1968), 이길록 외(1979), 이은정(1968), 이인모(1968)에 제시된 정의 역시 이와 유사하다. 이 외 세 종의 교과서에서는 상위 술어를 사용하지 않았다.

다른 하나는 파생어를 단일어의 일종으로 보는 견해이다.[27] 이을환(1967), 정인승(1968), 최현배(1968)이 해당된다. 다음은 이을환(1968; 96-97)의 내용이다.

(18) ㄱ. 단어를 成分에서 볼 때, 한 요소로만 이루어진 單一語와 둘 이상의 요소가 대립적으로 결합한 複合語의 두 종류가 있다.

ㄴ. 단일어에는 순수한 낱말의 단일어와 합성된 단일어의 두 가지가 있다.

ㄷ. 합성된 단일어는 그 조직상 接頭辭 · 接腰辭 · 接尾辭로 구분된다.

ㄹ. 복합어에는 융합(融合) · 有屬 · 병렬의 세 가지가 있다.

이을환(1967)은 단어가 조어되는 방식을 합성법과 파생법으로 나누고는 있으나 그 결과물의 지위를 서로 다르게 보았다. 합성법에 의해 만들어진 단어는 복합어이지만, 파생법에 의해 만들어진 단어는 복합어가 아닌 단일어가 되기 때문이다. 그렇기 때문에 파생어를 복합어로 분류한 교과서와

---

27) 최현배(1937)에서도 파생어를 단일어로 분류하는 체계를 제시하였다. 최현배 (1937; 945)에서는 단어를 '씨의 짜힘'의 면에서 다음과 같이 분류하였다. 밑줄 친 부분이 파생어에 해당된다.

   (1) 홑씨   ① 순전히 한 낱으로 된 것
                ② 으뜸조각에 씨가지가 붙어서 된 것
   (2) 거듭씨   ① 녹은 거듭씨(融合複詞)
               ② 가진 거듭씨(有屬複詞)
               ③ 벌린 거듭씨(竝列複詞)

달리, 상위 술어가 설정되지 않는다. 파생어와 합성어의 지위가 달라, 포괄하는 개념이 필요 없기 때문이다. 최현배(1968)에서도 파생어를 '짜인 홀씨'로, 파생되지 않은 단일어를 '순수한 홀씨'로 부르고 동일하게 설명하였다.[28)]

제2기의 이분법도 제1기의 이분법과 마찬가지로 파생법과 합성법으로 나누어 구체적으로 살펴보기로 한다.

3.3.2.1.1. 파생법

파생법의 하위분류 방식은 제1기와 마찬가지로 둘로 나눌 수 있다. 하나는 접두 파생법과 접미 파생법 둘만을 인정한 논의이고 다른 하나는 접요 파생법까지 세 가지를 인정한 논의이다. 강윤호(1968), 이을정(1968), 이을환(1967), 최현배(1968)에서 접요 파생법을 인정하였다. 다음은 강윤호(1968; 38)의 내용이다.

(19) ㄱ. 접사는 스스로 한 단어를 이루지 못하고, 단어나 語根의 앞, 뒤에 붙어 그 말의 뜻을 더하면서 한 개의 단어를 만드는 가지다.

　　ㄴ. 그 붙는 자리에 따라, … 앞에 붙으면 접두사라 하고,

　　ㄷ. 뒤에 붙으면 접미사라 한다.

　　ㄹ. 또, 단어나 어근의 가운데에 끼여 그 말의 뜻을 더하여 주면서 한 개의 단어를 만드는 가지를 접요사라 한다. 이+ㅅ+몸→잇몸, 조+ㅂ+쌀→좁쌀

---

28) 정인승(1968)에서는 이을환(1967)의 '합성된 단일어'나 최현배(1968)의 '짜인 홀씨'처럼 파생어를 단일어로 처리하였다는 것을 직접적으로 드러내 주는 용어가 사용되지 않았다. 그러나 다음의 설명에서 간접적으로 드러난다.
　　둘 셋 되는 낱뜻(어근)을 겹쳐 만들어진 낱말은 특히 "복합어[겹씨]"라고 일컫는 것이니, 그렇지 않은한 낱뜻으로 된·낱말은 복합어에 비교하면 "단일어[홀씨]"인 것이다(정인승 1968; 19).
　　위 설명에서 알 수 있듯이 단일어에 대응되는 개념은 합성어뿐이다. 이를 통해 비록 명시적이지는 않지만 파생어를 단일어로 설정하고 있다는 것을 알 수 있다.

(19ㄹ)에서 볼 수 있듯이, 강윤호(1968)에서는 '잇몸'의 'ㅅ'과 '좁쌀'의 'ㅂ'만을 접요사의 예로 들고 있다. 제1기의 이희승(1949, 1956, 1968)에서는 피사동 접사나 강세 접사, 시제 선어말 어미, 높임 선어말 어미 등이 '삽요사(접요사)'의 목록에 포함되어 있었다. 이와 비교하면 상당히 축소된 목록이라고 할 수 있다. 그런데 다른 범주의 목록에서 피사동 접사나 강세 접사, 시제 선어말 어미 등의 예를 발견할 수 없어서 이들을 접요사의 목록에서 완전히 배제한 것이라고는 단언할 수 없다.

이을환(1967)과 최현배(1968)도 강윤호(1968)과 마찬가지로 한정된 접요사의 목록을 제시하였다. 다음은 두 교과서에서 제시된 접요사의 정의와 접요 파생어의 예이다.

(20)ㄱ. 접요사: 두 語 사이에 붙어서 소유의 뜻을 나타내는 부분 (이을환 1968; 97)

　이ㅅ몸〉잇몸, 해ㅅ새〉햇새, 조ㅂ쌀〉좁쌀, 안ㅎ밖〉안팎

　　ㄴ. 접요사(속가지): 두 으뜸 조각의 사이에 끼어들어 두 으뜸 조각을 서로 붙이어 하나의 낱말로 만드는 접사(씨가지) (최현배 1968; 105)

　잇몸(이ㅅ몸), 햇새(해ㅅ새), 귓불(귀ㅅ불), 좁쌀(조ㅂ쌀), 입쌀(이ㅂ쌀), 햅쌀(해ㅂ쌀)

이은정(1968)은 앞의 세 교과서에 비해 더 많은 형태를 접요사의 범주에 포함하고 있다. 다음은 이은정(1968; 89-91)에 제시된 내용을 종합한 것이다.

(21) 파생접사	接頭辭: 기어 앞에 붙는 접사	- 풋고추, 한더위, 치솟다	
	接腰辭: 기어 중간에 붙는 접사	먹이다, 가겠다, 보시다, 내ㅅ가, 조ㅂ쌀	
	接尾辭: 기어 뒤에 붙는 접사	- 일하다, 값지다, 땜장이	
		- 일하네, 일하면, 일하고	굴절
		- 사람이, 사람은, 사람을	접사

이은정(1968)에서는 이희승(1949)처럼, 피사동 접사, 강세 접사, 높임 선어말 어미, 시제 선어말 어미 등도 접요사로 분류하였다. 이은정(1968)에서는 위의 그림을 제시하고 '보통 접미사라고 할 경우에는 파생접사인 접미사를 이르는 것이다'라는 설명을 더하였다. 그런데 이 그림을 그대로 따를 경우 굴절 접사가 모두 파생 접사에 속하게 되기 때문에 이 설명과는 모순이 된다. '일하다, 값지다, 땜장이'와 그 이하의 접미사 목록 사이에 구분선을 두었다면 더 명료하게 분리되었을 것이다. 아마 이는 도표를 만드는 과정에서 생긴 단순한 오류일 것이라고 생각된다.

이 외의 교과서들은 모두 접두 파생법과 접미 파생법만을 인정하고 있다. 이 중 이명권 외(1968), 이길록 외(1979)와 이인모(1968), 정인승(1968)의 내용이 약간 독특하다. 이명권 외(1968), 이길록 외(1979)에서는 체언 앞에 붙는 접두사는 '관형사성 접두사'로, 용언 앞에 붙는 접두사는 '부사성 접두사'로 구분하여 부르고 있다. 접두사를 어기의 품사에 따라 구별하여 살핀 교과서는 많지만 이처럼 구별된 술어를 사용한 것은 드물다.

이인모(1968)은 접사를 접두사와 접미사로 나눈 후 다시 그 기능에 따라 넷으로 나누었다. 다음은 이인모(1968; 134-135)의 내용이다.

(22)ㄱ. 접두사 - 뜻을 더하는 것: 애호박, 설익다 …
    ㄴ. 접미사
       • 뜻을 더하는 것: 마음씨, 잎사귀 …
       • 말을 만드는 것
          ∘ 단어나 접사를 붙이는 것: 잇몸(이ㅅ몸), 찹쌀(차ㅂ쌀), 부릅뜨다(부르ㅂ뜨다)
          ∘ 다른 품사로 바꾸는 것
            ① 명사→ 동사: 신다, 운동하다, 눈물지다
            ② 명사→ 형용사: 멋지다, 다정하다, 시름없다.
            ③ 명사→ 부사: 행여, 집집이, 용감히

 ④ 관형사 → 형용사: 새롭다, 외지다

 ⑤ 부사 → 동사: 더하다, 반짝이다, 깜박거리다

 ⑥ 부사 → 형용사: 얼룩덜룩하다

 ⑦ 동사 → 형용사: 그립다(그리ㅂ다), 미덥다(믿업다)

 ⑧ 동사 → 명사: 꿈(꾸ㅁ), 웃음, 놀이, 지게

 ⑨ 동사 → 부사: 너무(넘우), 비로소(비롯오)

 ⑩ 동사 → 조사: 조차(좇아), 부터(붙어)

 ⑪ 형용사 → 동사: 높이다, 밝히다, 낮추다

 ⑫ 형용사 → 명사: 높이, 검정, 검둥이, 굵기

 ⑬ 형용사 → 관형사: 갖은

 ⑭ 형용사 → 부사: 같이, 천천히

- 소리를 고르는 것: 수남이, 좋으니
- 관계를 나타내는 것: 높다, 낮고(모든 어미가 여기에 속한다.)

이인모(1968)에서는 접사를 먼저 접두사와 접미사 둘로 나누고 접사의 기능에 따라 '뜻을 더하는 것, 말을 만드는 것, 소리를 고르는 것, 관계를 나타내는 것' 넷으로 분류하였다. 그런데 이 분류에 몇 가지 특징적인 부분들이 발견된다.

첫째, '잇몸'의 'ㅅ'이나 '부릅뜨다'의 'ㅂ'을 접미사로 분류하였다는 점이다. 이 형태들은 이희승(1949, 1956, 1968)이나 강윤호(1968)에서 접요사로 분류된 적은 있었다. 그러나 접미사에서 다루어진 것은 이인모(1968)이 유일하다.

둘째, '신다'의 '-다'를 명사를 동사로 파생시키는 접미사로 분류하였다는 것이다. 동사 '신다'를 명사 '신'에 영 형태가 결합한 것으로 보는 견해는 많지만, 어미를 파생 접사로 설정한 것은 매우 독특하다. 이렇게 보면 '신다'의 '-다'뿐만 아니라 '-고, -어, -게, -지' 등도 파생 접사로 보아야 한다. 또한, 어미를 모두 '관계를 나타내는 것'에 속한다고 설명한 부분과도 모순이 생긴다. '신다, 띠다, 빗다' 등의 '-다'와 '높다, 크다, 작다' 등의 '-다'가 서로 다르다고 보아야 하기 때문이다.

정인승(1968) 역시 파생법은 접두 파생법과 접미 파생법으로 나누었다. 다음은 정인승(1968; 19-20)에서 파생법을 다룬 방식이다.

(23)ㄱ. 접사: (낱말은 그 됨됨이가 여러 음절로 된 것은 반드시 그 안에 실 질적인 부분과 형식적인 부분으로 이루어진 것이며, 그 실질적인 뜻 을 지닌 부분을 낱말의 "어근[뿌리]"이라고 일컫고) 형식적으로 붙은 것을 "접사[가지]"라고 일컫는데,
   ㄴ. 접미사: 접사 중에 뒤로 붙은 것을 "접미사[뒷가지]",
   ㄷ. 접두사: 앞으로 붙은 것을 "접두사[앞가지]"라고 한다.
   ㄹ. 파생어: 어떤 어근[뿌리]에 접사[가지]가 붙어서 딴 뜻의 낱말로 된 것 들을 "파생어[갈림말]"라고 일컫는다.

정인승(1968; 20)에서 주목할 만한 곳은 '파생어'와 '활용어'를 구별한 부 분이다.

(24) "먹다, 먹고, 먹어, 먹던, … 들"과 같은 말은 각각의 딴 뜻으로 되는 것 이 아니고, 항상 같은 뜻을 가진 한 낱말의 말끝 변화일 뿐으로서, 말끝 변화는 다른 말과의 관계를 맺는 일정한 규칙적으로 되는 것이니, 이와 같이 형식부가 여러 가지로 달라질찌라도 뜻다른 여러 낱말이 아니고, 오직 한 개의 낱말로서 다른 말과의 관계를 규칙있게 표하기 위하여 말 끝을 규칙있게 변화하는 그러한 낱말들을 "활용어[끝바꿈말]"라고 하는 것이다.

정인승(1968)에서는 어미도 접사이기는 하지만 파생 접사와 기능이 다르 다고 설명하였다. 파생 접사가 결합한 경우 어기와 전혀 별개의 단어가 만 들어지지만, 굴절 접사가 결합한 경우에는 어기와 다른 단어가 만들어지지 않는다는 점을 지적한 것이다. 이를 기준으로 파생어와 활용어를 구별하고

있다.

3.3.2.1.2. 합성법

합성법의 경우 파생어의 지위와는 큰 차이가 없으므로 나누지 않고 함께
비교한다. 먼저, 강윤호(1968), 정인승(1968), 허웅(1968, 1979)에서는 합성
법의 하위분류에 대해서는 언급하지 않고 있다. 강윤호(1968)에서는 합성어
를 '복합어'라 하고, '단일어가 합성하여 된 단어다(강윤호 1968; 36)'라고 정
의하였다. '손+바닥=손바닥'의 예 하나만을 제시하였을 뿐 합성어를 더 나
누지는 않았다.29) 허웅(1968, 1979) 역시 마찬가지이다. 차이가 있다면 합
성어를 지칭하는 술어로 '합성어'를 선택했다는 것이다. 이전 교과서의 경우
'합성어'를 상위 술어로 선택하고 하위 술어로 '복합어'를 선택하는 것이 대
부분이었는데, 허웅(1968)에서 처음으로 '합성어'가 하위 술어로 선택되었
다. 그런데 '합성어'와 '파생어'를 아우르는 상위 술어는 따로 언급하지 않아
현재와 동일한 조어법 체계를 갖춘 교과서라고 단언하기는 어렵다.

나머지 다섯 종의 교과서에서는 합성법을 더 세분하여 설명하였다. 합성
법의 하위분류 방식은 크게 두 가지로 나뉜다. 하나는 합성어의 품사에 따
라 나누어 설명하는 것이다. 강복수 외(1968)과 이명권 외(1969), 이길록 외
(1979)가 이 방법을 택하였다. 다른 하나는 합성어의 의미적 특성에 따라
나누는 방식으로 이명권 외(1968), 이길록 외(1979), 이은정(1968), 이을환
(1967), 최현배(1968), 이인모(1968)에서 사용하였다.30)

강복수 외(1968)에서는 합성어의 품사에 따라 '명사, 대명사, 동사, 형용
사, 수사, 부사, 감탄사'로 나누어 각각의 예를 한두 개씩 제시하는 것으로
합성법에 대한 설명을 대신하였다. 이명권 외(1968), 이길록 외(1979)에서는

---

29) 합성어에 대한 설명이 매우 간략하며, 첩어에 대한 언급도 발견되지 않는다.
30) 이명권 외(1968), 이길록 외(1979)는 두 가지 방식을 모두 사용하고 있어서 두
  번 언급되었다.

‘복합 조사’가 더 설정되어 있다. 이 방식은 제1기에서도 사용되었던 것이
다.31)

합성어의 의미적 특성에 따라 나누는 방식은 제1기에서는 사용되지 않았
었다. 다음은 이명권 외(1968; 155)에 제시된 내용이다.

(25)ㄱ. 병립복합어: 두 말의 뜻이 동등한 자격으로 성립된 것
　　　　마소(말과 소), 높낮이(높고 낮음), 날뛰다(날고 뛰다)
　　ㄴ. 주종복합어: 두 말이 主從 관계(윗 말이 아랫 말을 꾸미는 종속적인
　　　　관계)로 성립된 것
　　　　국그릇(국 담는 그릇), 속옷(안에 입는 옷), 겉늙다(겉으로 늙어 보이다)
　　ㄷ. 융합복합어: 두 말의 뜻이 어울려 하나의 뜻으로 녹아 새로운 뜻을
　　　　이루는 것
　　　　나들이(外出), 손위(年長), 뒤보다(용변), 철없다(지각없다)

이명권 외(1968)은 합성어를 ‘병립복합어, 주종복합어, 융합복합어’ 셋으
로 구별하고 각각의 의미적 특성을 위와 같이 밝혔다. 이은정(1968)에서는
‘주종복합어’를 ‘유속복합어’로 달리 부르고 있으며, 이인모(1968), 이을환
(1967)에서는 ‘병립복합어’를 ‘병렬(並列)복합어’로, ‘주종복합어’를 ‘유속(有
屬)복합어’로 달리 부르고 있다. 그러나 그 내용은 이명권 외(1968)과 동일
하다. 동일 저자에 의해 집필된 이길록 외(1979)에서도 ‘병립복합어’를 ‘병렬
복합어’로 바꾸게 된다. 이명권 외(1968), 이길록 외(1979)에서는 ‘첩어’를
‘병립(병렬)복합어’의 일종으로 명시하였다는 것이 특징이다. 이들의 관계를
명시적으로 언급하여 드러낸 교과서는 없었기 때문이다. 이명권 외(1968;
156)에서는 위의 두 방법 외에 합성되는 구성 요소의 어원을 고려하여 다음
과 같은 분류도 제시하였다.

---

31) 이희승(1949, 1956, 1968), 정인승(1949), 김민수 외(1960)에서도 같은 방식으로
　　합성어를 분류하였다.

(26)ㄱ. 순국어+한자어: 설주, 싸전, 밀창

　　　한자어+순국어: 약밥, 양담배, 색종이, 창살

　　ㄴ. 순국어+서양어: 찐빵, 털자케트, 우승컵

　　　서양어+순국어: 고무신, 커피잔, 즈봉끈

이명권 외(1968)은 합성어의 구성 성분을 어원에 따라 '순국어, 한자어, 서양어'로 나누고 이들이 서로 복합적으로 결합한 예를 제시하였다. 물론 '순국어'끼리의 결합이나 '한자어, 서양어'끼리의 결합은 제외되어 있기 때문에 전체 합성어의 분류라고는 할 수 없다. 다만 다른 교과서에서는 발견되지 않는 특징적인 분류 방식이어서 주목할 만하다. 위의 예 중 몇 가지 오류를 발견할 수 있다. '한자어'와 '순국어'의 합성어로 분류되어 있는 '양담배'는 한자 접두사 '양(洋)'과 외래어 '담배(일본어'tabako'〈에스파냐어'tabaco')'의 합성어이다. '순국어'와 '서양어'의 결합으로 분류되어 있는 '우승컵'과 '커피잔'도 각각 '한자어 우승(優勝)+외래어 컵(cup)', '외래어 커피(coffee)+한자어 잔(盞)'으로 분석된다. 세 단어는 위 기준에 따르자면 한자어와 서양어가 더해져 만들어진 합성어로 분류되어야 한다. 그런데 이명권 외(1968)에는 '한자어와 서양어의 결합'은 항목으로 설정되어 있지 않다. 이는 후에 이길록 외(1979; 160)에서 수정된다. 수정된 내용은 다음과 같다.

(27)ㄱ. 고유어+한자어: 설주, 싸전, 밑변, 밀창, 된장

　　　한자어+고유어: 약밥, 색종이, 창살, 녹두나물

　　ㄴ. 고유어+외래어: 찐빵, 털자켓, 노랑구두, 새우뎀뿌라

　　　한자어+외래어: 우승컵, 계란빵, 양담배

　　　외래어+고유어: 고무신, 즈봉끈, 오뎅집, 잉크병

이길록 외(1979)에서는 '순국어'와 '서양어'를 각각 '고유어'와 '외래어'로 바꾸고, '한자어+외래어'의 결합을 추가하였다. 앞에서 지적되었던 단어 중

'우승컵'과 '양담배'가 한자어와 외래어의 합성어로 분류되어 있다. 그러나 여전히 외래어 '잉크(ink)'와 한자어 '병(瓶)'의 결합인 '잉크병'을 외래어와 고유어의 합성어로 분류하는 실수가 발견된다.

최현배(1968)도 합성어를 의미적 특성에 따라 나누고 있는데, 고유어 술어를 사용하고 있어 언급할 만하다. 다음은 최현배(1968; 105-106)의 내용이다.

(28)ㄱ. 녹은 겹씨: 서로 다른 두 낱말이 얽혀서 아주 한 낱말로 녹아 버린 것이니, 그 뜻이 이것도 아니요, 저것도 아닌, 아주 딴, 새 것으로 된 것을 이른다.
　　ㄴ. 가진 겹씨: 두 낱말이, 각각 제 뜻을 그대로 지니고 있으되, 하나가 다른 하나를 가지고 있는 관계에서, 서로 겹치어, 한 낱말로 된 것을 이른다.
　　ㄷ. 벌린 겹씨: 서로 다른 두 낱말이, 각각 제 본 뜻을 그대로 지니고 있으면서 한질로(同質으로) 서로 벌려 겹치어, 항상, 쓰기 버릇(實用)에서 한 낱말로서의 다룸(取扱)을 받는 것을 이른다.

최현배(1968)은 합성어를 '녹은 겹씨, 가진 겹씨, 벌린 겹씨'로 나누었다. '녹은 겹씨'는 '융합복합어'에, '가진 겹씨'는 '유속복합어'에, '벌린 겹씨'는 '병렬복합어'에 각각 대응되며, 정의 역시 큰 차이가 없다.

3.3.2.2. 삼분법

제2기에도 조어법을 파생법과 합성법 둘로 나누지 않고 셋으로 나누는 교과서들이 출간되었다. 김민수 외(1968), 김민수(1979), 양주동 외(1968), 이숭녕(1968) 네 종이 이에 해당된다. 네 종의 교과서는 모두 조어법을 합성법, 파생법, 통합 합성법 셋으로 나누었다. 통합 합성법을 조어법의 한 종류로 설정한 것은 제1기에는 발견되지 않았던 방식이다.[32]

김민수 외(1968), 김민수(1979)에서는 합성어, 파생어, 통합 합성어를 아우르는 상위 술어로 '숙어'를 제시하였다. 김민수(1968; 19)에 제시된 '숙어'의 정의는 다음과 같다.

(29) 숙어(熟語): 둘 이상의 요소가 하나로 아주 익어 버린 단어를 특히 숙어(熟語)라 한다. 숙어의 각 요소는 서로 붙어 다니며 늘 함께 어울리는 습관이 있으므로, 따로 慣用語라고도 한다.

김민수 외(1968)에서는 둘 이상의 요소가 결합된 단어를 '숙어' 또는 '관용어'로 정의하였다. 김민수(1979)에서는 '관용어' 대신 '성어(成語)'라는 용어를 추가로 제시하였다. 다음은 김민수 외(1968; 20-21)에 제시된 '숙어'의 하위분류이다.

(30) ㄱ. 복합어: 둘 이상의 요소가 대립적으로 결합된 숙어를 複合語라 한다.
　　　　• 기어+기어: 밤낮, 집집, 밀물
　　　　• 기어+기어+기어: 밤콩밥, 밤나무꽃
　　ㄴ. 파생어: 둘 이상의 요소가 종속적으로 결합된 숙어를 派生語라 한다.
　　　　• 접사+기어: 막차, 헛수고
　　　　• 기어+접사: 부엌데기, 걸레질
　　　　• 접사+기어+접사: 헛손질, 엇셈수
　　ㄷ. 합성어: 셋 이상의 요소가 대립 관계와 종속 관계로 결합된 숙어로서, 복합어와 파생어가 하나로 합쳐진 것과 같은 구성이다. 이러한 숙어를 특히 합성어라 한다.
　　　　• 접사+기어+기어: 돌배나무, 개꿀맛
　　　　• 기어+기어+접사: 젖먹이, 군세다
　　　　• 기어+접사+기어: 닭의장[33]

---

32) 제1기의 삼분법은 제2기와 비교할 때 매우 다양하다. 더 자세한 내용은 3.2.2.2 참조.

■ 기어+접사+기어+접사: 넘어가다, 돌아가다

위에서 볼 수 있듯이, 김민수 외(1968)에서는 합성법, 파생법, 통합 합성법에 의해 만들어진 단어들을 각각 '복합어, 파생어, 합성어'로 부르고 있다. 이 술어는 김민수(1979), 양주동 외(1968), 이숭녕(1968)에서도 동일하게 사용된다. 물론 양주동 외(1968)이나 이숭녕(1968)에서는 성분의 개수나 조합 방식으로 각각을 다시 분류하고 있지는 않다. 이숭녕(1968)에서는 파생법을 접두 파생법과 접미 파생법으로 나눈 것 외에는 특별한 하위분류를 발견할 수 없다. 네 종 모두 파생법은 접두 파생법과 접미 파생법으로 이분하였다.

양주동 외(1968)에서는 통합 합성어를 분류할 때 단어의 계층성을 고려하여 주목할 만하다. 다음은 양주동 외(1968; 31)에 제시된 통합 합성어의 분류 방식이다.

(31)ㄱ. 複合語+接辭: 손바꿈-하다, 맞갖-잖다, 낱낱-이, 돈놀잇-군
　　ㄴ. 派生語+實辭(單語): 햅쌀-밥, 첫돌-맞이, 갓난-애, 애호박-나물

양주동 외(1968)에서도 통합 합성어를 '합성어'로 부르고 있는데, 위와 같이 '복합어+접사'와 '파생어+접사'로 다시 분류하였다. 그리고 '길잡이'나 '돌맞이'는 '실사+실사+접사'의 구성을 가지는 '합성어'가 아니라 '단어+단어'의 구성을 가지는 '복합어'라는 설명을 덧붙였다. '복합어'로 보아야 하는 이유로는 '길잡'이나 '돌맞'이란 말이 독립적으로 쓰일 수 없다는 점을 제시하였다. '복합어', 즉 '단어+단어'로 보아야 한다면 '길+잡이', '돌+맞이'로 분석한 것이라고 짐작되는데, '잡이'와 '맞이'를 단어로 본 근거는 밝히고 있지 않아서 의문이 남는다.

---

33) 조사 '의'가 통합 합성어의 성분이 될 때 이를 '접사'로 분류한 것이 특징적이다. 김민수 외(1968)에서는 조사와 어미를 접사로 보지 않았기 때문이다.

3.3.3. 제2기 요약

제2기는 교과서 내에 조어법 단원의 위치가 마련된 시기로, 모두 열다섯 종의 교과서가 포함된다. 조어론이 단어론이라는 상위 체계에 포함된 채 문법 체계의 한 분야로 자리 잡게 되었다고 볼 수 있다. 그러나 여전히 다른 층위에서 조어법 단원을 다루고 있는 교과서가 남아, 완전히 통일되었다고는 보기 어렵다. 조어법 단원의 명칭이나 하위분류 역시 여전히 혼란스러운 부분이 남아 있으나 제1기에 비해 좀더 정리된 편이다.

제2기 교과서들은 조어법 단원의 명칭으로 '단어의 구성'류, '단어의 유형'류, 기타 유형을 사용하였다. 1기와 비교했을 때, 기타 유형의 내용이 달라지고, '단어의 유형'류가 나타났다는 차이가 있다. 제1기만큼이나 다양한 유형의 명칭이 사용되고 있으나 15종 중 11종의 교과서가 '단어의 구성'류를 사용하고 있어 약간은 통일된 느낌을 준다.

제2기의 교과서의 하위분류도 제1기와 마찬가지로 이분법과 삼분법으로 나눌 수 있었다. 제1기의 교과서 열 종 중에 이분법을 사용한 교과서는 두 종뿐이었다. 그러나 제2기에서는 모두 열한 종, 즉 70%가 넘는 교과서가 이분법을 사용하였다. 먼저 합성법은 제1기와 비교할 때 합성법의 하위분류 기준이 어느 정도 통일되었다는 특징이 있다. 의미적 특성을 기준으로 하여 '융합복합어, 병렬복합어, 주종복합어' 셋으로 나누는 방식이 많이 사용되었다.

다음으로 파생법에서 특징적인 것은 접요사의 목록이 축소되었다는 것이다. 물론 이은정(1968)과 같이 이희승(1949, 1956, 1968)과 거의 유사한 목록을 제시한 교과서도 발견된다.

삼분법을 택한 교과서는 네 종이다. 제1기보다 수치가 줄었을 뿐만 아니라 제2기의 전체 교과서와의 비율을 고려하면 삼분법의 비중이 크게 줄어든 셈이다. 제1기의 삼분법은 거의 교과서마다 다른 분류 방식을 가지고 있다고 해도 과언이 아니었다. 그러나 제2기의 삼분법은 '합성법, 파생법,

통합 합성법'으로 나누는 방식으로 종합된다.

3.4. 제3기(1979-현재): 교과서 내에 조어법 단원의 위치가 통일된 시기

제3기는 1979년 이후에 해당되며, 3차 교육 과정부터 7차 교육 과정과 일치한다. 제3기는 조어법 단원의 위치가 단어론 내로 고정된 시기이다. 조어론과 품사론을 아우르는 단어론은 제2기에 설정되었다. 그러나 제2기에는 조어법 단원을 단어론 내에서 다루지 않은 교과서들도 발간되었다. 제3기가 되면 모든 교과서에서 조어법 단원을 단어론 내에서 다루게 된다. 제3기에 발간된 교과서는 모두 9종이다. 이 중 동일한 필자에 의해 집필되어 제2기의 교과서와 내용과 구성이 같은 김민수(1979), 이길록 외(1979), 허웅(1979)는 제2기에서 이미 다루었으므로 제외한다. 결국 여기에서는 6종의 교과서를 살피게 된다.

3.4.1. 조어법 단원의 명칭

제3기의 교과서는 조어법 단원 부분에 모두 '단어의 구성'류에 속하는 명칭을 붙였다. 제1기와 제2기의 경우 다양한 방식의 명칭들이 사용되었던 것과 대조적이다. 이전 시기에도 사용되었던 '단어의 구성' 외에 '단어의 형성'이나 '조어법'이라는 명칭도 보인다. 이를 정리하면 다음과 같다.

(32) 제3기 교과서에서 사용된 조어법 단원의 명칭
　　'단어의 구성'류만 사용됨(6종)
　　　　: 김완진 외(1968) - 단어의 구성
　　　　　서울대(1996, 2002), 성균관대(1985, 1991) - 단어의 형성
　　　　　이응백 외(1968) - 조어법

3.4.2. 조어법 단원의 구성 및 내용

제3기의 교과서들은 모두 조어법을 합성법과 파생법 둘로 나누었다. 제3기가 되면 조어법을 셋으로 나누어 기술하는, 삼분법은 사라지게 되는 것이다. 제3기의 이분법도 파생어의 지위를 어떻게 보았는지에 따라 둘로 나눌 수 있다. 하나는 파생어를 단일어의 일종으로 보는 견해이다. 김완진 외(1979)가 이에 해당된다. 다음은 김완진 외(1979; 97-99)의 내용이다.

(33)ㄱ. 한 단어 안에 단어 노릇을 할 수 있는 요소가 둘 이상 들어 있을 때에, 우리는 그 단어를 복합어라 부른다.
　　ㄴ. 반면에 아무리 분석하여도 두 개 이상의 단어들로 분해할 수 없는 단어를 단순어라고 한다.
　　ㄷ. '집', '사람', '마음' 같은 단순어들은 단일 형태소로 된 단어들(이를 단일어라 함)이기 때문에 둘 이상의 의미 단위로 분석되지 않지만 …
　　ㄹ. 단순어 중에도 분석이 가능한 것들이 있다. … 한 단어에 붙어서 일정한 뜻을 부여하는 형태소를 접사라 하며, 이렇게 이루어진 단어를 파생어라 하여 단일어와 구별한다.

김완진 외(1979)는 조어법을 파생법과 합성법 둘로 나누고는 있으나, 그 결과물의 지위를 다르게 처리하였다. 합성법에 의해 만들어진 단어는 '복합어'이지만, 파생법에 의해 만들어진 단어는 복합어가 아닌 '단순어'인 것이다.[34] 물론 당연히 파생어와 합성어를 통칭할 수 있는 상위 술어는 제시되지 않는다. 제2기의 이을환(1967), 최현배(1968)에서도 동일한 방식으로 설명하였다.

―――――――――――――――――――――

34) 김완진 외(1979)에서는 복합어에 대응되는 용어로 '단순어'를, 파생어에 대응되는 용어로 '단일어'를 구별하여 사용하고 있어서 특징적이다. '단순어'의 하위에 '단일어'가 포함되는 구조가 된다. 이을환(1967)에서는 복합어에 대응되는 용어로 '단일어'를 사용하고, 파생어에 대응되는 용어로는 '순수한 단일어'를 사용하였으며, 최현배(1968)은 '홑씨'와 '순수한 홑씨'로 구분하였다.

다른 하나는 파생어를 복합어의 일종으로 보는 견해로 나머지 다섯 종이 이에 해당된다. 이 중 이응백 외(1979)를 제외한 4종의 교과서에서 합성어와 파생어를 통칭하는 용어로 '복합어'를 사용하였다. 이응백 외(1979)에서는 상위 술어에 대한 언급이 없다. 다음은 성균관대(1985; 44)에 제시된 '복합어'의 정의이다.

> (34)ㄱ. 복합어(複合語): 둘 이상의 형태소로 이루어지는 말을 복합어(複合語)라 한다.
> ㄴ. 파생어(派生語): 이중에서 실질 형태소에 형식 형태소가 붙은 '지붕'과 같은 말을 파생어(派生語)라 하고,
> ㄷ. 합성어(合成語): 두 개의 실질 형태소가 결합된 '집안'과 같은 말을 합성어(合成語)라 한다.

다른 세 권의 교과서도 이와 유사하게 '복합어'를 정의하였다. 이전 시기에는 합성어와 파생어의 통칭으로 '합성어'를 사용하는 것이 보통이었다.[35] '합성어'가 상위 술어가 되고, '복합어'가 '파생어'에 대응되는 하위 술어로 사용되었던 것이다. 그런데 제3기에 이르러 '복합어'와 '합성어'의 술어로서의 지위가 서로 바뀌게 되었다.

3.4.2.1. 파생법

파생어의 지위는 서로 달리 설정되었으나, 파생법의 내용은 여섯 권 모두 거의 동일하다. 여섯 권 모두 파생법을 접두 파생법과 접미 파생법으로 나누어 설명하였다. 제2기까지는 접요 파생법을 설정한 교과서들이 상당수 발간되었으나, 제3기에 이르면 접요 파생법에 대한 언급이 사라진다. 다만 김완진 외(1979)에서 접사를 '어휘적 접사'와 '문법적 접사'로 나누어 약간의

---

35) 물론 합성어 외의 다른 용어를 사용하기도 하고, 합성어를 다른 의미의 용어로 사용하기도 하였다.

차이를 보인다. 다음은 김완진 외(1979; 99)에 제시된 내용이다.

(35)ㄱ. 의미 기능을 기준으로 하여 접사를 분류할 때에는 어휘적 접사와
　　　문법적 접사의 두 가지로 가른다.
　　ㄴ. 어휘적 접사란 어휘적 의미, 즉 사전적 의미를 덧붙이는 구실을 하
　　　는 접사이고,
　　ㄷ. 문법적 접사란 그 단어에 어떤 문법적 기능을 부여하는 접사이다.

김완진 외(1979)는 위의 설명에 이어, 용언의 활용에 쓰이는 접사를 특히
어미라 부르며, 국어의 접두사는 어휘적 접사뿐이라고 덧붙였다.

3.4.2.2. 합성법

합성법에 대한 논의에도 큰 차이는 없다. 여섯 권 모두 합성된 단어의
품사에 따라, 혹은 어기의 품사에 따라 합성어의 예를 들고 간략한 설명을
더하는 방식을 취하고 있다. 다만 성균관대(1985, 1991), 서울대(1996, 2002)
에서 통사적 합성법과 비통사적 합성법을 구별하는 방법에 대한 간략한 설
명을 더하고 있어 살펴볼 만하다. 다음은 성균관대(1985; 52-53)의 내용이다.

(36)ㄱ. '작은형'은 형용사의 관형사형 '작은'과 명사 '형'이 결합되어 만들어
　　　진 것이다. 이런 합성어는 우리말의 일반적인 단어 배열법 '관형어
　　　+명사'의 배열법과 일치하는 것인데, 대부분의 합성어가 이런 방식
　　　으로 형성된다.
　　ㄴ. '늦더위'는 사정이 다르다. '늦-'은 형용사의 어간인데, 명사 앞에 붙
　　　어 있다. … 이런 방식의 형성법은 오늘날의 우리말에서는 그렇게
　　　흔하지 않다.

성균관대(1985)에서는 '통사적 합성법'이나 '비통사적 합성법'과 같은 술
어는 직접적으로 사용하지 않았다. 위의 설명에 이어, 통사적 합성어와 단

어의 단순한 결합인 구의 차이점을 기술하였다. 통사적 합성어의 경우 그 자체가 한 덩어리의 말이 되기 때문에 다른 말이 끼어들 수 없고, 의미 또한 다르다고 설명하였다.

이들 교과서 중에는 한자를 이용한 조어법을 다룬 것들도 있다. 이전에도 한자어를 복합어의 예로 제시하기는 하였으나, 따로 독립된 장을 두어 설명한 경우는 없었다. 성균관대(1985, 1991)은 '한자에 의한 단어의 형성'에서, 서울대(1996)는 '한자어의 형성'에서 해당 내용을 다루었다. 한자는 원래 글자 하나하나가 형태소의 자격을 가지고 있어서 많은 단어를 형성할 수 있다고 설명하고, 홀로 단어로 쓰이는 것(산(山), 강(江) 등), 의존 형태소로서 다른 한자나 단어의 앞뒤에 오는 것(어(語)-어원, 한국어, 국어), 접미사로 사용되는 것(씨(氏), 가(哥), 적(的) 등)의 예를 들었다. 또한, 한문과 구성 방식이 같은 한자어가 많고, 여러 글자로 된 말을 줄여 쓰는 현상이 빈번하다고 기술하고 있다. 이 내용은 서울대(2002)에서 제외되었다.

3.4.3. 제3기 요약

제3기는 교과서 내에 조어법 단원의 위치가 통일된 시기로 모두 여섯 종의 교과서가 해당된다. 조어법 단원의 위치가 단어론 내로 고정되며, 조어법 단원의 명칭 역시 '단어의 구성'류로 한정되었다. 또한 하위분류 방식도 이분법으로 고정되었다. 이분법은 제2기와 마찬가지로 파생어를 단일어로 설정한 것과, 파생어를 복합어로 설정한 것으로 나눌 수 있다. 그러나 이 역시 전자를 택한 교과서가 한 종뿐이어서, 후자의 방식으로 통일되어 가는 과정이라고 볼 수 있다.

합성법과 파생법의 세부 내용 역시 여섯 권의 교과서가 거의 동일하였다. 먼저 합성법의 경우, 모두 합성어의 품사나, 구성 성분의 품사를 기준으로 하여 나누고 각각의 예를 제시하는 방식을 취하였다. 제2기와 비교할 때 특징적이라 할 수 있는 것은 '통사적 합성법'과 '비통사적 합성법'을 구별하는 내용을 담고 있다는 점과, 일부 교과서에서 한자어를 이용한 조어법을 따로 구별하여 설명하였다는 점이다. 다음으로 파생법 역시 접두 파생법과 접미 파생법 둘로 나누는 방식만이 발견된다. 이전 시기의 교과서 중 일부에서 발견되던 접요 파생법이 완전히 사라졌다는 것이 제3기 파생법의 가장 큰 특징이라고 할 수 있다.

4. 조어법 단원의 문법 교과서 기술을 위한 제안

4장에서는 조어법 단원이 문법 교과서에서 어떻게 기술되어야 하는지를 제안한다. 가장 먼저 '조어론이 문법 교과서에 포함되어야 하는가'라는 질문에 답을 해야 할 것이다. 짐작하겠지만 필자는 조어론이 문법 교육에 필수적으로 포함되어 있어야 한다고 생각한다. 조어론은 학습자들에게 기존의 국어 단어들이 어떻게 분석되며, 또 새로운 단어를 만드는 원리로는 어떤 것들이 있는지 가르치는 부분이다. 조어론은 기존 국어 어휘들의 구성을 아는 것뿐만 아니라 신소어의 형성에도 직간접적으로 영향을 줄 수 있는 중요한 부분인 셈이다. 1949년 이후 발간된 교과서 34종 중 단 세 권을 제외하고 모두 조어론을 포함하고 있어, 필자의 견해를 뒷받침해 주고 있다.

4.1. 위치와 명칭

조어론의 필요성을 인정한다면 다음으로 다루어야 할 것은 조어법 단원의 위치와 명칭이다. 먼저 조어법 단원의 위치에 대해 논의해 보자. 앞서, 제1기의 경우 조어법 단원이 문법 체계에 내에서 제 위치를 부여받지 못하였으나, 제2기와 제3기를 통해 단어론의 하위 영역으로 자리 잡아 가는 것을 확인할 수 있었다.

	독립 항목	부속 항목				합계
		총론 부속	품사론 부속	단어론 부속	문장론 부속	
제1기	1	3	4	2	·	10
제2기	1	2	·	11	1	15
제3기	·	·	·	6	·	6
합 계	2	5	4	19	1	31

〈표 3〉 시기별 조어법 단원의 위치

　필자 역시 조어법 단원이 단어론의 일부로 다루어지는 것이 적합하다고 생각한다. 학교 문법 교육의 큰 틀은 '음운, 단어, 문장, 발화' 등과 같은 단위를 기준으로 구성되어야 한다. 큰 단위를 먼저 가르칠 것인가, 아니면 작은 단위를 먼저 가르칠 것인가는 선택의 문제이지만, 일단 방향을 선택하면 일관성 있게 가르쳐야 내용이 체계적으로 정리될 수 있기 때문이다. 각 단위에 대해서는 각각의 구성과 종류가 교육되어야 할 것이다.[36] 단어의 경우, 단어의 구성(조어론)과 단어의 종류(품사론)이 한 단원 내에서 함께 다루어져야 한다는 것이다.

　다음으로 조어법 단원의 명칭에 대해 고민해 보자. 조어법 단원의 명칭 역시 시기별로 변화하였다. 이를 표로 정리하면 다음과 같다.

시기	제1기	제2기	제3기	합계
'단어의 구성'류	3종: 씨의 짜힘, 낱말의 됨됨이	11종: 낱말의 됨됨이, 낱말의 짜임, 단어의 구성, 숙어의 구성, 품사의 조성	6종: 단어의 구성, 단어의 형성, 조어법	20종
'단어의 유형'류	x	3종: 단어의 분류, 숙어의 유형, 단일어와 합성어	x	3종

---

36) 물론 음운의 경우 가장 작은 단위이기 때문에 구성에 대해서는 다룰 수 없을 것이다. 음운 역시 변별 자질 등을 통해 나눌 수 있으나, 이는 학교 문법에서 다루기에는 어렵다고 생각된다.

기타	2종: 겹씨, 국어의 어휘와 여러 법칙	1종: 문장의 분석에서 단어로	x	3종
해당 명칭 없음	5종	x	x	5종
합계	10종	15종	6종	31종

<표 4> 시기별 조어법 단원의 명칭 사용 양상

전 시기를 통틀어 가장 많이 사용된 명칭은 '단어의 구성'류이다. 이는 이러한 명칭이 조어론의 성격을 가장 명확히 드러내고 있기 때문에 가장 많이 사용된 것이다. 필자 역시 '단어의 구성'류에 속하는 명칭이 옳다고 생각된다.

'단어의 구성'류에 속하는 것 중에서 조어법 단원의 명칭으로 적절한 것은 '낱말의 짜임, 단어의 구성, 단어의 형성, 조어법' 정도이다. '씨의 짜임'이나 '숙어의 구성'은 현재 학습 현장에서 사용되는 용어와의 괴리가, '낱말의 됨됨이'는 '됨됨이'라는 용어의 부정확성이 문제가 될 수 있다. 또한 '품사'는 단어의 유형 분류에 적절한 개념이므로 조어법 단원을 다룰 때에는 적절치 않다.

'단어의 구성'이라고 하는 것과 '단어의 형성'이라고 하는 것의 차이는 명확하다. 전자는 분석의 측면이고 후자는 생성의 측면이다. 그렇기 때문에 어떤 명칭을 사용하느냐에 따라 교육 내용이 크게 달라지게 된다. 학교 문법 교육에 더 적합한 것은 분석의 측면이라고 생각된다. 생성의 측면 역시 교육되어야 하나, 먼저 분석의 측면에서 단어의 구성을 충분히 가르친 뒤 응용 단계에서 다루어야 할 것이다.

(37) 학교 문법 교과서 조어법 단원의 위치와 명칭

    0. 어휘

        0.1. 단어(형태소, 어절)

        0.2. 품사

0.3. 단어의 구성 ⇒ 조어법

0.4. 어휘의 체계와 양상

0.5. 단어의 의미와 그 관계

0.6. 규정 관련 내용: 맞춤법, 표준어, 발음

4.2. 구성 및 내용

이전 교과서들을 살펴보면 조어법 단원의 구성이나 내용과 관련하여 다음과 같은 질문들이 제기된다.

(38)ㄱ. 조어법의 하위분류로 이분법을 선택할 것인가, 아니면 삼분법을 선택할 것인가?

ㄴ. 파생어를 단일어로 볼 것인가, 아니면 복합어로 볼 것인가?

ㄷ. 접요사를 설정할 것인가?

ㄹ. 합성어는 어떤 기준으로 나누어 설명할 것인가?

대체로 위 질문들에 대한 답은 문법 교과서의 조어법 단원이 어떠한 방향으로 변화해 왔는지를 살피면 얻을 수 있다. 먼저 (38ㄱ)에 답해 보자. 조어법의 하위분류는 합성법과 파생법의 이분법 체제로 통일되어 왔다. 삼분법의 내용을 살펴보면 이분법에 비해 체계적이지 못한 부분이 발견되어 이분법으로의 변화가 불가피했을 것으로 판단된다. 다음은 삼분법의 하위분류를 정리한 것이다.

(39) 삼분법의 하위분류

ㄱ. 제1기의 삼분법

이형 합성법, 동형 합성법, 파생법 - 이희승(1949, 1960), 김민수 외 (1960)

합성법, 접두 파생법, 접미 파생법 - 장하일(1949)

　　　단어 합성법, 어근 합성법, 파생법 - 정인승(1949)
　　　융합 합성법, 병립 합성법, 파생법 - 최현배(1949, 1956)
　ㄴ. 제2기의 삼분법
　　　합성법, 파생법, 통합 합성법
　　　 - 김민수 외(1968), 김민수(1979), 양주동 외(1968), 이숭녕(1968)

　제1기의 삼분법은 모두 합성법을 둘로 나누거나, 파생법을 둘로 나누는 방식이기 때문에 엄밀히 말하면 나뉜 세 부분이 동등한 지위를 가진다고 보기 어렵다. 예를 들어 이형 합성법, 동형 합성법, 파생법으로 나누는 이희승(1949)의 경우 합성법과 파생법으로 나눈 뒤 합성법을 다시 이형 합성법과 동형 합성법으로 나누어 설명하는 것이 더 체계적이다. 제2기의 삼분법 역시 합성법과 파생법을 가르친 뒤, 합성법과 파생법이 동시에 적용된 단어도 있다고 설명하는 것이 더 적절하다. 중고등 학교의 문법 시간에 단어에 직접 구성 성분(IC)을 분석하는 내용까지 다룰 필요가 없기 때문이다. 그러므로 문법 교과서는 이분법 체계 즉 합성법과 파생법으로 나누어 가르치는 것이 더 옳다고 판단된다.

　(38ㄴ)에 대한 답은 단일어의 정의에 따라 달라질 수 있다. 단일어를 어기가 하나인 단어로 정의하면 파생어도 단일어가 되지만, 구성 성분이 하나인 단어로 정의하면 복합어가 되기 때문이다. 이전 교과서 중에 전자의 방식을 취한 것도 있었으나 대체로 후자의 방식으로 통일되어 가는 변화를 보였다. 전자의 방식 즉, 단어를 단일어와 합성어로 분류하고 단일어를 다시 순수한 단일어와 합성된 단일어로 나누는 방식은 제2기의 이을환(1967), 정인승(1968), 최현배(1968)와 제3기의 김완진 외(1979), 네 종에서만 채택되었다. 다음은 네 종의 교과서에서 단어를 나누는 방식이다.

　(40) 파생어를 단일어로 보는 교과서의 단어 분류
　　ㄱ. 이을환(1967): 복합어, 단일어(순수한 단일어, 합성된 단일어)

    ㄴ. 최현배(1968): 겹씨, 홑씨(순수한 홑씨, 짜인 홑씨)

    ㄷ. 김완진 외(1979): 복합어, 단순어(단일어, 파생어)[37]

위 방식을 따를 경우 합성된 단일어나, 짜인 홑씨, 파생된 단순어라는 모순된 용어에 대해 책임을 져야 한다. 그렇기 때문에 단일어를 구성 성분이 하나인 단어로 정의하는 후자의 방식이 덜 부담스럽다.

(38ㄷ)에 답을 하려면 먼저 접요사의 학술적 정의를 확인한 뒤, 이전 교과서들이 접요사로 설정한 형태들과 비교해 볼 필요가 있다. 다음 이전 교과서들에서 접요사로 설명되었던 형태들을 시기별로 정리한 것이다.

		피사동 (먹-이-다, 안-기-다)	강세 (놓-치-다)	시제 및 높임 (하-겠-다, 보-시-다)	사잇소리 (내-ㅅ-가, 조-ㅂ-쌀)
제1기	이희승(1949, 1956)	O	O	O	O
	이희승(1968)	O	O	X	O
	최현배(1949, 1956)	X	X	X	O
	김윤경(1957)	X	X	X	O
제2기	이은정(1968)	O	O	O	O
	강윤호(1968)	X	X	X	O
	이을환(1967)	X	X	X	O
	최현배(1968)	X	X	X	O
제3기	없음				

〈표 5〉 문법 교과서에 기술된 접요사의 유형

안상철(1998)에서는 접요사를 '어기의 내부에 첨가되어 새로운 어휘를 형성해내는 접사'로 정의하고 있다.[38] 이 정의에 비추어 보면 위에서 언급된

---

37) 정인승(1968)의 경우 용어가 체계적으로 제시되어 있지 않아 제외하였다.

38) 안상철(1998)에 기술된 접요사 항목을 옮기면 다음과 같다.
    접요사란 어기의 내부에 첨가되어 새로운 어휘를 형성해내는 접사를 말한다. 이러한 현상은 접두사나 접미사에 비해 상대적으로 아주 희귀한 어휘 형성 과정으로 그 예를 찾기가 쉽지 않다. 현재까지 알려져 있기로는 필리핀 원주민들이 사용하는 Tagalog나 Bontoc, 베트남의 Charu 등 몇 개의 언어에서 발견된다. ⋯

형태들은 접요사로 볼 수 없다. 한 어기 내부를 자르고 첨가되는 것이 아니기 때문이다. 이전 교과서들 대부분이 접요사를 두 개의 어기를 연결하는 기능을 가진 형태로 정의하고 있는데 이 정의를 이용한다고 해도 접요사로 볼 수 있을지 의문이 생긴다. 용언의 어미를 어기로 보지 않는다면, 피사동, 강세, 시제, 높임 등의 기능을 하는 형태들은 모두 어간의 끝에 결합한 접미사가 되기 때문이다. 또한 사잇소리 역시 그 표기가 항상 표면형으로 실현되지 않는 등의 특징을 고려하면 접요사로 설정하기 어렵다. 그러므로 이러한 부담을 고려하면 접요사는 설정하지 않는 것이 교육적 측면에서 경제적이다.

(38ㄹ)에 답하기 위해 먼저 기존 교과서에 제시된 합성어의 하위분류 기준을 정리하였다.

(41) 합성어의 하위분류 기준
    ㄱ. 품사
        ① 합성어의 품사
        ② 합성 성분의 품사
    ㄴ. 합성 성분의 개수
    ㄷ. 합성 성분의 형태론적 지위
    ㄹ. 합성 성분의 어원: 고유어, 외래어(한자어 포함)
    ㅁ. 합성 성분 간의 의미적 특성
    ㅂ. 결합 방식의 통사성: 통사적 합성법, 비통사적 합성법

대부분의 교과서에서 위 방법 중 하나 이상의 것을 선택하여 합성어를 하위분류하였으나 제7차 교육과정 즉 서울대(2002)에서는 합성어의 하위분

중략 … 그러나 영어나 한국어를 비롯한 대부분의 언어에서는 접요사가 사용되는 예를 찾기 힘들다. 그러나 비정상적인 환경에서 사용되는 영어의 속어적 표현에서는 간혹 비슷한 예를 찾을 수 있다(예: abso-blooming-lutely). 안상철(1998: 33-34).

류를 하지 않았다. 필자도 이 방식에 동의한다. 조어법을 학습할 때에는 조어 방식 즉, 합성이냐 파생이냐가 중요하기 때문에 그 외에 다른 내용을 많이 포괄하는 것이 긍정적이지 않다는 판단에서이다. 예를 들어 합성어의 품사나, 합성 성분의 품사는 품사론에서 다루는 것으로 충분하며, 합성 성분의 개수나 형태론적 지위는 합성어를 정의할 때 다루어야 할 성질의 것이다.

합성 성분의 어원을 고려하여 한자어의 조어법이라는 장을 독립적으로 설정한 교과서도 있으나, 서구 외래어의 조어법은 따로 설명하고 있지 않아 오히려 체계상으로 문제가 있다. 한자어이든 외래어이든 국어의 어휘로 인정된 것이라면 따로 나누어 설명하지 않아도 된다고 판단된다. 지금까지의 논의는 다음과 같이 정리할 수 있다.

(42) 학교 문법 교과서 조어법 단원의 내용
    0.1. 단일어: 단일어의 정의와 예
    0.2. 파생어: 파생어의 정의 및 분류
        0.2.1. 접두 파생어: 접두 파생어의 정의와 예
        0.2.2. 접미 파생어: 접미 파생어의 정의와 예
    0.3. 합성어: 합성어의 정의와 예

마지막으로 신어 생성의 측면을 어떻게 다루어야 할지에 대한 의견을 더하고자 한다. 위 교과 내용은 분석의 측면에 초점을 두고 있기 때문에 생성의 측면은 응용의 단계에서 설명해 주어야 한다고 앞서 언급하였다. 학생들이 만들어낸 신어들을 놓고 그 조어법을 학생들과 함께 분석하는 방법을 통해 학습 흥미를 유발하고 학습 내용을 강조하는 정도면 충분하다는 생각이다.

단, 말 줄임의 방식을 이용한 신어들을 어떻게 설명해 줄 것인가 결정해야 하는 문제가 남는다. 최근 생성되는 신어 중 다수가 약어나 준말이다.

약어나 준말의 조어법상 위치에 관해서는 학자마다 이견이 있다. 파생법과 합성법의 테두리 안에서 비전형적인 합성법의 하나로 처리한 논의도 있고 (백영석, 2002), 합성법이나 파생법 외에 '전형적인 단어 형성법에서 벗어난 조어 방식'인 '기타'를 설정한 논의도 있다(안상철, 1998). 또한 이 둘과 달리 조어법을 합성법과 파생법으로 나누지 않고 '확대의 방법'과 '축소의 방법' 으로 나누어 축소의 방법에서 다룬 논의도 있다(이재현, 2005). 이러저러한 이견들을 고등학교 교과서에서 모두 다룰 필요가 없다는 것에는 이의가 없을 것이다. 필자는 교과서라는 것을 고려할 때 백영석(2002)의 방식이 타당 하다고 생각된다. 파생법과 합성법의 테두리 안에서 신어들을 설명해 주는 것이 체계나 명칭의 혼돈을 줄이면서 생성과 분석의 측면을 모두 다룰 수 있는 가장 좋은 방법이라고 판단되기 때문이다.

5. 결론

본고는 국어 문법 교과서에 기술된 조어법 단원의 내용을 고찰하고 그 변화 과정을 살피는 것을 목적으로 하여, 1949년 이후에 출간된 31권의 교과서를 대상으로 조어법 단원을 분석하였다.

먼저 2장에서는 각 교과서의 구성을 고찰하여 조어법 단원의 위치를 파악하였다. 이를 바탕으로 3장에서는 세 시기로 교과서를 구분하고, 각 시기별 내용을 살폈다. 제1기는 1949년부터 1967년까지로 교과서 내에 조어법 단원의 위치가 미정인 시기이다. 조어법 단원은 총론 내에 포함되어 있는 것이 대부분이었다. 제2기는 1968년부터 1978년까지로 교과서 내에 조어법 단원의 위치가 마련된 시기였다. 조어론과 품사론의 상위 단위인 단어론이 설정된 것이 대표적인 특징이다. 하지만 여전히 교과서마다 개성적인 처리 방식을 취하고 있어 완전한 통일을 이루었다고는 보기 어려웠다. 제3기가 되어서야 조어법 단원의 위치가 단어론 내로 통일되게 된다. 드디어 교과서 내에 조어법 단원의 위치가 통일된 시기라고 할 수 있다.

4장에서는 이를 바탕으로 조어법 단원의 문법 교과서 기술에 대한 제언을 하였다. 학교 문법 교과서 조어법 단원 단원의 명칭과 위치, 그리고 내용에 대해 기존의 집필 방식을 고려하여 필자의 제안을 정리하였다. 이를 다시 정리하여 보이면 다음과 같다.

(43) 학교 문법 교과서 조어법 단원
    0. 어휘
      0.1. 단어(형태소, 어절)
      0.2. 품사

> 0.3. 단어의 구성
>   0.1. 단일어: 단일어의 정의와 예
>   0.2. 파생어: 파생어의 정의 및 분류
>   0.2.1. 접두 파생어: 접두 파생어의 정의와 예
>   0.2.2. 접미 파생어: 접미 파생어의 정의와 예
>   0.3. 합성어: 합성어의 정의와 예

      0.4. 어휘의 체계와 양상
      0.5. 단어의 의미와 그 관계
      0.6. 규정 관련 내용: 맞춤법, 표준어, 발음

교과서는 각 시대의 규범화된 내용의 문법을 담고 있다고 예측할 수 있다. 그렇기 때문에 현재까지 출간된 교과서 전체의 내용을 비교 고찰한 것은 매우 의의 있는 일이라고 생각한다. 게다가 아직 교과서의 조어법 단원을 세밀하게 비교한 논의가 없었기 때문에 본고의 시도가 더욱 의의를 가질 수 있다고 본다. 본고의 연구가 문법 교육 발전에 미약하나마 도움이 되기 바란다.

〈참고문헌〉

고영근(2000). "우리나라 학교 문법의 역사."「새국어생활」(국립국어원) 10-2.

구본관(2002). "형태론의 연구사."「한국어학」(한국어학회) 16.

국립국어원(1999).「표준국어대사전」. 서울: 두산동아.

김민수(1986). "학교 문법론.",「서정범 박사 화갑 기념 논문집」. 서울: 집문당.

김윤희(2003).「복합어 교육의 실태 연구: 7차 문법 교과서를 중심으로」. 인천대학교 교육대학원 석사학위논문.

김창섭(1990). "영 파생과 의미 전이."「주시경학보」(주시경연구소) 5.

김철남(1994). "조어론 연구의 계승과 발전: 주시경 · 최현배 · 허웅을 중심으로"「언어와언어교육」(동아대학교 어학연구) 9.

박동근(2007). "특수한 낱말 만들기의 생성과 제약: '뒤섞임말'의 범주와 형태론적 문제를 중심으로."「제26회 한말연구학회 전국학술대회 발표문」(한말연구학회).

백영석(2002).「신조어 조어법 연구」. 단국대학교 석사학위논문.

안상철(1998).「형태론」. 서울: 민음사.

이관규(2002).「개정판 학교 문법론」. 서울: 월인.

이관규(2005). "문법 교과서의 변천."「제1회 문법교육학회 학술대회 발표문」(문법교육학회).

이상월(2002).「파생어 지도 방법에 관한 연구: 고등학교 문법 교과서를 중심으로」. 인제대학교 교육대학원 석사학위논문.

이재현. 2005. "현대 국어의 축소어형에 관한 연구: 축소어형과 준말의 정의, 축소어형의 조어법을 중심으로."「한민족문화연구」(한민족문화학회) 17.

이정민 · 배영남(1992).「개정 증보판 언어학 사전」. 서울: 박영사.

임홍빈(2000). "학교 문법, 표준 문법, 규범 문법의 개념과 정의."「새국어생활」(국립국어원) 10-2.

최호철(2006). "고등학교 국어 문법 교과서 분석 연구: 체재와 구성을 중심으로."「한국어학」(한국어학회 33.

도원영 · 김의수 · 김숙정(2007). "'본말/준말'류에 대한 재고: 사전의 어휘 관계 기술을 위하여."「한국어학」(한국어학회) 37.

하치근(1995). "국어 조어론 연구의 어제와 오늘."「한힌샘주시경연구」(한글학회) 7 · 8.

Martin Haspelmath(2002). Understanding Morphology. Arnold.

VIII. 문장 성분

이숙경

1. 서론

1.1. 연구의 목적

본고는 학교 문법에서 다루어지는 문장 성분의 체계와 교육 내용의 변화를 고찰하는 것을 목적으로 한다. 학교 문법은 교육을 목적으로 하는 문법으로 학문 영역으로서의 이론 문법과는 차이를 가지며, 교육 대상에 따라 내용과 체계에 차등을 두어야 한다는 점에서도 이론 문법과는 다르게 실용성과 유용성 등의 특성을 가진다고 할 수 있다.

학교 문법은 음운, 형태, 통사의 문법 전반에 걸친 내용을 다루고 있다. 본고에서는 이 중 문장론 영역의 하위 영역인 '문장 성분'만을 대상으로 학교 문법의 변화·개편 과정과 함께 문장 성분 체계와 내용이 어떻게 다루어졌는지를 살펴볼 것이다. 학교 문법이 교육을 목적으로 하는 실용 문법이라는 점을 감안할 때, 학교 문법에서 다루어지는 내용은 규범적이고 보편적인 문법으로 취급할 수 있으며, 따라서 학교 문법의 교육 내용을 통해 당대의 문법 기술과 문법관 등을 함께 살펴 볼 수 있기 때문에 학교 문법에 대한 통시적인 고찰은 교육 내용 자체에 대한 변화 과정 기술뿐 아니라 국어 문법사의 기술에서도 의미를 가진다.

본고에서는 학교 문법의 역사를 먼저 살펴 본 후, 각각의 시기에서 문장론 영역의 위치를 점검하고, 그 중 문장 성분에 대한 설명에 해당되는 부분을 집중적으로 분석하여, 문장 성분 설정과 체계의 특성을 논의한다. 아울러 문장 성분 논의의 변화 과정에 대한 비판과 현행 학교 문법에서 다루어지는 문장 성분의 문제점 및 개선 방안을 함께 논의하도록 한다.

본고에서 다룰 문법 교과서는 제1차 검인정 교과서에서 현행 제7차 교육과정 체계의 〈문법〉까지 총31종으로, 정부 인가를 받은 고등학교 문법 교과서만을 연구 대상으로 한다.

1.2. 선행 연구

기존의 문법 교과에 대한 연구는 주로 학교 문법의 역사를 고찰하거나 문법 교과서의 체재를 검토·비판하는 연구로(고영근 2000, 임홍빈 2000, 이관규 2002, 최호철 2006 등) 문법 교과서 내의 세부 항목에 대한 검토보다는 전체적인 형식과 내용 체계에 초점이 맞추어져 있다.

문법 교과서의 문장 성분에 대해 언급한 연구로는 우형식(2002), 이관규(2006)을 들 수 있는데, 우형식(2002)는 문법 교과서를 포함하여 1900년대 이후 국어 문법 연구 문헌에 나타나는 문장 성분의 체계를 분석하였다. 우형식(2002)는 1945년 광복을 분기점으로 잡고 그 이전을 1930년 이전과 이후로 나누어 검토하였고, 광복 이후에는 학교 문법과 관련하여 시기를 구분하여 각각의 시기에 나타난 문장 성분의 연구를 검토하였다. 우형식(2002)는 1900년대 이후 현재까지의 문장 성분 체계에 대한 연구를 통시적으로 분석하였다는 점에서 의의를 가지지만, 문법 교과서의 문장 성분 체계 외에도 이론서에 나타난 문장 성분의 논의까지 포함시켰기 때문에 본고의 목적보다는 넓은 범위를 포함하면서, 다소 다른 시기 설정과 체계 분석을 보인다.

한편 이관규(2006)은 기존의 문법 교육이 형태에 치중하여 문법 항목을 선정하였기 때문에 학습자를 적극적으로 고려하지 않았다는 점을 지적하면서 학습자 중심과 실제 기능 중심을 염두에 두고 문법 교육 내용을 선정할 필요가 있다고 주장하였다. 이를 바탕으로 제7차 학교 문법을 비판하고 몇 가지 대안을 제시하고 있는데, 문장 성분에 해당하는 내용으로는 형태 중심의 보어와 부사어 설정을 비판하고 필수적 부사어 개념을 포괄하는 넓은 범위의 보어를 설정할 것과 접속 기능을 하는 부사들을 부사어에서 분리하여 접속어를 설정할 것을 제안하였다.

선행 연구를 정리하면, 학교 문법에서 문장 성분에 대한 내용은 제외된 적이 없이 다루어진 중요한 항목이지만 문장 성분만을 집중하여 논의한 연구는 매우 소수이며, 특히 문장 성분에 대한 연구를 통시적으로 살펴 본 연구는 우형식(2002)를 제외하고는 거의 찾아 볼 수 없다. 또한 이관규(2006)에서도 지적하였듯이 문장 성분의 설정에서 보어와 부사어, 접속어의 문제는 항상 논란이 되어 왔다. 이에 대해서도 역대의 검인정 문법 교과서가 어떤 방식으로 이 성분들을 다루어 왔는지를 살펴본다면 현행 학교 문법의 문제점에 대한 해답을 구하는 데 도움이 될 수 있을 것이다.

2. 문법 교과서 내 문장 성분의 위치

문법 교과서에 나타난 문장 성분에 대해 논의하기에 앞서 이 장에서는 각 문법 교과서에서 문장 성분에 대한 논의가 어떤 위치를 차지하고 있는 지를 간단하게 정리한다. 문장 성분에 대한 논의는 대체로 〈문장론〉 내에서 다루어지고 있고, 간혹 〈총론〉에서 문장 성분에 대해 함께 언급하는 경우도 있다. 그러나 세부적인 체계나 논의의 깊이에 조금 차이가 있기 때문에 이 장에서는 교과서 내 문장 성분의 위치를 체계별로 간단히 살펴보겠다.

문법 교과서들의 체계에서 문장 성분에 대한 논의가 차지하는 위치는 크게 문장 성분에 대한 기술이 〈총론〉과 〈문장론〉에서 다루어지는 경우와, 〈문장론〉에서 다루어지는 경우, 그리고 드물게 〈총론〉에서만 다루어지는 경우로 나뉘고, 이 중 〈문장론〉에서만 다루어지는 교과서는 다시 〈문장론〉 내부에서 '문장 성분'을 독립적인 항목으로 설정하여 기술하고 있는 교과서와 '기본 문형'을 중심으로 문장 성분을 설명하는 교과서로 나눌 수 있다.

2.1. 〈총론〉과 〈문장론〉에서 문장 성분을 다루는 교과서

〈총론〉과 〈문장론〉에서 문장 성분을 기술하고 있는 교과서는 이희승 (1949), 정인승(1949, 1956), 이희승(1956, 1968), 이인모(1968), 이응백·안병희(1979)다. 이들 교과서는 〈총론〉에서 문장 성분을 개관한 후 〈문장론〉에서 각 문장 성분에 대해 좀더 자세히 설명하는 방식을 취하고 있다.

먼저 이희승(1949, 1956, 1968)은 제1편 총설의 '제4장 주어·서술어·수식어·한정어'에서 각 문장 성분의 정의와 품사와의 관계를 설명하고, 문장론에 해당하는 제3편 글월에서 다시 문장의 성분에 대한 정의를 내리고(제1장 글월의 성분), 주어와 서술어, 수식어와 한정어, 목적어와 보충어, 독립어로 문장 성분 항목을 나누어 기술하고 있다.

이인모(1968)는 〈총론〉에서 '문장의 성분과 품사'를 다루면서 각 문장 성분의 정의와 문장 내에서의 역할을 설명하고, 다시 〈문장론〉에서 문장 성분의 형식에 대한 예를 들고, 문장 성분과 구·절의 관계를 다루고 있다.

따라서 본격적인 문장 성분에 대한 내용은 〈총론〉에서 이루어지고 있다고 할 수 있다.

이응백·안병희(1979)는 '총설' 중 '문장의 구성'에서 문장 성분의 종류와 정의를 국어의 문형에 맞추어서 제시하고, '문장론'에서 다시 문장의 성분과 성분의 배열 및 생략을 자세히 설명하였다. 이응백·안병희(1979)의 '총설'에 나타난 문장 성분에 대한 설명은 이인모(1968)와는 달리 전체 교과서의 내용을 간략하게 소개하는 역할을 하고 있고, 본격적인 내용은 '문장론'에서 다루어지고 있다.

2.2. 〈문장론〉 내부에서 문장 성분을 독립적으로 다루는 교과서

몇몇 문법 교과서들이 〈총론〉과 〈문법론〉에서 문장 성분을 다루고 있지만, 대부분의 문법 교과서들은 〈문장론〉 내부에서 문장 성분을 설명하고 있다. 이 중 문장 성분 항목을 〈문장론〉 내부에서 독립적으로 설정한 교과서는 이인모(1949), 최현배(1949, 1956), 김윤경(1957), 이은정(1968), 최현배(1968), 허웅(1968, 1979), 교육부(1985, 1991), 교육부(1996), 교육부(2002) 등이다. 즉, 국성 단계의 교과서들은 〈문상론〉 내부에서 문상 성분을 다루는 것으로 통일되었다.

먼저 이인모(1949)에서 〈문장론〉에 해당하는 부분은 '월의 조각'과 '월의 감'인데, 이중 '월의 조각' 부분에서 '임자조각(주어부)', '풀이조각(서술부)'로 문장의 구성을 분석한 후, 각 문장 성분을 상세히 설명하는 방식을 취하고 있다. 최현배(1949, 1956, 1968)도 이와 비슷한 체계로, 문장론에 해당하는 '월갈(문장론)'의 첫 번째 부분 '월의 조각(문의 (구)성(부)분)'에서 문장 성분을 다시 '임자말과 풀이말', '기움말과 부림말', '꾸밈말', '홀로말'로 나누어 다루고 있다. 이숭녕(1956) 역시 '통사' 편에서 '글의 성분'으로 문장 성분에 대해 다루고 있어 비슷한 양식을 보인다.

이은정(1968)에서 〈문장론〉에 해당하는 부분은 '월의 짜임'으로 하위 항목인 '문장의 성분', '성분의 배열', '성분의 생략'을 다루고 있으며, 허웅(1968, 1979)도 '문장'의 하위 항목으로 '문장 성분의 단위', '문장 성분의 종류와 됨됨이', '문장 성분을 결합하는 수단과 그 상호 관계' 등을 설정하여 문장 성분에 대해 자세히 설명하였다.

국정 단계의 교육부(1985, 1991)에서는 '문장의 성분', '문법 요소의 기능과 의미', '문장의 짜임새'로 구성된 '문장' 편에서 문장 성분을 다루다가, 교육부(1996)에서 '문장' 편의 구성이 '문장의 짜임새'와 '문법 기능'으로 바뀌면서 문장 성분은 '문장의 짜임새'에서 다루어지게 되었다. 그러나 다시 교육부(2002)에서 '문장' 편을 교육부(1985, 1991)과 유사하게 '문장의 성분', '문장의 짜임', '문법 요소'로 개편하면서 문장 성분을 다시 문장의 구성과 분리하여 다루게 되었다.

2.3. 〈문장론〉 내부에서 기본 문형을 중심으로 다루는 교과서

이숭녕(1956), 이을환(1967), 강복수·유창균(1968), 강윤호(1968), 이명권·이길록(1968), 이숭녕(1968), 김완진·이병근(1979), 이길록·이철수(1979)가 〈문장론〉 내부에서 문장 성분을 다루되, 2.2의 체계와 달리 기본 문형을 중심으로 그 문형들에 포함되는 문장 성분을 설명하는 방식을 보여주고 있다. 먼저 이숭녕(1956, 1968)은 '문장의 구조' 편에서 문장을 분석하는 공식을 제시하고 그 안에 포함된 성분을 설명하여, '문형'이라는 용어를 명시적으로 사용하지는 않았지만, 문형을 분석하는 것과 유사한 방식을 취하고 있다.

이을환(1967)은 '문장론'에서 먼저 문장의 재료와 단위를 밝힌 후 '문장의 기본 형식과 구조'를 제시하면서 각 기본 형식에 포함되는 문장 성분을 설명하였다. 강복수·유창균(1968) 역시 '문장의 해부' 편에서 '문장의 형식과 문형'을 다루면서 문장 성분을 설명하였고, 양주동·유목상(1968) 역시 〈문장론〉에 해당하는 '문장의 구조와 분석' 편에서 '국어의 기본 문형'을 제시하고 각 성분에 쓰이는 말을 다루었다. 이명권·이길록(1968) 역시 '문장의 해부' 편에서 '기본 문형과 성분' 항목을 설정하여 문형과 성분을 함께 다루었고, 이길록·이철수(1979)도 이명권·이길록(1968)과 거의 같은 체계를 보이고 있다. 마지막으로 강윤호(1968)도 〈문장론〉에 해당하는 '표현의 질서'에서 '문장의 요소', '문장의 종류와 운용'을 다루고 있는데, 이 중 '문장의 요소'에서 설명하는 내용이 기본 문형과 문장 성분에 관한 것이다.

즉, 이 체계에 해당하는 교과서들은 모두 문장의 분석 과정에서 나타나는 국어의 문장 형식의 다양한 종류를 먼저 제시한 후 각 문형에서 분석되는 문장 성분을 추출하여 다루는 형식을 취하고 있다.

2.4. 기타

정인승(1968)은 〈총론〉에 해당하는 '말의 내용과 형식' 편의 '문장의 성분, 성분의 종류'에서만 문장 성분을 다루고 있고, 〈문장론〉에서는 문장 성분에 대해 설명하지 않고 있어, 다른 교과서들과는 다른 제계를 보인다.

김민수·남광우·유창돈·허웅(1960), 김민수·이기문(1968), 김민수(1979)는 모두 2.1이나 2.2, 2.3과는 달리 〈총론〉과 〈문장론〉에서 문장 성분을 다루거나 〈문장론〉 내부에서만 문장론을 다룬 것이 아니라, 필요에 따라 여러 부분에서 문장 성분에 대해 조금씩 언급하는 방식을 취하고 있다. 김민수·남광우·유창돈·허웅(1960)은 '문장의 기본형과 성분' 편에서 각 문장 성분을 설명하고,1) '성분의 배열' 단원에서 다시 문장 성분의 배열과 생

---

1) 김민수·남광우·유창돈·허웅(1960)의 전체 체계를 살펴보면, 〈문장론〉에 해당하는 내용이 '문장의 기본형과 성분', '성분의 배열', '구문의 도해', '바른 문장' 편으로 각각 나뉘어 기술되어 있고 〈문장론〉 하위에서 위계적 체계를 보이고

략을 다루었다. 또한 '품사의 개념' 단원에서도 성분과 품사의 관계를 언급하고 있다.

김민수·이기문(1968) 역시 문장 성분에 대한 논의가 그 내용에 따라 각각 다른 단원의 하위 항목으로 처리되어 있다.[2] '어절과 단어' 편에서 성분과 품사의 관계를 설명하였고, '문장의 색채' 편에서 성분의 배열을 다루었다. 또한 '귀절의 구성' 편에서 관형어, 부사어, 독립어에 대해 설명하고 있다. 김민수(1979)도 문장 성분에 대한 내용을 이와 비슷하게 다루었는데, 총론에 해당하는 '언어와 문법'에서 성분과 품사 및 국어의 문형을 설명하여 이전 시기와 약간 차이를 보이지만, 성분의 배열이나 관형어, 부사어, 독립어 등의 항목 배열을 김민수·이기문(1968)과 동일하다.

위에서 살펴 본 문법 교과서 내에서의 문장 성분의 위치를 다시 정리해

있지 않기 때문에 문장 성분론이 〈문장론〉 내부에 포함되어 있다고 단정 짓기 어렵다.
   Ⅰ. 언어와 문자
   Ⅱ. 문장의 기본형과 성분
   Ⅲ. 토와 어미활용
   Ⅳ. 성분의 배열
   Ⅴ. 구문의 도해
   Ⅵ. 품사의 개념
   Ⅶ. 바른 문장

2) 김민수·이기문(1968) 역시 김민수·남광우·유창돈·허웅(1960)과 유사하게 〈문장론〉에 해당하는 영역이 여러 단원으로 수평적으로 나뉘어 있다. 아래 김민수·이기문(1968)의 체계에서 강조된 부분을 〈문장론〉에 해당하는 단원으로 볼 수 있다.
   Ⅰ. 언어와 문법
   Ⅱ. 어절과 단어
   Ⅲ. 주부와 서술부
   Ⅳ. 단문의 구조
   Ⅴ. 문장의 색채
   Ⅵ. 구절의 구성
   Ⅶ. 요소의 호응
   Ⅷ. 문장의 접속
   Ⅸ. 발음과 맞춤법
   Ⅹ. 알뜰한 국어

보면 다음과 같다.[3]

	총론과 문장론	문장론 내 문장 성분	문장론 내 문형	기타	합계
1차 검인정	2	2	·	·	4
2차 검인정	2	2	1	1	6
1차 통일문법	2	3	5	2	12
2차 통일문법	1	1	2	1	5
국정	·	4	·	·	4

　1차 검인정 시기의 교과서는 총론과 문장론에서 문장 성분을 다룬 교과
서와 문장론 내의 '문장 성분' 항목에서 문장 성분을 다룬 교과서로 나뉘고,
2차 검인정 시기에는 이외에 문장론 내에서 문장 성분을 다루지만 문형을
위주로 설명하는 교과서와 문장 성분을 특정한 한 항목에서 다루지 않고,
내용에 따라 분산시켜 다룬 교과서가 등장한다. 1차 통일문법 검인정 시기
에는 문장론 내에서 문장 성분을 다룬 교과서가 다수를 차지하면서, 특히

---

3) 본고에서 사용한 문법 교육 체계의 시대 구분은 이관규(2005)의 다음 시기 구분
　을 따른 것이다.
　　1단계　혼성 단계(1895~1949)
　　　제1기　발아기(1895~1910)
　　　제2기　자성기(1910~1945)
　　　제3기　부흥기(1945~1949)
　　2단계　검인정 단계(1949~1985)
　　　제4기　검인정기(1949~1966)
　　　　1차 검인정기(1949~1955)
　　　　2차 검인정기(1956~1965) 〈1차 교육과정〉
　　　제5기　통일 문법 검인정기(1966~1985)
　　　　1차 통일 문법 검인정기(1966~1978) 〈2차 교육과정〉
　　　　2차 통일 문법 검인정기(1979~1984) 〈3차 교육과정〉
　　3단계　국정 단계(1985~현재)
　　　제6기　국정1기(1985~1995)
　　　　1985 〈4차 교육과정〉　　　　1991 〈5차 교육과정〉
　　　제7기　국정2기(1996~현재)
　　　　1996 〈6차 교육과정〉　　　　2002 〈7차 교육과정〉

국어의 기본 문형을 설정하고 이를 분석하는 과정에서 문장 성분을 설명하는 교과서들이 많이 나타났다. 그러나 총론과 문장론에서 문장 성분을 설명하는 교과서도 여전히 존재했다. 이는 2차 통일문법 검인정 시기까지 이어져서 여전히 교과서마다 다른 체계를 보이다가 국정 시기에 이르러 문장론 내 '문장 성분' 항목을 설정하여 문장 성분에 대해 다루는 체계로 통일되었다.

3. 문장 성분의 하위 유형 설정 및 시기 구분

이 장에서는 각 문법 교과서에서 문장 성분을 어떻게 설정하고 있는지를 살펴보고, 문장 성분 설정의 차이에 따라 시기를 구분하기로 한다. 문법 교과서의 내용을 고찰하기 위한 시기 구분은 관점에 따라 여러 방법을 취할 수 있겠지만, 본고에서는 문장 성분을 몇 가지로 구분하여 설정했는가에 주안점을 두고 연구 시기를 나누도록 하겠다.

문장 성분의 설정에 따른 시기 구분은 몇 가지의 장점을 가지고 있다. 우선 역대 문법 교과서에서 문장 성분론이 차지하는 위치는 대개 〈문장론〉의 내부로 비록 세부 항목 설정에서는 차이가 있지만, 상위 체계에서는 큰 차이가 없다. 오히려 개별 문장 성분의 설정은 교과서마다 항목 설정 여부와 내용상의 차이가 있고, 또한 본고의 연구 목적이 문법 교과서에서 다루고 있는 문장 성분의 세부 내용까지 고찰하는 것이므로, 문장 성분을 몇 가지로 분류하는가를 기준으로 시기를 구분하는 것이 본고의 연구 목적에 가장 부합하는 것으로 보인다.

문장 성분의 설정에 따라 시기를 구분하기 위해 먼저 각각의 문법 교과서에서 문장 성분을 어떻게 설정하고 있는지를 살펴 볼 필요가 있다. 문장 성분의 설정에서 크게 문제가 되는 것은 보어와 부사어, 독립어와 접속어이다. 문장의 주된 뼈대를 이루는 주어와 서술어, 목적어에 대한 설정은 크게 문제가 되지 않으며, 세부적인 내용에서 차이를 보이기는 하지만 관형어의 경우에도 큰 문제가 되지 않는다. 그러나 보어와 부사어, 독립어와 접속어는 그 세부 내용에서 큰 차이를 보일 뿐만 아니라 설정 유무에 있어서도 다양한 견해를 보인다.

이 장에서는 우선 이들 네 문장 성분을 설정했는지 유무에 따라 시기를 구분하기로 한다. 각각의 문장 성분에서 세부 내용의 차이와 견해는 다음 장에서 문장 성분 별로 고찰하기로 한다. 문장 성분 설정에서 큰 견해 차이는 우선 독립어를 설정하는가의 여부와 독립어에서 접속어를 따로 분리하여 설정하는가, 보어를 설정하는가의 견해로 나눌 수 있다.

보어 설정의 문제는 보어의 범위를 얼마나 넓게 잡느냐와 보어와 부사어의 영역을 어떻게 구분하는가의 문제와 연결되어 문법 교과서마다 다양한 견해를 보이고 있으며, 독립어와 접속어의 문제 역시 독립어를 부사어에서 분리하는가, 만약 독립어를 분리한다면, 다시 독립어와 접속어를 분리하는가 등의 문제와 연결된다. 이 장에서는 우선 각 문법 교과서가 문장 성분 설정에서 보어, 독립어, 접속어를 어떻게 설정하였는지를 기준으로 시기 구분을 하도록 한다.

이를 위해서 각 문법 교과서의 문장 성분 설정을 정리하면 다음 표와 같다.

시기	문법 교과서	주어	서술어	목적어	보어	관형어	부사어	독립어	접속어
제1차 검인정	이인모(1949)	O	O	O	O	O	O	O	X
	이희승(1949)	O	O	O	O	O	O	O	X
	정인승(1949)	O	O	O	O	O	O	O	X
	최현배(1949)	O	O	O	O	O	O	O	X

제2차 검인정	김민수 외(1960)	O	O	O	X	O	O	O	O
	이희승(1956)	O	O	O	O	O	O	O	X
	최현배(1956)	O	O	O	O	O	O	O	X
	정인승(1956)	O	O	O	O	O	O	X	X
	김윤경(1957)	O	O	O	X	O	O	X	X
	이숭녕(1956)	O	O	O	X	O	O	X	X
제1차 통일문법 검인정	이명권 · 이길록(1968)	O	O	O	O	O	O	O	O
	이숭녕(1968)	O	O	O	O	O	O	O	O
	이인모(1968)	O	O	O	O	O	O	O	O
	이희승(1968)	O	O	O	O	O	O	O	O
	김민수 · 이기문(1968)	O	O	O	X	O	O	O	O
	강윤호(1968)	O	O	O	O	O	O	O	X
	양주동 · 유목상(1968)	O	O	O	O	O	O	O	X
	이을환(1967)	O	O	O	O	O	O	O	X
	정인승(1968)	O	O	O	O	O	O	O	X
	최현배(1968)	O	O	O	O	O	O	O	X
	강복수 · 유창균(1968)	O	O	O	X	O	O	O	X
	이은정(1968)	O	O	O	X	O	O	O	X
	허웅(1968)	O	O	O	X	O	O	O	X
제2차 통일문법 검인정	김민수(1979)	O	O	O	O	O	O	O	O
	이길록 · 이철수(1979)	O	O	O	O	O	O	O	O
	이응백 · 안병희(1979)	O	O	O	O	O	O	O	O
	허웅(1979)	O	O	O	X	O	O	O	X
	김완진 · 이병근(1979)	O	O	O	O	O	O	X	X
국정	문교부(1985)	O	O	O	O	O	O	O	X
	교육부(1991)	O	O	O	O	O	O	O	X
	교육부(1996)	O	O	O	O	O	O	O	X
	교육부(2002)	O	O	O	O	O	O	O	X

위 표를 바탕으로 하면 우선 처음 1949~1955 시기에는 교과서별 문장 성분 설정에 큰 차이가 없음을 알 수 있다. 4종의 문법 교과서 모두 7성분 체제를 설정하고 있다. 물론 각 성분의 세부 내용에서는 조금씩 차이가 있겠지만, 성분 설정의 큰 기준은 같은 틀을 유지하고 있는 것으로 보아 이 시기를 하나로 묶는 것이 타당하다고 보인다.

다음 시기는 1956~1967인데, 이 시기에서 가장 큰 특징은 전 시기와 비교해 볼 때 보어를 설정하는 견해와 그렇지 않은 견해로 나뉘고, 독립어 설정 유무에 있어서도 차이를 보인다는 점이다. 김윤경(1957), 김민수 외(1960), 이숭녕(1956)은 보어를 설정하지 않았고, 독립어에 있어서도 이숭녕(1956), 정인승(1956), 김윤경(1957)은 독립어를 개별적인 문장 성분으로 설정하지 않고 있다.

다음 시기는 1968~1984로 볼 수 있는데, 이전 시기에서 보이던 보어 설정의 혼란은 정리된 듯하여 이은정(1968), 허웅(1968, 1979)을 제외하고는 모든 교과서가 보어를 설정하고 있다. 이 시기의 문법 교과서에서 가장 큰 차이를 보이는 것은 접속어 설정의 유무이다. 몇몇 문법 교과서는 독립어와 접속어를 구분하여 접속어를 따로 설정하고 있으나, 다른 문법 교과서들에서는 접속어에 해당하는 내용을 독립어나 부사어에 포함시켜 접속어를 따로 설정하지 않고 있다. 사실 접속어에 대한 문제는 이전 시기에도 계속 있어 왔으며, 결국 국정 단계로 단일한 문법 교과서를 사용하기 바로 앞 시기인 이때까지 견해의 일치를 보이지 못한 것으로 파악된다.

위의 시기별 차이를 반영하여 본고에서 설정한 교과서 내 문장 성분 논의의 시기를 정리하면 다음과 같다.4)

---

4) 우형식(2002)는 1900년대 이후 문법서의 시기를 다음과 같이 구분하였다.
　　제1기(형성기): 1900~1929년
　　제2기(발전기): 1930~1945년
　　제3기(혼돈기): 1946~1950년
　　제4기(모색기): 1951~1978년
　　제5기(정착기): 1979~현재
이 중 본고의 논의 범위와 일치하는 시기는 제3기~제5기인데, 제3기는 제1차 검인정 시기에 해당되며, 제4기는 제2차 검인정 시기와 제1차 통일문법 검인정 시기에 해당되고, 제5기는 제2차 통일문법 검인정기와 국정 단계를 포함하여, 본고의 시기 구분과 차이를 보인다. 우형식(2002)의 시기 구분은 1963년 학교 문법 통일안과 검인정제를 바탕으로 한 큰 흐름을 기준으로 문법 교과서와 주요 이론서를 포함한 것인데 비해 본고의 시기 구분은 문장 성분 체계의 설정에만 국한시킨 것이기 때문에 이러한 차이를 보인다.

제1기(1949~1955): 초기 7성분 체계
이인모(1949), 이희승(1949), 정인승(1949), 최현배(1949)
제2기(1956~1967): 보어와 독립어 설정의 유동기
이숭녕(1956), 이희승(1956), 정인승(1956), 최현배(1956), 김윤경(1957), 김민수 외(1960)
제3기(1968~1984): 독립어와 접속어 설정의 혼란기
강복수·유창균(1968), 강윤호(1968), 김민수·이기문(1968), 이명권·이길록(1968), 이숭녕(1968), 이은정(1968), 이을환(1967), 이인모(1968), 이희승(1968), 정인승(1968), 최현배(1968), 허웅(1968), 김민수(1979), 김완진·이병근(1979), 이길록·이철수(1979), 이응백·안병희(1979), 허웅(1979)
제4기(1985~현재): 통일 7성분 체계
문교부(1985), 교육부(1991), 교육부(1996), 교육부(2002)

4. 시기별 고찰

4.1. 제1기(1949-1955): 초기 7성분 체계

4.1.1. 주어

이 시기 문법 교과서는 이인모(1949), 이희승(1949), 정인승(1949), 최현배(1949)의 네 종인데, 주어의 설정과 설명은 서로 크게 다르지 않다. 각 문법 교과서에 나타난 주어의 정의를 정리해 보면 다음 (1)과 같다.[5]

(1)ㄱ. 이인모(1949): 임자 조각에서 정말 그 뼈다귀가 되는 조각. 월의 정말 임자가 되는 조각.
ㄴ. 이희승(1949): "무엇이"에 해당하는 성분. 글월의 주체가 되는 말.

---

5) 정인승(1949)에는 각각의 문장 성분에 대한 정의가 명시적으로 나타나 있지 않다.

ㄷ. 최현배(1949): 그 월의 임자가 되는 말.

위의 정의에서 모두 주어를 문장의 '임자', 곧 '주인', '주체'가 된다고 정의하고 있지만, 서술어와의 관계를 명확하게 밝히고 있지는 않다.

한편 주어의 형식에 대해서는 최현배(1949)가 '임자씨 + 자리토씨'라고 간략하게 설정하였고, 이희승(1949)는 형식을 좀더 자세히 다루어, 명사나 대명사가 주격 조사나 특수 조사와 결합한다고 설명하고 다음과 같이 주어의 형식을 제시하였다.

(2)ㄱ. 꾀꼬리 + 가 (주격조사)

ㄴ. 버들 + 이 (주격조사)

ㄷ. 나비 + 도 (특수조사)

ㄹ. 저것 + 은 (특수조사)

이인모(1949)는 주어의 형식을 제시하지는 않았지만, (3)과 같은 예문을 통해서 체언에 주격조사, 특수조사, 존칭의 '께서', '에서' 등이 결합한 경우가 주어로 쓰임을 알 수 있다.

(3)ㄱ. 꽃이 핀다.

ㄴ. 나는 책을 많이 사고 싶어요.

ㄷ. 선생님께서 글을 가르치신다.

ㄹ. 우리 학급에서 공부를 제일 잘 하오.

정인승(1949)도 이와 비슷하게 '이름씨'의 쓰임을 설명하면서 이름씨에 '이, 가, 께서' 따위를 붙이면 주어로 쓰인다고 설명하였다.

4.1.2. 서술어

서술어에 대한 정의와 내용은 문법 교과서마다 큰 차이가 없다. 이 시기의 문법 교과서는 현재 문법 교과서와 마찬가지로 문장을 '무엇이 어찌한다', '무엇이 어떠하다', '무엇이 무엇이다' 등의 형식으로 구분하고 이 중 '어찌한다, 어떠하다, 무엇이다'에 해당하는 요소를 서술어로 보고 있다.

먼저 각 문법 교과서에 나타난 서술어의 정의를 살펴보면 다음 (4)와 같다.

(4)ㄱ. 이인모(1949): 풀이조각에서 뼈다귀가 되는 조각. 그 임자 되는 사람이나 일과 물건들, 곧 '것'이 어찌하며, 어떠하며, 무엇 임을 풀이하는 조각.
　　ㄴ. 이희승(1949): '어찌한다', '어떠하다', '있다, 없다', '무엇이다'에 해당하는 성분.
　　ㄷ. 최현배(1949): 임자말에 관하여 그 움즉임과 바탕과 겨레를 풀이한 말.

서술어의 형식에 대해서는 이희승(1949)가 동사, 형용사, 존재사, 명사, 대명사 등이 서술어로 쓰일 수 있다고 보아 다음과 같은 예를 들었다.

(5)ㄱ. 꾀꼬리가 <u>운다</u>.
　　ㄴ. 버들이 <u>푸르다</u>.
　　ㄷ. 나비도 <u>있다</u>.
　　ㄹ. 저것은 <u>꽃이다.</u>

이희승(1949)은 (5ㄹ)과 같은 예에 대해서 '체언이 서술어로 쓰일 때는 그 체언이 활용되어 어미가 붙는다'라고 설명하여, 체언에 '이다'가 결합한 형태 전체를 서술어로 보고 이를 '[체언+어미]→용언'으로 분석하여 '이다'를 어미로 처리하였다.

정인승(1949)는 주어의 경우와 마찬가지로 각 품사의 용법에서 서술어로 쓰이는 경우를 설명하였는데, 이를 정리하면 다음 (6)과 같다.

  (6)ㄱ. 나는 <u>학생이다</u>.
    ㄴ. 달이 <u>돋는다</u>.
    ㄷ. 달이 <u>밝다</u>.

  (6ㄱ)은 풀이자리토씨 '이다'의 각 꼴이 서술어로 쓰인 것으로, 정인승 (1949)는 '이다'를 현행 학교 문법과 같이 조사로 처리하고 체언에 '이다'가 결합한 형식 전체를 서술어로 처리하였다. (6ㄴ, ㄷ)은 각각 움직씨(동사) 와 그림씨(형용사)가 서술어로 쓰인 예이다.

  이인모(1949)는 다음 (7)과 같은 예문에서 밑줄 친 부분을 서술어(풀이 말)의 예로 제시하였다.

  (7)ㄱ. 꽃이 <u>핀다</u>.
    ㄴ. 새가 <u>아름답다</u>.
    ㄷ. 이것은 칼 <u>이다</u>.
    ㄹ. 나는 책을 많이 사고 <u>싶어요</u>.
    ㅁ. 날씨도 추운데, 바람조차 <u>불어 온다</u>.

  (7ㄱ)은 동사, (7ㄴ)은 형용사가 서술어로 쓰인 예로 다른 문법 교과서 의 설명과 다르지 않다. (7ㄷ)은 경우에는 '칼이다'가 아니라 '이다'만을 서 술어라고 보았는데, 이는 이인모(1949)에서 '이다'에 선행하는 '칼'과 같은 체언을 보어로 설정하였기 때문이라고 보인다. (7ㄹ)의 경우는 본용언과 보 조 용언이 결합한 예에 해당하는데, 보조 형용사인 '싶다'의 경우에는 선행 하는 용언을 제외하고 '싶다'만 서술어로 분석하였다. 이 때 선행하는 본용 언 '사고'를 무엇으로 보는지는 명확하지 않다.[6] 보조적 연결어미로 두 용언

____

6) 목적어를 설명하기 위한 예문의 분석에서는 '타 보고 싶다' 전체를 서술어로 분

이 결합된 (7ㅁ)과 같은 경우에는 두 용언의 결합 형식 전체를 서술어로 처리하고 있지만, 이러한 처리의 기준에 대한 설명은 역시 나타나 있지 않다.

최현배(1949)는 서술어의 형식을 '움즉씨, 어떻씨, 잡음씨(이다)'로 제시하였다. 최현배(1949)는 본용언과 보조 용언의 관계에 대해 이인모(1949)와 다르게 전체를 서술어로 처리하고 있다.[7]

> (7-1)ㄱ. 나도 <u>들어 보겠다</u>.
> ㄴ. 그는 <u>가 버렸다</u>.
> ㄷ. 너도 <u>가고 싶으냐</u>.

4.1.3. 목적어

제1기 문법 교과서에서 목적어에 대한 설정 역시 주어, 서술어와 마찬가지로 문법 교과서 간의 큰 차이는 나타나지 않는다. 이인모(1949), 정인승(1949), 최현배(1949)의 경우는 '부림말', 이희승(1949)는 '목적어'로 설정하고 있다. 먼저 각 문법 교과서에서 제시한 목적어의 정의를 정리하여 보면 다음 (8)과 같다.

> (8)ㄱ. 이인모(1949): 풀이말의 움직임을 받는 조각, 곧 그 움직임에 부리어 지는 조각.
> ㄴ. 이희승(1949): 타동사 앞에 반드시 있어야 하는 체언.
> ㄷ. 정인승(1949): 움직씨에게 부림을 받는 말.
> ㄹ. 최현배(1949): 남움즉씨가 풀이말이 될 적에는 반듯이 그 움즉임에 부리어 지는 말이 들어야 하나니, 그 부리어 지는 말을 부림말이라

석하였기 때문에 이인모(1949)에서 본용언과 보조 용언의 결합에 대한 처리 기준이 무엇인지는 확실하지 않다.
(예) 나는 말 <u>타 보고 싶다</u>.
7) 최현배(1949)의 경우에는 '풀이말은 두 낱 넘어의 풀이씨로 되기도 한다'라고 설명하고 있다.

한다.

목적어의 형식과 쓰임에 대해서 이인모(1949)는 (9)의 예문을 제시하였는데, 체언에 조사 '을, 는, 만, 도' 등이 결합한 형식과 조사가 생략된 경우가 목적어로 쓰임을 알 수 있다.

    (9)ㄱ. 나비가 <u>춤을</u> 춘다.
       ㄴ. 그는 <u>창가는</u> 알아도, <u>악보는</u> 모른다.
       ㄷ. 너는 <u>굿만</u> 보고, <u>떡만</u> 먹어라.
       ㄹ. 말 타 보고 싶다.

정인승(1949)은 목적어의 예를 다음 (10)과 같이 제시하였는데, (10ㄴ)과 (10ㄷ)은 각각 동사의 명사화와 형용사의 명사화에 대한 분석으로 목적어의 형식은 (10ㄱ)에 나타난 '이름씨+부림토'에 한정되어 있다.

    (10)ㄱ. 이름씨+부림토: 나는 <u>한글을</u> 사랑한다.
        ㄴ. 움직씨의 이름꼴: 그는 <u>웃기를</u> 잘한다.
        ㄷ. 그림씨의 이름꼴: 날이 <u>밝기를</u> 기다려라.

제1기의 목적어에서 주목할 만한 사항은 이희승(1949)의 목적어 체계인데, 이희승(1949)는 용언의 뜻을 밝히어 제한하는 말을 모두 한정어라고 보고, 그 중에서 타동사 앞에 오는 체언을 목적어라고 설정하였다. 이희승(1949)는 (11)과 같이 한정어의 체계를 설정하였다.

    (11)한정어 - 일반적 성질을 가진 것: 예사 한정어(일반 용언 앞에 쓰임)
            - 특수한 성질을 가진 것 - 목적어(타동사 앞에 쓰임)
                        - 보충어(자동사 중 일부와 의존형용
                           사 앞에 쓰임)

이희승(1949)의 '한정어' 개념은 현재 학교 문법의 부사어, 목적어, 보어를 모두 아우르는 개념으로 동사를 수식하는 수식어나 특정 동사가 필요로 하는 논항을 모두 포함하는 개념으로 파악할 수 있다.

4.1.4. 보어

제1기의 모든 문법 교과서가 '보어'에 해당하는 문장 성분을 설정하고 있지만, 그 개념과 범위는 각각 다르다. 크게 나누면 보어를 '이다'와 '아니다'의 선행어로 정의한 이인모(1949), 최현배(1949)와 보어를 '되다' 앞에 오는 성분으로 정의한 이희승(1949)와 정인승(1949)로 나눌 수 있다. 먼저 이인모(1949)와 최현배(1949)의 보어 정의는 다음과 같다.

(12)ㄱ. 이인모(1949): '이다' 따위의 본바탕의 생각을 들어내지 않는 낱말이 풀이말이 되었을 때에, 정작 사람의 생각을 나타내는 말을 기워 넣어 월을 이루게 하는 조각.
　　ㄴ. 최현배(1949): 잡음씨가 풀이말이 될 적에는 반듯이 그 실질적 생각을 나타내는 말로 기워야(보충하여야) 하나니, 그 깁는 말.

위 (12)에서 최현배(1949)의 경우는 '잡음씨가 풀이말이 될 적'이라고 하여 보어를 취하는 서술어를 '이다'와 '아니다'로 한정하고 있다. 다음 (13)은 최현배(1949)의 보어 예이다.

(13)ㄱ. 이것이 먹이다.
　　ㄴ. 네가 누구이냐.
　　ㄷ. 고래는 고기가 아니다.
　　ㄹ. 그는 英雄이 아니다.

이인모(1949)는 '본바탕의 생각을 들어내지 않는 낱말이 풀이말이 되었을 때'라고 하여서 '이다'만으로 한정하는 것인지 정의에서는 확실하게 드러나지 않지만, 이인모(1949)에서 제시한 보어의 예를 보면, '이다'와 '아니다'의 선행어로 보어를 설정하고 있음을 알 수 있다.

(14)ㄱ. 공부 못 함이 나의 <u>설음</u> 이다.
　　ㄴ. 저 힘은 <u>여간이</u> 아니다.
　　ㄷ. 그것은 <u>말도</u> 아니다.
　　ㄹ. 그의 말 버릇은 "<u>본래</u>" 이다.

이에 비해 이희승(1949), 정인승(1949)는 좀더 넓은 범위의 보어 개념을 설정하고 있다. 이희승(1949)은 자동사 '되다, 하다, 않다, 못하다, 말다' 등은 문장의 서술어로서 아무런 뜻을 이루지 못하기 때문에 필수적인 한정어가 필요하다고 보고 이것을 '보충어'로 설정하고 있다. 이희승(1949)에서 보충어의 예로 든 문장은 다음과 같다.

(15)ㄱ. 물이 <u>어름이</u> 된다.
　　ㄴ. 복동이가 그림을 <u>그리려</u> 한다.
　　ㄷ. 그 사람은 오늘 <u>오지</u> 않는다.
　　ㄹ. 배울 때에 <u>놀지</u> 말아라.
　　ㅁ. 금강산에 <u>가고</u> 싶다.

위의 (15)를 살펴보면, (15ㄱ)의 경우는 현재 학교 문법에서 설정하고 있는 보어와 일치하지만, (15ㄴ~ㅁ)의 경우에는 각각 부정 서술어의 선행 성분, 보조 형용사의 선행 성분 등으로 상당히 넓은 개념의 보충어를 설정하고 있음을 알 수 있다.

이에 비해 정인승(1949)는 '되다'와 같이 뜻이 불완전한 동사나 '같다', '아니다'와 같이 뜻이 불완전한 형용사가 서술어가 될 때 그 앞에 넣어서 뜻을 기우는 말을 '기움말(보어)'라고 설명하고 있는데, '되다'와 '아니다'의 선행 성분을 보어로 설정하고 있는 것이 현재 학교 문법의 체계와 가장 유사하다. 정인승(1949)에서 든 보어의 예는 다음 (16)과 같다.

(16)ㄱ. 나는 <u>학자가</u> 되겠다.
 ㄴ. 고래는 <u>고기와</u> 같다.
 ㄷ. 고래는 <u>고기가</u> 아니다.

위에서 살펴보았듯이 이 시기의 보어 개념은 문법 교과서마다 다른 양상을 보이는데, 특히 '이다', '되다', '같다' 등의 앞에 나타나는 성분을 보어로 보는가의 견해가 일치하지 않는다. 각 문법 교과서에 나타난 보어의 환경을 정리하면 다음과 같다.

	'이다' 선행	'아니다' 선행	'되다' 선행	'같다' 선행	보조 용언 선행	부정 용언 선행
이인모(1949)	O	O	X	X	X	X
최현배(1949)	O	O	X	X	X	X
정인승(1949)	X	O	O	X	X	X
이희승(1949)	X	X	O	O	O	O

4.1.5. 관형어

관형어 역시 제1기에서 제4기까지 형식과 내용에 큰 변화가 없는 문장 성분이다. 먼저 각 문법 교과서에 나타난 관형어의 정의를 정리하면 (17)과 같다.

(17)ㄱ. 이인모(1949): 임자씨로 된 조각을 꾸미는 조각.
 ㄴ. 이희승(1949): 체언의 뜻을 밝히어 꾸미는 말.
 ㄷ. 최현배(1949): 월 가운데에서 다른 말을 꾸미는 말인 '꾸밈말' 중

임자씨를 꾸미는 말.

이인모(1949)는 관형어의 형식을 구체적으로 제시하지는 않았지만, 예문에서 '젊은, 아름다운, 저, 이, 내, 여러, 경주의, 조선의, 많은' 등을 관형어의 예로 제시하고 있어서 이를 통해서 용언의 관형사형, 지시 관형사, '체언+의'를 관형어의 형식으로 보고 있음을 파악할 수 있다.

이희승(1949)은 관형어의 형식을 좀더 체계적으로 제시하고 있는데, '명사, 대명사, 동사, 형용사, 존재사, 관형사'가 모두 관형어로 쓰일 수 있음을 아래 (18)과 같이 제시하고 있다.

(18)ㄱ. 명사: 닭+의

　　ㄴ. 대명사: 너+의

　　ㄷ. 동사: 웃는

　　ㄹ. 형용사: 작은

　　ㅁ. 존재사: 없든

　　ㅂ. 관형사: 모든

한편, 정인승(1949)는 각 품사의 쓰임에 따라 관형어의 형식을 정리하였다.

(19)ㄱ. 이름씨+매김자리토씨 '의': 나의

　　ㄴ. 이름씨+매김꼴 '인', '일': 제나 친구인 김군이 나쁜 사람일 리가 없겠지.

　　ㄷ. 움직씨+'은, ㄴ, 을, ㄹ, 는, 던': 얻은 떡이 두레 반이라.

　　ㄹ. 그림씨+'은, ㄴ, 을, ㄹ, 던': 작은 고기가 가시가 세다.

　　ㅁ. 매김씨: 의 한 사람 때문에 세 어린 아이가 살아났다.

최현배(1949) 역시 관형어의 형식을 '어떤씨, 풀이씨의 어떤꼴, 임자씨+

토씨, 임자씨 그대로'로 간략하게 제시하고 있다.

요약하면, 제1기의 관형어는 각 문법 교과서마다 체언을 꾸미는 문장 성분으로 정의하고 그 형식은 '관형사, 용언의 관형사형, 명사+조사 '의', 명사'로 제시하고 있다.

4.1.6. 부사어

제1기의 부사어는 명칭과 정의는 유사하지만, 세부 내용에서는 차이를 보인다. 먼저 각 문법 교과서에 나타난 부사어의 정의는 다음 (20)과 같이 큰 차이가 없이 모두 용언(풀이씨)을 꾸미는 성분으로 정리할 수 있다.

> (20)ㄱ. 이인모(1949): 풀이씨로 된 조각을 꾸미는 조각 (어찌말).
> ㄴ. 이희승(1949): 용언의 뜻을 밝히어 제한하는 말 (한정어).
> ㄷ. 최현배(1949): 풀이씨를 꾸미는 말 (어찌말).

다음으로 부사어의 실현 양상과 설명은 문법 교과서마다 다른 양상을 보여 준다. 이인모(1949)에 나타난 예문을 살펴보면, 부사, 용언의 부사형, 명사+조사 등의 형식이 문장 내에서 부사어(어찌말)로 처리된 것을 파악할 수 있다. 단, (21ㄹ)과 같이 '되다' 앞에 나타나는 체언+조사 '가'의 단위를 부사어로 처리하고 있다는 점을 주목할 만하다. 이인모(1949)의 경우에는 4.1.4에서 살펴본 대로 보어를 '이다'와 '아니다'에 선행하는 성분으로 제한하고 있고, '되다'에 선행하는 성분은 부사어로 처리함을 예문을 통해서 알 수 있다.

> (21)ㄱ. 기차가 <u>빨리</u> 달아나오.
> ㄴ. 세월도 <u>빠르게</u> 간다.
> ㄷ. 나는 <u>학교에</u> 가겠다.
> ㄹ. 김이 <u>비가</u> 된다.

이희승(1949)의 경우에는 한정어의 예로 부사를 주로 들고 있으며, 용언의 활용형이나 명사에 조사가 결합한 형태는 거의 보이지 않아 어떻게 처리하는지 명시적으로 보이지 않는다. 단, (22)와 같은 예가 한정어로 처리되고 있는데, "존재사 '있다'의 뜻을 밝히어 제한하는 말"이라고 설명하고 있다.

(22) 귀뚜라미는 울고 있다.

이와 같은 예는 4.1.4.의 (15ㄴ~ㅁ)의 예와 함께 시상을 나타내는 보조 용언의 선행어를 처리하는 방식을 보여 준다. 즉, 이희승(1949)에서는 이와 같은 예에서 후행 용언이 서술어로 처리되고 선행어들은 한정어나 보어로 분석된다. 그러나 '말다, 않다'와 같은 부정 서술어와 '싶다'와 같은 보조 형용사, '있다' 외의 용언 앞에 나타나는 '용언 + -고' 형식이나 용언에 '-아, -게'가 결합한 형식의 처리에 대해서는 한정어 중 특별히 보어로 처리하고 있어서 의존적인 용언 앞의 형태에 대해서는 다른 처리 방식을 보인다.

또한 구문 도해를 설명하면서 다음 (23ㄱ)과 같은 예에서 '헐떡거리며'를 한정어라고 설명하여 연결어미가 결합한 형태를 부사어로 처리하고 있음을 알 수 있다. 그러나 동시에 (23ㄴ)의 '물어'는 한정어 중 보어로 분석하였기 때문에 대등 접속에 쓰이는 용언의 활용형은 한정어로 처리하고 종속 접속에 쓰이는 활용형은 한정어 중 특히 보어로 처리한 것이라고 추정할 수도 있다.

(23)ㄱ. 그 아이가 <u>헐떡거리며</u> 빨리 간다.
     ㄴ. 아는 길로 <u>물어</u> 가라.

또한 이희승(1949)는 한정어가 서술어 외에도 "용언으로 된 주어나 수식어의 뜻을 제한하는 데도 쓰이는 일이 있다"고 설명하면서 다음 (24)와 같은 예를 들고 있다.

(24)ㄱ. 잘 배움은 학생의 의무다.
　　ㄴ. 그이는 퍽 착한 사람이다.

그러나 이와 같은 예는 내포절 내의 서술어 '배우다', '착하다'를 꾸미는 부사어 '잘', '퍽'에 대한 분석과 혼동한 것으로 부사어의 용법에서 제외되어야 할 것이다.

정인승(1949)은 이인모(1949)와 비슷하게 어찌말(부사어)의 형식과 예문을 제시하고 있다.

(25)ㄱ. 어찌씨: 꽃이 잘 핀다.
　　ㄴ. 이름씨(+어찌토): 꽃이 <u>봄에</u> 핀다.
　　ㄷ. 움직씨의 어찌꼴: 꽃이 <u>피어</u> 휘늘어졌다.
　　ㄹ. 그림씨의 어찌꼴: 꽃이 <u>곱게</u> 핀다.

단, (25ㄷ)과 관련하여, 정인승(1949)는 움직씨(동사)를 설명하면서 "끝이 "어, 아, 고, 게, 면서, 려고......" 따위(어찌꼴)로 끝바꿈하여 쓰인다"라고 하여 다음과 같은 예를 모두 어찌말(부사어)로 처리하였다.

(26)ㄱ. 소가 풀을 <u>뜯어</u> 먹는다.
　　ㄴ. 둥근 달이 <u>돋아</u> 오른다.
　　ㄷ. 그는 글을 <u>읽고</u> 앉았다.
　　ㄹ. 그는 땀이 <u>나게</u> 일을 합니다.
　　ㅁ. 기차가 소리를 <u>내면서</u> 떠난다.
　　ㅂ. 나는 <u>공부하려고</u> 책을 폈다.

그림씨(형용사)의 경우에도 마찬가지로 다음 (27)을 어찌말의 예로 들고 있다.

> (20) ㄱ. 때가 점점 <u>늦어</u> 간다.
>
> ㄴ. 먼동이 차차 <u>밝아</u> 온다.
>
> ㄷ. 부모의 마음을 항상 <u>즐겁게</u> 하여 드려야지.
>
> ㄹ. 그 모자가 내 머리에 <u>작지</u> 아니하오.

위의 (26, 27)을 보면, 정인승(1949)는 현재 학교 문법에서 보조적 연결 어미로 처리하고 있는 '아, 게, 지, 고' 등이 결합된 용언을 후행 용언에 대한 부사어로 처리하고 있음을 알 수 있다. 또한 (27ㄹ)과 같이 부정 용언에 선행하는 용언의 활용형도 부사어로 처리하고 있다.[8] 이희승(1949)에서 부정 용언에 선행하는 용언이 보어로 처리됨에 비해 정인승(1949)에서는 이러한 용언의 활용형이 부사어로 처리되고 있어서, 보어와 부사어의 설정 차이 외에도 보조적 연결어미가 결합한 용언의 활용형에 대한 처리 양상이 통일되지 않고 있음을 알 수 있다.[9]

최현배(1949)는 어찌말을 "어찌씨만으로, 또는 어찌씨에 토씨가 붙어서 되기도 하며, 풀이씨의 어찌꼴이나 이음꼴로 되기도 하며, 임자씨에 토씨가 붙어서 되기도 한다"라고 설명하면서 다음과 같은 예를 들고 있다.

---

8) 현재 학교 문법에서는 위와 같은 예에서 '아니하다'를 부정 용언이라고 설명하고 있지만, '아니하오'가 서술어이고 '작지'가 부사어인지, '작지 아니하오' 전체가 서술어인지 밝히지는 않고 있다. 나머지 보조적 연결어미가 결합한 용언의 경우에는 문장 접속에서 처리하고 있기 때문에 각각 서술어로 처리된다고 판단할 수 있다.

9) 이인모(1949)의 경우에는 시상을 나타내는 보조 용언에 선행하는 성분과 부정 용언에 선행하는 성분의 처리에 대해 명시적으로 설명한 바는 없으나 예문을 통해 살펴보면 이들을 모두 서술어로 보려고 시도했음을 알 수 있다. 즉, 아래의 예문에서 '타 보고 싶다' 전체와 '피지 못하오' 전체를 서술어로 분석하고 있다.
  (예) 나는 말 <u>타</u> <u>보고</u> <u>싶다</u>.
  나는 담배를 조금도 <u>피지</u> <u>못하오</u>.

(28)ㄱ. 세월이 <u>매우</u> 빠르다.

　　ㄴ. 너는 <u>자주도</u> 온다.

　　ㄷ. 꽃이 <u>아름답게</u> 피어 있다.

　　ㄹ. 복동이가 <u>학교에</u> 간다.

　　ㅁ. 그애가 <u>급장이</u> 되었다.

　　ㅂ. 부모의 은혜는 높기가 <u>산과</u> 같다.

(28ㄱ)은 어찌씨, (28ㄴ)은 어찌씨에 토씨가 붙은 꼴이 어찌말로 쓰인 경우이며, (28ㄷ)은 풀이씨의 어찌꼴, (28ㄹ~ㅂ)은 임자씨에 토씨가 붙은 형태가 어찌말로 쓰인 예이다. (28ㄷ)에서 '피어 있다'의 경우에는 전체가 서술어로 처리됨을 명시적으로 나타내고 있어서[10] 이희승(1949), 정인승 (1949)와는 처리 방식이 다름을 알 수 있다. 또한 (28ㅁ, ㅂ)은 정인승 (1949)에서는 보어로 처리되고 있는 항목이어서 역시 보어와 부사어 설정에 차이가 있음을 보여 준다.

정리하면, 이 시기의 부사어는 용언을 꾸미는 성분이라는 정의에서는 문법 교과서별로 큰 차이가 나타나지 않지만, 실제 예문을 살펴보면, 보조적 연결 어미가 결합한 용언의 처리 방식, '되다, 같다' 등 일부 용언에 선행하는 성분의 처리 방식 등이 문법 교과서마다 다름을 알 수 있다. 제1기의 부사어 처리 방식을 간단히 정리하면 아래 표와 같다.[11]

	부사	체언+조사	'되다' 선행	'같다' 선행	용언의 부사형	시상보조 용언 선행	부정 용언 선행
이인모(1949)	O	O	O	-	O	X	X
이희승(1949)	O	O	X	-	O	O	X
정인승(1949)	O	O	X	X	O	O	O
최현배(1949)	O	O	O	O	X	X	X

---

10) '꽃이 <u>아름답게</u> 피어 있다'와 같이 분석하여 '피어 있다' 전체가 서술어임을 보이고 있다.

11) O는 명시적으로 부사어로 처리한 경우, X는 다른 성분으로 처리한 경우이며, -는 처리 여부가 교과서에 정확하게 나타나지 않은 경우이다.

4.1.7. 독립어

제1기의 문법 교과서는 모두 독립어를 설정하고 있으며, 접속어를 따로 문장 성분으로 설정한 문법 교과서는 없다. 이인모(1949), 정인승(1949), 최현배(1949)는 모두 독립어에 대한 내용을 매우 간단히 설명하고 있다.

먼저 이인모(1949)는 '홀로말'을 '월에서 다른 조각과 아무 형식상의 관련이 없이 홀로 서는 조각'이라고 정의하고 다음과 같은 예를 들고 있다.

(29) ㄱ. <u>아</u>, 기쁘다 대한 독립!
    ㄴ. <u>응</u>, 저 책은 아마 내 것 인 듯하다.
    ㄷ. <u>여러분</u> 한글을 공부합시다.
    ㄹ. <u>그러나</u>, 내가 어찌 그런 일을 하겠니?
    ㅁ. <u>선생님</u>, 이 문제는 어떻게 풉니까?

위의 예를 볼 때, 부르는 말에 해당하는 '선생님, 여러분' 등 외에도 대답하는 말인 '응', '그러나'와 같이 접속 부사에 해당하는 말도 독립어로 처리하고 있다.

정인승(1949)는 '홀로말'을 '월의 짜임에 있어서 어떤 조각에도 붙지 않는 말, 곧 느낌씨나 부름말(호어) 따위'라고 정의하고 다음 (30)과 같은 예를 들었다. (30)을 통해서 볼 때, 정인승(1949)의 독립어는 감탄사와 호격어에 한정하는 것으로 파악할 수 있다.

(30) ㄱ. <u>아</u>, 봄이 왔구나!
    ㄴ. <u>복동아</u>, 누가 밖에서 찾니?

이에 비해 이희승(1949)는 독립어를 쓰임과 품사에 따라 비교적 자세히 분류하였다.

(31)ㄱ. 감탄하는 느낌을 나타내는 말: 아, 저런

ㄴ. 부르는 뜻을 나타내는 말: 어머니, 수남아

ㄷ. 대답하는 뜻을 나타내는 말: 네, 아니

ㄹ. '부터'를 나타내는 말: 8월 15일, 우리는 이날을 잊을 수 없다.

ㅁ. 앞 뒤의 글월을 이어 주는 말: 티끌 모아 태산이다. <u>그러므로</u>, 적은 것을 아끼어라.

또한 위의 예에서 '아, 저런, 네, 아니'와 같은 경우는 감탄사, '어머니, 수남아, 8월 15일' 등은 체언, '그러나, 그러므로'와 같은 예는 접속사가 독립어로 쓰인 것이라고 하여 독립어로 쓰이는 말을 품사별로 분류하고 있다.

최현배(1949)는 독립어를 '월의 가운데서 다른 조각들과 형식상 긴밀한 관련이 없이 거의 따로 서는 조각'이라고 정의하고, 이희승(1949)와 유사하게 독립어를 쓰임에 따라 예를 들어 설명하였다.

(32)ㄱ. 부름말: <u>차돌아,</u> 學校에 가자.

ㄴ. 보임말(제시어): <u>돈,</u> 그것이 第一인가.

ㄷ. 느낌말: <u>아아,</u> 그립다 이내 고장!

ㄹ. 이음말: <u>그러나,</u> 그는 속이 나쁜 사람은 아니었다.

4.2. 제2기(1956–1967): 보어와 독립어 설정의 유동기

4.2.1. 주어

제2기의 주어에 대한 내용은 제1기와 크게 달라지지 않았다. 주어의 정의 역시 이희승(1956), 정인승(1956), 최현배(1956)은 제1기의 이희승(1949), 정인승(1949), 최현배(1949)와 같으며, 김윤경(1957)과 김민수 외(1960)에는 다음과 같이 나타났다.

(33)ㄱ. 김윤경(1957): 월의 임자(주체, 제목)이 되는 조각.
　　ㄴ. 김민수 외(1960): 한 문장 속에서 주체가 되는 말.

　주어의 형식과 쓰임에 대한 설명도 이희승(1956), 정인승(1956), 최현배(1956)는 제1기의 이희승(1949), 정인승(1949), 최현배(1949)와 같기 때문에 이 장에서 다시 기술하지 않는다. 김민수 외(1960)은 주어의 형식을 "토 '이, 가'를 가진 명사들과 용언의 명사형"으로 보고 다음과 같은 예를 들었다. (34ㄱ, ㄴ)은 각각 명사에 조사 '이'와 '가'가 결합된 경우이고, (34ㄷ)은 용언의 명사형에 조사 '이'가 결합하여 주어로 쓰인 예이다.

(34)ㄱ. <u>하늘이</u> 파랗다.
　　ㄴ. <u>제비가</u> 난다.
　　ㄷ. <u>배움이</u> 많다.

　이숭녕(1956)과 김윤경(1957)도 주어의 형식에 대해서 이와 비슷하게 기술하고 있다.[12]

　한편, 김윤경(1957)은 이중 주어 구문에 대한 예를 들고 있는데, (35)에서 '그 사람이', '뜻이'를 '마디를 풀이로 삼은 월의 임자'인 '큰 임자'로, '힘이', '굳기가'를 '임자 마디나 풀이 마디의 임자'인 '작은 임자'로 설명하고 있다.

---

12) 김윤경(1957)은 체언에 주격 조사가 결합하는 형식 외에도 '홋 임자, 뭇 임자, 큰 임자, 작은 임자, 마디 임자, 붙음 임자, 으뜸 임자, 같은 임자' 등의 형식을 제시하였다. '홋 임자'는 주어가 하나뿐인 것이고, '뭇 임자'는 이에 대해 '벌과 나비가 날아 온다'의 '벌과 나비'처럼 주어가 여럿으로 된 경우에 해당한다. '큰 임자'와 '작은 임자'는 이중 주어 구문을 설명하기 위한 것이며, '마디 임자'는 절의 형식으로 된 주어를 나타낸다. '붙음 임자'와 '으뜸 임자'는 각각 내포절의 주어와 주절의 주어를 이르며, '같은 임자'는 대등적으로 연결된 문장에서 선행 문장의 주어와 후행 문장의 주어를 나타낸다.

(35)ㄱ. <u>그 사람이 힘이</u> 세다.
　　ㄴ. <u>뜻이 굳기가</u> 돌 같다.

정인승(1956), 최현배(1956)은 이와 같은 구문을 주어에서 설명하지 않고 문장의 짜임에 대한 내용 중 '풀이 마디'에서 설명하고 있다. 이것은 현행 학교 문법에서 이중 주어 구문을 '서술절'에서 다루고 있는 것과 동일한 체계이다.

4.2.2. 서술어

제2기의 서술어에 대한 설명 역시 제1기와 큰 차이가 없다. 이희승(1956), 정인승(1956), 최현배(1956)은 제1기의 이희승(1949), 정인승(1949), 최현배(1949)와 각각 내용이 동일하기 때문에 이 장에서 다시 기술하지 않는다.

(36)ㄱ. 김윤경(1957): 임자 된 말의 움즉임이나 성질이나 갈래의 어떠함을
　　　　풀이하는 조각.
　　ㄴ. 김민수 외(1960): 주어를 설명하는 구실을 하는 말.

위 (36)은 서술어의 정의가 명시적으로 제시된 김윤경(1957)과 김민수 외(1960)의 예이다.

서술어의 형식에 대해서도 대부분의 문법 교과서들이 제1기와 마찬가지로 동사, 형용사와 체언에 '이다'가 결합한 형태를 제시하고 있다. 김윤경(1957)은 다음 (37)과 같은 서술어의 예를 들고 있다.

(37)ㄱ. 사람이 <u>동물이다.</u>
　　ㄴ. 마음이 <u>착하다.</u>
　　ㄷ. 아기가 잘 <u>자라오.</u>

(37ㄱ)은 체언에 '이다'가 결합한 형태이며, (37ㄴ, ㄷ)은 각각 형용사와 동사가 서술어로 쓰인 예이다.

이숭녕(1956)과 김민수 외(1960)도 이와 비슷하게 서술어의 예를 들고 있다. 다음 (38)은 김민수 외(1960)에서 든 서술어의 예이다.

(38)ㄱ. 바람이 <u>분다</u>.
   ㄴ. 산이 <u>푸르다</u>.
   ㄷ. 저것은 <u>꽃이다</u>.

김민수 외(1960)은 (38ㄱ, ㄴ)은 동사·형용사, 즉 용언에 종결어미가 붙어 서술어가 된 경우이고, (38ㄷ)은 명사에 서술격토 '이다'가 붙어서 서술어로 구실을 하는 것이라고 설명하였다.

4.2.3. 목적어

제2기의 목적어 역시 제1기의 목적어와 마찬가지로 문법 교과서마다 큰 차이 없이 타동사가 서술어가 될 때 그 앞에 쓰이는 '을/를'이 붙는 체언으로 정의되고 있다.[13] 가 문법 교과서에 나타난 목적어에 대한 설명을 정리하면 (39)와 같다.

(39)ㄱ. 이숭녕(1956): '을, 를'을 가진 명사, 대명사, 수사
   ㄴ. 김민수 외(1960): 서술어가 나타내는 행동의 목적물
   ㄷ. 김윤경(1957): 꾸밈 감의 하나로, '얼·움씨 꾸밈' 중에서 남움에 쓰이는 말.

위의 (39ㄷ)에서 김윤경(1957)은 목적어를 서술어를 꾸미는 수식어의 하

---

13) 이희승(1956), 정인승(1956), 최현배(1956)은 이희승(1949), 정인승(1949), 최현배(1949)과 내용이 동일하므로 다시 기술하지 않는다.

나로 보고 그 중 타동사를 꾸미는 경우를 목적어로 설정하고 있다. 이는 제 1기 이희승(1949)의 '한정어'와 유사한 설정으로 볼 수 있다. 김윤경(1957) 에서 설정한 꾸밈 감의 체계는 다음과 같다.

(40) 꾸밈 감 ┌ 임씨
           └ 얼·움씨 ┌ 쓰임 말: 남움에 쓰임
                        └ 기타

(40)에서 임씨 꾸밈 감은 관형어에 해당하고, 얼·움씨 꾸밈 감 중 쓰임 말은 목적어이며, 기타는 부사어에 해당하는 항목이다. 이에 대해서는 4.2.6에서 다시 다루기로 한다.

이숭녕(1956)과 김민수 외(1960)은 체언에 '을, 를'이 결합한 형식을 목적 어로 보았다. 다음은 김민수 외(1960)의 목적어에 해당하는 예이다.

(41)ㄱ. 바람이 <u>가랑잎을</u> 휩쓸었다.
     ㄴ. 인공이성이 <u>별을</u> 스쳐간다.

4.2.4. 보어

제2기의 보어 설정도 제1기와 마찬가지로 문법 교과서마다 통일된 체계 를 보이고 있지 않다. 그러나 모든 문법 교과서에서 보어를 설정했던 제1 기와 달리 제2기의 문법 교과서는 크게 보어를 문장 성분으로 설정한 이희 승(1956), 정인승(1956), 최현배(1956)와 보어를 문장 성분으로 설정하지 않 은 김윤경(1957), 김민수 외(1960), 이숭녕(1956)으로 나뉜다.

먼저 보어를 설정한 견해 중 이희승(1956)과 최현배(1956)은 제1기의 이 희승(1956), 최현배(1949)와 각각 동일한 기술을 보인다. 즉, 이희승(1956)은 서술어로서 뜻을 이루지 못하는 동사 '되다, 하다, 않다, 못하다, 말다' 등은 필수적인 한정어가 필요하다고 보고 이것을 '보충어'로 설정하였고, 최현배

(1956)은 '이다'와 '아니다' 앞에 오는 성분을 보어로 설정하였다.

정인승(1956)의 경우에는 정인승(1949)보다 좀더 확대된 보어 개념을 설정하고 있는데, 정인승(1949)에서 설명한 '되다, 아니다, 같다' 등 불완전한 서술어에 선행하는 성분 외에도 '다르다'나 '못하다' 앞에 나타나는 체언에 조사 '와'가 결합하여 비교를 나타내는 성분까지 보어에 포함시키고 있다. 그 예는 다음 (42)와 같다.

(42) ㄱ. 구름은 <u>연기와</u> 다르다.
     ㄴ. 쥐가 <u>강아지만</u> 못하다.

보어를 설정하지 않은 문법 교과서 중 이숭녕(1956)의 경우 서술어를 수식하는 '한정어'의 예에서 '나는 군인이 되겠다. 너는 학자가 되어라'와 같은 문장을 예로 들고 있어 보어에 해당하는 개념을 부사어와 유사한 '한정어'에 포함시키고 있음을 파악할 수 있다. 김윤경(1957)도 얻·움 꾸밈에서 '같다' 앞에 나타나는 성분을 다루고 있어서 이를 부사어와 유사한 개념으로 파악하였음을 알 수 있다. 그러나 김민수 외(1960)에서는 다른 성분에서 이러한 개념을 포괄하고 있는지 파악할 수 없다.

제1기와 마찬가지로 각 문법 교과서에 나타난 보어의 범위를 정리하면 다음과 같다.

	'이다' 선행	'아니다' 선행	'되다' 선행	'같다' 선행	보조 용언 선행	부정 용언 선행
이희승(1956)	X	X	O	O	O	O
정인승(1956)	X	O	O	O	X	X
최현배(1956)	O	O	X	X	X	X
이숭녕(1956)	X	X	X	X	X	X
김윤경(1957)	X	X	X	X	X	X
김민수 외(1960)	X	X	X	X	X	X

4.2.5. 관형어

제2기 문법 교과서에서도 관형어에 대한 기술은 제1기에 비해 큰 변화가 없고, 각 문법 교과서마다 큰 차이를 보이고 있지도 않다. 이희승(1956), 정인승(1956), 최현배(1956)은 앞서 살펴 본 다른 문장 성분과 마찬가지로 제1기의 문법 교과서들과 동일하다. 이 밖의 문법 교과서에 나타난 관형어에 해당하는 정의를 정리하면 (43)과 같다.

(43)ㄱ. 이숭녕(1956): 뒤에 오는 말을 수식하고 꾸미는 것.
   ㄴ. 김윤경(1957): 꾸밈 감 중에서 '임씨 꾸밈.' 임씨로 된 월의 감의 뜻을 더 똑똑하게 하려고 '어떠한'이라고 이르는 말.
   ㄷ. 김민수 외(1960): 명사 위에서 그 명사의 뜻을 꾸며 주는 구실.

위의 정의들은 관형어의 기능인 '수식'에 대해서는 공통적으로 언급하고 있지만, 관형어가 수식하는 대상에 대해서는 뚜렷하지 않다. 이숭녕(1956)은 수식받는 대상이 무엇인지 구체적으로 언급하고 있지 않고, 김윤경(1957), 김민수 외(1960)는 '임씨', '명사'로 제시하고 있는데, 문장 성분인 관형어가 품사인 '명사'를 수식하는 형식의 정의이기 때문에 문법 요소 간의 위계가 맞지 않는 문제가 있다.

관형어의 형식에 대해서는 이숭녕(1956)이 '용언의 관형사형과 관형사, 소유격의 체언'으로 제시하였는데, 그 예는 다음과 같다.

(44)ㄱ. <u>새</u> 사람
   ㄴ. <u>좋은</u> 아기
   ㄷ. <u>내</u> 책

김민수 외(1960) 역시 관형어의 형식을 '관형사, 명사+조사, 동사, 형용사'로 제시하고 다음과 같이 예를 들었다.

(45)ㄱ. <u>새</u> 책이 나왔다.

　　ㄴ. 저 신이 <u>학생의</u> 신이다.

　　ㄷ. <u>흐르는</u> 물소리가 귀에 익었다.

　　ㄹ. <u>고운</u> 얼굴이 더욱 곱구나.

김윤경(1957)에서 관형어에 해당하는 성분은 꾸밈 감 중 '임씨 꾸밈'인데, 그 형식을 '한 낱말(언씨), 으뜸씨+토씨, 한 마디' 등으로 설명하고 다음과 같은 예를 들었다.

(46)ㄱ. 그는 <u>온</u> 재산인 집을 잃었다.

　　ㄴ. <u>나의</u> 집이 좋다.

　　ㄷ. <u>저</u>, <u>날랜</u>, <u>뛰는</u> 범을 보라.

4.2.6. 부사어

제2기의 문법 교과서에 나타난 부사어의 처리 역시 제1기와 마찬가지로 통일되지 않고 혼란스러운 양상을 보인다. 먼저 이희승(1956)과 최현배(1956)의 경우에는 서술 내용이 제1기의 이희승(1949), 최현배(1949)와 각각 거의 동일하므로 이 장에서 다시 기술하지 않도록 한다.

정인승(1956)의 경우도 제1기의 정인승(1949)와 부사어의 처리가 거의 비슷한데, (47)과 같이 움직씨가 어찌말로 쓰인 예를 보면, 제1기와 마찬가지로 문장이 보조적으로 연결될 경우 선행절의 용언을 어찌말로 분석하고 있음을 보여준다. 단, 제1기에 비해 문장이 접속되는 예를 더욱 명시적으로 드러내고 있다.

(47)ㄱ. 소가 풀을 <u>뜯어</u> 먹는다.

　　ㄴ. 둥근 달이 <u>돌아</u> 오른다.

　　ㄷ. 비가 <u>오는데</u>, 어디를 가시오?

ㄹ. 네 말을 <u>들으니</u>, 안심이 된다.
ㅁ. 잠을 깨고 <u>보니</u>, 한 꿈일러라.
ㅂ. 글을 <u>읽으면</u>, 정신이 깨끗해진다.

이숭녕(1956)에서 부사어에 해당하는 개념은 '한정어'인데, 부사, 명사 처격, 여격의 체언, 용언의 부사형 등이 한정어로 쓰일 수 있다고 보고 다음과 같은 예를 들었다.

(48)ㄱ. 나는 <u>집에서</u> 밥을 <u>많이</u> 먹었다.
ㄴ. 나는 <u>서점에서</u> 책을 <u>조금</u> 사왔다.

위와 같은 예는 다른 문법 교과서들과 처리 방식에 큰 차이가 없다. 단, 이숭녕(1956)은 처리하기 어려운 한정어의 예로 다음과 같은 예를 들고 있어서, 역시 제1기의 몇 문법 교과서들과 마찬가지로 '되다'에 선행하는 성분, 보조 용언에 선행하는 용언의 활용형 등을 부사어로 처리하고 있음을 알 수 있다.

(49)ㄱ. 나는 <u>군인이</u> 되겠다.
ㄴ. 아기가 <u>울고</u> 있다.
ㄷ. 집을 <u>찾아</u> 간다.

김윤경(1957)에서 부사어에 해당하는 개념은 '꾸밈 감' 중에서 '얼·움씨 꾸밈'으로 "얼씨나 움씨로 된 감 위에서 이를 더 똑똑하게 하려고 깁거나 '어떠하게'라고 이르는 말"이다. 김윤경(1957)의 '얼·움 꾸밈'은 이희승(1949, 1956)의 한정어와 유사하게 넓게는 목적어를 포함하는 개념으로, 다음과 같은 예들을 '얼·움씨 꾸밈'의 예로 들고 있다.

(50)ㄱ. 아기가 <u>젖을</u> 먹소.
　　ㄴ. 얼굴이 <u>달과</u> 같다.
　　ㄷ. 나는 <u>서울에</u> 간다.
　　ㄹ. 소가 <u>더디게</u> 간다.
　　ㅁ. 말이 <u>뛰어</u> 간다.
　　ㅂ. 저 비행기가 <u>매우 빨리</u> 달아나오.

(50ㄱ)이 목적어를 '얼·움씨 꾸밈'의 하나로 파악한 예이며, (50ㄷ, ㄹ, ㅂ)은 각각 체언에 조사가 결합한 경우, 용언의 활용형, 부사가 그대로 부사어로 쓰인 예로 다른 문법 교과서와 비슷한 견해를 보인다. 또한 (50ㄴ)에서 '같다'에 선행하는 성분이 '꾸밈'임을 명시적으로 제시해 정인승(1949, 1956)에서 이와 같은 예를 보어로 처리하는 것과 차이를 보이며, 제1기 및 제2기의 다른 문법 교과서들과 유사하게 (50ㅁ)과 같은 예를 부사어로 처리하고 있다.[14)]

김민수 외(1960)은 '용언의 위에서 용언을 한정하는 말'로 부사어를 정의하고, 부사어에는 부사가 쓰이는 것이 원칙이나 명사, 동사, 형용사들도 부사어로 쓰인다고 보고 다음과 같은 예를 들고 있다.

(51)ㄱ. 마음씨가 <u>무척</u> 곱다.
　　ㄴ. 꽃이 <u>곱게</u> 피었다.
　　ㄷ. 기차는 <u>부산으로</u> 간다.
　　ㄹ. 달이 <u>돋아</u> 오른다.

김민수 외(1960) 역시 (51ㄹ)과 같이 보조적 연결 어미가 결합한 용언의 활용형을 부사어로 처리하고 있음을 알 수 있다.

---

14) 그러나 연결어미 '-고'로 접속된 다음과 같은 문장은 전체를 하나의 서술어로 처리하고 있다.
　　(예) 바다가 <u>넓고 깊습니다.</u>

제2기 문법 교과서에 나타난 부사어는 제1기와 마찬가지로 각 문법 교과서에 나타난 기본 정의와 형식은 큰 차이가 없지만, 여전히 보어와 부사어의 범위가 통일되지 않은 경향을 보이며, 보조적 연결어미가 결합한 예와 보조 용언에 선행하는 용언의 활용형을 부사어로 처리하고 있음을 알 수 있다. 제2기 문법 교과서에 나타난 부사어의 범위를 제1기와 마찬가지 방식으로 정리하면 다음과 같다.

	부사	체언+조사	'되다' 선행	'같다' 선행	용언의 부사형	시상보조 용언 선행	부정 용언 선행
이숭녕(1956)	O	O	O	-	O	O	-
이희승(1956)	O	O	X	-	X	O	X
정인승(1956)	O	O	X	X	O	O	O
최현배(1956)	O	O	O	O	X	X	X
김윤경(1957)	O	O	-	O	O	-	-
김민수 외(1960)	O	O	-	-	O	-	-

4.2.7. 독립어 · 접속어

제2기의 문법 교과서들은 독립어와 접속어를 모두 설정한 김민수 외(1960)와 독립어를 설정하고 접속어는 따로 설정하지 않은 정인승(1956), 독립어와 접속어를 모두 설정하지 않은 이숭녕(1956), 김윤경(1957)로 나뉜다.

먼저 독립어와 접속어를 설정한 김민수 외(1960)는 독립어와 접속어(연결어)를 각각 다음과 같이 정의하고 있다.

(52)ㄱ. 독립어(홀로말): 그 다음에 오는 문장과는 따로 떨어져 하나의 생각을 나타내는 성분.
　　ㄴ. 연결어(이음말): 성분이나 문장을 연결시키는 성분.

김민수 외(1960)는 위의 정의에 따라 독립어와 접속어(연결어)의 예를 제시하고 있는데, 명사, 동사, 형용사, 감탄사가 독립어로 쓰일 수 있고, 명사,

동사, 형용사, 접속사가 연결어로 쓰일 수 있다고 하여 성분과 품사의 관계도 제시하고 있다. 김민수 외(1960)에서 제시한 독립어와 접속어의 예는 (53), (54)와 같다.

(53)독립어
　　ㄱ. <u>아무렴</u>! 나는 너를 믿는다.
　　ㄴ. <u>예</u>, 잠간만 기다리시오.
　　ㄷ. <u>아버지</u>, 손님이 오셨어요.

(54)연결어
　　ㄱ. 산에나 <u>혹은</u> 바다에 가겠다.
　　ㄴ. 우리는 기다렸다, <u>그러나</u> 그는 안 왔다.

한편, 독립어만 설정한 정인승(1956)은 제1기의 정인승(1949)와 마찬가지로 '홀로말'을 '월의 짜임에 있어서 어떤 조각에도 붙지 않는 말, 곧 느낌씨나 부름말(호어) 따위'라고 정의하고 있다. 이숭녕(1956), 김윤경(1957)은 독립어와 접속어를 모두 설정하지 않았고, 다른 성분의 예에서도 다른 문법 교과서의 독립이니 접속이에 대응하는 예를 찾을 수 없어, 이들 요소를 어떻게 처리하고 있는지 파악하기 힘들다.[15]

4.3. 제3기(1968–1984): 독립어와 접속어 설정의 혼란기

4.3.1. 주어

제3기의 문법 교과서들은 공통적으로 주어를 서술어와 함께 문장의 근간을 이루는 성분으로 보고 있다. 이전 제2기와 마찬가지로 주어에 대한 설

---

15) 이숭녕(1956)은 품사에서는 감탄사와 간접부사를 설정했고, 김윤경(1957)도 감탄사에 해당하는 '늑씨'를 설정했지만, 이들 품사와 성분의 관계는 나타나 있지 않다.

명은 문법 교과서마다 큰 차이가 없이 주어를 문장에서 '무엇이'에 해당하는 성분으로 정의하고, '체언+주격조사'를 주어의 기본 형식으로 제시하였다. 각 문법 교과서에 나타난 주어의 정의를 정리하면 다음 (55)와 같다.

(52)ㄱ. 강복수·유창균(1968): 문장에서 주체가 되는 어절
　　ㄴ. 김민수·이기문(1968), 김민수(1979): 문장에서 '무엇이'에 해당하는 성분.
　　ㄷ. 양주동·유목상(1968): '무엇이 어찌한다, 무엇이 어떠하다, 무엇이 무엇이다'에서 '무엇이'에 해당하는 말.
　　ㄹ. 이명권·이길록(1968), 이길록·이철수(1979): '무엇'이에 해당하는 부분으로 문장에서 주 체가 되는 어절.
　　ㅁ. 이숭녕(1968): 문장에서 이야기의 제목, 또는 행위자가 되는 말. '무엇이'에 해당하는 어 절.
　　ㅂ. 이은정(1968): 월의 주체 성분이 되는 말.
　　ㅅ. 이을환(1967): 문장 안에서 주체가 되는 말.
　　ㅇ. 이인모(1968): 문장의 주체.
　　ㅈ. 이희승(1968): 문장의 주체(알맹이)가 되는 말.
　　ㅊ. 최현배(1968): 문장(월)의 임자가 되는 말.
　　ㅋ. 허웅(1968, 1979): 서술어에 대한 말거리(설명의 주제)를 보이는 말.
　　ㅌ. 이응백·안병희(1979): 문장의 가장 기본적인 성분. 문장의 제목.

주어의 형식에 대해서는 문법 교과서들이 대체로 '체언+주격조사'로 간략하게 제시하고 있다. 먼저 강복수·유창균(1968)은 주어는 주로 체언에 관계언인 주격 조사 '이'가 결합하여 이루어진다고 보았으며, 다음과 같은 예를 찾을 수 있다.

(56)ㄱ. <u>꽃이</u> 핀다.
　　ㄴ. <u>나는</u> 진리를 사랑한다.

양주동 · 유목상(1968)은 주어의 예를 다음 (57)과 같이 제시하였는데, 이는 각각 '무엇이 어찌한다', '무엇이 어떠하다', '무엇이 무엇이다'의 문형에서 '무엇이'에 해당하는 말이다.

(57)ㄱ. 봄이 온다.
　　ㄴ. 꽃이 좋다.
　　ㄷ. 이것은 진달래다.

이명권 · 이길록(1968)도 주어는 주로 '체언+관계언'으로 이루어진다고 보았으며, 다음과 같은 예를 들었다.

(58)ㄱ. 꽃이 핀다.
　　ㄴ. 산이 높다.
　　ㄷ. 이것이 금이다.

최현배(1968)은 주어는 일반적으로 체언(임자씨)에 임자 자리토가 붙어서 되는 것이라고 설명하고 다음과 같은 예를 들고 있다.

(59)ㄱ. 개가 달아난다.
　　ㄴ. 저것이 이것보다 크다.
　　ㄷ. 여덟이 둘의 네 곱절이다.

허웅(1968, 1979)는 주어는 '원칙적으로는 체언이나 체언의 구실을 하는 말이, 주격 조사 '이/가'의 의지를 입어서 만들어지는데, 때로는 보조 조사의 의지에 의할 수도 있고, 또는 체언이 단독으로 담당할 수도 있다'고 주어의 형식을 설명하고, 다음과 같은 예를 들고 있다.

(60)ㄱ. <u>책이</u> 비싸다. (명사+주격 조사)
　　ㄴ. <u>너는</u> 무엇 하니? (대명사+보조 조사)
　　ㄷ. 달 밝은 밤에... (명사 단독으로)

한편 강윤호(1968)은 문형을 중심으로 문장 성분을 설명하였기 때문에 주어의 정의나 형식을 구체적으로 언급하지 않았지만, 각 품사의 기능과 기본 문형에 나타난 예문을 통해 주어의 형식을 파악할 수 있다.

(61)ㄱ. <u>입이</u> 보배다.
　　ㄴ. <u>얼굴은</u> 그가 아니었다.

이은정(1968)의 경우는 주어의 형식을 각 품사의 기능, 주어의 형식, 주어의 의미 등에 따라 다음 (62)와 같이 분류하였다.

(62)ㄱ. 주격 조사가 붙은 체언: <u>철수가</u> 간다.
　　ㄴ. 부정격조사가 붙어서 주격을 표시하는 체언: <u>철수는</u> 성실하다.
　　ㄷ. 주격조사가 붙은 용언의 명사형: 추워서 <u>일하기가</u> 어렵구나.
　　ㄹ. 설명의 주제로 삼아서 쓰는 말: "<u>사람은 생각하는 갈대다.</u>"는 파스칼이 한 말이다.
　　ㅁ. 주격조사의 생략: 벌써 <u>배</u> 고프구나.

(62ㄷ, ㄹ)과 같은 경우는 주어에만 해당하는 내용이 아니라 용언이나 문장 전체가 하나의 체언과 같은 역할로 쓰이는 경우로 제1기, 제2기의 몇 문법 교과서에 나타난 문제와 마찬가지로 문장 성분이 아닌 명사나 용언의 명사형과 관련된 부분에서 다루는 것이 더 효율적일 것이다. 또한 (62ㄱ, ㄴ, ㅁ)의 경우는 조사의 결합에 따른 주어의 형식에 의한 분류인 데 비해 (62ㄷ)은 주어로 쓰이는 품사에 따른 분류이고, (62ㄹ)은 문장 내에서 주어가 가지는 의미를 기준으로 한 분류로 분류의 기준이 통일되지 않은 문

제점도 보인다.

이응백 · 안병희(1979)도 주어의 형식을 비교적 자세히 소개하고 있다. 이를 정리하여 보이면 다음 (63)과 같은데, 주로 주어를 이루는 품사에 결합하는 조사에 따라서 주어의 형식을 분류하였다.

(63)ㄱ. 체언, 용언의 명사형+주격 조사: <u>염주가</u> 불상 앞에 떨어졌다.
　　ㄴ. 주격 조사의 생략: <u>너</u> 지금 무슨 이야기 했니?
　　ㄷ. 체언+존칭 주격 조사 '께서': 일곱 살 때 <u>할아버지께서</u> 세상을 떠나셨다.
　　ㄹ. 체언+'에서' (단체를 나타내는 말): 이번에는 <u>우리 학교에서</u> 우승기를 쟁탈했다.
　　ㅁ. 보조 조사 '는(은)': <u>국어는</u> 첨가어에 속한다.

한편 이중 주어 현상에 대해서 언급한 교과서는 김완진 · 이병근(1979)를 제외하고 대부분 현행 학교 문법의 처리 방식과 유사한 서술절을 설정하였다. 먼저 김완진 · 이병근(1979)는 이와 같은 구문을 보어의 용법으로 보았다. 즉, (64)와 같은 문장에서 '코가'는 주어 '코끼리가'에 대한 '주격 보어'라고 설명하고 있다. 이에 대해서는 4.3.4. 보어에서 다시 언급하기로 한다.

(64) 코끼리가 <u>코가</u> 길다.

나머지 교과서들에 나타난 서술절에 대한 개념은 다시 허웅(1968, 1979)을 제외하고 거의 비슷하다. 먼저 이응백 · 안병희(1979)에서 제시하고 있는 이중 주어 현상의 예는 김윤경(1957)의 예와 비슷한데 다음 (65)와 같다.

(65)ㄱ. <u>토끼는</u> <u>앞발이</u> 짧다.
　　ㄴ. <u>나는</u> <u>과일이</u> 더 좋다.

이응백·안병희(1979)는 위의 예에서 '앞발이, 과일이'가 각각 서술어 '짧다, 좋다'의 주어가 되고 '토끼는, 나는'은 나머지 부분에 대해서 주어 노릇을 한다고 설명하고 있다.[16]

또한 이명권·이길록(1968)은 서술절을 설정하여 '철수는 키가 크다'와 같이 이중 주어가 나오는 문장을 설명하였다. 즉, '키가 크다'가 먼저 주어와 서술어 관계로 서술절을 이루고 '철수는'은 다시 전체 서술절 '키가 크다'의 주어가 되는 방식이다. 최현배(1968)도 최현배(1949, 1956)과 같이 '풀이씨처럼 쓰이는 마디'인 풀이마디(용언절)를 설정하여, 다음 (66)과 같은 문장에서 '달이 밝다', '앞발이 짧다'가 각각 풀이마디를 이루고, '오늘 밤은', '토끼는'은 이 풀이마디에 대한 주어가 된다고 설명하였다.

(66)ㄱ. <u>오늘 밤은 달이</u> 밝다.
　　ㄴ. <u>토끼는 앞발이</u> 짧다.

한편, 허웅(1968, 1979)에서 이중 주어 구문으로 제시하고 있는 예는 다음 (67)과 같다.

(67)ㄱ. <u>고래는 물고기가</u> 아니다.
　　ㄴ. <u>물이 얼음이</u> 된다.
　　ㄷ. <u>넌 내가 보기</u> 싫어?

허웅(1968, 1979)는 (67ㄱ)과 같은 예에서 '물고기가 아니다'가 먼저 주어

---

16) 이응백·안병희(1979)는 "대조나 한정 또는 화제의 의미를 표시하는 주어에 상대하여 그것을 서술하는 부분은, 그 자신이 주어와 서술어를 갖춘 것이다. 이때 그 서술하는 부분은 스스로 한 문장이면서, 큰 문장에서는 용언과 같이 서술어가 된다. 이러한 절을 용언절이라고 한다(이응백·안병희 1979:117)."라고 하여 이와 같은 구문의 특징을 설명하였다.

-서술어 관계로 '서술절'을 이룬 뒤 '고래는'이 다시 '물고기가 아니다'의 주어가 되어 서술문을 이룬다고 설명하고 있다. (67ㄴ)에서도 '얼음이 된다'가 서술절을 이루고 '물이'는 이 서술절의 주어가 된다. (67ㄷ)에서는 '보기 싫어'가 서술절을 이룬 후 '내가'가 이 서술절의 주어로 분석되고, 다시 '내가 보기 싫어'가 서술절을 이루며 '넌'은 '내가 보기 싫어'의 주어가 되는 방식이다. 서술절을 설정하는 것은 최현배(1949, 1956)이나 현행 학교 문법과 같은 방식이지만, (67ㄱ, ㄴ)의 '물고기가'와 '얼음이' 같은 경우는 제3기의 많은 문법 교과서에서 '보어'로 설정되어 있는 문장 성분이고, 현재 학교 문법에서도 보어로 다루고 있다. 그러나 허웅(1968, 1979)는 '보어'를 문장 성분으로 설정하지 않고 주어 항목에서 이러한 예를 설명하고 있다.

4.3.2. 서술어

제3기의 서술어의 정의와 형식 역시 제1기, 제2기와 유사하며, 문법 교과서 간의 큰 차이도 보이지 않고 있다. 먼저 이 시기의 문법 교과서에 나타난 서술어의 정의를 정리하면 다음 (68)과 같다.

(69)ㄱ. 강복수·유창균(1968): 주체를 서술하는 어절.

ㄴ. 이명권·이길록(1968), 이길록·이철수(1979): 주체를 서술하고 있는 어절.

ㄷ. 이숭녕(1968): 문장에서 '어찌하다', '어떠하다', '무엇이다'에 해당하는 어절로 주어의 행동·상태·지시물을 나타내는 말.

ㄹ. 이은정(1968): 주어 뒤에 놓여 설명을 붙이는 말.

ㅁ. 이을환(1967): 문장 안의 주어를 서술하는 말로서, 어떠하다, 어찌하다, 무엇이다에 해당하는 말.

ㅂ. 이인모(1968): 주체에 대하여 서술하는 성분.

ㅅ. 이희승(1968): 주어에 대하여 무엇을 설명하는 말.

ㅇ. 정인승(1968): 서술부의 골자되는 말.

   ㅈ. 최현배(1968): 주어에 대하여 그 바탈(성질)과 움직임을 풀이한 말.
   ㅊ. 허웅(1968, 1979): 말거리가 되는 부분에 대해서 설명을 해 주는 부분.

서술어의 형식도 모든 문법 교과서가 대체로 동사, 형용사, 체언에 '이다'가 결합한 형태를 위주로 설명하고 있다. 몇몇 교과서에 나타난 서술어의 형식을 살펴보면, 이숭녕(1968)이 '어찌하다', '어떠하다', '무엇이다'에 해당되는 예를 (69)와 같이 나타내었다.

(69)ㄱ. 무궁화가 <u>피었다</u>.
   ㄴ. 무궁화가 <u>아름답다.</u>
   ㄷ. 무궁화가 <u>무엇이다</u>.

이희승(1968)은 이희승(1949, 1956)과 거의 유사하게 서술어를 설정하였는데, '동사, 형용사 등의 용언이 주로 쓰이고, 체언에 서술격 조사가 붙는 경우도 있다'고 하여 (70)과 같은 예를 제시하였다.

(70)ㄱ. 기러기가 <u>운다</u>. (동사)
   ㄴ. 단풍이 <u>붉다.</u> (형용사)
   ㄷ. 국화는 <u>저것이다.</u> (명사+서술격조사)

제3기 문법 교과서의 서술어에 대한 기술에서도 보조 용언에 대한 처리를 예문을 통해서 볼 수 있는데, 많은 교과서들이 시상을 나타내는 보조 용언과 부정 용언을 선행하는 용언과 묶어서 전체를 하나의 서술어로 처리하고 있음을 알 수 있다. 그러나 여전히 시상 보조 용언을 부사어로 처리하고 있는 예도 보이기 때문에 제2기와 마찬가지로 보조 용언의 처리에 대해서는 혼란이 있음을 알 수 있다.

보조 용언을 선행 용언과 함께 서술어로 처리하는 예를 살펴보면, 먼저 강복수·유창균(1968)은 다음 (71)과 같은 예를 서술어에서 다루고 있다.

(71)ㄱ. 유별한 정을 <u>느끼고 있다</u>.
　　ㄴ. 이 꽃은 <u>향기롭지 않다</u>.

강복수·유창균(1968)은 위와 같은 예에서 '느끼고', '향기롭지'는 각각 '있다', '않다'에 대한 '서술 부사어'인데, 이 둘은 함께 묶어서 전체를 하나의 서술어로 처리하는 것이 옳다고 설명하였다.

양주동·유목상(1968)의 경우는 '자립성이 없는 용언이나 체언으로 짜여진 서술어'를 설정하여 이 경우에는 선행하는 어절이 함께 서술어로 처리된다고 보았는데, (72ㄱ)의 '가고 싶다'나 (72ㄴ)의 '갈 터이다'를 예로 들고 있어서 시상을 나타내는 보조 용언이 선행하는 용언과 함께 묶여서 서술어로 처리되고 있음을 알 수 있다.

(72)ㄱ. 바다에 <u>가고 싶다</u>.
　　ㄴ. 나는 내일 <u>갈 터이다</u>.

한편, 김민수·이기문(1968)과 김민수(1979)는 보조 용언이 나타난 구문을 '서술어+서술어'의 문형으로 설정하고 이를 하나의 서술어로 처리하고 있다.

(73)ㄱ. 꽃이 <u>피게 된다</u>.
　　ㄴ. 꽃이 <u>아름답지 않다</u>.
　　ㄷ. 나는 사과를 <u>먹고 싶다</u>.

이명권·이길록(1968), 이길록·이철수(1979)의 서술구나 이은정(1968), 이을환(1967), 이응백·안병희(1979)의 서술어 설명에 나타난 예문들도 이와 비슷한 처리를 보이고 있는데, 그 예를 보이면 다음 (74)와 같다.

(74)ㄱ. 이명권·이길록(1968), 이길록·이철수(1979): 유별한 정을 <u>느끼고 있다</u>.
　　ㄴ. 이은정(1968): 그는 돈이 없음을 <u>한탄하고 있다</u>.
　　ㄷ. 이을환(1967): 그러나, 학생의 본분을 <u>잊지 말아야지</u>.
　　ㄹ. 이응백·안병희(1979): 인숙이도 천천히 <u>걷고 있었다</u>.

이들 교과서들은 모두 (74ㄱ~ㄹ)의 밑줄 친 부분이 하나의 서술어임을 설명하였다.

최현배(1968), 허웅(1968, 1979), 김완진·이병근(1979) 등은 보조 용언의 경우에는 앞의 말과 합해서 하나의 서술어가 됨을 설명하였는데, 최현배(1968)은 '도움풀이씨가 더하여 (서술어가) 이루어지기도 한다'라고 설명하고 다음 (75)와 같은 예를 들었다.

(75)ㄱ. 물이 <u>흐르지 아니한다</u>.
　　ㄴ. 경치가 <u>아름답지 아니하다</u>.
　　ㄷ. 그것이 <u>늑대인가 싶다</u>.

허웅(1968, 1979)도 보조 용언의 경우에는 '위에 말과 합쳐져서 서술어가 된다'라고 보고 (76)과 같은 예를 제시하였다.

(76)빨리 <u>가 보아라</u>.

김완진·이병근(1979)는 '보조 용언은 확대된 용언부를 형성한다'라고 설명하면서, 역시 최현배(1968), 허웅(1968, 1979)와 유사한 예를 (77)과 같이 들었다.

(77) ㄱ. 나는 고향에서 <u>살고 싶다</u>.

ㄴ. 나는 아직 <u>자지 않았다.</u>

ㄷ. 그는 <u>자고 있다</u>.

4.3.3. 목적어

제3기의 목적어에 대한 설명과 형식 역시 제2기와 마찬가지로 큰 논의의 대상 없이 문법 교과서마다 비슷한 체계를 보이고 있다. 이 시기 문법 교과서에 나타난 목적어에 대한 설명을 정리하면 다음 (78)과 같은데, 대체로 문장 안에서 '무엇을'에 해당하는 성분으로 설명하거나, 서술어가 타동사일 경우 그 동작의 대상을 나타내는 말로 정의하고 있다.

(78) ㄱ. 양주동·유목상(1968): '무엇이 무엇을 어찌한다'에서 '무엇을'에 해당하는 말.

ㄴ. 이숭녕(1968): '무엇을'에 해당하는 성분.

ㄷ. 이은정(1968): 타동사 앞에 붙어서 그 동작의 대상이 되는 말.

ㄹ. 이을환(1967): 문장 안에서 '무엇을'에 해당하는 말로 주로 체언으로 이루어짐.

ㅁ. 이인모(1968): 서술어의 동작에 지배되는 목적물(대싱물)을 나타내는 기능의 성분.

ㅂ. 이희승(1968): 타동사 앞에 반드시 있어야 하는 체언.

ㅅ. 정인승(1968): 문장의 서술어가 타동사인 경우에 반드시 문장 뼈대의 일부가 되는 성분.

ㅇ. 최현배(1968): 타동사가 서술어가 되는 경우에는, 반드시 그 움직임에 부리어 지는 말이 들어야 함. 이렇게 부림이 되는 말.

ㅈ. 허웅(1968, 1979) 타동사로 표시된 행동의 대상을 나타내는 말.

ㅊ. 이응백·안병희(1979): 동작의 대상을 나타내는 성분.

목적어의 형식 역시 문법 교과서마다 대체로 '체언+목적격 조사'를 기본적인 형식으로 제시하고 있으며, 몇몇 문법 교과서는 목적격 조사 외에도 체언에 보조 조사가 결합한 경우나 조사가 생략된 경우를 제시하고 있다. 또한 용언의 명사형에 목적격 조사나 보조 조사가 결합한 경우를 제시한 문법 교과서도 있다. 문법 교과서에 나타난 목적어의 형식에 대한 예를 정리하면 다음 (79)와 같다.

(79)ㄱ. 김민수·이기문(1968), 김민수(1979): 나는 <u>사과를</u> 먹는다.

ㄴ. 양주동·유목상(1968): 나는 <u>너를</u> 믿는다.

ㄷ. 이명권·이길록(1968), 이길록·이철수(1979): 나는 <u>진리를</u> 사랑한다.

ㄹ. 이숭녕(1968): 복동이가 <u>밥을</u> 먹는다.

ㅁ. 이을환(1967): 학생은 <u>책을</u> 읽어야 한다.

ㅂ. 이인모(1968): 잘 <u>살기를</u> 바란다.

ㅅ. 이희승(1968): 금순이는 <u>글씨를</u> 쓴다.

ㅇ. 정인승(1968): 너는 <u>죽음을</u> 겁내지 말라.

ㅈ. 최현배(1968): 학생이 <u>글을</u> 읽는다.

ㅊ. 허웅(1968, 1979): <u>책을</u> 읽는다.

ㅋ. 김완진·이병근(1979): 학생이 <u>나무를</u> 심는다.

위 (79)의 형식은 모두 체언에 목적격 조사 '을/를'이 결합한 간단한 형식을 목적어의 예로 제시하였다. 이에 비해 이은정(1968), 이응백·안병희(1979) 등은 목적어의 형식을 좀더 자세히 분류하여 제시하였다. 먼저 이은정(1968)에 나타난 목적어의 형식을 정리하면 (80)과 같다.

(80)ㄱ. 목적격조사가 붙은 체언: 철수가 <u>책을</u> 읽는다.

ㄴ. 부정격조사가 붙어서 목적격을 표시하는 체언: 철수가 <u>책은</u> 읽는다.

ㄷ. 목적격조사가 붙은 용언의 명사형: 나는 네가 <u>돌아감을</u> 원한다.

ㄹ. 목적격조사의 생략: 너는 <u>과자</u> 안 먹니?

그러나 위 (33)에서 '용언의 명사형'과 같은 경우는 목적어에만 해당되는 것이 아니라 체언으로 구성된 모든 문장 성분에 해당되는 것이므로, 문장 성분에서 논의할 내용이라기보다는 체언 구실을 할 수 있는 품사의 활용형에서 다루어 줄 수 있을 것이다.[17)]

이응백·안병희(1979)의 경우도 이은정(1968)과 유사하게 목적어의 형식을 제시하였는데, 이는 (81)과 같다.

(81)ㄱ. 체언+조사: 나도 가만 <u>눈을</u> 감네.
　　ㄴ. 용언의 명사형+목적격 조사: 그 아이는 노래 <u>부르기를</u> 좋아한다.
　　ㄷ. 조사 생략: 그이만큼 <u>장사</u> 잘 하는 사람도 드물걸세.
　　ㄹ. 보조사: 내가 <u>과일은</u> 좋아한다.

이외에, 허웅(1968, 1979)은 목적어가 타동사의 대상을 나타내는 기능 외에 때로는 위치(방향), 시간 따위를 나타내는 일이 있다는 점을 지적하고 있다.

(82)ㄱ. <u>학교를</u> 간다.
　　ㄴ. <u>어디를</u> 갔는지 모르겠어.
　　ㄷ. <u>길을</u> 걷는다.
　　ㄹ. <u>두 시간을</u> 갔다.
　　ㅁ. <u>삼년을</u> 모은 돈.

4.3.4. 보어

제3기의 보어 설정도 제2기와 마찬가지로 문법 교과서마다 다른 양상을 보인다. 제3기 문법 교과서는 보어를 설정하지 않은 이은정(1968), 허웅 (1968, 1979) 견해와 보어를 설정한 나머지 문법 교과서로 나뉘며, 보어를

---

17) 이에 대해서는 이미 4.3.1에서도 언급한 바 있다.

설정한 경우에도 보어의 범위에 따라 매우 혼란스러운 양상을 보인다. 제3
기의 문법 교과서를 보어 설정의 범위에 따라 분류하여 보면 대략 다음
(83)과 같다.

　(83)ㄱ. '이다' 앞의 성분: 최현배(1968)
　　　ㄴ. '되다, 아니다' 앞의 성분: 이을환(1967), 이명권·이길록(1968)
　　　ㄷ. '되다, 아니다, 같다 등' 앞의 성분: 강복수·유창균(1968), 강윤호
　　　　　(1968), 김민수·이기문(1968), 정인승(1968), 이인모(1968), 이길록
　　　　　·이철수(1979), 이응백·안병희(1979)
　　　ㄹ. 기타 넓은 범위의 서술어 앞에 나타나는 성분: 양주동·유목상(1968),
　　　　　이숭녕(1968), 이희승(1968), 김민수(1979), 김완진·이병근(1979)
　　　ㅁ. 보어를 설정하지 않은 견해: 이은정(1968), 허웅(1968, 1979)

　먼저, (83ㄱ)의 최현배(1968)은 제1기, 제2기와 변화 없이 '이다' 앞의 성
분을 보어로 설정하고 있다. (83ㄴ)의 경우가 현재 학교 문법과 가장 비슷
한 견해로 이을환(1967)은 보어를 '서술어만으로 완전한 서술어가 되지 못
할 때 이것을 보충하는 말'로 정의하고 다음 (84)와 같은 예를 들고 있다.

　(84)ㄱ. 이것은 <u>꽃이</u> 아니다.
　　　ㄴ. 영희는 <u>고등 학생이</u> 되었소.

　이명권·이길록(1968)도 이와 비슷하게 '불완전용언의 문장을 보충해 주
는 구실을 하는 성분'으로 보어를 설정하고, '되다'와 '아니다'의 선행 성분을
보어의 예로 제시하고 있다.
　다음으로 (83ㄷ)의 문법 교과서들은 좀더 넓은 범위의 보어 개념을 설정
하고 있는데, 대표적으로 '되다, 아니다' 외에 '같다'의 앞에 오는 성분을 보
어로 처리하였다. 먼저 강윤호(1968)의 경우 제2기의 정인승(1956)과 비슷

하게 '다르다', '못하다' 등의 서술어 앞에 선행하는 성분도 보어의 예로 포함시키고 있다.

(85)ㄱ. 따뜻한 날씨가 봄이 <u>옴과</u> 같다.
　　ㄴ. 얼굴은 <u>그가</u> 아니었다.
　　ㄷ. 솔잎이 <u>바늘과</u> 같다.
　　ㄹ. 이것은 <u>내 것과</u> 다르다.
　　ㅁ. 삶이 <u>죽음만</u> 못하다.
　　ㅂ. 티끌이 모여 <u>산이</u> 된다.

이인모(1968)도 '되다', '아니다', '같다' 등에 선행하는 성분을 보어로 처리하고 있으며, 제1기의 이인모(1949)와는 다르게 '그것은 학교이다'와 같이 체언에 '이다'가 결합한 형식은 서술어로 처리하여 보어에서 제외하였다. 다음은 이인모(1968)에 나타난 보어의 예이다.

(86)ㄱ. 그것이 <u>학교가</u> 되었다.
　　ㄴ. 이런 일은 <u>놀기와</u> 같다.
　　ㄷ. 그 꽃은 아니 <u>아름다움은</u> 아니다.

이응백·안병희(1979)는 보어를 '뒤에 오는 불완전 용언의 뜻을 보충하여 주는 성분'으로 정의하고 다음 (87)을 보어의 예로 들었다.

(87)ㄱ. 타고 남은 재가 <u>거름이</u> 됩니다.
　　ㄴ. 나는 물론 <u>연극인이</u> 아니다.
　　ㄷ. 배꽃의 희기가 <u>눈과</u> 같다.

(83ㄴ)과 (83ㄷ)의 보어 설정 범위 차이는 결국 '불완전 용언'의 범위를 어떻게 설정하느냐와 관계가 된 것으로 (83ㄴ)의 경우 '되다'와 '아니다'의

경우만을 예로 들고 있고 (83ㄷ)의 경우에는 '다르다', '못하다' 등의 서술어도 주어 외의 목적어가 아닌 성분을 요구하므로 이를 '보충하는' 역할을 하는 성분을 모두 보어로 처리한 것이다.

(83ㄹ)의 견해는 이러한 '보충하는' 역할을 더욱 넓게 설정하여 보어를 설정하였다. 사실 (83ㄹ)의 문법 교과서들에서 설정한 보어의 세부적인 범위는 각각 다른데, 먼저 양주동·유목상(1968)은 보어를 '주어+보어+서술어'에서 주어에 대한 보어와 '주어+목적어+보어+서술어'에서 목적어에 대한 보어의 두 가지로 나누어 설정하고 있다. 주어에 대한 보어의 예는 (88), 목적어에 대한 보어는 (89)에 해당한다.

(88)ㄱ. 사슴이 <u>노루가</u> 아니다.
　　ㄴ. 물이 <u>얼음이</u> 된다.
　　ㄷ. 마루는 <u>방과</u> 다르다.

(89)ㄱ. 나는 그를 <u>친구로</u> 삼았다.
　　ㄴ. 그는 고생을 <u>낙으로</u> 알았다.
　　ㄷ. 우리는 그이를 <u>사장이라고</u> 부른다.

이 체계에서 주어에 대한 보어 (88)은 사실 (83ㄷ)의 체계와 거의 일치하고, (89)의 경우에는 현재 학교 문법의 필수 부사어에 해당한다고 볼 수 있다. 이숭녕(1968), 이희승(1968)의 경우도 양주동·유목상(1968)과 비슷한 범위의 보어를 설정하고 있다.

한편 김완진·이병근(1979)의 보어는 '주격 보어'로서 서술부를 이루는 한 구성 요소로 설정되었다. (90)이 김완진·이병근(1979)이 제시한 보어의 예인데, (90ㄴ, ㄷ)은 다른 문법 교과서 및 현재 학교 문법의 보어 개념과 일치하지만, (90ㄱ)의 경우에는 이중 주어 구문에 해당하는 예가 된다.

(90)ㄱ. 꽃이 <u>색깔이</u> 곱다.
　　ㄴ. 물이 <u>얼음이</u> 된다.
　　ㄷ. 그는 <u>사람이</u> 아니다.

김완진·이병근(1979)은 (90)과 같은 문장 형식은 "주어와 보어가 비록 비슷한 형식인 체언구를 구성하여도 그 결합되는 순서가 바뀌어지지 아니한다. 만일, 그 순서를 바꾸면 비문법적인 문장이 되든가 아니면 의미가 다른 문장이 되어 버린다(김완진·이병근 1979:109)"라고 설명하여 이들을 보어로 보아야 함을 주장하였다.

김민수(1979)는 주로 '무엇으로'에 해당하는 요소를 보어로 설정하고 다음 (91)과 같은 예를 들었다.

(91)ㄱ. 구름이 <u>비로</u> 변한다.
　　ㄴ. 학자가 책을 <u>벗으로</u> 삼는다.

이는 양주동·유목상(1968)의 '목적어에 대한 보어'와 일치하는 예이다. 그러나 불완전 용언을 설명하면서 보격 조사 '로/으로, 가/이, 에/에게, 와/과' 등을 설정하고 불완전 용언에는 체언에 이들 보격 조사가 결합한 보어가 필수적으로 요구된다고 보았다. 이러한 불완전 용언과 보어의 예는 다음 (92)와 같다.

(92)ㄱ. 구름이 <u>비로</u> 변한다.
　　ㄴ. 구름이 <u>비가</u> 된다.
　　ㄷ. 토끼가 <u>자라에게</u> 진다.
　　ㄹ. 시간이 <u>금과</u> 같다.
　　ㅁ. 조국이 <u>둘이</u> 아니다.
　　ㅂ. 길잡이가 <u>지리에</u> 밝다.
　　ㅅ. 기계가 물을 <u>얼음으로</u> 만든다.

ㅇ. 누가 책을 <u>그에게</u> 준다.

ㅈ. 어른이 문제를 <u>아이와</u> 의논한다.

(92ㄱ~ㅈ)까지의 예문을 보면, '되다'와 '아니다' 외에도 '같다'에 선행하는 성분뿐만 아니라, 목적어 외에 다른 성분을 요구하는 '주다'까지도 보어를 취하는 것으로 설명하고 있기 때문에, 김민수(1979)의 보어는 매우 넓은 범위를 포괄하는 성분이라는 점을 알 수 있다. 그러나 문장 성분의 보어 항목에서는 '무엇으로'에 해당하는 (91)만 제시하여서 보어에 대한 설명이 체계적이지 못하다.

마지막으로 보어를 설정하지 않은 견해 중 허웅(1968, 1979)은 주어 항목에서 '되다', '아니다'가 서술어로 쓰인 문장을 이중 주어 구문으로 처리하고 있다. ('4.3.1. 주어' 참고)

앞의 제1기, 제2기와 마찬가지로 제3기의 보어 항목을 표로 정리하면 다음과 같다.

	'이다' 선행	'아니다' 선행	'되다' 선행	'와' 논항 결합 용언	'으로' 결합 용언	'에게' 결합 용언	기타
양주동·유목상(1968)	X	O	O	O	O	X	
이숭녕(1968)	X	O	O	O	O	X	
이희승(1968)	X	O	O	O	O	X	
김민수(1979)	X	O	O	O	O	O	
강복수·유창균(1968)	X	O	O	O	X	X	
강윤호(1968)	X	O	O	O	X	X	
김민수·이기문(1968)	X	O	O	O	X	X	
이인모(1968)	X	O	O	O	X	X	
정인승(1968)	X	O	O	O	X	X	
이길록·이철수(1979)	X	O	O	O	X	X	
이응백·안병희(1979)	X	O	O	O	X	X	
김완진·이병근(1979)	X	O	O	X	X	X	주격 보어
이을환(1967)	X	O	O	X	X	X	
이명권·이길록(1968)	X	O	O	X	X	X	

최현배(1968)	O	O	X	X	X	X	
이은정(1968)	X	X	X	X	X	X	
허웅(1968, 1979)	X	X	X	X	X	X	

4.3.5. 관형어

제3기에도 관형어의 설정에 대해서는 크게 논란이 될 만한 부분은 없다. 이 시기에는 용어가 통일되어 모든 문법 교과서들이 '관형어'라는 용어를 사용하고 있다. 관형어에 대한 내용은 제2기와 마찬가지로 정의와 형식 부분으로 나누어 살펴 볼 수 있다. 먼저 각 문법 교과서의 관형어 정의에 해당하는 내용을 정리하면 다음 (93)과 같다.

(93)ㄱ. 강복수·유창균(1968): 체언 앞에서 그 체언을 꾸밈.
　　ㄴ. 양주동·유목상(1968): 체언으로 된 주성분을 꾸며 주는 말. 부속 성분.
　　ㄷ. 이명권·이길록(1968): 체언을 꾸미는 수식언. '어떠한'에 해당하는 어절.
　　ㄹ. 이숭녕(1968): 다음에 오는 체언의 상태나 모양을 꾸미는 구실.
　　ㅁ. 정인승(1968): '어떤'의 본새로 '무엇'이라는 본새로 된 말을 수식하는 말.
　　ㅂ. 이은정(1968): '무엇'의 뜻을 꾸미는 말.
　　ㅅ. 이을환(1967): 체언을 수식하는 말로서, 주어, 목적어, 보어를 수식.
　　ㅇ. 이인모(1968): 관형사처럼 꾸미는 기능을 하는 부속 성분.
　　ㅈ. 이희승(1968): 체언의 뜻을 밝히어 꾸미는 말.
　　ㅊ. 최현배(1968): 체언을 꾸미는 말.
　　ㅋ. 허웅(1968, 1979): 체언의 뜻을 한정하는 성분.
　　ㅌ. 이길록·이철수(1979): 체언을 꾸며 주는 구실을 하는 어절.
　　ㅍ. 김완진·이병근(1979): 체언을 꾸미는 문장 성분.
　　ㅎ. 이응백·안병희(1979): 체언 앞에 쓰여서 그 의미를 분명하게 한정해 주는 성분.

위의 정의 중 강윤호(1968), 이명권·이길록(1968), 이을환(1967), 이인모 (1968), 이길록·이철수(1979), 김완진·이병근(1979)의 경우에는 문장의 요소를 문장의 구조 중심으로 파악하여 문장의 짜임 안에서 체언을 꾸미는 수식 성분으로 관형어를 정의하고 있다. 이숭녕(1968)도 이와 비슷하게 문장의 구조를 분석하면서 관형어를 정의하였다. 또한 (93ㄹ)의 설명 외에도 "문장의 성분이 체언으로 된 것이라면, 즉 그것이 주어, 서술어, 목적어, 보어이든, 그 앞에 놓이어, 그 체언의 상태나 모양을 꾸미는 구실을 하는 것이 관형어(이숭녕 1968:56)"라고 하여 다른 문법 교과서보다 관형어와 다른 성분과의 관계 및 관형어의 수식 대상을 구체적으로 설명하고 있다.

관형어를 이루는 형식도 대체로 관형사, 체언+관형격조사 '의', 용언의 관형사형으로 제시하고 있다. 먼저 강복수·유창균(1968)에서 제시한 관형어가 되는 형식은 다음 (94)와 같다.

(94)ㄱ. 관형사: <u>새</u> 집이 보인다.
　　ㄴ. 체언+관형격조사 '의': 이것은 <u>김군의</u> 책이다.
　　ㄷ. 용언의 관형사형: <u>아름다운</u> 꽃이 피었다.

그런데 강복수·유창균(1968)은 이외에도 '불완전명사는 그 앞에 오는 관형어와 합해서 하나의 완전한 구실을 한다'라고 하여 '착한 이'와 같은 경우 '관형어+불완전명사+관형격조사'의 형식을 제시하고, '먹고 싶은', '읽지 않는' 등의 예에서 보조동사나 보조 형용사는 그 앞에 오는 부사어와 합해서 하나의 관형어를 이룬다고 설명하고 있다. 그러나 이와 같은 예는 관형어의 구성에만 해당하는 것이 아니라 다른 성분에도 해당되는 예이므로 불완전명사와 보조 용언의 항목에서 다루는 것이 합리적이다. 이은정(1968)도 강복수·유창균(1968)과 비슷하게 관형어의 형식을 '관형사, 체언+관형격조사, 용언의 관형사형'으로 보면서, 관형격조사가 생략되는 다음 (95)와 같은 경우도 관형어의 형식으로 함께 제시하고 있다. 이인모(1968), 허웅(1968, 1979)의 경우도 위 (94)와 같은 형식의 관형어 체계를 제시하고 있다.

(95)ㄱ. <u>우리</u> 집에 가자.
　　ㄴ. <u>당신</u> 말이 옳소.

　강윤호(1968)는 위에서 언급한 대로 문장의 요소를 문장의 구조 내에서 분석했기 때문에, 관형어의 형식 역시 구체적으로 제시하고 있지 않다. 예문을 통해서 볼 때 '따뜻한', '저', '우리' (우리 집) '우리 고장 도서실인' 등이 관형어로 제시되고 있어 용언의 관형사형, 관형사, 명사를 관형어의 형식으로 보고 있다고 할 수 있다. 와 비슷한 체계인 이명권·이길록(1968)의 경우에는 관형어를 이루는 형식을 (96)과 같이 좀더 체계적으로 정리하고 있다. 이길록·이철수(1979)도 관형어를 이루는 형식에 대해서 이명권·이길록(1968)과 거의 같은 설명을 하고 있다. 김완진·이병근(1979), 이응백·안병희(1979) 역시 (96)과 유사한 관형어 형식을 설명하고 있다.

(96)ㄱ. 관형사: 옛
　　ㄴ. 용언+관형형 어미: 푸르+ㄴ
　　ㄷ. 체언+관형격 조사: 사람의

　양주동·유목상(1968)의 경우에는 '이, 그, 저, 모든, 무슨, 아무, 여러......' 등의 관형사가 관형어로 쓰이는 예만 제시하고 다른 품사가 관형어로 쓰이는 형식은 설명하지 않고 있다. 이을환(1967)도 마찬가지로 '새, 우리' 등만을 관형어의 예로 제시하였다. 김민수(1979)의 경우도 성분과 품사의 관계를 보이면서 관형사만을 관형어로 쓰일 수 있는 품사로 제시하고 있다. 이숭녕(1968)은 여러 종류의 관형어가 존재한다고 설명하고 다음 (97)과 같은 예를 들고 있다. 최현배(1968) 역시 관형어의 형식을 체계적으로 분석하지 않고 '모든, 온순한, 둥근, 작은, 부지런한, 재미난' 등의 예만 제시하고 있다.

(97)ㄱ. 의 사람, 그 소리, 저 산
　　ㄴ. 내 책, 네 물건, 누구의 모자
　　ㄷ. 한 책, 백 사람, 여러 어른
　　ㄹ. 많은 책, 더운 물, 먹던 밥
　　ㅁ. 내일의 세계, 교육의 목적, 정부의 관리
　　ㅂ. 서독 수상, 서울 사람, 철학 강의

4.3.6. 부사어

제3기의 부사어의 범위에 대한 견해는 제1기 · 제2기와 마찬가지로 문법 교과서마다 일치되지 않았다. 이전 시기와 같이 용언에 연결어미가 결합한 형태와 시상 보조 용언에 선행하는 용언의 활용형, 부정 용언에 선행하는 용언의 활용형 등의 처리에서 차이를 보이는데, 강윤호(1968), 이희승(1968), 정인승(1968) 등은 세 경우 모두 부사어로 처리하였으며, 김민수 · 이기문 (1968), 김민수(1979) 등은 부정 용언에 선행하는 경우만 제외하고 부사어로 처리하였다. 강복수 · 유창균(1968), 양주동 · 유목상(1968), 이명권 · 이길록 (1968), 이은정(1968), 이을환(1967), 이인모(1968), 최현배(1968), 김완진 · 이병근(1979), 이길록 · 이철수(1979), 이응백 · 안병희(1979) 등은 부정 용언 에 선행하는 경우는 부사어에서 제외하고 서술어에서 처리하였으며, 어미 '- 아, -게, -지, -고'가 결합한 용언의 경우는 부사어로 처리하였지만, 시상 보 조 용언에 선행하는 용언의 활용형은 처리 방식이 뚜렷하지 않거나 부사어 에서 제외하였다.[18] 마지막으로 허웅(1968, 1979)는 부사만을 부사어로 처 리하여 가장 좁은 범위의 부사어 설정을 보인다.

---

[18] 이들 문법 교과서의 부사어 처리 방식은 세부적으로는 조금씩 차이를 보인다.

먼저 강윤호(1968)은 부사어를 부속 성분의 하나로 동사나 형용사 따위를 한정하는 말로 설명하였다. 부사어의 실제 용례는 각 품사의 쓰임에서 찾아볼 수 있는데, 그 예를 정리하면 다음 (98)과 같다.

(98)ㄱ. 손을 <u>빨리</u> 움직이다.
    ㄴ. 모든 일을 <u>나에게</u> 맡겨라.
    ㄷ. 하늘을 <u>붉게</u> 물들인 저녁 놀.
    ㄹ. 녹두꽃 향기에 정말 피었나 만져 <u>보고</u> 싶다.
    ㅁ. 그 물건 값은 <u>비싸지</u> 않다.

(98ㄱ)은 부사가 부사어로 쓰인 예, (98ㄴ)은 체언이 부사어로 쓰인 예이고, (98ㄷ~ㅁ)은 용언의 활용형이 부사어로 쓰인 예이다. (98ㄹ, ㅁ)에서 보이듯이 강윤호(1968)도 시상을 나타내는 보조 용언 및 부정 용언 앞에 나타나는 용언의 활용형을 부사어로 처리하고 있다.

이희승(1968)은 부사어를 '용언의 뜻을 밝히어 제한하는 말'로 정의하고, "부사가 부사어로 쓰이는 것이 원치이지만, 그 밖에 명사, 대명사, 동사, 형용사도 부사어로 쓰이는 일이 있다"고 설명하였다. 부사어에 해당하는 예는 부사만 주로 들고 있기 때문에 다른 형식에 대한 처리가 명확하지 않다. 그런데 문장의 구성을 설명하면서 나타나는 다음과 같은 예를 보면, 용언의 활용형에 대한 처리 방식을 추정할 수 있다.

(99)ㄱ. 꿈에도 <u>생각하지</u> 않던 사람이 왔다.
    ㄴ. 아는 길도 <u>물어</u> 가라.
    ㄷ. 선생님은 나하고 <u>걸어서</u> 일찍 오신다.
    ㄹ. 그 아이가 <u>헐떡거리며</u> <u>빨리</u> 걸어간다.

(99)의 밑줄 친 부분이 이희승(1968)에서 부사어로 분석한 성분이다. 부

정 용언에 선행하는 용언의 활용형과 연결어미와 결합하여 종속 구성을 이루는 용언의 활용형을 모두 부사어로 처리하고 있음을 알 수 있다. 그런데 이희승(1968)은 보어에 대한 예문으로 '예황제 부럽지 않다'의 '부럽지'와 같이 부정 용언에 선행하는 용언의 활용형을 들고 있어 같은 환경에 나타나는 같은 형태를 각각 부사어와 보어라는 다른 성분으로 분석하는 오류를 보이고 있다.[19] 한편 정인승(1968)은 제2기의 정인승(1956)과 거의 유사한 설명을 보이므로, 이 장에서 다시 기술하지 않는다.

다음으로 김민수·이기문(1968), 김민수(1979)는 부사어의 형식으로 부사, 체언의 부사격, 용언의 부사격 등이 쓰인다고 설명하였다. 김민수·이기문(1968)은 이광수의 소설 〈유정〉 일부를 분석하여 부사어의 예를 제시하고 있다. 그 중 일부를 보이면 (100)과 같다.

(100)ㄱ. <u>고국에</u> 남긴 <u>오직</u> 하나의 벗인 <u>형에게</u> 마지막 편지를 <u>쓰고</u> 잇소. <u>보이고</u> 들리는 것
　　ㄴ. 웃던 가을 꽃까지도 <u>인제는</u> <u>다</u> <u>죽어</u> 버려서, <u>보이고</u> 들리는 것은……

(100ㄱ, ㄴ)에서 '고국에', '형에게', '인제는'은 체언에 조사가 결합한 형태, '오직', '다'는 부사의 형태이다. 용언의 활용형의 경우에는 '쓰고 있소'의 '쓰고', '죽어 버려서'의 '죽어' 등을 부사어로 보아 시상을 나타내는 보조 용언에 선행하는 형태를 부사어로 분석하였음을 알 수 있다.[20] 또한 '버려서',

---

19) 사실, 문장의 분석 및 구문 도해에 나타나는 예문에 대한 처리는 제1기, 제2기의 이희승(1949, 1956)에서 이어진 것으로, 이희승(1949, 1956)에서는 (99ㄱ, ㄴ)의 예문을 '한정어' 중 보어로 처리하고 있다. 그런데 이희승(1968)에서 '한정어'라는 용어를 더 이상 사용하지 않고, '부사어'라는 용어를 도입하면서 이전 시기에 한정어로 처리하였던 형태들의 명칭에 혼란이 빚어진 것으로 보인다.

20) 그러나 김민수(1979)는 서술어 항목에서 4.3.2의 (73ㄷ) '나는 사과를 <u>먹고 싶다</u>'의 '먹고 싶다'를 하나의 서술어로 처리하고 있어서 시상 보조 용언이 결합한

'보이고' 역시 부사어로 보고 있어서, 연결어미가 결합한 용언의 활용형도 부사어로 분석하였음을 알 수 있다.

　김완진·이병근(1979)는 부사와 용언의 부사형 또는 체언에 부사격 조사가 결합한 형식이 부사어로 쓰일 수 있다고 설명하고 다음과 같은 예를 들었다.

　　(101)ㄱ. 아기가 <u>조용히</u> 잔다.
　　　　ㄴ. 감격의 함성이 <u>우렁차게</u> 터졌다.
　　　　ㄷ. 우체부가 반가운 소식을 <u>가지고</u> 왔다.
　　　　ㄹ. 나는 그 분을 <u>스승으로</u> 삼았다.
　　　　ㅁ. 내 마음은 <u>호수와</u> 같다.

　(101ㄱ)은 부사가 부사어로 쓰인 예이며, (101ㄴ, ㄷ)은 용언의 부사형의 예이다. (101ㄷ)에서 보이듯이 연결어미가 결합한 형식이 역시 부사어로 분석되었음을 알 수 있다. (101ㄹ, ㅁ)은 체언에 조사가 결합한 형식의 예인데, 김완진·이병근(1979)는 위 문장들에서 '스승으로', '호수와'는 각각 그 앞의 체언구와 자리가 바뀔 수 있기 때문에 보어가 아니라고 보았다.

　이응백·안병희(1979)는 부사어가 이루어지는 방식을 부사와 체언에 부사격 조사가 결합한 형식, 부사성 불완전 명사, 용언의 연결 서술형 등으로 설정하였다. (102)가 이응백·안병희(1979)에서 부사어의 쓰임으로 든 예로 각각 (102ㄱ)은 부사, (102ㄴ~ㄹ)은 체언에 조사가 결합한 경우, (102ㅁ)은 부사성 불완전 명사, (102ㅂ)은 용언에 종속적 연결어미가 결합한 형식이다.

　　(102)ㄱ. 적군이 <u>이리</u> 몰려 와요.

　용언을 부사어로 보는지 서술어로 보는지 확실하지 않다.

ㄴ. 동생이 <u>집에</u> 있다.
ㄷ. 인숙이는 <u>나무에</u> 물을 주었다.
ㄹ. <u>도끼로</u> 나무를 베어라.
ㅁ. 먹을 <u>만큼</u> 먹었습니다.
ㅂ. <u>공부하러</u> 한국에 유학왔습니다.

한편, 강복수, 유창균(1968)과 이명권·이길록(1968), 이길록·이철수(1979)는 거의 같은 내용으로 부사어를 설정하였는데, '용언을 한정하는 "어떻게"에 해당하는 어절'을 부사어로 정의하고 형식으로는 부사와 부사형 어미 '-게, -아, -지, -고'가 결합한 용언, 체언에 부사격 조사가 결합한 형태 등을 제시하였다. 또한 구문 도해를 설명하면서 '이 꽃은 아름답지 아니하다'의 '아름답지 아니하다'는 하나의 성분인 서술어로 보는 것이 편리하다고 설명하여 이러한 형식에서 '아름답지'는 부사어로 처리하지 않음을 명시적으로 나타내고 있다.

양주동·유목상(1968)은 '용언으로 된 주성분을 꾸며 주는 말'을 부사어라고 정의하고, 다음과 같은 예를 들고 있다.

(103)ㄱ. 온 백성이 <u>아주</u> 기뻐하였다.
ㄴ. <u>깊이</u> 사색하는 그가 성공한다.
ㄷ. 꽃이 <u>붉게</u> 피었다.

(103ㄱ, ㄴ)은 부사가 부사어로 쓰인 예이고, (103ㄷ)은 용언의 활용형이 부사어로 쓰인 예로 양주동·유목상(1968)에서는 '서술어가 부사어로' 전위된 예로 설명하고 있다. 양주동·유목상(1968)은 주로 부사가 부사어로 쓰인 예를 제시하고 있기 때문에 다른 형식의 처리에 대해서는 알 수 없다. 단, 다음과 같은 문장에서 밑줄 친 부분은 각각 하나의 서술어로 처리하고 있어서 부정 용언에 선행하는 말, 시상을 나타내는 보조 용언에 선행하는

말 등이 부사어에서 제외됨이 확실하다.

(104)ㄱ. 친구가 <u>오지 않는다</u>.
　　ㄴ. 사람이 <u>변해 간다</u>.

이은정(1968)은 '용언인 '어찌한다·어떠하다'의 뜻을 꾸미는 말'로 부사어를 정의하고 부사, 부사형의 용언, 부사격조사가 붙은 체언, 부정격조사가 붙어서 부사격을 표시하는 체언, 조사가 생략된 체언 등이 부사어로 쓰인다고 설명하였다. 그 예는 다음 (105)와 같다.

(105)ㄱ. 날씨가 <u>매우</u> 덥다.
　　ㄴ. 하늘이 <u>맑게</u> 개었다.
　　ㄷ. 나는 <u>집으로</u> 간다.
　　ㄹ. 나는 <u>아침부터 밤까지</u> 일을 했다.
　　ㅁ. 나 <u>학교</u> 가네.

(105ㄱ)은 부사가 쓰인 예, (105ㄴ)은 부사형의 용언, (105ㄷ~ㄹ)은 체언에 조사가 결합한 형식, (105ㅁ)은 부사격조사가 생략된 채 체언만으로 부사어로 기능하는 예이다.

이인모(1968)는 부사어를 '서술어를 꾸미는 성분'으로 정의하고, 부사어의 형식을 부사, 체언, 용언의 부사형으로 간단하게 제시하였다. 이인모(1968)에 나타난 부사어의 예는 다음과 같다.

(106)ㄱ. 부사: <u>빨리</u> 가자.
　　ㄴ. 체언: <u>학교(에)</u> 가자.
　　ㄷ. 용언의 부사형: <u>높게</u> 하라.

(106ㄷ)에서 용언의 부사형으로는 '-게' 형만 예로 들었지만, 다음과 같

은 예를 살펴보면 이인모(1968)도 보조적 연결어미가 결합한 형태도 부사어로 보고 있음을 알 수 있다. 이인모(1968)은 각 품사가 어떠한 문장 성분으로 쓰이는가를 설명하면서 용언의 활용형이 부사어로 쓰이는 예로 다음과 같은 문장을 제시하였다.

(107) 잘 <u>놀아</u> 재미 보아라.

이숭녕(1968)도 이인모(1968)과 비슷한 부사어의 체계를 보이고 있다. 이숭녕(1968)은 부사어를 '서술어의 내용을 더 자세히 표시하는 구실을 하는' 말로 정의하고, 부사어의 형식으로 부사, 체언에 조사 '에, 에게서, 보다, 에서, 까지, 으로'가 결합한 형태, 용언에 어미 '-아, -게'가 결합한 형태 등을 제시하고 있다.[21)]

이을환(1967)은 '용언이나 다른 부사를 수식하는 말로서, "어떻게"에 해당하는 말'로 부사어를 정의하고, 그 예를 다음과 같이 들었다.

(108)ㄱ. 산이 <u>매우</u> 높다.
    ㄴ. 기차가 <u>빨리</u> 달린다.

위의 (108)에서는 부사가 부사어로 쓰인 예만 들고 있지만, 이을환(1967)은 각 품사를 설명하면서 체언과 용언이 부사어로 쓰인 예를 다음 (109)와 같이 제시하였다.

---

21) 제2기까지 부사어에서 다루어지던 '되다' 앞의 성분은 이숭녕(1968)에서는 보어로 처리되었다. 또한 문장의 구조를 설명하면서 '네 성격이 좋지 않다', '노인이 길에 누워 있다' 등에서 '좋지 않다', '누워 있다' 등을 서술구로 처리하여 '두 어절 이상이 한 성분 노릇을 하는 것'으로 설명하였기 때문에 시상을 나타내는 보조 용언에 선행하는 경우나 부정 용언에 선행하는 경우는 부사어에서 제외됨을 알 수 있다.

(109) ㄱ. <u>여기서부터는</u> 인사도 새롭구나.

　　　ㄴ. 여기서 이야기를 <u>끝내려</u> 한다.

　　　ㄷ. 풀냄새가 묻은 농부의 옷깃에서는 땀냄새가 향수보다도 <u>좋게</u> 풍기었다.

(109ㄱ)은 체언, (109ㄴ)은 동사, (109ㄷ)은 형용사가 각각 부사어로 쓰인 예이다. (109ㄴ)에서 보이듯이 이을환(1967)의 경우에도 시상을 나타내는 보조 용언 앞의 성분을 부사어로 처리한 것으로 볼 가능성이 있다. 최현배(1968)의 부사어는 제1기, 제2기의 최현배(1949, 1956)의 부사어와 내용이 같기 때문에 이 장에서 다시 기술하지 않는다.

마지막으로 허웅(1968, 1979)은 부사어의 범위를 가장 좁게 설정하였는데, '주로 용언을 수식하는 말'을 부사어로 정의하고 '부사가 단독으로, 또는 부사에 보조 조사가 연결되어' 부사어가 만들어진다고 설명하였다. 허웅(1968, 1979)은 체언에 조사가 결합한 형식은 의미에 따라서 '대비어, 위치어, 방편어'로 설정하였고, 보조 용언은 선행 용언과 함께 전체를 하나의 서술어로 처리하였기 때문에 부사어에서는 다루지 않았다. 또한 연결어미가 결합된 용언의 활용형은 어디에서부터 부사어인지 구별하기가 쉽지 않기 때문에 다음 (110)과 같은 경우 (110ㄱ~ㄷ)까지는 대립적인 접속 관계이고, (110ㄹ~ㅈ)은 종속적인 접속 관계인데, (110ㅈ)으로 갈수록 부사어적인 성격이 짙어지지만 모두 접속 관계로 처리한다고 설명하였다.

(110) ㄱ. 꽃이 <u>피고</u>, 새가 운다.

　　　ㄴ. 산은 <u>높으며</u>, 물은 맑다.

　　　ㄷ. <u>걸으면서</u> 책을 읽는다.

　　　ㄹ. 까마귀 <u>날자</u>, 배 떨어진다.

　　　ㅁ. <u>가다가</u> 왔다.

　　　ㅂ. 봄이 <u>오니</u>, 꽃이 핀다.

ㅅ. 네가 <u>가야</u>, 일이 잘 될 것이다.

ㅇ. 손톱이 <u>닳도록</u> 일을 했다.

ㅈ. 듣기 <u>좋게</u> 새가 운다.

이상으로 살펴 본 제3기의 문법 교과서에 나타난 부사어를 제1기, 제2기와 마찬가지로 정리하면 다음 표와 같다. 보어와 관련된 '되다'나 '같다'에 선행하는 성분, 시상 보조 용언이나 부정 용언에 선행하는 성분들은 부사어에서 제외되어 가는 경향을 보이지만, 여전히 혼란스러운 양상을 나타내고 있음을 알 수 있다.

	부사	체언+ 조사	'되다' 선행	'같다' 선행	용언의 부사형	시상보조 용언 선행	부정 용언 선행
강윤호(1968)	O	O	X	X	O	O	O
이희승(1968)	O	O	X	X	O	-	O
정인승(1968)	O	O	X	X	O	O	O
김민수 · 이기문(1968) 김민수(1979)	O	O	X	X	O	O	X
강복수 · 유창균(1968)	O	O	X	-	O	X	X
양주동 · 유목상(1968)	O	-	-	-	O	X	X
이명권 · 이길록(1968) 이길록 · 이철수(1979)	O	O	X	-	O	X	X
이숭녕(1968)	O	O	X	X	O	-	-
이은정(1968)	O	O	-	-	O	X	X
이을환(1967)	O	O	X	-	O	O	X
이인모(1968)	O	O	X	X	O	-	-
최현배(1968)	O	O	O	O	X	X	X
허웅(1968, 1979)	O	X	X	X	X	X	X
김완진 · 이병근(1979)	O	O	X	O	O	X	X
이응백 · 안병희(1979)	O	O	X	X	O	X	X

4.3.7. 독립어 · 접속어

제3기의 독립어와 접속어 설정은 독립어만을 설정한 문법 교과서와 독립어와 접속어를 모두 설정한 문법 교과서로 크게 나뉘면서 성분의 분류와

그 내용이 통일되지 못하고 혼란스러운 양상을 보인다. 이 시기의 문법 교
과서를 독립어와 접속어 설정에 따라 나누면 다음과 같다.

> (111)ㄱ. 독립어만을 설정한 문법 교과서: 강윤호(1968), 양주동·유목상
> (1968), 이은정(1968), 이을환(1967), 정인승(1968), 최현배(1968),
> 허웅(1968, 1979),
> ㄴ. 독립어와 접속어를 설정한 문법 교과서: 강복수·유창균(1968),
> 김민수·이기문(1968), 이숭녕(1968), 이희승(1968), 이명권·이길
> 록(1968), 이인모(1968), 이길록·이철수(1979), 이응백·안병희
> (1979), 김민수(1979)
> ㄷ. 독립어와 접속어를 모두 설정하지 않은 문법 교과서: 김완진·이병
> 근(1979)

위 분류에서 김완진·이병근(1979)의 경우에는 문장의 기본 형식과 확대
를 중심으로 하여 문장 성분을 설명하고 있는데, 이 체계에서는 독립어와
접속어가 모두 언급되지 않고 있다.[22] 나머지 문법 교과서들은 위에서 언
급한 대로 독립어만 설정한 문법 교과서와 독립어와 접속어를 모두 설정한
문법 교과서로 나눌 수 있다.

우선 독립어만을 문장 성분으로 설정한 문법 교과서의 내용을 살펴보도
록 하겠다. 강윤호(1968)은 문장의 구성 요소를 분석하면서 독립어를 설정
하고 있지만 감탄사가 독립어로 쓰인 예만을 제시하고 정의나 그 밖의 설
명은 나타나 있지 않다. 그 외의 문법 교과서들은 독립어의 정의에 대해 대
체로 비슷한 설명을 하고 있는데, 다음 (112)와 같다.

> (112)ㄱ. 양주동·유목상(1968): 다른 성분과 어떤 관계를 맺지 않고, 다만

---

22) 김완진·이병근(1979)는 감탄사와 접속 부사를 설정하였지만, 이들이 어떤 문장
성분으로 쓰이는지는 언급하지 않았다.

말하는 이의 주관적 감정이나 의지를 나타내는 말. 그 자체가 문장에 상당하는 말.

ㄴ. 정인승(1968): 문장 구성에 직접 참여하지 않고, 항상 독립적으로 쓰이는 감탄사나, 또는 무엇을 부르기만 하는 말들.

ㄷ. 이은정(1968): 월의 짜임과는 직접적인 관계가 없이 독립적으로 쓰이는 말.

ㄹ. 이을환(1967): 다른 문장 성분과 긴밀한 관계는 없지만 전체적으로 볼 때 문장의 일부분을 이루는 성분.

ㅁ. 최현배(1968): 비교적 따로서서, 그 아래의 문장(월) 자체를 어떠한 방식으로든지 꾸미는 문장 성분.

ㅂ. 허웅(1968): 문장 가운데의 다른 성분과 직접적인 관련을 맺음이 없이 어느 정도 독립성을 가지는 성분.

위의 (112)를 살펴보면, 모든 문법 교과서의 정의들이 문장의 다른 성분과 직접적인 관계는 없다는 점을 공통적으로 포함하고 있다. 그러나 독립어의 성분으로서의 기능에 대해 언급한 문법 교과서는 얼마 되지 않는데, 양주동·유목상(1968)은 독립어의 의미적인 특성을 강조하여 '말하는 이의 주관이나 감정을 나타내는' 기능을 하는 것으로 파악하였다. 최현배(1968)은 독립어의 기본 기능을 문장 자체를 꾸미는 성분으로 파악한 것으로 보인다.

독립어의 형식에 대해서는, 접속어를 설정하지 않고 독립어만을 설정한 문법 교과서의 대부분은 접속의 기능을 하는 부사를 독립어에서 다루고 있다(이은정 1968, 이을환 1968, 최현배 1968, 허웅 1968, 1979). 또한 이들 문법 교과서들은 독립어의 형식에 대해서도 대체로 일치를 보인다. 이은정(1968)과 최현배(1968)는 독립어의 기능을 위주로 독립어의 형식을 분류하였다. 먼저 이은정(1968)에서 제시한 독립어의 예는 (113)과 같다.

(113)ㄱ. 감탄사: <u>야</u>! 참 시원하구나.

ㄴ. 부름말: <u>형님</u>, 이것 좀 보셔요.

ㄷ. 제시하는 말: <u>자유</u>, 누가 자유를 원하지 않으랴

ㄹ. 접속부사 중에서 월을 접속하는 말: 노력이 부족하다. <u>따라서</u>, 성적
이 나쁘다.[23]

다음으로, 최현배(1968)의 독립어 예는 (114)와 같은데, 이은정(1968)과
마찬가지로 감탄사, 부르는 말, 제시하는 말을 예로 들었고, 접속 부사 역
시 문장을 접속하는 경우만을 예로 들고 있다.

(114)ㄱ. 부르는 말 (부름자리 토, 혹은 명사 그대로): <u>아버지</u>, 손님이 오셨
습니다.

ㄴ. 들어보이는(제시하는) 말: <u>돈</u>, 그것이 제일인가?

ㄷ. 감탄사: <u>아아</u>, 그립다, 이내 고장.

ㄹ. 부사(이음 어찌씨): <u>그러나</u>, 그는 속이 나쁜 사람은 아니었다.

이을환(1967), 허웅(1968, 1979) 등은 독립어를 이루는 품사를 위주로 독
립어의 형식을 분류하였다. 허웅(1968, 1979)에 나타난 독립어의 예를 살펴
보면 (115)와 같다.

(115)ㄱ. 감탄사: <u>아차</u>, 놓쳤구나.

ㄴ. 체언+호격조사: <u>복동아</u>, 빨리 와.

ㄷ. 접속부사: 그는 나를 가지 못하게 하였다. <u>그러나</u>, 나는 떠났다.

한편, 정인승(1968)은 독립어의 형식으로 감탄사와 부르는 말만 제시하고
접속 부사를 포함시키지 않았다. 양주동·유목상(1968)의 경우도 감탄사만

---

23) 이은정(1968)은 접속 부사가 단어를 접속하는 경우에 대해서는 독립어에서 다루
지 않았다.

을 독립어로 제시하고 있고, '술 및 담배는 몸에 해롭다'와 같은 문장에서 '및'을 접속어로 보았다. 그러나 접속어는 '술'과 '담배'를 하나로 묶어 한 성분이 되게 할 뿐 독립적인 성분이 되지는 못한다고 파악하였다.

다음으로 강복수·유창균(1968), 김민수·이기문(1968), 이명권·이길록(1968), 이숭녕(1968), 이인모(1968), 이희승(1968), 김민수(1979), 이길록·이철수(1979), 이응백·안병희(1979)는 독립어와 접속어를 개별적인 문장 성분으로 설정하였다. 이들 문법 교과서에서 다루고 있는 독립어는 독립어만을 설정한 문법 교과서의 경우와 '접속 부사'에 해당하는 항목만 차이가 있을 뿐 나머지 설명과 형식은 비슷하다. 먼저 이들 문법 교과서에 나타난 독립어에 대한 설명을 정리하면 다음 (116)과 같다.

(116)ㄱ. 강복수·유창균(1968): 문장 속의 다른 성분과는 별로 긴밀한 관계가 없이 따로 독립된 부분을 이루는 말.
　　　ㄴ. 김민수·이기문(1968): 감탄사의 기능으로 쓰이는 성분.
　　　ㄷ. 이명권·이길록(1968), 이길록·이철수(1979): 문장과 독립해서, 다른 말과 별로 관계없이 쓰이는 어절.
　　　ㄹ. 이숭녕(1968): 문장의 다른 성분과 관계가 없는 성분.
　　　ㅁ. 이인모(1968): 다른 성분과 관련 없이 독립되어 쓰이는 성분.
　　　ㅂ. 이희승(1968): 문장 속의 다른 성분과는 별로 밀접한 관계가 없이, 따로 독립한 부분을 이루는 말.
　　　ㅅ. 김민수(1979): 문장 밖에 놓인 특수 성분.
　　　ㅇ. 이응백·안병희(1979): 문장의 다른 성분과 직접적인 관계를 맺지 않고 독립적으로 쓰이는 성분.

위의 설명을 앞의 (112)와 비교해 보면 다른 성분과 관계가 없는 성분이라는 점에서 독립어에 대한 정의는 차이가 없음을 알 수 있다.[24] 한편, 이

---

24) 독립어에 대한 정의 외에 독립어의 형식도 접속 부사 부분을 제외하면 독립어만

들 문법 교과서에 나타난 접속어에 대한 정의를 정리해 보면 다음 (117)과 같다.25)

> (117)ㄱ. 김민수 · 이기문(1968): 일정한 요소 사이에서 앞뒤를 연결하는 접속 부사나 말.
>
> ㄴ. 이명권 · 이길록(1968): 앞뒤 문장을 접속시켜 주는 구실을 하는 어절.
>
> ㄷ. 이숭녕(1968): 두 문장 사이에서 앞 문장의 내용을 요약하여 이어주는 구실을 하는 말.
>
> ㄹ. 이인모(1968): 단어나 문장을 접속하는 기능을 하는 말.
>
> ㅁ. 이희승(1968): 2개의 문장 새에 끼어서 둘째 문장의 첫머리에 자리 잡고 있으면서, 첫째 문장의 뜻을 받아서 둘째 문장에 이어 주는 구실을 하는 말.
>
> ㅂ. 김민수(1979): 두 성분 사이 혹은 문장과 문장 사이를 이어 주는 성분.
>
> ㅅ. 이응백 · 안병희(1979): 단어와 단어, 어절과 어절을 연결하여 그들을 같은 성분이 되게 하는 성분.

위의 정의를 보면, 접속어는 공통적으로 '이어 주는' 기능을 하는 성분이다. 이들 문법 교과서에서 제시하고 있는 독립어와 접속어의 차이는 독립어는 문장의 다른 부분과 관계가 없이 독립된 단위를 이루는 데 반해, 접속어는 문장 내의 어떤 단위 혹은 문장과 문장을 이어 주는 구실을 하기 때문에 문장의 다른 부분과 관계를 맺고 있다고 보는 점이다. 이희승(1968)은 이에 대해 '문장의 첫머리에 쓰이는 점은 독립어나 접속어가 같지만, 독립어는 그 뜻도 독립되어 있으나, 접속어는 앞 · 뒤에 있는 두 문장의 뜻을 이

설정한 문법 교과서들과 차이가 없으므로 따로 제시하지 않는다.

25) 강복수 · 유창균(1968)에는 접속어의 정의가 나타나 있지 않고, 이길록 · 이철수 (1979)는 접속어를 문장 성분으로 설정하고 있지만, 정의나 형식을 제시하고 있지 않다.

어 주는 점이 다르다'고 설명하고 있다.

그러나 위의 정의에서 어떤 단위를 이어 주느냐에 대해서는 문법 교과서마다 차이가 있는데, 이숭녕(1968), 이희승(1968), 이명권·이길록(1968), 이길록·이철수(1979)는 문장과 문장을 이어주는 성분만을 접속어로 설정하였다. 이에 비해 강복수·유창균(1968), 김민수·이기문(1968), 이인모(1968), 김민수(1979)는 문장과 문장 외에도 두 성분이나 단어를 이어주는 경우도 접속어로 설정하고 있다.

먼저 문장과 문장을 이어주는 성분만을 접속어로 설정한 문법 교과서를 살펴보면, 이숭녕(1968)은 (117ㄷ)의 정의에 따라 다음 (118)의 '그리고'와 '또'를 접속어의 예로 제시하였다.

(118)ㄱ. 나는 화가 나서 수길이를 꾸짖었다. <u>그리고</u>, 잘 타이른 것이다.
　　　ㄴ. 네가 책을 샀지. <u>또</u> 수길이도 책을 샀다는데.

이희승(1968)도 이와 유사하게 (119)의 '그러나', '그렇지만'을 접속어의 예로 제시하고, 접속어는 "언제든지 2개의 문장 새에 끼어서 둘째 문장의 첫머리에 자리 잡고 있으면서, 첫째 문장의 뜻을 받아서 둘 때 문장에 이어 주는 구실"을 한다고 설명하였다.

(119)ㄱ. 날은 흐렸다. <u>그러나</u>, 비는 오지 않겠다.
　　　ㄴ. 사람은 노력해야 한다. <u>그렇지만</u>, 무리를 해서는 안 된다.

또한 이희승(1968)은 독립어와 접속어를 비교하여 문장의 첫머리에 쓰이는 점은 독립어나 접속어가 같지만, 접속어는 앞뒤의 두 문장의 뜻을 이어 주고 결속시키는 반면, 독립어는 그 뜻이 독립되어 있어 차이가 있다고 설명하였다.

이명권·이길록(1968), 이길록·이철수(1979)의 접속어도 앞뒤의 문장을 접속시키는 경우에 한하는데, 부사 중 접속의 구실을 하는 접속 부사가 접속어로 기능한다고 설명하고 다음 (120)을 접속어의 예로 들었다.

(120)ㄱ. 나는 바다로 간다. <u>그런데</u>, 너는 어디로 가겠니?
　　ㄴ. 그는 노래를 불렀다. <u>그리고</u>, 휘파람도 불었다.
　　ㄷ. 순희는 착한 아이다. <u>그러나</u>, 몸이 약하다.

위의 문법 교과서들이 문장과 문장을 이어 주는 역할을 하는 성분만을 접속어로 설정한 데 비해 강복수·유창균(1968), 김민수·이기문(1968), 이인모(1968), 김민수(1979)의 접속어는 다른 단위를 이어 주는 성분도 접속어에 포함된다. 먼저 강복수·유창균(1968)에 나타난 접속어의 예는 (121)인데, (121ㄱ)은 단어가 접속된 경우, (121ㄴ)은 절 접속, (121ㄷ)은 문장 접속에 해당한다. 강복수·유창균(1968)은 접속 부사 항목에서 이 예문을 들고, 이들이 모두 접속어로 기능한다고 설명하였다.

(121)ㄱ. 읽거나 <u>혹은</u> 쓰거나 늘 그 일에 진념하라.
　　ㄴ. 그는 책을 읽고, <u>또</u> 나는 글을 썼다.
　　ㄷ. 시간은 금이다. <u>그러니</u>, 너는 부지런히 공부하라.

김민수·이기문(1968)은 접속어를 다음 (122)와 같이 분류하였는데, 접속 부사의 경우에는 "그 장면에 따라서 독립어가 될 수 있다"고 하였다. 그러나 어떤 경우에 독립어가 될 수 있는지는 명확하게 제시하지 않았다.

(122)ㄱ. 접속 부사: 그러나, 그리고, 등
　　ㄴ. 체언의 접속어: 이같이, 이처럼 등
　　ㄷ. 용언의 접속어: 왜냐하면, 이를테면, 그뿐 아니라
　　ㄹ. 용언의 연결 서술형: 가 보았는데, 않는 것이지만, 보니

김민수(1979)는 위 (122)와 같은 분류를 수정하여 (123)과 같은 접속어의 분류를 제시하였다. (123)의 분류에서는 (122ㄹ)에서 보였던 '용언의 연결 서술형'이 접속어에서 제외되고, 접속 부사와 체언·용언의 접속어만 접속어에 포함되었다.

(123)ㄱ. 접속 부사: 그러나, 또, 및, 그리하여
　　　ㄴ. 체언 접속어: 이같이, 그처럼 따위
　　　ㄷ. 용언 접속어: 이에 따라, 뿐만 아니라

또한 김민수(1979)는 접속 부사 항목을 설명하면서 (124)와 같은 예문을 들었는데, '및, 또는, 곧' 등의 성분과 성분을 잇는 부사, '혹은'처럼 구절과 구절, '그러나, 그런데' 등의 문장과 문장 연결하는 부사가 있으며, 이들은 모두 성분으로는 접속어가 되어 앞뒤를 잇는 작용을 한다고 보았다.

(124)ㄱ. 입회금 및 회비를 반드시 내야 한다.
　　　ㄴ. 나라가 부강하고, <u>혹은</u> 인지가 슬기롭다.
　　　ㄷ. 여성은 약하다. <u>그러나</u>, 어머니는 강하다.

이인모(1968)도 (125)와 같은 문장을 접속어가 쓰인 예로 제시하면서, 접속어는 어절이나 문장을 접속하는 구실을 한다고 설명하였다.

(125)ㄱ. 일하고 <u>그리고</u> 기다리기를 배우라.
　　　ㄴ. 책 및 칼.
　　　ㄷ. 너는 시 <u>또는</u> 소설을 써라.

한편, 이응백·안병희(1979)의 경우에는 문장을 이어 주는 경우는 독립어로 설정하고, 단어와 단어, 혹은 어절과 어절을 이어주는 경우만을 접속어

로 설정하고 있어 다른 문법 교과서들과는 차이를 보인다. 따라서 이응백·안병희(1979)의 체계에서는 다음과 같은 경우에 (126ㄱ)의 '그리고'는 문장 내에서 단어와 단어를 연결시켜 주므로 접속어가 되고, (126ㄴ)의 '그리고'는 두 문장을 연결시켜 주므로 독립어가 된다.

    (126)ㄱ. 철수, <u>그리고</u> 영희는 우등생이 되었다.
        ㄴ. 철수는 우등생이다. <u>그리고</u>, 영희도 우등생이다.

이응백·안병희(1979)는 이에 대해 문장 접속에 쓰인 접속 부사는 앞문장의 의미를 받기 때문에 뒷문장에 대해서는 독립되어 있으므로 문장 성분으로는 독립어가 되며, 단어와 어절을 접속시켜 주는 접속 부사는 그 문장 안에서 쓰이기 때문에 접속어가 된다고 설명하였다.

제3기의 독립어와 접속어를 정리하면, 이 시기의 문법 교과서들은 문장과 문장, 혹은 성분과 성분을 이어 주는 구실을 하는 접속 부사를 문장에서 독립적인 요소로 보느냐, 문장과 연결된 요소로 보느냐의 견해 차이에 따라 독립어만을 설정한 문장 성분 체계와 독립어와 접속어 별개로 설정한 문장 성분 체계로 나뉘며, 독립어와 접속어를 별개로 실정한 문법 교과서들의 경우와 그렇지 않은 경우에 '접속 부사'를 제외한 독립어의 설정에는 큰 차이가 없다.

4.4. 제4기(1985-현재): 통일 7성분 체계

4.4.1. 주어

제4기 문법 교과서에서 주어에 대한 서술은 '정의'와 '형식'으로 통일되었으며, 각각의 정의와 형식에도 큰 차이가 없다. 먼저 문교부(1985), 교육부(1991), 교육부(1996), 교육부(2002)에 나타난 주어의 정의를 정리하면 다음과 같다.

> (127) ㄱ. 문교부(1985), 교육부(1991): '무엇이 어찌한다, 무엇이 어떠하다,
> 무엇이 무엇이다'의 '무엇이'에 해당하는 말. 그 문장의 주체를 나
> 타내는 말.
> ㄴ. 교육부(1996): 서술하는 주체를 나타내는 문장 성분. 모든 문장에
> 필수적이다. '무엇이 어찌하다, 누가 어떠하다, 누가 무엇이다'에
> 서 '무엇이' 또는 '누가'에 해당한다.
> ㄷ. 교육부(2002): 문장에서 동작 또는 상태나 성질의 주체를 나타냄.
> 문장을 서술어의 종류에 따라 '무엇이 어찌한다, 무엇이 어떠하다,
> 무엇이 무엇이다'의 세 유형으로 나누었을 때, 바로 '무엇이'에 해당
> 하는 성분.

서술의 양식에는 다소 차이가 있지만, 공통적으로 형식적으로는 문장을
세 유형으로 나누었을 때 '무엇이'에 해당되며, 문장 내에서의 자격은 서술
하는 '주체'를 나타내는 항목으로 통일된 내용을 보인다.

다음으로 주어의 형식에 대한 서술을 정리하면 다음과 같다.

> (128) ㄱ. 문교부(1985), 교육부(1991): 원칙적으로 체언에 주격 조사가 붙
> 어서 성립. 조사가 없이 명사만으로 주어가 되는 경우-구어체에서
> 격 관계가 분명할 때에 흔히 나타남.
> ㄴ. 교육부(1996): 체언+주격 조사. 주어를 높일 때에는 '께서'가 쓰이
> 며, 주어가 단체를 나타내는 명사이며 '에서'가 대신 쓰일 수 있다.
> ㄷ. 교육부(2002): 체언, 체언 구실을 하는 구나 절+주격 조사 '이/가',
> '께서'. 때로는 주격 조사가 생략될 수도 있고 보조사가 붙을 수도
> 있다.

주어의 형식에 대한 서술은 공통적으로 '체언+주격 조사'라고 서술하고
있다. 그 외에 주격 조사의 생략이나 존칭의 '께서'가 붙는 경우에 대해서도

기술상 약간의 차이를 보이지만, 모두 공통적으로 언급하고 있다. 즉, 문교부(1985), 교육부(1991)에서는 조사가 없이 명사만으로 주어가 되는 경우는 구어체에서 나타난다고 형식 부분에서 서술하였고, '께서'의 경우에는 주어와 다른 성분과의 관계를 언급하면서 '께서'와 '시'의 호응을 다루었다. 교육부(1996)에서는 주격 조사의 생략을 다루지 않고 있으며, 존칭의 '께서'와 단체를 나타내는 '에서'를 언급하고 있다. 교육부(2002)에서는 이를 좀더 폭넓게 정리하여 주어의 자격이 될 수 있는 항목을 '체언' 외에도 '체언 구실을 하는 구나 절'로 확대하여 혼동의 여지를 줄였으며, 조사 항목도 주격 조사 '이/가', '께서', 생략, 보조사까지 포괄하였다.

한편, 이중 주어 구문은 제3기의 문법 교과서 대다수에서 다루어졌던 것과 마찬가지로 서술절에서 취급되어 문장 성분 논의에서는 언급되지 않고 있다.

4.4.2. 서술어

제4기의 서술어는 주어와 마찬가지로 전 시기에 비해서는 비교적 간단한 양상을 보인다. 그러나 주어가 대체로 통일된 양식과 내용으로 기술된 데 비해 서술어는 각 문법 교과서별로 약간의 견해 차이를 보인다. 서술어의 기술 경향은 문교부(1985), 교육부(1991)이 전 시기에 서술어와 관련하여 논의되었던 여러 가지 쟁점들을 포함시켜 서술한 데 비해 교육부(1996), 교육부(2002)는 서술어의 정의와 서술어의 자릿수만을 다루어 매우 간략한 기술을 하고 있다.

먼저 각 문법 교과서의 서술어의 정의를 정리해 보면 다음과 같다.

(129) ㄱ. 문교부(1985), 교육부(1991): 주어를 서술하는 말.
　　　 ㄴ. 교육부(1996): 문장의 중심 성분으로서, '어찌하다', '어떠하다', '무엇이다'로 나타난다.

ㄷ. 교육부(2002): 주어의 동작, 상태, 성질 따위를 풀이하는 기능을 하
   는 문장 성분.

위의 (129)에서 보이듯이, 서술어의 정의는 각 문법 교과서에서 차이를
보인다. 특히 서술어의 정의에서 문제가 되는 것은 명확한 정의 항목이 없
고, 문교부(1985), 교육부(1991)의 경우에는 '서술하는 말'이라는 용어를 그
대로 사용하여 풀이가 되지 않고 있다. 또한 교육부(1985, 1991)와 교육부
(2002)의 정의에서 '주어'를 서술어의 정의에 함께 사용하여 주어에 대한 개
념 없이는 서술어를 정의할 수 없다는 점도 문제가 될 수 있다.[26)]
서술어의 형식은 공통적으로 '어찌하다', '어떠하다', '무엇이다'의 형식에
대한 설명으로 서술하고 있다.

(130)ㄱ. 문교부(1985), 교육부(1991): 동사, 형용사, 서술격 조사의 종결
   형.[27)]
   ㄴ. 교육부(1996): '어찌하다'는 동사로, '어떠하다'는 형용사로, '무엇이
   다'는 체언에 서술격 조사 '이다'를 결합하여 표현한다.
   ㄷ. 교육부(2002): '날아가다, 예쁘다'처럼 동사나 형용사로 이루어지는
   것이 보통이나 '학생이다'처럼 체언에 서술격 조사 '이다'가 결합하
   여 이루어진 경우도 있다.

다음으로 서술어 항목에서 공통적으로 다루고 있는 것은 서술어의 자릿

---

26) 교육부(2002)에서는 '주어와 서술어'를 하나의 항목으로 묶어서 동시에 기술하고
   있다.
27) 문교부(1985), 교육부(1991)에서는 이 외에도 '체언' 외에 체언 구실을 하는 말
   이나 명사구, 명사절도 쓰일 수 있으며, 연결 어미나 전성 어미가 붙은 말이 서
   술어 기능을 한다는 것을 보이고 있다. 이러한 서술은 문장의 연결이나 문장의
   구조에서 다루어져야 할 것으로 보인다.
   (예) ㄱ. 날씨가 이렇게 추운데, 굳이 길을 떠나시렵니까?
   ㄴ. 시가 이렇게 아름다운 줄을 미처 몰랐다.
   ㄷ. 주시경 선생이 국어 연구의 창시자였음을 책을 읽고 알았다.

수이다. 서술어는 그 성격에 따라서 필요로 하는 문장 성분들의 개수가 다른데, 이를 서술어의 자릿수라고 한다.(교육부 2002) 서술어의 자릿수는 보통 세 가지로 정리하는데, 각각의 문법 교과서에 나타난 내용을 좀더 자세히 살펴보기로 한다. 서술어의 자릿수에 대한 서술은 교육부(1996)과 교육부(2002)가 거의 통일된 기술을 보이는 데 비해 문교부(1985), 교육부(1991)는 약간 차이가 있다.

문교부(1985), 교육부(1991)의 내용을 좀더 상세히 살펴보면, 먼저 '서술어가 되는 용언은 종류에 따라 주어만을 요구하는 경우도 있고, 주어와 목적어를 요구하는 경우도 있으며, 주격이나 목적격 이외의 격조사를 가지는 필수적 문장 성분을 요구하는 경우도 있다'고 하여 서술어의 성격을 설명하고, 이에 따라 주어 한 자리만 필요로 하는 서술어를 한 자리 서술어, 주어 이외에 또 한 자리나 두 자리의 필수적인 문장 성분을 요구하는 것을 각각 두 자리 서술어, 세 자리 서술어라고 기술하고 있다.

4.4.3. 목적어

제4기에 들어서 목적어에 대한 논의는 목적어의 성립 및 정의와 목적어의 형식, 목적어의 겹침으로 나누어질 수 있다. 우선 각 문법 교과서에 나타난 목적어의 정의를 정리하면 다음 (131)과 같다.

(131)ㄱ. 문교부(1985), 교육부(1991): 두 자리 서술어인 타동사로 표현되는 행위의 대상.

ㄴ. 교육부(1996): 타동사가 쓰인 문장에서 그 동작의 대상이 되는 문장 성분.

ㄷ. 교육부(2002): 서술어의 동작 대상이 되는 문장 성분.

목적어의 형식 역시 제2기나 제3기 일부 문법 교과서에서 제시되었던 용언의 명사형과 같은 형식은 나타나지 않고, 체언에 조사가 결합된 형식과 조사가 생략된 형식을 제시하고 있다. 교육부(1996)의 목적어 형식을 정리하면 다음 (132)와 같다.

>   (132)ㄱ. 체언+목적격 조사: 나는 <u>과일을</u> 잘 먹고, 동생은 <u>과자를</u> 잘 먹는다.
>   ㄴ. 체언+보조사: 나는 <u>과일도</u> 잘 먹고, <u>과자도</u> 잘 먹는다.
>   ㄷ. 체언+보조사+목적격 조사: 동생은 <u>과일만을</u> 좋아해.
>   ㄹ. 목적격 조사 생략: 넌 <u>과일</u> 좋아해?

제4기 목적어의 설정에서 특징적인 것은 목적어의 겹침에 대한 논의이다. 문교부(1985), 교육부(1991)와 교육부(1996)이 목적어의 겹침에 대해 비교적 자세히 논의하고 있는데, 문교부(1985), 교육부(1991)은 목적어가 하나 이상 나타날 때에는 둘째 번 목적어가 첫째 번 목적어의 수량을 나타내거나 그것의 한 부분인 것이 보통이라고 설명하면서 다음 (133)과 같은 예를 들 수 있다.

>   (133)ㄱ. 어머니께서 나에게 <u>용돈을</u> <u>천 원을</u> 주셨어요.
>   ㄴ. 순이가 <u>철수를</u> <u>손을</u> 잡아끈다.
>   ㄷ. 그가 <u>나를</u> 더 <u>좋은 것을</u> 주었다.

또한, 위 (133ㄷ) 같은 경우는 방향이나 처소를 나타내는 말이 목적격 조사를 취함으로써 목적어가 겹치게 된 것으로 보고 있다. 이는 제3기 허웅(1968, 1979)에서 제시한 목적어가 방향이나 처소를 나타내는 예와 같은 경우로 볼 수 있다.

한편, 교육부(1996)은 (133)과 같은 목적어 겹침의 경우에는 목적어가 겹치는 것을 피하기 위해 앞 목적어를 다른 문장 성분으로 바꾸거나, 수량을 나타내는 경우에는 두 목적어 중에서 어느 한 목적어의 조사를 생략한다고 설명하여 다음 (134)와 같은 예를 들었다.

(134)ㄱ. 관형어로 바꿈: 왜 지나가는 <u>사람의</u> <u>이름을</u> 부르니?
　　　ㄴ. 부사어로 바꿈: 동규는 <u>나에게</u> 책을 주었다.
　　　ㄷ. 앞 목적격 조사 생략: 우현이는 <u>그 책 두 권을</u> 더 달라고 하였다.
　　　ㄹ. 뒤 목적격 조사 생략: 우현이는 <u>그 책을 두 권</u> 더 달라고 하였다.

그러나 교육부(2002)는 목적어의 겹침을 본문에서 자세히 다루지 않고 (135), (136)과 같은 문제를 〈탐구〉에서 제시하고 있다.

(135)ㄱ. 나는 <u>학교에</u> 갔다.
　　　ㄴ. 나는 <u>학교를</u> 갔다.

(136)ㄱ. 지애는 <u>선물을</u> <u>기연이에게</u> 주었다.
　　　ㄴ. 지애는 <u>선물을</u> <u>기연이를</u> 주었다.

4.4.4. 보어

제4기에 들어서 보어는 '서술어가 요구하는 필수적인 성분'으로 '되다, 아니다'와 같은 서술어를 필요로 하는 문장 성분으로 기술되어 있다. 이는 문교부(1985), 교육부(1991), 교육부(1996), 교육부(2002) 모두 공통적으로 그 예는 다음과 같다.

(137)ㄱ. 구름이 <u>비가</u> 된다.
　　　ㄴ. 그는 <u>천재가</u> 아니다.

위의 예에서 '비가', '천재가'가 없으면 불완전한 문장이 되기 때문에 보어는 필수적인 성분이 된다.

그런데 교육부(2002)의 〈탐구〉에서는 다음과 같은 문장을 들어서 보어가 '되다, 아니다' 앞에 나타나는 '체언+이/가'만을 포함하는지 문제를 제기하고 있다.

> (138)ㄱ. 물이 <u>얼음이</u> 되었다.
> ㄴ. 물이 <u>얼음으로</u> 되었다.

위의 예 (138ㄴ)은 '되다' 앞에 '얼음이' 대신 '얼음으로'가 나타난 예이다. 같은 서술어 '되다' 앞에 나타났지만 보어를 '체언+이/가' 형태로만 한정한다면 (138ㄴ)의 '얼음으로'는 부사어가 될 것이다.

이와 함께 7차 교육과정 해설에서는 보어와 불완전 용언의 설정 문제에 대해서 다음과 같은 견해를 함께 제시하고 있다.

> (139)......보어는 불완전 용언을 보충하여 주는 필수 성분이다. 그러나 불완전 용언의 범위가 문제가 된다. '깨뜨린다, 먹는다, 간다, 다르다' 중에서 '다르다'만이 불완전 용언인 것 같으나 좀더 세심히 살펴보면 '깨뜨린다'는 도구를 나타내는 명사구가 있어야 하며 '간다'도 출발점과 지향점이 결여되어 있다. '되다, 아니다'만이 이러한 보충어를 필요로 하는 것은 아니다......

위의 기술은 '되다, 아니다'를 불완전 용언으로 설정하고 보어를 필수적으로 요구하는 것으로 보며, '다르다' 등의 불완전 용언에 대해 나타나는 필수적 성분은 '필수적 부사어'라고 설정하는 것에 대한 문제점을 제기하고 있는 것으로 보인다.

실제 제1기에서 제3기의 문법 교과서들에서는 '되다, 아니다' 앞에 나타나는 '체언+이/가'만을 보어로 설정한 예는 거의 보이지 않으며, '다르다, 같다' 등의 불완전 용언들이 요구하는 필수 성분 역시 보어로 처리하는 경우가 더 지배적이었다. 이러한 점을 고려한다면 보어의 개념을 확대하는 것을 생각해 볼 수 있다. 다만 '가다' 등의 앞에 나타나는 출발점이나 지향점이 없으면 불완전한 문장이 되는지는 검토해 볼 문제이다. 출발점이나 지향점이 명시되는 것은 다분히 의미적인 문제를 포함하는 개념으로 '문장 성분'을 통사적 층위, 즉 문장의 형식과 관련된 것으로 설정한다면 '불완전한 문장'은 의미적으로 불완전한 문장이 아니라 형식적으로 '수용 불가능한 문장'으로 설정해야 하기 때문이다. 그렇다면 '가다' 등이 요구하는 출발점이나 지향점은 문장의 의미적인 '불완전성'으로 해결해야 한다.

4.4.5. 관형어

제4기에 들어서 문교부(1985), 교육부(1991)은 관형어의 형식과 특징, 관형어의 겹침 현상에 대해 자세히 기술하고 있다. 그러나 교육부(1996)와 교육부(2002)에서 관형어에 대한 내용은 대폭 간소화되어 정의와 형식을 간략하게 제시하는 것에 그치고 있다. 먼저 이 시기 각 문법 교과서에 나타난 관형어의 정의는 다음과 같다.

(140)ㄱ. 문교부(1985), 교육부(1991): 체언의 뜻을 꾸며 주는 말.
 ㄴ. 교육부(1996): 체언으로 실현되는 주어, 목적어 앞에서 이들을 꾸미는 문장 성분.
 ㄷ. 교육부(2002): 체언을 수식하는 성분.

위 정의에서 (140ㄱ, ㄷ)은 모두 '체언'을 꾸며 주는 성분으로 관형어의 기능을 중심으로 간략한 정의를 내리고 있지만, 문장 성분 간의 관계를 드러내지는 못하고 있다. 교육부(1996)가 문장 성분 간의 관계를 밝히면서 '체언으로 실현되는 주어, 목적어'를 꾸미는 말로 관형어를 정의하고 있지만, 체언이 다른 성분으로 쓰일 경우에 대해서는 역시 언급하지 않고 있다.

관형어의 형식에 대해서도 문교부(1985), 교육부(1991), 교육부(1996, 2002) 모두 다음과 같은 형식을 공통적으로 제시하고 있다.

(141) ㄱ. 관형사: 새
　　　ㄴ. 체언+관형격 조사 '의': 시골+의
　　　ㄷ. 체언 (관형격 조사의 생략): 고향 친구

그러나 용언의 관형사형이 관형어로 기능하는 것에 대해서는 약간 차이를 보인다. 먼저 문교부(1985), 교육부(1991)의 경우에는 용언이 관형어로 쓰이는 경우를 '관형사형'으로 보고 용언에 관형사형 어미 '-는, -ㄴ, 을, -던'이 붙어서 형성된 것으로 보고 있다. 이에 비해 교육부(1996)은 이와 같은 형식을 절 구성으로 보아 '관형절'로 설명하고 있다. 한편 교육부(2002)는 관형어의 형식에서 이와 같은 용언의 활용형이 관형어로 쓰일 수 있는 경우를 아예 설명하고 있지 않다.

문교부(1985), 교육부(1991)는 관형어의 형식 외에도 관형어가 겹쳐서 나타날 경우의 순서를 제시하고 있다. 즉, (142)와 같은 경우에 대체로 지시 관형어, 수 관형어, 성상 관형어의 순서를 취한다고 설명하고 있다. 그러나 이전이나 이후 시기 문법 교과서에서는 이러한 관형어의 순서를 따로 설명하지는 않고 있다.

(142) <u>저 두 젊은</u> 사람은 뜻이 서로 맞아 일생을 같이 살고자 맹세하였다.

4.4.6. 부사어

제4기의 문법 교과서에서 부사어는 '주로 용언을 수식'하는 성분으로 설정되어 있다. 그러나 부사어는 용언뿐 아니라 관형어나 다른 부사어를 수식하고 문장이나 단어를 이어주는 역할을 하기도 한다고 설명한다.

이밖에 부사어에서 특징적인 것은 '문장을 구성하는 데 꼭 필요한 부사어'로 '필수 부사어'에 해당하는 개념이다. 다음과 같은 예가 해당한다.

(143)ㄱ. 피망은 <u>고추와</u> 다르다.

　　　ㄴ. 그 놈 <u>멋지게</u> 생겼네.

　　　ㄷ. 선생님께서 <u>너에게</u> 선물을 주셨다.

위의 예에서 언급된 부사어는 세부적으로 고찰하면 각각 차이가 있다. 먼저 (143ㄱ)은 보어에서도 언급되었지만, 전형적인 불완전 용언으로 '고추와'가 빠지면 통사적으로 불완전한 문장이 된다. 따라서 주어 외에 다른 체언을 요구하게 된다. (143ㄴ)의 '생기다' 역시 불완전 용언에 해당하는데, 용언의 활용형을 요구하고 있다는 점에서 (143ㄱ)과 차이가 있다.[28] (143ㄷ)은 '주다'가 주어와 목적어 외에 또 다른 성분을 하나 더 요구하기 때문에 생기는 필수적 부사어이다.

이밖에도 교육부(2002)에서는 다음과 같은 예를 들어서 필수적 부사어 문제에 대한 고찰을 요구한다.

(144)ㄱ. 나는 나, <u>너와는</u> 다르다.

　　　ㄴ. 아버지가 그 아이를 <u>수양딸로</u> 삼으셨다.

　　　ㄷ. 영현이는 <u>아빠와</u> 닮았다.

이러한 필수적 부사어의 설정은 보어의 문제와 맞물려서 문장 성분의 범위 설정에 대해 계속해서 논의를 요구하고 있다.

4.4.7. 독립어

제4기의 문법 교과서는 더 이상 접속어를 설정하지 않고, 독립어만 설정한 체계로 정리되었다. 먼저 문교부(1985)와 교육부(1991)는 독립어는 "뒤에

---

28) 물론 (143ㄴ)의 문장은 '-게'가 결합한 부사형 외에 보조사 '처럼'이 결합한 체언 성분이 와도 성립된다.

　(예) 그 놈 강아지처럼 생겼네.

오는 말들과 어울려 하나의 생각을 표현하는 것은 사실이지만, 이 말들이 없어도 나머지 부분만으로 완전한 문장이 된다"라고 설명하고 독립어의 형식은 감탄사와 체언+호격 조사, 체언 단독이 독립어로 쓰이는 경우로 제시하고 있다. 또한 접속 부사의 경우도 독립어가 된다고 보아서 다음 (145)와 같은 예를 제시하고 있다.

(145) 그는 나를 못 가게 말렸다. <u>그러나</u>, 나는 굳이 떠났다.

그러나 접속 부사 중에서 두 말을 연결해서 한 개의 성분을 만드는 구실을 하는 ' 및, 또는'은 독립어의 구실을 하지 못한다고 보았다.

(146) 그가 내일 <u>또는</u> 모레쯤 도착할 거야.

교육부(1996)에서는 독립어를 '문장의 어느 성분과도 직접적인 관련이 없는 독립된 성분'으로 정의하고, 독립어의 기능은 문장 전체를 꾸미는 것으로 보았다. 교육부(1996)에서도 이전 문법 교과서들과 마찬가지로 독립어의 형식을 감탄사, 체언에 호격 조사가 결합된 형태, 또는 접속 부사 등으로 보았다. 교육부(1996)에서 제시한 독립어의 예는 다음 (76)과 같다.

(147)ㄱ. 감탄사: <u>아아</u>, 드디어 기다리던 방학이 되었다.
    ㄴ. 체언+호격 조사: <u>신이시여</u>, 우리들을 보호하소서.
    ㄷ. 접속 부사: 누나가 가지 못하게 말렸다. <u>그러나</u> 나는 굳이 떠났다.

교육부(2002) 역시 교육부(1996)과 마찬가지로 독립어를 정의하고 있지만, 독립어의 형식에서 접속 부사를 제외하고 감탄사, 체언에 호격 조사가 결합된 형태만을 독립어의 형식으로 설정하고 있다. 교육부(2002)에서는 '그러나, 그러므로, 그리고'와 같은 접속 부사나 '및'과 같은 단어 접속 부사는 ‘접속 부사어’로 정의하고 부사어로 설정하여 이전 문법 교과서들과는 차이를 보인다.

5. 문장 성분의 문법 교과서 기술 제언

이 장에서는 기존 문법 교과서의 문장 성분론을 바탕으로 고등학교 문법 교과서에서 문장 성분을 어떻게 기술해야 할지를 논의한다. 앞에서 살펴보았듯이 문장 성분에 대한 설명은 문법 교과서에서 한 번도 제외된 적이 없다. 문장을 분석하는 과정에서 각 요소들이 문장 내에서 어떤 역할을 하는지를 파악하는 것은 기본적인 과정이기 때문일 것이다.

그러나 문장 성분의 교과서 내 위치나 세부적인 문장 성분의 설정과 내용 등은 문법 교과서별로 차이를 보여 왔다. 국정 시기에 이르러 통일된 문법 교과서가 제시된 이후에도 〈탐구〉 등의 학습 활동에서 제기되는 문제들은 문상 성분의 세부 내용에 대한 불일치를 보여주고 있기도 하나. 따라서 문장 성분에 대한 내용을 문법 교과서의 어떤 위치에서 교육할 것인지와 그 세부 항목으로 무엇을 포함시킬지를 제시해 볼 필요가 있다.

5.1. 위치와 명칭

문장 성분은 세부 내용의 차이는 있었지만 제1기에서 제4기까지 기본적으로 〈문장론〉에서 다루어지고 있다. 문장 성분이 문장에서 가지는 지위는 단어보다는 크거나 같은 위치이며, 형식상 품사와 긴밀한 연관을 가진다. 또한 문장 성분은 문장에서의 역할을 나타내 주는 것이므로 문장 분석의 시작이 된다. 따라서 〈문장론〉 내에 위치해야 하되, 문장의 복잡한 구조를 설명하기 전에 품사와 연계성을 찾을 수 있는 위치에 놓는 것이 바람직할 것이다.

한편 교육부(1996)처럼 문장 성분을 '문장의 짜임새'의 하위 항목으로 제시하는 것보다는 문장 성분을 문장의 짜임새, 즉 복잡한 문장의 분석 이전에 설명하여 각 문장 성분 항목의 특성과 형식, 기능을 익힌 후에 문장 분석을 교육하는 것이 더 효율적일 것으로 보인다.

5.2. 구성 및 내용

문법 교과서의 문장 성분 기술을 위해서는 우선 어떤 항목을 기술해야 하는지를 고려해야 한다. 본고의 4장은 개별 문장 성분과 관련된 내용을 각 문법 교과서에서 어떻게 다루고 있는지에 대해 중점적으로 논의하였지만, 개별 문장 성분 항목의 선정뿐 아니라, 각 항목이 어떤 체계로 구성되어야 하는지도 학습자의 수준과 난이도를 고려해 선정해야 한다.

문법 교과서에 포함되어야 할 내용을 제시하기에 앞서 7차 교육 과정에 나타난 문장 성분에 관련된 항목을 정리하면 다음과 같다.

(148)ㄱ. 문장 성분의 정의
　　　ㄴ. 문장 성분의 위계: 주성분, 부속 성분, 독립 성분
　　　ㄷ. 문장 성분 각론: 서술어와 주어, 목적어와 보어, 관형어·부사어·
　　　　　독립어

(148ㄷ)의 문장 성분의 각론에서는 다시 문장 성분의 정의와 기능을 설명하고, 문장 성분의 형식에 대해 간단히 제시하였다. 그러나 부사어의 형식에 대해서는 언급하지 않고 있고, 문장 성분과 품사의 관계에 대해서도 〈탐구〉에서만 문제 제기했을 뿐 교과서의 설명 부분에는 포함되어 있지 않다.

〈탐구〉에서는 이밖에도 보어와 부사어 설정에서 논의가 되어 온 부분을 문제로 제시하고 있다.[29] 그러나 이와 같이 〈탐구〉에서 논란이 되는 문법 항목을 제시하고 정확한 설명을 제공하지 않는 것은 학교 문법의 성격상 바람직하지 않다고 본다. 이론 문법에서는 다양한 견해의 차이와 이에 따른 논의가 심도 있게 전개될 수 있지만, 학교 문법에서는 자칫 이러한 내용은 학습자에게 혼란을 줄 수 있고, 본론 내용에 포함되어 있지 않기 때문에 적극적인 교수자가 아니라면 학습자가 이러한 내용에 대해 교육받지 못한 채로 문법 교육이 실시될 수도 있기 때문이다.

또한 제7차 교육 과정 이전의 문법 교과서들이 포함하고 있는 문장 성분의 항목을 정리하여 보면, 문장 성분에서 다루어야 할 내용들을 추려 볼 수 있다. 국정 시기 이전의 문법 교과서들에서는 문장 성분의 정의와 기본 형식 외에도 문장 성분과 품사와의 관계, 문장 성분의 배열과 생략, 국어의 기본 문형과 문장 성분과의 관계 등을 제시하고 있다.

이 중 문장 성분과 품사의 관계는 문장 성분의 기본 형식에서 함께 다루어질 수 있는 내용으로 보인다. 그러나 문장 성분의 배열 및 기본 문형과 문장 성분과의 관계 등은 문법 교과서에 따라 문장 성분에서 다루어지기도 했지만, 문장 성분보다 더 큰 단위인 구문의 분석에서 다루어진 경우도 있다. 국정 시기의 교과서에서도 문장 성분의 배열이나 확장에 대해서는 '문장의 짜임새'에서 다루고 있다. 문장 성분에서는 단순한 문장 성분의 형식과 기능을 위주로 문장 성분의 개념과 용법에 대해서 명확하게 교육을 하고 문장 성분의 확장 등에 대한 내용은 구문의 분석에서 다룰 수 있을 것이다.

또한 각 문장 성분들이 문장 내에서 하는 역할을 고려하여 주성분과 부속 성분, 독립 성분의 계층적 위계를 설정하여 명시적인 체계를 설정해 줄

---

29) 〈탐구〉에 제시된 항목은 4장에서 자세히 논의하였으므로 세부 내용은 이 장에서는 다루지 않는다.

필요가 있다. 문장 성분에서 다루어야 할 내용의 체계는 (149)와 같이 정리할 수 있다. 각 문장 성분 단위의 하위 항목에서는 문장 성분의 정의와 형식, 기능을 다루어 주고, 각 성분의 기능에 대한 설명을 제시해 주어야 한다. 또한 문장 성분의 형식에서는 문장 성분과 품사와의 관계에 대해서도 간략하게 언급해 주어야 한다.

(149) 0. 문장 성분
     0.1. 문장 성분의 정의와 단위
     0.2. 문장 성분의 종류
      0.2.1. 주성분
       0.2.1.1. 주어
       0.2.1.2. 서술어
       0.2.1.3. 목적어
       0.2.1.4. 보어
      0.2.2. 부속성분
       0.2.2.1. 관형어
       0.2.2.2. 부사어
      0.2.3. 독립성분
       0.2.3.1. 독립어

다음으로 위 (149)에 나타난 각 문장 성분에서 다루어야 할 내용 중 몇 가지를 지적해 보기로 한다. 먼저 주어는 제1기에서 제4기까지 전반적인 체계와 내용에 큰 변화는 없었다. 그러나 대부분의 교과서들이 이중 주어 현상을 문장 성분에서 다루지 않고, 문장의 구조(복문)에서 다루는 데 비해 일부 교과서들이 이와 관련된 현상을 주어나 다른 문장 성분에서 언급하고 있다. 제2기의 김윤경(1957)이 이중 주어 구문을 주어에서 다루고 있고, 제3기의 김완진·이병근(1979)는 이와 같은 구문을 보어에서 다루고 있다. 다른 대부분의 교과서들은 '서술절'이나 '풀이 마디'를 설정하여 이러한 현상을 설명하였는데, 주어를 다루면서 언급하기도 하고, 구나 절의 형식에서 이를 다루기도 하였다.

제4기의 문법 교과서들은 모두 이러한 구문을 '서술절'로 다루고 있어서 문장 성분에서는 언급하지 않았다. 예를 들어 교육부(2002)는 '문장의 짜임' 편의 '안은 문장과 안긴 문장'에서 서술절을 안은 문장으로 다음과 같은 예를 제시하였다.

(150)ㄱ. 정아가 <u>얼굴이 예쁘다</u>.
　　　ㄴ. 할아버지께서는 <u>인정이 많으시다</u>.

교육부(2002)는 위와 같은 문장에서 앞에 나오는 주어를 제외한 나머지 부분이 서술절에 해당하며, (150ㄱ)에서 '얼굴이'의 서술어는 '예쁘다'이고, '정아가'의 서술어는 '얼굴이 예쁘다'로 해석되며, (150ㄴ)에서도 이와 마찬가지로 '인정이'의 서술어는 '많으시다'이고, '할아버지께서는'의 서술어는 '인정이 많으시다'로 해석된다고 설명하였다.

그러나 교육부(2002)는 이와 같은 구문에 대해서 "서술절을 안은 문장은 한 문장에 주어가 두 개 있는 것처럼 보인다(교육부 2002:164)"라고 지저하고, 또 "서술절은 절 표지가 따로 없다는 점에서 다른 안긴 문장과 차이를 보인다(교육부 2002:164)"라고도 하여 위와 같은 구문이 표면적으로는 이중 주어 현상으로 보일 수 있음을 언급하고 있다. 또한 〈탐구〉에서는 서술절이 나타나는 다양한 문장 형식을 다음과 같이 제시하였다.

(151)ㄱ. 집은 우리 집이 제일 좋다.
　　　ㄴ. 나는 네가 좋다.
　　　ㄷ. 의자가 다리가 있다.
　　　ㄹ. 토끼는 앞발이 짧다.

　이와 같은 점과 역대의 몇몇 문법 교과서에서 이중 주어와 관련된 현상을 문장 성분에서 다루었던 것을 감안할 때 이중 주어와 관련된 구문을 문장 성분 중 주어에서도 설명하고, 다시 문장의 짜임을 다루면서 서술절로 언급하는 방식이 가능할 것이다.

　다음으로 서술어의 내용 중 보조 용언과 부정 용언이 나타나는 형식의 문장을 서술어에서 예로 제시하고 설명해 주어야 한다. 현재 교육부(2002)는 서술어의 설명에서는 다음 (152)와 같이 매우 간단한 서술어의 예만을 제시하고 있다.

(152)ㄱ. 새가 <u>날아간다</u>.
　　　ㄴ. 꽃이 <u>예쁘다</u>.
　　　ㄷ. 그는 <u>학생이다</u>.

　그러나 〈탐구〉에서는 다음과 같이 복잡한 문장을 제시하면서 서술어를 찾고, 각각의 서술어가 요구하는 필수적인 요소가 무엇인지를 탐구하도록 되어 있다.

(153)ㄱ. 왜 한글날이 국경일이 되지 않았는가?
　　　ㄴ. 관악구 보건소에서는 환절기를 맞이하여 독감 예방 접종을 다음과 같이 실시합니다.
　　　ㄷ. 누군가 나에게 뭔가를 해 주길 기다리지 말고, 내가 먼저 누군가에게 뭔가를 해 주자.

　위 (153ㄱ)에서는 부정 용언 '않다'가 나타나고, (153ㄷ)에는 부정 용언 '말다'와 보조 용언 '주다'가 나타난다. 그러나 교육부(2002)에서 부정 용언은 '문법 요소' 편의 '부정 표현'에서, 보조 용언은 '품사' 편의 '용언'과 '문법 요소' 편의 '동작상'에서 각각 다루어지고 있을 뿐, 이들이 선행하는 본용언과 결합되어 하나의 서술어를 이루는지에 대해서는 교과서에서 명시적으로 다루어지지 않고 있다.

또한 4장에서 살펴보았듯이 보조 용언 구문의 처리는 역대 문법 교과서들에서 통일되지 못하고, 서술어, 보어, 부사어 항목 등에 포함되어 처리되어 왔다. 역대 문법 교과서들이 보조 용언 구문을 어떤 문장 성분에서 다루어 왔는지를 정리하면 다음 표와 같다.

	전체를 서술어로 처리	본용언을 보어로 처리	본용언을 부사어로 처리	언급하지 않거나 불명확	총 교과서 숫자
제1기	1종	1종	1종	1종	4종
제2기	1종	1종	3종	1종	6종
제3기	13종	·	5종	3종	18종[30]
제4기	·	·	·	4종	4종

위 표를 보면, 제1기에는 보조 용언에 대한 처리가 전혀 통일되지 않은 양상을 보이고, 제2기에는 보조 용언에 선행하는 본용언을 부사어로 보는 견해가 50%에 달한다. 제3기에는 본용언과 보조 용언이 결합한 전체를 서술어로 보아서 서술어에서 이를 명시적으로 설명하는 교과서가 70%를 넘어, 많은 수의 교과서가 보조 용언이나 부정 용언과 관련된 구문을 문장 성분에서 다루고 있는 것을 알 수 있다. 그러나 제4기의 교과서들은 문장 성분에서 보조 용언이나 부정 용언과 관련된 구문을 언급하고 있지 않다.

물론 교육부(2002)가 보조 용언을 '품사' 편에서 다루고 있고, '문법 요소'

---

30) 제3기의 문법 교과서는 총 18종인데, 이중 3종(김민수·이기문 1968, 이을환 1968, 김민수 1979)이 보조 용언에 해당하는 예를 서술어와 부사어에서 중복해서 다루었다. 교과서에 따라 보조 용언 중의 일부는 부사어로 처리하기도 하고, 일부는 본용언과 함께 전체를 서술어로 처리하기도 하였지만, 그 기준이 뚜렷하지 않기 때문에 본고에서는 이를 중복해서 다룬 것으로 처리하였다 (4.3.2와 4.3.6 참고).

에서 보조 용언과 부정 용언이 담당하는 기능을 설명하고 있지만, 문장 성분이 문장에 나타나는 각각의 요소들이 문장 내에서 어떤 성분으로 쓰이고 있는가를 나타내 준다는 점을 고려하여, 보조 용언이나 부정 용언이 나타나는 문장을 〈탐구〉에서 다룰 것이 아니라 본문에서 설명해 주어야 한다.

다음으로 역대 문법 교과서에서 가장 혼란스러운 양상을 보이는 문장 성분은 보어와 부사어이다. 현재도 보어의 범위 설정과 필수적 부사어의 선정 문제는 계속 논란의 대상이 되고 있다. 역대 문법 교과서에서는 보어의 범위를 어디까지로 보느냐에 따라서 부사어의 범위도 변동되어 왔기 때문에 보어와 부사어의 범위는 제1기부터 제3기의 문법 교과서까지 통일되지 않은 양상을 보인다. 특히 '같다, 다르다' 등의 용언 앞에 나타나는 '와'를 취하는 논항을 보어로 다룰 것인지, 부사어로 다룰 것인지에 대한 처리가 문법 교과서마다 다르게 나타난다.

		제1기(4종)	제2기(6종)	제3기(18종)	제4기(4종)
'되다' 선행 성분	보어	2	2	14	4
	부사어	2	2	1	0
	언급 없음	0	2	3	0
'아니다' 선행 성분	보어	3	2	15	4
	부사어	0	0	0	0
	언급 없음	1	4	3	0
'와' 논항 ('같다, 다르다' 등)	보어	1	2	11	0
	부사어	1	0	2	4
	언급 없음	2	4	5	0

위의 표에서 '되다'에 선행하는 성분은 제1기와 제2기에는 보어와 부사어 사이에서 통일되지 않은 경향을 보이지만 제3기부터는 대다수의 교과서에서 보어로 다루어졌음을 알 수 있다. '아니다'에 선행하는 성분은 제1기의 문법 교과서에서부터 보어로 다루어지는 경우가 대다수였다. '같다'와 '다르다' 등에 선행하는 '와'가 결합한 성분의 경우 제1기와 제2기의 몇 종의 교

과서에서 보어로 다루었고, 나머지 교과서에서는 언급하지 않은 경우가 많았지만, 제3기의 문법 교과서 11종이 이러한 성분을 보어로 다루고 있다. 이밖에 위의 표에는 정리하지 않았지만 4장에서 살펴본 대로 일부의 문법 교과서는 '삼다' 등의 용언에 선행하는 '으로'가 결합한 논항, '주다' 등의 용언에 선행하는 '에게'가 결합한 논항도 보어로 다루고 있다.

그러나 현재 문법 교과서에서는 4.4.6에서 논의한 바와 같이 이러한 성분을 '필수적인 부사어'로 다루고 있다. 교육부(2002)는 부사어는 '수식'이 주 기능이기 때문에 "문장에서 반드시 필요한 성분은 아니지만, 문장을 구성하는 데 꼭 필요한 부사어도 있다(교육부 2002:154)"라고 하여 필수적 부사어를 설명하였는데, 문장에서 반드시 필요한 성분이 아니지만, 경우에 따라서는 문장 구성에서 필수적이라는 설명이 모순적이다.

이관규(2006)는 이러한 보어와 부사어 설정과 관련하여 기존의 문법 교육이 형태에 치중한 문법 항목의 선정으로 학습자를 적극적으로 고려하지 않았다는 점을 지적하면서 기능을 중심으로 하여 문법 교육 내용을 선정한다는 것은 실제성을 고려할 때 유용하다고 주장한다. 즉, 현행 학교 문법이 형태 중심으로 보어를 설정하였기 때문에 '물이 얼음으로 되었다'에서 '얼음으로' 같이 문장에서 필수적인 성분을 보어가 아닌 부사어로 처리해야 한다는 점을 지적하였다. 이관규(2006)는 이와 같은 학교 문법의 형태 중심 보어 선정 기준을 비판하고 기능 중심으로 보어를 선정하여 현재의 필수적 부사어를 모두 포괄하는 넓은 개념의 보어를 선정할 것을 주장하였다.

이관규(2006)의 기능 중심 문법 교육 내용 선정과 함께 역대 문법 교과서에서 필수적인 부사어에 해당하는 예를 보어에서 선정한 경우가 많다는 점을 고려한다면 현재의 제한된 보어 개념을 확장하여 문장에서 주어와 목적어 외에 문장에서 필수적으로 서술어가 요구하는 성분을 모두 포괄하는 개념으로 선정할 수 있을 것이다. 이러한 확장된 보어의 설정은 서술어 항목에서 서술어의 자릿수에 대한 내용과 연관될 수도 있을 것이다.

6. 결론

본고는 국어 문법 교과서에 나타난 문장 성분에 대한 내용과 그 변화를 고찰하는 것을 목적으로, 제1차 검인정 시기인 1949년부터 현재까지 간행된 문법 교과서의 문장 성분을 비교·분석하였다.

2장에서는 문법 교과서 내의 문장 성분의 위치를 검토하여, 총론과 문장론 내에서 문장 성분을 나눈 문법 교과서와 문장론 내에서 문장 성분을 독립 항목으로 설정한 문법 교과서, 문장론 내에서 기본 문형을 중심으로 문장 성분을 설명한 문법 교과서 등으로 나누어 살펴보았다.

이어서 3장에서는 문장 성분 항목의 설정에 따라 문법 교과서를 다시 분류하고 이를 바탕으로 시기를 구분하였다. 제1기는 1949년부터 1955년까지로 7성분 체계를 바탕으로 한 교과서가 대종을 이루었다. 제2기는 1956년부터 1967년까지로 보어와 독립어의 설정 유무에 따라 다양한 견해가 나타났다. 제3기는 1968년부터 1984년까지의 시기로 이 시기에는 독립어와 접속어의 설정 및 그 내용에서 혼란이 나타났다. 제4기인 국정 단계에 이르러서는 제1기와 마찬가지로 다시 7성분 체계로 통일된 체계가 나타났다.

4장에서는 각 시기 문법 교과서에 나타난 문장 성분들을 세부적으로 살펴 비교·분석하였고, 5장에서는 이제까지의 문법 교과서에 나타난 문장 성분 논의를 비판하고 문장 성분의 문법 교과서 기술을 위한 형식 및 내용 항목을 제시하였다.

본고는 문법 교과서에 나타난 문장 성분에 대한 논의 중 개별 문장 성분을 어떻게 다루어 왔는가에 집중하였기 때문에, 문장 성분의 배열과 문장 성분의 생략 등 문장 성분과 문장의 구조의 관련성에 대해서는 다루지 않았다. 또한 문장 성분과 품사의 관계 역시 논의의 필요에 따라 간단히 언급하였고, 자세히 다루지는 못하였다. 학교 문법의 문장 성분 논의는 품사와 문장 성분의 관계, 문장의 구조와 문장 성분의 분석 등을 종합적으로 다룰 때 더 발전된 방향을 제시할 수 있을 것이다.

〈참고문헌〉

고영근(2000). "우리나라 학교 문법의 역사."「새국어생활」(국립국어원) 10-2.

우형식(2002).「국어 문장 성분 분류의 역사적 연구」. 서울: 세종출판사.

이관규(2002).「개정판 학교 문법론」. 서울: 월인.

이관규(2005). "문법 교과서의 변천."「제1회 문법교육학회 학술대회 발표문」(문법교육학회).

이관규(2006). "문법 연구와 문법 교육의 상관관계: 문법 교육의 내용 선정 원리와 관련하여."「한국어학」(한국어학회) 33.

임홍빈(2000). "학교 문법, 표준 문법, 규범 문법의 개념과 정의."「새국어생활」(국립국어원) 10-2.

최호철(2006). "고등학교 국어 문법 교과서 분석 연구: 체재와 구성을 중심으로."「한국어학」(한국어학회) 33. pp117-154.

IX. 구문 도해

장수진

1. 서론

1.1. 연구 목적 및 연구 대상

본고는 역대 고등학교 학교 문법 교과서를 대상으로 문법 교과의 교수요목들 중 하나인 구문 도해에 대해 검토하고자 한다. 구문 도해는 문장론에서 문장 성분들 간의 관계를 수식화하여 도식으로 나타낸 것이다.

한영목(1992)에서는 유길준(1909)의 '문장의 해부'와 주시경(1910), 김희상(1909, 1911) 등이 시도하였던 초창기 구문 도해를 국어 구문 도해의 시초로 보고 있다. 이 시기의 구문 도해는 전통 문법의 문장 성분 분석 방법을 수용하여 나타내고 있다.[1]

---

[1] 한영목(1992)는 초창기 국어 문법에는 서양의 전통 문법이 직접 또는 간접적으로 영향을 받았다고 보고 있다. 또 문법의 변화 양상에 따라 구문 도해가 변한다고 하였다. 즉 국어 문법에서의 구문 도해는 서양 문법 이론의 변천에 따라

문법이 정식 교과목으로 인정되어 가르쳐지기 시작한 것은 1895년이며 이때부터 학교 문법 교과서가 사용되었는데 이때 즉 1895년부터 1910년까지 누구에 의해 편찬된 교과서로 문법이 학생들에게 가르쳐졌는지 정확히 알 수 없다.[2] 이후 최현배의 『중등조선말본』(1934)이 학교 문법 교과서로 가장 광범위하게 사용되었는데, 이는 특히 한글맞춤법통일안(1933)을 이론적으로 뒷받침하고 있어 국내외에서 학교 문법 교과서로써의 위상을 가지게 되었다. 문법 교과서는 여러 연구자들에 의해 중등 과정과 고등 과정으로 분류되어 저술되다가 이후 중등 과정은 사라지고 고등 과정만이 남게 된다.

역대 문법 교과서는 검인정 단계에서 국정 단일 문법 단계에 이르기까지 중등 과정과 고등 과정으로 분류한 형태로 총 57권이 있다. 이에 본 연구는 검인정 이후 편찬된 고등 과정의 문법 교과서만을 연구 대상으로 삼아 학교 문법 교과서에 나타나는 구문 도해에 대해 살펴보고자 한다. 따라서 본고의 논의 대상이 되는 문법서는 1949년 제1차 검인정기의 문법 교과서에서 2002년 국정 단일 문법 교과서까지 고등 과정 교과서 총 34권이다.

요컨대, 본고에서는 고등 과정 문법 교과서를 대상으로, 교육 과정 시기별 변천에 따라 고등학교 문법 교과서에 나타나는 구문 도해의 특징을 알아보고 이들의 변화 양상을 살펴본다. 또 구문 도해법의 특징에 따라 구문 도해의 문법적 위치를 재설정해 볼 수 있다.

각각 달라진다고 보았는데 이를 수용하는 과정에서 구체적 검증을 거치지 않고 받아들여 구문 도해의 여러 이론이 도입되었을 것이라고 보았다. 결국 이러한 영향으로 국어의 구문 도해가 다양한 형태로 변모하였다고 하였다. 그는 도해법이 전통 문법식 도해에서 구조주의 이론에 따른 직접 구성요소를 분석하는 IC(immediate constituents) 분석, 변형 생성문법의 수지도(tree diagram)순으로 변모하였다고 설명하고 있다.

2) 고영근(2000;28)에서 인용하였으며, 여기서는 당시 문법 교과서로 추정되는 교재들의 여러 양상을 자세히 설명하고 있다.

1.2. 선행 연구

역대 문법 교과서를 대상으로 한 논의는 많지 않다. 특히 문법 교과서 내의 구문 도해만을 연구 대상으로 한 논의는 거의 없다고 해도 과언이 아니다. 이에 본고는 구문 도해에 대한 연구를 살피기 전에 우선, 문법 교과서에 대한 연구와 문법 교과서와 학교 문법과의 관계를 살핀 연구에 대해 살펴볼 것이다. 다음으로 구문 도해에 대한 연구를 살필 것이다.

문법 교과서와 관련한 그동안의 연구 논의들은 주로 학교 문법의 흐름과 문법 교과서의 변천 과정을 개괄하는 내용이 대다수이다. 먼저 학교 문법과 문법 교과서에 대한 논의에는 임홍빈(2000), 고영근(1998, 2000)와 이관규(1998, 2000), 이철수(1984)가 있다. 학교 문법에서 구문 도해를 따로 정리하고 있는 연구는 한영목(1992)와 주경혜(1998)이 있는데 그 중 주경혜(1998)은 주시경의 구문 도해에 대한 의미론적 연구를 살피고 있는 논의이다. 이들 두 논의 이외 문법 교과서에 나타나는 구문 도해를 대상으로 이들의 변천 과정을 체계화하고 그 특징을 정리하고 있는 연구는 아직까지 찾아볼 수 없었다. 그래서 학교 문법과 문법 교과서에 대한 연구를 먼저 살펴보고, 다음으로 구문 도해에 대한 연구를 살펴보려고 한다.

임홍빈(2000)은 학교 문법의 개념과 성격을 정리하고 있는데, 규범 문법과 표준 문법과의 비교를 통해 학교 문법을 설명하고 있으며 고영근(1998, 2000)은 시대별 추이에 따라 문법 교육의 역사를 살펴보고 각 시기별로 간행된 학교 문법 교과서의 역사를 다루고 있다. 특히 고영근(2000)에서는 해방 후 남한과 다르게 변화된 북한의 학교 문법과 문법 교과서를 함께 살피고 있으며 아울러 한국어 문법 교육이 어떻게 수행되어 왔고 앞으로 문법 교육이 어떻게 나아가야 할지 그 방향을 제시하였다.

이관규(1998)에서는 학교 문법의 역사와 학교 문법 교육의 현황을 살피고 있다. 학교 문법 역사를 문법 교과서의 등장과 연관하여 3단계로 나누고 일곱 시기로 구체화하여 설명하고 있다. 또 이관규(2000)은 국어 교과서에 반영된 학교 문법 교육의 현황을 살폈는데, 이는 논의 대상을 국정 단일 문법 교과서로 한정하고 있어서 학교 문법 교과서를 통한 문법 교육 현황 전체를 살피는 데는 한계가 있다. 마지막으로 이철수(1984)는 학교 문법과 문법 교과서의 역사를 다루고 있다.

다음 구문 도해에 대한 연구로 한영목(1992)에서는 역대 학자들이 서양 문법 변화에 따라 국어 문법의 도해를 어떻게 나타내고 있는지 그 변화 양상을 살피고 있다. 그는 도해가 문장의 의미 해석에 따라 달리 그려진다는 점을 감안하여 도해법의 변천 과정을 언어학적 측면에서 전통 문법, 구조 문법, 변형문법 순으로 고찰하여 국어 구문 도해의 언어학적 연구 과정을 살펴보고 있다. 또 국어 문장을 분석하는데 적합한 새로운 도해법인 '간이 도해'를 제시하고 있다. 주경혜(1998)은 주시경의 독특한 도해법과 구문 도해를 통해 의미 해석의 원리에 대해 논의하고 있다. 그는 주시경의 문법 체계가 의미론적 기준을 바탕으로 한다고 보고 구문 도해 연구에는 의미론적 연구가 절실하게 요구된다고 말하고 있다.

본고는 선행 연구를 통해서 역대 학교 문법 교과서를 대상으로 한 여러 연구에서 '구문 도해'만을 대상으로 한 연구가 많이 미비하다는 것을 알 수 있었다.

2. 구문 도해의 문법 교과서 내 위치 검토

이 장에서는 교육과정에 따라 시기별로 구분해 놓은 역대 학교 문법 교과서를 분석하여 학교 문법 교과서에 나타나 있는 구문 도해의 문법적 위치를 살펴볼 것이다.

학교 문법에서 구문 도해의 문법적 위치를 살펴보기 위해서 두 가지 기준에 의해 문법 교과서를 분류한다. 첫째, 구문 도해를 학교 문법 교과서에서 문법 요소로서 어떻게 다루고 있느냐를 살핀다. 이는 교육과정의 변천에 따라 문법 교과서에서 구문 도해를 다루고 있는 문법 교과서가 있고 다루고 있지 않는 문법 교과서가 있기 때문에 우선적으로 구문 도해가 문법 교과서에 나타나는지 그 출현 여부를 기준으로 시기를 구분할 수 있다. 아울러 이를 토대로 구문 도해의 문법적 위치를 설정해 볼 수 있다.

둘째, 구문 도해를 다루고 있는 문법 교과서를 대상으로, 구문 도해가 교과서 내에서 어떤 방식으로 나타나고 있는지 살펴본다. 즉 '구문 도해'라는 범주를 문법 교과서에서 문법론 전체 체계의 일부로 보고 음운론, 형태론, 문장론과 같이 대등한 요소로 문법 체계에서 하나의 하위 범주로서 설정하고 있는지 또는 문장론에서 문법 항목의 일부로 설정하고 있는지 살펴본다.

요컨대 본고에서는 '구문 도해를 포함하고 있는 상위 범주가 어떤 범주이냐'에 따라 문법 교과서에서의 구문 도해 위치를 살 필 수 있다는 가설을 전제로 구문 도해의 문법적 위치를 설정할 수 있다. 또 구문 도해가 문법론의 하위 범주에서 나타나는지 또는 문장론의 하위 범주에서 나타나는 지를 살펴본다. 이 때 둘 중 어느 부분에서든지 하나의 문법 요소로서 구분도해가 나타나고 있다면 이 때 '구문 도해'라는 명칭이 교과서에 직접적으로 제시되어 나타나고 있는지 아닌지를 살펴볼 것이다. 이와 같은 두 가지 기준에 의해 학교 문법 교과서에 나타난 구문 도해를 분류, 검토하여 문법 항목으로서 구문 도해가 가지는 문법적 위치를 설정할 수 있다.

2.1. 구문 도해를 다루고 있는 문법 교과서

구문 도해를 기준으로 역대 학교 문법 교과서는 크게 두 부분으로 나눌 수 있다. 먼저 문법 교과서에서 구문 도해를 다루고 있는 교과서와 다루고 있지 않은 교과서로 구분한다. 2.1절에서는 구문 도해를 다루고 있는 검인정 시기와 통일 문법 시기의 문법 교과서를 대상으로 교육과정 시기에 따라 또는 교과서 편찬자들에 따라 각기 다르게 나타나고 있는 구문 도해의 문법적 위치와 도해 방법에 대하여 살펴볼 것이다.

역대 학교 문법 교과서에서 구문 도해가 나타나는 교과서는 제1차 검인정 교과서들로 이인모(1949), 이희승(1949), 장하일(1949), 정인승(1949), 최현배(1949)가 있다. 제2차 검인정 교과서에는 김민수·남광우·유창돈·허웅의 공저(1956), 정인승(1956), 이숭녕(1956), 이희승(1956)), 김윤경(1957)이 있다. 통일 문법 1기의 교과서는 김민수·이기문(1968), 이길록·이명권(1968), 강윤호(1968), 양주동·유목상(1968), 이숭녕(1968), 이은정(1968), 이을환(1967), 이인모(1968), 이희승(1968), 정인승(1968), 최현배(1968), 강복수·유창균(1968), 허웅(1968)이 있다. 마지막으로 통일 문법 2기에는 김민수(1968), 이길록·이철수(1968), 김완진·이병근(1968) 이응백·안병희(1968), 허웅(1968)이 있다.

이상 이들 교과서에서는 모두 구문 도해를 다루고 있다. 이 때 이들 교과서에서 구문 도해가 문법론의 하위 범주에 있는지, 문장론의 하위 범주에 있는지 그 여부에 따라 다시 재분류할 수 있다. 일부 교과서는 구문 도해를 문법론의 하위 범주에서 문법 항목의 한 요소로서 다루고 있고, 또 다른 교과서에서는 문장론의 하위 범주에서 문법 항목의 한 요소로 다루고 있다. 따라서 검인정기와 통일 문법기의 문법 교과서에서는 구문 도해를 모두 다루고 있지만 구문 도해가 위치해 있는 범주에서 각각 차이를 보이고 있음을 알 수 있다.

2.1.1. 문법론의 하위 범주에서 다룬 교과서

문법 교과서 중에서 일부 몇몇 권은 구문 도해를 문장론의 하위 범주에서 다루지 않고 문법론의 하위 범주에서 음운론이나 형태론, 문장론과 같이 다른 문법 범주들과 대등한 자격을 부여하여 구문 도해를 나타내고 있다.

이러한 모습은 제2차 검인정기 교과서에서 처음으로 나타나게 되고 이에 해당하는 문법 교과서로는 김민수·남광우·유창돈·허웅(1960)이 있다. 이후 통일 문법 1기 때 김민수·이기문(1968)이 있고, 통일 문법 2기 때 김민수(1979)의 문법 교과서가 있다. 이는 다시 '구문 도해' 명칭을 교과서에서 독립적으로 언급하고 있는지에 따라 재분류 할 수 있다.

2.1.2.1. 문법론의 하위 범주에서 구문 도해 명칭 사용

구문 도해 명칭을 문법론의 하위 범주에서 문법 항목으로서 다루고 있는 교과서가 있는데, 제2차 검인정기의 김민수·남광우·유창돈·허웅(1960)과 통일 문법 1기 김민수·이기문(1968), 통일 문법 2기 김민수(1979) 교과서가 그것이다.

이 때 허웅은 2차 검인정 시기에 김민수와 함께 저술한 문법 교과서에서 구문 도해 명칭을 사용하여 구문 도해를 다루고 있었으나, 이후 통일 문법 1기에 이르러서는 김민수와 떨어져 개별적으로 저술한 허웅(1968) 문법 교과서에서는 이전과 달리 구문 도해 명칭을 사용하고 있지 않았다.[3]

2.1.2.2. 문법론의 하위 범주에서 구문 도해 명칭 미사용

문법론의 하위 범주에서 구문 도해를 다루고 있으면서 '구문 도해'라는 명칭은 사용하지 않는 교과서는 없다.

즉 문법 요소로서 문법론의 하위 범주에서 구문 도해를 다루고 있는 교과서에서는 '구문 도해'라는 명칭을 함께 사용하고 있음을 살필 수 있다. 이

---

3) 김민수 외 3인(1960)에서는 문법론의 하위 범주에서 구문 도해를 다루고 있고, 교과서 목차에서도 구문 도해 범주를 설정하여 그 명칭을 사용하고 있었다. 하지만 허웅(1968, 1979)에서는 구문 도해를 문법론이 아닌 문장론의 하위 요소로서 다루고 있다. 또 문법 교과서 목차에서도 '구문 도해'라는 명칭을 사용하고 있지 않았다.

러한 사실을 다음 표와 같이 정리할 수 있다.

문법론의 하위 범주			문장론의 하위 범주
김민수 · 남광우 · 유창돈 · 허웅(1960) 김민수 · 이기문(1968) 김민수(1979)	구문 도해 명칭 사용	김민수 · 남광우 · 유창돈 · 허웅(1960) 김민수 · 이기문(1968) 김민수(1979)	
	구문 도해 명칭 미사용	×	

〈표 1〉 문법론에서의 구문 도해

2.1.2. 문장론의 하위 범주에서 다룬 교과서

구문 도해를 문장론의 하위 범주에서 다루고 있는 교과서는 제1차 검인정기의 이인모, 이희승, 장하일, 정인승, 최현배가 있다. 제2차 검인정기는 김민수 · 남광우 · 유창돈 · 허웅(1960)을 제외한 정인승, 이숭녕, 이희승, 김윤경, 최현배가 있으며 통일 문법 1기는 총 13권의 교과서 중 김민수 · 이기문(1968)을 제외한 12권의 교과서가 문장론의 하위 범주에서 구문 도해를 다루고 있었다. 마지막으로 통일 문법 2기에서는 총 5권의 교과서 중 김민수(1979)를 제외한 4권의 교과서가 이에 해당한다.

이와 같이 1949년 제1차 검인정기에서 1985년 국정 단일 문법 교과서로 통일되기 전까지(통일 문법 2기) 대부분의 학교 문법 교과서에서는 문장론의 하위 범주에서 문법 항목의 하나로서 구문 도해를 다루고 있다. 이처럼 문장론의 하위 범주에서 구문 도해를 다루고 있는 이들 문법 교과서는 '구문 도해'라는 명칭의 독립적 사용 여부에 따라 다시 분류할 수 있다.

2.1.1.1. 문장론의 하위 범주에서 구문 도해 명칭 사용

문장론의 하위 범주에서 구문 도해라는 명칭을 직접적으로 사용하고 있는 교과서는 제2차 검인정기의 김윤경(1957), 통일 문법 1기의 이길록 · 이

명권(1968), 통일 문법 2기의 이길록·이철수(1979)가 있다.[4]

2.1.1.2 문장론의 하위 범주에서 구문 도해 명칭 미사용

대부분의 학교 문법 교과서는 문장론의 하위 범주에서 구문 도해를 다루고 있다. 그러나 이들은 구문 도해 설명에 있어서 '구문 도해'라는 명칭을 직접적으로 언급하여 자세하게 설명하고 있지는 않았다. 다만, 문장론에서 문장 구조를 도식화하여 문장 성분 요소와 이들의 수식관계 및 특성을 설명하고 있을 뿐이다.

이에 해당하는 교과서를 각 시기별로 정리하면, 제1차 검인정기에는 이인모, 이희승, 장하일, 정인승, 최현배, 제2차 검인정기에 정인승, 이희승, 이숭녕, 최현배가 있다.[5]

제2차 검인정 시기의 이숭녕(1956)은 문법 교과서에서 문장론 부분을 '통사론'으로 명명하고 있었는데 이는 동일 시대의 다른 교과서에서 '문장론'이라고 일컫는 것과 다른 점이기는 하나 '통사론'이라고 명명하여 그 하위 범주에서 다루고 있는 문법 구성 요소 및 내용들이 '문장론'이라고 명명하여 그 하위 범주에서 다루는 문법 구성 요소 및 내용들과 동일한 내용이므로 이숭녕(1956, 1968)에 나타나는 구문 도해 역시 문장론의 하위 범주에 있는 것이라고 볼 수 있다.

다음으로 통일 문법 1기의 교과서를 살펴보면, 강윤호, 양주동·유목상, 이숭녕, 이은정, 이을환, 이인모, 이희승, 정인승, 최현배, 강복수·유창균, 허웅이 있다. 마지막으로 통일 문법 2기의 교과서에는 김완진·이병근, 이응백·안병희, 허웅이 있다.

---

4) 김윤경(1957)은 구문 도해를 '그림풀이'라는 명칭으로 사용하고 있으며 그림풀이 방법에 대한 자세한 설명을 덧붙이고 있다.
5) 김민수·남광우·유창돈·허웅 (1960)은 구문 도해 용어를 사용하고 있는데 문장론이 아닌 문법론의 하위 범주에서 구문 도해를 다루었다.

문법론의 하위 범주	문장론의 하위 범주				
	제1차 검인정	이인모, 이희승, 장하일 정인승, 최현배	구문 도해 명칭 사용	제1차 검인정	×
	제2차 검인정	정인승, 이숭녕, 이희승 김윤경, 최현배		제2차 검인정	김윤경(1957)
	통일 문법 1기	강윤호, 이숭녕, 양주동·유목상, 이은정, 이을환, 이인모, 이희승, 정인승, 최현배, 허웅, 강복수·유창균, 이길록·이명권		통일문법 1기	이길록·이명권(1968)
				통일문법 2기	이길록·이철수(1979)
	통일 문법 2기	김완진·이병근, 이응백·안병희, 이길록·이철수, 허웅	구문 도해 명칭 미사용	제1차 검인정	이인모, 이희승, 장하일, 정인승, 최현배
				제2차 검인정	정인승, 이희승, 이숭녕, 최현배
				통일문법 1기	강윤호, 이숭녕, 양주동·유목상, 이은정, 이을환, 이인모, 이희승, 정인승, 최현배, 허웅, 강복수·유창균
				통일문법 2기	김완진·이병근, 이응백·안병희, 허웅

〈표 2〉 문장론에서의 구문 도해

2.2. 구문 도해를 다루지 않은 문법 교과서

구문 도해의 시기별 변천에서 가장 두드러지게 나타나는 특징은 검인정 기와 통일 문법 시기에는 문법 교과서에서 문장론의 하위 범주 또는 문법론의 하위 범주에서 구문 도해가 나타나지만 국정 단일 문법 시기에는 문법 교과서에서 구문 도해가 나타나지 않는다는 점이다. 이는 곧 문장론에서 문법 항목으로서의 구문 도해의 문법적 위치가 변화했음을 보여주는 것이다.

고등 문법 교과서가 1985년 국정 단일 문법 교과서로 통일되면서부터 구문 도해는 학교 문법 교과서에서 사라지게 되었는데, 이처럼 교과서에서 갑자기 구문 도해가 사라지게 된 정확한 이유는 아직까지 알 수 없다. 다만 학교 문법이 가지는 성격으로 말미암아 문법 학습에서 구문 도해 학습이 불필요해져 사라지지 않았을까 추측해 본다.

이관규(1998)에서는 학교 문법의 성격을 실용성과 통일성에 두고 있다. 학교 문법은 학교에서 가르쳐지는 것이기 때문에 내용이나 형식면에서 통일될 필요가 있다고 하였다. 만약 학교 문법이 통일되지 않는다면 이로 인해 교육 현장에서나 입시 문제 등에서 여러 가지 문제가 발생할 수 있다고 하였다. 따라서 검인정기 이후 학교 문법의 통일에 대해 끊임없이 논의되어 왔고, 결국 1985년 국정 단일 통일문법 시기에 이르러 하나의 문법으로 통합되었다. 이를 학교 문법이 가지는 규범성으로도 볼 수 있을 것이다. 이와 아울러 학교 문법은 실용성을 띠고 있어야 하는데, 실용성이라 함은 학교 문법이 이론을 위한 이론 문법(theoritical grammar)이 아닌 실질적으로 사용이 가능하고 활용이 용이한 실용 문법(practical grammar)으로서의 성격을 말하는 것이다.

이에 본고는 1985년 국정 단일 통일문법 시기부터 현재까지 학교 문법 교과서에서 구문 도해를 다루고 있지 않는 이유를 앞서 살폈던 학교 문법이 가지는 두 가지 성격에 근거하여 실질적으로 학교 문법 교육에서 문법 항목으로서의 필요성과 그 가치를 상실하였기에 구문 도해가 사라지지 않았나 생각한다.

이상에서 살펴보았듯이 국정 단일 통일문법 시기의 문법 교과서에서는 구문 도해를 다루지 않았다. 다만, 문장론에서 문장들 간의 수식관계를 보여주는 여러 형태의 수식 구조가 나타나고 있을 뿐이다. 이러한 문장 수식 관계를 나타내는 수식 구조는 이전의 문법 교과서에서도 나타났었는데, 이는 구문 도해와는 별도로 나타났었다. 이러한 수식 구조형태를 구문 도해라고 보는 교과서에는 제1차 검인정기의 장하일(1949), 통일문법 1기의 강복수·유창균(1968)과 허웅(1968)이 있다. 이들은 문장 성분 구조 및 관계를 설명하고자 사용하였는데 이는 국정 단일 문법 교과서에서 나타나는 수식구조 형태와 일치하였다.

2.3. 구문 도해의 시기 구분 및 문법적 위치 설정

본고는 지금까지 시기별 교육과정 변천에 따라 학교 문법 교과서의 구문 도해 변화 양상에 대해 살펴보았다. 2.3에서는 문법 교과서에 나타나는 구문 도해의 변천 과정을 통해서 문법 교과서의 시기를 구분하고 아울러 구문 도해의 문법적 위치를 설정해 본다. 먼저 아래의 세 기준에 따라 구문 도해의 시기를 구분한 뒤, 구문 도해의 문법적 위치를 설정할 수 있다.

첫 번째 기준은 교육 과정 변천에 따른 구문 도해의 변화 양상을 살펴보는 것이다. 이를 기준으로 문법 교과서는 크게 두 부분으로 나뉠 수 있다.

제1차 검인정 시기(1949)에서 통일문법 2기(1979)까지를 한 부분으로 보고 국정 단일 문법 시기(1985~2002)를 또 다른 한 부분으로 볼 수 있다. 전자는 구문 도해를 문법 교과서에서 다루고 있는 것이 특징이고, 후자는 구문 도해를 문법 교과서에서 다루지 않는다는 점이 특징이다.

두 번째 기준은 구문 도해를 다루고 있는 문법 교과서를 대상으로 구문 도해가 문법 범주의 어느 부분에서 다루어지고 있는지를 살펴보는 것이다. 즉 구문도해를 문법론의 하위 범주에서 다루고 있는지 또는 문장론의 하위 범주에서 다루고 있는지에 따라 분류하였다. 이 기준에 의해서 교과서의 특징을 살펴보면 제1차 검인정 시기(1949)의 교과서는 모두 문장론의 하위 범주에서 구문 도해를 다루고 있었고 제2차 검인정 시기(1956)의 교과서에서는 두 부분으로 나뉘는데 김민수·남광우·유창돈·허웅은 문법론의 하위 범주에서, 정인승, 이숭녕, 이희승, 김윤경, 최현배는 문장론의 하위 범주에서 각각 구문 도해를 다루고 있었다.

통일문법 제1기(1968)는 제2차 검인정 시기의 구분과 동일하게 두 부분으로 구분할 수 있는데, 전체 13종의 교과서 중 김민수·이기문은 문법론의 하위 범주에서 구문 도해를 다루고 있고, 나머지 12종에서는 문장론의 하위 범주에서 다루고 있다. 이러한 분류는 통일문법 2기 (1979)에서도 마찬가지이다. 총 5종의 문법 교과서 중에서 김민수(1979)를 제외한 4종의 교과서가 문장론의 하위 범주에서 구문 도해를 다루고 있다.

구문 도해의 시기 구분 및 문법적 위치 설정을 위한 마지막 기준은 '구문 도해'라는 명칭을 교과서에서 독립적으로 제시하고 있는가를 살피는 것이다.

문법 교과서에서 구문 도해의 명칭을 처음 사용하고 있는 교과서는 제2차 검인정기 교과서의 김윤경(1956)과 김민수·남광우·유창돈·허웅(1960)이다. 제1차 검인정기(1949)에는 구문 도해라는 명칭을 사용한 교과서가 없다. 통일문법 1기(1968)에서는 김민수·이기문의 문법 교과서와 이길록·이명권의 문법 교과서가 있고 통일문법 2기(1979)의 문법 교과서에서는 김민수, 이길록·이철수가 있다.

이상 본고에서는 앞서 제시한 세 기준에 의해 구문 도해를 시기적으로 분류하여 뉽어 보았다. 이는 1949년 제1자 검인정기를 '구분 도해 수용기' 1956년 제2차 검인정기부터 1968년 통일문법 1기와 1979년 통일문법 2기까지를 '구문 도해 융성기' 1985년 이후에서 2002년까지의 국정 단일 문법 시기를 '구문 도해 소멸기'로 분류하였다.

'구문 도해 소멸기'는 학교 문법 교과서에서 구문 도해가 사라진 것을 기준으로 한 것이며, 여기에 장하일(1949), 허웅(1968, 1979)과 강복수·유창균(1968)의 교과서를 포함시킨다. 왜냐하면 이들 교과서에 나타나는 도해법은 동일 시기의 다른 문법 교과서에서 나타나는 도해법과 달리 문장 성분들간의 수식관계를 나타내고 있기 때문에 이를 구문 도해로 보지 않는다. 따라서 이들 교과서는 국정 단일 교과서와 마찬가지로 '구문 도해 소멸기'

로 분류할 수 있을 것이다. 이와 비슷한 분류는 한영목(1992)에서도 찾아
볼 수 있다.[6]

　이러한 기준에 따른 구문 도해의 시기 구분과 문법적 위치를 살펴보면
아래 표와 같다.

<표 3> 구문 도해의 문법적 위치

분류 기준	시기별 체계	제1차 검인정 교과서 (1949)		제2차 검인정 교과서 (1956)	통일문법 1기 교과서 (1968)		통일문법 2기 교과서 (1979)		국정 단일 통일문법1차 (성균관대 발행)	국정 단일 통일문법2차 (서울대 발행)
구문 도해 제시 여부		○	×	○	○	×	○		×	×
해당 권/ 총 권		5/6	1/6	6/6	11/13	2/13	3/5	2/5		
구문 도해 범주 설정	문장론 하위 범주	○		○	○		○		×	×
	권 수	6/6		5/6	12/13		3/5			
	문법론 하위 범주			○	○		○		×	×
	권 수			1/6	1/13		2/5			
구문 도해 명칭 사용 여부	문장론 하위 범주	○		○	○				×	×
	권 수	6/6		5/6	11/13		3/5			
	문법론 하위 범주			○	○		○		×	×
	권수			1/6	2/13		2/5			
문법 교과서 시기 구분		구문 도해 수용기	구문 도해 융성기						구문 도해 소멸기	

---

6) 한영목(1992)에서는 문장 간의 단순 수식관계를 나타내는 데 활용된 구문 도해
　는 다른 구문 도해와 그 성격이 다르므로 허웅(1968)에 나타난 도해 방법을 구
　문 도해라고 보지 않는다.

3. 시기별 내용 분석

이 장은 학교 문법 교과서에서 교육 과정 시기 또는 교과서 편찬자에 의해 각기 다르게 나타나고 있는 구문 도해 방법과 특징에 대하여 살펴 볼 것이다. 앞서 2장에서는 세 기준에 의해 구문 도해의 시기를 구분하고 문법 교과서에서 구문 도해가 가지는 문법적 위치에 대해 살펴보았다.

3장은 구분된 세 시기(수용기, 융성기, 소멸기)에 따라 각기 다르게 나타나고 있는 구문 도해법에 대하여 살펴보고자 한다.

이 때 문법 교과서에서 사용하고 있는 문법 용어들의 경우 편찬자에 따라 약간의 차이를 가지는데 본고에서는 이러한 문법 용어의 차이를 특정한 하나의 문법 용어로 통일시키지 않고 각 시기별 교과서 편찬자들이 사용한 문법 용어를 그대로 인용하여 도해법을 설명할 것이다. 이유인즉 문법 용어가 편찬자들마다 약간의 차이를 가지지만 이들 용어가 지시하는 대상(문법 개념)의 의미가 일반적인 문법 개념과 크게 다르지 않기 때문에 연구자들이 사용한 문법 용어에 개의치 않을 것이다.[7]

또 교과 과정에 따라 편찬된 문법 교과서는 처음 편찬한 교과서를 중심으로 살펴본다. 왜냐하면 동일한 연구자에 의해 편찬된 문법 교과서일 경우 교과 구성 과정과 방향 및 문법 용어 등이 처음 발간된 교과서와 크게 다르지 않기 때문이다. 도해법 역시 처음 출판 된 교과서와 교육 과정 변천에 따라 출판된 교과서에서 별 다른 차이를 보이지 않는다. 그러나 교육 과

---

7) 이인모(1949)는 구문 도해를 '그림풀이' 로 지칭하고 문장을 '월'이라고 표현하였는데 이는 연구자마다 대상에 대한 용어 차이일 뿐 가리키는 대상이나 의미가 다른 것이 아니다. 3절에는 연구자들이 구문 도해를 어떻게 나타내고 있는지 살피는 것이 주 목적이다. 따라서 여러 편찬자들이 표현하고 있는 언어학적 용어의 차이를 개의치 않을 것이며, 특정 용어로도 통일하여 나타내지 않을 것이다. 즉 교과서 편찬자들이 교과서에 표현해 놓은 용어들을 그대로 인용하여 구문 도해 내용을 살필 것이다.

정 변천에 따라 편찬된 각각의 교과서에서 도해법의 차이가 나타난다면 시기별로 분류하여 설명할 것이다.

3.1. 제1기(1949-1955): 구문 도해 수용기

'구문 도해 수용기'는 문법 교과서에 구문 도해가 나타난 시점을 말한다. 이 시기의 '구문 도해'는 각 교과서에서 구문 도해를 다루고 있는 문법 범주가 문장론의 하위 범주로 통일되어 있다는 점과 '구문 도해'라는 명칭을 직접적으로 언급하지 않는다는 점이 특징이다. 도해법은 학자들마다 차이를 가지지만, 구문 도해를 통해 문장 구조 및 문장 성분을 구체화하고 학습자들의 문법적 이해를 돕는다는 점은 공통된다.

요컨대 문법 교과서에 구문 도해가 출현하고, 이 때 구문 도해를 문장론의 하위 범주에서 다루며 그 명칭을 직접적으로 언급하지 않는 시기를 '구문 도해 수용기'라고 보았다. 이 시기에 해당하는 교과서는 주로 제1차 검인정 시기(1949)의 문법 교과서이다. 제1차 검인정기의 문법 교과서 전체 6종 중 5종의 교과서가 여기에 해당하는데 그 종류를 살펴보면, 이인모(1949), 이희승(1949), 정인승(1949), 최현배(1948, 1949, 1968)가 있다.

3.1에서는 이들의 도해법을 구체적으로 설명하고 있는데 이 때 시기별로 도해법을 분류하여 설명하지 않고 교과서 저자에 따라 도해법의 특징을 설명한다. 특히 제1차 검인정 시기(1949)의 문법 교과서들 중 장하일(1949)는 구문 도해 방법이 동일시기에 편찬된 다른 교과서들과 달라 구문 도해로 보지 않았다. 그의 도해는 문장 성분들 간의 수식 관계를 나타내고 있으므로 '구문 도해 소멸기'로 분류하여 그 특징을 살펴본다.

3.1.1. 이인모(1949) 『재미나고 쉬운 새 조선 말본』

이인모(1949)는 월(문장)을 조각별로 나누어 구성 성분들 간의 관계를 그림풀이화하고 있는데 월을 월의 조각과 월의 조각 거듭으로 나누어 설명하였다. 그의 그림풀이 방법을 살펴보면 문장의 성분에서 임자말은 단어 밑에 가로선 한줄, 풀이말은 가로선 두 줄, 임자말과 풀이말의 관계를 나타내는 것은 세로선 두 줄로 표시한다. 즉 ＿ 는 임자말, ▬ 는 풀이말, ‖는 임자말과 풀이말의 관계를 나타내며 아울러 주어부와 서술부의 구분을 나타내는 표현이다. 다음 예는 문장을 월의 조각 부분과 월의 조각 거듭 부분으로 나누어 교과서에 제시되어 있는 도해법을 인용한 것이다. 예를 통해 이인모(1949)의 그림풀이를 보다 상세히 이해할 수 있다.

① 월의 조각
　임자말 ‖ 풀이말

꽃이　‖ 핀다.

그것 - 은 ‖ 길지 - 아니하다.

기움말(보어)과 부림말(목적어)은 물결 표시(~)로 나타내고, 매김말(관형어)은 한줄섬선 (…), 어찌낟(부사어)은 이중섬선 (≒) 으로 나타낸다.

나비가　춤을　춘다
　──　　　▬

나는　학교에　　가겠다.
　──　　≒　　　▬

여러　아이가　새　　옷을　고이　　입었다.
　…　　──　…　　~~　　≒　　　▬

위의 매김말, 어찌말, 풀이말, 기움말, 부림말의 관계를 그림풀이로 나타

내면

| 임자말 | 기움말
부림말 | 풀이말 |
| 매김말 | 매김말 | 어찌말 |

| 아이 - 가 | 옷 - 을 | 입었다 |
| 여러 | 새 | 고이 |

월에서 다른 조각과 아무 형식상의 관련이 없이 홀로서는 조각을 홀로말 (독립언) 이라고 하고, 홀로말은 단어 아래에 동그라미 몇 개를 그려서 표현한다.[8]

글세올시다 그것이   무엇   일까요?
　　o　o　o　　　＿＿　　～～　　　**＝**

이상 월의 그림풀이법을 요약하면, 임자말과 풀이말을 세로 이중선으로 나누고, 임자말과 풀이말 사이에 기움말과 부림말이 위치한다. 이 때 매김말은 임자말과 기움말, 부림말 앞에 있는데 아래에서 위의 방향으로 수식관계를 나타내고, 어찌말은 풀이말 앞에서 아래에서 위의 방향으로 나타낸다.

② 월의 조각 거듭

월의 조각이 둘 이상 거듭하는 경우의 그림풀이를 살펴보면 '술과 담배는 몸에 해롭다.' 라는 문장에서 술과 담배는 임자말로 대등하게 연결하는데 '과'를 기준으로 위쪽에 '술', 아래쪽에 '담배'를 표시한 다음 이들을 묶어서 문장 전체 임자말을 만든다. 이때 세로 이중선으로 '해롭다'와 구분하고,

---

8) 이인모(1949)의 그림풀이에서 홀로말을 표시하는 방법은(o o)이다.

‘몸에’를 ‘해롭다’ 앞에 위치하여 아래서 위의 방향으로 수식을 나타낸다.

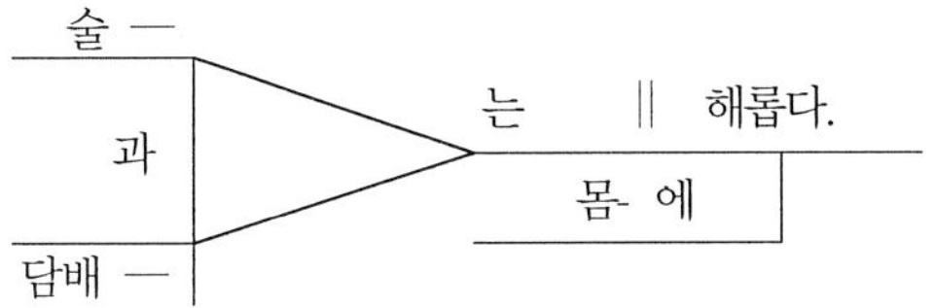

다른 예문을 살펴보면, ‘나는 능금과 호두와 과자를 먹었다’라는 문장에서 임자말 ‘나는’과 풀이말 ‘먹었다’를 세로 이중선으로 구분하고 이 때 ‘과’와 ‘와’를 기준으로 ‘능금’ ‘호두’ ‘과자’를 대등하게 놓고 이를 다시 ‘를’ 앞에서 하나의 덩어리로 묶어 풀이말 ‘먹었다’ 앞에 두었다.

3.1.2. 이희승(1949) 『중등 국어 문법』
(1956) 『고등 문법』
(1968) 『새 문법』

교육과정 변천에 따라 편찬된 이희승(1949), 이희승(1956), 이희승(1968)의 세 권의 교과서에 나타난 구문 도해는 도해법과 문법적 위치에서 큰 차이를 보이지 않았다. 다만 이희승(1949, 1956)의 교과서보다 이희승(1968)의 교과서가 구문 도해 방법에 대해 자세히 설명하였다. 이에 본고에서는 구문 도해 방법이 가장 구체적으로 나타나있는 이희승(1968)을 중심으로 그의 도해법을 살펴볼 것이다.

이희승(1968)은 문장론의 하위 범주인 ‘문장의 구성 단원’에서 구문 도해를 다루어 문장 성분들 간의 관계를 도해화 하였다. 도해법은 본체부와 부속부로 나누어 살필 수 있다. 본체부에서의 도해 방법은 굵은 가로줄 선(一)을 기준으로 아래의 것은 주성분(본체부)라9) 지칭하고 줄 위의 것은 부

---

9) 이희승(1949)와 이희승(1968)의 도해법에서 사용하는 용어가 다르다. 그러나 의미하는 바는 동일하다. 이는 통일문법 1기 다른 교과서의 용어와 일치시키기 위

속성분(부속부)라고 지칭한다. 아울러 十字로 이룬 짧은 세로줄의 왼편을 주부로, 오른편을 서술부로 지칭하였다. 이때 가로줄 중간에 있는 점선을 기준으로 왼편의 것을 독립어(독립부)로 지칭하였다. 부속부에서 짧은 한 줄의 세로선을 그어서 표시하는 것은 관형어(수식어)임을 표시하는 것이고, 두 줄 선을 그어 나타내는 것은 부사어(한정어)을 표시하는 것이다.

이희승(1968)의 교과서에 제시된 구문 도해를 다음과 같이 인용하여 그의 도해법을 이해 할 수 있다.

(1) 단문 도해

① 이희승(1968)

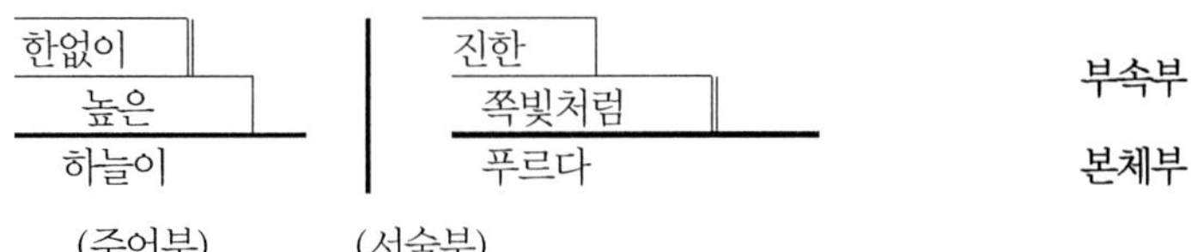

② 이희승(1968)

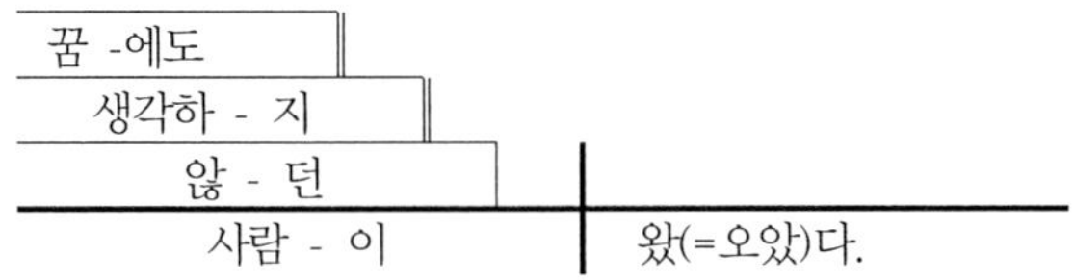

(2) 복문 도해[10]

ㄱ. 이희승(1968)

한 것이 아닐까 생각한다.
10) 이희승(1949)에는 복문 도해가 나타나지 않는다.

3.1.3. 정인승(1949)『표준 중등 말본』
(1956)『표준 고등 말본』
(1968)『표준 문법』

정인승은 제1, 2차 검인정기에서 통일문법 1기에 이르기 까지 시기별 교육과정에 따라 세 종의 교과서를 편찬하였고 각 교과서에서 구문 도해를 다루고 있었다. 그러나 교육과정 변천에 따라 편찬한 문법 교과서에서의 구문 도해는 특이할 만한 변화가 없었다. 다만 구문 도해법 설명에서 문법적 용어가 시기별로 약간의 차이를 보였다. 정인승(1949), 정인승(1956)은 용어 사용이 거의 일치하였고, 정인승(1968)에서는 그 용어가 달라졌다. 그러나 의미 변화를 나타낸 것은 아니다. 이에 본고는 시기적으로 가장 먼저 편찬된 정인승(1949)의 교과서를 토대로 그의 구문 도해법 특징을 살핀다. 이 때 정인승(1968)에서 이전의 교과서에서 쓰였던 문법 용어와 달리 쓰이는 문법 용어는 가로표시 안에 적어서 표시하였다.

정인승(1949)에서는 “구문 도해는 대단원 월의 갈래에서 월의 짜임에 대해 설명할 때 주로 사용한다”라고 구문 도해를 정의하고 있다. 그의 도해빙법을 살펴보면, 문징의 구성에 따라 문징 구조를 홑월(단문)과 거듭월(중문), 겹월(복문), 섞임월(혼문)로 나누어 문장 성분들 간의 관계를 도해화하였다. 먼저 문장을 기준으로 문장 위에 선을 그어 이 선이 중심선이 되어서 임자말과 풀이말을 구분하는데 한줄 세로선(│)으로 임자말과 풀이말을 표시하고, 수식어구는 위에서 아래 방향으로 꺾는 모양의 선(⎯⎤) 을 이용하여 표시한다. 거듭월이나 겹월을 나타낼 때는 문장의 종류에 따라 도해법이 약간의 차이를 보이지만, 대체로 중심 문장을 기준으로 위쪽에서 문장을 덧붙여 나가는 방식으로 문장의 종류를 나타내고 있다. 다음 예를 통해 정인승(1949)의 구문 도해를 자세히 이해할 수 있다.

(1) 홑월(단문)

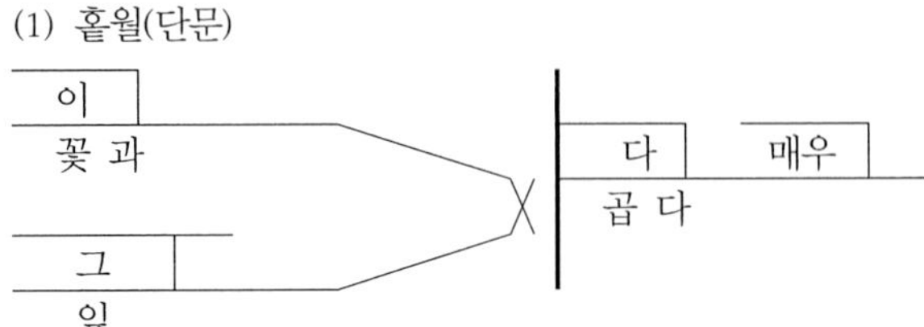

(2) 거듭월(중문)

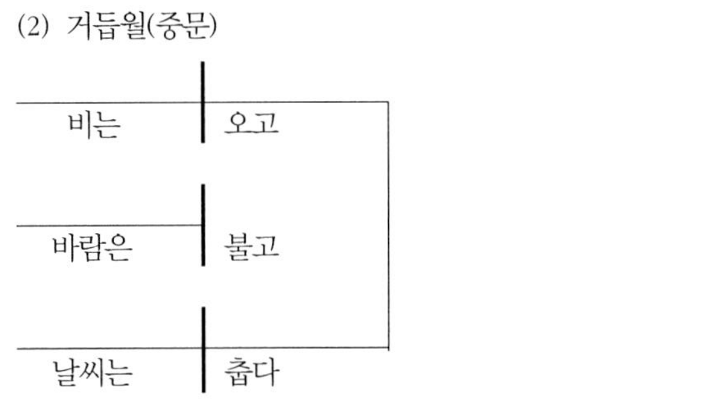

3.1.4. 최현배(1948) 『중등 조선 말본』
(1949) 『고등 말본』
(1956) 『고등 말본』
(1968) 『새로운 말본』

최현배는 검인정기를 거쳐 통일문법 1기까지 세 번의 교육과정을 통해 총 4권의 고등 과정용 문법 교과서를 편찬하였다.

먼저 최현배(1948)는 당시 초급 학습자를 대상으로 쓴 교과서이다. 그러나 당시 교육과정에서는 중등 과정과 고등 과정을 나누지 않았기 때문에 고등 과정의 학생들은 최현배(1948)『중등 조선 말본』을 문법 교과서로 사용하였을 것으로 추측된다. 이후 최현배(1949) 문법 교과서가 편찬되었는데 이는 고등 과정 학생을 대상으로 한 교과서로 볼 수 있으며 최초로 출판된 것은 제1차 검인정기이다. 제2차 검인정기에도 최현배의 문법 교과서가 출판되는데 이는 최현배(1949)의 내용을 재판한 것이었다. 따라서 제2차 검인정기의 문법 교과서는 최현배(1949)의 제1차 검인정기 문법 교과서와 동일한 것으로 볼 수 있다. 검인정기를 거쳐 통일문법 1기에 편찬된 문법 교과서는 앞서 출판된 문법 교과서의 내용을 수정, 증보한 것으로 볼 수 있다.

최현배의 문법 교과서에서는 구문 도해를 최현배(1948)에서부터 최현배(1968)까지의 모든 교과서에서 다루고 있었다. 그러나 도해 방법은 시기별로 약간의 차이를 보였는데 최현배(1948)에 편찬된『중등 조선 말본 1』,『중등 조선 말본 2』,『중등 조선 말본 3』 중『중등 조선 말본 3』에서 문장론의 하위 범주에서 구문 도해를 독립적으로 다루고 있었다. 그러나 최현배(1949)에서는 구문 도해를 독립적으로 다루어 설명하지 않고 문장론 단원에서 문장 구조 및 문장성분들의 관계를 설명할 때 부수적인 정보로서 나타내고 있었다. 그러나 이후 최현배(1968)에 이르러서는 다시 구문 도해를 문장론에서 독립적으로 설명하고 있었다.

특히 최현배(1968)에서는 이전의 교과서와 달리 도해법 설명시 사용하는 문법용어에서 차이를 보였다. 본고는 최현배(1968) 교과서를 토대로 그의 구문 도해법을 살펴볼 것이다. 이 때 가로표시를 하여 이전의 구문 도해법에서 사용하였던 문법 용어도 함께 제시한다.

최현배(1968)의 문법 교과서는 첫째 매 '말소리', 눌째 매 '씨사본(씨갈)', 셋째 매 '문장론(월갈)'의 세 부분으로 문법 체계를 분류하고 있는데, 구문 도해는 셋째 매에서 다루고 있었다. 셋째 매는 소단원을 전체 여섯 가름으로 나누고 이 중 다섯번째 가름에서 구문 도해를 나타내고 있다. 다섯번째 가름에서는 구문 도해를 활용하여 문장성분 종류와 문장 갈래, 문장의 확대, 축소 등을 설명하고 있다. 그의 도해 방법을 살펴보면, 기본선을 축으로 아래 부분에서 문장 성분을 설명하고 있고, 기본선 위에서 수식어를 표시하며, 이중 세로선을 이용하여 주어부와 서술부를 구분하였다.

문장 성분 중 독립어는 기본 문장과 떨어져 맨 앞에 나타나며, 복문의 경우, 두 문장의 접속어는 중심선 위·아래가 아닌 중심선과 나란하게 배열하였다. 특히 복문은 연결된 두 문장의 의미적 성격에 따라 도해법이 달라져 도해법만 보고도 문장의 성격을 알 수 있다.

다음 예는 단문과 복문으로 나누어 도해법을 설명하고 있는 최현배(1968)의 내용을 인용한 것으로 예를 통해 그의 도해법을 자세히 살필 수 있다.

1) 그림풀이 보는 법

독립어 (홀로말)	관형어 (매김말)	관형어 (매김말)	부사어 (어찌말)	
	주어(임자말)	목적어(부림말) 보어(기움말)		서술어 (풀이말)

2) 단문 도해

(1) 꽃이 핀다.

꽃 - 이	핀다.

(2) 포수가 범을 잡았다.

포수 - 가	범 - 을	잡았다.

(3) 저 아이가 고운 새를 많이 잡았다.

저	고운	많이	
아이 - 가	새 - 를	잡았다.	

(4) 그것이 동문의 책이다.

	동무 - 의	
그것 - 이	책	이다

(5) 나는 고향에 가고 싶다.

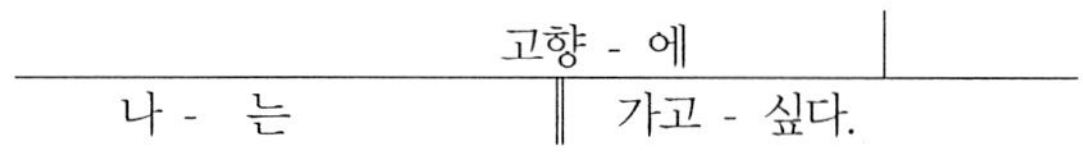

(6) 산과 들이 푸르다

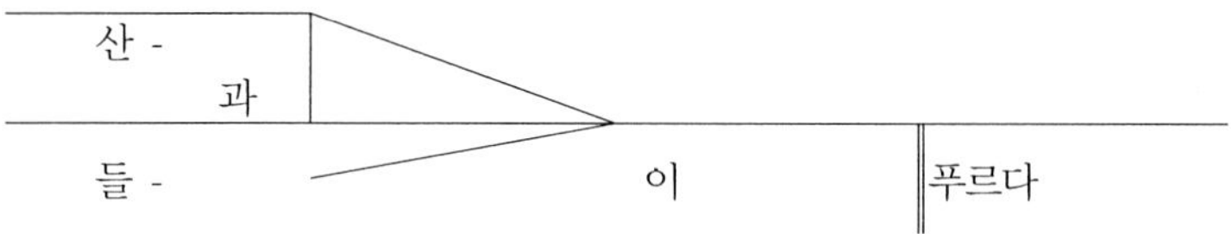

3) 복문 도해[11]

(1) 가진월

향기가 맑음이 매화의 자랑이다.

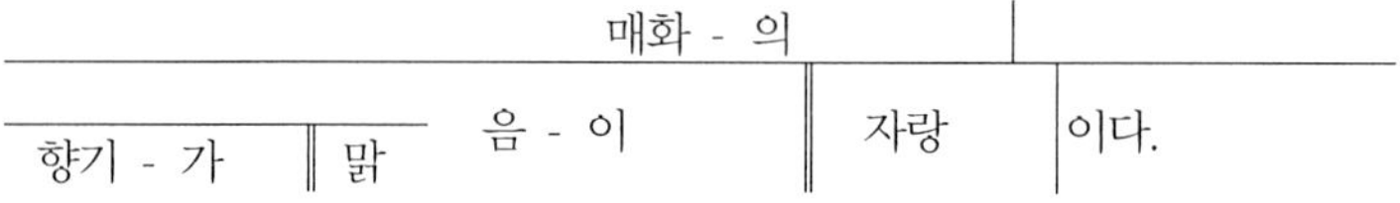

(2) 나란히월

인생은 짧고, 예술은 길다.

인생 - 은	짧 고
예술 - 은	길다.

(3) 이은월

언니는 부지런하지마는, 아우는 게으르다.

언니 - 는 ‖ 부지런하	지마는	아우 - 는 ‖ 게으르다.

---

11) 복문은 가진월, 나란히월, 이은월의 세 가지로 나눈다.

3.2. 제2기(1956-1984): 구문 도해 융성기

시기적으로 1956년에서 1979년까지의 학교 문법 교과서는 많은 연구자들에 의해 가장 다양하게 편찬되었다. 이 시기 동안 교육과정은 총 세 번 바뀌었는데 교육 과정에 따라 문법 교과서의 변화도 매우 활발하게 나타났다. 이처럼 문법 교과서의 다양화는 곧 도해법의 다양화를 불러왔다고 볼 수 있다. 즉 많은 연구자들에 의해서 편찬된 문법 교과서인 만큼 그 교과서에 나타난 도해법은 매우 다양한 모습을 가지게 되는 것이다. 이에 본고에서는 이 시기의 구문 도해를 구문 도해의 전체 흐름 중 가장 활발히 도해법이 발달되었으리라하는 예측으로 '구문 도해 융성기'라고 그 시기를 명명하였다.

'구문 도해 융성기'의 교과서는 제2차 검인정기에 편찬된 김민수·남광우·유창돈·허웅(1956), 김윤경(1957), 이숭녕(1956), 이희승(1956), 정인승(1956), 최현배(1956)이 있다. 통일문법 1기의 교과서에는 김민수·이기문(1968), 이길록·이명권(1968), 강윤호(1968), 양주동·유목상(1968), 이숭녕(1968), 이은정(1968), 이을환(1967), 이인모(1968), 이희승(1968), 정인승(1968), 최현배(1968), 강복수·유창균(1968), 허웅(1968)이 있으며, 통일문법 2기에 편찬된 교과서에는 김민수(1979), 이길록·이철수(1979), 김완진·이병근(1979), 이응백·안병희(1979), 허웅(1979)가 있다.

3.2절에서는 '구문 도해 수용기'에서 살폈던 방법과 동일한 방법으로 '구문 도해 융성기'의 도해법 특징을 살피고자 한다. 시기별로 도해법을 분류하지 않고 교과서 편찬자별로 각기 다른 년도에 출판된 그들의 교과서를 한 데 묶어 구문 도해법의 특징을 설명할 것이다.[12]

---

12) 동일 저자가 교육 과정 변천에 따라 편찬한 문법 교과서에서 구문 도해가 편찬 자가 맨 처음 간행한 문법 교과서와 이후 편찬한 교과서에서 별 다른 차이를 보 이지 않는다면 시기적으로 가장 빠른 교과서에서 도해법 설명을 인용한다. 단,

3.2.1. 김민수·남광우·유창돈·허 웅(1960)『새 고교 문법』
김민수·이기문(1968)『표준 문법』
김민수(1979)『문법』

제2차 검인정기부터 통일문법 2기까지 김민수 외 3人(1960), 김민수 외 1人(1968), 김민수(1979)에 의해 편찬된 문법 교과서에서는 구문 도해를 문법론의 하위 범주로 설정하여 도해법을 설명하고 있다. 이 때 김민수(1979)의 교과서는 김민수 외 3人(1960)의 교과서와 김민수 외 1人(1968)의 교과서에 나타난 도해법과 큰 차이점을 보이지 않는다. 그러나 김민수 외 1人(1968)에서는 문장의 직접 성분을 차례로 양분해 가는 도해법과 직접 성분 분석의 방식에 더 발전된 수형 도해를 제시하고 있었다. 따라서 본고에서는 구문 도해법을 (1)기본 도해 (2)직접 성분의 양분 (3)수형 도해 형태로 나누어 김민수·이기문(1968)의 교과서를 중심으로 그의 도해법과 특징을 살펴볼 것이다.

(1) 기본 도해

기본 도해법을 살펴보면 +자의 내리줄 곧 부분선을 경계로, 주부와 시술부가 좌우에 위치한다.[13] 관형사는 홑내리줄로 부사어는 쌍내리줄로 표시하고, 부분선 위에 이들을 얹는다. 다만, 없을 경우에는 선을 그리지 않는다. 보어와 서술어는 왼쪽 (\ )사선을 질러 구분하고, 목적어와 서술어는 오른쪽 (/)사선을 질러서 구분한다. 독립어는 근간선과 쉼표로 나타내며 접속어는 점선으로 나타낸다. +자의 가로줄 (一) 근간선 아래에 놓인 것은 그 문장의 근간 성분이며, 그 위에 놓인 것은 가지가 되는 지엽 성분이다.

동일 저자일지라도 시기에 따라서 교과서에 나타나는 구문 도해법이 차이를 보인다면 시기별로 분류하여 살펴본다.

13) 부분선이란 앞서 나타난 도해법의 중심선을 가리킨다. 본 연구 서두에서도 언급하였듯이 도해법을 설명할 때 편찬자들마다 다른 용어를 사용하고 있음을 알 수 있는데 이들 용어의 차이는 예를 통해 보다 쉽게 파악할 수 있으리라 생각하여 교과서에 제시된 문법 용어를 그대로 인용하여 설명한다.

주어·서술어·보어·목적어가 근간 성분이며, 관형어·부사어·접속어는
지엽 성분이다. 독립어는 따로 나눈 독립 성분이 된다. 이를 도식화하면 다
음과 같다.

① 그 물이 여느 얼음이 잘 된다.

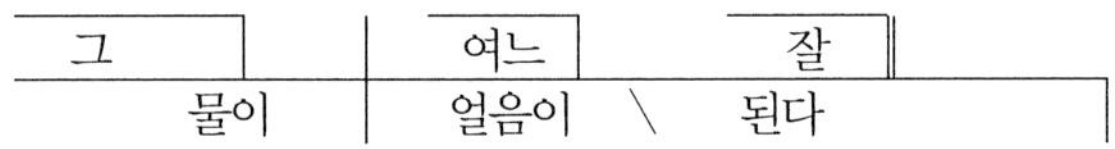

② 세상이 매우 어수선했다. 그러나, 그는 책을 읽었다.

(2) 직접 성분을 차례로 양분해 가는 도해 방법

직접 성분 분석은 한 문장의 성분을 주부와 서술부로 먼저 양분하고, 이
후 차례로 더 쪼개면서 차차 세부로 분석해 가는 방식이다. 대체로 둘로 쪼
개는 양분법(兩分法)을 되풀이해서 나타낸다.

① 모든 꽃이 벌써 핀다.

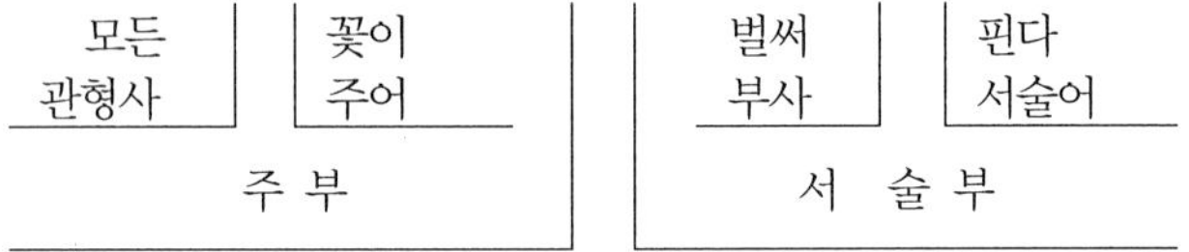

② 어떤 사람이 모든 사실을 다 말하였다.

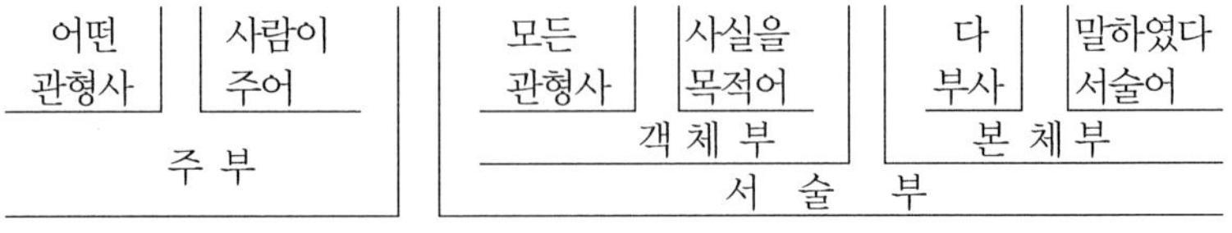

(3) 수형 도해

하나의 원점에서 갈라지고, 갈라진 갈래에서 또다시 가지가 벌어져 그 관계를 설명하는데 이러한 방법으로 문장 성분들 간의 관계를 나타내는 것이 수형 도해이다. 수형 도해라는 이름은 그 모양에서 이름을 따온 것으로 도식화하면 다음과 같다.

① 저 사람이 그 사과를 빨리 먹는다.

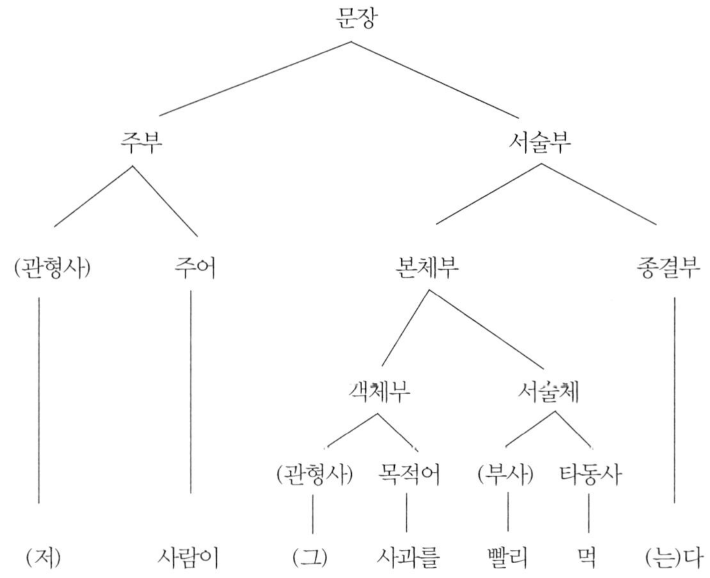

3.2.2. 김윤경(1957) 『나라말본』

김윤경(1957)에서는 문장론의 하위 범주에서 구문 도해를 설명하고 있다. 그의 구문 도해는 동일시기의 다른 문법 교과서에 나타나는 도해법과 다른 방법으로 문장성분 관계를 설명하고 있었다. 김윤경(1957)에 제시된 내용을 다음과 같이 인용하여 도해법을 이해 할 수 있다.

① 길고 굵은 가로 주의 밑은 으뜸감의 자리이다. ②가로 줄 밑에 가늘게 나리 그은 외줄의 왼쪽은 임자감의 자린데 그 외줄 왼 쪽 가운데 붙은 가늘게 그은 줄의 우는 임자몸의 자리요 그 밑은 임자 빛의 자리다. ③ 굵은 가로 줄 밑의 오른 쪽에 나리 그은 두 줄의 왼쪽은 풀이 감의 자린데 그 두 줄의 왼 쪽에 붙은 짧은 가로 줄의 우는 풀이 몸의 자리요 그 밑은 풀이 빛의 자리다. ④ 길고 굵은 가로 줄의 우는 붙음 감, 곧 꾸밈 감의 자리다. ⑤ 임자 감의 자리 우에 나리 그은 외 꼬불 줄의 왼쪽은 임자 꾸미 감의 자린데 짧고 굵은 가로 줄과 가늘은 가로 줄의 사이는 꾸밈 몸의 자리요 그 밑은 꾸밈 빛의 자리다. ⑥ 풀이 감의 자리 우에 나리 그은 두 꼬불 줄의 왼쪽은 풀이 꾸밈 감의 자린데 짧고 굵은 가로 줄과 가늘은 가로 줄의 사이는 꾸밈 몸의 자리요 그 밑은 꾸밈 빛의 자리다. 그러한데 풀이 몸이 얻 움씨로 된 경우에는 이 같이 두 꼬불 줄로 표시하지마는 만일 풀이 몸이 임씨로 된 경우에는 외 꼬불 줄로 표시한다. ⑦ 임자와 그 꾸밈을 임자 붙이, 풀이와 그 꾸밈을 풀이 붙이라 한다 함은 이미 말한 것이다. 그러한 고로 임자의 자리와 그 꾸밈의 자리를 임자 붙이의 자리라 하고 풀이의 자리와 그 꾸밈의 자리를 풀이 붙이의 자리라 한다. ⑧ 이 그림은 근본 되는 홋 월의 꼴을 보임이다. 거듭 월은 이것을 여러 모양으로 모아 그린다.

3.2.3. 이숭녕(1956) 『고등 국어 문법』
(1968) 『고등 국어 문법 개정판』

이숭녕(1968)의 구문 도해법은 이숭녕(1956)에 나타난 도해법과 다른 특징을 보인다. 일반적으로 교육과정 변천 과정에서 공저자로 교과서를 집필하다가 독립적으로 교과서를 집필한 경우를 제외하고는 동일 저자가 교육과정 변천에 따라 교과 내용이 달라지는 양상은 거의 찾아볼 수 없었다. 그러나 이숭녕의 구문 도해법은 제2차 검인정기에 편찬된 문법서와 통일문법 1기에 편찬된 문법 교과서의 내용이 서로 다르게 나타나고 있었다. 따라서 개정되기 이전의 제2차 검인정기의 구문 도해와 개정된 이후의 구문 도해를 구분하여 살펴보도록 한다.

이숭녕(1956)은 글의 성분을 설명하기 위해 구문 도해를 활용하고 있었는데 이 때 나타난 도해는 '도해'라고 보기에 아직 체계화되지 못한 상태로 문장 성분들 간의 수식관계를 설명하였고, 또 도해법에 대한 구체적인 설명 방법 또한 없었다.

다음으로 이숭녕(1968)을 살펴보면, 먼저 구문 도해가 제시된 목차에서 다른 교과서와 달리 구문도해가 속해 있는 상위 범주가 목차에서 구분되어 있었다. 이숭녕(1968)은 문장론을 '문장의 구조'와 '문장의 분석'으로 분류하고 '문장 분석' 단원에서 구문 도해를 설명하고 있었다.[14] 그의 도해법을 살펴보면 기본 가로선(—)을 중심으로 선 아래에는 주성분(주어, 서술어, 목적어, 보어)을 나타내고, 선 위에는 관형어와 부사어 같은 부속 성분을 표시한다. 독립어는 콤마를 찍어 문장 앞에 위치하였다. 세로선 (ㅣ)은 주어부와 서술부를 나눌 때 표시하는 것이다.

또 그는 문장을 단문과 중문 복문으로 나누어 도해화하였다. 특히 이숭녕은 가로선과 세로선을 중심으로 도해법을 설명하는 전통적인 구문 도해 뿐만 아니라 '수형도'를 도입하여 문장 구조의 관계를 설명하는 수형 도해를 다음 예는 이숭녕(1968) 교과서에 나타난 복문 도해법과 수형 도해법을 인용한 것으로 이를 통해 그의 도해법을 이해할 수 있다.

(1) 복문 도해
　　　부지런한 그이는 좋은 사업을 곧 시작한 듯한데
　　　　　　　　　(종속적)

　　　그이의 아버지가 그 사업을 대단히 자랑한다.
　　　　　　　　　(주 절)

---

14) 대체로 구문 도해를 다루고 있는 많은 연구자들은 구문 도해를 '문장 구조' 단원에서 언급하고 있는데 이와 대조되는 모습이었다.

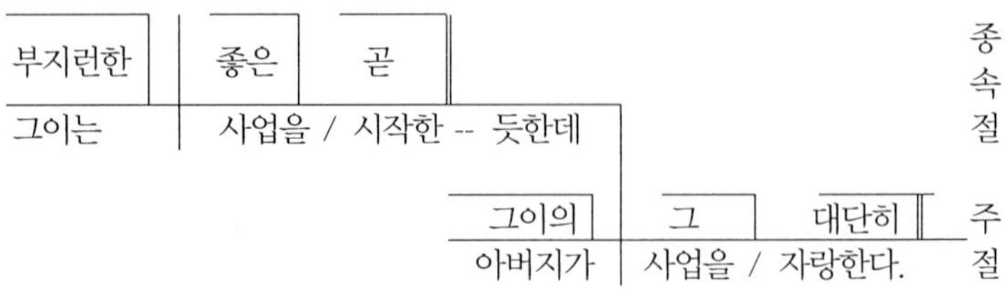

(2) 수형 도해

흰 개가 고기를 급히 먹는다.

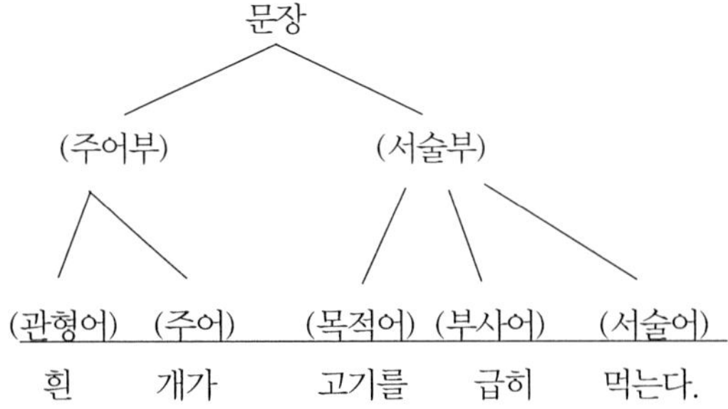

3.2.4. 강윤호(1968) 『정수 문법』

강윤호(1968)은 도해법을 문장론 단원인 '三. 표현과 질서'의 소단원 '1. 문장의 요소'에서 문장의 구성 요소와 함께 나타냈다. 이 때 문장구조를 기본 문형과 배합 문형으로 나누고 문장 구성 성분 간의 연결 관계를 도해화하였다. 그의 도해법에서 특이할 만 한 점은 다른 문법 교과서에서 늘 명하였던 '도해' 또는 '그림풀이'라는 용어를 쓰지 않고, 문법 이론의 설명과 함께 '도표로 그려본다'라는 서술형 표현으로 구문 도해를 나타내고 있는 것이다.

또 도해의 방법에서도 다른 교과서와 다른 방법으로 구문 도해를 설명하고 있다. 그는 주어부와 서술부의 구분을 세로선을 이용하여 구분하였다. 이는 다른 교과서와 동일한 부분이나 서술부에서 목적어와 서술어 또는 보어와 서술어를 사선을 이용하여 구분 짓고 있었다. 그의 도해 방법을 자세히 살펴보면 기본 가로선 (−)을 중심으로 선 아래에는 주어, 서술어, 목적어, 보어와 같은 주성분을 표시하였고, 가로선 위에는 관형어, 부사어와 같은 부속 성분을 표시하였다. 독립어는 콤마를 찍어 문장 맨 앞에 위치시키고, 세로선 (ㅣ)을 이용하여 주어부와 서술부를 구분하였으며 사선 (/)을 이용한 목적어와 보어를 표시하였다. 또 수식 관계를 나타낼 때는 ㄱ 선으로 표시하고 있었다.

다음은 강윤호(1968)의 도식을 인용한 것으로 도해를 기본 문형과 복합 문형으로 구분하여 설명하고 있다.

(1) 기본 문형

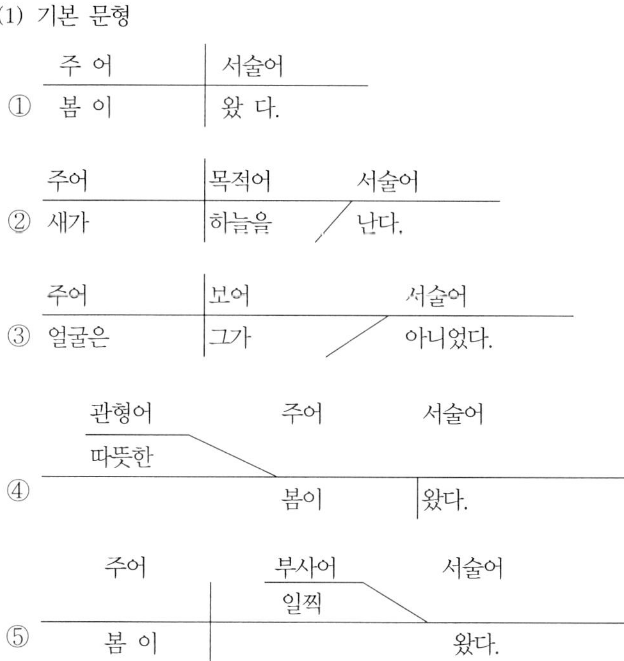

(2) 배합 문형

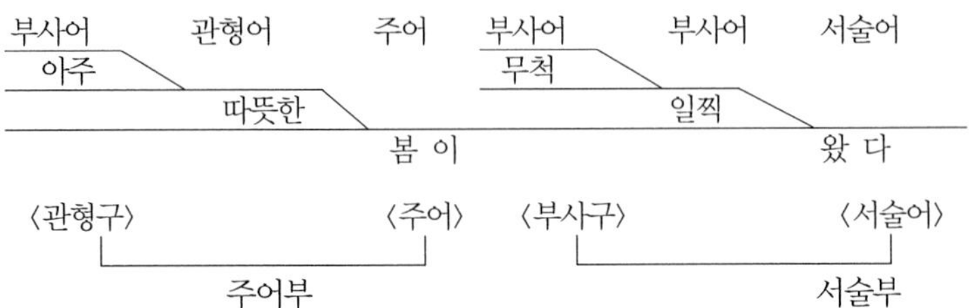

3.2.5. 양주동·유목상(1968) 『새 문법』

양주동·유목상(1968)은 문장론에서 문장 성분 구성에 대한 이론적 지식과 문장 성분 관계를 나타내기 위해 구문 도해를 활용하였다. 그의 도해 방법을 구체화하면 주성분은 가로줄 아래에, 부속성분은 가로줄 위에 둔다. 관형어는 위에서 아래로 꺾는 한 줄 선(⌐ㅣ)으로, 부사어는 위에서 아래로 꺾는 두 줄 선(⌐‖)으로 표시하여 그 말을 받는 말 위에 둔다. 독립어는 글의 머리(앞부분)에 독립시켜 두되, 가로줄 아래에 두고, 그 줄과 나란히 쉼표를 찍는다. 가로줄 왼편은 주어부, 오른편은 서술부가 되고, 서술부에 포함되는 목적어와 보어에는 이 둘의 구별이나 서술어와의 구별을 위하여, 목적어 뒤에 오른쪽(/) 사선을, 보어의 뒤에는 왼쪽(\) 사선을 긋는다. 양주동·유목상(1968)에서는 다른 교과서의 구문 도해 설명법과 달리 도해 방법을 구체적으로 설명하고 있었다. 다음 예는 교과서에 제시된 내용을 인용한 것으로 단문과 복문, 혼성문으로 나누어 살펴본 것이다.

(1) 단문 도해
(주어, 보어, 관형어/부사어)

① 주어

② 보어

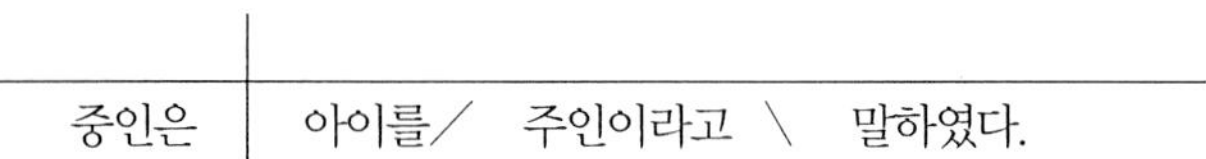

③ 관형어, 부사어

(2) 복문 도해

① 사랑하는 나의 옛 친구가 찾아왔다.

② 아주 귀엽게 노는 아이도 있다.

③ 우리는 숲이 우거진 산에서 놀았다.

(3) 혼성문

① 겨울이 왔는데 눈이 아니 오네.

겨울이	왔는데	아니
	눈이	오네.

② 달이 가고 해가 가면, 산천도 변하고 인심도 변하다.

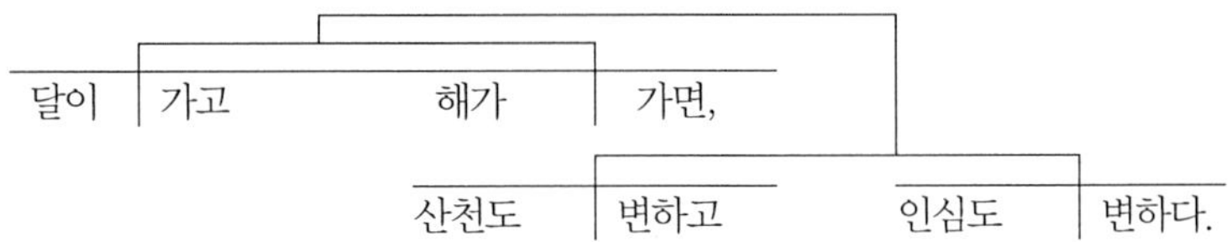

3.2.6. 이명권 · 이길록(1968) 『문법』

이명권 · 이길록(1968)은 'Ⅱ. 문장의 해부'에서 소단원 '성분 간의 관계와 그림풀이'에서 문장 성분들 간의 문법적 관계를 설명하면서 도해를 나타내었다. 그의 도해 방법을 구체화 하면 가로로 굵게 그은 가로선(－)은 주성분과 부속성분을 구분하는 선이고, 세로로 굵게 그은 한 줄 세로선(｜)은 주어 부분과 서술어 부분을 구분하였다. 수식 관계와 한정 관계는 (ㄱ), 목적어나 보어는 가는 선으로 그은 오른쪽 사선(/) 으로 각각 표시했다. 교과서에 제시된 다음의 예를 토대로 이명권 · 이길록(1968)의 도해법을 이해할 수 있을 것이다.

① 아름다운 꽃이 활짝 피었다.

   (관형어)   (주어) (부사어) (서술어)

아름다운		활짝
	꽃이	피었다.

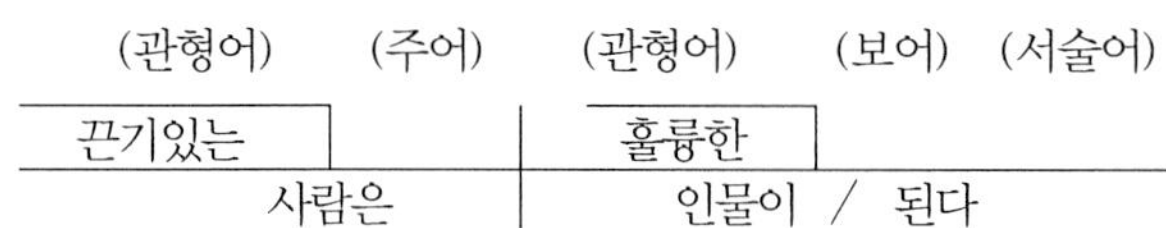

② 끈기있는 사람은 훌륭한 인물이 된다.

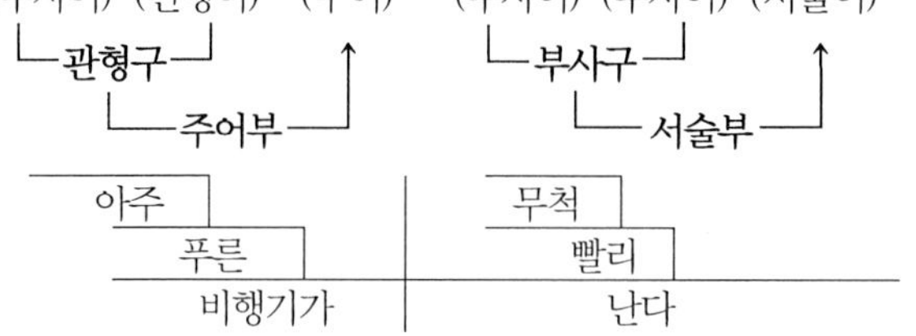

③ 아주 푸른 비행기가 무척 빨리 난다. (관형구, 부사구)

3.2.7. 이은정(1968) 『우리문법』

문장론을 '월의 짜임'으로 명칭하고, 문장의 성분 단원에서 도해를 나타내고 있다. 도해 방법은 중심선인 가로선을 기준으로 아래 부분에서는 주성분(주어, 서술어, 목적어, 보어)을 중심선 윗부분에서는 관형어나 부사어와 같은 부속 성분을 표시한다. 독립어는 문장 맨 앞에 위치한다. 문장 구조에서 주어부와 서술부를 나눌 때는 두 줄 세로선을 이용하고 있다.

이은정(1968)에서는 구문 도해를 문장 성분을 설명할 때 활용할 뿐만 아니라 문장의 한 갈래로 제시된 '구와 절' 부분의 설명에서도 활용하고 있다. 이 때 '구와 절'로 표시된 이들은 소단원으로도 독립되어 교과서에 나타난다. 또한 편찬자는 '구와 절'의 형태로 구성된 문장은 한 개의 덩어리로 묶어서 볼 수 있다고 가정하기도 하였다. 문장을 기본 문장과 '구와 절'로 분류한 그의 분류 체계는 기존의 다른 편찬자들과는 다른 문장 분류 방법으로 볼 수 있을 것이다.

또한 문장을 '어부'라고 표현하기도 하였는데 어부는 성격에 따라 주어부(주어 및 주어에 딸린 부분), 서술어부(서술어 및 서술어에 딸린 부분), 목적어부(목적어 및 목적어에 딸린 부분), 부사어부(부사어 및 부사어에 딸린 부분), 독립어부(독립어 및 독립어에 딸린 부분)로 분류될 수 있다. 다음 예를 바탕으로 이은정(1968)의 구문 도해를 이해할 수 있다.

(1) 기본 문장

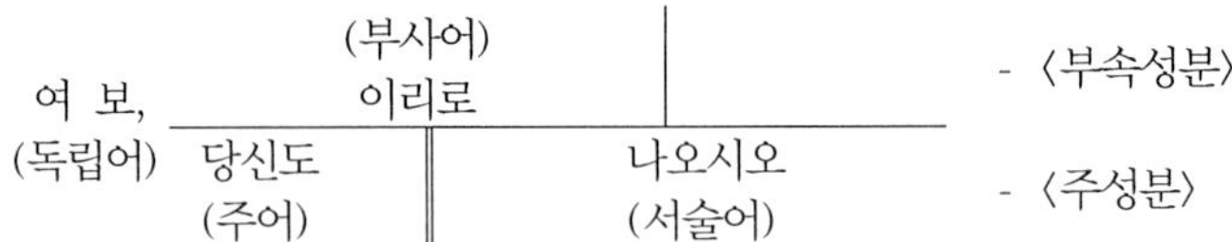

(2) 구와 절15)

* 목적절

- 나는 <u>네가 오기</u>를 기다리고 있다.
- 그는 <u>돈이 없음</u>을 한탄하고 있다.

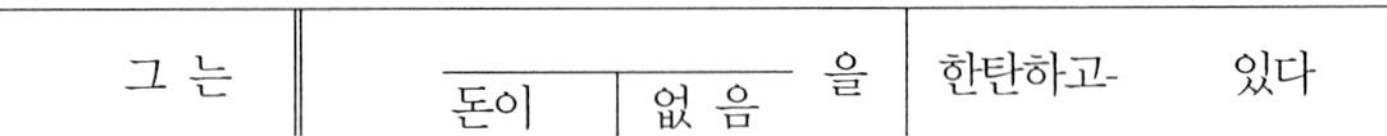

* 주절과 종속절

- 바람이 불면 나뭇가지가 흔들린다.

바람이 불면   (주 절)
(종 속 절)   나뭇가지가 흔들린다.

(3) 어부

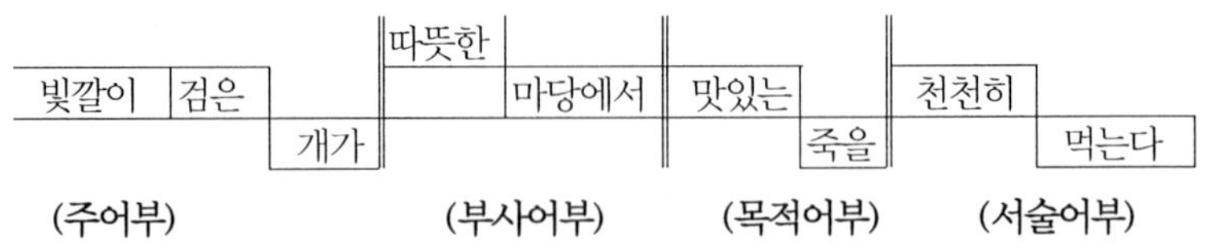

---

15) 도해를 활용하여 주어절, 서술절, 목적절, 관형절, 부사절, 주절과 종속절의 관계, 대등절의 관계를 나타내고 있는데 본 연구에서는 목적절과 주절과 종속절의 관계를 나타내는 도해만 대표로 살펴본다.

3.2.8. 이을환(1967) 『최신문법』

이을환(1967)에서는 구문 도해에 대해 따로 설명하고 있는 단원이 없다. 그러나 문장론에서 소단원 '2 문장의 기본 형식과 구조', 소단원 '3 문장의 종류'에서 구문 도해를 활용하여 문장의 기본 형식과 구조, 문장의 종류를 설명하고 있었다.

그는 문장의 기본 형식을 설명할 때 다른 문법 교과서와 달리 문장을 제일 형식에서 제육 형식으로 나눈 뒤 도해를 활용하여 이들을 설명하였다.[16) 또, 문장의 종류를 설명할 때도 도해를 활용하였다.

도해 방법은 기본 가로선을 중심으로 한 줄 세로선과 두 줄 세로선을 이용하여 주어부와 서술부, 문장 성분을 구분하고 문장 수식관계를 나타낼 때는 문장 성분 아래에서 나타냈다.

이을환(1967)에 나타난 몇몇 예를 토대로 그의 도해법을 이해할 수 있을 것이다.

① 제일 형식 : 주어+서술어

전등이 ‖ 밝다

② 제오 형식 : 관형어+주어+부사어+서술어

맑은 | 물이 ‖ 졸졸 | 흐른다

---

16) 문장의 기본 형식을 여섯 가지로 제시하였다.
  -제일 형식: 주어+서술어
  -제이 형식: 주어+보어, 목적어+서술어
  -제삼 형식: 관형어+주어+서술어
  -제사 형식: 주어+부사어+서술어
  -제오 형식: 관형어+주어+부사어+서술어
  -제육 형식: 독립어+문장

③ 제육 형식 : 독립어+문장

하느님, ｜ 이 ｜ 어리석은 ｜ 죄인을 ‖ 꼭 ｜ 용서하소서.

④ 문장 성분 관계

아버지와　　　어머니는　　　어버이다.
주 어　　　　　주 어　　　　서술어
　　└─대등관계─┘
　　　　　　└────주술관계────┘

\- 가을이　　오면,　　　나는　여행을　　하겠다.
　주어　　서술어　　　주어　목적어　　서술어
　　└주술관계┘　　　　　　└보족관계┘
　　　　　　　　　주술관계────┘
　　　　└─주종관계─┘

3.2.9. 이인모(1968) 『새문법』[17]

이인모는 1949년 제1차 검인정기와 1968년 통일문법 1기에 저술한 문법 교과서에서 구문 도해를 다루고 있다. 이 때 시기별 변천에 따라 편찬된 두 권의 교과서에 나타난 구문 도해를 비교해 보면 도해 방법과 문법 용어에서 많은 차이를 가진다. 이인모(1968)에서 구문 도해는 문장론의 소단원 '2. 문장성분'에서 문장 성분에 대한 이론적 설명과 함께 도해를 나타내고 있다.

그는 문장을 단문과 복문으로 나누어 도해화하고 있다. 복문을 도해할 때 접속어가 있는 문장은 접속어를 중심으로 대등적 연결과 종속적 연결의 관계를 점선으로 나타냈다.

도해 방법을 살펴보면 중심 문장을 기준으로 문장의 위에서 중심선을 긋

---

17) 이인모(1968)은 제1차 검인정기의 문법 교과서에서의 구문 도해가 가지는 문법적 지위와 도해법이 이전과 많이 달라져 다른 편찬자들처럼 묶어서 살펴보지 않고 시기별로 분류하여 살피고 있다.

고, 문장 위에서 수식어구를 나타낸다. 주어부와 서술부의 구분은 한줄 세
로선(｜)으로 목적어와 보어는 오른쪽 사선(／)으로 표시한다. 접속어는
성격에 따라 대등적인 것과 종속적인 것으로 구분하여 다음과 같은 방법으
로 앞뒤(A · B) 도해화하였다.

[대등적]

그
리
고

A

B

[종속적]

A   그러므로   B

다음은 기본 문장을 도해한 것으로 단문과 복문으로 나누어 살폈다.

(1) 단문

① 인내는 승리를 반드시 초래한다.

반드시

인내 ― 는 ｜ 승리 ― 를 ／ 초래한다.

② 허, 지나친 예의는 아첨이 되는데

지나친 ‖

허,   예의 ― 는 ｜ 아첨 ― 이 ／ 되는데……

(2) 복문

① 예술은 '나'이다. 그리고 과학은 '우리'이다.

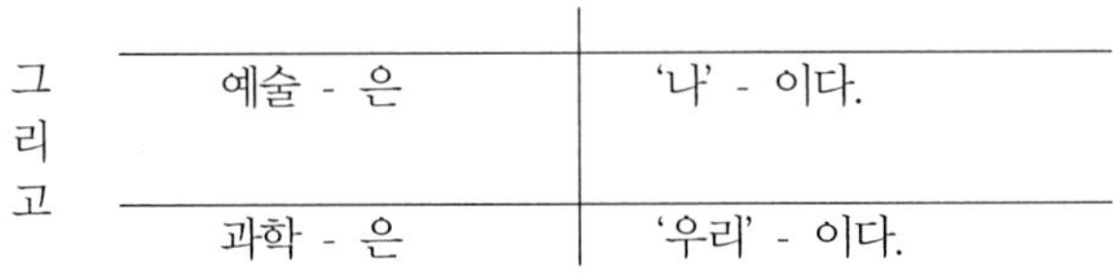

그 리 고	예술 - 은	'나' - 이다.
	과학 - 은	'우리' - 이다.

② 법률은 죽는다. 그러나, 서적은 결코 죽지 않는다.

법률-은 │죽는다 ········ 그러나 ········ 서적-은 │죽지- 않는다.　결코

3.2.10. 김완진・이병근(1979) 『문법』

김완진・이병근(1979)는 수형도를 활용하여 도해를 나타내고 있다. 이렇게 수형도를 활용한 도해법은 문형을 직접 분석하고 있다. 수형도 도해법은 문장을 중심축으로 가로선과 세로선, 사선, 꺾은 선을 이용하여 문장 구성 성분들 간의 관계를 나타내는 구문 도해법보다 더 발전된 방식이다. 이를 일반적으로 수형 도해라고 명칭한다. 학교 문법 교과서에서 이러한 방법의 구문 도해가 처음 나타난 것은 김민수・이기문(1968)과 이숭녕(1968)의 교과서이다. 단, 김민수・이기문(1968)과 이숭녕(1968)에서는 직접 구성 성분 방식의 구문 도해와 수형도 방식의 도해를 함께 제시하고 있다. 반면, 김완진・이병근(1979) 수형 도해만을 활용하고 있다. 따라서 김완진・이병근(1979)는 이 교과서에서는 통일문법 2기에 저술된 다른 문법 교과서와 달리 문장 성분들 간의 관계 및 문장의 구조와 짜임을 수형도를 활용하여 설명하고 있는 것이 가장 큰 특징이다. 교과서에 제시된 다음 예를 통해 수형 도해를 이해할 수 있다.

(1) 자동사문
　　나무가 자란다.

(2) 타동사문
　　학생이 나무를 심는다.

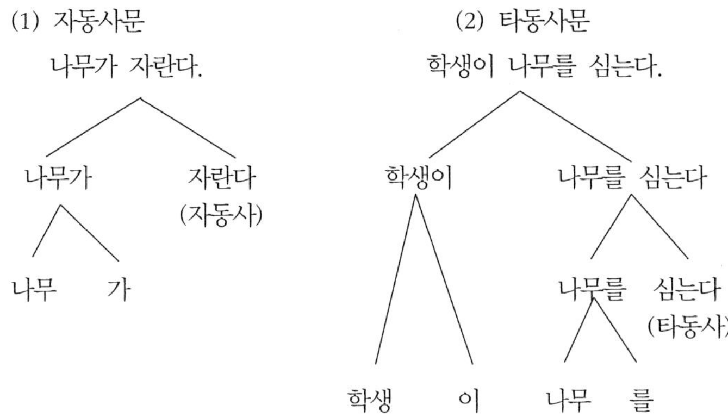

(3) 주격 보어구문(체언구+체언구+서술어)

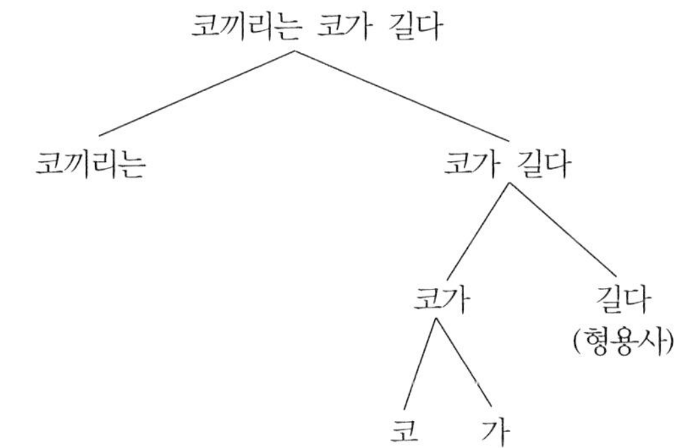

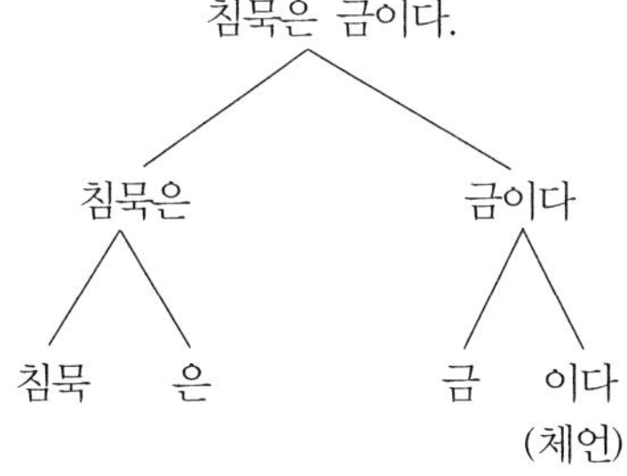

(4) 기본 문장 확대 : 부사어(체언+부사격 조사)

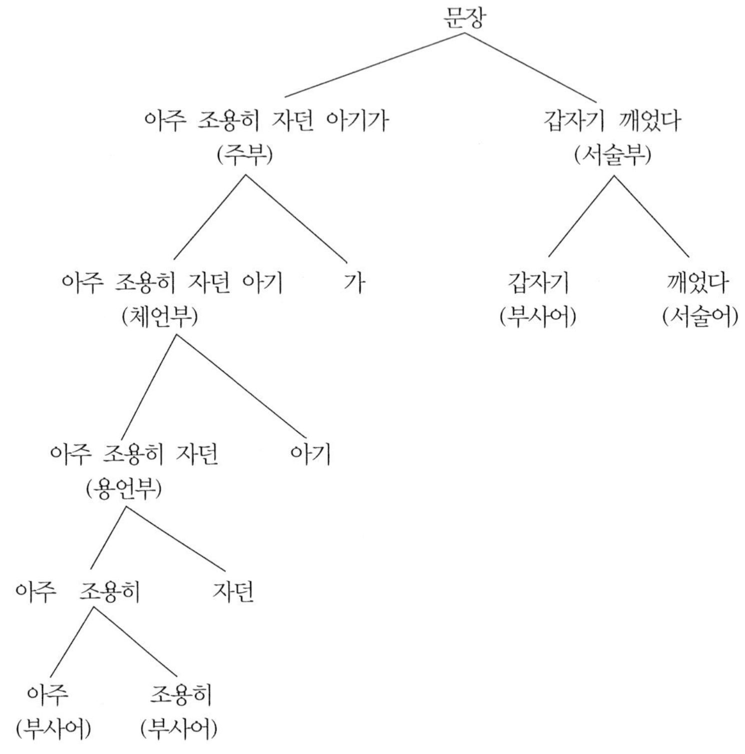

3.2.11. 이길록 · 이철수(1979) 『문법』

이길록 · 이철수(1979)는 구문 도해를 '3장 문장 해부' 단원에서 '성분 관계와 구문 도해'라는 제목으로 설명하고 있다. 그들은 구문 도해를 독립된 소단원으로 설정하여 나타냈다. 구문 도해를 주로 문장 성분들의 문법적 관계를 설명할 때 활용하고 있으며 아울러 문장의 갈래 및 문장들 간의 관계를 나타낼 때도 활용하고 있다. 도해 방법은 다른 교과서의 도해법과 크게 다르지 않다. 도해법을 구체화하면 문장에서 굵은 가로선 (――)이 기준이 되어 주성분과 부속성분을 구분해준다. 즉 굵은 가로선 아래는 주성분(주어와 서술어)이, 위에는 부속 성분(관형어, 부사어)이 위치한다. 굵게 그은 세로선(│)은 주어 부분과 서술어 부분을 구분하는 선이고, 수식관계 및 한정 관계를 나타낼 때는 위에서 아래 방향으로 꺽는 꺽은 선 (┓)으로 표시한다. 목적어나 보어는 가는 사선 (/) 으로 표시하고 독립어는 중심 축이 되는 굵은 가로선에서 떨어져 문장 맨 앞에 따로 표시한다. 이길록·이철수(1979)의 교과서에 제시된 구문 도해를 아래와 같이 인용하여 그의 도해법을 보다 자세하게 이해 할 수 있다.

(1) 기본 문장

(2) 복잡한 문장 : 관형절· 부사절

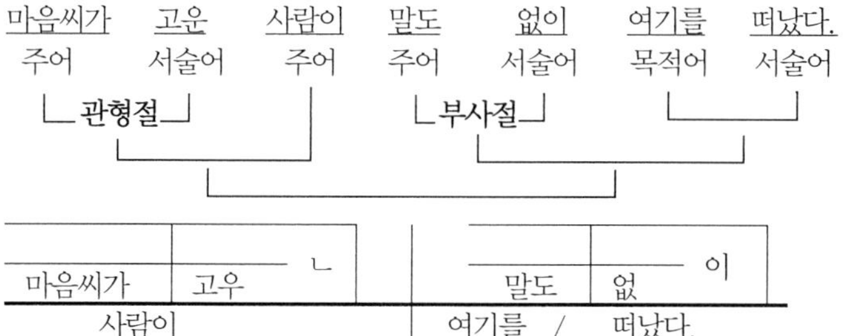

3.2.12. 이응백·안병희(1979) 『문법』

이응백·안병희(1979)에서는 문장론 범주에서 구문 도해를 독립적으로 다루지 않고 문장 구성을 구분할 때 활용하였다. 도해 방법은 기본 문장에서 굵은 가로선 (━━)을 중심으로 주성분과 부속성분을 구분하고, 세로선(ㅣ)은 주어부와 서술부의 구분을 나타낸다. 또 목적어나 보어는 가는 사선(/)으로 표시하였다. 이 때 수식 관계와 한정 관계를 나타내는 도해법은 다른 문법 교과서에 나타난 도해법과 다르게 나타났는데 다른 교과서에서는 위에서 아래로 꺾은 선이 나타내고 있다면, 이응백·안병희(1979)에서는 아래에서 위로 화살표를 꺾어 (＿↑) 이들의 관계를 표시하였다. 화살표 표시는 문장의 종류에 따라 문장의 성격을 나타내 주기도 하였다. 다음 예를 통해 자세히 이해할 수 있다.

(1) 단문

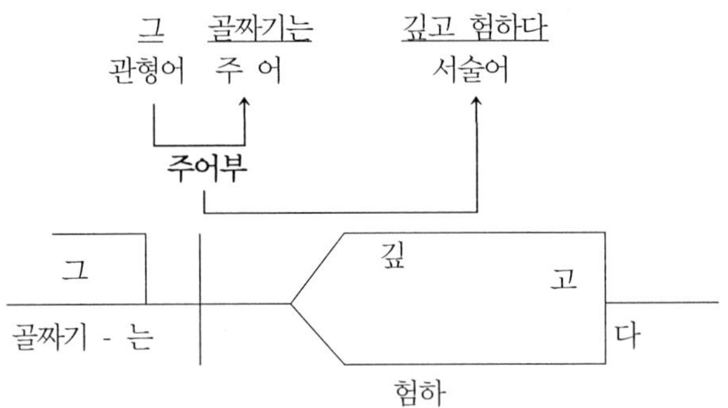

(2) 중문

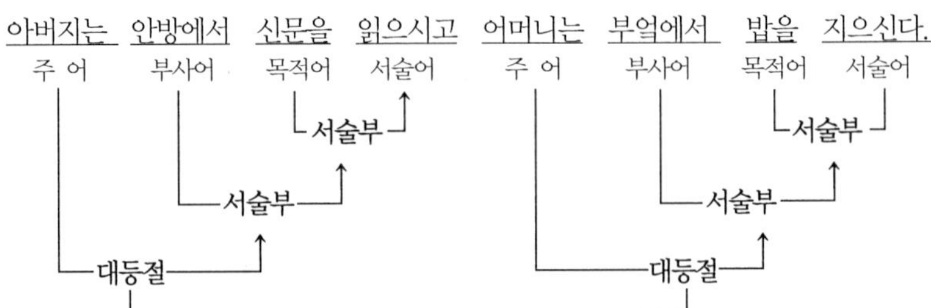

<table>
<tr><td></td><td>안방-에서 ‖</td><td>고</td><td>부엌-에서 ‖</td></tr>
<tr><td>아버지-는 │</td><td>신문-을 / 읽으시</td><td>어머니-는 │</td><td>밥-을 / 지으신다.</td></tr>
</table>

3.3 제3기(1985–현재): 구문 도해 소멸기

국정 단일 통일문법 시기에 이르러 구문 도해는 학교 문법 교과서에서 점점 그 위치가 사라져 갔다. 이에 본고는 이 시기를 '구문 도해 소멸기'[18] 로 명명하여 역대 학교 문법 교과서에서 구문 도해가 나타나지 않는 교과 서들만을 이 시기로 분류하여 그들의 특징을 살펴보고자 한다. 이 시기의 문법 교과서는 1985년 이후 여러 개의 문법 교과서에서 하나의 문법서로 통일되어 편찬된 국정 단일 문법 교과서이다. 이때 문법 교과서에서 구문 도해가 사라진 시점을 즉 단일 문법 시기라고만 한정지을 수 없었다. 그 이 유는 제1차 검인정 시기와 통일문법 1,2기에 편찬된(문법 교과서 중에서) 일 부 문법 교과서들을 잘 살펴보면 동일 시기의 다른 문법서와는 분명히 다 른 방법으로 문장을 도해화 하고 있는 점을 발견 할 수 있다. 그 예로 제1 차 검인정기의 장하일(1949), 통일문법 1기의 강복수·유창균(1968), 허웅 (1968)과 통일문법 2기의 허웅(1979)에 나다난 도해법은 문장 구조 및 문장 성분들의 관계를 도식화하고 있는데 이를 도해라고 해석하기는 어려웠다. 따라서 본고에서는 이들 교과서에서처럼 동일시기에 편찬된 다른 문법 교 과서의 도해법과 달리 그 성격이 많이 다른 이들을 도해법으로 해석하지 않고 문장 성분 요소들 간의 관계를 나타내는 수식 구조로 해석하였다. 그 래서 '3.3 구문 도해 소멸기'는 국정 단일 통일문법 시기의 문법 교과서에 한정하지 않고 이들의 교과서도 함께 포함시켜 그 특징을 살폈다.[19]

---

18) 이러한 분류는 앞서 〈표 3〉에서 살펴보았듯이 구문 도해 출현을 기준으로 나눈 것이다.

19) 물론 연구자에 따라 이들 또한 구문 도해에 포함시킬 수도 있겠지만 본고에서는 수식 구조를 도해법으로 볼 수 없다는 입장을 고수하므로 장하일(1949), 강복

3.3.1. 장하일(1949) 『표준말본』

장하일(1949)에서는 월의 구성 성분을 설명한 뒤 이들 짜임을 수식 관계로 나타내었다. 이러한 수식 관계는 월의 종류를 분류하여 월간의 문법적 관계를 설명할 때 활용하였다. 편찬자는 문장론에서 월을 1) 바른자리, 2) 거꾸른 자리, 3) 줄입법 등으로 각각 구분하여 문장 성분들의 관계를 설명하고 있다. 이 때 바른자리란 임자자리가 앞에, 풀이자리가 뒤에 오는 것을 말하는 것이고 임자자리+풀이자리 구성을 월이라고 말하고 있다. 꾸밈자리(매김자리, 어찌자리)는 그 꾸밈을 받는 것의 자리 앞에 있는 것으로 이는 다섯 가지 유형으로 나타낼 낼 수 있다고 하였다. 다음의 예를 통해 그의 도해법을 살펴볼 수 있다.

①매김자리+임자자리+어찌자리+풀이자리
　매김 +임 = 임자조각
　어찌 +풀 = 풀이조각
　임자조각 + 풀이조각 = 월

②매김자리+임자자리+매김자리+풀이자리(임자씨)
　매김 + 임 = 임자조각
　매김 + 풀 = 풀이조각
　임자조각 + 풀이조각 = 월

③어찌자리+임자자리(풀이씨)+어찌자리+풀이자리
　어찌 + 임 = 임자조각
　어찌 + 풀 = 풀이조각
　임자조각 + 풀이조각 = 월

수·유창균(1968), 허웅(1968), 허웅(1979)를 '구문 도해 소멸기'에 포함시킨다.

④어찌자리+임자자리(풀이씨)+매김자리+풀이자리(임자씨)

　　어찌 ＋ 임 ＝ 임자조각

　　매김 ＋ 풀 ＝ 풀이조각

　　임자조각 ＋ 풀이조각 ＝ 월

⑤매김자리 ＋ 임자자리 ＋ 매김자리 ＋ 어찌자리(임자씨) ＋ 어찌자리 ＋ 풀이
　자리

　　매김 ＋ 임 ＝ 임자조각

　　매김 ＋ 어찌＝ 어찌조각

　　어찌조각 ＋어찌＋ 풀 ＝ 풀이조각

　　임자조가＋풀이조각 ＝ 월

이 때 홀로자리는 월의 앞에 있다. (홀로자리+월) 또 같은자리는 나란히
나타난다.

2) 거꾸른 자리는 네 가지의 경우를 말하는데

먼저, 풀이자리가 임자자리 위에 있을 적을 말한다.

　　(고맙다,　말인즉)
　　　　　풀　　　　　임
　　임자자리 ＋ 풀이자리 → 풀이자리+임자자리
　　풀 ＋ 임 ＝ 월

둘째, 풀이자리를 꾸미는 어찌자리가 임자자리 위에 있을 적을 말한다.
만약 '어찌+임+풀'의 경우 구문 도해는 다음과 같이 나타날 수 있다.

　　(평양서, 언니가 왔습니다.)
　　　　어찌　　　임　　　풀

　　　어찌 +풀 = 풀이조각
　　　임 + 풀이조각 = 월

또 '매김 + 어찌 + 임+ 풀'의 경우는

　　　(<u>단단한 땅에, 물이 고인다.</u>)
　　　매김 어찌　 임　 풀

　　매김 +어찌 = 어찌조각
　　어찌조각 + 풀 = 풀이조각
　　풀이조각 + 임 = 월

셋째, 풀이자리를 꾸미는 어찌자리가 풀이자리의 뒤에 있을 적을 말한다.

　　임자자리 + 어찌자리 + 풀이자리
　　임자자리 + 풀이자리 + 어찌자리

'임 + 풀 + 매김 + 어찌' 가 있을 경우

　　　(<u>난들 알랴, 그 내용을?</u>)
　　　임　 풀　 매김 어찌

　　매김+어찌 = 어찌조각
　　풀 + 어찌조각 = 풀이조각
　　임 + 풀이조각 = 월

넷째, 홀로자리가 월의 뒤에 있을 경우를 말한다.

(<u>어머니 오셨다</u>. <u>덕남아!</u>)
    월   **홀**

홀로자리+월 → 월+홀로자리

3) 줄임법이 있는 경우는 임자말 줄임과 풀이말 줄임, 어찌말 줄임이 있다.

임자말 줄임

(   ) <u>내일</u> <u>자네를</u> <u>찾아가겠네</u>
임 **어찌1**[20] **어찌2** **풀이**

    어찌1 + 어찌2 +풀 = 풀이조각
    임 + 풀이조각 = 월

(   ) <u>안녕히</u> <u>가십시오.</u>
임 **어찌** **풀**
어찌 + 풀 = 풀이조각
임 + 풀이조각 = 월

풀이말 줄임

<u>자,</u> (   ) <u>이리로</u> (   )
홀 **임** **어찌**   **풀**

    어찌 + 풀 = 풀이조각
    임 + 풀이 조각 = 월

---

20) 임자말, 어찌말, 풀이말에 붙인 수는 논자가 구문 도해 과정을 설명하기 위해 임의적으로 붙여 놓은 것이다. 교과서에는 숫자가 없다.

<u>나는 평양으로 (　　)</u>, <u>그는 원산으로 갑니다.</u>
임1　어찌1　　풀1　　　임2　어찌2　　풀2

어찌1 + 풀1 = 풀이조각
임1+ 풀이조각 = 나란히 마디 1
어찌2 + 풀2 = 풀이조각2
임2+ 풀이조각 = 나란히 마디 1
　　　나란히 마디 1+나란히 마디 2 = 월

어찌말 줄임
<u>언니가 (　)</u> 돌아왔소.
임　　　어찌　　풀

어찌 + 풀 = 풀이조각
임+ 풀이조각 = 월

<u>(　　) (　　) 은</u>　<u>하루 (　　)</u> <u>기다려도</u>　<u>오지 않네</u>
임1　　　임2　　매김　어찌1　어찌2　　풀1　　　　풀2

매김 + 어찌1 = 어찌3
어찌3 + 어찌2 + 풀1 = 풀이조각
임2 + 풀이조각 = 어찌마디
어찌마디 + 풀2 = 풀이조각
임1+ 풀이조각 = 월

3.3.2. 강복수・유창균(1968) 『문법』

강복수・유창균(1968)은 문장의 성분 구조에서 도해법을 나타내고 있는
데, 그들은 문장을 단언문, 단문, 중문, 복문, 혼성문으로 분류하여 문장 성
분들 간의 수식 관계를 도해화 하였다. 이러한 도해법은 당시 다른 문법 교

과서에서 나타나는 여러 도해법들과 달라 본고에서는 이들을 문장 성분 요소들 간의 관계를 나타내는 수식 구조로 보았다. 아래 제시된 교과서의 예문을 통해 자세히 이해 할 수 있다.

(1) 복문 : 부사절을 가짐

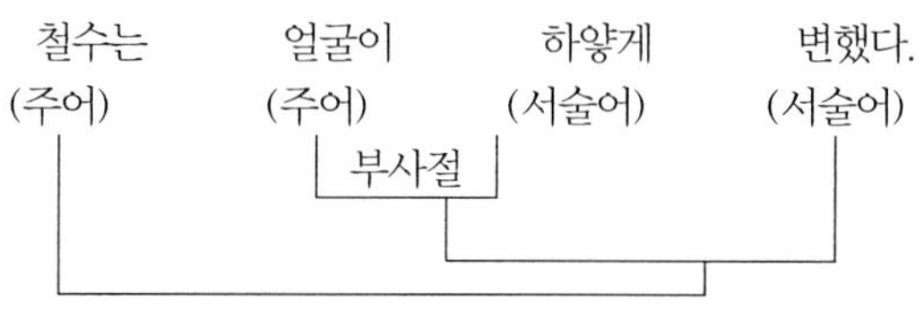

(2) 혼성문

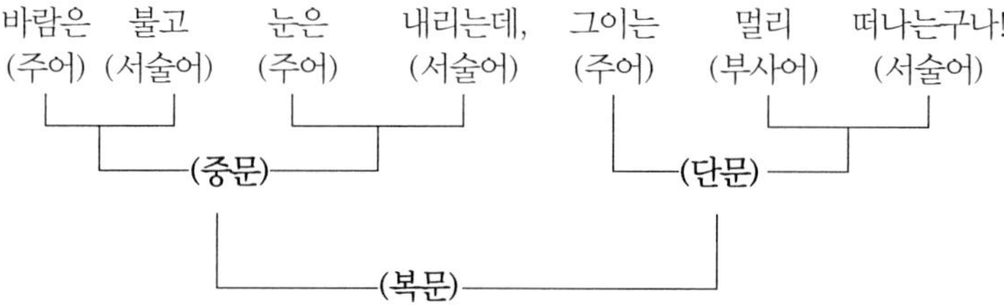

3.3.3. 허웅(1968) 『표준문법』
(1979) 『문법』

허웅(1968, 1979)는 문장론에서 문장의 성분 단위, 문장 성분의 종류, 갈래 등을 그림을 이용하여 설명하고 있다. 그는 이러한 그림을 도해라고 하였다. 그러나 이들 또한 앞서 살핀 강복수・유창균(1968)에서 보이는 것처럼 문장 성분들 간의 관계를 수식화 하는 것에 불과하므로 이들 역시 '도해'라고 지칭하기에는 무리가 있어 보였다. 따라서 허웅(1968, 1979)에 나타나는 도해를 동일시기의 다른 교과서의 도해법과 구분하여 살필 수 있다.

허웅(1979)는 교육과정 변화에 따라 새로 집필된 교과서이지만 허웅(1968)

의 교과 내용과 동일함을 살필 수 있었다. 다음 예문은 허웅(1968)의 교과
서에 나타난 도해를 인용한 것으로 그의 도해법 특징을 잘 보여주고 있다.

(1) 문장 성분의 종류

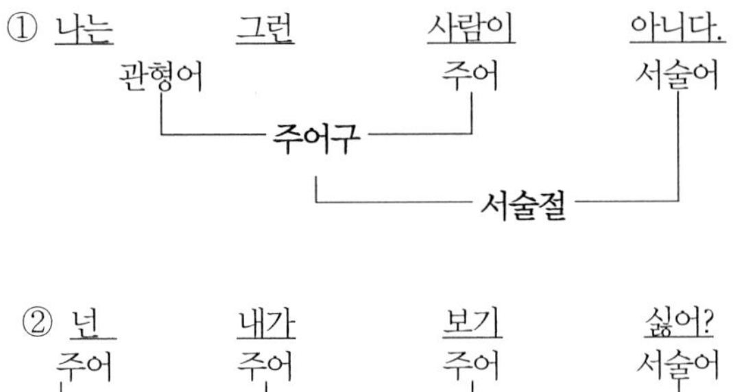

(2) 문장 분석의 방법과 문장의 종류

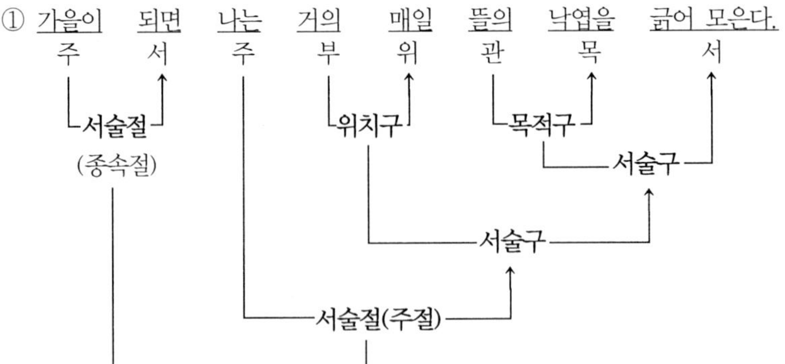

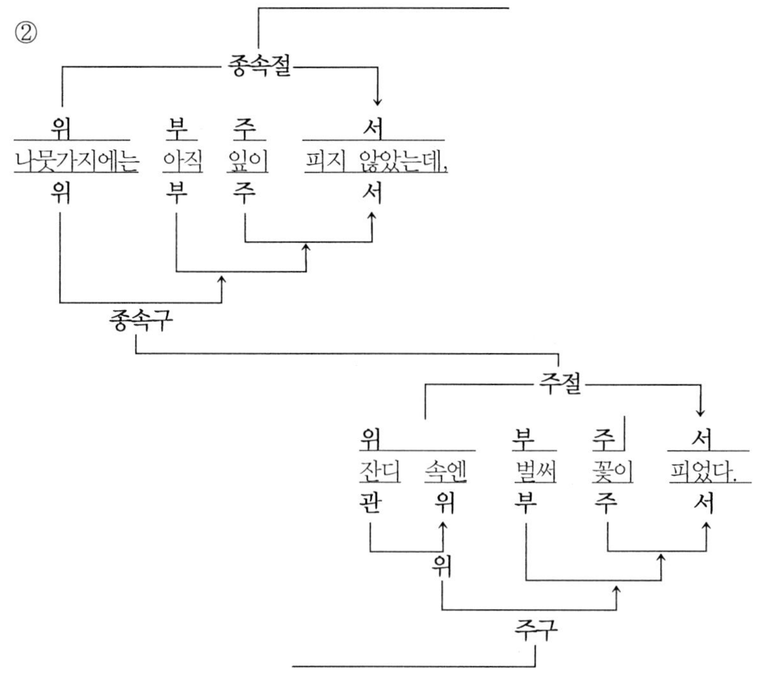

3.3.4. 국정 단일 문법 교과서(1985-현재)

국정 난일 문법 교과서는 두 부류로 분류할 수 있으므로, 구문 도해 또한 이들의 분류에 의해 두 부분으로 나뉠 수 있다. 1985년 제4차 교육과정에서 제6차 교육과정에 이르는 시기에 나타난 구문 도해와 2002년 제7차 교육과정에 의해 나타난 구문 도해로 크게 구분할 수 있을 것이다. 이러한 구분은 1985년 제4차 교육과정에 의해 편찬된 문법 교과서에서부터 1996년 제6차 교육과정에 의해 편찬된 문법 교과서에서는 문장론의 소단원으로 '문장의 짜임'이라는 단원을 독립적으로 설정하고 이 단원에서 문장 구조와 문장 성분들 간의 관계를 수식 구조로 나타내고 있다. 그러나 제7차 교육과정에 이르러서는 구문 도해는 물론이고 4~6차의 교과서에서 나타났던 문장 성분 관계를 표시한 수식 구조가 사라지게 되었다. 다시 말해 2002년 제7차 교육과정에 이르러서는 학교 문법 교과서에서 4~6차의 교육과정에 따른 문법 교과서와 달리 문장론에서 문장의 짜임 또는 문장 성분들의 관계를 설명하는 수식 구조도가 사라진 것이다.

이러한 구문도해의 변천 과정을 다음과 같이 정리할 수 있다.

	제4차 교육과정(1985)	제5차 교육과정(1991)	제6차 교육과정(1996)	제7차 교육과정(2002)
수식 구조	→ ---------------	---------	-------------	←

4. 문법 교과서의 구문 도해 기술 제안

본고는 지금까지 1949년 제1차 검인정기의 문법 교과서에서, 2002년 국정 단일 통일문법 교과서에 이르기까지 총 34권의 고등학교 문법 교과서에서 구문 도해가 가지는 문법적 위치와 그 특질에 대해 살펴보았다. 구문 도해를 구분하는 가장 큰 분류 기준은 먼저 교과서에서 '구문 도해가 나타나고 있는가'이다. 우리는 이러한 기준을 통해 제 1차 검인정 시기(1949)에서 제 2차 통일문법 시기(1985)에까지 편찬된 문법 교과서에서 구문 도해가 나타나고 있음을 살필 수 있었다. 또 이 시기에 편찬된 많은 문법 교과서는 여러 명의 연구자들에 의해 개별적으로 편찬되었고 이러한 이유로 문법 교과서에 나타나는 구문 도해의 문법적 위치와 도해 방법이 편찬자에 따라 서로 다르다는 특징을 찾을 수 있었다. 이와 달리 1985년 국정 단일 문법 교과서로 문법 교과서가 통일된 이후 문법 교과서에서는 구문 도해가 사라지게 되었음을 알 수 있었다. 구문 도해가 사라진 자리는 문장 구성 성분들의 관계를 보여주는 단순 수식 구조도가 채워주었다. 그러나 2002년 새로 개정된 문법 교과서에서는 이러한 수식 구조도조차 나타나지 않음을 알 수 있다. 어떤 의도나 목적에 의해서 구문 도해가 사라졌는지 그 이유는 지금까지도 정확하게 알 수 없으나 학교 문법이 가지는 실용성이라는 성격 때문에 구문 도해의 불필요함이 내세워 졌을 것이고 이로 인해 교과서에서 구문도해가 사라지지 않았을까 예측해 본다.

이처럼 구문 도해를 두 부분으로로 나누어 그 특질을 살피었는데 이 장에서는 부정확한 이유로 사라진 구문 도해를 향후 새 문법 교과서 집필에서는 재설정해야 한다는 전제하에 구문 도해 설정 이유와 도해법에 대하여 간략하게 살펴보고자 한다.

4.1. 구문 도해 설정

구문 도해는 문법 교과서에서 국어 문법 요소의 다른 구성 성분들과 달리 독립적인 자격을 갖지 못하였다. 이처럼 뚜렷하게 문법적 위치를 가지지 못했기 때문에 문법 교과서 편찬자들에 따라 구문 도해의 상위 범주 및 문법적 위치, 도해법 등이 달라졌을 것이다. 또한 구문 도해 방법은 매우 다양하고 복잡하다. 서양의 이론에 의해 또는 교육 과정 변천에 따라 교과서 편찬사들나 개별적으로 만들어 낸 도해법은 그림 제시 방법 및 설넁과 사용 용어 등에서 많은 혼란을 보였다. 이러한 혼란으로 인해 1985년 국정 문법 교과서가 출판되기 전까지 구문 도해가 그 형태를 통일시키지 못했을 것으로 추측한다. 이러한 형태적 불일치성, 다양성, 복잡성 때문에 구문 도해가 학교 문법 교과서에서 사라졌을 것이라고 단정 지을순 없지만, 학교 문법의 성격인 규범성과 실용성에서 따라 어느 하나 충족할 만한 특징을 구문 도해가 가지지 못하였기 때문에 문법 교과서에서 점차 그 자리를 잃었을 것이라고 예측한다. 만약, 초창기 국어 문법이 형성된 이후 교육 과정 변천에 따라 하나의 방법으로 도해법이 통일되었더라면 문법 교과서에서 구문 도해의 위치와 기능이 2002년 문법 교과서 개정 때까지 유지되지 않았을까 생각한다.

　구문 도해는 문법론에서 특히 문장론의 하위 범주에서 문장을 구성하고 있는 구성 요소와 구성 성분들 간의 관계를 도식화한다. 우리는 어떤 내용을 간결하고 명확하게 나타내거나 이해하고자 할 때 대체적으로 도표나 그림 따위를 사용하여 그 내용을 정리한다.

　본고는 이와 비슷한 이유로 문장론에서 복잡한 문장 구성 성분들의 관계와 각 성분들의 특질을 보다 구체적으로 설명하고 기술하기 위해서 구문 도해가 필요하다고 생각한다. 꼭 검인정기와 통일문법 시기에 나타났던 도해 방법이 아니더라도 1985년 단일 문법 통일 시기에 나타났던 수식 구조 형태의 도해법이라도 교과서에서 설명한다면 학습자들의 문법 요소에 대한 내용의 이해력과 전달력이 향상될 것이라고 생각한다.

　지금까지 본고는 국어 문법에서 구문 도해가 가지는 문법적 위치를 살펴 구문 도해가 사라지게 된 이유를 추측해 보고 국어 문법에서 구문 도해가 필요함을 주장하였다.

4.2. 체재

4.2절에서는 앞서 살핀 구문 도해의 필요성에 따라 여러 가지 방법으로 실현되고 있는 도해법을 통일하는 방안에 대해 살펴볼 것이다.

4.2.1. 단원 구성

　먼저, 구문 도해가 위치할 문법 범주를 정할 수 있다. 구문 도해의 주기능이 문장 성분들 간의 관계를 나타낸다고 전제하였을 때 그 문법 범주는 문장론의 하위 범주에 위치할 수 있을 것이다. 또 '구문 도해' 라는 명칭을 독립적인 단원명으로 문장론 내에서 설정할 때 구문 도해의 기능과 역할을 보다 확고히 할 수 있을 것이다.

4.2.2. 도해법

도해법은 편찬자에 따라 매우 다양하게 나타난다. 이 때 지나치게 어렵고 복잡하게 제시되는 도해법은 문장 성분들 간의 관계를 이해하는데 오히려 방해를 줄 수 있다. 따라서 구문 도해의 본래적 기능을 살리기 위해서는 도해법이 간략하게 표시되어야 할 것이다.

따라서 검인정기와 통일 문법기의 복작하고 교과서마다 개별적으로 나타났던 구문 도해법에서 벗어나 제 4차 교육 과정에서부터 나타났던 문장 수식 관계를 나타내는 수식 구조도의 특성과 허웅(1968, 1979), 김완진·이병근(1979)에 제시된 도해법의 특성이 잘 결합된 새로운 도해법을 만들 수 있다. 허웅(1968, 1979)에서는 먼저 예문을 하나하나 쪼갠 뒤 쪼개어진 예문에 문장 구성 성분 요소를 대입시켜 이들의 관계를 설명하고 있는데 이러한 분석법은 문장 구성 성분 및 문장 종류를 예문을 통해 보다 쉽게 파악할 수 있다는 이점을 가진다. 본고는 이러한 방법의 도해법을 상향식 접근에 의한 문장 분석 도해법이라고 명명한다. 이와 달리 김완진·이병근(1979)의 도해법은 문장 구성 성분 및 문장 종류를 우선적으로 분석한 후 분석한 문장 구성 성분들에 예문을 대입시켜 문장 성분들 간의 관계를 파악하는 수형노 방식을 취하고 있다. 이에 본고는 이를 하향식 접근에 의한 문장 분석 도해법이라고 명명한다.

따라서 향후 문법 교과서에서 구문 도해가 나타난다면 위와 같은 두 가지 방법에 의한 도해법이 새로 생성되어 교과서에 제시되어야 한다고 생각한다. 두 가지 방법의 장점을 활용하여 문장 구성 성분들 간의 관계를 쉽게 파악할 수 있고, 이들의 특징을 잘 드러내는 간략한 도해법을 제시 한다면, 도해법에 대한 학습자들의 이해력을 높일 수 있을 것이라고 생각한다.

다음은 허웅(1968, 1979)와 김완진·이병근(1979)의 도해법을 각각 상향식 접근에 의한 방법과 하향식 접근에 의한 방법으로 설명해 보았다.

- **상향식 접근 방법 (bottom-up)의 도해법 : 허웅(1968, 1979)**

(1) 문장 성분의 종류

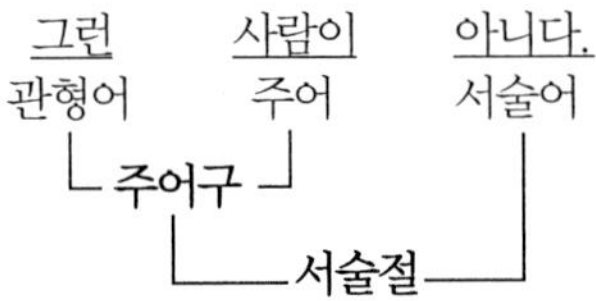

(2) 문장 분석의 방법과 문장의 종류

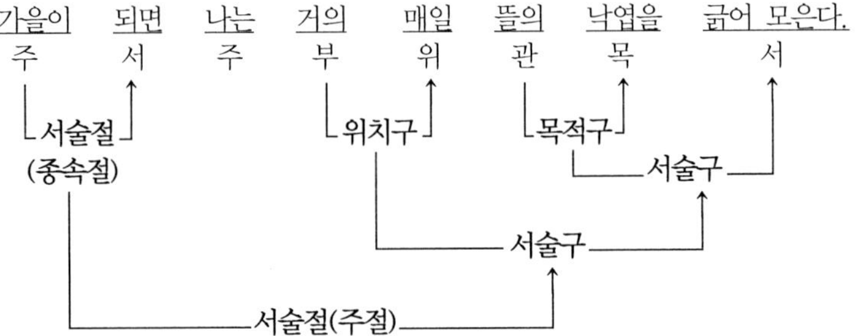

- **하향식 접근 방법(top-down)의 도해법 : 김완진 · 이병근(1979)**

(1) 문장 성분의 종류

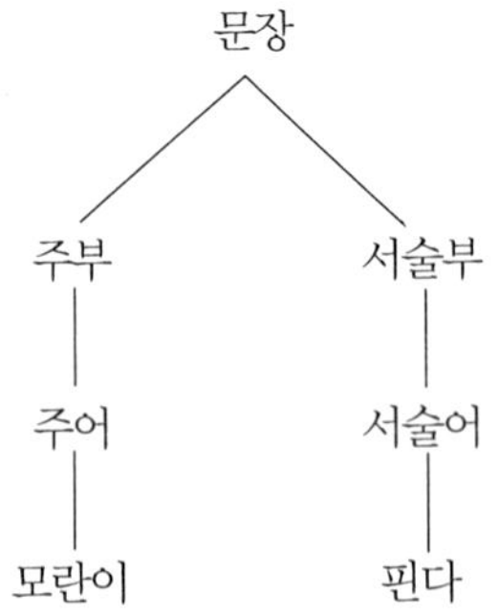

(2) 문장 분석의 방법과 문장의 종류

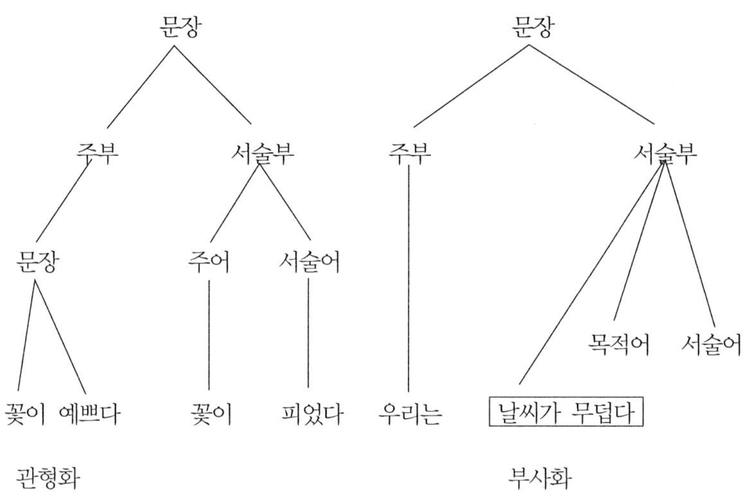

5. 결론

지금까지 역대 학교 문법 교과서에 제시된 구문 도해를 검토하여 문법 교과서에 나타나는 구문 도해의 문법적 위치와 도해법의 특징을 살펴보았다. 구문 도해는 문장론 내에서 문장 구조와 문장 성분들의 관계를 도식화하여 보여주는 것이다.

본 논의에서는 교육과정의 변천에 따라 또는 역대 문법 교과서 편찬자들에 따라 각기 다르게 나타나고 있는 구문 도해의 변화 양상을 살펴보기 위하여 역대 학교 문법 교과서를 분석하였는데, 그 연구 대상으로 삼은 문법 교과서는 검인정기에 편찬된 교과서에서 국정 단일 문법기에 편찬된 교과서까지 고등 과정 문법 교과서 총 34권이다.

구문 도해를 대상으로 한 논의 및 자료는 그리 많지 않았다. 지금까지 가장 체계적으로 구문 도해를 연구한 논의는 한영목(1992)가 대표적이다. 또 주시경의 구문 도해법을 이용하여 문장을 분석하고 있는 주경혜(1998)이 있다.

본고 2장에서는 교육 과정 시기에 따라 편찬된 문법 교과서에 나타나는 구문 도해법의 변화 양상을 살폈다. 아울러 문법 교과서에 나타나는 구문 도해의 변천 과정을 통해 구문 도해가 가지는 문법적 위치를 재설정하였다. 이 연구에서는 구문 도해를 기준으로 새로운 문법 시기를 분류하기 위해 두 가지 기준을 제시하였는데 그 중 하나는 역대 학교 문법 교과서에서 구문 도해가 나타나는 지에 따른 분류이다. 이 때 문법 교과서에서 구문 도해를 다루고 있다면, 문장론의 하위 범주에서 다루고 있는지 또는 문법론의 하위 범주에서 다루고 있는지를 살펴 그 위치를 알아보았다. 두 번째 기준은 구문 도해를 다루고 있는 문법 교과서를 대상으로 구문 도해라는 명칭을 어떻게 사용하고 있는가에 따른 분류이다. 이는 문장론 또는 문법론 내에서 구문 도해가 가지는 위치를 알아보기 위한 것이다. 이러한 두 기준에 의해 구문 도해의 문법적 위치를 '구문 도해의 수용기', '구문 도해 융성기', '구문 도해 소멸기'의 세 시기로 설정할 수 있었다.

3장에서는 2장에서 분류한 각 시기에 나타나는 구문 도해법의 특징을 살피고 있다. 마지막으로 4장은 부정확한 이유로 1985년 이후 문법 교과서에서 사라진 구문 도해를 문법 교과서에서 재설정하여야 한다고 보고 구문 도해 설정과 형식적 기술에 대해 고찰하였다.

이상 본고에서는 역대 학교 문법 교과서를 대상으로 각각의 교과서를 분석하여 구문 도해가 가지는 문법적 위치를 살피고 명확한 이유 없이 어느 순간 문법 교과서에서 사라진 구문 도해의 원인과 이유를 추측하여 보았다. 또한 구문 도해의 위치를 재설정해보고 새로운 도해법에 대한 의견도 제시하였다. 이러한 본고의 논의가 차후 새 문법 교과서의 집필에 조금이나마 도움이 되었으면 하는 바람이다.

〈참고문헌〉

고영근(1988). "학교 문법의 전통과 통일화 문제."「선청어문」16・17합.
고영근(2000). "우리나라 학교 문법의 역사."「새국어생활」10-2
이관규(1998). "학교 문법의 성격과 역사."「어문논집」37
이관규(2000). "학교 문법 교육의 현황."「새국어생활」10-2
임홍빈(2000). "학교문법, 표준문법, 규범문법의 개념과 정의."「새국어생활」10-2
이철수(1984). "학교문법론."「어문연구」43・44 합.
한영목(1992).「국어 구문 도해 문법론」, 한신문화사.
이관규(2002).「학교 문법론」, 월인.
주경혜(1998). "주시경의 구문 도해에 대한 의미론적 연구." 고려대학교 석사학위 논문.

Ⅹ. 음운론

김보라

1. 서론

1.1. 연구 목적과 범위

본고는 역대 대한민국 고등 국어 문법 교과서에 나타난 음운론 단원 내용의 변천 과정을 살피고 이를 토대로 교과서 기술을 위한 제언을 하는 데 목적이 있다. 역대 문법 교과서에서 언어의 개념과 형식이라는 두 측면 중 형식적인 측면을 살피는 연구인 음운론을 어떻게 다루었는지 살펴보는 것은 큰 의미가 있을 것이다.

대한민국 정부가 수립되고 비교적 통일된 문법 교육이 시작된 것은 1949년 9월 검인정제를 실시한 이후라고 볼 수 있는데, 본고는 검인정을 받아 현재까지 출간된 문법 교과서 중에서도 고등 과정의 문법 교과서를 연구 대상으로 삼는다. 고등 문법이 중등 문법의 내용을 포괄할 뿐만 아니라 통일 문법 검인정기부터는 고등 과정의 문법 교과서만이 출간되었기 때문에 체계적인 비교를 위해서 고등 과정의 교과서만을 대상으로 하는데, 중등 과정과 고등 과정이 구별 없이 편찬되었던 시기의 교과서 또한 고등 과정의 교과서에 포함시키기로 한다.[1] 따라서 본고의 연구 대상은 1949년 이후 출간된 고등 과정의 문법 교과서 총 34종 중에서 음운론 단원에 대한 기술이 없는 이희승(1949), 이희승(1956), 강복수·유창균(1968), 이희승(1968)의 4종을 제외한 30종이다.

2장에서는 정책에 따른 시기 구분을 그대로 따르지 않고 각 교과서에서 음운론 단원이 가지는 위치를 바탕으로 시기를 나눌 것이다. 3장에서는 2장에서 새로 설정한 시기에 맞춰 음운론 단원의 명칭과 내용을 비교 고찰할 것이다. 4장에서는 3장에서 분석한 내용을 바탕으로 문법 교과서의 음운론 단원 기술을 위한 제언을 하고, 5장에서는 논문의 의의에 대해서 쓸 것이다.

---

1) 이관규(2005)는 학교 문법의 변천 과정을 다음과 같이 정리하였다.

제1단계	혼성 단계(1895~1949)	
제1기	발아기(1895~1910) 〈한성사범학교-문법 교육〉	
제2기	자성기(1910~1945) 〈일제하 검정-이완응, 심의린〉	
제3기	부흥기(1945~1949) 〈광복-최현배(미 군정청 편수국장) 주도〉	
제2단계	검인정 단계(1949~1985)	
제4기	검인정기(1949~1966)	
	1차 검인정기(1949~1956) 〈문법 용어 통일-문교부〉	
	2차 검인정기(1956~1966) 〈1차 교육 과정-중·고 분리〉	
제5기	통일 문법 검인정기(1966~1985)-학교 문법 통일안(1963)	
	1차 통일 문법 검인정기(1966~1979) 〈2차 교육 과정〉	
	2차 통일 문법 검인정기(1979~1985) 〈3차 교육 과정〉	
제3단계	국정 단계(1985~현재)	
제6기	국정 1기(1985~1995)	
	1985 〈4차 교육 과정〉	1991 〈5차 교육 과정〉
제7기	국정 2기(1996~현재)	
	1996 〈6차 교육 과정〉	2002 〈7차 교육 과정〉

1.2. 선행 연구

검인정 교과서의 음운론 연구는 교과서 내 음운론 단원의 문제점을 분석한 연구와 음운 체계를 분석한 연구가 있다.

검인정제 이후 교과서의 음운론 단원을 다룬 연구는 음운론의 문제점을 분석한 연구가 주를 이루며 서병국(1970), 이문규(2003), 이문규(2004), 신지영(2006)이 있다. 시기별로 살펴보면, 서병국(1970)은 1차 통일 문법기 교과서에 나타난 음운론 단원을 대상으로 하였고, 이문규(2003), 이문규(2004), 신지영(2006)은 2차 국정기 교과서의 음운론 단원을 살폈다.

서병국(1970)은 1차 통일문법 검인정기 교과서 13종에 기술된 음운론 단원의 구성을 비롯하여 내용과 용어의 전반적인 문제점을 매우 세밀하게 분석하고 있다. 교과서의 편술 체계 및 범위, 세부 내용, 문법 용어를 중심으로 문제점을 분석하고, 이를 토대로 통일문법안에 따른 1차 통일문법 검인정기 교과서의 음운론 단원의 내용이 통일문법안 공표 이전과 다른 것이 거의 없다는 점을 지적하였다.

이문규(2003)은 2차 국정기 교과서의 음운론 단원에 나타난 개념 및 용어싱의 혼란과 음운 변동 현싱 분류 체계의 문제점을 기술하고 있다. '변동과 규칙', '음성 층위와 음운 층위', '소리와 글자'의 개념이 부정확하게 쓰이고 있는 실태와 함께 고유어 계열의 용어와 한자어 계열의 용어가 혼용되고 있음을 지적하였다. 또한 음운 변동 현상의 분류 기준이 뚜렷하지 않다는 점을 지적하고 분류 체계의 일관성을 유지할 수 있는 방안으로 우선 분절음 차원의 변화를 기준으로 분류하고 음운론적 동기를 기준으로 세부 분류를 할 것을 제안하고 있다.

이문규(2004)는 2차 국정기 교과서 음운론 단원의 기술 대상 및 그 방향과 관련된 몇 가지 문제점을 지적하고 있다. 음운론 단원의 기술 대상 중에서도 '모음 체계', '/ㅣ/모음 역행동화와 조음 위치 동화', '음운 변동의 공시성'과 관련된 문제점을 지적하고 국어과 교육의 한 영역으로서의 통일성과 언어 생활의 규범성을 고려한 대안을 제시하였다.

신지영(2006)은 국어 음운론 지식의 2차 국정기 교과서 수용 실태를 비판적으로 고찰하였다. 부정확한 용어와 내용을 비롯하여 반모음의 음운 설정 필요성과 음운 변동 분류의 비체계성을 지적하고, 발음 관련 내용은 형태론, 통사론, 의미론 지식을 배운 이후에 기술할 것을 제안하였다.

음운론 단원의 음운 체계를 분석한 연구로는 신기상(1990)이 있다. 신기상(1990)은 2차 통일문법 검인정기와 1차 통일문법 검인정기의 고등 과정 교과서에 나타난 음운 체계 및 음운 체계와 관련된 용어를 분석하고 있다. 두 시기 교과서의 음운 체계를 모음 체계, 자음 체계, 운율 체계로 나누어 그 내용과 용어를 분석하고, 현행 국어 규범을 고려하여 학교 문법에서 기대되는 음운 체계를 제시하였다.

검인정제 이후 교과서의 음운론에 대한 연구들은 특정 시기 교과서의 음운론 단원에 나타난 문제점을 지적하고 그 대안을 제시하는 것이 대부분이다. 검인정 이후부터 최근까지 출간된 교과서 내 음운론 단원의 전반적인 흐름을 살펴본 연구는 찾아보기 어려운데, 신기상(1990)에서 2차 통일문법 검인정기와 1차 통일문법 검인정기에 나타난 음운론 단원의 내용을 살펴보았으나 음운 체계만을 대상으로 하고 있다.

본고는 특정 시기나 특정한 내용으로 연구 영역을 한정하지 않고 검인정 이후부터 현재까지 출간된 교과서에 나타난 음운론 단원 전체를 대상으로 한다. 검인정제 이후부터 현재까지 출간된 교과서를 음운론의 위치에 따라 시기를 구분하고, 시기별로 음운론의 내용을 비교 고찰할 것이다.

2. 문법 교과서 내 음운론의 위치와 시기 구분

　2장에서는 교과서 내 음운론 단원의 위치를 살펴볼 것이다. 교과서마다 설정하고 있는 문법의 범위가 다른데, 음운론을 문법의 영역으로 포함시킨 경우도 있고 아닌 경우도 있다. 교과서에서 음운론을 하나의 문법 영역으로 인정하였는지에 따라 음운론이 기술된 위치가 달라지는데, 음운론 단원은 독립 단원에서 다룬 것과 총설이나 부록과 같은 부속 단원에서 다룬 것이 있다. 음운론을 독립 단원으로 다룬 교과서와 부속 단원으로 다룬 교과서로 나누어 구체적으로 살피고 이를 토대로 시기를 구분할 것이다.

2.1. 독립 단원으로 다루어진 음운론

　음운론을 독립 단원으로 다루고 있는 교과서는 24종이다. 24종의 교과서는 음운론 단원의 배열 순서에는 조금씩 차이가 있지만 음운론 단원을 독립 단원으로 다루고 있다. 음운론을 하나의 문법 영역으로 인정하였기 때문에 음운론 단원을 다른 문법 영역과 같이 독립 단원으로 다룬 것으로 볼 수 있다. 음운론 단원을 독립 단원으로 다루고 있는 교과서의 목차는 다음과 같다.

(1) 독립 단원으로 다루어진 음운론(24종)
　　: 최현배(1948) 모두풀이, <u>글자와 소리값</u>, <u>소리와 말뜻</u>, <u>소리의 달라짐</u>, 씨
　　　이인모(1949) 들어가기, 씨, 월의 조각, 월의 감, <u>소리의 갈래와 소리</u>
　　　<u>마디</u>, <u>소리의 달라짐</u>
　　　장하일(1949) 임자씨, 임자씨의 토, 섞기기 쉬운 임자씨의 토, 풀이씨,
　　　풀이씨의 토, 풀이씨의 받침, 섞기기 쉬운 풀이씨의 토, 벗어난 풀이씨,
　　　어찌씨, 끝가지, 겹씨, 앞가지, <u>닿소리의 이어 바뀜</u>, <u>홀소리의 바뀜</u>, 준

말, 띄어쓰기

최현배(1949, 1956)[2] 모도풀이, <u>소리갈</u>, 씨갈, 월갈

이숭녕(1956) 총론, <u>음운</u>, 형태, 통사

김윤경(1957) <u>소리 갈</u>, 씨 갈, 월 갈

이을환(1967) 총론, <u>음운론</u>, 품사론, 문장론, 표현론

강윤호(1968) <u>음성과 음운</u>, 품사와 그 짜임새, 표현의 질서

김민수·이기문(1968) 언어와 문법, 어절과 단어, 주부와 서술부, 단문의 구조, 문장의 색채, 구절의 구성, 요소의 호응, 문장의 접속, <u>발음과 맞춤법</u>, 알뜰한 국어

이숭녕(1968) 문법과 국어, <u>말소리</u>, 문장의 구조, 품사론, 문장의 분석

이은정(1968) 바른 말하기, <u>말의 소리</u>, 낱말의 갈래, 낱말의 짜임, 때의 표시, 월의 짜임, 우리 말과 글

이인모(1968) 총론, <u>음운론</u>, 품사론, 문장론

최현배(1968) 모두풀이, <u>말소리</u>, 품사론(씨갈), 문장론(월갈)

허웅(1968) 돌이켜보기, 낱말, 문장, <u>말의 소리</u>

김민수(1979) 언어와 문법, 단어의 구조, <u>발음과 정서법</u>, 구문과 분석, 문장의 색채, 단문의 구조, 구절의 구조, 요소의 호응, 문장의 접속, 알뜰한 우리말

김완진·이병근(1979) 총론, 품사, 문장, <u>음운</u>

이길록·이철수(1979) 우리의 언어 생활과 문법, <u>말소리와 여러 발음 현상</u>, 문장의 해부, 글의 짜임과 표현, 품사의 특성과 기능, 바르고 고운 말

이응백·안병희(1979) 총론, 품사론, 문장론, <u>음운론</u>

허웅(1979) 돌이켜보기, 낱말, 문장, <u>말의 소리</u>

성균관대(1985) 총론, 단어, 문장, <u>말소리</u>

성균관대(1991) 총론, 단어, 문장, <u>말소리</u>

서울대(1996) 언어와 국어, <u>말소리</u>, 단어, 문장, 의미, 이야기, 바른 언

---

2) 최현배(1949)와 최현배(1956)은 1934년에 출간된 「중등조선말본」이 제목만 「고등말본」으로 바뀐 것이다. 원문을 찾지 못하여 최현배(1934)의 내용을 분석하였다.

어 생활

서울대(2002) 언어와 국어, <u>말소리</u>, 단어, 어휘, 문장, 의미, 이야기, 국
어의 규범

2.2. 부속 단원으로 다루어진 음운론

24종의 교과서에서는 음운론을 독립 단원으로 다루었지만, 6종의 교과서
는 음운론을 총설이나 부록의 부속 단원으로 기술하고 있다. 여기서는 음
운론을 총설에서 다룬 교과서와 부록에서 다룬 교과서로 나누어 살펴보기
로 한다.

2.2.1. 총설의 음운론

음운론을 독립 단원이 아닌 총설의 부속 단원으로 다룬 교과서는 5종이
다. 총설은 교과서의 전반적인 내용을 기술하는 단원이다. 따라서 음운론을
총설의 부속 단원으로 다루었다는 것은 음운론을 하나의 문법 영역이 아니
라 문법을 설명하는 데 필요한 보조적인 내용으로 여긴 것이라 할 수 있다.
음운론을 문법 기술의 보조적인 내용으로 파악하여 총설의 부속 단원으로
다룬 교과서의 목차는 다음과 같다.

(2) 총설의 음운론(5종)

  : 정인승(1949) 모두 풀이; <u>우리말의 소리법칙</u>, 우리말 짜임의 방식

   정인승(1956) 모두 풀이; <u>우리말 소리에 관하여</u>, 우리말 형태에 관하여

   김민수 외(1960) 언어와 문자; 국어와 국어문제, <u>국어의 음운과 여러</u>
   <u>법칙</u>, 국어의 어휘와 여러 법칙, 문법과 언어분석

   양주동·유목상(1968) 국어의 어음과 변화; 말과 글, 국어와 국자, 국
   <u>어의 어음과 그 변화</u>, 바른 말, 단어의 구성

   이명권·이길록(1968) 국어와 전달; 말과 글, <u>국어와 말소리</u>, 국어 말

<u>소리의 여러 현상</u>, 국어의 특질과 전달

2.2.2. 부록의 음운론

음운론을 독립 단원이 아닌 부록의 부속 단원으로 다룬 교과서는 정인승(1968) 단 한 권뿐이다. 교과서에서 부록은 문법 교육에 필요한 기본적인 내용을 기술한 후에 좀더 보충해야 할 필요성이 있는 내용을 다루는 단원이다. 따라서 음운론을 부록의 부속 단원으로 다룬 것은 총설의 부속 단원으로 다룬 것과 크게 다르지 않다. 음운론을 문법 기술의 보조적인 내용으로 파악하여 부록의 부속 단원으로 다룬 정인승(1968)의 목차는 다음과 같다.

   (3) 부록의 음운론(1종)
    : 정인승(1968) 부록; <u>우리말 소리의 특징</u>, 찾아보기

2.3. 음운론의 위치에 따른 시기 구분

교과서에서 음운론이 어떠한 위치를 차지하고 있는지 알아보기 위해서 음운론 단원이 독립 단원과 부속 단원 중 어디에서 기술되었는가를 살펴보았다. 이를 학교 문법의 변천 과정을 고려하여 표로 정리하면 다음과 같다.

	독립 단원	부속 단원		합계
		총론	부록	
1차 검인정기	4	1	-	5
2차 검인정기	3	2	-	5
1차 통일문법기	8	2	1	11
2차 통일문법기	5	-	-	5
1차 국정기	3	-	-	2
2차 국정기	2	-	-	2
합계	24	5	1	30

〈표1 학교 문법의 변천 시기별 교과서 내 음운론 단원의 위치〉

1차 검인정기에는 음운론 단원이 독립 단원과 총론의 부속 단원에서 다루어졌다. 교과서에서 음운론 단원을 부속 단원으로 다루었다는 것은 음운론 단원을 하나의 문법 영역으로 보지 않고 문법 기술의 보조적인 내용으로 본 것이라 할 수 있다. 즉, 교과서에서 음운론 단원이 독립된 영역으로 인정받지 못한 것이다. 마찬가지로 2차 검인정기와 1차 통일문법기에도 부속 단원에서 음운론을 다루는 교과서가 나타나고 있다. 음운론 단원을 문법 영역을 보조하는 내용으로 인식한 교과서가 존재하는 1차 검인정기부터 1차 통일문법기까지를 전기로 설정한다.

2차 통일 문법기부터는 음운론 단원이 모두 독립 단원으로 다루어진다. 이전 시기에 비교해 볼 때, 음운론 단원을 하나의 문법 영역으로 보아 독립 단원으로 다룬 것이라 할 수 있다. 음운론 단원이 하나의 문법 영역으로 인식되면서 독립 단원으로 다루어진 2차 통일 문법기부터 2차 국정기까지를 후기로 설정한다.

본고에서는 교과서 내 음운론 단원의 위치를 고려하여 교과서의 전개 양상을 두 시기로 구분하기로 한다. 전기는 교과서 내에 음운론 단원이 문법 영역으로 확립되지 못한 시기로 1차 검인정기(1949~1956), 2차 검인정기(1956~1966), 1차 통일분법기(1968~1978)에 해당된다. 후기는 교과서 내에 음운론 단원이 문법 영역으로 확립된 시기로 2차 통일 문법기(1979~1984), 1차 국정기(1985~1995), 2차 국정기(1995~현재)에 해당된다. 새로 구분한 시기와 각 시기에 해당하는 교과서를 정리하면 다음과 같다.

(4) 문법 교과서 내 음운론의 위치에 따른 시기 구분과 해당 교과서
  ㄱ. 전기(1949~1979) - 음운론이 문법 영역으로 확립되지 않은 시기(21종)
    : 최현배(1948), 최현배(1949), 이인모(1949), 장하일(1949), 정인승(1949), 이숭녕(1956), 정인승(1956), 최현배(1956), 김윤경(1957), 김민수·남광우·유창돈·허웅(1960), 강윤호(1968), 김민수·이기문(1968), 양주동·유목상(1968), 이명권·이길록(1968), 이숭녕(1968), 이은정(1968),

이을환(1967), 이인모(1968), 정인승(1968), 최현배(1968), 허웅(1968)
ㄴ. 후기(1979~현재): 음운론이 문법 영역으로 확립된 시기(9종)
  : 김민수(1979), 김완진·이병근(1979), 이길록·이철수(1979), 이응백·
  안병희(1979), 허웅(1979), 성균관대학교 대동문화연구원(1985), 성균
  관대학교 대동문화연구원(1991), 서울대학교 사범대학 국어 교육연구소
  (1996), 서울대학교 사범대학 국어교육연구소(2002)

3. 시기별 내용 고찰

3장에서는 음운론 단원의 명칭과 함께 음운론에서 기본적으로 다루어야
하는 음운의 정의, 음운 체계, 음절 구조, 음운 변동에 대한 내용을 2장에
서 구분한 시기에 따라 전기와 후기로 나누어 살펴보기로 한다.

3.1. 전기(1949–1978): 음운론이 문법 영역으로 확립되지 않은 시기

전기는 음운론 단원이 모든 교과서에서 문법 영역으로 인정받지 못한 시
기이다. 음운론 단원이 하나의 문법 영역으로 확립되지 못한 시기인 만큼,
음운론에서 다루어야 할 내용의 범위와 구체적인 기술에 있어서 매우 다양
한 양상을 보인다. 먼저 음운론 단원의 명칭을 정리하고 음운론 단원의 내
용을 살펴볼 것이다. 음운론 단원의 내용 중에서 음운 체계는 모음 체계,
자음 체계, 운율로 구분하여 기술하기로 한다.

3.1.1. 음운론 단원의 명칭

전기의 교과서 21종 중 4종을 제외한 교과서에서 음운론 단원에 대한 명
칭이 제시되었다. 4종의 경우 음운론 단원을 하나의 범주로 묶어서 다루지

않고 음운론 단원에 해당되는 내용을 두세 개의 항목으로 나누어 나열하였다. 최현배(1948)은 음운론을 크게 음운, 음상, 음운 변동에 대한 부분으로 나누어 '글자와 소리값', '소리와 말뜻', '소리의 달라짐'의 항목에서 다루었다. 이인모(1949)와 이명권·이길록(1968)은 음운론을 크게 음운과 음운 변동에 대한 부분으로 나누었는데, 이인모(1949)는 '소리의 갈래와 소리마디', '소리의 달라짐'의 항목으로 나누었고, 이명권·이길록(1968)은 '국어와 말소리', '국어 말소리의 여러 현상'으로 구분하였다. 장하일(1949)는 음운 변동에 해당되는 내용만을 다루었는데 '닿소리의 이어바뀜(子音接變)', '홀소리의 바뀜'으로 나누었다.

전기에 나타난 음운론 단원의 명칭은 '음운론', '음운', '음성학', '규범'류, 기타의 다섯 가지로 분류할 수 있다. 첫째, '음운론' 그 자체를 명칭으로 사용한 경우이다. 이을환(1967)과 이인모(1968)은 한자어로 '음운론'이라고 하였고, 정인승(1956)은 이를 한글로 풀어 '우리말 소리에 관하여'라고 하였다.

둘째, '음운'만을 명칭으로 사용한 경우이다. 이숭녕(1956)은 한자어로 '음운'이라고 하였고, 이숭녕(1968), 이은정(1968), 최현배(1968), 허웅(1968)은 이를 한글로 풀어서 '말소리' 혹은 '말의 소리'라고 하였다.

셋째, '음운론'이나 '음운' 대신에 '음성학'을 명칭으로 사용한 경우이다. 최현배(1949, 1956)은 한자어로 '음성학'이라고 하였고, 김윤경(1957)은 이를 한글로 풀어서 '소리갈'이라고 하였다. 김윤경(1957)의 경우 본문에서 '우리의 입에서 나아오는 소리를 목소리(音聲), 또는 이를 줄이어서 소리라 한다'고 하여 소리를 음운이 아니라 음성으로 정의하였다.

넷째, 규범과 관련된 내용임을 강조한 명칭들을 사용한 경우로 '규범'류로 분류하였다. 정인승(1949)는 '우리말의 소리 법칙', 김민수 외(1960)은 '국어의 음운과 여러 법칙'이라고 하였는데, 명칭에 법칙이라는 표현을 사용하여 규범과 관련된 내용임을 강조하였다. 김민수·이기문(1968)의 경우 '발음과 맞춤법'이라고 하여 맞춤법과 관련된 규범 내용을 담을 것임을 나타냈다.

　다섯째, 한 가지의 유형으로 묶을 수 없는 경우는 '기타'로 분류하였다. 강윤호(1968)은 '음성과 음운'이라고 하여 음운과 함께 음성을 명칭에 사용하였고, 양주동·유목상(1968)은 '국어의 어음과 그 변화'라고 하여 음운과 음운 변동에 대한 내용임을 나타냈고, 정인승(1968)은 '우리말 소리의 특징'이라는 명칭을 사용하였다. 이를 정리하면 다음과 같다.

(5) 전기 교과서에서 사용된 음운론의 명칭
　ㄱ. 음운론(3종)
　　: 정인승(1956) - 우리말 소리에 관하여
　　　이을환(1967) - 음운론
　　　이인모(1968) - 음운론
　ㄴ. 음운(5종)
　　: 이숭녕(1956) - 음운(音韻)
　　　이숭녕(1968) - 말소리
　　　이은정(1968) - 말의 소리
　　　최현배(1968) - 말소리
　　　허웅(1968) - 말의 소리
　ㄷ. 음성학(3종)
　　: 최현배(1949, 1956) - 음성학(音聲學)
　　　김윤경(1957) - 소리갈(音學)
　ㄹ. '규범'류(3종)
　　: 정인승(1949) - 우리말의 소리 법칙
　　　김민수 외(1960) - 국어의 음운과 여러 법칙
　　　김민수·이기문(1968) - 발음과 맞춤법
　ㅁ. 기타(3종)
　　: 강윤호(1968) - 음성과 음운
　　　양주동·유목상(1968) - 국어의 어음과 그 변화
　　　정인승(1968) - 우리말 소리의 특징

3.1.2. 음운론 단원의 내용

3.1.2.1. 음운의 정의

전기는 음운의 정의를 기술한 교과서보다 기술하지 않은 교과서가 더 많다. 이인모(1949), 장하일(1949), 정인승(1949), 최현배(1948), 최현배(1949, 1956), 김민수 외(1960), 정인승(1956), 김윤경(1957), 이명권·이길록(1968), 이숭녕(1968), 정인승(1968), 최현배(1968), 허웅(1968) 이렇게 14종은 음운의 정의에 대하여 기술하지 않았다. 이중에서 이명권·이길록(1968)은 음운의 정의를 기술하지는 않았지만 본문에서 '음운'이라는 명칭은 사용하고 있고, 이인모(1949)와 김윤경(1957)은 사람의 발음 기관을 통해 나는 소리인 음성의 정의에 대해서는 언급하고 있다.

7종에서 음운의 정의를 내리고 있는데 음운를 정의하는 데 있어서 무엇에 초점을 두느냐에 따라 세 가지 정도로 구분할 수 있다. 첫째, 음운의 기능에 초점을 두어 음운을 말의 의미를 구별하는 단위로 보는 것으로 양주동·유목상(1968), 이은정(1968), 이숭녕(1956), 강윤호(1968), 이인모(1968)이 해낭된다. 둘째, 이을환(1967)과 같이 음운을 물리석인 소리인 음성과 달리 추상적인 소리로 보는 것이다. 셋째, 김민수·이기문(1968)익 경우 음운을 가장 작은 언어 단위로 본다. 음운에 대한 명칭은 한자어 명칭인 '음운', '음소', '어음'을 사용하였는데, 양주동·유목상(1968)의 '어음', 김민수(1979)의 '음소'를 제외한 나머지 5종은 모두 '음운'을 사용하였다.

3.1.2.2. 모음 체계

모음 체계는 모음의 종류에 따라 단모음 체계와 이중 모음 체계로 구분된다. 단모음 체계부터 살펴보기로 한다.

1) 단모음 체계

장하일(1949)와 이숭녕(1968)은 모음에 대하여 다루지 않았고, 정인승(1949), 최현배(1948), 최현배(1949, 1956), 이숭녕(1956), 최현배(1968)은 모음의 목록만을 제시하고 있다. 모음에 대한 내용을 다루지 않거나 단모음의 목록만을 제시하고 있는 8종을 제외한 13종의 교과서에서는 단모음 체계를 다루고 있다.

전기의 단모음 체계는 단모음의 분류 기준에 따라 구분할 수 있는데, 단모음의 분류 기준 중에서 개구도와 혀의 높낮이는 입을 벌린 정도에 초점을 맞추었는지 혀의 높낮이에 초점을 두었는지가 다를 뿐 동일한 분류 기준이다. 이를 고려한다면 전기의 단모음 체계는 크게 두 가지로 정리할 수 있는데, ① 혀의 높낮이(혹은 개구도), 혀의 전후 위치에 따라 단모음을 분류한 것, ② 혀의 높낮이(혹은 개구도), 혀의 전후 위치, 입술 모양에 따라 단모음을 분류한 것이 있다.

① 김민수 외(1960), 강윤호(1968), 김민수·이기문(1968), 양주동·유목상(1968), 이명권·이길록(1968), 이은정(1968), 이을환(1967)의 분류

김민수 외(1960), 강윤호(1968), 김민수·이기문(1968), 양주동·유목상(1968), 이명권·이길록(1968), 이은정(1968), 이을환(1967)은 개구도와 혀의 전후 위치에 따라 단모음을 분류하고 있지만 구체적인 분류에서는 차이를 보인다.

이은정(1968)를 제외한 김민수 외(1960), 강윤호(1968), 김민수·이기문(1968), 양주동·유목상(1968), 이명권·이길록(1968), 이을환(1967)의 6종은 혀의 전후 위치에 따라 전설 모음, 중설 모음, 후설 모음의 세 가지로 나누었고, 혀의 높낮이(혹은 개구도)에 따라 폐모음(고모음), 반폐모음(중고모음), 반개모음(중저모음), 개모음(저모음)의 네 가지로 구분하고 있다. 6종의 단모음 분류는 기본적으로 동일하지만, /ㅓ/를 혀의 전후 위치와 개구도에

따라 어떠한 모음으로 볼 수 있는지와 /ㅟ/를 단모음으로 볼 것인지에 대해서는 이견이 존재한다.

　우선 강윤호(1968), 김민수・이기문(1968), 이명권・이길록(1968)은 /ㅓ/를 혀의 전후 위치에 따라서는 후설 모음으로 개구도를 기준으로는 반개모음으로 보고 있으며, /ㅟ/를 단모음으로 보지 않았다. 이 3종의 단모음 체계를 표로 정리하면 다음과 같다.

개구도 ＼ 혀의 전후 위치	전설모음	중설모음	후설모음
폐모음	ㅣ	ㅡ	ㅜ
반폐모음	ㅔ, ㅚ		ㅗ
반개모음	ㅐ		ㅓ
개모음		ㅏ	

〈표2 강윤호(1968), 김민수・이기문(1968), 이명권・이길록(1968)의 단모음 체계〉

　양주동・유목상(1968)과 이을환(1967)은 /ㅓ/를 혀의 전후 위치에 따라 중설 모음, 개구도에 따라 반폐모음으로 보고 있다. /ㅟ/의 경우, 양주동・유목상(1968)은 단모음으로 보지 않았지만, 이을환(1967)은 경우에 따라 단모음으로 볼 수 있다고도 하였다. 양주동・유목상(1968)과 이을환(1967)의 단모음 체계를 표로 정리하면 다음과 같다.

개구도 ＼ 혀의 전후 위치	전설모음	중설모음	후설모음
폐모음	ㅣ, (ㅟ)	ㅡ	ㅜ
반폐모음	ㅔ, ㅚ	ㅓ	ㅗ
반개모음	ㅐ		
개모음		ㅏ	

〈표3 양주동・유목상(1968), 이을환(1967)의 단모음 체계〉

　김민수 외(1960)은 /ㅓ/를 혀의 전후 위치에 따라 중설 모음, 개구도를 기준으로는 중저모음으로 보았으며, /ㅟ/는 단모음으로 보지 않았다. 김민수 외(1960)의 단모음 체계를 표로 정리하면 다음과 같다.

혀의 높낮이＼혀의 전후 위치	전설모음	중설모음	후설모음
고모음	ㅣ	ㅡ	ㅜ
중고모음	ㅔ, ㅚ		ㅗ
중저모음	ㅐ	ㅓ	
저모음		ㅏ	

〈표4 김민수 외(1960)의 단모음 체계〉

마지막으로 이은정(1968)은 혀의 전후 위치에 따른 분류의 경우 앞의 6 종에서와 같이 전설 모음, 중설 모음, 후설 모음으로 보았으나, 개구도를 기준으로는 폐모음, 반모음, 개모음의 세 가지로 나누고 있다. 이은정(1968) 의 단모음 체계를 정리하면 다음과 같다.

개구도＼혀의 전후 위치	전설모음	중설모음	후설모음
폐모음	ㅣ	ㅡ	ㅜ
반모음	ㅔ, ㅐ	ㅚ, ㅓ	ㅗ
개모음		ㅏ	

〈표5 이은정(1968)의 단모음 체계〉

② 이인모(1949), 정인승(1956), 김윤경(1957), 이인모(1968), 정인승(1968), 허웅(1968)의 분류

이인모(1949), 정인승(1956), 김윤경(1957), 이인모(1968), 정인승(1968), 허웅(1968)은 혀의 높낮이(혹은 개구도), 혀의 전후 위치, 입술 모양에 따라 단모음을 분류하고 있지만 구체적인 분류에서는 차이를 보인다.

이인모(1949), 이인모(1968), 허웅(1968)은 혀의 전후 위치에 따라 전설 모음, 중설 모음, 후설 모음으로 나누었고, 개구도에 따라 폐모음, 반폐모음, 반개모음, 개모음, 입술 모양에 따라 원순 모음과 평순 모음으로 나누

고 있다. 기본적인 분류는 동일하지만 /ㅓ/를 혀의 전후 위치에 따라 어떠한 모음으로 볼 수 있는지에 대해서는 이견이 존재한다. 참고로 이인모(1949), 이인모(1968), 허웅(1968)은 /ㅟ/를 이중 모음으로 보지 않았다.

이인모(1949)는 /ㅓ/를 혀의 전후 위치에 따라 후설 모음으로 보았고, 이인모(1968)과 허웅(1968)에서는 /ㅓ/를 중설 모음으로 보고 있다. 3종의 단모음 체계를 표로 정리하면 다음과 같다.

개구도 ＼ 이봉의 위치	앞 이봉		중간		뒤 이봉	
	평순	원순	평순	원순	평순	원순
거의 닫음	ㅣ		ㅡ			ㅜ
반쯤 닫음	ㅔ	ㅚ				ㅗ
반쯤 열음	ㅐ				ㅓ	
아주 열음			ㅏ			

〈표6 이인모(1949)의 단모음 체계〉

개구도 ＼ 혀의 전후 위치	전설모음		중설모음		후설모음	
	평순	원순	평순	원순	평순	원순
폐모음	ㅣ		ㅡ			ㅜ
반폐모음	ㅔ	ㅚ				ㅗ
반개모음	ㅐ		ㅓ			
개모음			ㅏ			

〈표7 이인모(1968), 허웅(1968)의 단모음 체계〉

김윤경(1957)은 혀의 전후 위치에 따라 전설 모음, 중설 모음, 후설 모음으로 나누었고, 혀의 높낮이에 따라 고모음, 중고모음, 중저모음, 저모음으로 나누었다. 입술 모양에 따라 '둥굴음 소리', 즉 원순 모음과 '넙적함 소리', 즉 평순 모음, 그리고 '예사 소리' 이렇게 세 가지로 구분하고 있는 점이 특징적이다. /ㅓ/의 경우 후설 모음으로 보고 있다. 김윤경(1957)의 단모음 체계를 표로 정리하면 다음과 같다.

혀의 자리 혀의 높낮이	앞 자리의 소리			가운데 자리의 소리			뒤 자리의 소리		
	예사 소리	넙적함 소리	둥굴음 소리	예사 소리	넙적함 소리	둥굴음 소리	예사 소리	넙적함 소리	둥굴음 소리
혀의 높음		ㅣ		ㅡ					ㅜ
혀의 반쯤 높음		ㅔ							ㅗ
혀의 반쯤 낮음	ㅐ						ㅓ		
혀의 낮음				ㅏ					

〈표8 김윤경(1957)의 단모음 체계〉

정인승(1956)은 혀의 전후 위치에 따라 전설 모음, 중설 모음, 후설 모음, 혀의 높낮이에 따라 고모음, 저모음, 입술의 모양에 따라 평순 모음, 원순 모음으로 나누고 있다. 정인승(1956)의 단모음 체계를 표로 정리하면 다음과 같다.

혀의 전후 위치 혀의 높낮이	앞홀소리		가운데 홀소리		뒤홀소리	
	입술펴인 소리	입술둥근 소리	입술펴인 소리	입술둥근 소리	입술펴인 소리	입술둥근 소리
혀높은 홀소리	ㅣ, ㅔ		ㅡ, ㅓ			ㅜ
혀낮은 홀소리	ㅐ	ㅚ	ㅏ			ㅗ

〈표9 정인승(1956)의 단모음 체계〉

정인승(1968)은 혀의 앞뒤 위치, 혀의 높낮이, 입술의 모양 이 세 가지를 기준으로 단모음을 분류하고 다음과 같이 설명하고 있는데, 그 내용이 정인승(1956)과 비슷한 것으로 보인다.

(6) 정인승(1968)의 단모음 분류

　ㅣ: 홀소리 중에 가장 혀를 높게 앞으로 펴고 입술도 펴서 내는 소리.

　ㅔ: "ㅣ"보다 혀를 조금 낮추면서(곧 입아귀를 좀 벌리면서) 안쪽으로 다그고, 입술을 그대로 펴서 내는 소리.

　ㅚ: "ㅔ"와 거의 같되 입술을 둥글게 하여 내는 소리.

　ㅐ: "ㅔ"보다 혀를 낮추면서 안쪽으로 다그고 입술을 펴서 내는 소리.

ㅏ: 혀를 앞도 뒤도 아닌 예사 자리로 가장 낮게 하여 (곧 입아귀를 가장
　　벌리어) 내는 소리.
ㅗ: 혀뿌리를 좀 올려 뒤로 당기면서 입술을 둥글게 하여 내는 소리.
ㅓ: "ㅗ"와 거의 같되, 혀를 덜 당기고 입술을 펴서 내는 소리.(다만 길게
　　낼 때는 혀가 더 높아짐.)
ㅜ: "ㅗ"보다 혀의 뒤쪽을 더 높이고 (곧 혀의 뒤가 가장 높게) 입술을 둥
　　글게 하여 내는 소리.
ㅡ: 혀를 앞도 뒤도 아닌 예사 자리로 가장 높이어 내는 소리.

2) 이중 모음 체계

앞에서도 언급하였듯이 장하일(1949)와 이숭녕(1968)은 모음에 대하여 다
루지 않았다. 이인모(1949), 정인승(1949), 이숭녕(1956), 김윤경(1957), 김민
수 외(1960), 이명권·이길록(1968), 최현배(1968)은 이중 모음의 목록만을
제시하고 있다. 이처럼 모음에 대한 내용을 다루지 않거나 이중 모음의 목
록만을 제시하고 있는 9종을 제외한 11종의 교과서에서는 이중 모음 체계
를 제시하고 있다.

전기의 이중 모음 체계는 이중 모음의 구성 요소를 무엇으로 보느냐에
따라 크게 세 가시로 정리할 수 있다. ① 이중 모음을 단모음과 단모음의
구성으로 본 경우, ② 이중 모음을 반모음 /j/, /w/와 단모음의 구성으로 본
경우, ③ 이중 모음을 /j/, /w/ /ɰ/와 단모음의 구성으로 본 경우가 있다.

① 최현배(1948), 최현배(1949, 1956), 강윤호(1968), 이을환(1967), 정인
승(1968)의 분류

최현배(1948), 최현배(1949, 1956), 강윤호(1968), 이을환(1967), 정인승
(1968)은 반모음을 설정하지 않고 이중 모음을 두 개의 단모음이 만나 이루
어진 것으로 보고 있다. 최현배(1948), 최현배(1949, 1956), 강윤호(1968), 이
을환(1967)은 /ㅣ/, /ㅗ/, /ㅜ/, /ㅡ/로 시작되는 이중 모음을 제시하고 있

고, 정인승(1968)은 /ㅣ/, /ㅜ/, /ㅡ/로 시작되는 이중 모음을 제시하고 있다. 정인승(1968)은 글자 상으로 /ㅗ/와 /ㅜ/가 다르지만 발음은 같다고 하면서 /ㅜ/로 시작하는 모음으로 묶었다. 이를 표로 정리하면 다음과 같다.

ㅣ	ㅑ, ㅕ, ㅛ, ㅠ, ㅒ, ㅖ
ㅗ	ㅘ, ㅙ
ㅜ	ㅝ, ㅞ, ㅟ
ㅡ	ㅢ

〈표10 최현배(1948), 최현배(1949, 1956), 강윤호(1968), 이을환(1967)의 이중 모음 체계〉

ㅣ	ㅑ, ㅕ, ㅛ, ㅠ, ㅒ, ㅖ
ㅜ	ㅘ, ㅙ, ㅝ, ㅞ, ㅟ
ㅡ	ㅢ

〈표11 정인승(1968)의 이중 모음 체계〉

② 김민수 · 이기문(1968)의 분류

김민수 · 이기문(1968)은 /j/, /w/를 반모음으로 보았다. /ㅢ/의 경우 /ㅡ/에서 시작하여 /ㅣ/로 끝나는 모음이라고 설명하고 있다. 김민수 · 이기문(1968)의 이중 모음 체계를 표로 정리하면 다음과 같다.

j	ㅑ, ㅕ, ㅛ, ㅠ, ㅒ, ㅖ
w	ㅘ, ㅙ, ㅝ, ㅞ, ㅟ
ㅡ	ㅢ

〈표12 김민수 · 이기문(1968)의 이중 모음 체계〉

④ 정인승(1956), 양주동 · 유목상(1968), 이은정(1968), 이인모(1968), 허웅(1968)의 분류

정인승(1956), 양주동 · 유목상(1968), 이인모(1968), 허웅(1968)은 /j/, /w/, /ɰ/를 반모음으로 설정하고, 어떠한 반모음으로 이중 모음이 시작되느냐에 따라 이중 모음 체계를 제시하고 있다. 허웅(1968)은 다른 교과서와 달리

반모음을 국제음성기호가 아니라 단모음 /ㅣ/, /ㅗ/, /ㅜ/에 반달표(ᵕ)를 달아 /ㅣ̆/, /ㅗ̆/, /ㅜ̆/로 표기하고 있고, 이인모(1968)은 다른 교과서들과 달리 /ㅟ/를 단모음으로 보았다. 이를 표로 정리하면 다음과 같다.

ㅣ	ㅑ, ㅕ, ㅛ, ㅠ, ㅒ, ㅖ
ㅗ / ㅜ	ㅘ, ㅙ, ㅝ, ㅞ, (ㅟ)
ᅳ̆	ㅢ

〈표13 정인승(1956), 양주동·유목상(1968), 정인승(1968), 허웅(1968)의 이중 모음 체계〉

이은정(1968)은 /j/, /w/, /ɨ/를 반모음으로 보았는데, /j/와 /w/가 단모음에 선행하는 것의 위의 4종과 동일하지만 /ɨ/가 단모음에 후행하는 점에서 차이가 있다. 이은정(1968)은 /ㅜ/와 /ɨ/로 이루어진 이중 모음을 모음을 /ㅟ/, /ㅡ/와 /ɨ/로 이루어진 이중 모음을 /ㅢ/로 보고 있다. 이를 표로 정리하면 다음과 같다.

j	ㅑ, ㅕ, ㅛ, ㅠ, ㅒ, ㅖ
w	ㅘ, ㅙ, ㅝ, ㅞ
ɨ	ㅟ, ㅢ

〈표14 이은정(1968)의 이중 모음 체계〉

3.1.2.3. 자음 체계

전기의 교과서 중에서 최현배(1948), 장하일(1949), 이숭녕(1968)은 자음의 분류 기준을 제시한 것이 없다. 나머지 18종 교과서에서는 매우 다양한 자음 체계가 나타나는데, 자음의 분류 기준에 따라 열 가지로 정리할 수 있다. ① 성대의 울림 유무로 자음을 분류한 것, ② 조음 위치로 자음을 분류한 것, ③ 소리의 성질로 자음을 분류한 것, ④ 조음 위치와 조음 방법으로 자음을 분류한 것, ⑤ 발음 기관, 성대 울림의 유무, 소리의 성질로 자음을 분류한 것, ⑥ 성대 울림의 유무, 조음 위치, 조음 방법으로 분류한 것, ⑦ 성대 울림의 유무, 조음 위치, 소리의 성질로 자음을 분류한 것, ⑧ 조음 위치, 조음 방법, 소리의 성질로 자음을 분류한 것, ⑨ 성대 울림의 유무, 조음 위치, 조음 방법, 소리의 성질로 자음을 분류한 것, ⑩ 발음 기관, 성대 울림의 유무, 조음 위치, 조음 방법, 소리의 성질로 자음을 분류한 것이 있다.

① 최현배(1949, 1956), 최현배(1968)의 분류

최현배(1949, 1956), 최현배(1968)은 성대의 울림 유무에 따라 발음할 때 성대가 울리지 않는 소리 /ㄱ, ㄷ, ㅂ, ㅅ, ㅈ, ㅎ, ㅊ, ㅋ, ㅌ, ㅍ/는 무성음, 성대가 울리는 소리 /ㄴ, ㄹ, ㅁ, ㅇ/은 유성음으로 구분하고 있다. 최현배(1949, 1956)은 무성음을 '맑은소리', 유성음을 '흐린소리'라고 하였는데, 최현배(1968)은 '안울림소리', '울림소리'라고 한 점이 다르다.

② 정인승(1949)의 분류

정인승(1949)는 조음 위치에 따라 /ㅂ, ㅍ, ㅁ/를 '입술 사이'에서 나는 소리, /ㄷ, ㅌ, ㄴ, ㄹ/를 '웃이틀과 혀끝사이'에서 나는 소리, /ㅅ, ㅈ, ㅊ/를 '입천장과 혓몸 사이'에서 나는 소리, /ㄱ, ㅋ, ㅇ/를 '여린입천장과 혀뿌리 사이'에서 나는 소리, /ㅎ/를 '목구멍'에서 나는 소리로 나누고 있다. 대부분 /ㅅ/는 /ㄷ, ㅌ, ㄴ, ㄹ/와 같은 조음 위치에서 나는 소리로 분류하고 있는데, 여기서는 /ㅈ, ㅊ/과 같은 조음 위치에 나는 소리로 분류한 점이 특이하다.

③ 이숭녕(1956)의 분류

이숭녕(1956)은 소리의 성질에 따라 /ㄱ, ㄷ, ㅂ, ㅈ/를 '보통소리', /ㅋ, ㅌ, ㅍ, ㅊ/를 '거센소리', /ㄲ, ㄸ, ㅃ, ㅉ/를 '된소리'로 분류하고 있다.

④ 양주동·유목상(1968)의 분류

양주동·유목상(1968)은 조음 위치에 따라 '양순음', '치조음', '경구개음', '연구개음', '성문음', 조음 방법에 따라 '파열음', '마찰음', '파찰음', '비음', '유음'으로 자음을 분류하고 다음과 같이 표로 제시하고 있다.

조음위치 \ 조음방법	양순음	치조음	경구개음	연구개음	성문음
파열음	ㅂ ㅃ ㅍ	ㄷ ㄸ ㅌ		ㄱ ㄲ ㅋ	
마찰음		ㅅ ㅆ			ㅎ
파찰음			ㅈ ㅉ ㅊ		
비음	ㅁ	ㄴ		ㅇ	
유음		ㄹ			

〈표15 양주동·유목상(1968)의 자음 체계〉

참고로 자음이 가진 그 소리의 성질에 따라서도 /ㄱ, ㄷ, ㅂ, ㅅ, ㅈ/는 '예사소리', /ㄲ, ㄸ, ㅃ, ㅆ, ㅉ/는 '된소리', /ㅊ, ㅋ, ㅌ, ㅍ/는 '거센소리'로 나누었으나 자음의 음상에 대해서 기술하면서 언급한 내용이므로 자음 체계의 분류 기준으로 보기는 어렵다.

⑤ 이인모(1949)의 분류

이인모(1949)는 발음 기관, 성대의 울림 유무, 소리의 성질에 따라 자음을 나누고 있다. 이인모(1949)는 자음이 구강과 비강 중 어디에서 소리가 나느냐에 따라 /ㄱ, ㄷ, ㄹ, ㅂ, ㅅ, ㅇ, ㅈ, ㅊ, ㅋ, ㅌ, ㅍ, ㅎ/를 '입소리', /ㄴ, ㅁ, ㅇ/를 '코소리'로 분류하고 있으며, 성대 울림의 유무에 의한 분류는 최현배(1949, 1956), 최현배(1968)과 동일하다. 소리의 성질에 따른 분류는 '예사소리' /ㄱ, ㄴ, ㄷ, ㄹ, ㅁ, ㅂ, ㅅ/ 등과 '거센소리' /ㅊ, ㅋ, ㅌ, ㅍ, ㅎ/ 이렇게 두 가지만을 제시하였다.

⑥ 김민수 외(1960)의 분류

김민수 외(1960)은 성대의 울림 유무, 조음 위치, 소리의 성질에 따라 자음을 나눈다. 조음 위치에 따른 자음의 분류부터 살펴보면, '양순음' /ㅂ, ㅃ, ㅍ, ㅁ/, '설단음(치조음)' /ㄷ, ㄸ, ㅌ, ㄴ/, '설음' /ㄹ/, '경구개음(설면음)' /ㅅ, ㅆ, ㅈ, ㅉ, ㅊ/, '연구개음(설근음)' /ㄱ, ㄲ, ㅋ, ㅇ/, '성문음(후두음)' /ㅎ/로 나누고 있는데 /ㄹ/를 따로 '설음'으로 분류한 점이 정인승(1949)와 다르다. 그리고 '설음'은 다시 '전설음'과 '설측음'으로 세분하였다.

성대의 울림 유무에 따른 자음의 구분은 그 명칭을 '무성음'과 '유성음'을 사용하는 것 말고는 다른 것이 없다. 소리의 성질에 따라 /ㅋ, ㅌ, ㅍ, ㅊ/는 '유기음' 혹은 '격음(거센소리)', /ㄲ, ㄸ, ㅃ, ㅆ, ㅉ/를 '경음(된소리)'로 분류하는데, 평음을 설정하지 않은 점만 빼고는 이숭녕(1956)과 동일하다.

⑦ 이명권 · 이길록(1968)의 분류

이명권 · 이길록(1968)은 성대 울림의 유무에 따라 무성음과 유성음, 조음 위치에 따라 양순음, 치경음, 경구개음, 연구개음 성문음, 조음 방법에 따라 파열음, 파찰음, 마찰음, 비음, 유음으로 분류하고 있다. 이를 표로 정리하면 다음과 같다.

조음작용	조음위치	입술 소리	혀끝 소리	센입천장 소리	여린입천장 소리	목청 소리
안울림 소리	터짐소리	ㅂ ㅃ ㅍ	ㄷ ㄸ ㅌ		ㄱ ㄲ ㅋ	
	갈림소리		ㅅ ㅆ			ㅎ
	터짐갈림소리			ㅈ ㅉ ㅊ		
울림 소리	콧소리	ㅁ	ㄴ		ㅇ	
	흐름 소리 굴림소리		ㄹ[r]			
	혀옆소리		ㄹ[l]			

〈표16 이명권 · 이길록(1968)의 자음 체계〉

참고로 자음이 가진 그 소리의 성질에 따라서도 /ㄱ, ㄷ, ㅂ, ㅅ, ㅈ/는

'예사소리', /ㄲ, ㄸ, ㅃ, ㅆ, ㅉ/는 '된소리', /ㅊ, ㅋ, ㅌ, ㅍ/는 '거센소리'로 나누었으나 자음의 음상에 대해서 기술하면서 언급한 내용이므로 자음 체계의 분류 기준으로 보기는 어렵다.

⑧ 정인승(1956), 강윤호(1968), 정인승(1968)의 분류

정인승(1956), 강윤호(1968), 정인승(1968)은 조음 위치, 조음 방법, 소리의 성질에 따라 자음을 분류하고 있다. 조음 위치에 따라 양순음, 치경음, 경구개음, 연구개음, 성문음으로 분류한 것은 일치하지만 조음 방법과 소리의 성질에 따른 분류는 차이가 있다.

강윤호(1968)은 조음 방법에 따라 파열음, 마찰음, 파찰음, 통비음, 유음으로 구분하고, 소리의 성질에 따라 평음, 경음, 격음, 탁음으로 나누고 있는데 이를 하나의 표로 정리하면 아래와 같다.

구실 \ 자리		양순음	설단음	경구개음	연구개음	성문음
파열음	평음 경음 격음	ㅂ ㅃ ㅍ	ㄷ ㄸ ㅌ		ㄱ ㄲ ㅋ	
마찰음	평음 경음 격음		ㅅ ㅆ			ㅎ
파찰음	평음 경음 격음			ㅈ ㅉ ㅊ		
통비음	탁음	ㅁ	ㄴ		ㅇ	
유음	탁음		ㄹ[r][l]			

〈표17 강윤호(1968)의 자음 체계〉

정인승(1956)은 조음 방법에 따라 크게 파열음, 마찰음, 유음의 세 가지로 나누고, 소리의 성질에 따른 분류인 평음, 경음, 격음, 탁음과 조음 방법에 따른 분류인 비음, 설측음, 탄설음을 함께 다루고 있는 점이 독특하다. 또한 구개음화된 /ㄴ/, /ㄹ/, /ㅁ/도 표에 함께 정리하고 있다.

594 국어 문법 교과서 연구

소리 나는 모양 \ 소리 내는 방법	소리나는 자리	입술 소리	이틀 소리	입천장 소리	여린 입천장소리	목구멍 소리
터짐 소리	목청 열고, 예사 숨으로	ㅂ	ㄷ	ㅈ	ㄱ	
	목청 닫고, 입김을 튀겨	ㅃ	ㄸ	ㅉ	ㄲ	
	목청 좁히고, 숨을 불어	ㅍ	ㅌ	ㅊ	ㅋ	
	목청 떨고, 코안을 울려	ㅁ	ㄴ	(ㄴ)	ㅇ	
흐름 소리	목청 떨고, 혀끝을 굴려		ㄹ			
	목청 떨고, 혀옆을 틔워		ㅭ	(ㅭ)		
갈이 소리	목청 열고, 예사 숨으로			ㅅ		
	목청 닫고, 입김을 튀겨			ㅆ		
	목청 좁히고, 숨을 불어					ㅎ
	목청 떨고, 코안을 울려					ㅇ

〈표18 정인승(1956)의 자음 체계〉

정인승(1968)은 정인승(1956)에서 /ㅇ/의 기술만을 제외하면 모든 것이 동일하다.

⑨ 김윤경(1957), 김민수·이기문(1968), 이은정(1968), 이을환(1967), 허웅(1968)의 분류

김윤경(1957), 김민수·이기문(1968), 이은정(1968), 이을환(1967), 허웅(1968)은 성대 울림의 유무, 조음 위치, 조음 방법, 소리의 성질에 따라 자음을 분류하고 있다. 성대의 울림 유무에 따라 유성음과 무성음으로 나눈 내용은 일치하지만, 조음 위치, 조음 방법, 소리의 성질에 따른 분류에서는 차이가 나타난다.

이은정(1968)과 허웅(1968)은 조음 위치에 따라 양순음, 설단음, 경구개음, 연구개음, 성문음으로 구분하고, 조음 방법에 따라 파열음, 파찰음, 마찰음, 비음, 유음으로 나누고, 소리의 성질에 따라 평음, 경음, 격음으로 분류하고 있다. 이은정(1968)이 유음을 다시 설측음과 탄설음으로 세분하고 있는 점과 경음을 기본 자음으로 보지 않아 소리의 성질을 제외한 자음의 분류에서 경음을 제외한 점이 특징적이다. 이 내용을 표로 정리하면 다음

과 같다.

조음위치 \ 조음작용			양순음	설단음	설면음 (경구개음)	설근음 (연구개음)	성문음
안울림 소리	파열음	예사소리	ㅂ	ㄷ		ㄱ	
		된소리	(ㅃ)	(ㄸ)		(ㄲ)	
		거센소리	ㅍ	ㅌ		ㅋ	
	마찰음	예사소리			ㅅ		
		된소리			(ㅆ)		
		거센소리					ㅎ
	파찰음	예사소리			ㅈ		
		된소리			(ㅉ)		
		거센소리			ㅊ		
울림 소리	통비음		ㅁ	ㄴ		ㅇ	
	유음	굴림소리		ㄹ			
		혀옆소리		ㄹ			

<표19 이은정(1968)의 자음 체계>

　허웅(1968)은 파열음과 마찰음을 소리의 성질에 따라 분류하고 있지만 파찰음에 대해서는 분류를 하고 있지 않으며, /ㅅ, ㅆ, ㄴ, ㄹ/의 경우 조음 방법과 소리의 성질에 따른 분류에서는 제시하였으나 조음 위치에 따른 분류에서는 포함시키지 않았다. 이를 표로 정리하면 다음과 같다.

내는방법 \ 내는자리		입술소리	혀끝소리	앞혓바닥소리	뒤혓바닥소리	목청소리
터짐소리	예사소리	ㅂ	ㄷ		ㄱ	
	된소리	ㅃ	ㄸ		ㄲ	
	거센소리	ㅍ	ㅌ		ㅋ	
갈이소리	예사소리		(ㅅ)			ㅎ
	된소리		(ㅆ)			
터짐 갈이소리				ㅈ ㅉ ㅊ		
콧소리		ㅁ	(ㄴ)		(ㅇ)	
흐름소리			(ㄹ)			

<표20 허웅(1968)의 자음 체계>

이을환(1967)은 조음 위치에 따라 양순음, 설단음, 경구개음, 연구개음, 성문음으로 구분하고, 조음 방법에 따라 파열음, 파찰음, 마찰음, 비음, 유음으로 나누고, 유음은 다시 탄설음과 설측음으로 세분하며, 소리의 성질에 따라 '예사소리', '된소리', '거센소리', '울림소리'로 분류하고 있다. 또한 /ㅇ/의 경우 조음 위치와 조음 방법에 따른 분류에서는 빠져 있다. 이를 표로 정리하면 다음과 같다.

조음작용＼조음위치			양순음	설단음	설면음	설근음	성문음
안울림소리	파열음	예사소리	ㅂ	ㄷ		ㄱ	
		된소리	ㅃ	ㄸ		ㄲ	
		거센소리	ㅍ	ㅌ		ㅋ	
	마찰음	예사소리		ㅅ			
		된소리		ㅆ			
		거센소리					ㅎ
	파찰음	예사소리			ㅈ		
		된소리			ㅉ		
		거센소리			ㅊ		
울림소리	통비음	울림소리	ㅁ	ㄴ		(ㅇ)	
	유음 굴림소리	울림소리		ㄹ[r]			
	유음 혀옆소리	울림소리		ㄹ[l]			

〈표21 이을환(1967)의 자음 체계〉

김민수・이기문(1968)은 조음 위치에 따라 양순음, 설단음, 구개음, 연구개음, 성문음으로 구분하고 조음 방법에 따라 파열음, 마찰음, 비음, 유음, 반모음을 나누고, 소리의 성질에 따라 평음, 경음, 격음으로 분류한다. 김민수・이기문(1968)은 /ㅈ, ㅉ, ㅊ/를 파찰음으로 설정하지 않고 파열음으로 본 점, 반모음을 자음으로 보아 자음의 분류에 포함시킨 점, 각각의 자음에 국제 음성 기호를 병기한 것이 특징적이다.

발음작용		발음위치	양순음	설단음	구개음	연구개음	성문음
안울림소리	파열음	보통소리 된소리 거센소리	ㅂ[p] ㅃ[pp] ㅍ[ph]	ㄷ[t] ㄸ[tt] ㅌ[th]	ㅈ[c] ㅉ[cc] ㅊ[ch]	ㄱ[k] ㄲ[kk] ㅋ[kh]	
	마찰음	보통소리 된소리		ㅅ[s] ㅆ[ss]			ㅎ[h]
울림소리	비음		ㅁ[m]	ㄴ[n]		ㅇ[y]	
	유음	굴림소리 혀옆소리		ㄹ[r] ᄙ[l]			
	반모음		오우[w]		이[j]		

〈표22 김민수·이기문(1968)의 자음 체계〉

　　김윤경(1957)은 조음 위치에 따라 '양순음', '하순상치음', '설단상치음', '설단상치조음', '설복경구개음', '설근연구개음', '설근현옹수음', '성문음'으로 나누고, 조음 방법에 따라 파열음, 마찰음, 비음, 유음으로 구분하며, 소리의 성질에 따라 평음, 경음, 격음으로 나눈다. 김윤경(1957)은 다른 교과서들이 조음 위치에 따라 자음을 다섯 가지로 분류하는 것에 비해 일곱 가지로 세분 한 점, 마찰음은 소리의 성질에 따라 분류하지 않은 점, 현재는 사용하지 않는 /ㅸ, ㅽ, ㆄ, ㅱ/ 등과 같은 고어도 제시하고 있는 점이 특징이다. 교과서에서는 이 내용을 다음과 같이 표로 정리하였다.

막음의 갈래		양순음		하순상치음		설단상치음		설단상치조음		설복경구개음		설근연구개음		설근현옹수음		성문음	
	목청울림	있음	없음	있음	없음	있음	없음	있음	없음	있음	없음	있음	없음	있음	없음	있음	없음
헤침소리	예사소리 된소리 센소리		ㅂ ㅃ ㅍ				ㄷ ㄸ ㅌ				ㅈ ㅉ ㅊ		ㄱ ㄲ ㅋ				ㅎ
콩소리		ㅁ				ㄴ						ㅇ					
갈이소리		⌒⌣						⌒⌣	ㅅ ㅆ	⌒⌣		⌒⌣			ㆆ ㅎ ㆅ		ㆆ ㅎ ㆅ
혀굴림소리								ㄹ									
혀옆소리								ㄹ ㄹ									

〈표23 김윤경(1957)의 자음 체계〉

⑩ 이인모(1968)의 분류

이인모(1968)은 전기에서 가장 많은 자음의 분류 기준을 제시하고 있다. 발음 기관에 따라 구강음과 비강음, 성대의 울림 유무에 따라 무성음과 유성음, 소리의 성질에 따라 평음, 경음, 격음, 조음 위치에 따라 양순음, 치경음, 경구개음, 연구개음, 성문음, 조음 방법에 따라 파열음, 파찰음, 마찰음, 유음, 비음으로 구분하고 유음은 다시 설측음과 설측음으로 세분한다. 교과서에서는 이를 정리하여 다음과 같이 표로 제시하고 있다.

숨결의 통로	목청의 울림	음운의 성질	조음부위	조음방법		음운(글자)
입소리	안울림소리	예사소리	연구개음	터침소리		ㄱ
			치조음	터침소리		ㄷ
			양순음	터침소리		ㅂ
			경구개음	갈이소리		ㅅ
			경구개음	터침갈이소리		ㅈ
		된소리	연구개음	터침소리		ㄲ
			치조음	터침소리		ㄸ
			양순음	터침소리		ㅃ
			경구개음	갈이소리		ㅆ
			경구개음	터침갈이소리		ㅉ
		거센소리	후두음	갈이소리		ㅎ
			연구개음	터침소리		ㅋ
			치조음	터침소리		ㅌ
			양순음	터침소리		ㅍ
			경구개음	터침갈이소리		ㅊ
	울림소리		치조음	흐름소리	굴림소리	ㄹ
					혀옆소리	ㄹㄹ
콧소리			연구개음	콧소리		ㅇ
			치조음	콧소리		ㄴ
			양순음	콧소리		ㅁ

〈표24 이인모(1968)의 자음 체계〉

3.1.2.4. 운율

최현배(1948), 이인모(1949), 장하일(1949), 정인승(1949), 정인승(1956),

최현배(1949, 1956), 김민수 외(1960), 이숭녕(1968), 정인승(1968), 최현배(1968)은 운율에 대하여 기술하지 않았다. 나머지 10종은 운율에 대하여 기술하고 있는데, 운율의 종류에 따라 다섯 가지 정도로 정리할 수 있다. ① 소리의 장단, ② 소리의 강약, ③ 소리의 장단과 고저, ④ 소리의 장단, 장약, 고저, ⑤ 소리의 장단, 강약, 고저, 음조가 그것이다.

① 양주동·유목상(1968)의 분류

양주동·유목상(1968)은 소리의 장단만을 다루었는데, 소리의 장단에 따라 말의 뜻이 달라지며 긴소리표 ' : '도 하나의 음운으로 볼 수 있다고 하였다. 소리의 장단에 따라 말뜻이 달라지는 예로 '눈(眼)-눈:(雪)', '말(馬)-말(言):' 등을 들었다.

② 이숭녕(1956)의 분류

이숭녕(1956)은 소리의 강약, 즉 악센트에 대해서만 다루었는데, 국어의 악센트는 아무런 문법적인 기능이 없으며 평소에는 악센트를 거의 느끼지 못한다고 기술하고 있다. 국어의 악센트는 '담배', '선생' 등과 같이 첫째 음절을 세게 발음하고 눌째 음절을 약하게 발음하는 것이 원칙이나 그 반대의 경우도 있다고 하였다.

③ 김민수·이기문(1968)의 분류

김민수·이기문(1968)은 소리의 장단과 고저 두 가지를 다루었다. 음절의 핵인 모음은 길거나 짧게 발음할 수 있다고 하면서 모음의 장단과 함께 어조를 나타내는 모음의 고저도 제시하였다. 김민수(1968)은 모음의 장단과 고저가 의미를 구별하는 것이라면 달리 발음해야 한다고 하면서 길게 발음되는 모음을 '장모음' 짧게 발음 되는 것을 '단모음'이라고 하고, 높게 발음하는 것을 '고모음' 낮게 발음하는 것을 '저모음'으로 구별하고 있다. 장단의 예는 '눈(眼)-눈:(雪)', '말(馬)-말(言):' 등을 들었고, 고모음의 예로는 '놀**아**?, 일**해**?'를 저모음의 예로는 '놀**아**.', '일**해**.'를 들었다.

④ 김윤경(1957), 강윤호(1968), 이명권·이길록(1968), 이을환(1967), 이인모(1968), 허웅(1968)의 분류

김윤경(1957), 강윤호(1968), 이명권·이길록(1968), 이을환(1967), 이인모(1968), 허웅(1968)은 소리의 장단, 강약, 고저의 세 가지에 대하여 다루었다. 소리의 장단의 경우 5종 모두 말의 뜻을 분화시키는 구실을 한다고 설명하고 그 예로 '눈(眼)-눈:(雪)', '말(馬)-말(言):' 등을 들고 있다. 그러나 소리의 강약과 고저에 대한 내용은 조금씩 차이를 보인다.

이명권·이길록(1968), 이을환(1967)은 소리의 강약은 뜻을 구분하지는 못하지만 강세는 '흥분, 격노, 직책' 등을 약세는 '감사, 탄원, 의문' 등의 감정을 나타나는 데 많이 쓰인다고 하였고, 소리의 고저는 '**사람**', '**강도**' 등의 예를 들고 외국어와 달리 국어에서는 뚜렷하게 나타나지 않는다고 기술하고 있다.

김윤경(1957)은 소리의 강약에서 '힘이 센 소리는 큰 소리요 힘이 여린 소리는 작은 소리다. 사내와 어른의 소리는 큰 소리요 여자와 아이의 소리는 작은 소리다'라고 기술하고 있다. 소리의 고저에서는 소리의 고저로 말미암아 어감이 달라진다고 하면서 같은 말이라도 소리의 고저에 따라 욕설과 정담, 축복과 저주, 칭찬과 비웃음 등이 구분된다고 하였다.

강윤호(1968)은 소리의 강약에 대한 기술은 이명권·이길록(1968), 이을환(1967)과 크게 다르지 않다. 소리의 고저에 대해서는 우리말의 음의 고저는 강약과 함께 엄격히 말뜻을 구별하는 구실을 하지 못하지만, 대체로 길게 발음되는 소리가 높게 발음되는 경향이 있다고 하고 '밤:(栗)-밤(夜)', '말(言):-말(馬)'을 예로 들었다.

허웅(1968)은 소리의 강약은 뜻을 구분하는 데 이용할 수 없다고만 간단

하게 기술하고, 따로 예를 들어 설명하지는 않았다. 소리의 고저에 대해서는 문장의 고저를 주로 이야기하면서 "넌 가"라는 문장이 끝을 올리면 의문문이 되고 끝을 내리면 명령문이 된다고 하면서 소리의 강약과 달리 말의 뜻에 어느 정도 관여를 한다고 하였다.

⑤ 이인모(1968), 이은정(1968)의 분류

이인모(1968)과 이은정(1968)은 소리의 장단, 강약, 고저, 어조 이렇게 네 가지를 다루었다. 소리의 장단에 대해서는 소리의 길고 짧음에 따라 말뜻을 구별한다고 공통적으로 이야기하고 있으나 소리의 강약, 고저, 어조에 대한 내용은 약간 차이가 있다.

이인모(1968)은 소리의 강약과 고저를 함께 묶어서 다루었는데, 국어에서는 외국어와 달리 소리의 강약이나 고저가 뚜렷하지는 않지만 '우**리**(자기들)'와 '우리(짐승의)'의 경우처럼 강약이나 고저가 어디에 있느냐에 따라 뜻이 달라지는 경우도 있다고 하였다. 또한 이러한 강세는 단어뿐만 아니라 문장에도 강세가 올 수 있다고 하면서 '문법적 강세'와 '변론적 강세' 두 가지를 제시하고 있다. 소리의 음조는 소리의 장단, 고저, 강약 이외에 문장의 중간이나 끝을 올리거나 내리는 것으로, 문장의 끝에서 잘 드러나며 그 뜻에 따라 음조가 달라지는 경우도 있다고 하였다. 음조에는 상승조, 하강조, 강승조, 평탄조가 있는데, 음조의 기본형은 상승조이며, 하강조는 '보통 서술, 보통 명령, 보통 권유, 느낌, 의문사'를 나타내고 강승조는 '애교가 있게 권유'할 때 사용한다고 한다.

이은정(1968)은 소리의 강약은 국어에서 '**사람**', '**살다**' 등과 같이 뚜렷하지는 않으나 말뜻과 전혀 관계가 없는 것은 아니라고 하고, 소리의 고저는 경상도 방언에서만 잘 드러난다고 하였다. 음조의 경우 장단, 강약, 고저와 달리 문장의 어떤 부분에 힘을 주어 높이는 것으로 말뜻을 구별하는 데 큰 구실을 한다고 하면서, 구어에서는 '너도 집에 가'와 같은 문장에서 어디에 힘을 주느냐에 따라 부차적인 의미가 달라질 수 있다고 하였다.

3.1.2.5. 음절 구조

최현배(1948), 장하일(1949), 최현배(1949, 1956), 김윤경(1957), 이숭녕 (1968), 최현배(1968)을 제외한 14종은 음절 구조에 대하여 기술하였다. 음절 구조는 음절 구조를 직접적으로 제시하였는지의 여부와 함께 음절 구조가 실현될 수 있는 형태를 제시하였는지에 따라 네 가지 정도로 정리할 수 있다. ① 음절 구조를 간접적으로 제시한 것, ② 음절 구조를 간접적으로 제시하고 음절 형태를 제시한 것, ③ 음절 구조를 직접적으로 제시한 것, ④ 음절 구조를 직접적으로 제시하고 음절 형태도 제시한 것이 있다.

① 이인모(1949), 정인승(1949), 정인승(1956), 이인모(1968), 이명권·이길록(1968), 정인승(1968)의 분류

이인모(1949), 정인승(1949), 정인승(1956), 이인모(1968), 이명권·이길록(1968), 정인승(1968)은 국어의 음절 구조를 구체적으로 제시하지는 않았지만, 국어에서는 자음은 없어도 되지만 모음이 있어야 음절을 이룰 수 있음을 강조하고 있다.

② 김민수 외(1960), 강윤호(1968), 양주동·유목상(1968), 이을환(1967)의 분류

김민수 외(1960), 강윤호(1968), 양주동·유목상(1968), 이을환(1967)도 국어의 음절 구조를 구체적으로 제시하지는 않았으나, 위에서 다룬 6종과 마찬가지로 국어에서 자음은 음절을 이룰 수 없지만 모음이 있어야 음절을 이룰 수 있다고 기술하고 있다. 더불어 국어의 음절 구조를 고려하여 국어에서 실현될 수 있는 음절의 형태를 제시하였는데 그 내용에 조금 차이가 있다.

양주동·유목상(1968)은 '모음', '자음+모음', '모음+자음', '자음+모음+자음', 강윤호(1968)은 자음은 'C', 모음은 'V', 반모음은 'S'라 칭하고 'V, SV', 'V+C, SV+C', 'C+V, C+SV', 'C+V+C, C+SV+C'의 음절 형태가 국어에서 실현될 수 있다고 보았다. 양주동·유목상(1968)과 강윤호(1968)은 음절 형태를 동일하게 제시하였지만, 강윤호(1968)이 모음의 자리에 올 수 있는 것을 단모음과 이중 모음으로 세분하고 있다.

김민수 외(1960)은 국어에서 실현될 수 있는 음절 형태로 '모음', '자음+모음', '모음+자음', '자음+모음+자음', '자음+모음+자음+자음'을 제시하고 있다. 기본적인 음절 형태 네 가지는 앞의 2종과 동일하지만, '값', '삶' 등과 같이 종성에 겹받침이 오는 경우를 '자음+모음+자음+자음'의 구성으로 본 점이 특징적이다.

이을환(1967)은 '모음', '자음+모음', '자음+모음+모음', '자음+모음+자음'의 네 가지를 국어에서 실현될 수 있는 음절 형태로 보았고, '새' 등과 같이 이중 모음이 오는 경우를 '자음+모음+모음'의 구성으로 나타낸 점이 특징적이다. 그러나 이중 모음을 '모음+모음'으로 나타낸다면 강윤호(1968)과 같이 총 여덟 가지 형태로 제시했어야 하며, '자음+모음'의 음절 형태가 있다면 '모음+자음'의 형태도 가능한데 기술하지 않았다.

③ 허웅(1968)의 분류

허웅(1968)은 국어에서 한 음절은 모음을 중심으로 형성이 되는데 이를 '중성'이라고 부르고, 중성의 앞과 뒤에는 자음이 오는데 중성 앞에 오는 자음을 '초성' 뒤에 오는 자음을 '종성'이라고 하였다. 즉, 국어의 음절 구조가 '초성(자음)+중성(모음)+종성(자음)'로 나타남을 글로 풀어 설명한 것이다. 국어의 음절 구조에서 실현될 수 있는 음절 형태를 구체적으로 제시하지는 않았지만, '한 음절에는 반드시 중성이 있어야 하지만 초성과 종성은 없어도 된다'라는 설명에서 양주동·유목상(1968)에서 제시한 '모음', '자음+모음', '모음+자음', '자음+모음+자음'의 네 가지 형태를 유추해 볼 수 있다.

④ 이숭녕(1956), 김민수·이기문(1968), 이은정(1968)의 분류

국어의 음절 구조에 대해서 이숭녕(1956)은 '초성+중성+종성'을, 김민수·이기문(1968)과 이은정(1968)은 '첫소리(초성)+속소리(중성)+끝소리(종성)'의 구성을 보인다고 구체적으로 기술하고 있다. 국어에서 실현될 수 있는 음절의 형태를 제시하였는데 그 내용에는 차이가 있다.

김민수·이기문(1968)은 양주동·유목상(1968)과 같이 '모음', '자음+모음', '모음+자음', '자음+모음+자음'을 제시하였고, 이은정(1968)은 김민수 외(1960)처럼 '모음', '자음+모음', '모음+자음', '자음+모음+자음', '자음+모음+자음+자음'을 국어에서 실현될 수 있는 음절 형태로 제시하고 있다. 한편, 이숭녕(1956)은 국어에서 실현될 수 있는 음절 형태로 '자음+모음', '모음+자음', '자음+모음+자음'를 들고 있는데, 자음과 모음이 연결되어 음절을 형성된다고 한 것으로 보아 모음이 단독으로 음절을 형성할 수 있다고 여기지 않은 것 같다.

3.1.2.6. 음운 변동

음운 변동 현상에 대하여 다루지 않은 최현배(1979)를 제외하면, 음운 변동 현상의 분류 체계는 무엇을 기준으로 삼느냐에 따라 네 가지로 정리할 수 있다. ① 음운 변동 현상에 참여하는 분절음의 종류에 따라 자음의 변동 현상과 모음의 음운 변동 현상으로 정리한 것, ② 음운 변동 현상이 일어나는 음운론적 동기를 주요 기준으로 하여 정리한 것, ③ 음운 변동 현상을 그 변동의 결과 표면적으로 나타난 분절음 차원의 변화를 주요 기준으로 정리한 것, ④ 음운 변동 현상이 일어나는 음운론적 동기와 음운 변동 현상의 분절음 차원의 변화를 주요 기준으로 정리한 것이 있다.

① 장하일(1949), 이숭녕(1956)의 분류

장하일(1949), 이숭녕(1956)은 음운 변동 현상에 참여하는 분절음의 종류에 따라 자음의 변동 현상과 모음의 음운 변동 현상으로 나누었다. 우선 장하일(1949)부터 살펴보면, 음운 변동 현상을 자음의 음운 변동 현상을 '닿소리의 이어바뀜'과 모음의 음운 변동 현상인 '홀소리의 바뀜'으로 구분하여 다루었는데 음운 변동 현상의 내용을 정리하면 다음과 같다.

(7) 장하일(1949)의 음운 변동 현상 분류
ㄱ. 닿소리의 이어바뀜: 비음화, 설측음화, /ㄹ/탈락, /ㄹ/첨가
ㄴ. 홀소리의 바뀜: 전설모음화, /j/ 반모음화

이숭녕(1956)은 기본적으로 음운론 단원을 '모음론'과 '자음론'으로 나누어 기술하였기 때문에 모음의 음운 변동 현상과 자음의 음운 변동 현상으로 구분이 된다. 음운 변동 현상의 내용을 정리하면 다음과 같다.

(8) 이숭녕(1956)의 음운 변동 현상 분류
ㄱ. 모음론: 모음조화, /ㅡ/탈락, 움라우트 현상
ㄴ. 자음론: 격음화, 경음화, 두음법칙, 구개음화, 동화, 자음군단순화

② 최현배(1949, 1956), 김윤경(1957), 이숭녕(1968)의 분류

최현배(1949, 1956), 김윤경(1957), 이숭녕(1968)은 음운론적 동기를 중심으로 하여 동화 현상을 다루었다. 최현배(1949, 1956)은 동화에 대해서만 다루었는데, 동화 가운데에서 '홀소리의 고룸(모음조화)'과 '닿소리의 이어바꿈(자음접변)'이 가장 대표적인 것이라고 하였다. 정리하면 다음과 같다.

(9) 최현배(1949, 1956)의 음운 변동 현상 분류
ㄱ. 홀소리의 고룸

ㄴ. 닿소리의 이어바꿈: 비음화, 설측음화

김윤경(1957)과 이숭녕(1968)은 동화 현상 말고도 다른 음운 변동 현상에 대해서도 기술하고 있다. 김윤경(1957)부터 살펴보면 음운론의 단원을 음운 변동 현상이 일어나는 음운론적 동기를 고려한 '소리의 닮음', 즉 동화에 대한 내용과 '버릇소리'라고 하여 구개음화와 탈락 등 여러 가지 음운 변동 현상을 다루고 있다. 김윤경(1957)을 교과서에서의 구분과 순서를 고려하여 정리하면 다음과 같다.

(10) 김윤경(1957)의 음운 변동 현상 분류
 ㄱ. 소리의 닮음: 홀소리끼리 닮음, 홀소리의 고룸, 홀소리가 닿소리를 닮음, 닿소리끼리 닮음, 닿소리가 홀소리를 닮음, 닿소리의 들어나는 힘, 소리의 줄임(홀소리만 줄임, 닿소리만 줄임, 홀소리와 닿소리의 줄임)
 ㄴ. 버릇소리: /ㄴ/탈락, 입청장소리됨, /ㄹ/탈락, /ㄹ/의 비음화, /j/탈락 등

이숭녕(1968)은 동화에 해당되는 '자음 접변'과 기타 음운 변동 현상에 대하여 다루고 있다. 음운론의 단원을 크게 '바른 발음'에 관한 것과 '발음의 변화'에 대한 것 두 가지로 구분하고는 있지만 '바른 발음'에 다룬 내용이 규범적인 내용은 아니며 발음이 일어나는 조건을 살펴보고 있는 정도이고, '발음의 변화'에서는 '격음화', '구개음화' 등을 나열하고 있다. 이숭녕(1968)의 음운 변동 현상을 교과서에서 제시한 대로 '바른 발음'과 '발음의 변화'로 구분하여 정리하면 다음과 같다.

(11) 이숭녕(1968)의 음운 변동 현상 분류
 ㄱ. 바른 발음: 받침 관련 발음, 두음법칙
 ㄴ. 발음의 변화: 격음화, 구개음화, 자음접변, 모음조화, 전설모음화

③ 양주동·유목상(1968), 이은정(1968)의 분류

양주동·유목상(1968)과 이은정(1968)은 그 변동의 결과 표면적으로 나타난 분절음 차원의 변화를 주요 기준으로 음운 변동 현상을 정리하고 있다. 이은정(1968)부터 살펴보면, 음운론의 단원을 '음운 규칙'과, 분절음 차원의 변화를 고려한 '음운 첨가', '음운 생략' 이렇게 세 부분으로 나누어 내용을 제시하고 있다. 이은정(1968)의 내용을 교과서에서 제시한 대로 정리하면 다음과 같다.

(12) 이은정(1968)의 음운 변동 현상 분류
　ㄱ. 음운 규칙: 모음조화, 'ㅣ'모음동화, 구개음화, 자음접변, 두음법칙, 끝소리법칙
　ㄴ. 음운 첨가: /ㅅ, ㅂ, ㅎ, ㄴ, ㄹ, ㅡ/ 첨가
　ㄷ. 음운 생략: 모음 생략, 자음 생략, 음절 생략

양주동·유목상(1968)은 단원의 구성이 특별히 구분한 것은 없지만 분절음 차원의 변화에 따라 '음의 첨가'를 제시하였고 그 외에 '받침 법칙', '두음법칙', '격음화', '모음조화', '자음접변' 등을 나열하고 있다. 양주동·유목상(1968)의 음운 변동 현상을 교과서에서의 구분과 순서를 고려하여 정리하면 다음과 같다.

(13) 양주동·유목상(1968)의 음운 변동 현상 분류
　ㄱ. 격음화
　ㄴ. 받침 법칙
　ㄷ. 모음조화
　ㄹ. 자음접변
　ㅁ. 구개음화
　ㅂ. 두음법칙
　ㅅ. 모음의 대응·자음의 대응

　ㅇ. 음의 첨가

　ㅈ. 경음화

④ 최현배(1948), 이인모(1949), 정인승(1949), 정인승(1956), 김민수 외
(1960), 강윤호(1968), 김민수·이기문(1968), 이명권·이길록(1968), 이을환
(1967), 이인모(1968), 정인승(1968), 허웅(1968)의 분류

최현배(1948), 이인모(1949), 정인승(1949), 정인승(1956), 김민수 외(1960),
강윤호(1968), 김민수·이기문(1968), 이명권·이길록(1968), 이을환(1967),
이인모(1968), 정인승(1968), 허웅(1968)의 12종은 음운 변동 현상을 음운론
적 동기와 분절음 차원의 변화를 주요 기준으로 하여 분류하고 있다. 이중
에서도 최현배(1948), 이인모(1949), 강윤호(1968), 이을환(1967), 이인모
(1968)은 음운론적 동기와 분절음 차원의 변화를 고려하여 음운론 단원의
구성한 반면, 나머지 9종은 이 두 가지 기준과 관련된 음운 변동 현상이 있
기는 하지만 단원의 구성에서는 이러한 면을 찾기 어렵다.

최현배(1948)과 이인모(1949)는 음운 변동 현상의 분류 기준뿐만 아니라
다루고 있는 세부 내용도 동일하다. 최현배(1948)과 이인모(1949)는 음운론
의 단원을 음운론적 동기를 고려하여 '소리의 닮음', 즉 동화로 구분하고 분
절음 차원의 변화를 고려하여 '소리의 줄임', 즉 축약에 대하여 다루고, 음
절 종성에서 이루어지는 소리의 변화만을 '끝닿소리의 달라짐(최현배 1948)'
혹은 '나중소리의 달라짐(이인모 1949)'이라고 하여 따로 다룬 점이 특징적
이다. 최현배(1948)과 이인모(1949)를 교과서에서의 구분과 순서를 고려하
여 정리하면 다음과 같다.

(14) 최현배(1948)의 음운 변동 현상 분류

　ㄱ. 끝닿소리의 달라짐

　ㄴ. 소리의 줄임: 홀소리의 줄임, 닿소리의 줄임, 홀소리와 닿소리의 함께
　　　줄임

ㄷ. 소리의 닮음: 홀소리 고룸, 닿소리의 이어바뀜, 이붕소리되기

(15) 이인모(1949)의 음운 변동 현상 분류
ㄱ. 나중소리의 달라짐
ㄴ. 소리의 닮음: 홀소리 어울림, 닿소리의 이어바뀜, 입천장소리되기
ㄷ. 소리의 줄임: 홀소리의 줄임, 닿소리의 줄임, 홀소리와 닿소리의 줄임

강윤호(1968)은 음운론의 단원에서 음운론적 동기를 고려하여 '음운 동화'
와 '음운 회피'로 구분하고, 분절음 차원의 변화를 고려하여 '음운의 변이',
'음운의 첨가', '음운의 생략', 즉 대치, 첨가, 탈락을 다루었다.

(16) 강윤호(1968)의 음운 변동 현상 분류
ㄱ. 음운 동화: 모음조화, 'ㅣ'모음동화, 간음화, 구개음화, 무성자음의 유성
자음화, 자음접변(비음화, 설측음화, 유성음화, 경음화)
ㄴ. 음운의 회피: 모음 회피, 자음 회피, 두음법칙
ㄷ. 음운의 변이: 말음 규칙
ㄹ. 음운의 첨가: /ㅅ, ㅂ, ㅎ, ㄴ, ㄹ/ 첨가
ㅁ. 음운의 생략: 모음 생략, 자음 생략, 모음과 자음의 생략

이을환(1967)은 강윤호(1968)과 마찬가지로 음운론의 단원에서 음운론적
동기를 고려하여 '동화', '회피'를 구분하고 분절음 차원의 변화를 고려하여
'변이', '첨가', '생략', 즉 대치, 첨가, 탈락에 대하여 다루고 있다. 이을환
(1967)을 교과서에서의 구분과 순서를 고려하여 정리하면 다음과 같다.

(17) 이을환(1967)의 음운 변동 현상 분류
ㄱ. 동화: 모음조화, 'ㅣ'모음동화, 간음화, 구개음화, 자음접변(비음화, 설측
음화, 유성음화, 경음화)
ㄴ. 회피: 모음회피, 자음회피, 두음법칙
ㄷ. 변이: 모음 변이, 자음 변이, 말음법칙

ㄹ. 첨가: 사이시옷 첨가, /ㅂ, ㅎ, ㄴ, ㄹ/ 첨가
ㅂ. 생략: 자음 생략, 모음 생략, 자음과 모음 생략

이인모(1968)은 음운론의 단원에서 음운론적 동기를 고려하여 '음운의 동화', '음운의 기피'를 구분하고 분절음 차원의 변화를 고려하여 '음운의 가감', 즉 첨가와 탈락에 대하여 다루고 있다. 그밖의 음운 변동 현상에 대해서는 '음운의 변동'에서 다루고 있다. 이인모(1968)을 교과서에서의 구분과 순서를 고려하여 정리하면 다음과 같다.

(18) 이인모(1968)의 음운 변동 현상 분류
ㄱ. 음운의 동화: 모음 동화(모음조화, 모음변이, 축약), 자음의 동화(자음접변, 구개음화, 울림소리되기)
ㄴ. 음운의 가감: 첨가, 생략(모음의 생략, 모음과 자음의 생략)
ㄷ. 음운의 기피: 두음법칙, 모음충돌의 기피
ㄹ. 음운의 변동: 받침 규칙, 자음의 상관, 모음 교체, 호음조

정인승(1949), 정인승(1956), 정인승(1968)은 순서에는 약간 차이가 있지만 내용이 거의 동일하다. 음운론 단원의 구성에서 특별히 구분한 것은 없지만, 음운론적 동기를 고려하여 '닮음 바꿈', '홀소리의 닮음', '홀소리의 'ㅣ'닮음', 즉 동화를 다루고, 분절음의 변화를 고려하여 '홀소리 줄임', '사이덧소리', 즉 첨가, 탈락 등으로 구분하고 있다. 그밖에 '받침 법칙', '첫소리 법칙', '입천장소리되기' 등의 음운 변동 현상을 다루고 있다. 정인승(1949), 정인승(1956), 정인승(1968)을 교과서에서의 구분과 순서를 고려하여 정리하면 다음과 같다.

(19) 정인승(1949)의 음운 변동 현상 분류
ㄱ. 받침 법칙

　　ㄴ. 첫소리 법칙

　　ㄷ. 닿소리 이어바뀜: 섞인바뀜, 닮은바뀜

　　ㄹ. 홀소리 어울림

　　ㅁ. 홀소리 줄임

　　ㅂ. 이음소리와 끊음소리

　　ㅅ. 입천장소리되기

　　ㅇ. 사이덧소리: 된소리가 나는 것, 거센소리가 나는 것

　　ㅈ. 어감의 바꿈: 홀소리의 바꿈, 닿소리의 바꿈

(20) 정인승(1956)의 음운 변동 현상 분류

　　ㄱ. 닿소리 발음 법칙

　　ㄴ. 닿소리 이어바뀜: 섞인바뀜, 닮은 바뀜

　　ㄷ. 닿소리의 회피와 이동: 머리소리 법칙, 입천장소리되기

　　ㄹ. 말 관계로의 닿소리 변화: 이음소리와 끊음소리의 법칙

　　ㅁ. 사이덧소리: 덧소리 나는 것, 거센소리 나는 것, ㅂ소리 나는 것

　　ㅂ. 홀소리와 두 세계와 닿소리의 세 층계: 홀소리 어울림, 어감의 바꿈(홀
　　　소리 맞섬의 법칙, 닿소리 힘줌의 법칙)

　　ㅅ. 홀소리의 닮음과 줄임: 홀소리의 'ㅣ' 닮음, 홀소리의 줄임, 불규칙적
　　　줄임

(21) 정인승(1968)의 음운 변동 현상 분류

　　ㄱ. 우리말의 받침 법칙

　　ㄴ. 닿소리이어바뀜

　　ㄷ. 머리소리 법칙

　　ㄹ. 입천장소리되기

　　ㅁ. 이음소리 끊음소리의 법칙

　　ㅂ. 사이덧소리: 된소리 나는 것, 거센소리 나는 것. ㅂ소리 나는 것

　　ㅅ. 홀소리 어울림

　　ㅇ. 어감의 바꿈: 홀소리 맞섬의 법칙, 닿소리 힘줌의 법칙

　　ㅈ. 홀소리의 'ㅣ'닮음

ㅊ. 홀소리의 줄임: 규칙적 줄임, 불규칙적 줄임, 닿소리와 함께 줄임

김민수 외(1960)은 음운론적 동기를 고려하여 '모음 동화', '자음 동화', 분절음 차원의 변화를 기준으로 '모음 탈락'을 다루고 있다. 또한 '두음 법칙', '받침 법칙', '격음화', '경음화', '모음조화', '구개음화' 등을 다룬다. 김민수 외(1960)을 교과서에서의 구분과 순서를 고려하여 정리하면 다음과 같다.

(22) 김민수 외(1960)의 음운 변동 현상 분류
  ㄱ. 격음화
  ㄴ. 경음화
  ㄷ. 모음조화
  ㄹ. 모음 탈락
  ㅁ. 모음 동화
  ㅂ. 두음 법칙
  ㅅ. 받침 법칙
  ㅇ. 구개음화
  ㅈ. 자음동화
  ㅊ. 자음군단순화
  ㅋ. 수의적 현상

김민수·이기문(1968)은 음운론의 단원에서 음운론적 동기를 고려하여 '모음 동화'를 다루었고, 분절음 차원의 변화를 기준으로 '탈락과 축약', '첨가'를 다루었다. '규정된 발음'이란 제목과 달리 여기에서는 규범적인 측면보다는 주로 자음 동화와 관련된 내용을 다루었다. 김민수·이기문(1968)을 교과서에서의 구분과 순서를 고려하여 정리하면 다음과 같다.

(23) 김민수·이기문(1968)의 음운 변동 현상 분류
  ㄱ. 규정된 발음: 두음 규칙, 받침 규칙=자음 동화(절음 현상, 연음 현상, 자

음 접변, /ㄴ/첨가, 구개음화)
ㄴ. 모음 동화: 모음조화, 모음의 교체, 자음의 교체, 'ㅣ'동화('ㅣ' 역행동화,
　　'ㅣ' 순행동화)
ㄷ. 탈락과 축약: 음절·모음·자음 등의 탈락, 음절 축약
ㄹ. 첨가: 'ㅡ'의 첨가 현상

　　이명권·이길록(1968)은 음운론의 단원에서 음운론적 동기를 고려하여 '소리의 닮음', 즉 동화와 '소리의 꺼림', 즉 회피를 구분하고 분절음 차원의 변화를 고려하여 '소리의 덧붙임과 줄임', 즉 첨가와 축약에 대하여 다루고 있다. 음절 종성에서 이루어지는 소리의 변화는 위의 이인모(1949)에서처럼 '끝소리의 달라짐'이라고 하여 따로 기술하였다. 이명권·이길록(1968)을 교과서에서의 구분과 순서를 고려하여 정리하면 다음과 같다.

　(24) 이명권·이길록(1968)의 음운 변동 현상 분류
　　ㄱ. 소리의 닮음: 모음 동화(모음조화, 'ㅣ'모음동화, 간음화), 구개음화, 자음접변(비음화, 설측음화, 유성음화, 경음화, 격음화)
　　ㄴ. 소리의 꺼림: 모음의 꺼림, 자음의 꺼림, 두음법칙
　　ㄷ. 끝소리의 달라짐
　　ㄹ. 소리의 덧붙임과 줄임: 소리의 덧붙임, 소리의 줄임(모음의 줄임, 자음의 줄임, 함께 줄임)

　　허웅(1968)은 음운론의 단원에서 음운론적 동기를 고려하여 '동화'를, 분절음 차원의 변화를 고려하여 '축약', '줄어짐', '사잇소리', 즉 축약, 탈락, 첨가로 구분하고 있다. 그밖에 '귀착', '된닿소리', '모음조화'를 다루고 있는데, '귀착'은 이인모(1949)와 이명권·이길록(1968)과 같이 음절 종성에서 이루어지는 소리의 변화를 말하며, '된닿소리'는 경음화이다. 허웅(1968)을 교과서에서의 구분과 순서를 고려하여 정리하면 다음과 같다.

(25) 허웅(1968)의 음운 변동 현상 분류

ㄱ. 귀착

ㄴ. 동화: 닿소리 이어바뀜(필연적 변동, 임의적 변동), 구개음화, 'ㅣ'소리
치닮음(임의적)

ㄷ. 축약: /j/반모음화, /w/반모음화, 격음화

ㄹ. 줄어짐: /ㅏ, ㅓ/ 탈락

ㅁ. 사잇소리: 경음화, /ㄴ/첨가, /ㅅ/첨가

ㅂ. 된닿소리

ㅅ. 모음조화

3.2. 후기(1979–현재): 음운론이 문법 영역으로 확립된 시기

후기는 음운론이 문법 영역으로 확립된 시기이다. 후기는 전기와 비교하
였을 때 음운의 정의, 모음 체계, 자음 체계, 운율, 음절 구조, 음운 변동의
내용이 대부분 다루어지고 있으며, 이를 기술하는 데 있어서 어느 정도 합
의가 이루어지고 있다. 먼저 음운론의 명칭을 살펴보고 음운의 정의, 모음
체계, 자음 체계, 운율, 음절 구조, 음운 변동의 순으로 내용을 정리한다.

3.2.1. 음운론 단원의 명칭

후기의 교과서 9종은 모두 음운론 단원에 대한 명칭을 제시하였다. 이
교과서들에 나타난 음운론의 명칭은 크게 네 가지로 분류할 수 있다. 첫째,
'음운론' 그 자체를 명칭으로 사용한 경우로, 이응백·안병희(1979)가 이에
해당한다. 둘째, '음운'만을 명칭으로 사용한 경우이다. 김완진·이병근(1979)
는 한자어로 '음운'이라고 하였고, 허웅(1979), 성균관대(1985), 성균관대(1991),
서울대(1996), 서울대(2002)는 이를 한글로 풀어서 '말소리' 혹은 '말의 소리'
라고 하였다. 셋째, 규범과 관련된 내용임을 강조한 명칭을 사용한 경우로
'규범'류로 분류하였다. 김민수(1979)는 '발음과 정서법'이라고 하여 규범과

관련된 내용임을 나타냈다. 넷째, 한 가지 유형으로 묶을 수 없는 경우로 '기타'로 분류하였다. 이길록·이철수(1979)는 '말소리와 여러 발음 현상'이라고 하여 음운과 음운 변동에 대한 내용임을 나타냈다. 이를 정리하면 다음과 같다.

(26) 후기 교과서에서 사용된 음운론의 명칭
   ㄱ. 음운론(1종)
      이응백·안병희(1979) - 음운론
   ㄴ. 음운(6종)
      김완진·이병근(1979) - 음운
      허웅(1979) - 말의 소리
      성균관대(1985) - 말소리
      성균관대(1991) - 말소리
      서울대(1996) - 말소리
      서울대(2002) - 말소리
   ㄷ. '규범'류(1종)
      김민수(1979) - 발음과 정서법
   ㄹ. 기타(1종)
      이길록·이철수(1979) - 말소리와 여러 발음 현상

3.2.2. 음운론 단원의 내용

3.2.2.1. 음운의 정의

허웅(1979)를 제외한 8종에서 음운의 정의를 기술하였는데, 음운의 기능에 초점을 두어 말의 뜻을 구별하여 주는 소리의 단위로 정의한 경우, 물리적인 소리가 아닌 추상적인 말소리라는 점에 초점을 두는 경우, 음운의 표기에 초점을 두어 모든 발음을 말하고 표기할 수 있는 단위로 본 경우 이렇게 세 가지가 있다. 첫째가 김완진·이병근(1979), 이길록·이철수(1979),

이응백·안병희(1979), 성균관대(1985), 성균관대(1991), 서울대(1996)이고, 둘째가 서울대(2002)이고, 셋째의 경우가 김민수(1979)이다. 음운에 대한 명칭은 한자어 명칭인 '음운'이나 '음소'를 사용하였다. 김민수(1979)가 '음소'를 사용하였고, 나머지 7종은 모두 '음운'을 사용하였다.

3.2.2.2. 모음 체계

모음 체계는 모음의 종류에 따라 단모음 체계와 이중 모음 체계로 구분된다. 9종이 단모음 체계에 대하여 다루었고, 김민수(1979)를 제외한 8종이 이중 모음 체계에 대하여 다루었다. 단모음 체계부터 살펴보기로 한다.

1) 단모음 체계

후기의 단모음 체계는 단모음의 분류 기준에 따라 나눌 수 있는데, 단모음의 분류 기준 중 개구도와 혀의 높낮이는 입을 벌린 정도에 초점을 맞추었는지 혀의 높낮이에 초점을 두었는지가 다를 뿐 동일한 분류 기준이다. 이를 고려한다면 2기의 단모음 체계는 1기의 단모음 체계와 마찬가지로 ① 혀의 높낮이(혹은 개구도), 혀의 전후 위치에 따라 단모음을 분류한 것, ② 혀의 높낮이(혹은 개구도), 혀의 전후 위치, 입술 모양에 따라 단모음을 분류한 것 두 가지로 정리할 수 있다.

① 김민수(1979)의 분류

김민수(1979)는 단모음을 혀의 전후 위치에 따라서는 '전설 모음', '중설 모음', '후설 모음', 개구도에 따라 '폐모음', '반폐모음', '반개모음', '개모음'으로 구분한다. 표로 정리하면 다음과 같다.

개구도 \ 혀의 위치	전설 모음	중설 모음	후설 모음
폐모음	ㅣ	ㅡ	ㅜ
반폐모음	ㅔ, ㅚ		ㅗ
반개모음	ㅐ		ㅓ
개모음	ㅏ		

〈표25 김민수(1979)의 단모음 체계〉

② 김완진·이병근(1979), 이길록·이철수(1979), 이응백·안병희(1979), 허웅(1979), 성균관대(1985), 성균관대(1991), 서울대(1996), 서울대(2002)의 분류

김완진·이병근(1979), 이길록·이철수(1979), 이응백·안병희(1979), 허웅(1979), 성균관대(1985), 성균관대(1991), 서울대(1996), 서울대(2002)는 혀의 높낮이(혹은 개구도), 혀의 전후 위치, 개구도에 따라 단모음을 분류하고 있다. 이 8종은 입술 모양에 따라 원순 모음과 평순 모음으로 나눈 것은 일치하지만 혀의 높낮이(혹은 개구도)와 혀의 전후 위치에 따라 나눈 내용에는 차이가 있다.

이길록·이철수(1979)와 허웅(1979)는 개구도에 따라 폐모음, 반폐모음, 반개모음, 개모음으로, 혀의 전후 위치에 따라 전설 모음, 중설 모음, 후설 모음으로 나눈다. 그런데 두 교과서는 /ㅚ/와 /ㅓ/를 혀의 위치에 따라 어떠한 모음으로 설정할지에 대해서는 차이를 보인다. 이길록·이철수(1979)는 /ㅚ/를 중설 모음, /ㅓ/를 후설 모음으로 보았으나, 허웅(1979)는 /ㅚ/를 전설 모음, /ㅓ/를 중설 모음으로 보고 있다. 이를 표로 정리하면 다음과 같다.

개구도 \ 혀의 앞뒤	전설 모음		중설 모음		후설 모음	
	장순	원순	장순	원순	장순	원순
폐모음	ㅣ		ㅡ			ㅜ
반폐모음	ㅔ			ㅚ		ㅗ
반개모음	ㅐ				ㅓ	
개모음			ㅏ			

〈표26 이길록·이철수(1979)의 단모음 체계〉

개구도＼혀의 앞뒤	앞홀소리		가운데홀소리		뒤홀소리	
	안둥근소리	둥근소리	안둥근소리	둥근소리	안둥근소리	둥근소리
닫은홀소리	ㅣ		ㅡ			ㅜ
반닫은홀소리	ㅔ	ㅚ				ㅗ
반연홀소리	ㅐ		ㅓ			
연홀소리			ㅏ			

〈표27 허웅(1979)의 단모음 체계〉

　　김완진·이병근(1979), 이응백·안병희(1979), 성균관대(1985), 성균관대(1991), 서울대(1996), 서울대(2002)는 혀의 높낮이에 따라 고모음, 중모음, 저모음으로 구분하고 있는 점은 동일하지만 혀의 전후 위치에 따른 분류는 다르게 나타난다. 이응백·안병희(1979)와 성균관대(1985)는 혀의 전후 위치에 따라 전설 모음, 중설 모음, 후설 모음의 세 가지로 나눈 반면, 김완진·이병근(1979), 성균관대(1991), 서울대(1996), 서울대(2002)는 전설 모음과 후설 모음의 두 가지로 나누었다. 이응백·안병희(1979)와 성균관대(1985)에서의 중설 모음과 후설 모음을 김완진·이병근(1979), 성균관대(1991), 서울대(1996), 서울대(2002)에서는 후설 모음으로 보고 있다. 이를 표로 정리하면 다음과 같다.

혀의 높낮이＼혀의 앞뒤	전설 모음		중설 모음		저설 모음	
	평순	원순	평순	원순	평순	원순
고모음	ㅣ	(ㅟ)	ㅡ			ㅜ
중모음	ㅔ	ㅚ	ㅓ			ㅗ
저모음	ㅐ		ㅏ			

〈표28 이응백·안병희(1979), 성균관대(1985)의 단모음 체계〉

혀의 높낮이＼혀의 앞뒤	전설 모음		후설 모음	
	평순	원순	평순	원순
고모음	ㅣ	ㅟ	ㅡ	ㅜ
중모음	ㅔ	ㅚ	ㅓ	ㅗ
저모음	ㅐ		ㅏ	

〈표29 김완진·이병근(1979), 성균관대(1991), 서울대(1996), 서울대(2002)의 단모음 체계〉

2) 이중 모음 체계

전기와 마찬가지로 후기의 이중 모음 체계는 이중 모음의 구성 요소를 무엇으로 보느냐에 따라 다음의 네 가지로 정리할 수 있다. ① 이중 모음을 단모음과 단모음의 구성으로 본 경우, ② 이중 모음을 반모음 /j/, /w/와 단모음의 구성으로 본 경우, ③ 이중 모음을 반모음 /j/, /w/, /ɰ/과 단모음의 구성으로 본 경우가 있다.

① 이길록·이철수(1979)의 분류

이길록·이철수(1979)는 반모음을 설정하지는 않았지만 단모음 /ㅣ/, /ㅗ/, /ㅜ/, /ㅡ/가 다른 단모음과 결합하여 이중 모음이 된다고 하였다. 표로 정리하면 다음과 같다.

ㅣ	ㅑ, ㅕ, ㅛ, ㅠ, ㅒ, ㅖ
ㅗ	ㅘ, ㅙ
ㅜ	ㅝ, ㅞ, ㅟ
ㅡ	ㅢ

<표30 이길록·이철수(1979)의 이중 모음 체계>

② 김완진·이병근(1979), 성균관대(1985), 서울대(1991), 서울대(1996), 서울대(2002)의 분류

김완진·이병근(1979)와 성균관대(1985), 서울대(1991), 서울대(1996), 서울대(2002)는 /j/와 /w/를 반모음으로 설정하였다. 다른 이중 모음들을 모두 반모음이 단모음에 선행하지만 /ㅢ/의 경우 후행하는 /j/가 /ㅡ/와 결합한 것으로 보았다. 김완진·이병근(1979)와 성균관대(1985), 성균관대(1991), 서울대(1996), 서울대(2002)는 반모음 표기에 있어서 차이를 보였는데, 김완진·이병근(1979)은 반모음을 국제음성기호로 표기하였으나 성균관대(1985), 성균관대(1991), 서울대(1996), 서울대(2002)는 단모음 /l/, /ㅗ, ㅜ/에 반달

표(˘)를 달아 표기하고 있다. 표로 정리하면 다음과 같다.

j	ㅑ, ㅕ, ㅛ, ㅠ, ㅒ, ㅖ, ㅢ
w	ㅘ, ㅙ, ㅝ, ㅞ

〈표31 김완진·이병근(1979)의 이중 모음 체계〉

ㅣ	ㅑ, ㅕ, ㅛ, ㅠ, ㅒ, ㅖ, ㅢ
ㅗ / ㅜ̆	ㅘ, ㅝ, ㅙ, ㅞ

〈표32 성균관대(1985), 성균관대(1991), 서울대(1996), 서울대(2002)의 이중 모음 체계〉

③ 김민수(1979), 이응백·안병희(1979), 허웅(1979)의 분류

김민수(1979)와 이응백·안병희(1979)는 /j/, /w/, /ɰ/를 반모음으로 설정하였다. 김민수(1979), 이응백·안병희(1979), 허웅(1979)는 김완진·이병근(1979)와 성균관대(1985), 성균관대(1991)에서 /ㅢ/를 /ㅡ/와 /j/의 결합으로 본 것과 달리 /ɰ/와 /l/의 결합으로 보고 있다. 허웅(1979)도 성균관대(1985), 성균관대(1991)처럼 단모음 /ㅣ/, /ㅗ/, /ㅜ/에 반달표(˘)를 달아 /ㅣ̆/, /ㅗ̆/, /ㅜ̆/로 표기하고 있다. 표로 정리하면 다음과 같다.

ㅣ	ㅑ, ㅕ, ㅛ, ㅠ, ㅒ, ㅖ
ㅗ / ㅜ̆	ㅘ, ㅝ, ㅙ, ㅞ, ㅟ
ㅡ̆	ㅢ

〈표33 김민수(1979), 이응백·안병희(1979)의 이중 모음 체계〉

3.2.2.3. 자음 체계

후기의 자음 체계는 자음의 분류 기준에 따라 크게 두 가지로 나눌 수 있다. ① 조음 위치, 조음 방법, 소리의 성질로 자음을 나눈 것, ② 조음 위치, 조음 방법, 소리의 성질, 성대의 울림 유무로 자음을 나눈 것이 있다.

① 김완진·이병근(1979), 이길록·이철수(1979), 이응백·안병희(1979), 허웅(1979)의 분류

이응백·안병희(1979)는 자음을 조음 위치에 따라 '양순음', '치음', '구개음', '연구개음', '성문음', 조음 방법에 따라 '폐쇄음', '파찰음', '마찰음', '비음', '유음'으로 나누고 이를 다음과 같이 표로 정리하였다. 소리의 성질에 따라 /ㄱ, ㄷ, ㅂ, ㅈ/를 '평음', /ㄲ, ㄸ, ㅃ, ㅉ/를 '된소리', /ㅋ, ㅌ, ㅍ, ㅊ/를 '거센소리'로 나누었지만 /ㅅ, ㅆ, ㅎ/의 소리의 성질을 언급하지 않은 까닭인지 표에는 반영하지 않았다.

조음위치＼조음방법	양순음	치음	구개음	연구개음	성문음
폐쇄음	ㅂ ㅃ ㅍ	ㄷ ㄸ ㅌ		ㄱ ㄲ ㅋ	
파찰음			ㅈ ㅉ ㅊ		
마찰음		ㅅ ㅆ			ㅎ
비음	ㅁ	ㄴ		ㅇ	
유음		ㄹ			

〈표34 이응백·안병희(1979)의 자음 체계〉

김완진·이병근(1979)는 이응백·안병희(1979)에서의 '파찰음'을 '폐찰음'이라고 한 것만을 제외하면 조음 위치와 조음 방법에 따른 분류는 이응백·안병희(1979)과 모든 면에서 동일하다. 차이가 있다면 입 속에서 장애를 받으며 나는 소리인 '폐쇄음', '폐찰음', '마찰음'을 '장애음'으로 묶어서 분류한 정도이다. 소리의 성질에 따른 분류는 '평음', '경음', '격음'의 세 가지로 나눈 것은 이응백·안병희(1979)와 동일하지만 /ㅅ/는 평음으로 /ㅆ/를 경음으로 설정하여 포함시켰다. 다음은 교과서에서 제시한 자음분류표인데 역시 소리의 성질에 따른 분류는 표에 반영하지 않았다.

조음위치 \ 조음방법		양순음	치음	경구개음	연구개음	성문음
장애음	폐쇄음 폐찰음 마찰음	ㅂ ㅃ ㅍ	ㄷ ㄸ ㅌ ㅅ ㅆ	ㅈ ㅉ ㅊ	ㄱ ㄲ ㅋ	ㅎ
비음		ㅁ	ㄴ		ㅇ	
유음			ㄹ			

〈표35 김완진·이병근(1979)의 자음 체계〉

이길록·이철수(1979) 역시 자음의 종류를 한자어 명칭이 아닌 고유어 명칭을 사용한 점을 제외하고는 김완진·이병근(1979), 이응백·안병희(1979)와 동일한 분류를 보여주고 있다. 다만 유음을 다시 탄설음과 설측음으로 세분한 것이 조금 다르다. 이길록·이철수(1979)는 이를 다음과 같이 표로 정리하였다.

내는방법 \ 내는자리		입술소리	혀끝소리	센입천장 소리	여린입천장 소리	목청소리
터짐소리		ㅂ ㅃ ㅍ	ㄷ ㄸ ㅌ		ㄱ ㄲ ㅋ	
터짐 갈림소리				ㅈ ㅉ ㅊ		
갈림소리			ㅅ ㅆ			ㅎ
콧소리		ㅁ	ㄴ		ㅇ	
흐림소리	혀굴림소리		ㄹ[ɾ]			
	혀옆소리		ㄹ[l]			

〈표36 이길록·이철수(1979)의 자음 체계〉

이길록·이철수(1979)는 나머지 6종에서 소리의 성질에 따라 평음, 경음, 격음으로 구분한 것과 달리 '예사소리', '된소리', '거센소리', '흐린소리' 이렇게 네 가지로 보았다. 이길록·이철수(1979)는 /ㄱ, ㄷ, ㅂ, ㅅ, ㅈ/를 '예사소리', /ㄲ, ㄸ, ㅃ, ㅆ, ㅉ/를 '된소리', /ㅊ, ㅋ, ㅌ, ㅍ, ㅎ/를 '거센소리', /ㄴ, ㄹ, ㅁ, ㅇ/을 '흐린소리'로 나누었다. '흐린소리'의 설정 외에도 /ㅎ/를 격음으로 분류한 점이 김완진·이병근(1979), 이응백·안병희(1979)와 다르다.

허웅(1979)는 조음 방법에 따른 분류는 앞서 언급한 3종과 크게 다르지는 않지만 조음 위치와 소리의 성질에 따른 분류에서는 차이를 보인다. /ㅅ, ㅆ, ㄴ, ㄹ, ㅇ/의 경우 조음 방법에 따른 분류는 하였지만 조음 위치에 따른 분류에서는 제외되었다. 또한 소리의 성질에 따른 분류의 경우 앞의 3종은 폐쇄음과 파찰음은 평음, 경음, 격음으로 마찰음은 평음, 경음으로 분류하였으나 허웅(1979)는 파찰음의 경우 소리의 성질에 따라 분류하지 않았다. 또한 /ㅎ/는 평음으로 분류하였다. 이를 표로 정리하면 아래와 같다.

내는방법 / 내는자리		입술소리	혀끝소리	센입천장소리	여린입천장소리	목청소리
터짐소리	여린소리	ㅂ	ㄷ		ㄱ	
	된소리	ㅃ	ㄸ		ㄲ	
	거센소리	ㅍ	ㅌ		ㅋ	
갈이소리	여린소리		(ㅅ)			ㅎ
	된소리		(ㅆ)			
터짐 갈이소리				ㅈ ㅉ ㅊ		
콧소리		ㅁ	(ㄴ)		(ㅇ)	
흐름소리			(ㄹ)			

〈표37 허웅(1979)이 자음 체계〉

② 김민수(1979), 성균관대(1985), 성균관대(1991), 서울대(1996), 서울대(2002)의 분류

김민수(1979), 성균관대(1985), 성균관대(1991), 서울대(1996), 서울대(2002)는 조음 위치와 소리의 성질에 의한 분류는 앞선 4종과 크게 다르지 않다. 조음 위치에 따른 분류에서 앞선 4종이 /ㅈ, ㅉ, ㅊ/를 경구개음으로 설정한 것을 구개음으로 본 정도이다. 또한 김민수(1979)는 이길록·이철수(1979)처럼 유음을 탄설음과 설측음으로 다시 세분하였는데 설측음의 경우 'ᄙ'로 표기하였다.

조음 방법에 따른 분류의 경우 성균관대(1985), 성균관대(1991), 서울대(1996), 서울대(2002)는 앞선 4종과 동일하게 파열음, 파찰음, 마찰음으로

분류하였으나 김민수(1979)는 파찰음을 설정하지 않고 /ㅈ, ㅉ, ㅊ/를 파열음으로 본 점이 독특하다. 한편, /ㅎ/의 경우 김민수(1979)는 허웅(1979)와 같이 평음으로 분류하였고, 성균관대(1985), 성균관대(1991), 서울대(1996), 서울대(2002)는 김완진·이병근(1979), 이응백·안병희(1979)와 같이 소리의 성질에 따른 분류를 하지 않았다. 또한 김민수(1979), 성균관대(1985), 성균관(1991), 서울대(1996), 서울대(2002)는 앞선 4종과 달리 성대의 울림 유무에 따라 유성음과 무성음으로 자음을 분류하였다. 그러나 서울대(2002)는 조음 방법에 따라 무성음에 해당하는 폐쇄음, 파찰음, 마찰음과 비음, 유음이 구분이 이루어졌다고 보아서인지 이를 표에 반영하고 있지는 있다. 교과서에서 제시한 자음 분류표를 제시하면 아래와 같다.

발음작용 / 발음위치			양순음	설단음	구개음	연구개음	성문음
안울림소리	파열음	보통소리	ㅂ	ㄷ	ㅈ	ㄱ	
		된소리	ㅃ	ㄸ	ㅉ	ㄲ	
		거센소리	ㅍ	ㅌ	ㅊ	ㅋ	
	마찰음	보통소리		ㅅ			ㅎ
		된소리		ㅆ			
울림소리	비음		ㅁ	ㄴ		ㅇ	
	유음	굴림소리		ㄹ			
		혀옆소리		ㄹ			
	반모음		ㅗ/ㅜ[w]		ㅣ[j]		

〈표38 김민수(1979)의 자음 체계〉

조음 방법 / 조음 위치			입술소리	혀끝소리	구개음	연구개음	목청소리
안울림소리	파열음	예사소리	ㅂ	ㄷ		ㄱ	
		된소리	ㅃ	ㄸ		ㄲ	
		거센소리	ㅍ	ㅌ		ㅋ	
	파찰음	예사소리			ㅈ		
		된소리			ㅉ		
		거센소리			ㅊ		
	마찰음	예사소리		ㅅ			ㅎ
		된소리		ㅆ			
울림소리	비음		ㅁ	ㄴ		ㅇ	
	유음			ㄹ			

〈표39 성균관대(1985), 성균관대(1991), 서울대(1996)의 자음 체계〉

조음 방식 / 조음 위치		두 입술	윗잇몸, 혀끝	센입천장, 혓바닥	여린입천장, 혀 뒤	목청 사이
파열음	예사소리	ㅂ	ㄷ		ㄱ	
	된소리	ㅃ	ㄸ		ㄲ	
	거센소리	ㅍ	ㅌ		ㅋ	
파찰음	예사소리			ㅈ		
	된소리			ㅉ		
	거센소리			ㅊ		
마찰음	예사소리		ㅅ			ㅎ
	된소리		ㅆ			
비음		ㅁ	ㄴ		ㅇ	
유음			ㄹ			

〈표40 서울대(2002)의 자음 체계〉

3.2.2.4. 운율

후기에서 기술하고 있는 운율은 운율의 종류에 따라 세 가지 정도로 정리할 수 있다. ① 소리의 장단, ② 소리의 장단과 고저, ③ 소리의 장단, 고저, 강약이 그것이다.

① 김완진·이병근(1979), 이응백·안병희(1979), 성균관대(1985), 성균관대(1991), 서울대(1996), 서울대(2002)의 분류

성균관대(1985), 성균관대(1991), 서울대(1996), 서울대(2002)는 소리의 장단이 단어의 뜻을 분별하는 기능이 있다고 하면서 장음은 일반적으로 단어의 첫째 음절에서 나타나지만 '말(言)'과 같이 본래 길게 나타나던 단어도 '한국말'과 같이 둘째 음절 이하에 오면 짧게 발음되는 경향이 있다고 하였다.

김완진·이병근(1979)와 이응백·안병희(1979)는 소리의 장단이 단어의 뜻을 분별하는 기능이 있다고 직접적으로 언급하지는 않았지만, '눈(眼)-눈:(雪)', '말(馬)-말(言):', '밤(夜)-밤:(栗)' 등과 같이 소리의 장단으로 단어의 뜻이 구별되는 예를 들었다. 김완진·이병근(1979)와 이응백·안병희(1979)는 '말(言)'에서와 같이 길게 발음되는 모음을 '장모음', '말(馬)'에서와 같이

짧게 발음 되는 모음을 '단모음'이라고 하였다. 또한 장모음은 단어의 첫 음절에서만 나타난다고 하였다.

② 김민수(1979)의 분류

김민수(1979)는 음절의 핵인 모음은 길거나 짧게 발음할 수 있다고 하면서 모음의 장단과 함께 어조를 나타내는 모음의 고저도 제시하였다. 김민수(1979)는 모음의 장단과 어조가 의미를 구별하는 것이라면 달리 발음해야 한다고 하면서 김완진·이병근(1979)와 같이 길게 발음되는 모음을 '장모음' 짧게 발음 되는 것을 '단모음'이라고 하고, 높게 발음하는 것을 '고모음' 낮게 발음하는 것을 '저모음'으로 구별하고 있다. 장단의 예는 위에서 제시한 것과 크게 다르지 않고, 고모음의 예로는 '놀아?, 일해?'를 저모음의 예로는 '놀아.', '일해.'를 들었다.

③ 이길록·이철수(1979)의 분류

이길록·이철수(1979)는 성균관대(1985), 성균관대(1991)과 같이 음의 장단이 단어의 뜻을 구별하는 기능이 있으며 체언의 경우 첫 음절에서 길게 소리나는 것은 둘째 음절 이하에서는 짧게 발음되는 경향이 있다고 하였다. 다른 교과서와 달리 '적:다(분량이 적다)-적다(기록하다)', '묻:다(질문하다)-묻다(넣어 감추다)' 등과 같은 용언의 예도 들었다.

이길록·이철수(1979)에서 제시하고 있는 소리의 고저는 성대의 울림에 따른 소리의 높낮이로서 김민수(1979)에서 기술한 모음의 고저와는 다른 성격을 가진다. 우리말은 예전에는 음의 고저를 방점으로 표시하여 말뜻의 차이를 나타내기도 하였으나 현재는 경상도 방언 일부에서 소리의 고저에 따라 말뜻을 구별하는 정도라고 하였다. 대체로 장모음은 처음이 낮고 나중이 높으며, 강세는 소리의 높이를 수반하는 경우가 많다고 한다.

소리의 강약은 말뜻에 어감적 요소를 더하여 강조하는 데 쓰이는 것으로 우리말의 단어 강세는 '오리', '뿌리' 등과 같이 대체로 첫 음절에 실리며 일상 생활에서 이야기할 때에는 이러한 강약의 차이가 느껴지지 않아 실제로 말뜻을 구별하는 데는 이용되지 않는다고 한다. 일반적으로 소리의 강세는 '흥분·격노·질책' 등의 심리적 강세와 '명령·금지' 등의 어법적 강세에 쓰이고, 소리의 약세는 '감사·반성·참회·탄원' 등의 심리적 약세와 '의문·추측' 등의 어법적 약세에 쓰인다고 기술하고 있다.

3.2.2.5. 음절 구조

음절 구조는 음절 구조를 직접적으로 제시하였는지의 여부와 함께 음절 구조가 실현될 수 있는 형태를 제시하였는지에 따라 세 가지 정도로 정리할 수 있다. ① 음절 구조를 간접적으로 제시하고 음절 형태를 제시한 것, ② 음절 구조를 직접적으로 제시한 것, ③ 음절 구조를 직접적으로 제시하고 음절 형태도 제시한 것이 있다.

① 김완진·이병근(1979), 이길록·이철수(1979)의 분류

김완진·이병근(1979)와 이길록·이철수(1979)는 앞의 5종과 같이 국어의 음절 구조를 '초성(자음)+중성(모음)+종성(자음)'처럼 구체적으로 제시하지는 않았다. 그러나 김완진·이병근(1979)는 모음이 음절의 핵을 이루고 있으며, 이길록·이철수(1979)는 '음절은 자음이 없어도 음절을 이룰 수 있지만 모음이 없이는 음절을 이룰 수 없다'고 하여 국어의 음절 구조에서 모음이 꼭 필요한 존재라는 것을 강조하였다.

또한 김완진·이병근(1979)와 이길록·이철수(1979)가 제시한 음절의 형태를 통해서도 이를 국어의 음절 구조가 '초성(자음)+중성(모음)+종성(자음)'임을 유추할 수 있다. 이길록·이철수(1979)는 국어의 음절 구조가 실현될 수 있는 형태로 '모음', '자음+모음', '모음+자음', '자음+모음+자음'의 네 가지를 들었고, 김완진·이병근(1979)의 경우 모음을 단모음과 이중 모음을

구분하여 '단모음, 이중 모음, 자음+단모음, 자음+이중 모음, 단모음+자음, 이중 모음+자음, 자음+단모음+자음, 자음+이중 모음+자음'의 여덟 가지 형태가 가능하다고 보았다.

② 이응백·안병희(1979), 허웅(1979)의 분류

이응백·안병희(1979), 허웅(1979)는 국어에서 음절이 만들어지려면 반드시 모음이 있어야 하고, 자음은 단독으로 음절이 될 수 없으므로 모음의 앞이나 뒤에 연결이 되므로 국어의 음절 구조는 '초성(자음)+중성(모음)+종성(자음)'의 구성을 보인다고 기술하였다.

③ 김민수(1979), 성균관대(1985), 성균관대(1991), 서울대(1996), 서울대(2002)의 분류

김민수(1979)와 성균관대(1985), 성균관대(1991), 서울대(1996), 서울대(2002)은 이응백·안병희(1979), 허웅(1979)와 마찬가지로 국어에서 음절이 만들어지려면 반드시 모음이 있어야 하고, 자음은 단독으로 음절이 될 수 없으므로 모음의 앞이나 뒤에 연결이 되므로 국어의 음절 구조는 '첫소리(자음)+속소리(모음)+끝소리(자음)'의 구성을 보인다고 기술하였다. 또한 김민수(1979), 성균관대(1985), 성균관대(1991)은 국어의 음절 구조를 고려하여 국어에서 실현될 수 있는 음절의 형태를 '모음', '자음+모음', '모음+자음', '자음+모음+자음'의 네 가지로 제시하였다.

3.2.2.6. 음운 변동

음운 변동 현상의 분류 체계는 무엇을 기준으로 삼느냐에 따라 여러 가지 방식으로 분류할 수 있는데, 여기서는 크게 네 가지로 나눌 수 있다. ① 음운 변동 현상을 그 변동의 결과 표면적으로 나타난 분절음 차원의 변화를 기준으로 교체, 탈락, 첨가, 축약, 도치로 분류한 것, ② 음운 변동 현상

이 일어나는 음운론적 동기를 주요 기준으로 하여 동화와 회피 등으로 분류한 것, ③ 음운 변동 현상이 일어나는 음운론적 동기와 함께 분절음 차원의 변화를 주요 기준으로 하여 동화, 축약, 탈락, 첨가 등으로 분류한 것이 있다.

① 김완진·이병근(1979)의 분류

김완진·이병근(1979)는 음운 변동 현상을 분절음 차원의 변화에 따라 '음운 교체', '음운 탈락', '음운 첨가', '음운 축약', '음운 도치'로 분류하였다. 김완진·이병근(1979)는 음운 변동의 조건을 매우 구체적으로 기술하였으며, 음운 변동 현상의 필수적으로 일어나는지 수의적으로 일어나는지, 음운 변동의 범위가 단어, 복합어, 구, 절 중 어디까지인지도 기술하였다. 음운 변동 현상의 내용을 정리하면 다음과 같다.

(27) 김완진·이병근(1979)의 음운 변동 현상 분류
　　ㄱ. 교체: 자음 중화, 자음 동화(비음화, 유음화, 양순음화, 연구개음화), 경음화, 구개음화, 모음조화
　　　　'ㅣ'모음 역행동화, 반모음화, 단(모)음화, 원순모음화
　　ㄴ. 탈락: 모음 탈락(/ㅡ/탈락, /ㅏ, ㅓ/탈락, /ㅣ/탈락), 자음 탈락(자음군 단순화, /ㅎ/탈락, /ㄹ, ㄴ/ 탈락)
　　ㄷ. 첨가: /ㄴ/첨가
　　ㄹ. 축약: 자음 축약(격음화), 모음 축약(/j/ 반모음화)
　　ㅁ. 도치

② 이길록·이철수(1979), 이응백·안병희(1979)의 분류

이길록·이철수(1979) 이응백·안병희(1979)는 음운 변동 현상이 일어나는 음운론적 동기를 기준으로 동화 현상과 회피 현상을 제시하였지만 다른 기준으로 분류된 것도 있다. 이길록·이철수(1979)부터 살펴보면, 음운 변

동 현상을 '소리의 동화', '소리의 회피', '끝소리의 변이', '소리의 첨가와 생략'으로 분류하고 있다. 음운론적 동기와 함께 부분적으로 분절음의 변화를 고려하여 '첨가와 생략'을 포함시켰고, 음절말 자음의 음운 변동 현상은 동화, 회피, 첨가, 생략과 따로 구분하여 '끝소리의 변이'에서 다루었다. 음운 변동 현상의 내용을 정리하면 다음과 같다.

(28) 이길록·이철수(1979)의 음운 변동 현상 분류
　　ㄱ. 동화: 모음조화, 'ㅣ'모음동화, 간음화, 구개음화, 자음접변(비음화, 설측음화, 유성음화, 경음화, 격음화)
　　ㄴ. 회피: 모음의 회피(간음화, /ㅏ, ㅓ/탈락, /j/첨가, /ㅇ/첨가), 자음의 회피(/ㅡ/첨가), 두음 법칙
　　ㄷ. 끝소리의 변이: 받침 규칙
　　ㄹ. 첨가와 생략: 첨가(/ㅅ/첨가, /ㅂ/첨가, /ㅎ/첨가, /ㄴ/첨가, /ㄹ/첨가) 생략(/ㅏ/탈락, /ㅡ/탈락, /ㅎ/탈락, 자음·모음의 탈락), 활음조(설측음화, /ㄹ/첨가)

이응백·안병희(1979)는 '구개음화', '설측음화', '비음화' 등의 동화 현상과 '된소리화', '거센소리화', 그리고 '모음 충돌 회피'를 다루었다. 이길록·이철수(1979)가 음절말 자음의 변동 현상을 따로 다루었는데 이응백·안병희(1979)는 '된소리화'와 '거센소리화'는 동화 현상과 회피 현상 어디에도 포함시키지 않았다. 음운 변동 현상의 내용을 정리하면 다음과 같다.

(29) 이응백·안병희(1979)의 음운 변동 현상 분류
　　ㄱ. 동화: 두음 법칙, 받침 법칙, 모음조화, 'ㅣ'모음동화, 구개음화, 설측음화, 비음화
　　ㄴ. 된소리화
　　ㄷ. 거센소리화
　　ㄹ. 모음충돌회피: 축약(/j/ 반모음화), 탈락(/ㅜ/탈락, /ㅓ/탈락), 삽입(/ㅇ/

첨가, /j/첨가)

③ 김민수(1979), 허웅(1979), 성균관대(1985), 성균관대(1991), 서울대(1996),
서울대(2002)의 분류

김민수(1979), 허웅(1979), 성균관대(1985), 성균관대(1991), 서울대(1996),
서울대(2002)은 음운론적 동기와 분절음의 변화를 부분적으로 고려하여 동
화, 탈락, 축약, 첨가로 분류하였다. 그러나 특별한 분류 기준 없이 제시한
음운 변동 현상도 있다.

김민수(1979)는 음운 변동에서 '자음접변', '경음화' 등의 자음 동화, "ㅣ'
동화' 등의 모음 동화, 탈락, 축약, 첨가 현상과 함께 '두음 규칙', '구개음
화', '모음조화'에 대하여 다루었다. 음운 변동 현상의 내용을 정리하면 다음
과 같다.

(30) 김민수(1979)의 음운 변동 현상 분류
　ㄱ. 두음 규칙
　ㄴ. 자음 동화: 말음 규칙(폐쇄 현상, 절음 현상, 연음 현상), 자음 접변, 경
　　　음화, 유성음화, 절음 현상(/ㄴ/첨가, /ㄹ/첨가), 구개음화
　ㄷ. 모음 동화: 'ㅣ'모음 동화
　ㄹ. 모음조화
　ㅁ. 탈락: /ㅜ/탈락, /ㄹ/탈락, 자음·모음의 탈락
　ㅂ. 축약: /j/ 반모음화, /w/ 반모음화
　ㅅ. 첨가: /ㅡ/첨가

허웅(1979)는 '닿소리이어바뀜', "ㅣ'소리 치닮음' 등의 동화 현상과 '축약',
'줄어짐', '사잇소리' 그리고 '귀착', '된닿소리', '모음조화'를 다루었다. 음운
변동 현상의 내용을 정리하면 다음과 같다.

(31) 허웅(1979)의 음운 변동 현상 분류

ㄱ. 귀착

ㄴ. 동화: 닿소리 이어바뀜(필연적 변동, 임의적 변동), 구개음화, 'ㅣ'소리 치닮음(임의적)

ㄷ. 축약: /j/반모음화, /w/반모음화, 격음화

ㄹ. 줄어짐: /ㅏ, ㅓ/탈락

ㅁ. 사잇소리: 경음화, /ㄴ/첨가, /ㄴㄴ/첨가, /ㅅ/첨가

ㅂ. 된닿소리

ㅅ. 모음조화

성균관대(1985), 성균관대(1991)은 비음화, 설측음화 등의 자음 동화, 모음 동화, 축약과 탈락, '사잇소리'와 함께 '음절의 끝소리', '구개음화', '모음조화', '된소리되기'를 따로 다루었다. 성균관대(1991)은 성균관대(1985)의 '음절의 끝소리'를 '음절의 끝소리 규칙'이라 명명한 것과 성균관대(1985)의 자음동화에서 다루었던 양순음화와 연구개음화를 기술하지 않은 것만을 제외하고는 성균관대(1985)와 그 내용이 동일하다. 음운 변동 현상의 내용을 정리하면 다음과 같다.

(32) 성균관대(1985), 성균관대(1991)의 음운 변동 현상 분류

ㄱ. 음절의 끝소리 (규칙)

ㄴ. 자음동화: 비음화, 설측음화, 양순음화, 연구개음화

ㄷ. 구개음화

ㄹ. 모음 동화

ㅁ. 모음조화

ㅂ. 음운의 축약과 탈락: 격음화, /j/ 반모음화, /w/ 반모음화, /ㅏ, ㅓ/탈락, /ㅡ/탈락, /ㄹ/탈락

ㅅ. 된소리되기

ㅇ. 사잇소리 현상: 경음화, /ㄴ/첨가, /ㄴㄴ/첨가, /ㅅ/첨가

서울대(1996)과 서울대(2002)는 음운 변동 현상이 일어나는 음운론적 동기와 음운 변동 현상의 결과 표면적으로 나타나는 분절음 차원의 변화를 주요 기준으로 하여 음운 변동 현상을 동화, 축약, 탈락, 첨가로 나누고 있으며, 음절 종성의 음운 변동 현상은 '음절 끝소리 규칙'이라고 하여 따로 다루고 있다. 서울대(1996)과 서울대(2002)의 차이가 있다면, 서울대(1996)에서는 '된소리되기', 즉 경음화에 대하여 기술하였는데, 서울대(2002)에서는 제외하였다는 점이다. 서울대(1996)과 서울대(2002)의 내용을 정리하면 다음과 같다.

(33) 서울대(1996)의 음운 변동 분류
ㄱ. 음절의 끝소리 규칙
ㄴ. 동화: 자음동화(비음화, 설측음화), 구개음화, 모음동화, 모음조화
ㄷ. 축약과 탈락
ㄹ. 된소리되기
ㅁ. 사잇소리 현상

(34) 서울대(2002)의 음운 변동 분류
ㄱ. 음절의 끝소리 규칙
ㄴ. 동화: 자음동화(비음화, 설측음화), 구개음화, 모음동화, 모음조화
ㄷ. 축약과 탈락
ㄹ. 사잇소리 현상

4. 음운론 단원의 문법 교과서 기술을 위한 제언

4장에서는 음운론 단원이 문법 교과서에서 어떻게 기술되어야 하는지를 제안하려고 한다. 먼저 음운론 단원이 어느 위치에 기술되어야 하는지와

그 명칭에 대한 제언을 하고, 음운론 단원의 내용에 대한 제언을 하기로 한다.

4.1. 음운론 단원의 위치와 명칭

지금까지 문법 교과서 내에서 음운론 단원의 위치와 시기별 명칭을 살펴보았다. 우선 음운론 단원의 위치부터 살펴보자.

<표40 시기별 음운론 단원의 위치>

	독립 단원	부속 단원		합계
		총론	부록	
전기	15	5	1	21
후기	10	-	-	9
합계	24	5	1	30

전기에서는 음운론 단원이 독립 영역으로 인식되지 못하다가 후기에 이르러 독립 단원으로 확립되어 간다. 언어의 내용과 형식 중 형식을 담당하는 음운론 단원은 문법 교과서에서 꼭 필요한 내용으로서 후기부터는 모든 교과서에서 음운론 단원이 독립 단원으로 나타나는 것에서도 알 수 있듯이 독립 단원으로 기술되어어야 한다.

다음으로 음운론 단원의 명칭에 대해서도 살펴보면, 음운론 단원의 명칭 역시 시기별로 다르게 나타나고 있다.

(35) 교과서에서 사용된 음운론 단원의 명칭
　ㄱ. 전기의 음운론 단원 명칭
　　: 음운(5종), 음운론(3종), 음성학(3종), '규범'류(3종), 기타(3종)
　ㄴ. 후기의 음운론 단원 명칭
　　: 음운(6종), 음운론(1종), '규범'류(1종), 기타(1종)

전기에서는 음운, 음운론을 비롯하여 5개의 명칭이 사용되었으나 후기에서 음운으로 통일된다. 또한 전 시기를 통틀어 가장 많이 사용된 명칭도 음운이다. 음운은 음운론의 연구 대상이므로 음운론 단원의 명칭으로 적절하다고 본다. 이러한 까닭에 음운이 음운론 단원의 명칭으로 가장 많이 쓰였을 것이다. 그런데 음운을 한글로 풀어서 말소리라고 할 수도 있으나 말소리의 경우 음성과 음운을 함께 포괄하는 개념으로도 쓰이므로 한자어로 음운으로 사용하는 것이 더 정확하게 그 의미를 전달할 수 있을 것이다.

4.2. 음운론 단원의 내용

지금까지 음운론을 구성하는 기본적인 내용인 음운의 정의, 모음 체계, 자음 체계, 운율, 음절 구조, 음운 변동에 대해서 살펴보았다. 음운론 단원이 문법 영역으로 확립되지 않은 전기에는 내용의 구체적인 기술뿐만이 아니라 음운론의 범위에서도 통일되지 않은 양상을 보이지만, 후기에 이르면 기본적인 내용들이 거의 다 다루어지고 있으며 이를 기술하는 데 있어서 어느 정도 합의가 이루어지고 있다. 우선 전기에서 후기에 이르기까지 음운론 단원의 명칭을 비롯하여 음운론 단원의 기본적인 내용들이 어떻게 변회히였는지, 또 그 내용이 이렇게 통일되이 가는지 살펴보기로 한다.

먼저 음운의 정의부터 살펴보면 말의 의미를 구별하는 단위, 추상적인 소리, 가장 작은 언어 단위, 모든 발음을 표기할 수 있는 단위 이렇게 네 가지 유형으로 나타난다. 음운의 정의를 기술하는 방법은 다섯 가지나 나타났지만 (36)에서 보는 바와 같이 대부분의 교과서에서 말의 의미를 구별하는 단위로 정의하고 있다.

(36) 음운의 정의

　ㄱ. 말의 의미를 구별하는 단위(11종)

　　: 양주동・유목상(1968), 이은정(1968), 이숭녕(1956), 강윤호(1968), 이인모(1968), 김완진・이병근(1979), 이길록・이철수(1979), 이응백・안병

　　희(1979), 성균관대(1985)

　　성균관대(1991), 서울대(1996)

ㄴ. 추상적인 소리(2종)

　: 이을환(1967), 서울대(1992)

ㄷ. 가장 작은 언어 단위(1종)

　: 김민수·이기문(1968)

ㄹ. 모든 발음을 말하고 표기할 수 있는 단위(1종)

　: 김민수(1979)

다음으로 모음 체계에서 제시하고 있는 단모음과 이중 모음의 분류 방법을 살펴보자. 단모음의 분류 방법은 혀의 높낮이와 혀의 전후 위치로 단모음을 분류한 것, 혀의 높낮이, 혀의 전후 위치, 입술 모양으로 분류한 것 두 가지가 있다. 단모음을 분류하는 데 있어서 혀의 높낮이와 혀의 전후 위치를 기준으로 하는 것에는 일치를 보고 있으나 입술의 모양을 포함시킬지에 대해서는 이견이 있다.

(37) 단모음의 분류 기준

ㄱ. 혀의 높낮이(혹은 개구도), 혀의 전후 위치(8종)

　: 김민수 외(1960), 강윤호(1968), 김민수·이기문(1968), 양주동·유목상(1968), 이명권·이길록(1968), 이은정(1968), 이을환(1967), 김민수(1979)

ㄴ. 혀의 높낮이(혹은 개구도), 혀의 전후 위치, 입술 모양(14종)

　: 이인모(1949), 정인승(1956), 김윤경(1957), 이인모(1968), 정인승(1968), 허웅(1968), 김완진·이병근(1979), 이길록·이철수(1979), 이응백·안병희(1979), 허웅(1979), 성균관대(1985), 성균관대(1991), 서울대(1996), 서울대(2002)

이중 모음의 분류 방법은 이중 모음을 단모음과 단모음의 구성으로 본

경우, 반모음 /j/, /w/와 단모음의 구성으로 본 경우, 반모음 /j/, /w/, /ɰ/
과 단모음의 구성으로 본 경우가 있으며 세 가지 모두 고르게 나타난다.

(38) 이중 모음의 분류 기준
　ㄱ. 단모음과 단모음의 구성(7종)
　　: 최현배(1948), 최현배(1949, 1956), 강윤호(1968), 이을환(1967), 정인
　　　승(1968), 이길록·이철수(1979)
　ㄴ. 반모음 /j/, /w/와 단모음의 구성(5종)
　　: 김민수·이기문(1968), 김완진·이병근(1979), 성균관대(1985), 성균관
　　　대(1991), 서울대(1996)
　ㄷ. 반모음 /j/, /w/, /ɰ/와 단모음의 구성(8종)
　　: 정인승(1956), 양주동·유목상(1968), 이은정(1968), 이인모(1968), 허
　　　웅(1968), 김민수(1979), 이응백·안병희(1979), 허웅(1979)

　　다음으로 자음 체계를 살펴보면, 자음의 분류 방법은 성대의 울림 유무
로 자음을 분류한 것, 조음 위치로 자음을 분류한 것, 소리의 성질로 자음
을 분류한 것, 소음 위치와 소음 방법으로 자음을 분류한 것, 발음 기관, 성
대 울림의 유무, 소리의 성질로 자음을 분류한 것, 성대 울림이 유무, 조음
위치, 조음 방법으로 분류한 것, 성대 울림의 유무, 조음 위치, 소리의 성질
로 자음을 분류한 것, 조음 위치, 조음 방법, 소리의 성질로 자음을 분류한
것, 성대 울림의 유무, 조음 위치, 조음 방법, 소리의 성질로 자음을 분류한
것, 발음 기관, 성대 울림의 유무, 조음 위치, 조음 방법, 소리의 성질로 자
음을 분류한 것으로 열 가지 유형으로 나타난다. 자음 체계에서의 자음의
분류 방법은 (39)에서 알 수 있듯이 열 가지나 되지만, 대부분의 교과서는
자음을 조음 위치, 조음 방법, 소리의 성질이나 성대 울림의 유무, 조음 위
치, 조음 방법, 소리의 성질을 기준으로 분류하고 있다.

(39) 자음의 분류 기준

ㄱ. 성대의 울림 유무(3종)

　: 최현배(1949, 1956), 최현배(1968)

ㄴ. 조음 위치(1종)

　: 정인승(1949)

ㄷ. 소리의 성질(1종)

　: 이숭녕(1956)

ㄹ. 조음 위치, 조음 방법(1종)

　: 양주동·유목상(1968)

ㅁ. 발음 기관, 성대 울림의 유무, 소리의 성질(1종)

　: 이인모(1949)

ㅂ. 성대 울림의 유무, 조음 위치, 조음 방법(1종)

　: 김민수 외(1960)

ㅅ. 성대 울림의 유무, 조음 위치, 소리의 성질(1종)

　: 이명권·이길록(1968)

ㅇ. 조음 위치, 조음 방법, 소리의 성질(7종)

　: 정인승(1956), 강윤호(1968), 정인승(1968), 김완진·이병근(1979), 이길록·이철수(1979), 이응백·안병희(1979), 허웅(1979)

ㅈ. 성대 울림의 유무, 조음 위치, 조음 방법, 소리의 성질(10종)

　: 김윤경(1957), 김민수·이기문(1968), 이은정(1968), 이을환(1967), 허웅(1968), 김민수(1979), 성균관대(1985), 성균관대(1991), 서울대(1996), 서울대(2002)

ㅊ. 발음 기관, 성대 울림의 유무, 조음 위치, 조음 방법, 소리의 성질(1종)

　: 이인모(1968)

다음으로 운율을 살펴보면, 운율은 다루고 있는 운율의 종류에 따라 소리의 장단을 다룬 것, 소리의 강약을 다룬 것, 소리의 장단과 고저를 다룬 것, 소리의 장단, 장약, 고저를 다룬 것, 소리의 장단, 강약, 고저, 음조를 다룬 것의 다섯 가지 유형으로 나타난다. 대부분의 교과서에서 운율의 종

류로 소리의 장단 하나만을 기술하거나 소리의 장단, 소리의 고저, 소리의
강약을 기술하고 있다.

(40) 운율의 종류
   ㄱ. 소리의 장단(7종)
    : 양주동・유목상(1968), 김완진・이병근(1979), 이웅백・안병희(1979),
      성균관대(1985), 성균관대(1991), 서울대(1996), 서울대(2002)
   ㄴ. 소리의 강약(1종)
    : 이숭녕(1956)
   ㄷ. 소리의 장단, 소리의 고저(2종)
    : 김민수・이기문(1968), 김민수(1979)
   ㄹ. 소리의 장단, 소리의 고저, 소리의 강약(7종)
    : 김윤경(1957), 강윤호(1968), 이명권・이길록(1968), 이을환(1967), 이
      인모(1968), 허웅(1968), 이길록・이철수(1979)
   ㅁ. 소리의 장단, 소리의 고저, 소리의 강약, 소리의 어조(2종)
    : 이인모(1968), 이은정(1968)

   다음으로 음절 구조를 살펴보자. 음절 구조는 음절 구조와 음절 형태의
기술 여부에 따라 음절 구조를 직접적으로 제시하였는지의 여부와 음절 구
조가 실현될 수 있는 형태를 제시하였는지에 따라, 음절 구조를 간접적으로
제시한 것, 음절 구조를 간접적으로 제시하고 음절 형태를 제시한 것, 음절
구조를 직접적으로 제시한 것, 음절 구조를 직접적으로 제시하고 음절 형태
도 제시한 것의 네 가지 유형으로 나타난다. 가장 많은 교과서에서 음절 구
조를 직접적으로 제시하고 음절 형태도 함께 기술하고 있다.

(41) 음절 구조
   ㄱ. 음절 구조를 간접적으로 제시한 것(6종)
    : 이인모(1949), 정인승(1949), 정인승(1956), 이인모(1968), 이명권・이길

록(1968), 정인승(1968)
ㄴ. 음절 구조를 간접적으로 제시하고 음절 형태를 제시한 것(6종)
 : 김민수 외(1960), 강윤호(1968), 양주동·유목상(1968), 이을환(1967),
   김완진·이병근(1979), 이길록·이철수(1979)
ㄷ. 음절 구조를 직접적으로 제시한 것(3종)
 : 허웅(1968), 이응백·안병희(1979), 허웅(1979)
ㄹ. 음절 구조를 직접적으로 제시하고 음절 형태도 제시한 것(10종)
 : 이숭녕(1956), 김민수·이기문(1968), 이은정(1968), 김민수(1979), 성균
   관대(1985), 성균관대(1991), 이응백·안병희(1979), 허웅(1979), 서울대
   (1996), 서울대(2002)

마지막으로 음운 변동을 살펴보면, 음운 변동 현상을 분류하는 기준에
따라 음운 변동 현상의 대상에 따라 정리한 것, 음운론적 동기를 기준으로
하여 정리한 것, 분절음 차원의 변화를 기준으로 정리한 것, 음운론적 동기
와 분절음 차원의 변화를 기준으로 정리한 것의 다섯 가지 유형이 나타난
다. 가장 많은 교과서가 음운론적 동기와 분절음 차원의 변화를 기준으로
하여 음운 변동 현상을 분류하고 있다.

(42) 음운 변동 현상의 분류 기준
 ㄱ. 음운 변동 현상의 대상(2종)
  : 장하일(1949), 이숭녕(1956)
 ㄴ. 음운론적 동기(6종)
  : 최현배(1949, 1956), 김윤경(1957), 이숭녕(1968), 이길록·이철수(1979),
    이응백·안병희(1979)
 ㄷ. 분절음 차원의 변화(3종)
  : 양주동·유목상(1968), 이은정(1968), 김완진·이병근(1979)
 ㄹ. 음운론적 동기, 분절음 차원의 변화(18종)
  : 최현배(1948), 이인모(1949), 정인승(1949), 정인승(1956), 김민수 외
    (1960), 강윤호(1968), 김민수·이기문(1968), 이명권·이길록(1968),

이을환(1967), 이인모(1968), 정인승(1968), 허웅(1968), 김민수(1979), 허웅(1979), 성균관대(1985), 성균관대(1991), 서울대(1996), 서울대(2002)

이와 같이 음운론 단원의 내용을 살펴보았는데, 음운 정의, 단모음 체계, 이중 모음 체계, 자음 체계, 운율, 음절 구조, 음운 변동의 내용 중 가장 많은 교과서에서 기술된 내용을 정리하면 다음과 같은데, 운율의 경우 두 가지 견해가 동일한 수치를 보여 함께 정리한다.

(36ㄱ) 음운은 말의 의미를 구별하는 단위이다.
(37ㄴ) 단모음은 혀의 높낮이, 혀의 전후 위치, 입술 모양으로 분류한다.
(38ㄷ) 이중 모음은 반모음 /j/, /w/, /ɰ/와 단모음으로 구성되며, 단모음에 선행하는 반모음에 따라 이중 모음을 분류한다.
(39ㅈ) 자음은 성대 울림의 유무, 조음 위치, 조음 방법, 소리의 성질에 따라 분류한다.
(40ㄱ) 운율에는 소리의 장단이 있다.
(40ㄹ) 운율에는 소리의 장단, 소리의 고저, 소리의 강약이 있다.
(41ㄹ) 음절 구조를 직접적으로 제시하고, 실현가능한 음절 형태도 제시한다.
(42ㄹ) 음운 변동 현상을 음운론적 동기와 분절음 차원의 변화를 고려하여 분류한다.

(36ㄱ) 음운의 정의, (37ㄴ) 단모음 체계, (38ㄷ) 이중 모음 체계, (39ㅈ) 자음 체계, (40ㄱ) 운율, (40ㄹ) 운율, (41ㄹ) 음절 구조, (42ㄹ) 음운 변동의 내용은 검인정기 이후부터 현재까지 출간된 대부분의 교과서에서 공통적으로 기술하고 있다는 점에서 설득력을 갖는다. 또한 (37ㄴ) 단모음 체계, (39ㅈ) 자음 체계, (41ㄹ) 음절 구조, (42ㄹ) 음운 변동은 가장 최근에 출간된 교과서인 서울대(2002)도 포함된다는 점에서 최근의 경향과도 일치한다. 대부분의 교과서에서 공통적으로 기술하고 있고 최근의 경향과도

일치하고 있는 (47ㄴ) 단모음 체계, (39ㅈ) 자음 체계, (41ㄹ) 음절 구조, (42ㄹ) 음운 변동은 음운론 단원의 내용으로 적절하다고 본다. 그러나 대부분의 교과서에서 공통적으로 기술하고 있으나 최근의 경향과는 다른 (35ㄱ) 음운의 정의, (38ㄷ) 이중 모음 체계, (40ㄹ) 운율은 어떠한 것이 더 적절한 것인지 좀더 고민해 볼 필요가 있다. 또한 (42ㄹ) 음운 변동은 대부분의 교과서에서 음운론적 동기와 분절음 차원의 변화를 기준으로 분류하였고 최근의 경향도 이와 같다고 하지만, 선행 연구인 이문규(2003), 신지영(2006)에서도 지적하고 있듯이 체계의 일관성을 확보하기 위해서는 음운 변동 현상을 우선 하나의 기준으로 분류할 필요가 있다. 따라서 음운론 단원의 내용을 기술하는 데 있어서 단모음 체계, 자음 체계, 음절 구조의 내용은 (37ㄴ), (39ㅈ), (41ㄹ)을 따르는 것이 적절하다고 생각되나, 음운의 정의, 이중 모음 체계, 운율, 음운 변동에 대해서는 좀더 살펴보기로 한다.

먼저 음운의 정의를 보면, 대부분의 교과서에서는 음운을 말의 의미를 구별하는 단위로 정의하고 있으나 서울대(2002)에서는 추상적인 소리로 정의하고 있다. 그런데 음운의 기능에 초점을 두어 '말의 의미를 구별하는 단위'로 정의하는 것이 그 개념을 전달하는 데 가장 효과적일 것이다. 또한 서울대(2002)와 같이 물리적인 소리인 음성과의 비교를 통해서 음운을 추상적인 소리로 정의하는 것도 필요한 내용이다. 따라서 음운을 정의하는 데 있어서 이 두 가지 내용을 함께 다루는 것이 좋겠다.

이중 모음 체계를 살펴보면, 많은 교과서에서 반모음으로 /j/, /w/, /ɰ/로 설정하고 있으나 서울대(2002)는 /j/, /w/만을 반모음으로 보고 있다. /j/, /w/만을 반모음으로 설정하고 /ㅢ/는 /ㅡ/와 /ㅣ/로 이루어진 이중 모음으로 볼 수도 있겠으나 다른 모든 이중모음은 반모음과 단모음의 결합으로 이루어지는데 /ㅢ/만을 단모음과 단모음의 결합으로 보는 것은 어색하므로 /j/, /w/와 함께 /ɰ/도 반모음으로 설정하고 이에 따라 이중 모음 체계를 구성하는 것이 더 적절할 것으로 생각된다.

운율에 대해서 살펴보면, 운율을 소리의 장단만으로 보는 교과서와 소리의 장단과 함께 소리의 고저, 소리의 강약도 포함시키는 교과서의 수가 동일하며, 서울대(2002)에서는 소리의 장단만을 운율로 보고 있다. 소리의 장단만을 다룬 교과서는 소리의 장단만이 운율 중에서 말의 뜻을 구별하는 기능을 하기 때문인 것으로 보이고, 소리의 장단과 함께 소리의 고저와 소리의 강약까지 다룬 교과서들은 소리의 고저와 강약이 말의 뜻을 구별하는 기능은 거의 없지만 어감을 나타내기 때문인 것으로 보인다. 그런데 사실상 소리의 길이는 말의 뜻을 구분하는 기능을 잃어가고 있다. 서울대(1996)과 서울대(2002)에서도 '요즘의 젊은 세대는 흔히 긴소리와 짧은 소리를 구별하지 못하는 경향'이 있다고 기술하고 있다. 따라서 더이상 뜻을 구별하는 기능을 제대로 수행하지 못하는 소리의 길이보다는 어감을 나타내는 소리의 고저나 강약에 대한 기술이 더 필요하다고 본다. 다만 이 부분의 구체적인 내용에 대해서는 견해가 다양하므로 의견 수렴을 거쳐 통일된 내용을 마련해야 할 것이다.

음운의 변동을 살펴보면, 대부분의 교과서에서 음운론적 동기와 분절음 차원의 변화를 기준으로 분류하였고 최근의 경향도 이와 같다. 그러나 앞서 지적하였듯이 체계의 일관성을 확보하기 위해서는 음운 변동 현상을 우선 하나의 기준으로 분류할 필요가 있다. 최근의 교과서인 서울대(2002)에서 음운 변동 현상을 어떻게 분류하고 있는지 다시 살펴보면, 음운론적 동기를 고려하여 자음동화, 구개음화, 모음동화, 모음조화를 하나로 묶어서 '동화'로 다루고 있고, 분절음의 변화를 고려하여 '축약과 탈락'을 설정하였고, 첨가에 해당하는 '사잇소리 현상', 그리고 '음절의 끝소리 규칙'이 있다. 그런데 동화에서 다루어지고 있는 자음 동화의 비음화와 설측음화, 구개음화, 모음동화의 전설모음화는 어떤 음소가 주변 환경에 동화되는 현상이긴 하지만, 분절음 차원의 결과를 살펴보면 대치에 해당한다. 또한 개별 현상으로 다루고 있는 음절의 끝소리 규칙도 분절음 차원의 결과에 따라 대치에 해당되는 음절말 평폐쇄음화와 탈락에 해당되는 자음군단순화로 나눌 수 있다. 따라서 음운 변동을 분절음 차원의 결과를 고려하여 대치, 축약, 탈락, 첨가로 나눈다면 일관성 있는 분류 체계가 될 것이다. 한편, 자음군 단순화는 우리말 음절의 초성과 종성에 하나의 자음만이 올 수 있다는 음절 구조 제약 때문에 일어나는 현상인데, 서울대(2002)에서는 이러한 음절 구조 제약에 대한 기술이 음운 변동에서만 나타나고 음절 구조의 부분에서는 나타나지 않는다. 이는 음절 구조에 대한 내용이므로 음절 구조의 부분에서도 기술되어야 한다.

지금까지 논의한 내용을 토대로 음운론 단원의 명칭과 내용을 정리하면 다음과 같다.

(43) 음운론 단원의 명칭과 내용
  ㄱ. 단원의 명칭: 음운
  ㄴ. 음운의 정의: 음운은 말의 의미를 구별하는 단위이고, 물리적인 소리인 음성과 달리 추상적인 소리이다.
  ㄷ. 단모음 체계: 단모음은 혀의 높낮이, 혀의 전후 위치, 입술 모양으로 분류한다.
  ㄹ. 이중 모음 체계: 이중 모음은 반모음 /j/, /w/, /ɰ/와 단모음으로 구성되며, 단모음에 선행하는 반모음에 따라 이중 모음을 분류한다.
  ㅁ. 자음 체계: 자음은 성대 울림의 유무, 조음 위치, 조음 방법, 소리의 성질에 따라 분류한다.
  ㅂ. 운율: 운율에는 소리의 장단, 소리의 고저, 소리의 강약이 있다.
  ㅅ. 음절 구조: 음절 구조를 직접적으로 제시하고, 실현가능한 음절 형태도 제시한다. 이와 더불어 우리말의 음절 구조 제약도 기술한다.
  ㅇ. 음운 변동: 음운 변동 현상을 분절음 차원의 변화를 고려하여 대치, 탈락, 축약, 첨가의 현상으로 분류한다.

5. 결론

　본고는 역대 대한민국 고등 국어 문법 교과서에 나타난 음운론의 내용의 변천 과정을 살피는 것을 목적으로 하여 1949년 이후에 출간된 30종에 음운론 단원의 내용을 고찰하였다.

　2장에서는 교과서에서 음운론 단원의 위치와 배열 순서를 정리하고 이를 토대로 시기 구분을 하였다. 전기에서는 음운론 단원이 부속 단원에서도 다루어져 독립 단원으로 인정받지 못하였으나, 후기에 이르면 음운론 단원이 독립 단원으로 다루어져 음운론 단원의 다른 문법 영역과 똑같이 독립된 단원으로 확립되었음을 알 수 있었다.

　3장에서는 각 시기의 교과서들을 음운론 단원을 구성하는 기본적인 내용인 음운의 정의, 모음 체계, 자음 체계, 운율, 음절 구조, 음운 변동의 내용을 살펴보았다.

　4장에서는 앞서 정리한 내용을 바탕으로 교과서에서 음운론 단원을 어떻게 기술할 것인가에 대한 제언을 하였다. 부족한 논문이지만 지금까지 1949년 이후에 출간된 문법 교과서에 니타난 옴운론 단원의 내용 전부를 살핀 연구가 없었기 때문에 이 논문이 의미가 있을 것이라고 생각한다.

〈참고문헌〉

고영근(2001). 「역대한국문법의 통합적 연구」. 서울: 서울대학교출판부.
김무림(2002). "국어 음운 현상의 성격과 범위; 음운부와 어휘부의 구조에 관련하여".
　　　　「한국어학」(한국어학회)17.
남기심·고영근(2005). "국어문법교육론." 「(개정판)표준국어문법론」. 서울: 탑출판사.
박영순(2005). 「국어문법 교육론」. 서울: 박이정.
서병국(1970). "학교 문법의 문제점 분석연구(1): 현용 고교 국어문법서의 음성학·음운론 비교 검토에 의한." 「교육연구지」(경북대학교 사범대학) 11.
신기상(1990). "학교 문법 체계 연구; 음운체계편." 「수도교육」(서울특별시 교육연구원) 117.
신지영(2006). "국어 음운론 지식의 교과서 수용 실태와 문제점: 고등학교 문법 교과서를 중심으로." 「한국어학」(한국어학회) 33.
신지영·차재은(2003). 「우리말 소리의 체계」. 서울: 한국문화사.
이관규(2004). "학교 문법에 있어서 음운 자질의 설정에 대한 연구." 「우리말연구」(우리말학회)14-1.
이관규(2002). 「(개정판)학교 문법론」. 서울: 월인.
이관규(2005). "문법 교과서의 변천." 「제1회 문법교육학회 학술대회 발표문」(문법교육학회).
이문규(2003). "국어지식 영역 음운 관련 단원의 내용 검토." 「어학문학교육」(한국어문교육학회)27.
이문규(2004). "학교 문법 속의 음운론." 「국어교육연구」(국어교육학회) 36.
최호철(2006). "고등학교 국어 문법 교과서 분석 연구: 체재와 구성을 중심으로." 「한국어학」(한국어학회) 33.

대상 국어 문법 교과서 목록

최현배(1948.3.25). 「중등 조선 말본」(초급학년 씀). 서울: 정음사. 「역문」 1-67.

최현배(1949). 「고등 말본」. 초판(1934.4.5.). 「중등 조선 말본」. 서울: 동광서점. 재
　　　　판(1934.9.5. 「역문」 1-45). 3판(1935.7.28.). 개정판(4판, 1938.6.5.).
　　　　5판(1945. 서울:정음사).

이인모(1949.8.20). 「재미 나고 쉬운 새 조선 말본」. 서울: 금룡도서 주식회사. 「역문」
　　　　1-77.

장하일(1949.8.25). 「표준말본」 1, 2, 3. 서울: 종로서관. 「역문」 1-75, 76.

정인승(1949.9.15). 「표준 중등 말본」. 서울: 아문각. 「역문」 1-79.

이희승(1949.9.19). 「초급 국어 문법」. 서울: 박문출판사. 「역문」 1-85.

최현배(1956). 「고등 말본」. 초판(1934.4.5.). 「중등 조선 말본」. 서울: 동광서점. 재
　　　　판(1934.9.5. 「역문」 1-45). 3판(1935.7.28.). 개정판(4판, 1938.6.5.).
　　　　5판(1945. 서울:정음사). (1949). 「고등 말본」.

이희승(1956). 「고등 문법」. 재판(1957.3.15.). 「새 고등 문법」. 서울: 일조각.

이숭녕(1956.3.30). 「고등 국어 문법」(고등학교 국어과용). 서울: 을유문화사. 「역문」
　　　　1-90. 개정판(1962). 「역문」 1-121.

정인승(1956.4.1). 「표준 고등 말본」. 서울: 신구문화사. 「역문」 1-83.

김윤경(1957). 「고등 나라 말본」. 초판(1948.5.15.). 「고급용 나라말본」. 서울: 동명
　　　　사. 「역문」 1-54.

김민수·남광우·유창돈·허웅(1960). 「새 고교 문법」. 서울: 동아출판사. 「역문」 1-96.

이을환(1967.12.5). 「인문계 고등학교 최신 문법」. 서울: 양문사.

상복수·유창균(1968.2.20). 「문법」. 대구: 형설출판사.

이숭녕(1968.2.20). 「문법」. 서울: 을유문화사.

이희승(1968.2.20). 「새 문법」(인문계 고등학교). 서울: 일조각.

양주동, 유목상(1968.2.20). 「새 문법」. 서울: 대동문화사.

이인모(1968.2.20). 「새 문법」. 서울: 영문사.

최현배(1968.2.20). 「새로운 말본」. 서울: 정음사.

이은정(1968.2.20). 「우리 문법」. 서울: 문천사.

이명권, 이길록(1968.2.20). 「인문계 고등학교 문법」. 서울: 삼화출판사.

정인승(1968.2.20). 「인문계 고등학교 표준 문법」. 서울: 계몽사.

강윤호(1968.2.20). 「정수 문법」. 서울: 지림출판사.

허웅(1968.2.20). 「표준 문법」. 서울: 신구문화사.

김민수, 이기문(1968.2.20). 「표준 문법」. 서울: 어문각.

허웅(1979.3.1). 「인문계 고등 학교 문법」. 서울: 과학사. 재판(1983.3.1).

김완진·이병근(1979.3.1). 「인문계 고등 학교 문법」. 서울: 박영사. 재판(1981.3.1).

이응백 · 안병희(1979.3.1). 「인문계 고등 학교 문법」. 서울: 보진재. 재판(1981.3.1).
이길록 · 이철수(1979.3.1). 「인문계 고등 학교 문법」. 서울: 삼화출판사. 재판
　　(1982.3.1).
김민수(1979.3.1). 「인문계 고등 학교 문법」. 서울: 주식회사 어문각. 재판(1983.3.1).
문교부(1985.3.1). 「고등학교 문법」. 성균관대학교 대동문화연구원 편찬. 서울: 대한교
　　과서주식회사.
교육부(1991.3.1). 「고등학교 문법」. 성균관대학교 대동문화연구원 편찬. 서울: 대한교
　　과서주식회사. 재판(1993.3.1).
교육부(1996.3.1). 「고등학교 문법」. 서울대학교 사범대학 국어 교육 연구소 편찬. 서
　　울: 대한교과서주식회사. 재판(1998.3.1).
교육인적자원부(2002.3.1). 「고등 학교 교과서 문법」. 서울 대학교 국어 교육 연구소
　　편찬. 서울: (주) 두산.

집필진

최호철(고려대 국어국문학과, hocherl@korea.ac.kr)
이유경(고려대 박사 과정, idechy@hanmail.net)
박상진(고려대 박사 과정, myth9118@hanmail.net)
김혜령(고려대 박사 과정, cometinlove@naver.com)
장미경(고려대 박사 과정, mchang87@korea.ac.kr)
문혜심(고려대 박사 과정, mhyeshim@yahoo.co.kr)
김숙정(고려대 박사 과정, wwssoogi@dreamwiz.com)
이숙경(고려대 박사 과정, leesk1004@dreamwiz.com)
장수진(고려대 박사 과정, cultong10@hanmail.net)
김보라(고려대 석사 과정, tinkey7@nate.com)

국어 문법 교과서 연구

초판인쇄   2009년 1월 30일
초판발행   2009년 2월 9일

편자 최호철
발행 제이앤씨
등록번호 제7-220

주소 서울시 도봉구 창동 624-1 현대홈시티 102-1206
전화 (02) 992 / 3253
팩스 (02) 991 / 1285
홈페이지 http://www.jncbook.co.kr / 제이앤씨북
전자우편 jncbook@hanmail.net
책임편집 조성희

ISBN 978-89-5668-680-6 93810   정가 42,000원